皇乾

帝隆

系列长篇小说

风 华 初 露

二月河 著

河南文艺出版社

内 容 简 价

《乾隆皇帝》是一部系列长篇小说。《风华初露》是它的第一卷。

雍正死于非命，乾隆即位。乾隆时年二十五岁，风华正茂。他心怀大志，一心开创清王朝盛世。他胸有谋略，推行"以宽为政"的施政方略，革除前朝苛严弊政，纠正雍正钦定错案；整顿吏治，连惩几位贪赃大臣。他潇洒飘逸，风流倜傥，是一位多情的帝王。为和有夫之妇私通，他把棠儿的丈夫傅恒调离京师。后来发现傅恒的治国才能，又毅然与棠儿断绝私情，将傅恒调回京城，委以重任。

作品写得起伏跌宕，妙趣横生，发人深省。对历史上几位文化名人纪晓岚、曹雪芹等也写得栩栩如生。

独家真本　　盗版必究

系列长篇小说　**乾隆皇帝**　风华初露

二月河　著

河南文艺出版社出版发行

河南第一新华印刷厂印刷

新 华 书 店 经 销

开本 850×1168 毫米　1/32　印张 16

字数 398000　　印数 55000—65000 册

1996 年 12 月第 1 版　1999 年 3 月第 5 次印刷

ISBN 7 - 80623 - 022 - X/I·13

定价 23.80 元

如发现印装质量问题，请与印刷厂联系。

作者

二月河：本名凌解放，一九四五年生于山西省昔阳县。一九六八年入伍，一九七八年转业到南阳市工作，现为南阳市文联主席、中国作家协会会员、中国《红楼梦》学会河南理事。近年来，创作出版有系列长篇小说《康熙大帝》、《雍正皇帝》。

目　　录

一　申家店伙计戏老板
　　雷雨夜府台杀道台 ……………………………………（ 1 ）

二　钱师爷畏祸走山东
　　贺夫人鸣冤展罪证 ……………………………………（11）

三　李又玢奉调赴京师
　　张衡臣应变遮丑闻 ……………………………………（21）

四　天生不测雍正归天
　　风华正茂乾隆御极 ……………………………………（31）

五　慰老臣品茶论宽政
　　动春情居丧戏父嫔 ……………………………………（41）

六　扬名时获释赴京师
　　张广泗奉旨定苗疆 ……………………………………（51）

七　杨太保奉诏主东宫
　　傅六爷风雅会名士 ……………………………………（61）

八　行酒令曹雪芹展才
　　念旧情乾隆帝夜访 ……………………………………（71）

九　闻哭声乾隆查民情
　　住老店君臣遇异士 ……………………………………（80）

十　吴瞎子护驾走江湖
　　乾隆帝染疴宿镇河 ……………………………………（87）

十一　拗孝廉贡院求面试
　　　病举人落魄逢贫女 …………………………………（98）

十二　曹雪芹喜得知音女
　　　刘统勋宣旨狱神庙 ………………………………（108）

十　三　　金殿传胪状元疯迷

　　　　　苗疆报捷罪臣蒙赦 …………………………（120）

十　四　　议宽政孙国玺晤对

　　　　　斗雀牌乾隆帝偷情 …………………………（130）

十　五　　傅国舅夜访紫芝堂

　　　　　刘侍郎上章戒权臣 …………………………（139）

十　六　　娟娟女逞技石家庄

　　　　　钦差臣赋诗中秋夜 …………………………（148）

十　七　　月好不共有钦差长叹

　　　　　临终献忠心皇帝抚孤 ………………………（158）

十　八　　谈吏事钱度受皇恩

　　　　　问病因乾隆查宗学 …………………………（168）

十　九　　越牢狱县令作人质

　　　　　平暴乱阿桂巧用兵 …………………………（176）

二　十　　屠户女督课落榜人

　　　　　曹雪芹击盂讥世事 …………………………（186）

二十一　　议减租君臣论民政

　　　　　吃福橘东宫起事端 …………………………（196）

二十二　　杨名时遭鸩毓庆宫

　　　　　不逞徒抚尸假流泪 …………………………（207）

二十三　　刑部院钱度沽清名

　　　　　宰相邸西林斥门阀 …………………………（217）

二十四　　振乾纲鄂善刑酷吏

　　　　　赐汤锅皇帝卖人情 …………………………（229）

二十五　　乾清宫严词训延臣

　　　　　誊本处密旨捕刘康 …………………………（240）

二十六　　刘统勋莽闯庄王府

　　　　　老太后设筵慈宁宫 …………………………（249）

二十七　咸若馆棠儿诉衷肠

　　　　乾清宫国舅议朝政 …………………………………（259）

二十八　刑部验尸案中生案

　　　　相府谈心话里藏话 …………………………………（270）

二十九　法外刑元凶受诛戮

　　　　势利情李卫遭窘辱 …………………………………（280）

三　十　护漕运青帮受恩封

　　　　谈情思玉儿断痴梦 …………………………………（290）

三十一　儒雅天使侃侃垂训

　　　　刚愎将帅越俎代疱 …………………………………（299）

三十二　智通判献策钦差府

　　　　勇傅恒击鼓巡抚衙 …………………………………（308）

三十三　出奇兵奔袭马坊镇

　　　　查敌情暂住天王庙 …………………………………（318）

三十四　范高杰败走恶虎滩

　　　　娟娟女济贫老河口 …………………………………（330）

三十五　念旧情娟娟女吞金

　　　　争战功范高杰受惩 …………………………………（340）

三十六　护短贪功骄帅陷功臣

　　　　承颜孝母皇帝说梦事 …………………………………（352）

三十七　巧舌诡辩振振有词

　　　　绘声绘色阴气森森 …………………………………（363）

三十八　太后训子絮语叨叨

　　　　御妹告状羞颜答答 …………………………………（373）

三十九　十八皇姑行权使威

　　　　格格额驸入觐报警 …………………………………（384）

四　十　枢臣府君臣议军政

　　　　伪奏折一纸惊帝心 …………………………………（394）

四十一　赐铁尺嘱托管子弟
　　　　谈铜币筹划办铜矿·······················（404）

四十二　乾隆帝漫撒"规矩草"
　　　　高大庸巧献"黄粱膳"·····················（415）

四十三　刘统勋解疑访李卫
　　　　墨君子论盗会学政·······················（425）

四十四　尹继善泛舟歌侑酒
　　　　刘啸林闲赋讥时文·······················（434）

四十五　卢鲁生作祟入法网
　　　　鄂钦差愚昧代行权·······················（446）

四十六　乾隆君微行访太原
　　　　王县令风雪察民情·······················（457）

四十七　邂逅相逢再叙旧情
　　　　三堂会审立斩钦差·······················（468）

四十八　公子失意咏诗怀旧
　　　　天威震怒调兵防患·······················（481）

四十九　葛丰年率兵擒阿哥
　　　　乾隆帝谈笑清君侧·······················（490）

五　十　宽严相济政治清平
　　　　情理互悖割爱忍痛·······················（500）

一　申家店伙计戏老板
雷雨夜府台杀道台

　　眼下已立过了秋，可天气丝毫没有见凉的意思，接连几场大雨都是旋下旋停。晴时，依旧焰腾腾一轮白日，晒得地皮起卷儿，大驿道上的浮土像热锅里刚炒出的面，一脚踏上去便起白烟儿，焦热滚烫，灼得人心里发紧。德州府衙坐落在城北运河岸边，离衙一箭之地便是码头，本是极热闹的去处，但此刻午后未末时分，栉比鳞次的店肆房舍虽然都开着，街上却极少行人。靠码头东边申家老店里，店老板和三四个伙计袒胸露腹地坐在门面里吃茶打扇摆龙门阵。

　　"哎，你们听说没有？"一个伙计一手挥扇，另一手搓着瘦骨嶙峋的前胸，把一条条黑腻腻的汗灰捏在手里摆弄着，口中说道：德祥老店分汤，兄弟三个昨个打了一仗。老二老三合手臭揍了马老大一顿，嘻嘻……我去瞧时，已经热闹过了，三兄弟赤条条的，浑身血葫芦一样，三个婆娘各挽着自己当家的对骂，一锅老汤都翻泼到院里，哎呀呀你没见，老二家媳妇那对大白奶子、老三家娘儿裤子扯到大腿根儿……"说着，似乎犯了馋虫般咽地咽了一口口水。

　　一直半躺在竹凉椅上闭目摇扇的申老板听得噗哧一笑，说道："小路子，你很该上去拉拉架，就便儿把鼻子凑到大腿根闻闻香……"小路子打趣道："罢罢，我可不敢沾惹，瘦得鸡精价，搁得住她折腾？倒是申老板压上去，肉山叠肉山，才压出味道呢！再不然就是咱们郝二哥，一身横肉丝儿，满是横劲，准保打发那三个女人眉开眼笑浑身舒坦！"

坐在门口晾风的郝二哥用扇子拍了小路子脑门一下笑道："上回你妈来看你，我看她长得就可人意儿。怎么样，认个爹吧？"一句话说得众人哄堂大笑。申老板笑得浑身肉打颤儿，半晌才坐起身来，用手抚着厚得叠起的肚皮，叹道："那是一锅正德老汤，传了一百多年了，儿孙不争气，说翻就翻了个干净，咱们德州扒鸡，老德祥马家的是数一数二的正宗——房子失火端了老汤逃，是扒鸡行的老规矩，为分家砸了老汤锅，真真是败家子。瞧吧，他们还要打官司，热闹还有看的呢！"

几个人听了便不言声。德州扒鸡驰名天下，不但山东，就是保定、河南达官贵人请客筵宴，也常用驿道快马传送，每年秋季还要贡进皇宫御用一千只。鸡好吃全凭一锅汤，那卤汤锅都是十几代传下来，做鸡续水从不停火。做鸡人家分家，不重浮财，就看重那锅卤汤，如今老德祥家竟为分汤不均砸了汤锅，连开旅店的申老板也不免皱眉惋惜。他粗重地喘了一口气，说道："汤锅已经翻他娘的了，还打屁的官司！论起来他们老马家也红火够了，就靠前头祖上挣的，这辈子也吃用不了——放聪明点和和气气分了浮财房产，各自安生重新支起汤锅，过几年仍旧生发起了。咱们刘太尊是什么好官？巴不得满府里都打官司，一笊篱捞完德州扒鸡还不甘心呢！"说着吩咐小路子："把后院井里冰的西瓜取一个，今儿这天热得邪门，这时候也没有客人来投宿，正好吃西瓜解暑。"小路子喜得一跳老高，一溜烟儿去了。

几个人破瓜大嚼，舔嘴咂舌，满口满肚皮淌瓜水、贴瓜子儿。正自得意，后院侧门吱呀一响，出来一个三十多岁的中年汉子，四方脸小眼睛，面皮倒也白净，一条大辫子又粗又长，梳得一丝不乱，随便搭在肩上。大热天儿还穿着件靛青葛纱袍，腰间系一条玄色带子，显得精干利落，毫不拖泥带水，只左颊上一颗铜钱大的黑痣上长着猪鬃似的一绺长毛,让人怎么瞧怎么不舒服。申老板见他出来,呵呵笑着起身,打着瓜嗝,让道:"是瑞二爷!狗伸舌头的时辰,屋里多凉快呐!您穿这么齐整要出门?来来来……吃瓜吃瓜……井水冰了的,森凉,又沙又甜,吃一块再去!"

"不用了。"瑞二爷阴沉沉一笑,说道:"我们贺老爷顷刻要去府台衙门拜客,这左近有没有杠房?我去觅一乘凉轿。"正说着,侧门那边一个人一探身叫道:"瑞二!贺老爷墨使完了,你顺便买两锭回来。"瑞二回身大声道:"省得了!曹瑞家的,告诉老爷,这店里有冰凉了的瓜,老爷要用,叫他们送进去一个!"

申老板和几个店伙计不禁面面相觑:府台衙门一抬脚就到,还用得着觅轿?这个姓贺的客人带着瑞二、曹瑞两个长随,在店里已经住了一个多月,从来都是独出独归。说是"做生意"却不和生意人往来应酬。住的偏东小院,一天二钱银子的房租,每天吃青菜豆腐,都由二瑞执炊做饭,说句寒碜话,还比不上进京应试的一班穷孝廉,怎么突然间就变成了"老爷",要堂皇打轿去府台衙门"拜客"!瑞二见众人瞠目望着自己,含蓄地微笑一下,说道:"实不相瞒,我们爷是济南粮储道,奉了岳抚台宪命来德州查亏空的,如今差使已经办完,这几日就要回省,你们侍候得好,自然有赏的。"

"哎哟!"申老板惊得从躺椅上跳起身来,略一怔,两眼已笑得弥勒佛似的眯成一条缝,"简慢了您呐!没成想我这小店里住了这么大个贵人,怪不得前日夜里梦见我爹骂我瞎眼,我这眼竟长到屁股上了——轿子有,出门隔两三家就是杠房,这么热的天儿,您二爷也不必走动——郝二的,愣什么,还不赶紧去给贺老爷觅轿?"说着亲手拂了坐椅请瑞二坐,一边穿褂子,一边吆喝着小路子:"还不赶紧再去取两个瓜,这里再切一个,给贺大人送进去一个!"

众人忙乱着,有的觅轿,有的取瓜,还有两个小伙计拾掇方才吃过的瓜皮，赶苍蝇抹桌子扫地，申老板没话找话地和瑞二攀谈套近乎。不到一袋烟工夫，一乘四人抬竹轿已在店门口落下，瑞二满意地点点头，正在进去回禀贺道台，东侧门一响，曹瑞在前，后头果然见贺道台一身官服，八蟒五爪的袍子外套雪雁补服，蓝色涅玻璃顶子在阳光下烁烁生光，摇着四方步徐徐出来。众人眼里都是一亮，早都长跪在地，申老板口中喃喃说道："道台大老爷恕罪，在我这小店住了这么多日子，没有好生侍候您老人家，连个安也没过去请，您老大人肚量大……"

"没什么，都起来吧。"贺道台温和地说道："我没说，你不知道，有什么可'罪'的？就是怕人扰，我才不肯说，相安无事各得其乐不好？曹瑞记着，明儿赏他们二十两银子。"他说话声音不高，显得十分稳重安详，只是中气有点不足，还微微带着痰喘，清癯的瓜子脸上带着倦容。一边说，一边漫不经心地出店坐了轿，轻咳一声道："升轿，去府衙，瑞二去先禀一声刘康，说我来拜会他。"

"人家这就叫贵气！"申老板望着逶迤去远的轿子，悠悠地打着巴蕉扇说道："你瞧这份度量！你听听人家这些话！你忖度忖度人家这气派！当初进店我就看他不像个生意人，而今果不其然！"小路子在旁撇撇嘴笑道："申六叔，你不是说人家像是三家村里的老秀才，不安生教书，出来撞官府打抽丰的么？"申老板被他挑了短处，照屁股打了小路子一扇子，"别放你娘的狗屁了，我几时说过这混帐话？别都围这里咬牙磨屁股了。郝二带这几个小猴儿去东院，屋里屋外给贺爷打扫一遍；小路子出去采买点鱼肉菜蔬，再到张家老铺订做两只扒鸡——要看着他们现宰再做。贺老爷回来，咱们作个东道，也风光风光体面体面！不是我说，前街隆兴店前年住过一个同知老爷，就兴得他们眼窝子朝天。如今咱们这里现住着个道台爷！"说着，腆着肚子得意地挥着扇子回自己帐房去了。

但申老板他们白张罗了半天。贺道台直到深夜，天交子时才回店来。同行的还有知府刘康，带着一大群师爷衙役，竟是步行过来。到了店门口，所有衙役都留下等候，只有刘康亲自送他进东院。申老板预备的两坛子三河老醪，一桌丰盛的席面，都便宜了等候刘康的那班公差。

小路子中午吃了一肚子西瓜，晚饭后又汲了两桶井水冲凉，当时觉得挺痛快，待吃过晚饭，便觉肚子里龙虎斗，五荤六素乱搅，吃了两块生姜，仍然不顶事。只好一趟又一趟往东厕跑，待到贺道台回来，他咬着牙挣扎着往东院里送了两桶热水，眼见太尊陪着道台在上房屋里说话，院门口又有府台衙门李瑞祥守着。一来是不敢，二来也确实不好意思再进东厕，只好在自己下处躺了，强忍了半个时辰，脸都憋青了，还不见刘康离去，急切中只好起来，捂着肚子踉踉跄跄直奔到后院。在水井旁萝卜畦中来了个长蹲。小路子觉得肚里松快些，提起裤子仰头看天，天墨黑墨黑的，原来不知从什么时辰起已经阴了天。

一阵凉风袭来，小路子打了个冷噤，便听到车轮子碾过桥洞似的滚雷声。他挪动着又困又麻的两腿正要出萝卜地，突然从东院北屋传来"啪"地一声，好像打碎了什么东西，接着便听到贺道台的声气："你这样死纠活缠，我越发瞧你不起！既然你不愿辞退，今晚我高卧榻上，只好请你闷坐苦等，等我睡醒，再接着和你打擂台！"

"这么大人物儿还拌嘴么？"小路子好奇心陡起，想想反正现在正跑肚子，不如索性守在萝卜园里倒便当。他借着一隐一闪的电光，蹑手蹑脚地蹚过萝卜畦埂，在凉风中簌簌发抖的他，潜到北窗下，坐在老桑树下的石条上。呆了好一阵没听见屋里有动静，忍不住起身，用舌尖舔破窗纸往里瞧。

屋里光线很暗，只炕桌上有一盏瓦制豆油灯，捻儿挑得不高，莹莹如豆的灯焰儿幽幽发着青绿的光，显得有点森人。小路子眯着眼盯视许久才看清，贺道台仰卧在炕上，脸朝窗户似乎在闭目养神，曹瑞和瑞二背靠窗台，垂手站着，看不清神色。刘康没带大帽子，一手抚着脑门子一手轻摇湘妃竹扇在炕沿下徐徐踱步。靠门口站的却是衙门里刘康的贴身长随李瑞祥，也是沉着脸一声不吭。

"我并不要与贺观察您大人打擂台。"良久，刘康像是拿定了主意，扬起脸冷冷盯着贺道台，嘴角带着一丝冷酷的微笑，徐徐说道："你走你的济南道，我坐我的德州府，本来井水不犯河水，是你大人不远千里到这里来寻我的晦气。我就不明白：亏空，哪个府都有；赃银，更是无官不吃，你何苦偏偏咬住我刘某人不松口？你到底心里打的什么主意，想怎么办?!"

贺道台眼也不睁，大约太热，扇了两下扇子才道："你说的没有一句对的，我是粮储道，通省银钱都从我手里过，要弄钱寻不到你刘康头上。德州府库里原来并不亏空，你到任不足三年，短少了十三万一千两。你说是火耗了，我看是人耗，所以我要参你——至于天下无官不贪，这话你冲雍正爷说去，我只是朝廷一只小猫，捉一只耗子算一只，拿了朝廷的养廉银，吃饱了肚皮不捉耗子，能行？"

"三年清知府十万雪花银。"刘康狞笑道："我算清官呢！干脆点说吧，你要多少？"

"我不要。"

"三万。"

"……"

"五万。"

"……"

"六万！不能再多了！"

躺在炕上的贺道台"嘻"地一哂："我一年六千两养廉银，够使的了。那六万银子你带进棺材里去！"这句话像一道闸门，死死卡住了话题，屋子里顿时又是一阵沉寂。小路子此时看得连肚子疼也忘记了。忽然一道明闪划空而过，凉雨飒飒地飘落下来。小路子心中不禁暗笑：想不到今晚跑茅房还这么开眼界，又觉得有点内憋，正要离开，却见对面刘瑞祥挤眉弄眼朝窗户使眼色，他还以为看见自己偷听壁根，顿时吃了一惊。正诧异间，却见背靠窗台的瑞二从背后给曹瑞手里塞了个小纸包，那曹瑞不动声色，取过炕桌上的茶杯泼了残茶，小心地展开纸包，哆嗦着手指头将包里的什么东西抖进茶杯，就桌上锡壶倾满了水，又晃了晃，轻声道："贺老爷，请用茶。"

"毒药！"小路子惊恐得双眼都直了，大张着口通身冷汗淋漓，竟像石头人一样僵立在窗外，连话也说不出来！那贺道台懒洋洋起身，端起茶杯。

"我端茶送客，杯子摔碎了，你也不肯走，此刻，我只好端茶解渴了。"贺道台语气冷冰冰的，举杯一饮而尽，目中炯然生光，冲着刘康说道："我自束发受教，读的是圣贤书，遵的是孔孟道。十三为童生，十五进学，二十岁举孝廉，二十一岁在先帝爷手里中进士。在雍正爷手里作了十三年官，也算宦海经历不少。总没见过你这么厚颜无耻的！此时我才真正明白，小人之所以为小人，因其不耻于独为小人，你自己做赃官，还要拉上我！好生听我劝，回去写一篇自劾文章，退出脏银，小小处分承受了，我在李制台那里还可替你周旋几句——哎哟！"

贺道台突然痛呼一声，双手紧紧捂住了肚子，霍地转过脸，怒睁双目盯着曹瑞，吭哧吭哧一句话也说不出。突然一道亮闪，小路子真真切切看到，贺道台那张脸苍白得像一张白纸，豆大的冷汗挂了满额满颊，只一双眼憋得血红，死盯着自己的两个仆人，半晌才艰难地说出几个字："我遭了恶奴毒手……"

"对了，贺露滢！"曹瑞哼地冷笑一声："咱们侍候你到头了，明年今日是你周年！"说着一摆手，瑞二和他一同饿虎般扑上炕去，两个人用抹桌布死死捂着贺露滢的嘴，下死力按定了，瑞二狞笑着道："人家跟当官的出去，谁不指望着发财？你要作清官，

我一家子跟着喝西北风——”一边说一边扳着贺露滢肩胛下死劲
地搡："我叫你清！我叫你清！到地狱里‘清’去！"

上天像是被这间小店中发生的人间惨案激怒了，透过浓重的
黑云打了一个闪，把菜园子照得雪亮，几乎同时爆出一声震耳欲
聋的炸雷，震得老房土簌簌落了小路子一脖子，旋即又陷入一片
无边的黑暗里。只那倾盆大雨没头没脑地直泻而下，狂风呼啸中
老桑树枝桠发颠似地狂舞着，湿淋淋的树叶发出令人心悸的沙沙
声……

"解开他的腰带。"

小路子木头人一样看着：刘康和李瑞祥都已凑到了灯前，李
瑞祥手忙脚乱地半跪在炕上，解着贺露滢的腰带，站到炕上往房
梁上挽套子。刘康满头热汗，用残茶冲洗那只有毒的杯子，煞白
着脸急匆匆地说道："不要等他断气，就吊上去。不伸舌头，明
儿验尸就会出麻烦……"说着将毫无挣扎力气的贺露滢脖子套上
环扣，一头搭在房梁上，四个人合力一拉，那贺露滢只来得及狂
喷一口鲜血，已是荡荡悠悠地被吊了上去。

一阵凉风裹着老桑枝卷下来，鞭子样猛抽了一下小路子肩膀，
他打了一个激灵，才意识到刚才那一幕可怖的景象并不是梦。他
一下子清醒过来，第一个念头便是离开这是非之地。他透过窗纸
又看看，却见曹瑞正在穿贺露滢的官服，一边戴帽子，一边对刘康
说道："许下我们的三万还欠一万五，这是砍头的勾当，大人你若赖
帐，小人们也豁出去了……"瑞二道："我们只送你到二门，灯底下
影影绰绰瞧着像姓贺的就成。"小路子再也不敢逗留，小心翼翼地
挪动着两条麻木冰凉的腿，贴着墙根慢慢离开北窗，兀自听见刘康
沉着的声音："记着，明儿我坐堂，不管怎么吆喝威吓，一口咬定是
他自尽……把他写的东西烧干净，手脚利索些……"

小路子轻轻转过北房才透过一口气来，心头兀自怦怦狂跳，
冲得耳鼓怪声乱鸣，下意识地揉了揉肚子，早已一点也不疼了，

只觉得心里发空。头晕目眩，腿颤身摇要晕倒似的，听瑞二隔墙高喝一声："贺大人送客了！"小路子勉强撑住身子回到门面，见侧门那边瑞二高挑一盏油纸西瓜灯在前引着知府刘康，刘瑞祥侧旁侍候着给刘康披油衣。当假贺露滢将刘康送到侧门门洞时，小路子心都要跳出胸腔了，睁着失神的眼看时，只听刘康道：

"大人请回步，卑职瞧着您心神有点恍惚，好生安息一夜，明儿卑职在衙专候。"

那假贺露滢不知咕哝了一句什么，便返身回院。小路子缩在耳房，隔着门帘望着刘康。李瑞祥徐徐过来，只用惊恐的眼睛望着这一对杀人凶手。外间申老板巴结请安声，众人脚步杂沓纷纷离去声竟一概没听清。他怎么也弄不明白，刚刚干过惨绝人寰坏事的刘康，居然那么安祥那么潇洒自如！

人都走了，临街三间门面杯盘狼藉，郝二带着几个小伙计骂骂咧咧收拾着满地鸡骨鱼刺，申老板进耳房，见小路子双目炯炯躺在床上出神，刚笑骂了一句："你跑哪里钻沙子去了？在后院厕井绳尿黄河么？"因见小路子神气不对，又倒抽了一口冷气，俯下身子关切地问道："你怎么了，脸色蜡黄——别是撞着了什么邪魔吧？"

"六叔，我没什么。"小路子瘟头瘟脑坐了起来，神情恍惚地望着烛光，许久方颤着声气道："我只是头疼，兴许在后头冒了风……"申老板审视着小路子的颜色，越看越觉得不对，说道："我开这么多年店，什么病没见过？像是走了魂似的，再不然就是受了惊吓——"正说着郝二进来，说道："东家，我想起一件事，东院贺老爷住的那间房有几处漏雨，贺老爷好性儿，就是不说，可是明儿进去咱们面上也不好看呀，你看这雨一时也没停的意思……"

申老板一拍大腿道："亏得你提了醒儿！刘太尊刚走，不定贺爷还没睡稳。你过去禀一声儿，务必请老爷赏光，挪到这边正房来。宾客往来也方便。"郝二答应一声回身便走，小路子脸色早变得鬼似的又青又白，怪腔怪调叫道："慢！"郝二被他吓得一哆嗦，止步回身看一眼小路子，笑道："你见鬼了么？吓我一跳！"申老板说道："我也正说这事呢！你去贺爷那里顺便将那本放在贺爷柜顶上的《玉匣记》取来看看。可能是撞了什么邪祟，烧张纸替小路子送送。怪可怜的，上午还好好的，跑几趟茅房就成为这模样。你要有个好歹，回村里我怎么跟我的老寡嫂交待呢？"说罢喟然叹息一声。

　　"你给我回来！"小路子见郝二又要走，急得赤着脚腾地跳下炕，也不知哪来一把子力气，扳着郝二牛高马大的身躯，活生生地将他拖进屋来，望着发怔的申老板和郝二，眼中鬼火闪烁，从齿缝里迸出一句："六叔，我们遭了滔天大祸，预备着打官司吧！"

二　钱师爷畏祸走山东
贺夫人鸣冤展罪证

　　申老板两腿一软一屁股墩坐在炕沿上。郝二扭着身子定在当地，半晌才回过神来，翕动着嘴唇轻声问道："你今夜是怎的了？你要吓死我们么？"小路子苦笑了一下，端起一杯凉茶咕咚咕咚喝了，长长透了一口气，把刚才在东院看到刘康勾结三瑞谋杀贺露滢的情形，告诉了申老板和郝二："你们不是见贺道台送刘府台了么？那根本不是什么'贺道台'，是他娘的曹瑞装扮的！那会子贺爷已经吊在房梁上了！"

　　申老板和郝二都惊呆了，拧歪了的脸上满是恐怖的神气，眼睛直直地一眨不眨，活似两个冻硬的僵尸，一动不动看着小路子，此时已是子时三刻，院中老树如鬼似魅般摆动着，显得诡异阴森……

　　"皇天菩萨！"一阵风吹来，裹着湿漉漉的雨雾斜袭进来，申老板浑身一颤，仿佛不胜其寒地哆嗦着，颤声说道："这是真的？别是你作梦吧！"

　　"信不信由你。"小路子看了一眼郝二，说道："但愿我在作梦，二哥，我看你还撑得住，你往东院北屋后窗根去看看……我是一辈子也不敢再到那块地去了……"

　　郝二看了看外边漆黑的天空，不言声地挽起裤脚，披了蓑衣，因见西耳房伙计的住屋还亮着灯，大声道："午炮都响过了，还不挺尸么？"那屋里灯火随声灭了，申老板肥胖的脸上满是愁容，手抚着脑后稀疏的发辫叹道："这下子完了，这店传到我手

里已五代了，这下要败在我手里了！这……这是怎么说？天理良
心，我是没使过一个黑心钱啊！有的客死到店里，银子都原封还
了人家主家——怎么会遭这报应？"说着声音已变了调，扯起衣
襟拭泪。又道："你该当时就嚷出来，这屋里几十号人拥进去，
当场将人犯拿了，能省多少事！"

　　"我当时都吓木了。"小路子道，"后来想，幸亏我当时没嚷。
这屋里的人都是刘府台带来的，没准会连我们爷们一锅烩进去灭
口。这会子想起还后怕呢！"正说着，郝二浑身水淋淋，颜色不
是颜色地走进来，见申老板盯着自己直发愣，郝二僵硬地点点
头，咬牙切齿说道："这两个贼男女真胆大包天，这会子还在那
屋里烧纸，收拾贺大人的行李呢！"

　　申老板绝望地呻吟一声，往回一坐，又似弹簧般跳起来："咱们
五六个人冲进去，当场拿住他们，到衙门击鼓报案，怕他飞了不
成？"小路子素来精干伶俐，此时已完全恢复神智，见郝二也跃跃欲
试，忙道："千万不能！他们是一窝子，公堂上若反攀我们，说是黑
店，杀官害命栽赃诬陷，登时就要送了咱们的命！"一句话说得郝
二、申老板都瞪了眼。正没做奈何处，外面廊下一阵脚步声，似乎
有人趿着鞋沿廊过来。三个人顿时警觉地竖起耳朵屏息静听。只
听那人在门面外间方桌上倒了一杯茶，咕咕喝了，却不离去，径自
推开西耳房门进来，问道："申老板，谁是帐房上的？"申老板怔怔地
抬头看时，是正房西厢住的房人，只知道他叫钱度，要往济南去，路
过德州。银度穿着灰府绸夹纱开气袍子，外头套了一件黑考绸马
褂，扣子扣得齐齐整整，申老板诧异地问道："钱爷这会子有什么
事，为何半夜三更地忽拉巴儿要结帐？"

　　"是，要结帐。"钱度五短身材，黑红的国字脸上嵌着一对椒豆
般又黑又亮的小眼睛，显得分外精明，他一撩袍角翘足坐在申老板
对面的条凳上，端茶喝了一口，微笑道："店里的事我都知道了，我
有急事去济南，不能在这吃官司。"说着用手指指头顶上的天棚，三

个人吓了一跳,看看天棚,才知道这耳房和西厢房上边是相通的,说话声极易传过去。申老板想想,没来由牵连客人,遂叹道:"由你吧,只是这大风雨,你可怎么走路?"钱度一哂,说道:"就是下刀子这会子也得走,我也不瞒你们,我是个刑名师爷出身,在河南田制台府里就了几年馆,这种官司没有两三年下不来,我孤身客居这里不比你们,不死也得脱层皮,三十六计走为上,所以咱们结帐两清。我带着现任河南孙抚院的荐书,在济南要站得住脚,说不定还能帮你们度过难关。"

小路子眼睛一亮,说道:"一看就知道您是读过大书的,说得真好!三十六计走为上,既如此,我们也逃他娘的!""你说得何其容易!"钱度噗哧一笑,"这案子本来不是你们做的,顶多不过是个'人证',证实了贺某人是'自杀'也就结案了。你们一逃,便落了个'畏罪'的名。姓刘的就是因为寻不到替死鬼才苦心这般设计。你们若逃走,他岂不正好顺水推舟把杀人的罪名推给你们?"他简单的几句话便剖析了其中的要害,一听便知确是熟牒老吏,几个人哪里肯放他走?只是哀恳他帮着拿主意。钱度嗫着嘴唇只是沉吟,说道:"我得赶紧走路,实在顾不上,你们看看外头这风这雨这夜……"

"郝二,你去捆扎钱爷的行李,帐不用结了。"申老板见钱度拿腔调,忙央求道:"好歹替小人们出出主意——店里还有一头大走骡,我送钱爷当脚力,算小的们一点孝敬……"

"嗯……"钱度转着眼珠子,手托下巴站起身来,思索片刻说道:"想一点也不连累你们,这是做不到的。有两层意思你们要牢记——"他摇着步子慢吞吞说道:"一,刘康并不想把你们直接扯进案里,他只想叫你们作证,他离店时贺道台还'活着'。这一条你们不等用刑就予以证实。但是你们又要说明白贺道台这人平素见人话不多,总是深居简出,你们不晓得他的根底。二,贺道台'自尽'你们不敢信也不敢不信,拼着吃几板子也要这么说——要知道这么大的案子肯定要惊动朝廷,将来总有掩不住的时候,如果打得受不得,你们就随他说,'自尽兴许是真的'。大不了将来东窗事发,落下'屈打成招'"。他笑了笑,"有这两条就保住了根本,再塞点钱给衙门里上下打点,取保候审,把店里浮财转移了,也犯不着人人都在这里受苦,有申老板顶着,等结案了赶紧卖房子,一走了之,免得将来翻案时再受牵累。"一转脸郝二已经进来,便问,"我的行李呢?"

郝二忙道:"都给爷准备好了,在西侧院后角门洞里,我怕惊动东边……""好,我这就走了。"钱度沉着地说道:"就照我说的,这样你们吃亏最小,不要怕,要知道他们更怕你们呢——咱们后会有期!"说着系好鞋带径自消失在门外黑夜雨声之中。

三个人像童生听老师讲书般听完钱度的话,急急商议,决定由郝二、小路子带上店里所有钱财连夜潜回苏禄陵乡下看风势,申老板和几个小伙计留下顶案子,里外使劲共渡劫难,待到一切停当,已是鸡叫二遍的。

德州府离济南只有三百多里地,钱度单身一人,行装简单,也亏了申家老店那匹大骡子,真的能走能熬,疾走十二个时辰,连打尖用饭第二日凌晨便到了济南。钱度心里自有主意:自己是个刑名师爷,这会子忙着到制台衙门投奔李卫总督,就算收留了自己,眼见德州这么大人命官司,审这官司,省里必定要派员前往。新来乍到的人难免要拿来"试用",岂不是将一盆子热炭往自己怀里倒?天一放明,钱度便在总督衙门对门一家大客栈住了下来。

在济南住了三天,钱度饱览青山秀水林泉寺观,什么千佛山大明湖游了个遍,还去趵突泉品了两次茶,德州府的案子已轰动了济南。人们说什么的都有,有的说贺观察有"疯迷症",犯了病,自己想不开上了吊绳;有的说是撞了邪祟,吊死鬼寻替身寻到了他;有的说是前世造孽今生还报,被冤魂索了命去的。自然,也有的说贺露滢的死因不明,另有原委的。茶楼酒肆一时间众说纷纭,钱度都不大理会,只听说总督李卫和巡抚岳浚已经合折上奏,按察使衙门已停止审理别的案子。臬台喀尔良亲赴德州,会同德州府谳理,待官府那边铺摆停当,钱度才带了河南巡抚的荐书径往制台衙门投刺谒见李卫。约莫一刻时辰,才听里头传出话来:请钱先生签押房外候见。"钱度只好跟着戈什哈沿着甬道、回廊走了好一阵才来到衙西花园月洞门口。听到签押房时断时续的谈话声和咳嗽声,便知李卫正在会客,便侧身站在花厅门口静候,那戈什哈轻手轻脚进去不知说了句什么,出来告诉钱度:"大人请先生茶厅里吃茶,岳巡抚和汤藩台正在里头议事呢!"

"您请自便。"钱度顺手将一个小红包递给戈什哈,笑道:"我就在外头恭候,不劳费心。"不料那戈什哈不言声把红包又塞了回来,小声说道:"在李制台底下做事,不敢犯规矩。"一笑而去。钱度心中不禁一动:久闻李卫苞苴不受、清廉刚直,果真名下无虚!

正思量间,签押房传来的声音似乎大了点,像是在临别寒暄。不一时,果然见两个官员,一前一后走出了签押房。两人都在四十岁上下,一个戴二品起花珊瑚顶子,一个是蓝宝石顶子。戴蓝顶子的一边退出一边说:"大人玉体欠安,请留步……"钱度猜出这两人便是岳抚台和汤藩台。一个中年汉子没穿袍服,中等身材长方脸,两道漆黑的眉呈倒八字形,一对三角眼偶然一闪间如电光石火,烁得人不敢正视。钱度心里怦然一跳:这就是名震天下的"模范总督",当今雍正皇帝极为宠信的李卫了!

"运河清淤的事要抓紧,白露前一定要完工。"李卫瞥了钱度一眼,对两个大员嘻笑道:"贼娘的你们好好地干! 兄弟进京,必定上天言好事!"直待二人出了月洞门,李卫转脸笑着对钱度招呼道:"是钱先生吧? 呆站着作甚? 进来聊聊!"

钱度没想到他如此随和,提得老高的心放了一半,稳着步子进来,见李卫已经坐了,便扎手窝脚地请了安,把孙巡抚的荐书小心地递了上去,陪笑道:"孙抚台再三嘱咐小人,向大人致意:好好调养身子。让我带了二斤冰片,二斤银耳,说这些是大人使得着的……"李卫一边拆信,一边说道:"孙国玺这家伙还结实吧?他还说了些什么——他这字写得倒长进了!"钱度揣度着李卫的性子,极豪迈的,便乍着胆子笑道:"孙抚台骂您来着,说您像一只快散架的老瘦狗,还吝着舍不得吃……"

"哦?"李卫一顿,突然一阵大笑,咳嗽着说道:"……好!骂得好……这龟儿子还惦记着我!"说着便看信。大概因不认得的字太多,信手将信丢在桌子上,说道:"不就是荐你来当师爷么?好,我留下你。"

"谢谢制台大人——"

"慢着。"李卫一摆手,脸上已没了笑容,庄重地说道:"我的规矩通天下皆知。一条是诚,我不认字,所以格外看重这一条。要跟我玩花花肠子,在文字上头蒙混我,我就请上方剑宰了你。第二条,每月给你二百五十两银子薪俸。天下督抚侍师爷,没一个肯给这么多的。要不够明着寻我要,只是要取个'廉'字。倘若在我衙门里日鬼弄棒槌,只会落个死罢了。我是叫花子出身,先小人后君子,丑话说在前头——勿谓言之不预也!"他突然冒出一句文话,笑了笑便收住。钱度早已站起身来,正颜说道:"东翁,就为敬佩您的为人、才识,学生才不远千里来投奔。您放心,钱度乃是大丈夫!"正说着一个戈什哈进来禀道:"外头有个少年,十五六岁光景儿,说是内廷派到苏州催办贡缎的,叫小的禀一声,有事要见大人。"

"名刺呢?拿来看看。"

"回大人话,他说不方便,没带。"

"嗯?没有通个姓名?"

"富察氏,傅恒。"

李卫身子一颤,赶紧起身,说道:"快,带我去迎接——"他猛地一阵呛咳,竟咯出一口血,忙用手帕捂住,喘息一阵道:"傅恒是宝亲王的内弟,是我的半个主子——钱先生,烦你把这屋收拾一下,我去去就来。"钱度当即督促茶房,厮役打扫地抹桌子,并亲自将散放在桌上的文牍案卷一份份依次收拾停当,接着便听到李卫的说笑声:"主子穿惯了我婆娘做的鞋,说是样子虽比不上苏州官制的,穿着合脚。前儿又做好两双,黑缎面青布里千层底皂靴,原想元旦我进京带进去的。六爷既来了,倒便当……"说着他亲自挑帘,跟着傅恒走了进来。

钱度顿时眼睛一亮,只见傅恒一身月白色实地纱褂,上套着紫色灯芯绒巴图鲁套扣背心,一条绛红色卧龙袋束在腰间,只微微露出米黄色缨络,脚下一双皂靴已穿得半旧,底边似打了粉,涮洗得雪白,清秀的面孔上,配了两个黑宝石似的瞳仁,顾盼生辉,潇洒飘逸的姿态恰如临风玉树,令人一见忘俗。钱度心里不禁暗想:"庙会上扮观音的童子也没这般标致。不知他姐姐——那必定是神仙了!"发愣间傅恒已经坐了,见李卫躬着身子要行家礼,傅恒忙道:"免了罢,你身子骨儿不好。"说罢看了一眼钱度问道:"上次来没见过,这位是……"钱度是个浑身装有消息儿的聪明人,一按就动,连忙上前禀道:"不才钱度,钱塘钱穆王二十六代孙,才到李制台府作幕宾的——礼不可废,我代东翁给您老请安了!"说着一揖,打个千儿起身又一揖,李卫在一旁看得直发笑。

"你很伶俐,这个赏你。"傅恒矜持地一笑,从袖中掏出几个金瓜子丢给钱度手里,转脸问李卫,"德州的案子怎么样了?哦,你别误会,我不干预你的政务。只是这事皇上很关心,说历来只见欠空的官员自尽,没听说过催债的反而寻短见的。皇上已下诏着吏部、刑部弄清死因。叫十七王爷写信,叫我过山东时问问你。我只管带你的话回京。"李卫沉吟了一下,说道:"这个案子是汤钧衡主理,我也感到蹊跷得很。汤钧衡已会同刘康过了几次堂,各造供词都用飞马报我。臬司衙门知府衙门会同验尸,确系缢死。门窗从内紧闭,不是他杀。死者生前与人无怨无仇,不像因情仇勒逼自尽。

我原是有些疑刘康,因为贺露滢是去查他的亏空的,但藩库报来说德州只亏空三千多两,犯不着为此杀人。且德州府衙役和客栈店伙作证,说贺某死前并无异常,当夜刘康拜会,贺某还亲送出门——这事抚司、臬司回过几次,今儿还来说要以自杀结案,我叫他们别急,再过一堂再商量。"

钱度在旁听着,十分佩服李卫精细。他思索一会,缓缓说道:"制台,请容我插一句。这是疑案,断然不能草草了结。这个案子我来济南时,曾道听途说,总觉得定自杀于情不顾,定他杀又于理难通。至于说什么'冤孽'索命,窃以为更是离谱了。六爷回去自然要转奏皇上,这案子现时不能定,再等等瞧才是正理。""对。"李卫笑道,"就是'自杀于情不顺,李杀于理难通'。你这师爷够斤两!"傅恒边听边颔首,欣赏地看了一眼钱度,转个话题问道:"你有没有功名?"钱度忙躬身道:"晚生是雍正六年纳捐的监生。"

"监生也可应考嘛。"傅恒说着站起身来,"不在这里搅了,得回驿馆去,明个我就回京,这次我不扰你,右左过不了几日就会见面的。"李卫起身笑道:"六爷并没有急事,耽几日打什么紧?哦——您话里有话,莫非有什么消息?"傅恒只用手向上指指,没再说什么便辞了出去。

一个月之后,果然内廷发来廷寄,因直隶总督出缺,降旨着李卫实补。山东督衙着巡抚岳浚暂署。总督衙门立刻像翻了潭似的热闹起来,前来拜辞的、庆贺的、请酒的、交代公事的,人来人往不断头。李卫只好强打精神应付,实在支撑不来,一揖即退,请师爷代为相陪。钱度新来乍到人头不熟,接待客人不便,就讨了个到各衙递送公事文案的差使,每日坐着李卫的绿呢八人大官轿在济南城各衙门里转,倒也风光自在。

一晃有半个月光景,这日正从城东铸钱司交待手续回来,路过按察使衙门口,隔着玻璃窗瞧见一个中年妇女头勒白布,手拉着两

个孩子,一路走一路呜呜地哭。那妇女来到轿前,急步抢到路当央,双手高举一个包袱两腿一跪,凄厉地高声哭叫道:

"李大人,李青天! 你为民妇作主啊,冤枉啊!"

钱度被这突如其来的情形吓得浑身一颤,顿时冒出冷汗来。按清制外官只有总督巡抚封疆大吏才能坐八人大轿。他是趁着李卫调任期间,自作主张和轿房商量过过轿瘾,这本就违了制度。更不好办的是雍正二年曾有严诏,无论是王公贵胄文武百官,凡有拦轿呼冤的,一概停轿接待,"著为永例"。自己这个冒牌货如今可怎么办? 钱度鼻尖上顿时冒出细汗来。正发怔间,大轿已是稳稳落下。钱度事到当头,反倒定住了心,也不那么期文。自己一挑轿帘走了出来,眼见四周渐渐聚拢围观的人群,忙摆手道:"大轿先抬回,我自己走着回去。"轿伕们倒也知趣,早抬起空轿飞也似的去了。

"大嫂,我不是李制台。"钱度见轿去了,心放下一半,含笑上前双手虚扶一下说道,"不过我就在李制台身边当差。你有什么冤枉,怎么不去臬司衙门告状?"那女的抽泣道:"我是贺李氏,宁波人——"话未说完,钱度心里已经明白,这是圆露滢的夫人。她一定发觉丈夫死因不明,专门赶到济南告状来了。眼见围上来的人愈来愈多,钱度知道不能逗留,遂笑道:"这里不是说话地方,请随我去制台衙门,要能见着李制台,你痛痛快快说好么?"

贺李氏含泪点点头,拉着两个孩子跟着钱度踅到街边,沿巡抚衙南墙径往总督衙门。他却不往正堂引,只带着母子三人到书办房,这才安心,笑道:"地方简陋些,慢待了,请坐。"贺李氏却不肯坐,双手福了福说道:"我不是来作客的,请师爷禀一声李制台,他要不出来,我只好出去击鼓了。"

"您请坐,贺夫人。"钱度见她举止端庄,不卑不亢的神气,越发信定了自己的猜测:"要是我没猜错,您是济南粮储道贺观察的孺人,是有诰命的人,怎么能让您站着说话?"贺李氏形容枯槁,满身尘土;两个孩子一男一女,都在总角年纪,也都乌眉灶眼的不成模样。妇人见钱度一眼认出自己的身份,不禁诧异,点了点头便坐了,问道:"您怎么知道的? 是先夫故交么?"钱度含糊点点头,出门去扯住一个戈什哈耳语几句,那戈什哈答应着进去了。钱度这才返身回来坐了,叹道:"我与贺观察生前有过一面之交,而今他已仙逝,令人可叹。不过,据我所知,贺大人乃是自尽身亡,孺人为了甚么拦轿鸣冤呢?"

贺李氏刚在按察使衙门坐了冷板凳,见钱度殷勤相待,一阵耳热鼻酸,眼泪早走珠般滚落下来,哽咽了一下,说道:"您先生——"钱度一欠身道:"不敢,敝姓钱。""钱先生猜得不错,我是贺露滢的结发妻。"她揩了泪,又道:"不过说露滢是自杀,先生是说错了。我的夫君暴死德州,是有人先毒后吊谋害致死!"

"什么?!"

钱度大吃一惊,腿一撑几乎要站起来,又坐了回去,声音有些发颤地道:"孺人,人命关天非同儿戏呀!"

贺李氏抖着手指解开包袱,里边乱七八糟,衣物银两都有,还有一身朝服袍靴,摊在桌上,指着说道:"这就是杀人凭证,凶手就是那姓刘的知府!"

三 李又玠奉调赴京师
张衡臣应变遮丑闻

　　钱度心慌意乱,上前翻看衣服,并无异样便转脸看贺李氏,恰好贺李氏的目光也扫过来,忙掩饰着问道:"这是贺大人的衣服?"

　　"是……"贺李氏低头拭泪,说道:"这是申家老店派人送回去的,说已经官府验过……我当时昏昏沉沉,只觉得天旋地转,一家人都哭成了一团,像掉了魂似的,问来人谁是跟我老爷的长随,他说已经结案,长随被打发走了。"

　　"我家老爷为人,虽然刚直要强,但是遇到再为难的事从没有唉声叹息过,一沾枕头就能睡着。他既没有伤着害着谁,又不贪财好色,会有什么事想不开走这条路呢? 来的那个人叫小路子。我就留下他,好生款待,细细盘问,偏他什么也说不出。"

　　"也是天助人愿! 小路子在路上淋了雨,发热,一时也走不了,我怕这些衣服发霉,就搭到天井里晒,谁知这一晒,就出了蹊跷,引来了满院的绿头苍蝇,打不尽赶不走,我一件一件仔细看,原来衣领上、肘弯上,连朝服后肩上都有斑斑血渍,只是让人仔细揩拭过,不留心看不出来——钱师爷,您瞧这帽子红缨上头还留有血痂,必是凶手当时手忙心乱,没有擦净!"

　　"我没见过上吊的男人,我本家妹子就是上吊死的,我去看过,难看是难看,但是干干净净的,别说血,连痰都涌不上来——钱师爷,当时我浑身汗毛直乍,心肠肝肺都要裂了! 转身就去寻那小路子,谁知他正热得发昏,满口里谵语……说'贺道台……我知道……知道你屈……我敌不过人家……救不了你哟……"

"和我们老太太商量了一下，我们找了个和我家老爷相貌身材相似的家人，当晚半夜换穿了老爷的官服，灯底下叫醒了他。小路子当时就吓得翻倒在地上，连滚带爬钻到床底下哀告说'您老明鉴，我只是隔窗瞧见了，刘府台人家四个壮汉，外头又都是人家的人……求求您去吧……我许下三十三坛罗天大愿为您超度……您就不来，我也会夜夜见您的，你吓死了我，我老娘谁养活呢?'……"

说到这里，贺李氏已是泣不成声，抱着头呜呜只是个哭。两个孩子也哇地放声号啕。钱度想想，心里也觉惭愧凄惶，点头道："这衣物送到仵作那里再验验。如今既有人证，这案子就好办。那小路子呢? 他也来了么?"贺李氏哭得气噎声嘶，断断续续说道："他……他连夜就逃了，可怜我母亲听见这凶耗一病不起，我忙着办丧事，分不出人手去追。我一个没脚蟹，从宁波赶到济南，又去德州，死活寻不到申家老店一个人。告到臬司，人家说我是痛迷心窍，还有说我是穷疯了，指望打官司当苦主讹钱——皇天菩萨! 我男人当了十四年官，我都没指望他发黑心财，他死了，我倒来讹钱么? 啊……"她虽然矜持，说到这里，再也抑制不住，伏在案上死命地抓丈夫的遗物："老爷老爷……你生是人杰，死当为鬼雄，为什么不显显灵呢……"

"贺夫人，不要伤情太过。我都听见了。"李卫站在门前忧郁地说道。原来他已经来到门前好些时了。他的脸色异常苍白，闷声说道："杀人偿命，情理难容。真要像你说的，杀人犯定然难逃法网。这案子现在虽然已经不归我管，我还是要咨会岳浚，要他们重审。我到北京，还要奏明皇上，必定给你讨个公道。"见贺李氏张着泪眼怔怔地望李卫，钱度忙道："这就是我们李制台。"

"李青天!"贺李氏一手拉一个孩子扑通一声长跪在地，扑簌簌只是落泪，一句话也说不出。李卫轻轻捶捶自己胸口，上前查看了一下贺露滢的那包衣物，沉重地点点头，舒了一口气说道："贺夫人，小路子在逃，他又是唯一见证人，一时半时难以结案。这样，你的案子算我接了，且回乡安葬老母抚养孩子，一有信儿我就着人告诉你，不要在这里滞留。"说罢叫来门外的戈什哈，"带她去帐房，从我俸银里支三百两，钱师爷，明儿派两个妥当人送贺夫人回家。"

送走贺李氏，钱度立刻赶来签押房见李卫。李卫躺在安乐椅上，似乎精神很不好，一声接一声地干咳，见钱度进来，只看了一眼便闭目沉思。钱度忙宽慰道："这不是东翁手里的案子，至今也没有结案，您——"

"结了。"李卫冷冰冰说道，"你不要看我名声大，威重望高。其实山东、两江的官儿听说我要调走，恨不得燃醋炭！你串了这多衙门，看不出他们高兴？姓刘的知府是庄亲王门下的包衣奴才，又是岳浚的门生，只要银子使到，什么事遮掩不来？我已经派人又去过德州，亏空真的填补了，你不能不服他。哼，倒真不愧是刑名师爷出身啊！"

钱度眼皮子一颤，才想到不是说自己。忙道："这事早晚总要败露的，就有人想掩也是掩不住的。各衙门高兴，我看是因您去职后，他们给递次补缺。哪里是恨您呢？东翁，您太多心了。"

"这个是的，我说的那种人也是有的。"李卫咬牙冷笑道，"我在这'廉'字上抠得紧。走了，人家松一口气是真的——我创的养廉银制度，堵了他们在火耗上发财的路，那就只好从人命官司里头打主意了！"

李卫轻装简从，只带了在签押房侍候差使的蔡平、钱度两个师爷启程。他身子骨已十分虚弱，只好用暖轿抬到新河码头便弃轿登舟，沿运河水路直抵北京朝阳门外。这一来耽误了一些时日，已是季秋时节。一行人下船便觉寒风刺骨，与济南迥然不同。暮色中但见东直门灰暗的箭楼直矗霄汉。天还没黑定，码头上已到处点起"气死风"灯，闪闪烁烁隐隐约约间只见水中到处停泊的是船，岸上熙熙攘攘的人群川流不息。李卫进了驿官稍稍安顿，便叫过钱度，笑道："看你傻子进城似的，是头一回到天子脚下吧？叫蔡平带你左近转转。坐船一天晕头转向，疏散一下——我要不怕中风，也想走动走动呢！"

"谢东翁！"钱度喜得眉开眼笑，一躬到地说道，"这地方儿真开眼，我和老蔡出去走走就回来。"正兴高采烈往外走时，李卫又叫住他吩咐道："不要耽搁的时辰太长，明日我必见皇上，要奏的事情多，你们还要开个节略目录——去吧。"这边李卫便命人进城禀知鄂尔泰、张廷玉两位宰相，报说自己已经抵达京师。

吃过晚饭，李卫用青盐水漱漱口，要了热水正准备烫脚歇息，驿丞便一溜小跑进来，禀道："鄂相张相都来看制台大人了。"李卫连忙着袜蹬靴，也顾不得穿袍服，便迎出客厅。见两人一般瘦削，都是六十岁上下的红顶子一品大员从正门联袂而入。稍高一点的，是鄂尔泰，矮点是张廷玉。见李卫要下阶相迎，张廷玉笑谓鄂尔泰道："你看看这个人，还要和我们闹虚礼！"鄂尔泰也是一笑，说道："又玠，你是嫌我们搅扰，要赶我们走么？"

"哪里的话。"李卫此刻提着精神，一点也不像个病人，嬉笑着让二人进屋坐了，一叠连声命人"看茶"，又道："我是想凑近点瞧瞧，看看二位宰辅脸上又添几条沟儿！"说着，三个人仰头大笑。

三个人絮语欢言，看上去是极好的朋友了，但知道内情的却清楚他们相互之间存着很深的芥蒂。当年张廷玉的堂弟张廷璐主持顺天府贡试，贪墨卖官。副主考杨名时拂袖走出棘院，黄夜谒见李卫，查封贡院。张廷璐因此东窗事发，被雍正下旨腰斩于柴市胡同。杨名时与李卫原来交情极好，后来李卫在两江总督任上试行"火耗归公"得罪了杨名时等一大帮官僚，连上参本弹劾李卫"好大喜功欺蔑同僚"。当时鄂尔泰奉旨前往查处浙省亏空，被李卫使弄调包诡计，累得他三个月一无所获，空手回京。原上书房大臣马齐告老致仕，腾出一席宰相缺，鄂尔泰满心指望张廷玉举贤荐能推选自己，张廷玉却密荐了自己的门生人选，弄得杨名时也大不高兴。后来鄂尔泰因是满州贵胄，有斩关夺隘的功劳，凭着真本事入阁拜相，自然对张廷玉暗存芥蒂……这些个公私怨恨各人自己心里雪亮。只是大家都是从宦海里滚出来的，深通喜怒不形于色的奥秘。且雍正为人最恶党争，纤过必究，谁也不敢触这个霉头。因而心里纵有不受用，却是各自严守城府，不遇机缘，外人很难看出半点。三人亲热寒暄一阵，李卫改容躬身问道："主子身子骨儿还好？傅六爷进京后，我就得了主子两份朱批，皇上说颏下长有小疙瘩，又说叫我荐医，总没有得着好的。我在外头着实惦记着呢！"

"皇上御体尚算安康。"鄂尔泰抱拳一拱，皱眉说道："只是自二月以来，因苗疆改土归流事务不顺，主子心境不好。嗯——衡臣我们两个来也有意和你商量，直隶总督衙门你是否暂时不要到任，先到古北口，仍以直隶总督身份阅军，看看军需还缺什么，如果使得，就奏明皇上。"

原来西南贵州是苗瑶聚居之地，历来都是当地土司土官土目世袭统治，名义上说是归朝廷管，其实山高皇帝远，各自占山为王，不但相互之间争地盘打冤家火并，过往行商甚至朝廷驿传也时受袭扰。因此自雍正四年起便下诏由鄂尔泰主持，撤销土司制度。在贵州苗区设厅设州设县，与内地政令一统。这就是所谓"改土归流"。张广泗、哈元生等人在苗疆大杀大砍，数年经营，辟地三千里，设了八个厅州县，几乎占了贵州省的一半。不料去年十二月，苗人中出了个老包，四处传播"苗王"出世，聚众闹事驱赶朝廷官员，到今年二月已是全省烽火遍地，雍正自然很不高兴。

"二位中堂既这么说，我李卫当然要为皇上分忧。"李卫下意识地抚了抚前胸，叹道："当时设厅，我就有信给上书房，苗人生性强悍，抱团儿，不是好惹的，要派最能干的官去。不是我当面埋怨，你们都弄了些什么人去了？韩勋是总兵，带三千人马，看着老包闹事按兵不动。平越知府朱东启平日敲剥苗民伸手捞钱时劲头十足，偏苗变一起，他却称'病'辞官。还有清平知县邱仲坦更出奇，娘希匹苗人杀来，他下令所有官弁'不得逃避'，自己却脚板抹油溜了。张广泗要管哈元生，哈元生不听张广泗的令，主将管着两省疲兵，副将却坐拥四省军兵不动……唉！我不说什么了，这张嘴已经冒肚了……"说罢看了张廷玉和鄂尔泰一眼。他确定还有更难启齿的：主将张广泗上头还压着一个抚定苗疆的钦差大臣张照，是个出了名的才子。诗词歌赋样样拿手，偏偏他既不是张廷玉的门人也不是鄂尔泰的私交。两人为了避嫌，竟公推这个白面书生去调和张、哈两军。张照支持哈元生压张广泗，哈元生也不全听张照的，弄得平定苗疆十万天兵，竟是群龙无首的乌合之众！

张廷玉默然良久，叹道："又玠公说的是，我不推诿，这是我的责任。家家都有一本难念的经啊！"鄂尔泰立刻接着道："我也没想到张照无能，丧师辱国。这不是衡臣一人之责。又玠，我和张公都已写了自劾密折送上去了。朝廷自然有处分。事到如今，只有整军再战。据你看，用谁为主将最好？"说罢凝神注视李卫，张廷玉也把目光扫过来。两个人心想李卫必定举荐哈元生或张广泗，不料李卫一笑，说道："我看岳钟麒这人行。"三个人各怀鬼胎暗斗心计，至此竟都忍俊不禁莞尔一笑。还待往下详谈时，便听门外一阵喧嚷。三个人都为之一怔，却见养心殿太监高无庸大步流星进来，脸色青中带灰，死人般难看，径抢步立于中厅当央南面而立，怪腔怪调扯着公鸭嗓子道："有旨意，张廷玉、鄂尔泰跪听！"这突如其来的变故吓得三人"唿"地站起身来，李卫忙退到一边回避，张廷玉、鄂尔泰一撩袍子扑通跪下，叩头道：

"奴才张廷玉、鄂尔泰恭聆圣谕！"

"奉庄亲王允禄、果亲王允礼、宝亲王弘历、怡亲王弘晓传谕圣命，着张廷玉、鄂尔泰火速前往圆明园面君。钦此！"

"奴才遵旨！"

两个人一齐叩下头去，高无庸也不说话掉头便走。李卫平素和高无庸极相熟的，一把扯住，似笑不笑地问道："老阉狗，没瞧见我在这里？你这样儿，是起反了还是天塌了？"高无庸急得一把扯开，说道："快快！快快快！"说着就跑，竟被门槛一脚绊倒，几个骨碌直摔到堂前石阶下，起来也不掸灰，就在院里拉马上骑还加了一鞭，一阵急蹄去得无影无踪！

鄂尔泰和李卫情知大变在即，两个人紧张得挺着腰相对而立，竟都保持着送别高无庸的姿势不动。张廷玉入阁三十年从没遇到过这样的事，也是脸色煞白，但他毕竟是历事两朝的老臣，迭遭宫变大故，毫不迟疑地大步抢出滴水檐下，站在阶上厉声叫道："谁是驿丞？有马没有？走骡也成！"那驿丞连滚带爬出来，叩头道："这是水路驿站，没有配备马匹。不过今晚有个送煤的人住后房，卑职见有几匹走骡……"

"谁听你嚼老婆舌头？"张廷玉焦躁得声音都变了，"快，快快……"那驿丞脚不沾地地奔向后院。顷刻之间便亲自拉了两头骡子，哭丧着脸说道："没有鞍，这光脊梁骡子二位中堂可怎么骑……"

张廷玉和鄂尔泰什么话也没说，几步下阶一人牵了一匹，就着堂屋台阶骑了上去。二人互视一眼，一抖缰绳便冲门而出。张、鄂二府带来的家人戈什哈、护卫亲兵一个个不声不响纷纷离去。李卫掏出怀表看时，已是戌末亥初时辰，蔡平和钱度刚刚回驿，亲眼目睹了这一幕，真是惊心动魄，对望一眼便进了上房客厅。见李卫身子前倾木然呆坐在安乐椅上。钱度嗫嚅了一下又把话咽了回去。

圆明园在畅春园北，离西直门尚有四十里，原是雍正皇帝未即位前康熙赏赐的园林。雍正生性畏热喜寒，见园东有一大海子，名字也叫吉利，叫"福海"便于雍正三年下诏，以圆明园为春夏秋三季听政之所。园外分列朝署，内设"光明正大"殿，在正殿东侧又设"勤政亲贤"殿。张廷玉、鄂尔泰从东城策骤急奔到此约七十余里，足用了多半个时辰，直到大宫门辇道旁，方翻身下骑，早见高无庸、赵本田两个太监带着十几个小苏拉内侍张着灯，正望眼欲穿地望着南边。二人将缰绳一丢疾步上前，鄂尔泰问道："皇上现在哪里？""在杏花春馆。"高无庸答应一声，只举着玻璃灯疾步前行，却不再言语。鄂尔泰张了张口，又把话咽了回去，张廷玉蓦地升起一种大事临头的不祥之感，来不及转念，已见允禄、允礼、弘历、弘晓四位老少亲王亲迎至殿口，都是脸色铁青。忙和鄂尔泰跪下请安，说道："万岁深夜召臣等进宫，不知有何要事面谕？"

"是我们四个王爷会议，为防物议有骇视听，特矫诏召你们来的。"允禄迟缓地一字一板说道，他素来口齿很流利，就这句话还不知斟酌了多少遍才说出来。允礼见鄂尔泰、张廷玉愕然相顾，语气沉重地说道："雍正万岁爷已经龙驭上宾——你们进来瞧瞧就知道了。这里一切我们都没动。"张廷玉听罢，只觉得腿软身颤，茫然地看一眼鄂尔泰，见他也是脸色雪白如鬼似魅——他们不敢说，也不敢想什么，贼似地蹑脚儿进殿，顿时惊得木雕泥塑一般。

高高的门槛旁便是一滩血，沿着斑斑点点的血渍向前，地下横着一具女尸，双眉紧蹙，秀色如生，只嘴色微翘，泪痕满面，似乎死前恸哭过一场。她身上脸前有伤，地下却没有血斑。殿里别的物件都没有乱。只一把座椅翻倒在地，案子盘子里放着一粒紫红色的药丸，一眼可辨是道家所炼的"九转还丹"，大约核桃大小。御榻前的情景更是惊人，雍正尚自端坐榻上僵死，御榻前淋淋漓漓斑斑点点俱是血渍，凝成血痂。雍正皇帝颏下有一刀伤。划痕约在一分许深，肩后有一刀伤，是刺进去的。可奇怪的是凶器匕首紧紧握在雍正自己手中，直插心窝！两个人如入梦境，凑近俯视这位当天还说笑着接见过自己的皇帝，只见他眉目间毫无惊恐愤怒之色，双唇微翕，似乎临死前还在说话，惨笑的脸上双目紧闭，张廷玉尽力屏气，使自己镇定下来。细看时，只见雍正左手紧攥，他却不敢去掰，取过一支蜡烛，照着，才见手里攥着一只长命石锁。张廷玉正皱眉沉吟不得其解，鄂尔泰在案边轻声惊呼："衡臣，你来看！"张廷玉忙秉烛走过去，只见青玉案上赫然写着几个血字：

　　　　不许难为此女，厚葬！

　　两人都是日日奉侍雍正身侧的鼎力重臣，一眼便看出，这字迹千真万确是雍正皇帝以指蘸血的最后手书！

　　"情死！"鄂尔泰轻声咕哝了一句，看张廷玉时，张廷玉却咬着牙摇头道："万不可外言。"说着用手指指丹药，没再言声。两个人使眼色便一同走出殿外。张廷玉对四个傻子一样呆站在殿外的王爷道："请进殿内叙话——高无庸守住这道门，无论宫人侍卫一概不许偷听。"

　　四个王爷依次鱼贯而入，像是怕惊动死者似地绕开那个女尸，小心翼翼地跟随两位宰相鹄立在殿西南角。张廷玉的目光在烛光中幽幽跳动，许久才道："诸位王爷，这里的情形想必大家都仔细看了，显然是这个宫嫔弑君。但皇上圣明仁义，已有血诏不许难为。因此，这里的事不但不能深究，而且不能张扬。"他说着，口气已经变得异常严峻，"我们都是饱读史籍的人，此时正是社稷安危存亡关头。廷玉以为第一要务乃是遵先帝遗命，星夜前往乾清宫拆看传位遗诏，新君即位万事有恃。不然，恐有不测之祸！"允禄听了说道："宰相所言极是。不过循例宣读遗诏，要召齐诸王、贝勒，是否分头知会，天明时在乾清宫会聚宣诏？""不能这样。"张廷玉的脸冷峻得像挂了一层霜，"这是非常之变，礼有经亦有权，现在只能从权。现在且将杏花馆正殿封了，着侍卫禁锢这里的太监宫女不准出入。待新君定位，一切按旨意办理。"

待一切议定，已时交寅初。七个王公贵胄便乘马赶回紫禁城。此时张廷玉方觉两股间钻心疼。一摸，已被骡背磨得血渍沾衣，看鄂尔泰时，上马也是攒眉咬牙。却没言声。众人见他们上马，一放缰，连同护卫，几十匹马立刻消失在寒风冷月的夜色之中。

四　天生不测雍正归天
风华正茂乾隆御极

　　四位王爷和两位宰相赶到大内，天色已露晨曦。早朝进来到军机处和上书房排号回事和等候鄂尔泰、张廷玉接见的下属司官，还有外省进京述职的官员已经来了几十个人，都候在西华门外，呵着冷气看星星。张廷玉随众下马，因见李卫的官轿也在，便吩咐守门太监："传李卫立刻进来，其余官员一概回衙。"说罢，与众人径直穿过武英殿东北角门，由弘文阁西侧，过隆宗门进天街，由乾清门正门沿着甬道向北，远远见丹陛上下灯火辉煌，八名乾清宫带刀侍卫钉子似地站在丹墀上。殿内各按方位点燃着六十四根碗口粗的金龙盘绕的红烛，十二名太监垂手恭侍在金碧交辉的须弥座前，七个人站在乾清宫丹墀下一字排开，对着大殿行了三跪九叩大礼，张廷玉见值班头等侍卫是张五哥，便招手叫他过来，说道："有旨意。"一边说，一边用手擎起雍正皇帝用于调遣五城兵马的金牌令箭请验。

　　"原本没有信不过中堂的理。"张五哥笑道："不过这是规矩，这殿里存放皇上传位诏书，是天下根本之地。"他已是年近七十的老侍卫，从康熙四十六年入值，到现在整二十八年，别的侍卫一茬又一茬早换过了，唯独他寸步未离大内，取的就是他这份忠心。五哥接过，就灯下验看，果见上面铸着四个字：

　　如朕亲临

凉森森黄澄澄闪烁生光,忙双手递还张廷玉,"叽"地打了马蹄袖颤巍巍跪下。

"奉先帝雍正皇上遗命,"张廷玉从容说道,"着内阁总理大臣领侍卫内大臣上书房行走大臣张廷玉、鄂尔泰会同乾清宫侍卫拆封传位遗诏,钦此!"

"奴才张五哥……领旨……"

跪在地下的张五哥两腿一软,几乎瘫倒在地,半晌才抬起头来,颤声问道:"皇上,皇上……他驾崩了?前日见中堂,不是说……"张廷玉见他脸上肌肉一抽一颤,老泪浑浊盈眶,知道他马上就要开哭了,忙低声说道:"这不是哭的地方,也不是时候,仔细违旨失仪!快,奉诏办差!"

"扎……"

张五哥起身拭泪,说道:"请王爷们就地候着,奴才和二位中堂取遗诏。"

传位遗诏在乾清宫"正大光明"匾额后面存放。这是康熙皇帝开创的办法。康熙皇帝八岁御极,十五庙谟独运智擒鳌拜,二十三岁次第削平三藩,征服台湾荡平新疆之乱,治黄河修漕运,轻徭薄赋修明政治,抚有华夏九州六十一载,算得上明君主,功盖唐宗宋祖。唯有晚年两废太子,群王凯觎帝位夺嫡成祸,为终生一大憾事。因而在第二次废黜太子胤礽后,决意不再立太子。将拟定的继位人密书金册存于此地。雍正即位后便下诏"著为永例。"饶是如此,雍正的八弟九弟谋篡不成瘐死图圄,雍正的儿子弘时为谋太子位置,被削籍赐死。自弘时死后,乾清宫其实已成了专门存放这份密诏的机枢禁地。张廷玉和鄂尔泰会同张五哥正要入殿,却听旁边有人说道:

"三位大人且慢。"

三个人一齐回头看时,却是宝亲王弘历。宝亲王穿着四团龙

褂,足蹬青缎皂靴,灯影里只见二层金龙顶皇子冠上十颗东珠微微
颤动,晶莹生光,真个目如明星面如满月,因修饰整洁,二十五岁的
人了,看去还像十八九岁那年样轻秀气,只是似乎刚哭过,白净的
脸上带着一层薄晕。雍正皇帝有十个儿子,在世的儿子只有四个,
弘时已经去世,弘昼在康熙诸皇孙里是个污糟猫,整日闭门在家玩
鸟笼子熬鹰,和一群和尚道士参禅炼丹,有时几个月也不洗脸。最
小的还不足三岁。遗诏里写的继位人已注定是宝亲王,听他招呼,
众人无不诧异。鄂尔泰、张廷玉忙回身道:"四爷(弘历叙齿排行老
四),有何吩咐?"

"还该传弘昼来一趟听旨。"弘历皱眉说道:"他和我一样是先
帝骨血。逢此巨变,他不来不好。"说罢注视了一下众人,只这一瞥
间,显现出与他实际年龄相称的成熟干练。张廷玉明知多此一举,
忙躬身连连道:"四爷说的是,臣疏忽了。五哥叫乾清门侍卫去传,
这边只管搭梯子,等五爷十爷到,再取诏开读。"

说"搭梯子",其实是"摆梯子",当时安置遗诏时就设计好了三
个高大无朋的木柜,柜子呈梯形一层层高上去,刚好可抵"正大光
明"匾额,"木柜"就摆放在御屏后面。鄂尔泰站在一旁看着人们动
作,只觉得一阵阵眩晕。昨天上午,雍正还在圆明园接见自己和张
廷玉,议论苗疆事务一个多时辰,商量着从宗室亲贵里派一个懂兵
法的替换钦差大臣张照。因议起佛家禅宗之议,雍正还笑说:"张
照的号'得意居士',还是朕赐给的。可叹他不得朕的真意,难免要
交部议处,吃点俗尘苦头了。人生如梦一切空幻,他那么聪明的人
参不透这个理,以恩怨心统御部属,哪有个不败的?"这话言犹在
耳,如今已成往事,鄂尔泰正在胡思乱想,五贝勒弘昼已踉踉跄跄
从乾清门那边过来。此时天已放亮,只见弘昼衣冠不整,发辫散
乱,又青又黄的脸上眼圈发红,一副魂不守舍的样子,他和弘历同
岁,相貌并不丑陋,只这不修边幅,比起弘历来真算得上一个地下
一个天上。张廷玉生怕他出哭出声来,忙疾步上前温和地说道:

"王爷,此时大局未稳,要节哀办事。请和怡亲王并排站着,等候宣读大行皇帝遗诏。"正说着张五哥过来说道:"梯子已经摆好,请二位中堂……"

于是,在众目睽睽中,张廷玉、鄂尔泰和张五哥三人迈着沉重的步履拾级而上直到殿顶,在"正大光明"扁下用铁箍固定着一只紫檀木箱,张五哥取出钥匙打开了,取出沉甸甸亮闪闪围棋盒子般大的小金匮,郑重交与张廷玉。张廷玉像捧着刚刚呱呱坠地的婴儿缓缓下来,站在丹墀上,眼风一扫,看了一眼鄂尔泰,把金匮又交张五哥。几乎同时,两个人从腰里各取出一把金钥匙——那金匮正面有两个匙孔,两把钥匙同时轻轻一旋,机簧"咔"地一声,金匮已是大开。里边黄绫封面金线镶边平放着那份诏书。张廷玉小心地双手取出捧在掌上,又让鄂尔泰、张五哥看了,轻声道:"这是满汉合璧国书,请鄂公先宣国语,我宣汉语。"转脸对几个王爷道:"现在宣读先大行皇帝遗诏,诸臣王跪听!"

"万岁!"

满语在大清被定为国语,不懂满语的满人是不能进上书房的。清朝立国已九十一年,饮食言语早已汉化,通满语的寥若晨星。几个王爷听鄂尔泰叽哩咕噜传旨,都是一脸茫然之色,惟弘历伏首连叩,用满语不知说了些什么。听来似是而非,似乎是谢恩。张廷玉见大家只是糊涂磕头,接过诏书便朗诵道:

> 奉天承运皇帝诏曰:皇四子弘历龙日天表资品贵重椹为人君。即由弘历嗣承帝位,以继大清丕绪。钦此!雍正元年八月中浣御书。

这一来大家才真的是都听清楚了,齐声俯身叩头称道:"臣等谨遵先帝遗命!"

"国不可一日无君。"张廷玉听诸王奉诏,心里一块石头落地,徐徐说道："先帝御体尚未入梓奉安，即请宝亲王即位，主持一切大政。"说罢和鄂尔泰二人一齐上前，一边一个搀起哀号恸哭伏地不起的弘历。乾清宫大殿里立刻开锅水般忙碌起来，拆梯子的拆梯子，摆御座的摆御座，掸尘拂灰，研墨铺纸各办差使，只一刻时辰便一切停当。此时天已大亮。

弘历坐到乾清宫正中的须弥宝座上，心中仍是一片迷乱混沌。虬龙盘螭的龙座又宽又高，明黄软袱面冰凉软滑，足可坐三个人，端坐中间，两边的檀木扶手完全可说是虚设。往日在这里侍候差事，只是觉得坐在这里的人尊贵庄严，今日自己坐上去才真正体味到"四边不靠"孤家寡人的滋味。刹那间他有点奇怪，昨天侍候在这案下时，怎么就没有这种感受？甚至连徐徐鱼贯而入的叔王兄弟、并张廷玉、鄂尔泰这些极熟稔的人，也一下子变得陌生起来。怔忡良久，弘历才突然警觉过来，自己已不是"宝亲王"，而是统御华夏抚有万方、天地宇宙间的第一人了！他的脸立刻泛上一丝潮红。眼神安祥中带着尊贵，看着几位大臣在御座前行礼，半晌才道："都劳累一夜，乏透了，起来吧！"

"谢恩……"

"实在没想到，父皇把这千斤重担卸到我的肩上。"弘历说道："说起来，皇阿玛的御体不安，已经有六个年头了，忽寒忽热，似疟非疟，不知用了多少法子，总不见好。前日我去圆明园见皇阿玛，阿玛还拉着我的手说'近日不安，身上焦热难当，这个热退不下去，恐怕就起不来了。内外事多，朕要病倒了，你和兄弟大臣们要多操持些了'……想不到事隔两日竟成谶语，今日骤登大宝，思及先帝言语，音容宛在，参不令人神伤？"他心里突然一阵酸热，眼泪已是夺眶而出。

这个开场白是谁也没想到的，娓娓而言，说的全是雍正的身体，入情入理，动人心肺。但张廷玉、鄂尔泰立刻听出了话中之话：大行皇帝绝非"暴亡"，而是久病不愈终于天年。因此，杏花春馆里的那一幕必须深深掩住,永不外传。因见是个空儿,张廷玉正要说话,鄂尔泰在旁说道:"皇上不必难过了,大行皇帝统御宇内十有三年,享年五十八岁已属人中高寿。先帝继圣祖谟烈,修明政治,条理万端,躬勤爱民,夙夜劳旰,实千古罕见之圣君。臣以为当遵祖宗成例赐以佳号,奉安龙穴,这是此时最要之务。"

"可照祖宗陵葬规制。"弘历看了一眼鄂尔泰,说道:"现有跟从先帝的人都去守陵。"鄂尔泰虽然没有明说,但含糊以"祖宗成例"掠过,显而易见是想遵照太祖努尔哈赤、太宗皇太极的成例,将杏花春馆所有知情太监宫女一体殉葬灭口了事。弘历当然也不愿让雍正暴死真相传播出去,但觉得鄂尔泰存心未免过于狠毒。于是口气一转,将"我"字已改成了"朕"。"孔子说忠说孝,还有礼义廉耻,无非为了天下归仁。朕以仁恕待人,人必不肯负朕。杏花春馆的事如有泄露,自有国法家法,岂能违世祖、圣祖圣谕恢复殉葬,无分良莠一殉了之?"鄂尔泰一开口便碰了这个不软不硬的钉子,顿时涨红了脸,忙躬身说道:"奴才心思难逃圣鉴。皇上训诲的是!"弘历点头道:"你也是事出有因。这件事就着落到你身上——联想,现在有几件要务立刻要办:大行皇帝的谥号庙号要定。朕的年号要定,然后召集百官宣布中外,由礼部主持拟定丧仪,这就稳住朝局。还有些常例恩旨,待举丧之后再议不迟。"

张廷玉在旁听着心下暗自掂缀,宝亲王不愧是圣祖皇帝亲手调教、久历朝务的皇阿哥。这些事都是自己准备说的,却都被弘历说了个滴水不漏。想着,进前一步躬身道:"皇上曲划周密,极是妥当。定庙号年号用不了多少时辰。奴才这就传谕,令六部九卿各衙门顺天府衙门主官进朝侍旨。"

"这些事统由李卫去办——高无庸,你去宣李卫进来。"弘历从容说道,"你留在这里,把庙号和朕的年号定下来。"说罢转脸问道:"五叔,十七叔,还有三位弟弟,你们看呢?"允禄忙道:"皇上说的是。臣等没说的。"

　　直到此时,人们才觉得气氛松快了些。张廷玉是此中老手,低头沉吟一阵,说道:"奴才先略述一下,有缺失之处,再请皇上和诸位王爷、大臣指正补遗。皇上以为如何?"见弘历点头,方一字一板说道:"先大行皇帝天表奇伟、大智夙成、宏才肆应、允恭克让、宽裕有容、天章睿发、烛照如神——据此,奴才以为谥文可定为'敬天昌运建中表正文武英明信毅睿圣大孝至诚'不知皇上和诸位以为如何?"

　　殿上几个大臣面面相觑。虽然这是官样文章,但没有真才实学,就是颂圣也难免黄腔走板,鄂尔泰抱定了"说不好不如不说"的宗旨,不在这上头和张廷玉打擂台。别的人谁肯在这里卖弄,因而一片随声附和,齐声说道:"甚好。"

　　"朕也以为不错。"弘历说道:"不过大行皇帝一生恤人怜贫,仁厚御下,还该加上'宽仁'二字才足以昭彰圣德。"

　　雍正当政十三年,以整顿吏治为宗旨,清肃纲纪,严峻刑律,是个少见的抄家皇帝。他生性阴鸷,睚眦必报,挑剔人的毛病无孔不入,常常把官员挤兑得窘态万状。连雍正自己也承认自己"严刚刻薄"。弘历瞪着眼说瞎话,硬要加上"宽仁"二字!但此时也只好交口称是。张廷玉想想,这是新君特意提出来的,一定要摆在"信毅"之前,便提笔一口气写了出来。仰首说道:"这是谥文,谥号请皇上示下。"弘历想了想,说道"就是'宪'皇帝吧。博闻多能行善可以谓之'宪',大行皇帝当得这个号。至于庙号,'宗'字是定了的,'贻麻'奕叶日世。朕看就是'世宗'的好"。弘历款款而言,顾盼之间神彩照人,张廷玉是从小看着他长大的,雍正晚年一同在上书房办事。当时,只是觉得弘历温和儒雅精明聪慧,此时见着真颜色,才知道是个比之雍正更难侍候的主儿,因此忙收敛锋芒、韬光晦迹、谨守"万言万当,不如一默"的箴言。

　　"朕其实不难侍候。"弘历不易觉察地吊了一个嘴角,端起太监捧上的奶子呷了一口,"朕最敬佩的是皇祖父圣祖爷,最礼尊的是皇阿玛世宗爷。朕之心朕之性与父祖一脉相承,讲究敬天法祖、仁爱御下。仁者天也,天者'乾'也,朕的帝号可定为'乾隆'。你们有的是两朝,有的是三朝老臣了,当以事朕祖、父之心事朕,佐朕治理天下,使朕如圣祖般为一代令主,致大清于极盛之世。但存此念,朕岂能负尔等? 朝廷也不吝爵禄之赐。"

这不啻是一篇登极宣言了,弘历说得虽然委婉,但"敬天法祖"讲的就是圣祖康熙。礼尊父皇不过是尽人于孝道。雍正皇帝急敛暴征,行的苛刻政治,现在他要翻过来学习乃祖,以仁孝治天下了。众人想起在雍正皇帝手下办差十三年,天天小心翼翼如履薄冰仍动辄获咎。刹那间都有一种恍若隔世之感,心头都是一松,忙俯首山呼:

"乾隆皇帝万岁,万万岁!"

乾隆觉得身上的血一下子涌到脸上。万千感慨齐涌心头。强自按捺着激动的心情,凝重地点点头,说道:"今日不是议政的时候。要赶紧筹办大行皇帝的丧事。张廷玉。"

"奴才在。"

"你来拟旨。"

"扎!"

乾隆坐得笔直的身子似乎松动了一下,说道:"人子尽孝,无论天子庶民,以尽心尽礼为诚。所以旧制天子居丧,心丧三年,礼丧以日代月,只服二十七日丧礼,于理不合,朕以孝治天下,先要自己作表率,怎么能令天下人服孝三年,而自己只服二十七天的孝? 这个制度改了。大行皇帝大殓,就在乾清宫南庑搭起青庐,朕当竭尽孝子之礼。"说到这里一顿,见众人都瞠目望着自己,又道:"但朕为天子,政务繁忙,如因居丧,荒怠政务,违背了皇阿玛托付深意,反而为不肖之子。因而三年内朕将在乾清宫如常办事,繁细仪节着由履郡王允䄉主持,这样既不误军国大事,朕又可以尽孝子之职。"

这其实是带丧理政。过去旧制天子居丧以日代月是张廷玉的建议，也无非缩短皇帝居丧时日以免荒怠政务的意思。乾隆这番议论看似拉长了居丧日期，其实是连二十七日正式居丧也取消掉了。张廷玉学识渊博，却也无可挑剔，只咽了一口唾沫，循着乾隆的话意挥洒成文。

"国家骤逢大变，朕又新丧哀恸，恐怕有精神不到之处。"乾隆接过墨汁淋漓的草稿，点点头又对众人道："即令庄亲王允禄、果亲王允礼为总理王大臣，随朕行在参赞，着即赏双亲王俸。弘晓、弘昼主管兵部，着李卫兼任兵部尚书，办理军务并处置京师防务一应事宜。"说罢目视张廷玉，略一沉吟才道："张廷玉、鄂尔泰原差不变，加恩赏世袭一等轻车都尉，上书房、军机处两处日常事务要兼顾起来。就是这样——明白么？"

"扎！臣等恭遵圣谕——谢恩！"众人一齐叩下头去，思量着还要说些感恩戴德的话时，乾隆已经起身，一边徐徐下座，说道："道乏罢，各按自己的差事分头去做，朕就在乾清宫，疑事难决的可随时来见朕。"

乾隆待众人退出殿门，有点恋恋不舍似的绕着御座徘徊了一会儿，踱出殿外，守在殿门口的侍卫、太监见新皇帝出来，"嗯"地跪下了一大片。乾隆没有理会，摆摆手便下了月台。弘晓、弘昼正在宫前东廊下指挥太监穿换孝服分发孝帽，见乾隆出来，两兄弟一人捧孝帽，一人捧缌麻孝服疾趋而来，长跪在地，满脸戚容，哆嗦着嘴唇，却什么也没说。乾隆看着这雪白的衣帽，又转脸看看已经糊了白纸的乾清宫正门和到处布满了白花花的幔帐纸幡，在半阴半晴的天穹底下秋风一过，金箔银箔瑟瑟抖动着作响，似为离人作泣。

"皇阿玛……您……就这么……"他呆呆地由两个兄弟服侍着换了一身缟素。刹那间，像被人用锥子猛扎了一下，脸色变得异常苍白，"上苍啊……这是真的……"他没有眼泪，但视线已变得模糊。似乎不相信眼前的现实，他试探着向灵棚走了两步，双腿一软几乎栽倒在地下！

弘晓、弘昼二人急忙趋前一步，一边一个死死架住了乾隆。弘晓带着哭音说道："好皇上……您得撑住……这个时候出不得事……外头多少臣子、多少双眼睛瞧着您呢！"弘昼也是满心凄惶，小声泣道："父皇灵柩没运来，您不能把持不住，我们不好维持……"

"皇阿玛……你去得好……快啊……"乾隆干涩地嚎了一声，两行热泪扑簌簌顺颊而下，却咬着牙镇定住了自己，对弘昼道："老五，你和弘晓就侍在朕侧。朕这会子心情迷乱……传旨，六部九卿主官和在京二品以上大臣，随朕前往圆明园迎接皇阿玛灵柩。这边的事由履郡王指挥安置……"

五 慰老臣品茶论宽政
动春情居丧戏父嫔

八月二十三日乾隆皇帝承嗣帝位,布告中外详述大行皇帝患病及死因,安抚天下。此时乾隆皇帝年仅二十五岁,正是英年得意心雄千古之时。他在藩邸时即娴习武功骑射,锻炼得一副好筋骨,吃得苦熬得夜,白天带丧办事,照常见人处置政务,还要三次到雍正枢前哭灵,退回上书房披阅奏章到三更,五更时分便又起身到上书房。如此周旋,不但张廷玉、鄂尔泰苦不堪言,就是弘晓、弘昼诸兄弟也觉难以支撑。乾隆却能变通,七日之后便命兄弟们三日一轮入内侍灵,叔王辈每日哭灵后在各自邸中守孝。只鄂尔泰、张廷玉偷不得懒又住不得大内,便命在隆宗门内为他们专设庐棚,上书房、军机处近在咫尺,虽然累些,却也免了跋涉之苦。这期间连下诏谕,尊母妃钮祜禄氏为皇太后,册立富察氏为孝贤皇后。颁恩诏于乾隆元年开科孝试,并大赦天下。直到九月十五过了三七,乾隆命将雍正梓官安奉雍和宫,待三年教满再入泰陵殓葬。到雍和宫辞枢之后,其实轰轰烈烈的丧事已告结束。紫禁城内外撤去白幡,一色换上黄纱宫灯。

九月十六放假一天,累得筋疲力尽的张廷玉从九月十五夜一直睡到次日下午申时,起身兀自浑身酸疼。他散穿着一件酱色风毛湖绸夹袍,吃过点心,在西花园书房中倚窗而坐,信手从架上抽出一本书,刚看了两章,便听檐下鹦鹉学舌叫道:"有客来了,中堂爷! 有客来了,中堂爷!"

"此鸟真是善解人意。"外边突然传来一声笑语，接着便听帘子一响，乾隆已经进来，含笑对愣着的张廷玉道："浮生难得半日闲。朕搅扰你来了。"跟着便见傅恒、弘晓还有平郡王福彭——都是乾隆的至亲，毓庆宫的陪读——一齐随侍入内，在乾隆身后垂手而立，含笑看着张廷玉。乾隆身着便服，一手执着湘妃竹扇，撩袍坐下，说道："这里好清幽，只园里秋色太重，肃杀了些，朕方才去鄂尔泰府看过了，他还沉沉睡着，没惊动他，就又踅到你这里。怎么，连茶也不舍得上么？"

张廷玉早已慌得伏地便叩头，说道："恕奴才失仪之罪！奴才在先帝爷手里办了十三年差，从没这个例——哪有主子倒来看望奴才的！折煞老奴才了！"说着一叠连声命人"快，把去年蓄的那坛雪水刨出来，给主子煎茶！""雪水煎茶，好！"乾隆微笑着点点头，"就在这外屋煎，水将沸时告朕一声，朕亲自为你们泡制。宝亲王府几个太监都是煎茶好手，是朕教出来的呢！——坐，坐么！"他亲切地用手让众人，"今儿我们都是客，不要拘君臣之礼。坐而论道品茗，不亦乐乎？"众人便纷纷施礼谢座。刚坐好，还未及说话，便听园里刨雪水坛的小厮一声惊呼："呀！这是甚么？"张廷玉愠怒地隔窗看了看。

"相爷！"一个小厮捧着湿漉漉一抔土，兴奋地跑进来，笑嘻嘻道："真是个稀罕物儿，紫红蘑菇，蟹壳儿似的，还是硬的！"张廷玉正待发作，突然眼睛一亮，霍然起身道："灵芝！皇上临幸臣家，天生祥瑞——"他突然想起前天乾隆还在朱批上申斥河南巡抚孙国玺"妄言祥瑞，以朕为可欺之主。"忙顿住了，面现尴尬之色。乾隆何等精细的人，立刻看出来了，呵呵笑道："祥瑞还是有的，天下兴，河图洛书出；天下乱，山川河湖崩。衡臣读书五车，不懂这个理儿？像孙国玺说的'万蚕同织一茧'，叫他进上来，他说是传闻；说'谷穗九茎同枝'，朕昔年在藩邸见过——其实是一个大瘪穗，散分成儿小穗而已。朕在山东曾亲自在谷地看，多得很，老百姓管它叫'傻

穗',光长个儿里头没籽儿!这样的'祥瑞'为人君的敢信么?"平郡
王福彭在旁插言道:"万岁这话,实是天下之福。纵观史册,王莽新
朝'祥瑞'最多。其实是'中有不足而形之于外'。他自己也要用
'祥瑞'哄自已。'祥瑞'多了实在有百害而无一利。"弘晓在旁却
道:"只要是实,该报的还是要报。就如今日,主子也没通知衡臣,
突然临幸,偶然索茶,就是紫灵芝现世,不能说冥冥之中没有天
意。"张廷玉见气氛如此宽松,高兴得脸上放出光来,笑道:"主子临
幸,就有紫灵芝出,这是国之瑞,也是寒家承泽之瑞。不论诸位王
爷怎么看,老臣反正心里高兴。"

　　"这是衡臣的家瑞。"乾隆笑道,"不过恰逢朕来它就出来,朕心
里也实在欢喜。"说着便索纸笔,张廷玉忙不迭捧砚过来,和傅恒一
头一个抚平了纸。乾隆饱蘸浓墨凝重落笔,极精神地写了"紫芝书
舍"四个大字,他的字本来就好,此刻神完气足运笔如风,真个龙蛇
飞动堂皇华贵,张廷玉先叫一声"好",众人无不由衷喝彩。乾隆自
己也觉得意,取出随身小印,说道:"朕的玉玺尚在刻制,这是先帝
赐朕的号,倒可用得。"遂钤上了。众人看时,却是:

　　长春居士

四个篆字,与端庄凝重的正楷相映成趣。钤好,指着纸道:"这个赐
衡臣。"

　　在一片啧啧称羡中张廷玉叩头谢恩,双手捧了纸放在长案上,
吩咐小厮:"谁也不许动,明儿叫汤家裱铺来人,我看着他们裱。"正
说着,李卫闯了进来,一进门就说:"这边翰墨飘香,那边廊下小僮
扇炉煮茶,张相今儿好兴致。赶得早不如赶得巧,李卫今儿——"
他猛然瞧见乾隆坐在书案前,猛地顿住了,竟像钉子般定在了原
地!

　　"今儿要享口福,是么?"乾隆含笑道:"怎么,李卫,不认识朕?"

李卫这才醒过神来,忙伏地连连碰头。道:"奴才是主子的狗,怎么会不认得主子! 只是太突然,一时没有回过神来。"乾隆道:"起来吧。朕原说明儿召见你,今儿倒巧——把袍服去了,坐傅恒下首去。"说着便听僮儿在外高声禀道:"相爷,水响了!"便见一个小厮用条盘端着几个精巧玲珑的碧玉小盅和茶叶罐进来。张廷玉忙亲自接过捧到乾隆面前。

众人仔细看乾隆怎样行事。只见他掀开茶罐,捏一撮茶叶看了看,说道:"这是碧螺春,还不算最好的。明儿朕赏你一包女儿碧螺春你吃吃看。"一手撮茶,向各杯中抓药似的各放少许,一个小奚僮已提着刚煎沸的壶进来。乾隆挽起袖口提壶在手,向杯中各倾约半两许沸水,干燥的茶叶立刻传出细碎的哔哔声。他静听着茶叶的舒展声,极认真地观察着每个杯中的水色,一点一点地兑水。坐下笑道:"吃茶以露水为最上,雪水次之,雨水又次之,水愈轻而色味愈佳。你这是隔了年的雪水,不及当年的好。这可不是酒,越陈越好。"张廷玉看那茶水,碧澄澄的色如琥珀,满室里荡漾着茶香,笑道:"奴才哪里省得这些,只道是吃茶可以提神解渴而已。只一样的水、茶,奴才从没闻过这样香味!"说着便要端。

"等一等,这茶半温才好用。一点一点品尝才上味。至于解渴,白开水也使得的。"乾隆摆手止住了,说道:"方才是王者香,现在已是隐者香,你们试闻闻看。"众人屏息细嗅,果然茶香与方才不同。方才香得又烈又醇,这会儿已是幽香,如空谷之兰清冽沁人。李卫摇头诧讶道:"主子圣学渊泉,真叫人棠木结舌,吃一口茶竟有这么大学问!"

他一说众人都是一怔:什么"圣学渊泉""棠木结舌"? 傅恒掩嘴而笑,说道:"又玢卖乖出丑了,必是将'渊源'念成'渊泉','瞠目结舌'误为'棠木结舌'了!"乾隆一想果然不错,喷地笑了。众人一齐哄堂大笑。多少天来居丧沉闷的气氛一扫而尽。

"你李卫仍旧是不读书!"乾隆笑得咽着气道,"听说你在下头还是满口柴胡骂人?"李卫红着脸忸怩地说道:"书也读点,读得不多;骂人也改了些,没全改好。"傅恒在旁打趣道:"算了吧!你如今是骂谁,谁升官,上回我去山东,你的一个戈什哈给我请安,笑着说他快升官了。我说你怎么知道的,他说'我们李制台昨个骂我'贼娘好好地搞了!'你这不是长进了么?"话音才落已是笑倒了众人。

于是大家开始品茶,果觉清香爽口,每次只呷一点点便觉满口留香,与平常冲沏之茶迥然不相同。

"茶乃水中之君子,酒为水中小人。"乾隆呷着茶扫视众人一眼,大家立刻停止了说笑,听他说道:"朕生性嗜茶不爱酒,也劝在座诸臣留意。"

"但为人君者,只有亲君子远小人,你不能把小人都杀掉,不能把造酒酒坊都砸了。因为'非小人莫养君子'嘛!李白没酒也就没了诗。"乾隆说着,一手端杯一手执扇,起身踱步,望着窗外灿烂秋色说道,"孔子说中庸之道为至德。这话真是愈嚼愈有意味。治天下也是一理,要努力去作,适得其中。比如圣祖爷在位六十一年,深仁厚泽,休养生息。他老人家晚年时,真到了以仁治化之境,民物恬熙。"说到这里,他意味深长地朝众人点点头。

这是极重要的话,所有的人都挺直了身子竖起耳朵静听。乾隆一笑,又道:"大行皇帝即位继统,见人心玩忽,诸事废驰,官吏不知奉公办事,小人不畏法度,因而痛加砭斥,整饬纲纪。不料下头蝇营狗偷之辈误以为圣心在于严厉,于是就顺这思路去铺他的宦途,凡事宁严不宽,宁紧不松,搜刮剔厘,谎报政绩邀宠。就说河南的田文镜,清理亏空弄得官场鸡飞狗跳。垦出的荒,连种子都收不回,硬打肿脸充胖子。河南饥民都涌到李卫那里讨饭了,这边还在呈报丰收祥瑞!我不是说田文镜一无是处,这个还算得上是个清官,但他确实是个酷吏。他的苛政,坏透了!"他的目光火花似的一闪,转瞬即熄。谁都知道雍正二年,乾隆到河南私访,回来向雍正回报田文镜"苛察媚君"遭到雍正严斥的事。如今事过十一年,要翻案了。一怔间乾隆又道："因此要取中庸,宽则济之以猛,猛则纠之从宽。如今下头情势,毛病在太猛。清理亏空,多少官员被逼投河上吊,发配充军,就如江宁织造曹家,跟着祖宗从龙入关,跟着圣祖保驾扈从,那是什么功劳情分? 一声抄,抄得一文莫名,抄得灯干油尽,朕就想不通下头这些官怎么下得了手!"别的人听了倒没什么,李卫听了,身子一紧。查抄曹家,他就在南京任两江总督。张廷玉心里也是一缩,查抄旨意是他草拟的。

"朕不追究什么人,今日是论宽猛之道嘛。"乾隆莞尔一笑,"于今日形势而言,要想政通人和,创极盛之世,必须以宽纠猛。这和阿玛以猛纠宽的道理一样,都是刚柔并用阴阳相济,因时因地制宜。朕以皇祖之法为法,皇父之心为心。纵有小人造作非议,也在所不惜。"

这篇冗长的"宽猛之道"议论说完,大家都还在专心致志地沉思。张廷玉蹙眉沉思有顷,说道:"奴才在上书房办差三十多年了,两次丁忧都是夺情,只要不病,与圣祖、先帝算得是朝夕相伴。午夜扪心,凭天良说话,私心里常也有圣祖宽、世宗严,一朝天子一朝臣这个想头。只我为臣子的,尽忠尽职而已。对主子的意旨,尽量往好处办,以为这就是贤能宰相。今儿皇上这番宏论,从孔孟仁恕之道发端,譬讲三朝政纲,虽只是三个字'趋中庸',却发聋振聩令人心目一开。皇上圣学,真到了登峰造极地步。"众人听了忙都随声附和,弘晓却素来与鄂尔泰交好,也附和说:"衡臣老相说的是。"心里却想,这老家伙马屁拍得不动声色,真是炉火纯青了。李卫靴筒里装的是参劾山东巡抚岳浚草菅人命案,包庇属员刘康的折子,原想到张廷玉这里先下几句话,然后密折上阵,听了乾隆这话,只摸了摸靴子,装作什么事也没似地干咳了一声。

"原说到这里松快一下,没来由又论起治世之道。"乾隆道,"这茶愈凉愈香,不信你们尝尝。"说罢端起杯子一吸而尽,众人也都喝干了,真的甘洌清芳异常。乾隆起身说道:"咱们君臣一席快谈,现在已是申末时牌了，也好端茶送客了。"

张廷玉站起身来，陪着乾隆往外走，边走边说："奴才今晚打算把皇上今儿这些旨意润色成章，明儿皇上过目，如无不可，就用延寄发往各省，宣示天下学官。眼下最要政务，是苗疆事务。昨日养心殿皇上的旨意剖析甚明，并不是苗人人多、火器厉害打败了官军，是官员将帅不和，钦差秉心不公离散了军心，自己没上阵就败了。所以锁拿张照、哈元生、董芳等误国将帅十分妥当。不过只派钦差，奴才却有些顾忌，所以没有急于票拟办理。"乾隆踱步走着，一边听一边"嗯"。到此站住，问道："撤一无能钦差，另委能员前去，你有甚么顾忌？"张廷玉一笑，说道："张广泗这人奴才深知，志大才疏，心雄万夫，他已立了军令状克日扫平苗叛。主子在上头压个钦差，不但他不能放手办差，就是有个差池闪失，又是相互推诿。因此，臣以为不另委钦差为佳。"说着才又徐徐走路。

"好，就是这样。"乾隆一边命侍卫们备马，一边说道："今夜你既要办公务，索性再给你加一点，将从前因清理亏空被追逼落职的官员列个名单出来，要逐个甄别。像杨名时，为修云南洱海，拉下亏空，被误拿下狱，已经三年了，还有史贻直，不但要释放，还要重用。你再想想还有谁，都开出来，不过朕说的'宽'，并不是宽而无当，先帝清理亏空惩办墨吏的宗旨并没有错。失之于'宽纵'就又不合中庸之道了。"说罢便上马，仍由弘晓、傅恒等人送到东华门入大内。这边李卫也辞归不提。

此时已渐近晚，天色不知何时阴下来了。劳乏了一天的乾隆，兴致仍然很好，进入大内，便下了乘舆。只令乘舆在后跟着，步行往翊坤宫见皇后。自雍正去世，他就和皇后富察氏分居守丧，几乎没见过面，也实在是想她了。待过承乾宫时，天已擦黑，莽苍苍的暮色中细雨纷纷，宫人们正在上宫灯。乾隆走着，忽然一阵琴声随着凉风飘过来，似乎还有个女子和着琴声在吟唱。他极喜爱听这琴声，便在倒厦门前徘徊静听。却见养心殿小太监秦媚媚沿永巷逶迤过来,便问:"有甚么事么?"

"哦,是主子爷!"秦媚媚吓了一跳,忙打千儿请安。"方才主子
娘娘叫人过来问主子回来了没有,恰好东华门那边传话,说主子已
经进来。奴才是专来寻主子的。主子娘娘说等着万岁爷一道儿去
给太后老佛爷请安呢。"乾隆漫不经心地答应一声算是知道了,指
着宫门问道:"这里头住的哪个宫妃?"秦媚媚答道:"是先帝跟前在
书房侍候的锦霞,后来当了'常在'的……主子忘了,前年——"话
未说完,乾隆便摆手止住了他,又道,"你去传旨,叫后头乘舆撤了,
叫高无庸去回皇后,请她先去慈宁宫,朕一会儿就去。"

听说是锦霞,乾隆心中一动。他怎么忘得了呢? 前年冬雍正
犯病,在书房静养,乾隆亲自在外间为雍正煎药,为看锦霞描针线
花样走了神儿,药才要溢出来了,两个人都忙着去端药罐,又撞了
个满怀——这事除了雍正,养心殿的人都当笑话儿讲,想起锦霞看
自己时那份娇嗔神情,那份含情脉脉的样子,欲哂又罢欲罢不能
……乾隆心头烘地一热,抬脚进了倒厦,却又止住了:"唉……天子
……"他的目光暗淡下来。恰在此时西风扫雨飒然而来,又听琴声
叮咚,锦霞低声吟唱:

> 乍见又天涯,离恨分愁一倍賖。生怕东风拦梦住,瞒他。
> 侵晓偷随燕到家。重忆小窗纱,宝幔沈沈玉篆斜。月又无聊
> 人又睡,寒些。门掩红梨一树花……

乾隆再忍不住,转身疾步进了大院。乾隆循着琴音进入西偏殿,果
见锦霞坐在灯前勾抹挑滑地抚琴。她那俊俏的瓜子脸,一副全神
贯注的模样,丰满的上身随着纤指移动轻轻晃动着,灯下看美人令
人神醉魂销。乾隆此时欲火蒸腾,便蹑手蹑脚地移步到她身后,猛
地双手一抱,将她搂在怀里。

锦霞吓了一跳,起初摆着头向后看,但乾隆的头紧紧贴在她后

背上，任是怎样转动脖颈总是瞧不见头脸，却一手捞住了乾隆的辫子，不禁大吃一惊，急挣身时，恰似铁箍般箍住，哪里挣得脱，口中低声严厉地说道："你这个小侍卫！要作死么？再不滚，我一嗓子喊出来，看不剥了你皮！"乾隆一手伸到胸前，一手又要插到下身小衣，口中含糊道："乖乖小宝贝，真是可人儿……"锦霞真的急了，反手便用指甲乱抓。乾隆急闪时，腮是已被抓出血痕，双手一松退到一边，抚着腮道："你手好狠，抓着朕了。"

"皇上！"

锦霞顿时惊得目瞪口呆。乾隆见她脸色苍白，没有一点血色，笑着上前抚慰道："是朕没有说话，不怪你，看把你吓的——"刚又要动手动脚，便听外边雨地里高无庸在远处喊道："那不是秦媚媚么？老佛爷叫皇上去呢！"秦媚媚答道："皇上在这宫里，我这就进去。"

"就这样，朕去了。"乾隆大为扫兴，松开锦霞，恋恋不舍地走出了殿门，临出门时又回身笑道："正应了那句词'今番又不曾真个'——你等着好信儿！"乾隆见高无庸和秦媚媚兀自探头探脑往里看，气得他挥动巴掌每人一记耳光，说道："嚎什么丧？！朕不省得去给母亲请安么？贼头贼脑的，成什么体统！"

待到乾隆冒着细雨赶到慈宁宫，皇后富察氏正跪在炕沿边给太后捶背，有一搭没一搭地说着闲话。见乾隆进来，满殿里宫女侍从一齐跪下了，皇后也缓缓下炕行蹲身礼。此时深秋，又下着雨，慈宁宫连熏笼都生了火，乾隆一进东暖阁便觉得热烘烘的，忙解了油衣给母亲行礼，陪笑道："母亲安好？"

太后钮祜禄氏呵呵笑道："皇帝快坐下，我正和皇后商量着还愿来着，寻你来，也为这事。我近来做了个梦，——怎么，瞧你脸色通红，怕是着了凉吗？""儿子走着来，这屋里又热。"乾隆不自然地笑了笑，欠身道："不知老佛爷作了甚么好梦？必是吉利的，说出来让儿子也欢喜欢喜。"太后吃着茶说道："我梦见陪着大行皇帝去了清梵寺,进香的时候旁边恍惚有人说:'你是个有福的,连前头老祖宗孝庄太皇太后也及不得。既然皈依我佛,不舍一点善财么? 瞧这佛身的贴金都剥落了。'也不知怎的我就答话,说'雍正爷就是佛门菩提。你怎么不求他?'那人说,'他不成,就要你。'回头看时,那人不见了,雍正爷也不知哪去了!"太后说着,拭泪道,"老爷子是怎么的,一句话也没说,真狠心!"

"这梦是吉梦,"乾隆忙笑道,"《解梦书》上说'凡遇大廊庙梦,皆吉'。孝庄老祖宗活到七十四,您必定活一百岁! 至于给佛身贴金,我叫他们办就是。"太后叹道:"我打十五进宫跟了你们爱新觉罗氏,四十三年了,所有的大惊大险见了,所有的富贵也都享了,还有什么不知足的? 我知道你不信佛,所以越发得虔心为你祈福。既然你肯给佛装金,索性就连山门佛殿也都修了,送老爷子梓宫过清梵寺,见那庙宇都旧了。难道非要等佛菩萨计较出来我们才施善么?"乾隆忙道:"这不是大事,母亲只管放心。修好清梵寺你去还愿,瞧哪里不尽如意,儿子还是只管照办。"说着转身接茶,皇后失声惊呼道:"皇上,您腮边怎么了,一串儿血斑儿?"乾隆忙掩饰道:"今儿去了张廷玉家花园,勾藤枝划了一下,你怎么也这么大惊小怪的儿?"

"是怎么了? 我瞧瞧。"太后挪动身子下炕来,戴上老花镜凑近看了看,摇头道:"断乎不是,像是被人抓了的样儿——别忙,这边也有一条血痕! 到底出了什么事?"她脸上已没了笑容,"这宫里还有这么犯上的东西么?"乾隆在众目睽睽之下,当着太后、皇后面,真尴尬得不知所措,眼见再分辩只会越描越丑,急切中说道:"是锦霞无礼……"太后怔了一下,退着坐回原位,脸色已是变得铁青,半晌才道:"原来是她! 必定因为没进太妃位子,纠缠皇上,皇上不答应,她就如此放泼——可是么?"

六　杨名时获释赴京师
张广泗奉旨定苗疆

乾隆此时真是进退两难,只好点头道:"是……""这还了得!"太后顿时捶床大怒,顺手扯过一条束在大迎枕上的黄丝绦带扔给秦媚媚:"去,给锦霞拿去,就说我的话,她的事我都知道了!"乾隆急急说道:"母亲!您别生气,我不是——我是……您听我说——"

"去,这事我说了算!"太后朝秦媚媚断喝一声,又吩咐众人,"你们都退出去!"

众人都退出去了,殿里只剩下太后、皇帝和皇后,相对无言,只听大金自鸣钟不紧不慢地"咔咔"声。乾隆木着脸看皇后时,皇后别转脸看着蜡烛,似乎没什么表情。

"你甭解说了。"太后松弛地叹一口气,说道:"还用得着分解么?这种事大家子都有,你们兄弟都年轻,先帝跟前有几个狐媚妖精,我要不堵住这个口儿,一句半句传出去,皇家脸面还要不要?何况你还在热孝中?别以为先帝崩驾的事我不知道,其实事已至此,想不开也得想开,说出去没半点好处。他那事不是也吃了女人的亏?再者说,你跟前皇后嫔妃一大堆,哪个不是美人胎子!你吃着碗里还要看着锅里,还要拉扯前头人?"乾隆红着脸低头称是。心里只盼她快点说完。偏是太后说得没完没了,从妲姐一直说到汉飞燕、唐玉环,一直说了一顿饭时辰,才道:"皇后带皇帝回宫去,我乏了。"

皇后陪着乾隆刚出慈宁宫大院垂花门,恰见秦媚媚回来缴懿

旨,灯下脸白如雪。见了二人,秦媚媚胆怯地退到一边垂手让道,
乾隆情知事情无可挽回,盯着秦媚媚直咽唾沫。皇后却道:"秦媚
媚,差使……办好了?"

"回主子娘娘,办……办好了……"他看了一眼满脸阴云的乾
隆,嗫嚅道,"她……她什么也没说,只是扯断了琴弦,点了三根香,
就……"

"琴弦呢?"富察氏含泪说道:"拿来。"秦媚媚犹豫了一下,从袖
口掏出一团丝弦,双手捧给富察氏。富察氏接过看了看,竟转手递
给了乾隆,对秦媚媚道:"明儿到我宫里支点银子,好好发送。"

乾隆紧紧攥着那团琴弦,心像泡在沸水里般缩成一团,良久才
道:"你进去,把慈宁宫侍候过康熙爷的内侍都传到这里来——不
许惊动老佛爷!"见富察氏不解地望着秦媚媚的背影,乾隆说道:
"你放心,我不是为这事。"

待了一小会儿,秦媚媚带着五六个太监出来,老的有六十来
岁,年轻的也有三十岁左右,一齐在湿漉漉的雨地里给乾隆和皇后
行礼。乾隆咽了一口气,问道:"老佛爷说修庙,这事你们知道不?"
一个须发皆白的老太监躬身,扯着公鸭嗓子道:"回万岁爷,这宫里
侍候的都知道……"

"朕叫你们来只有一句话。"乾隆冷冷说道,"朕以康熙爷之法
为法。你们都是侍候过康熙爷的,孝庄老佛爷也信佛,有过叫皇帝
拿钱修庙的事么?"

"……"

"这事是你们的过错。"乾隆说道,"往后再遇这样事,你们得从
旁劝谏老佛爷。就引康熙爷的成例,老佛爷必定肯听的——这次
恕了你们,下不为例。"

皇后在旁说道:"老佛爷有什么想头,该办的自然还要办。皇
上是孝子,你们不能撺掇着老佛爷兴这作那,好从中捞钱。我要知
道了,必定要治你们的罪!"说着便和乾隆一齐上了乘舆。在乘舆

里,乾隆问道:

"皇后,为什么不劝老佛爷收回处置锦霞的成命?"

"因为老佛爷处置得对。"

"唔,那为什么你又要把丝弦给朕?"

"你该留着做个心念。我不能当妒忌妇。"

"哦,为什么你又从体己里拿钱厚葬她呢?"

"因为我也是个女人。"

乾隆和皇后都没有再说话。这一夜,他们都失眠了。

　　杨名时在昆明府已被囚禁三年。这位昔年揭露张廷璐考场舞弊案的云贵总督,是因为疏通洱海壅塞,征集盐商银两被捕下狱的。杨名时由贵州巡抚升迁云贵总督,一上任便是淫雨连绵,接连几处报警,都因洱海大堤崩溃,淹没村庄,冲毁良田,死人不计其数。几次申报户部,当时,户部急着催缴各地官员亏空,向皇上报考绩,谁肯拨巨款来做这善事?遂下文叫云南"就地筹款,自行修复"。杨名时粗算一下,至少要二百万银子。而云贵两省无此财力。幸而云南产盐,便在盐商身上打主意,令云贵两省各要道设卡征银。偏是新任贵州巡抚朱纲是两江总督李卫一手提拔的,写信告知李卫,"杨名时在这里刮地皮征盐税,"李卫回信也说得痛快:"娘希匹,怪不得这边盐涨价,他既贪赃,你只管告他!"朱纲便扎扎实实写了奏折,告杨名时"妄兴土木、图侵帑项",迫使守卡小吏无理盘剥过往行客。有理有据说得痛心疾首。杨名时平素对雍正改革赋税,官绅纳粮、清理亏空,设养廉银等作法无不反对,只由于他为政清廉,才没有惩处他。见了这奏章,雍正勃然大怒。当天便下旨,用六百里加紧发往云贵,命朱纲代为总督,并派户部侍郎黄炳星夜前往大理。黄炳是张廷玉门生,要为老师报一箭之仇。二钦差下车伊始,不由分说便将杨名时革职下狱,并不顾大清条律,私自动用火炼、油龙等极惨的刑具,要置杨名时于死地。

　　杨名时平素实在太清廉了，因为不收一分火耗，身居总督高位，有时穷得不能举炊。他连家眷都没带。只有一个本家侄儿里外照顾。这是云贵两省士绅、百姓无人不知的事实。把家产抄了个底朝天，只寻得几件打了补丁的破内衣和两串青蚨。没法交差的两位钦差便把征来的盐规银算成贪赃。这一来激怒了两省人民。升堂刑讯那日，三万老百姓聚到总督衙门外，人情汹汹，连衙门里的戈什哈、衙役都一齐倒戈，大呼："杨公受刑，还有什么天日？我们反了！"还是杨名时披枷带锁出来申斥，命百姓"不得有违王宪"才算解围。但这一来，朱、黄二人再也不敢动刑了。草草具本完结。雍正不知出于什么想头，定了杨名时绞刑，却连着三年没有勾决。

　　他作官时没有敢送东西，坐班房时人们便没了忌讳。有的替他向狱中上下打点，住了单间牢狱，又"因病"允许带侄儿进去侍候。不知姓名的人常常送来衣物："狱卒哥哥留点，下余的给阿爷穿用；"天天都有人提着肉，"请照应阿爷"，丢下便走。因此，杨名时这个待死之囚比他当总督时还要阔绰。每年秋决时，多少人家求佛烧香，盼着"雍正爷眯一只眼"漏勾杨名时。杨名时在狱中还读书治学，时而还招来狱役讲学，闲时打打太极拳，院中游悠散步，养得红光满面。

　　接到上书房释放杨名时的廷寄文书，朱纲压了几天没有照办，还想上书乾隆"维持先帝原判"，接着不久又接到上谕"政尚宽大……朕主于宽"，邸报上还赫然载着"已令上书房行文滇省，释放杨名时；"朱纲再不敢迟滞，亲自坐了八人大轿径往狱中宣旨。一进狱门便见典狱带着一群狱役从一间小瓦房中出来，个个喝得脸红耳赤。朱纲翎顶辉煌地站在前门铁栅后，板着脸斥道："不逢年不逢节，吃的什么酒？寻打么？"

　　"回制台话，呃——"典狱官打着酒呃说道："方才大理府台水大人来访，说见了邸报，杨大人很快就要出去了。酒席是府台带来的，杨大人不肯吃，就赏了小的们——"朱纲咽了口唾沫，没有再说什么，径自跨进小屋。

　　这是一间布置得十分清雅的小房子，天棚墙壁都裱了桑皮纸，木栅小窗上糊着十分名贵的绿色的蝉翼纱。一张木榻占了半间房，油漆得起明发亮。榻上齐整叠着两床洗得泛白的青布被子，贴墙还放有一溜矮书架，架上的书籍已经搬空了，小木案上摆着瓦砚纸笔等物件。杨名时的侄儿杨风儿满头热汗跪在榻上捆扎着书籍。杨名时似乎心情沉重地坐在榻下一张条凳上出神。见朱纲进来，款款起身，淡淡说道："朱公别来无恙？"将手一让，请朱纲坐在对面。

　　"杨公，"朱纲见杨名时一脸坦然之色，慌乱的心情逐渐平静下来，一边坐一边微笑道，"让你吃苦了，不过瞧上去气色还好。身子骨儿似乎比先前还要结实些。"杨名时笑道："生于忧患，死于安乐么——我想大人今儿来，不单是说这些的吧。"朱纲笑道："我是来给大人道贺的。当今圣上以宽仁为政，已有廷寄，令兄弟前来释杨公出狱，即刻进京，杨公蒙冤三年，如今重见天日，飞黄有望。真令人喜不自胜！"说着便大声吩咐外边："去给杨老爷备轿！——往日兄弟奉命行事，多有开罪之处，黄侍郎——也太，唉……这儿不是说话处，且到衙门盘桓几日，兄弟为杨公压惊送行，一切慢慢细谈。"

　　杨名时沉默良久，说道："朱公，你还是对名时知之不深。我是直率人，有甚么说甚么。办我的案子，你是存了私意的，但天下不存私意者能有几人？都计较起来还成？过去的事过去就罢。你若真的心中不安，请听我一言，三月开春，加紧把洱海的壅塞治治，至于我，绝不愿再'飞黄'了，进京也就为了谢恩，求皇上允我回籍常伴梅花。"朱纲怀着一肚子鬼胎，怕杨名时到京告刁状，听杨名时的意思，只要肯疏浚洱海就可原谅，顿时喜上眉梢，说道："兄真乃大男子真丈夫！不过兄弟已经风闻，皇上有意命兄为礼部尚书，恐怕兄难得遂心——请，这里说话不方便，到敝衙门，我置酒备肴，我们作一夕快谈。"杨名时却道："朱公请谅，我素来不吃宴请，更不受馈赠。这一路进京既是奉旨,概由驿站照常规供饭即可。你安心,治好洱海,到京我还要设薄酒款待。"说着已是含笑起身,朱纲又是惭愧又是感激,还带着一丝莫名的妒忌,起身恭恭敬敬辞了出去。

那群狱卒待朱纲出去,早就一窝蜂拥进来,道贺的,请安的,说吉利话的,一齐众星捧月似的准备送杨名时上路,典狱官见他神情呆呆的,便问:"杨大人,您还有什么吩咐的么?"杨名时笑道:"我无牵无挂,也无事吩咐。在这里读书三年,倒养好了身体,也没什么可谢你们。我是在想:这么小的屋子,你们怎么把这个大木榻弄进去的?"几句话说得众人都笑了。此刻狱外已经围满了人,鞭炮噼哩啪啦响成了一片。见杨名时袍袖萧然从容走出,所有的人都跪了下去。几个跪在眼前的都是穷人,昔年在杨名时任上曾打赢了官司的,仰着脸,哽咽着道:"阿爷,您要走了,谁照管我们云南人呢?"

"都起来……起来……你们不要这样……"杨名时自号"无泪文人",见人们仰首瞩目,眼巴巴地望着自己,不知怎的,心中"轰"地一阵酸热,泪水再也止不住夺眶而出。自己积郁了三年的悲苦愁仿佛都融化在这泪水里,遂拭泪勉强抚慰道:"名时何德何能,受父老如此爱戴!方才朱制台来,不才已将民意转告于他,朱制台已答应根治洱海。当今皇上圣明,大家回去好好营生,不要负了名时一片殷殷厚望……"说着移步,此时送行人已有数千之众。前面的人牵着手挤着为他让出一道胡同。杨名时走在前面,杨风儿挑着书籍跟在后面,才挤出人群,街旁屋檐下闪出一个人来,冲着杨名时扑身拜倒,说道:"求老爷照应小人!"杨名时看时,精瘦矮小,浓眉大眼,是个二十岁不到的年轻人,穿一件土布靛青截衫,脚下一双"踢死牛"双梁布鞋,望自己只管磕头。杨名时却不认得,便看杨风儿。

杨风儿笑道:"他叫小路子,山东德州人,他们那遭了灾。他有个表姐夫就是咱们住的狱里的牢头,叔叔坐班房时,是他在外头专为您采办东西的,"杨名时笑道:"如此说来,我还是受了你的惠的。只是我如今这样,怎么照应你?你又要我怎么照应呢?"

　　这个小路子就是被贺露滢"阴魂"吓得连夜逃走的那个申家客栈的小伙计。他从贺露滢家逃出，再也不敢在浙江耽搁，便赶回德州。刚进村便被一个本家叔叔看见，一把就拉到坟场里，说道："这里刘府台已经升了监察道，前头审一个盗案，已经攀出了你们那个申老板。店里人死的死逃的逃，连你娘都躲得不知去向！你好大胆子，还敢回来！快点远走高飞吧！"小路子当时吓愣了，半晌才醒过神。这是刘康心存鬼胎，借刀杀人灭口。那本家叔叔也不让他回村，取了一串钱送他上路："我家康康在广州贩绸缎，你去投奔他吧，等风头过了再回来。"但当小路子餐风宿露乞讨到广州，他的康哥却下南洋贸易去了。情急之下想起有个表姐嫁在云南大理，便又投奔到这里。不凑巧的是表姐三年前就得痨病死了，表姐夫又续了弦。幸好表姐夫心肠还好。城里富户约定轮流作东照应杨名时，得有个人在外头采办，就临时安置了他。杨名时出狱后，这个差使自然也就没了。小路子想想自己前途茫茫，大哭一场，又想杨老爷是好人，求求他敢怕还有个机缘，这才奔来哀恳的。听杨名时这样问，小路子知道有门儿，哭着诉了自己的苦情，哀求道："只请老爷收留我，我什么活都能干，什么苦也吃得。爷要什么时候瞧我不地道，听任爷发落！"

　　"我只能暂时收留你。"杨名时听他苦情，不禁恻然心动，说道："当年我入京应试作官，奉母亲严命，不要长随仆人跟从左右，但你的情形也实在可怜。这样，我先带你进京，给你寻碗饭吃——你可认得字？"小路子忙道："老爷这么善心收留，必定公侯万代，官运亨通！小的念过三年私塾，记帐、抄个名册子也还干得了……"

　　就这样，小路子便跟了杨名时上路。杨名时因为尚未复职，从云南到贵州这一路都是驿站传送，按规矩，只供杨名时一人骑马，杨名时律己极严，不肯多要驿马，这一匹马，也只用来驮书，和风儿、小路子步行赶路。但这一来未免就慢了，赶到贵阳时已是乾隆元年二月二十一，在路上走了半月，当晚一行三人在三元宫后驿站验票投宿,刚刚吃过晚饭,驿丞便急急赶到杨名时住的西厢房,一进门便问:"哪位是杨大人?"杨风儿、小路子正在洗脚,见他如此冒失,都是一愣。

"我是。"杨名时正拿着一本《资治通鉴》在灯下浏览,放下书问道:"你有什么事?"那驿丞"叭"地打了个千儿,说道:"岳军门来,有旨意给杨大人!"杨名时身上一震,说道:"快请! 是岳东美将军么?"说着,已见一个五短身材,黑红脸膛的官员健步进来,正是当年在西疆与年羹尧大将军会兵平定叛乱的岳钟麒到了。

岳钟麒穿着八蟒五爪袍子,簇新的仙鹤补服起明发亮,珊珊顶子后还翠森森插着一枝孔雀花翎,虽已年过花甲,精神矍铄,双目炯炯有神,一派纠纠武将气概。岳钟麒大踏步走进门来,扫视一眼屋里,见杨名时行装如此简陋,眉头一皱,声如洪钟般说道:"钟麒奉诏宣旨,杨名时跪听。"风儿早一把扯了呆头呆脑傻看的小路子回避出去。

"罪臣杨名时恭请圣安!"

"圣躬安!"岳钟麒待杨名时三跪九叩毕,打开圣旨,朗声读道:"今着杨名时加礼部尚书衔兼国了监祭酒,为朕朝夕训导皇子。卿当勉之!"

"臣…谢恩!"

岳钟麒宣完旨,双手扶起杨名时,说道:"杨公,没见你时,我想还不知怎么憔悴呢,看来比上次见面倒壮实多了! 果真是个爽达人。"杨名时微笑道:"谈何'爽达'? 恬淡耳。我想进京引罪请休,旨意倒先来了。见皇上我该怎么说呢?"岳钟麒道:"杨公,皇上锐意图新,刚赦你出狱,又晋你为东宫洗马,太子师傅,这样的洪恩,你怎么可以辜负呢?"

"东美公,"杨名时问道:"你是四川将军,怎么到贵阳来了,特地为传旨么?"岳钟麒道:"我是来传旨的。不过不单是给你。我刚从制台衙门过来,这里苗民造反,已经涉及半省,原来的钦差张照、总兵官董芳、哈元生都被撤了差。这里的兵多是我在青海带过的，这么大的人事变更，皇上怕下头不服，滋生事端，特命我来宣旨办理。皇上说，杨名时没有职分，怕路上过于劳顿，赐给一个官衔就能坐八人轿回京了。"杨名时万没想到新君乾隆对自己如此体贴入微，心中一阵感动，叹息一声低下了头，半晌才说道："怪不得一进贵阳就觉得不对。三步一哨五步一岗，到处是兵营，原来朝廷将在这里兴大军征讨苗变！这里的军务谁来主持？想必也是东美公了？"岳钟麒笑道："我只是宣旨，总理苗疆事务的大臣是张广泗。他原是我的部下，如今连我也要听他节制了。我是主张招抚的。皇上的意思要先清剿，所以用了张广泗。"

张广泗，杨名时是认识的，很能打仗，是岳钟麒军里有名的悍将。杨名时从狱中刚出来，无法判断剿与抚孰优孰劣，也就缄默不语。岳钟麒知道他的脾性，起身刚要告辞，便听外头一阵马蹄声响。一个戈什哈高声叫喊："总理苗疆事务大臣张广泗到！"杨名时怔了一下，问道："这人怎么这么个作派？上次我见他时，并不这么张狂呀！"岳钟麒一笑道："所谓此一时也彼一时也。"话未说完，院中便听马靴踩在石板上咚咚作响，张广泗已经昂然进屋。

这是个四十刚出头的中年人，白皙的面孔略显长点，一双眉毛笔直挑起，透着一股杀气，嘴角微微翘起，仿佛随时都在向人表示自己的轻蔑。他站在门口看了看，双手抱拳一拱，说道："杨公别来无恙？——东美公，已经传过旨了吧？"岳钟麒笑着点点头，杨名时边起身，边将手一让，淡淡说道："大人请坐。"

"请杨公务必鉴谅，我只能稍坐片刻。"张广泗双手按膝端坐，"今夜回去还要安排进剿事宜。"杨名时温和地盯着这位将军，微笑道："将军气概不凡。这一次定要将苗寨犁庭扫穴，一鼓荡尽了。"你出兵的方略，可否见告一下呢？"张广泗笑着看了一眼岳钟麒，说道："杨大人乃是读书人，军务上的事怎么说得清！其实东美对我有所误会。我还是要抚的。只对那叛变朝廷的，我才狠打猛剿的，我一定要擒到那个假苗王！"

　　岳钟麒道："你是主将,我一定听令。分兵三路攻上九股、下九股和清江下寨的方略是可行的。"张广泗道："老军门这话对,我统率六省官兵,要不能一战而胜,也只有自尽以谢朝廷了。"说罢便起身,又道："知道杨公清寒,此去北京千山万水,也不可过于自苦,特送来三百两银子供余程中使用——不知你何日动身？我来送行。"岳钟麒也站起身道："杨公,我也该辞了。这就回成都部署军务。你从那里路过,总归还要见面的。"

　　"我是书生不懂军务。但我懂政治。"杨名时也站起身来："千言万语归总一言,将军不可杀人太滥。将来兵事完了,地方官不好安抚百姓——至于程仪,你是知道名时的,断然不敢领受,承情了。"

　　张广泗笑道："贵州是军事区,一切我说了算——来,把银子取来！"说罢和岳钟麒联袂而去。杨名时待他们去后,叫过驿丞,说道："这银子明日你送还张军门——哦,你不要怕他责罚,我走以前写一封信,你连信一并给他就是。"

七　杨太保奉诏主东宫
傅六爷风雅会名士

　　杨名时赶到北京时已是三月下旬。一进房山县境,他便不肯再坐八人大轿。只叫驿站备一乘四人抬竹丝凉轿,三匹走骡,一匹驮行李,两匹让风儿和小路子骑着。飘飘逸逸走了一天,下晚住到潞河驿,胡乱歇息一夜。第二日鸡叫二遍便赶进内城,在西华门递牌子请见。不一时高无庸一路小跑出来,气喘吁吁道:"哪位是杨名时? 皇上叫进!"

　　杨名时来到养心殿天井,一眼看见乾隆皇帝立在殿门口候着自己。杨名时浑身一颤,向前疾趋几步行三跪九叩大礼:

　　"臣——杨名时恭叩皇上金安,皇上万岁,万万岁!"

　　乾隆见他行礼,徐步下阶,亲手挽起杨名时说道:"一路辛苦了。不过气色还好。怎么瞧着眼圈发暗,没有睡好吧?"说着便进殿,命人:"给杨名时上茶,赐会!"杨名时斜签着身子坐了,说道:"臣犬马之躯何足圣上如此挂怀! 这几日愈是走近京师,愈是失眠难寐。先帝爷的影子老在眼前晃动……先帝爷年未花甲,毕竟去得太早了。尤令臣心不安的,先帝爷直到驾崩,对臣仍是心存遗憾……"说着,嗓音便有些嘶哑哽咽。乾隆心里颇为感伤。说道:"先帝梓宫在雍和宫,明儿给你旨意去谒灵,有什么委屈尽可灵前一恸而倾。"

　　"雷霆雨露皆是君恩。臣岂敢生委屈怨望心?"杨名时颤着声气道:"臣是自汉命薄,不能自白于先帝爷罢了。"乾隆见他神伤,也不禁黯然,许久才道:"这是没法子的事。其实先帝也并不相信朱纲、黄炳的话。几次勾决人犯,一到你的名字就放笔,绕室徘徊,喃喃说:"此人怎么会有这种事?再看看,再等等……"他话没说完,杨名时再也抑制不住,掩面而泣,泪水从指缝里涌了出来,只为不能君前失礼,不能放声,只是全身抽搐……半晌方抹泪道:"臣失仪了……其实先帝有这句话,臣很知足的了……"说着泪水又涌了出来,忙又拭了。

乾隆待杨名时平静下来,说道:"朕深知你的人品学问。朕不以为先帝做的不对,当时就是那么个情势嘛。下头有些酷吏错会了先帝的意图,一味以苛察挑剔为事,媚上取宠。所以朕才下诏明谕'政尚宽大'。想你必是读过的了。""臣在昆明已经拜读了。"杨名时恢复了平静说道:"邸报上说,孙嘉淦、孙国玺都放出来,皇上圣鉴烛照,处置得极明!就臣自己而言,这些日子反省很多。比如先皇当初实行摊丁入亩,官绅一体纳粮,清查亏空,都是行之有效的良政。臣愚昧,对士民一体纳粮这些政令一直心存偏见,以为先帝轻视读书人。这就是罪。先帝惩处并不过分。"乾隆含笑听着,说道:"看来杨松公对'养廉银'还有成见?"

"不敢说成见。"杨名时欠身答道,"将火耗银子归公,发给官员养廉银,确实堵了官员明目张胆侵吞赋税的路,但也有三条弊病,求皇上留意。"

"唔?"

杨名时仰脸看着乾隆,说道:"耗银既然归公,官员无利可图,犯不着征收火耗,得罪人,遂滋生懈怠公务的心。"

"嗯。"

"官有清官赃官,缺有肥缺苦缺,"杨名时又道:"火耗归公,那些清官能吏,因手中没有钱转圜,有些事该干的,干不了,再说那些赃官,肥缺争着补,苦缺躲着让。拿了养廉银,这些赃官也未必就不贪墨。"

"嗯。"

"更可虑的是,各省自己掌握火耗银。官员们谁肯替乾廷省钱?必定重设机构,人浮于事——反正从火耗银里抽取就是。如今江南省一个藩司衙门就要养活三四百书吏、师爷、采办……名目愈来愈多。衙务愈来愈繁,就是这个缘故。皇上,康熙朝的藩司衙门各种文职人员,有几个超过一百人的?如此下去,朝廷实益得的不多,百姓头上却多了不少不是官的官!"

乾隆听得很仔细,还不时点点头,但对这些意见却不甚重视。他召杨名时来京,并不要他办理政务,是要为儿子们选师傅,人品学识器量是最要紧的,政见倒在其次。沉吟着说道:"你的这个条陈有可取处,可以写出来,朕令上书房会议一下,但凡兴一利,必生一弊,也不可偏执,以为既生弊又何必兴利,权衡得好即谓之'能'。嗯……你虽是礼部尚书,国子监祭酒,其实不必到差。眼下就要开恩科,由你主持顺天府贡试,好生为朕选拔几个有真才实学的。恩科差使完了,进毓庆宫讲学,朕要择吉日叫阿哥们行拜师礼。"正说着,高无庸进来,禀道:"孙嘉淦和孙国玺、王士俊递牌子,昨儿皇上吩咐,随到随见,奴才已经引他们到垂花门外了。"

"臣告退了。"杨名时起身打个千儿,又肃然一躬,说道:"臣既奉学差,明儿就去礼部。"乾隆也站起身,说道:"道乏罢。礼部那边朕自然有旨意。嗯,还有一件事,孙嘉淦要出任副都御史署理直隶总督衙门。这次主考是你,副主考是鄂善。你们回头见见面,如外间对人事有什么议论,随时奏朕知道。"杨名时答应着,又问:"李卫要出缺了?"乾隆转脸看了看杨名时,说道:"李卫虽不读书,聪明得之天性。治盗是个好手。李卫并不贪墨。你是志诚君子,理学大儒,不要再计较昔日的事了。且李卫身子多病,眼见过一日少一日,朕命他挂刑部尚书衔,随朕办些杂差……"乾隆边走边谈,送杨名时到殿外檐下,说道:"叫孙嘉淦、孙国玺进来吧。"

杨名时沿永巷向南,刚出乾清门外天街,便见张廷玉从上书房送一个官员出来,细看时却认得,是现任兵部满人侍郎兼署步军统领。杨名时是张廷玉的门生,忙停住了脚,一个长揖道:"老师安好!"

"是名时嘛!"张廷玉一笑,说道:"见过主子了? 好嘛,要人青宫为王者师了! 来,我给你们介绍一下,这位是——"他话未说完,见两人都笑了,便问:"你们认识?"

鄂善是个十分稳重的人,长狐脸上留着半尺长的胡子,端庄的五官看去很匀称,嘴角似乎时时带着微笑,听张廷玉问,点头道:"十五年前就认识了。张相的得意高足嘛! 那时我还在内务府当差。后来到吏部考功司,名时出任贵州巡抚,还是我的建议呢!"杨名时站在一旁含笑不语:其实雍正元年他任副主考主顺天府贡试,正是鄂善举荐。为此掀起泼天大案,不但张廷玉的堂弟张廷璐被腰斩,此案牵连甚广,连乾隆的亲哥哥弘时也因此裹进党争,被雍正下旨赐死。往日这些恩恩怨怨与张廷玉多少都有瓜葛。鄂善不是笨人,自然要回避了这事。便道:"中堂没别的事,我就告退了。"

"就按方才说的。"张廷玉又叮嘱道:"虽说李卫跟着办差,步军统领衙门也不可掉以轻心。这上头出了漏子,任谁也吃罪不起。"鄂善道:"卑职晓得,一定十二分经心。"说罢也不再和杨名时招呼,含笑一点头去了。张廷玉这才转脸笑谓杨名时:"屋里谈。"二人便厮跟着进了军机处。

军机处只有三间房,座落在永巷南口西侧,熙朝时是侍卫们歇息的地方;雍正朝西疆用兵,军事旁午羽书如雪,便在这里建了军机处,专门处置军务。军机大臣都是由原来的上书房行走大臣兼任。皇帝又多在养心殿召见,比上书房既近又便当,因而兼着军机大臣的上书房大臣也在这边处置政务。久而久之,这边军机处渐成机枢核心,上书房倒是形同虚设了。杨名时跟着张廷玉进来,只见东边一个大炕,地下四周都是镶了铜叶的大柜,炕上条几上、柜顶堆得高高的都是文卷,一个个标着黄签,一进门满屋都是墨香,丝毫没有奢华气象,只有靠门口放的那座金色自鸣钟,算是唯一的贵重器物。

"宰相也不过如此,是吧。"张廷玉似乎不胜感慨,一边请杨名时坐了,一边说道:"我自康熙四十六年入上书房,快三十年了。"杨名时在椅上欠身,说道:"老师事君以忠,事事以慎。自开国以来恩礼之荣,是全始全终的!"张廷玉叹道:"全始还算中肯,全终还要往后看。我历事三朝,一代权相如明珠、索额图、高士奇我都见过的,'眼见他盖高楼,眼见他筵歌舞,眼见他楼坍了。'我如今大名之下,责备恒多,勋业已成,晚节弥重。真的想急流勇退呢!"

杨名时目不转睛地看着张廷玉,他有点不明白了,特地叫进自己来,就为说这些话?思量着,说道:"老师既然虑到了,也就无甚干系。"

"我叫你来不为说这些道理。"张廷玉拈须沉吟,语气十分恳切。"大官作的时日太久了,有些骑虎难下,张家一门在朝作官的已有七十多个,大到一二品,小到八九品都有。这么多人,难免鱼龙混杂,谁出点事,很容易就牵到我这里——我说的是,廷璐的事,我不但不存忌恨,反思之我还感激你——"

"中堂——"

"你听我说。"张廷玉道:"我,这不是矫情,廷璐的死虽是罪有应得,我几时想起心里就针扎样疼,这是人情,从天理上说,你并没有错,我也觉得应立这么个榜样给张家人看,对张家还是有好处的。"杨名时叹一口气,说道:"中堂度量宽宏,虑事以道,令人感激佩服,学生领教了。"张廷玉温和地看着杨名时,说道:"我的门生遍布天下,可能执重器的不多。你如今要入宫侍候阿哥了。走的和我年轻时一样的路。这个差使办好,前程不可限量。但这个差使轻不得重不得,皇族里头也有不成器的,这个师傅不好当。当年廷璐就吃了这个亏,他靠上了弘时,以为有恃无恐,结果他血刃于刀下,冰山也垮了。"

　　杨名时听得目光炯炯，良久，说道："师相说的，我都铭记在心，与阿哥们我谨以道义交，执中而不偏，循情导之以理。我决不有负于您这样的谆谆教诲。"

　　"就是这些话。"张廷玉笑道："你这些年读书办差历事，未必没有这些见识，我只是白嘱咐几句。"说着便起身。杨名时忙也起身，张廷玉一边送他出来，口里说道："皇上叫我在京给你安排一处宅子。太奢华太大的谅你也不要，东华门外有一处四合院，原是曹寅的产业。抄家归公了的，已奏明皇上赏了你。你就搬去吧——离毓庆宫也近些儿——下人够使不够？入闱看卷子，总要几个帮手，要不要我挑几个老成点的跟进去？"杨名时笑道："十八房试官还看不过来么？我只看落卷和前三十名。——说到这里，我还想向师相荐个人——"遂把小路子的情形说了，"如今他走投无路，我留他又违了母训。不拘哪里，师相给他派个吃饭的差事，也算我救人救到底了。"张廷玉道："他既然通一点文墨，就叫他在军机章京房里做杂役吧。"说着送杨名时出来，吩咐守在门口的小苏拉太监："叫山西粮道何啸松，河南粮道易永顺，济南粮道刘康进来。"恰好转脸见傅恒进来，便问："六爷，去见皇上了么？"

　　傅恒看着竖在军机处门前的"文武百官并诸王公不得擅入"的大铁牌，含笑说道："没有见皇上。主子娘娘前些日子叫买书，刚刚送进去，出来又碰上内务府的阿桂，扯住我下了一盘棋。阿桂想以恩荫贡生应这一科的殿试。他不晓得规矩。那不是杨名时么？我问问他去。"张廷玉笑道："满洲旗人，做副标统了，还要到文场取功名？你也不用去寻杨名时，问我好了。叫他在旗里备个案，交上书房用印，殿试时奏明就是了。"傅恒笑着说了句"承指教"便出了隆宗门。

　　钱度自河南到济南，毫不费事便进了李卫幕府，原想死心踏地到北京直隶总督衙门好生作为一番的。不料连衙门口朝哪开都没见便另生枝节。先说叫李卫去古北口阅军,接着又有旨意,撤去李卫总督改任兵部尚书。当大司马自然来了兴头,但上任的票拟却又迟迟不下。眼见四面八方的孝廉纷纷入京,车水马龙,富的高车驷马,仆从如云,穷的布衣青衫,孑然一身,或顾盼自雄,或犹疑徘徊,满街熙熙攘攘。各家旅店住的都是来跳龙门的各地举人。夜里从街上走过,各处灯火繁星闪烁。会文的、吟酒作诗的、朗诵墨卷的应有尽有。钱度年不过四十,多年不曾文战,见这情景,撩拨得雄心陡起,便向李卫透出口风,想进场试试。这种好事任谁断没有阻止的道理,李卫便取一百六十两银子赠他,"既然考试,住我这里就不方便。你只管去夺关斩将,升发了也是我的彩头。万一不如意,还回我这里就是。"钱度有了银子又没有后顾之忧,越发来了兴头,在前门租了小小一间房子,白天揣摩墨卷,一篇篇起承转合地试笔。夜里便出去会文,几天之后便结识不少文友。

这天下午,钱度刚午睡起来,睡眼惺忪地在面盆里洗了一把脸,定住神刚要翻开墨卷,便听外头有人喊自己。钱度隔门向院里看时,是在大廊庙文馆认识的几个朋友,一个叫纪昀,一个叫何之,一个叫庄友恭,还有一个是内务府的,却是旗人,叫阿桂,带着几个家人说说笑笑进来。一进门何之便笑道:"这满院石榴殷红碧绿,真是可人意啊! 喷鼻儿香!"庄友恭便笑着看钱度草拟的文章,说道:"老夫子揣摩又有新得。杨大人是理学大宗,最不爱词藻铺阵,文章要立意新颖,因理而入情,才能入他老人家慧眼。孙主考要的是文理清晰,厚实有力。"阿桂在这群人中是最年轻的,并不参加贡试,便和纪昀凑近了看,阿桂笑道:"文贵理平气清。这文章,只觉得强拗倔直了些,晓岚兄以为如何?"

"石榴花。"纪昀连连赞叹。"一字一个中口,字字赛珠玑!"钱度忙道:"这哪里敢当!"阿桂笑道:"纪晓岚是河间才子,你可不要中了他的花言巧语。'石榴花'说是中看不中吃,'一个中口'是说'不中口',字字赛猪鸡——也亏得他才思敏捷。"

　　阿桂这么一解说，众人立时哄然大笑。纪昀道："小小年龄，还是个旗人，能有这样玲珑心肝，真不含糊——告诉你们，文章憎命，你越揣摩越是个不成。糊涂文章狗屁乱圈，哪有的什么定规？有这功夫，趁良宵吃酒耍子才是正经。"何之也道："我们一道来是邀钱老夫子去关帝庙在廊前吃酒的。"钱度笑道："扰了你们几次，哪里是来'邀'我，竟直说是讨帐罢了。走，该我请客！"

　　于是众人便出了店，其实关帝庙就在隔壁，离此向南仅一箭之地。这是北京香火最盛的庙，各家酒楼店肆煎炒烹炸油烟缭绕，花香、酒香、肉香、水果香搅在一起，也说不清是什么香。五个人在人群中挤了半天，才选了一个叫"高晋老酒家"的店铺进来。那伙计肩搭毛巾正给客人端菜，热得满头大汗，见他们进来，高唱一声：五魁，老客来高晋家了！——楼上雅座请！"

　　"这一嗓子叫得特别。"庄友恭不禁一笑，"真吉利到头了！"说罢五人拾级而上，临街处择了个大间，也不安席，都散坐了。各人点菜下来，共合六两三钱银子，这边钱度付帐，茶博士沏上茶来，已是流水般端上菜来。

　　"闷坐吃酒总无意趣。"那何之十分爽快，挽手捋袖为众人斟酒，笑道："何不行起令来？"纪昀笑道："说起行令，还有个笑话呢。陈留刘际明为济南知府，下面一个姓高的县令，是个很有才气的人，两个人相处得好，见面也不行堂属礼节。偏那同知却和姓高的合不来，每次见面，定要那姓高的行庭参礼，两个人就存了芥蒂。一次吃酒，同知举一令，说'左手如同绢绫纱，右手如同官宦家。若不是这官宦家，如何用得这许多绢绫纱？'那姓高的便接令：'左手如同姨妹姑，头上如同大丈夫。若不是这大丈夫，如何弄得你许多姨妹姑？'这同知勃然大怒，刚骂了声'畜生'，高县令又续出令来，'左手如同糠粃粝，头上如同尿屎屁。如若不吃这些糠粃粝。如何放出许多尿屎屁？一顿酒席打得稀烂，各自扬长而去……"

　　他没有说完，众人都已捧腹大笑。庄友恭便起句：

　　　　天上一片云，落下雪纷纷，一半儿送梅花，一半儿盖松林，
　　还有剩余零星霜，送与桃花春。

说罢举杯一呷，众人陪饮一杯，何之接令道：

　　　　天上一声雷，落下雨淋淋，一半儿打巴蕉，一半儿洒溪林，
　　还有剩余零星雨，送与归乡断魂人。

钱度接口吟诵道：

　　　　天上一阵风，落下三酒瓮——

"不通不通"，阿桂、何之都叫道："哪有这样的事？罚酒！"庄有恭却
道："你们山左人有什么见识？我们那里刮台风，庙里那三千斤的
大钟还被吹出几百里呢！要是掀翻了酒铺子，落下三瓮酒什么稀
罕？"于是罚了阿、何两人的乱令酒。纪昀笑道："我也为此风浮一
大白！"于是钱度接着道：

　　　　一瓮送李白，一瓮送诗圣，还有半瓮杜康酒，送与陶渊明！

"这才两瓮半，那半瓮呢？庄有恭问道：
　　"留给庄有恭！——你那么向着他，自然要贿赂贿赂。"纪昀说
着，又道，"要如此说，我也有了。"遂念道：

　　　　天上风一阵，落下五万金——钱庄子给龙卷风卷了——
　　忙将三万来营运，一万金买田置产，五千金捐个前程。还剩五
　　千金，邀游四海，遍处访佳人！

众人听了不禁大声喝彩:"这银子使的是地方儿!"阿桂手舞足蹈,笑说:"实在这才得趣,把庄有恭的比下去了!"还得往下说,楼下上来了三位客人,最显眼的是傅恒。众人都知道他身份高贵,忙站起身来让座。说道:"傅六爷来了! 快入席,这里正说酒令呢!"傅恒举手投足间渊亭岳峙果然气度不凡。

"今儿钱度老夫子作东,吃酒作乐。"阿桂一一介绍了席面上的人,又返身道:"这是我们主子——内务府旗务总管傅永傅六爷。这是先头齐格老军门的族孙公子勒敏勒三爷——这位是?"傅恒颔首一笑,说道:"他刚从南京来,你自然不认得。这是先头江宁织造曹楝亭老先生的孙公子,曹雪芹。"

"不敢,曹霑。"曹雪芹向众人躬身为礼,从容说道,"仰仗诸位朋友关照。"

众人仔细打量这三个人,傅恒华贵沉稳,儒雅倜傥;勒敏英气逼人,却衣衫不整;只有曹雪芹另具一格,穿一件月白府绸夹袍,已经磨得布纹疏稀,洗得干干净净纤尘不染。足下一双半旧千层底布鞋,雪白的袜子上还补了个补丁。广颡方面,一双不大的眼珠黑漆漆的,仿佛始终带着微笑,只有在盯着人看时,才带出一丝深沉的忧郁,偶一转盼间,又似乎在傲视周围的一切,他的气质立刻吸引了所有的人。

"我说过嘛,有你就显不出我了。"傅恒笑谓曹雪芹,"来,咱们也凑进来算一份子!"他取出两锭大银轻轻放在桌上:"立起擂台来,胜者前两名取去!"

八　行酒令曹雪芹展才
念旧情乾隆帝夜访

众人看那银子,是两个头号直隶京锭,蜂窝细边上带着银霜,每个足有二十两,青莹莹的,在夕阳照射下放着诱人的异彩。傅恒出手这么阔绰,众人立时又把目光射向他。

"既有了彩头,就要立起规矩来。"钱度一心要夺魁,盯了一眼银子,正容说道,"就请阿桂监场。乱令者,错令者以筹计数,谁说的最好,由大家公评,如何？庄有恭笑道:"老夫子不愧姓钱。眼睛出火了,我不来争这银子,还是我来监场,阿桂你们几个一决高低吧。我和傅六爷观战。上首人随举四书中的一句话,下首人接上一个古人名,要合着四书的意思。"遂起句道:

"孟子见梁惠王。"

挨身的钱度立刻应声答道:"魏征！"紧接着何之又道:"载戡干戈！"曹雪芹夹一口菜,将一杯酒倾底而尽,恬然说道:"载戡干戈是——'毕战'。"勒敏笑着道:"五谷不生。"纪昀吃一口酒,笑道:"出得好——田光。"阿桂亢声道:"可使治其赋也。"

"——许由。"钱度大声回答,"咽"地饮尽一杯酒,出句道:"寡人好勇——"

何之一挺身接道:"好！——王猛。"曹雪芹道:"还是出句容易——秦伯可谓至德矣！"

"豫让！"勒敏伸着脖子应声道,纪昀笑道:"虽千万人吾往矣。"阿桂瞪着眼想了想,说道:"杨雄！"庄有恭道:"这个令出得好,答得也好——牛山之木尝美矣。"钱度一拍桌子道:"那自然是'石秀'!"

众人立时哗然而笑,庄有恭对钱度道:"老夫子你错了,拚命三郎石秀是《水浒》里的,不是正史里的古人名。"钱度怔了一下,说道:"阿桂说'杨雄'不也是水浒人物? 你这监场的要执法公平!"

"庄先生说的不错。"傅恒笑道:"阿桂的杨雄是王莽新朝杨雄。这杨雄不是那《水浒》中的杨雄。他手中没得霜毫锋!"

一句话说得众人都笑了,钱度倾了一大觥自饮了,说道:"今儿不枉吃这一遭酒。现在重出一令。我作擂主。谁打下我来,谁作新擂主。吾侪鸣鼓而击之,可否?"傅恒问道:"敢问是甚么题目,说得这么郑重其事?"钱度笑道:"以诗为联。"

话刚出口,众人无不大笑。傅恒笑道:"在场的哪个不是饱学之士? 以诗为联对到几时才能分出胜负? 这法子不成。"钱度指着银子说道:"寡人有疾,真的想赢这彩! 这诗上下联不但要对得工整——还要分咏一物或一事。"

"难难难!"阿桂挠着腮说道:"出联还能敷衍,对联实在太费工夫了。"庄有恭也是连连摇头。钱度得意地一笑,说道:"一人不成,群战也可,只是我为擂主罢了。或为我出上联,我对下联也可。"阿桂想了想,咏道:

赤地骄人重五日——端午节。

"素王去我二千年——孔林。"钱度从容对上,阿桂又道:

曾经彩笔干牛斗——魁星。

众人听了方自沉吟,勒敏一笑,应口对上:

未许空梁落燕泥——项篷格。

勒敏又出联:"莫恃才高出睥睨!"钱度笑问:"这咏的是'照镜子'?
对词应是:

> 从来官小要糊涂——醉司令。

他偏转脸问道:"阿桂,如何?"阿桂一笑,摇头不语,钱度便又出联:
"公私难了疮千孔!——癞哈蟆"至此越来越难,众人已感到应付
维艰。烛光摇曳,片刻沉默,还是勒敏对上:"风雨闲持酒一樽——
送秋。"接口又出联:

> 免郎致诘儿曹戏——杨妃故事。

　　钱度此时也被难住,皱眉问道:"这是哪里出典? 别是杜撰
吧?"勒敏笑道:"你也有才穷智尽之时? 读守《金诃子》么?"钱度托
腮撮牙只是搜索枯肠。曹雪芹笑道:"这不过耍弄的玩艺,何必认
真呢? 我来代擂主应联——举国忘忧妓可知? ——莫愁湖。"
　　"好!"庄友恭和傅恒几乎同时喝彩。统计下来,还是钱度得的
筹码多,傅恒一心要让曹雪芹展才,见他一杯接一杯只是吃酒,遂
笑道:"这令行得太吃力,饮酒图的是甚么,还不是为了个畅快? 方
才钱度先生占了鳌头,我看有散曲,大家随心唱来,以歌侑酒,才是
真名士!"话音刚落,众人都叫好,傅恒率先以箸击案唱道:

> 忘却了寂寞幽闺映苍苔,忘却了繁花如雨落尘埃。但见
> 这红妆倩女头渐白,恰便似,流去一江春水不再来! 呀! 怅对
> 着燕王招士黄金台,何处觅得蓬莱境,去把长生药儿采……

吟唱未绝,举座轰然叫妙,曹雪芹被勾起兴头,正在唱,挨身的何之
已接口而唱:

惟恐怕遇不着他，遇着了他又难打发。梦魂里多少牵挂，偏偏是怕回娘家。心头里小鹿撞，芳情只暗嗟讶。怨透了三生石上的旧冤家，怄气儿却说"想看阿嫂绣的枕头花?"……

曹雪芹痴痴听完，说道："这些曲儿是好的了，总觉有些看不破、瞧不透世情似的，世上事若是太顶真，会活不下去的。"遂拿起筹码，边舞边歌：

将那三春看破，桃红柳绿待如何？把这韶华扑灭，觅那清淡天和。说甚么天上夭桃盛，云中杏蕊多？到头来，谁见把秋捱过？则看那，白杨村里人呜咽，青枫林下鬼吟哦。更兼着，连天衰草遮坟墓。这是的：昨贫今富人劳碌，春荣秋谢花折磨。似这般，生关死劫谁能躲？闻说道，西方宝树唤婆娑，上结着长生果。

歌声既落。四座寂然。何之惊讶地望着这位貌不惊人的曹雪芹，久久才叹道："风抛柳絮，水送浮萍，实非人间气象!"傅恒品味着歌词，曼咏道："曲终人不见，江上数峰青……"还要说话，楼下匆匆上来一个长随打扮的人向他耳语几句，"刘统勋?"傅恒道，"他有什么事?"那长随又凑近嘀咕了两句。

"实在对不住，我要先逃席了。"傅恒笑着站起身来，拉着曹雪芹的手道："雪芹，路上已经说了，不想应试就算了，到我府里去，给你荐个塾馆，或到国子监的宗学教读都成。我确实忙，你不要推辞，不要让我再一趟一趟跑了，好么?"说罢径直去了。

傅恒出了高晋酒家，天色已经黑定，见一个黑矮中年人，头戴六合一统青缎瓜皮帽，穿一件青竹布长衫站在门口守候。此人正是新近从詹事府调任内阁学士的刘统勋,便过去用扇骨拍了拍刘统勋肩头,笑道:"李卫有什么要紧事见我?"

"嘘……"刘统勋小声道:"六爷,您稍候自然明白。"说罢朝对门豆腐脑担了一努嘴儿。傅恒顺他目光看时,不禁吃了一惊,原来乾隆皇帝正坐在羊角灯底下的小木杌子上,用调羹搅着碗里的豆腐脑,和那涮碗的中年妇女搭讪说话。那女人十分健谈。碗在桶里洗得哗哗响,口中道:"这是小本生意,一天二升豆子,红火了能赚四五分银子,平常也就落个一二十文铜子儿。我家那杀千刀的是个没本事人。叫他向堂伯家借个十来吊,开个豆腐粉坊,死活就是不肯,说银子钱借不得,借一还二,打不起那个饥荒。爷您明鉴——"她用调羹挑了点糖又兑在乾隆碗里,接着道,"如今豆子越来越贵,四钱半买不到一斗,有钱人家秋季豆价贱时囤下,咱就得随行就市。豆腐脑这东西二文钱一碗,你涨到三文,多出一半,谁还要吃?瞎——总只是穷凑乎罢了。"乾隆喝着豆腐脑,笑问:"你进豆子还用银子?乾隆制钱不好使么?"

那婆娘笑盈盈地转身道:"好使,怎么不好使?就为太好使了。里头铜多,铜匠铺子敛了去做铜器,一反手几十倍的利呢。官价两千文兑一两,你去钱庄,顶多兑出一千二百文,小户人家没银子,钱这么贵,缴起赋来,吃亏死了!"乾隆先还笑着听,渐渐就没了笑容,推推碗就站起身,对刘统勋道:"赏她!"刘统勋不言声过去,轻轻将十五两一锭京镪放在瓮盖上,乾隆朝目瞪口呆的女人看一眼,一笑便离开了。旁边几个装扮成闲人的侍卫也暗自遥遥尾随着。

"主子好兴致。"傅恒一边跟着乾隆走,一边笑道:"这早晚了还出来走动。老佛爷知道了又该说奴才们不是了。"乾隆笑道:"这回已经禀了太后,明天早起就要离京,今晚宿李卫家!"傅恒不禁一愣,竟站住了脚,"去河南?不是说过了端午么?"

乾隆笑道:"这有什么大惊小怪?兵不厌诈嘛。日子久了,走了风声,去汴梁就只能逛相国寺耍子了——他们下头诳上头那一套,你还不知道?"傅恒迟疑了一下,说道:"去李卫家走棋盘街那边。这前头是鲜花深处胡同。"乾隆小声道:"去看看十四叔……"

傅恒没再言声,跟着乾隆缓缓而行。"十四叔"是康熙的第十四个儿子允禵是雍正皇帝唯一的同母弟弟。康熙晚年太子允礽昏乱失位,诸王趁机群起争位。允禵和八阿哥允禩、九阿哥允禟、十阿哥允裓混到了一处,成了"八爷党"的中坚。民间甚至传言,康熙原意由允禵接位,是前上书房大臣隆科多私自将遗诏中"传位十四子"改为"传位于四子",才有雍正登极。乾隆登极后,在颁发"政尚宽大"明诏的当天,就传旨"撤去十四叔、九叔住处高墙圈禁,允许在宅旁散步走动。"

刘统勋在前头引路,用手指道:"万岁,前头就是十四贝勒府。"

"唔,"乾隆神色恍惚地望了一眼,只见黑魆魆的院墙足有丈五高,原来的五楹倒厦门虽然还保留着,但迎门一道高墙垒成弧形,连门前大石狮子也包了进去,只在仪门旁留了四尺宽一个小口儿,由内务府、宗人府会同把守。栅门一关,严实得像铁桶似的。

几个人刚走近西瓜灯下,那边守门的早已看见,厉声喝道:"什么人? 站住!"说着两名笔帖式打扮的人过来,觑着眼一瞧,脸上立刻绽了笑容:"哟——傅六爷! 小人给您请安了! 爷也不嫌天黑,就这么抄着步子走来了!""什么富六爷穷六爷!"傅恒说道:"快点开门。皇上御驾来了,要见允禵!"那两个笔帖式吓了一跳,张眼望望傅恒身后的乾隆,慌忙叭在地上磕了不计其数的头,紧跑几步,一阵钥匙叮当,"咣"地一声,铁栅门被拉开。乾隆一进门,问道:"十四爷没睡吧?"两人连连躬身回道:"回皇上话,十四爷见天都是四更入睡,这几日身子骨儿不好,只怕这会儿躺在炕上养神呢!"

"你们前头带路。"乾隆说着便往里走,回身道:"刘统勋留在门口。"两个笔帖式挑着灯在前头引路。进了朱漆剥落的二门,那院里更黑得难走。满院里青蒿,野艾长得有半人高,在晚春的夜风中簌簌抖动。远处在昏暗的西瓜灯下站着几个老太监,屋里一盏青油灯幽幽放着冷森森的光。乾隆见此情景，忽地想起自己小时候曾到这里，十四叔蹲在台阶前蒙了眼睛，和自己"捉瞎蒙"玩。心时一阵凄凉，紧走几步进了屋子，轻声叫道："十四叔。"

允禵脸朝里睡着，没有应声。

傅恒在旁柔声说道："十四爷，皇上来看你了。"

"皇上？……看我？"允禵喉头咕哝了一声，翻身坐起来，傅恒还没有见过这位王爷，灯下瞧去，五十出头年纪，半苍的发辫蓬乱着，脸色苍白形容憔悴，仿佛过世了的怡亲王允祥，只刻板些，炯炯双眸隐在刷子似的眉毛下，灯影里幽幽放光。在位的老三辈亲王，凡是见了乾隆都诚惶诚恐，这个罪人居然稳坐不动，一脸的麻木冷漠，傅恒心下不禁骇然。半响，才听允禵说道："皇上，是来赐陀罗经被的吧？"①

乾隆近前一步，躬身施了半礼，说道："十四叔，你误会得深了。明儿我要出京巡视，十四叔也要走出这牢笼，怕请安来迟不恭，特地来瞧瞧十四叔。您身子骨儿还好？"

"无所谓好不好。"允禵冷冷说道，"皇上真是太关心了。可惜呀！哀莫大于心死，我如今已是枯木槁灰，放不放也无所谓。当初封这院子的，是你父亲。也在这屋对我说，我犯了谋逆罪，从轻圈禁。我说既是谋逆，是逢赦不赦的十恶罪，我情愿凌迟。可他说'我不肯落个杀弟的名声'！这是他撂下的最后一句话，我们兄弟从此就天各一方了……"他的语调变得沉重起来，"……如今新皇上又来了，十四叔还是那句话，秉国法处置就是，我允禵皱一皱眉头，不是真男子！"

乾隆凝视着这位倔强傲岸的皇叔，久久才叹道："父亲和叔叔们中的事，责任不在我。我既没有笼络叔叔的意思，也不能说父亲错了。你们当时必定有当时的情势。雍正十一年以后，父亲几次

---

① 王公在臣死后，用绣有陀罗经的被盖尸。

提起十四叔,还有八叔、九叔、十叔,总是愁闷不乐,觉得处置得过了。我就是遵了父亲这个遗命,释放十四叔。十叔也要放。叔王们若还念及侄儿孩提时的旧情,肯出来为国家做事,那是一定要借重的。若是就那么个心胸一味计较,也只好由着叔叔们了。"说罢一阵悲酸,竟自失声痛哭!允䄉竟也号啕大哭,原先那种矜持傲慢的神气一扫而尽,一边哭,一边捶胸顿足:"老天爷……你是怎么安排这皇家骨肉的?大哥幽死,二哥幽死,八哥幽死,九哥也幽死……死了还得个'好名儿'叫阿其那、塞思黑……呜呜呜……嗬嗬……"积郁了十多年的郁闷、愤恨,如开闸潮水一般在凄厉惨痛的呼号中倾泻出来。傅恒刚从高晋酒家行乐出来,又一下子陷入这样巨大的感情旋涡里,浑如身处噩梦之中。听着允䄉嘶哑绝望的哭叫,竟想拔脚逃出这里!

"皇上啊,皇上……"允䄉扑翻身跪了下去,继续哭道:"你知道在这四方天活棺材里是什么滋味?你有七个伯伯叔叔都埋在里头,埋毁了啊……"乾隆想想,心时一阵发紧,只是摇头苦笑,说道:"叔叔起来,这么跪着我心里不安……这都是天意!黄蘖师歌里就说了你们兄弟'鹡鸰原上使人愁'!老辈子的事已经过去,不要再想了。好生保重些身子,侄儿借重你们的时候长着呢!"

允䄉痛哭一阵,似乎精神好了点,抽咽半响,方道:"臣失礼于皇上了。在这里囚着真的不如死了,并不怕激怒您。细思起来,也确是皇上说的,这都是命,也无可怨尤。自恩诏下来,白天能出去走两个时辰。很知足的了……上次遇到允祯,上去说了几句话,他已经成了半个木头人,满口华严,楞严经……"

"皇叔放心。"乾隆见允䄉称臣,随即也改了称呼,"明儿这高墙就全扒了,你想到哪里就去哪里。只是要防着小人造作谣言——朕自然不信的,但奏上来了,朕就不能不查,何必招惹这些麻烦?依着朕,十四叔是带兵在西边打过胜仗的,闲暇无事,把用兵利弊写写,上个条陈。看这情势,将来西疆还会出事的。"

　　乾隆谆谆又嘱咐几句,才带着傅恒出来,走到大铁栅门前,叫过领事太监说道:"你进去闻闻你十四爷屋里那股味儿!真不知你们是怎么当差的!就是你们这拨子人,原地留下侍候允禵,允祯那边也一样。"

　　"皇上,"刘统勋待他说完,禀道:"这去李卫府有一程子呢,侍卫们送来了马,咱们骑马去吧?"

　　乾隆点了点头。

九 闻哭声乾隆查民情
住老店君臣遇异士

　　乾隆安顿住了允禵，似乎去了一块心病，夜里在李卫书房里睡了香甜的一觉。他有早起习惯，第二天鸡叫二遍就起身。在书房前打了一会布库。自觉精神饱满，回身进书房在书架上寻书看，见都是些《三字经》、《朱子治家格言》、《千家诗》、《千字文》这类东西，又好气又好笑。正翻看着，李卫已经进来，打千儿请安："主子起得早。奴才这里没有好书，误了主子早课了。"

　　"书都不是坏书，太浅了。"乾隆一笑说道："傅恒、刘统勋都起来了？咱们怎么个走法呢？你身子骨顶得下来不？"李卫笑道："奴才的病怕秋冬，这时分是不碍的。"说着，傅恒和刘统勋已经过来，请了安，都却步立到一边。李卫接着道："既是微服，这么一群人不明不白地走道儿，没个名目断然不成，还是打扮成去信阳府贩茶叶的客商。您自然是东家，傅恒是管家，统勋和奴才是长随。几个伙计牵马，驮些京货，都由侍卫充当。前头后头要有打尖和断后的，装扮成乞丐。一个暗号都能赶来护驾，离我们后头十里，我从善捕营拨了六十名校尉，遥遥尾随。圣驾安全才不至有所失闪的。路上茶饭不周，奴才女人翠儿——主子认得——让她跟着，做使唤人，端个茶递个水比男人强。"

　　"好嘛，倾家侍驾了！"乾隆大为高兴，"就这么着，预备起来！行头呢？"李卫到门口招了招手，两个家人抱着一大叠衣服进来，众人都笑着穿换。刚收拾齐整，李卫夫人翠儿已经进来，麻利地朝乾隆磕了几个头，起身稳稳重重向傅恒和刘统勋福了两福。她是一品诰命，刘统勋忙躬身还礼。翠儿笑道："一晃七八年没见主子了，上回进宫给老佛爷请安，出来见主子正进养心殿，远远看了一眼。我们离京时，主子才这么高点。如今，呀……啧啧……瞧主子这身条儿，这相貌，这富贵气——真越瞧越爱瞧——怎的老主子说去就去了呢？"女人天生会哭，眼泪说来就来。李卫在旁责道："行了，行了，叫你见见主子，就唠叨个没完，大好的起程日子，你哭什么！"

乾隆笑道："朕倒欢喜这样直率性儿。李家的，有话路上再聊——咱们走吧。""稍等片刻——吴瞎子怎么还没到？"

"到了！"门外忽然有人答道，一个中年黑汉子应声跨步进来，头勒一条汉阳巾，玄色长袍领口微敞，露出里头一排对襟褂上黑扣子，脚下穿一双快靴。看去十分英武，只是瞎了左眼有些败相。吴瞎子当门对李卫一拱，说道："昨夜三更到的，就宿在这书房廊下梁上。"说着便进前一步：在乾隆面前跪倒行礼，口里却道："小的叩见主子万岁爷！"李卫府昨夜侍卫亲兵密布如林，此人竟能潜入，且在皇帝住房外睡了两个时辰无人知觉，刘统勋心中异样惊骇。

李卫见乾隆面现诧异，忙道："这是我在江南收伏的飞贼，做了我的捕快头。不是钦案，我从不使他。当年我擒甘凤池独闯甘家冲，就带了他一个。"甘凤池是江南有名的大盗，与山东窦尔敦，生铁佛等齐名，乾隆打量着吴瞎子，问道："你的师傅是武林哪一门高手？"吴瞎子连连叩头，说道："是终南山紫霄观里清风道长。师傅去世得早，小的亲受师祖古月道长栽培。不敢欺君，幼时为父报仇曾杀过人，后来出来闯世面也杀过人。后来被南京李大人擒住了，因小的从不采花，被杀的人又都有罪，就开释了，跟李大人作事。"

"他并不明着随驾，只是暗中保护。叫他来是为防万一。"李卫笑道："直隶、山东、河南、江南黑道上的人还都买他的帐。"乾隆便问："自归正后还作案不作？"吴瞎子笑道："和李大人有约在先，头一条就是行善不行恶，行事不作案。"

　　乾隆点头道:"你是山东名捕,也算吏员了。既有福见朕,就是缘分。就赏你为乾清门三等侍卫,御前带刀行走。"吴瞎子还在发愣,李卫在旁喝道:"还不赶紧谢恩?"

　　"谢恩!"吴瞎子忙伏下身子去行礼。

　　乾隆一行人当天便离京南行,过了邯郸道入彰德府境,就算进了河南。其时正是五月初,天气渐次热上来。路旁的庄稼,那长势却稀稀落落。远看倒也"麦浪起伏",近瞧时便令人摇头,麦秆细得线香似的,麦穗儿大多长得像中号毛笔头大小,田头一些小穗头儿也就比苍蝇大些儿。乾隆从路上蹚到地头,分大中小号穗搓开在手心里数,平均每穗只有十五六粒,不禁摇头暗自嗟讶。就这样走走停停,待到太康城,已是过了五月端午。

　　太康是豫东名城,水旱码头俱全,为鲁豫皖冲要通衢。当晚在太康城北下马,前头打站的侍卫来禀:"……包租不到客栈,只有姚家老店房子宽绰些,已经住了人。我们租了正房,偏院里的客人,老板不肯撵。"

　　"老板做的对。"乾隆说道:"凭什么我们要撵人家走?"说首便吩咐:"就往姚家老店。"

　　他们是大客户,出手阔绰,下的定银也多。店老板带十几个伙计拉牲口、搬行李,打火造饭,忙活着侍候他们用了晚饭,又烧了一大桶的热水,一盆一盆送到各房,天已经黑了。乾隆在东屋里歇了一会儿,没书可看,便随意半躺在被子上,叫过上房的三个臣子。

　　李卫他们三个人依次鱼贯而入,乾隆含笑示意命坐了。说道:"这一路来,还算太平嘛。早知道这样,我就单带傅恒出来了。"

　　"东家,"刘统勋微一欠身道:"小心没过逾的,宁可无事最好。"乾隆头枕两手,看着天棚出了半日神,问道:"你们这一路,看河南民情怎么样啊?"

　　李卫说道:"我看出两条:一个是'穷',一个是治安尚好。"傅恒道:"穷,治安就好不了,又珩这话说得自相矛盾。我看这一路的村庄人烟稀少。有的人家还关门闭户。听说一窝子都出去逃荒了。饥寒之下何事不可为?"刘统勋笑道:"主子这次出巡是'微服'。前有清道的,后有护卫的,还是很扎眼的。又珩那个快捕头在绿林里有那么大名声。他不露面,是不是去通知各路'好汉',不得在这时候做案?"李卫不禁笑道:"这兴许是的。不过由我负责主子的安全,主子出来是察看吏情民情的,又不是缉贼拿盗。平安出来平安回去,这是我的宗旨。"

"有这个宗旨固然好,但这一来,就见不到治安真实景况了。"乾隆轻轻叹息一声,说道:"看来这里的穷实在令人寒心,王士俊当巡抚,河南年年报丰收。现在是孙国玺,自然也要报'丰收',不然吏部考功司就要给他记个'政绩平平'。我原以为由宽改猛难,由猛改宽无论如何总要容易些。看来也不尽然。"说罢下炕跐了鞋走出房门。前店管挑水的伙计早已看见,忙上前问道:"客官,您要什么?"乾隆望着天上密密麻麻的繁星,淡然一笑说道:"屋里太热,出来透透风,刚才我听到东院有人在哭,像是女人的哭声——是为了甚?"

那伙计二十出头年纪。星光下看去眉清目秀,精干伶俐。听乾隆问,叹了一口气说道:"是一家母女俩,黄河北镇河庙人。今年春母女俩饿得实在受不了,便把东家的青苗卖了。眼见就要收麦,她当家的去江南跑单帮还没回来,就逃到这里来躲债,刚才是田主找到了她们,逼着她们回去。我刚刚拦住了。叫他们有话明儿再说,这黑咕隆咚鬼哭狼嚎的,扰了您呐!"乾隆听了没言声,转脚便出二门。三个臣子在上房听得清清楚楚,互相交换了一个眼色,刘统勋说道:"不妨事,我跟着瞧瞧,你们关照侍卫们一声。"说罢去了。

姚家老店东院房舍十分低矮,一小间挨一小间,依次排去有二十多间。每间房点着麻油灯,鬼火一样闪烁着。有几间房里的客人在聚赌,呼幺喝六扯着嗓门叫;还有的在房里独酌独饮,都敞着门。还有几个胖子剥得赤条条地坐在院中间皂荚树底下闲嗑牙。乾隆定了一阵子神,才看见东北角房檐底下蹲着两个人,影影绰绰是女的,便徐步踱了过去,俯下身子问道:"方才是你们哭?"

"……"

两个女的蠕动了一下,却没有言声。乾隆看那年长的,四十岁上下年纪,年小的梳了一根大辫子,不过十七八岁模样,只是瞧不清面目,便又问:"你欠人家多少钱?"

"十五两。"那母亲抬起头看了乾隆一眼,叹了一口气,没再吱声。乾隆还要再问,房里一个人大声道:"甭听她放屁!"随着话音一个五十多岁的精瘦老头子出来,指着那年长的女人道:"雍正十年,她借我七两银子,加三的利,不高吧? 卖了我地里的青苗又得十五两,你本该还我连本带息三十八两六钱!"他好像拨算盘珠子,说得又脆又响唾沫四溅,"侄媳妇,我也一大家子,人吃牲口嚼的,你就敢私自卖了青苗,一走了之! 三四个长工遍世界找你不见! 亏你还是大门头里出来的! 为啥一败落下来,就变成个泼妇!"

蹲在旁边的那姑娘突然把头一扬:"十七爷,上头有天,下头有地! 我爷被抄家那年,你拿去多少银子? 你原来还是我家的佃户,不是靠这银子发起来的?"乾隆听着心里一沉:原来这母女是个官宦家后裔,被抄家败落下来的。刚问了一句"你爷爷原来做什么官——"那妇人便道:"您别问,问着我揪心,说着辱没人!"又对那个瘦老头说道:"孩子家口没遮拦,十七叔您别计较……实话实说,你侄儿拿了银子进京会试去了……等他回来……"

"等他回来仍旧是穷孝廉!"那十七叔冷笑一声,"别以为王家祖坟地气都流了你振中家,如今我们振发捐了道台,已经补了缺,比你们当年差不到哪里去! 就王振中那模样,尖嘴猴腮的,一世也不得发迹! 应了四回考了吧? 就是个副榜,也叫你十七叔瞧瞧哇? 他真的中了,十七爷往后爬着走路,给你们看!"

事情已经明明白白。乾隆听着这些刀子似的刻薄话,真想扇他一巴掌，掴死这个糟老头子！摸了摸袖子，却没有带钱，乾隆一跺脚转身就走。

"主子甭生气。"刘统勋在后边，跟着乾隆回了上房，劝道："这种事世上多的是，公道地说，输理的是这女人。"李卫和傅恒见乾隆面色阴沉，大气儿也不敢出，垂手站在一边。乾隆转脸对李卫道："你过去，送五百两银票给这母女俩！"

李卫答应一声转身就走，傅恒却叫住了，对乾隆道："主子，咱们送她这么多银子，得招多少闲话？回头由奴才关照地方官一声就结了。"李卫叹了一口气，说道："这都是田文镜在这里作的孽。这样吧，我回京给这里县令写封信，叫他带点银子周济一下王振中家。"乾隆听了无话，便命他们退下。他也实在是乏了。

乾隆取出一部《琅环琐记》，歪在床上随便翻看着，渐渐睡着了，忽然从店外传来一阵铁器敲击声。乾隆大声叫道："侍卫，侍卫！快快！"……说着一骨碌坐起身来。

候在外间的三个臣子听乾隆喊叫，一拥而入，李卫问道："皇上，您这是……""没什么，梦魇住了……"乾隆自失地笑笑，"外头在做什么？铁匠铺似的，这么吵闹人！"刘统勋便道："奴才去瞧瞧。"乾隆一摆手说道："左右我们要走了，结结帐，叫他们准备着马匹行李。"

刘统勋答应着出来，到门面上一看，只见店门口里三层外三层都是看热闹的人，老板和几个伙计在柜台旁围着一个和尚，似乎在求情告饶。刘统勋看那和尚时，比常人高出一头，脸黑得古铜似的，前额、颧骨、鼻子都比常人高凸，紧绷绷的块块肌肉绽出，闭着眼拿一只小孩子胳膊粗的铁锤敲着铁鱼，聒噪得振耳欲聋。刘统勋见那铁锤足有几十斤重，心下已是骇然，再看那铁鱼，更是大吃一惊，足有四号栲栳大小，足有三百多斤！刘统勋见老板只是对和尚打躬作揖，也不知求告什么，便上前扯住一个伙计拉到一边，大声问道："这是怎么回事？"

"化缘的！"

伙计一脸怒色地盯着那和尚，咬着牙答道："一张口就要三十两银子，问能少一点不能，立地就涨到五十！日他娘这秃驴，忒煞地欺负人！"

敲击声突然停住了。那和尚用瘆人的目光看了伙计一眼，打一稽首问道："阿弥陀佛！你这小厮方才说甚么？"

"我们就这么大门面，一年也就八九十两进项，都给了你去，我们喝西北风？"小伙计狠狠地盯着那高个和尚："我方才是骂你来着，日你娘的秃驴，你忒欺负人！哪有像你这样化缘的，生铁佛，你懂不懂？"这时乾隆已从后院出来，几个侍卫看这阵势，都装成里院房客看热闹，将乾隆挤在正中间。李卫听说这就是江湖上有名的生铁佛，知道今儿遇上劲敌，只是不晓得他是冲乾隆来的，还是冲这店来的，顿时一阵心慌，额前渗出细密的汗珠来。

店老板脸色煞白，只是苦口央告："大师……实在是拿不出这许多。好歹大师高抬贵手，我们就过去了。""善财难舍，舍不得也成。"和尚嘿然说道，"老僧知道你的家底，你不肯舍，就是不肯超度自己。我也不动手，只把这铁鱼敲烂在这里！"外头这时人声哄哄，就有人喊："揍死这黑秃驴！"那和尚也不理睬。老板身边两个伙计气急了，上前搬柜台上铁鱼，下死劲拽着，那铁鱼才动了动，生铁佛用手一按，那铁鱼肚子底下的铁牙已嵌进木头里。

"姚掌柜，不要跟他说好话了！"站在刘统勋旁边那伙计怒气勃发，上前一把推过掌柜的，说道："他不是冲你，是寻我的事的——生铁佛，晚辈小鱼儿今儿得罪了！"遂拿起柜上的鸡毛掸子，轻轻一挥，那硕大无朋的铁鱼竟像尘埃般拂落在地下，"砰嘭"一声几块砖都被砸裂了！

十 吴瞎子护驾走江湖
乾隆帝染疴宿镇河

"小鱼儿"突然露出这一手功夫,店里店外的上百人先都惊得一怔,随即爆发出一阵喝彩声。乾隆见这后生就是昨晚和自己说话的挑水伙计,心里不禁一震;这么一个小城,如此一家小店竟藏龙卧虎,有这样的异能之士,而且这么年轻!那和尚怪声怪气一笑,说道:"到底把你的真相给逼出来了!后生,你不是佛爷对手。你师傅是潘世杰吧?带我去会会!"

"师傅浪迹天下,小鱼儿也不知他在哪里。"小鱼儿嘻地笑道:"你和我师傅有什么纠葛,冲我讲,父债子还。"生铁佛深陷的双眼盯着小鱼儿,说道:"只怕你承受不起。姓潘的没有走远,就在附近养伤对么?"说着举掌就要拍下。乾隆正要命侍卫们上去擒拿,却被李卫在旁拽拽袖子,耳语道:"主子,这是黑道上的恩恩怨怨。我们袖手旁观就是。"话未说完,店角落一直坐着闷声喝茶的一位老人,不知使了什么法术,飘忽几步过来,"啪"地接住了生铁佛一掌,顺势一搁,生铁佛连退几步才站住了脚,又惊又怒地打量着来人,问道:"阁下什么人?"

"吴瞎子。"吴瞎子说着,一把扯去粘在颏下的白胡子,格格笑道:"你安安生生回两广称王称霸去吧!这是江北。我已叫罗师兄传下号令,三个月内不得在这四省作案。青帮规矩,你懂不懂?"生铁佛,声如鸱鸮般放声大笑,摇头道:"青帮是什么东西?罗祖又是谁?吴瞎子?嗯,没听说过。"吴瞎子冷森森一笑,说道:"那今儿就叫你见识见识。小鱼儿，没你的事了，你去吧！”

小鱼儿张大眼睛，惊异地望着吴瞎子，说道：“您是师祖叔？南京庆去楼拿住甘凤池的吴——老前辈？”吴瞎子点点头，一眼瞥见生铁佛正要伸手取地下的铁鱼，先趋一步用脚踏定了，旋身一拧，寸许厚的铁鱼已被踏瘪了。铁鱼里六只弹簧扣着的透骨钢钉一下子全弹了出来，颤巍巍地钉在砖墙上，嘤嘤作响！

“这不是比划的地方儿。”吴瞎子看了一眼李卫，狞笑着对生铁佛道：“你说到哪里去，我随你去！”说罢顺腿一脚，那三百多斤的破铁鱼飞起一人来高，“咣”地一声落在店外石阶下。看热闹的人们发一声喊，立时四处散开，眼睁睁地瞧着吴瞎子、生铁佛和小鱼儿扬长而去。

李卫到此才松了一口气，忙命人结算了房钱，牵马请乾隆骑了，带着货物出了城北，在游仙渡口过黄河。傅恒见乾隆在马上只是出神，便问道：“主子，您像是有心事？”

“不知道他们打得怎么样。”乾隆说道：“朕——真想亲眼看看。”刘统勋叹道：“今儿真开眼界，这几个人，大内侍卫中有几个及得上的？”李卫笑道：“主子要见他们，回北京由我安排。告诉主子，笼络这些人只要两条，一是名，二是义。您给他名声，许他义气，他就能为你赴汤蹈火，”乾隆大笑道：“李卫治盗真有办法！”

一行十余人从游仙渡口过了黄河。北岸是一片漫无边际的黄沙滩，沙陷马蹄，走得十分艰难。此时，正是炎夏初至，热气蒸人，沙滩上既没有水，连个歇凉的大树也没有。登上北岸河堤，嗯地一阵凉风吹来，乾隆刚说了句“好凉快！”便听西边远远传来一声雷响。

“雨要来了！”李卫在马上手搭凉棚向西了望，说道：“咱们得快走，今晚住西陵寺，还有六十里地呢！”说话间，又炸起一声响雷，大风卷起一股黄沙，闷热得浑身大汗淋漓的侍卫们齐声叫好。乾隆向西看时，黑沉沉的乌云已由西向东推拥过来，不一会便遮了半个天，乾隆笑道：“李卫何必慌张？烟蓑雨笠卷单行，此中意趣君可知否?"

　　说话间又是一声惊雷,好似就在头顶炸落。接着,噼哩啪啦落下玉米大小的冰雹。乾隆没回过神来,脸上已被砸着几粒,打得生疼,傅恒一边飞身下马,瞪着眼骂侍卫:"混帐东西!还不快护着皇上?"早有两个侍卫猛扑过去,一人搂腰,一人拽腿,不由分说将乾隆拖下马来。乾隆下了马便往马肚下边钻,却被李卫一把扯住。

　　"皇上使不得!"李卫急急说道:"马若被砸惊,尥起蹶子怎么办?"眼见冰雹越下越猛,大的已有核桃大小,李卫大喝一声:"都把靴子脱下来顶在头上!"傅恒此时也顾不得贵人体面,学着众人连撕带扯拉下靴子顶在头上。乾隆盘腿坐在沙地上。三四个侍卫赶忙围过来,将乾隆遮得密不透风。惊魂初定,乾隆笑道:"冠履倒置的办法还真行,今儿李卫反经从权作了好事,把叫化子手段都使上了——李卫,你退一边去,有他们够使的了。"话音未落,不知哪匹马被砸得狂嘶一声,顿时一群马哀鸣狂跳,在雨地里跑得无影无踪。

　　雹子下了一阵就过去了。但雨却没有住的意思,浑身透湿的人们被风一吹,透心刺骨地冷。乾隆冻得嘴唇乌青,傅恒一边命人去搜寻马匹,一边对乾隆说道:"主子,咱们得走路,不然会冻病的。这都怪奴才们虑事不周……"乾隆不等他说完,一摆手向北行去,见李卫追了上来,便笑道:"人人冻得面如土色,怎么你这病夫倒像不相干似的?"李卫笑道:"下雹子那阵,奴才顶着靴子脚就没停过步。主子这阵得加快步子,出了汗就不相干了。"

　　但乾隆已经走不动了,大约因热身子在雨地里浸得太久,四脚僵硬,活动不开。他极力跋涉着,五脏六腑翻滚冲腾,汗却始终没有出来。走到他身边的傅恒见他脸色不好,便凑近了问道:"皇上,您身上不快么?"

　　"……"

　　乾隆头晕得厉害,天旋地转,咬着牙,勉强地向前走,踉跄一步，摔倒在地。刘统勋和几个侍卫惊呼一声，围了上来。

"主子！"

李卫等三人见乾隆双目紧闭，咬着牙关昏迷不醒，顿时慌了神。李卫出了一身冷汗，脸色苍白，略一沉吟，咬牙道："快找避雨地方——飞马通知前站，叫郎中！祛寒、祛风、祛热、祛毒的药只管抓来！"傅恒急道："那边有一座庄子，你们去！我去通知西陵寺！"说罢，翻身上马，下死劲朝马屁股上猛加一鞭，那马长嘶一声狂奔而去。刘统勋伏下身子背起乾隆，李卫和几个侍卫紧随右侧，高一脚低一脚沿着玉米地埂逶迤向村里走去。村口有一座庙，山门院墙都已倒塌。正门上有一块破匾，写着"镇河庙"三个大字。

众人七手八脚把乾隆撮弄到神台前，用几个茶叶篓子搭了一张床，手忙脚乱地将乾隆放了上去。刘统勋命人扳下神龛前的木栅，点火取暖。那火摺子被打湿了，哪里点得着。李卫用手拨弄了一下香灰，见还有几星未燃尽的香头，忙从茶叶篓里取出一捧茶叶，放在香头上，一边轻轻吹，一边说："把神幔取下来引火。"

"去两个人，打问这是什么地方，村里有医生或生药铺没有？"刘统勋见众人都看李卫动作，生气地瞪着眼道："这是什么时候，还敢卖呆！"李卫小习翼翼地侍候那火，终于在乾隆身边燃起一堆篝火。刚从雨地里进来的人们得了这暖气，顿时觉得十分舒服。李卫看乾隆脸色，已略带红润，乍着胆子掐了人中。乾隆身子一颤，双眸微开。乾隆嘴唇翕动了一下，李卫忙凑到耳边，却听乾隆道："朕马搭子里有……活络紫金丹，取来……"

李卫轻声说道："主子，这事奴才不敢从命。用药要听从郎中，已经派人请去了。您这阵子比方才好多了，不妨事的。"他顿了一下又道："看您这身子骨，无论如何走不得了。依奴才见识，先找一户人家歇一下，等病好了再走不迟。"

"好吧。"乾隆点了点头。

用了一袋烟工夫，李卫和刘统勋找到了一座三进三出大院，虽然旧些,却是卧砖到顶的青堂瓦舍,四邻不靠也便于设防。刘统勋便前去敲门,手叩辅首唰环,叮当半日,那门"呀"地一声开了,刘统勋见开门的竟是昨夜在姚家老店避债的女孩,不禁惊讶地说道:"呀,是你?"

"我怎么了?"那少女被他说得一怔,手把门框说道:"我不认得你呀!"刘统勋便将昨晚见到的情形说了,又道:"你被你十七爷逼回村子,他还不就为的那几十两银子? 留我主人住几日,病好了就走,你那点债,实在是小意思。"女孩听了没言语,转身进去,一会儿又出来,说道:"这院空房间是有,多少人也能住下。只是就我们娘两个,恐怕不方便。"

刘统勋怔了一下,想起李卫的妻子翠儿已先去了西陵寺,便笑道:"不妨事的,我们是正经生意人。要不是主子病了,也不敢打扰。还有个女着也一起过来,侍候病人,岂不方便?"那女孩又进去说了,出来道:"既有病人,哪里不是行善处? 你们住进来吧。"刘、李二人这才踅回庙里,回了乾隆。李卫又命人去接翠儿。乾隆在王家大院西院住下,天色已麻黑上来。众人这时早已饥肠辘辘,但乾隆病着,谁也不敢言声。李卫、刘统勋忙上忙下,忙得像走马灯似的,直到医生请来,才松了一口气。那郎中五十上下年纪,甚是老诚。二人领着郎中进来,给乾隆诊脉。乾隆此时已是沉沉睡去,看去甚是安帖,只身上烧得像火炭儿似的,脸色绯红,呼吸也粗重不匀。

"先生这病,"老医生松开了手,拈须缓缓说道,"据脉象看,寸缓而滞,尺数而滑,五脏骤受寒热侵袭,两毒攻脾。脾主土,土伤而金盛——"他摇头晃脑地还要往下说,翠儿一掀帘子进来,笑道:"老先生,你是在和我们背药书吧,你只说这病相干不相干,怎么用药就是了!"老医生道:"断然无碍,一剂发表药,出一身痛汗,就会好的。不过要好好调理,照应。不然,落下病根,对景时就容易犯。"说着来到此间,因见傅恒满地摆的尽是药包,只拆开包在地上平摊着。老先生倒一怔。傅恒忙解释说:"忙中无计,各种药都抓

了一些来备用。您瞧还缺什么,我叫他们再去抓。"老医生不禁一笑,至案前援笔写道:

> 柴胡(酒炒)三钱,知母二钱,沙参五分,闻萎五钱,王不留行二钱,车前三钱,甘草二钱,川椒一钱,急火煎,投大枣数枚葱胡三茎为引

傅恒看了说道:"柴胡提升的,无碍么?"老先生道:"酒炒过的柴胡主发散,不妨的。"傅恒又对医生说道:"大夫不必回去了。我们这主子身子是要紧的,你得随时在此照料照料——哦,放心,府上我已派人去关照了。酬金一定从丰。"正想派人给医生备饭,才想起自己这一群人都没吃,便道:"翠儿,你过去问问房东,炊具锅灶能不能借用一下,今晚只能煮点米粥,将就一下了。"早有侍卫带了医生住到别处去。

翠儿见李卫从里头出来,埋怨道:"你们侍候得好!主人到如今一口汤水也没进!你病时我是这样服侍你么?男人们都出去,我和这院的母女俩过来侍候。"说道迈着大脚片子腾腾地去了。傅恒笑着对李卫道:"得,阃令颁下严旨了!不过,这里还得有人警卫。也不必都守着,有我和刘统勋就够了。"翠儿和那母女俩说笑着走过来,在廊下生起两堆火,傅恒煎药,女孩子造饭。一会儿水滚了,翠儿便先舀一碗,进去站在乾隆面前笑道:"主子,没糖没奶子。咱们没背房子走路,您得体谅着点……"见乾隆点头,偏身坐在旁边,一匙一匙地喂着,口中仍是不闲:"少用两口润润心,方才我见房东家还有一把京桂,一会儿软软和和吃一碗。郎中说了,这病无碍的。不是我说嘴,当初我和李卫拿这病当家常饭。如今——"她陡地想起李卫身体,便不再言语了。

"好,这水好。"乾隆心里受用了一些,透了一口气,"也是我大意了,防着鼋子打,坐在冷水里有半个多时辰。要是也顶双鞋走动

走动,也不至于得这病的。"翠儿摇头道:"主子还是对的,都是我男人那老鬼不会侍候。那么多茶篓子,给主子搭不起个棚儿么?"乾隆刚笑着说了句"屈了你的才了——"一眼见那女孩子进来,目中瞳仁顿时一闪,翠儿不禁一怔。

　　翠儿见她手捧大碗,似乎有些不知所措地站在灯下,刚要接碗,又笑道:"就让你来喂吧。主子,这丫头叫王汀芷,麻利得很,您瞧瞧这身条儿,这模样儿水灵的,啧啧……"其实不用她说,乾隆早已注意到了这些。只庄重地点点头,往外挪动了一下身子,微笑道:"岸芷汀兰,郁郁青青——《岳阳楼记》里的。这名字好。"汀芷被他看得不好意思,红着脸怯生生地走过来,弯着腰用筷著挑了一点米粒送进乾隆口中,乾隆不禁大声赞道:"好香!"翠儿深知这主子心性儿,在旁嘱咐道:"哎……哎,就这样,轻轻吹着再送——您吃饭吧,我去看看我那口子,看他带的丸药吃了没有。"乾隆一边由她一口一口喂,口里一边有一搭没一搭地问:

　　"你父亲进京应试去了?"

　　"嗯。"

　　"他学问好么?"

　　"好。"

　　"那怎么几次都没考中呢?"

　　"命不强呗,几次都是诗错了格。"

　　一阵沉默,乾隆又问道:"你那个十七叔,是本家么?"汀芷母女原为这群客商大方,指望能给几两银子还债,加上翠儿一张利口,勉强答应过来帮忙照料病人。可这么靠近一个英俊的青年男子,芷汀有生以来还是第一次。看着乾隆闪烁的目光,会说话的眼睛老是盯着自己,早已臊得浑身冒汗。汀芷温声回答道:"远房本家。原来是我家佃户。如今我家败了,他儿子又捐了官,想霸占我家房产。说是算高利贷,其实心里想的就是这宅院,就是还了他钱,不定还要生出什么计谋呢……"正说着,傅恒进来,看了一眼汀芷,却没言语。乾隆便问："有事么？"

"前站送来了帐目禀帖。"傅恒小声答道："请爷过过目，有什么吩咐，奴才们去办。"乾隆挣扎着半躺起来，就灯看时，却是驿站转来北京张廷玉的请安折子。请安之外，又请旨恩科是否如期开闱。乾隆想了想，说道："迟三日吧。就说我略有不爽，过三天叫他们再问。"傅恒答应一声便退了出去。汀芷笑道："我瞧着你不像个生意人。"

乾隆警惕地看了她一眼，笑道："怎么不像做生意的？""行商走路随遇而安，哪还有打前站的？您身边这么多人，就贩那么一点点茶叶，不赔本儿么？我瞧着您……准是个私访的大官。不过也不像，您这点岁数能做多大的官呢？我怎么称呼您？"乾隆微笑着吃完最后几口饭，模糊说道："你忒伶俐的了，你就叫我田盛公吧——有你这么个伶俐女儿，你父亲这一科必定高发的。"说着便又看看汀芷，要不是头一阵阵疼，定会做起爱来。汀芷给他看得不好意思，转身出去，问道："妈，吃过饭了。药煎好了么？"

……

一连三天过去，乾隆的病已大见好转，李卫幸亏随身带着常服药丸，原想也要病倒，但却没有犯毛病儿。里里外外都是翠儿"主政"，治理得井井有条。乾隆内有这三个女人照料，外有李卫等三人护持，住得大有乐不思归意思。他对汀芷十分热情，却碍着耳目众多，只能眉目传意，只能略近芳泽。但也正因如此，更是令他恋栈难舍。待第四天，傅恒用过早饭便照例过来请安，乘着乾隆高兴，试探着道："主子，咱们在这误了三天了，时日长了，这里的人若瞧出咱们行藏不好；再者，京里的会试殿试也不能延误。主子若能挣得动，严严密密地雇一乘凉轿，咱们也好启程了？"

"你说的是。"乾隆无可奈何地说道，"——只是我还惦记着那个吴瞎子，不知他们的事是怎样了结？咱们起程后，得派个人探听一下报过来。"傅恒笑道："昨晚吴瞎子已经来了。因为主子已经睡

下,没敢惊动。"乾隆便道:"是么? 叫他进来。"吴瞎子已在外间,心
进来扎了个千儿,说道:"奴才给主子请安了!"

乾隆打量一眼吴瞎子,见他左臂吊着绷带,叹道:"你到底还是
受伤了。当时还该挑两个人去帮帮手的。那个黑和尚为了什么要
闹店,是冲我来的么?"

"比起生铁佛,奴才这点伤实在不值一提。他两只眼珠子都被
奴才抠掉了。"吴瞎子笑道:"绿林里讲究单打独斗,奴才能在江湖
上说得响,凭的就这一条——生铁佛到姚家店挑衅寻事,其实是冲
潘世杰的……"

原来雍正年间罗同寿在江湖结成一个大帮派叫"青帮",多是
无家可归的叫花子加入此帮,也偷,也抢,也打富济穷,遇着官绅富
豪红白喜事也前去帮忙,或为商家作保镖运送财货等物,得了钱坐
地平分共渡艰难。罗同寿联络各地乞丐头儿,以义气武功第一者
推为帮祖。下边收了三个徒弟,翁应魁、潘世杰和钱盛京。李卫任
山东总督因运河漕粮多次遭劫,知道是这伙子人所为,干脆以毒攻
毒,用重金请这三兄弟带人护粮。这样,平平安安地过了两年,第
三年却又遭劫,罗同寿一打听是闽粤的"万法一品"教派所为,不禁
勃然大怒,叫过三个徒弟吩咐:"两广闽浙有多少水路生意,他们南
方人为何跑 到我北方来敲饭碗? 世杰,下次运粮你亲自带船,擒
两个活的给师傅看!"去年五月,两派在太湖再次遭遇,和小鱼儿等
徒弟合力打伤了生铁佛,生擒了生铁佛两个徒弟。潘世杰自己也
受了伤,怕仇敌多,躲在太康县养伤。小鱼儿托亲戚充店小二侍
候师傅。生铁佛就为这个到姚家店敲铁鱼勒索,其实是要寻潘世
杰的晦气。

"我一直为你担心。即平安回来就好。"乾隆听了吴瞎子说了
原由,起身趿鞋在地下踱着,望着窗外盛开的西番莲和月季,沉吟
道:"你这次护驾有功,回去自然要议叙的。听你方才说的情形,江
湖上帮派势力骇人听闻。如不导之以道,平日滋生事端还是小可,

对景时就兴许弄出大事来。李卫这个'以毒攻毒'的法子只应付了一时一事，不是长远万安之策。你这个侍卫我看也不用办别的差使，专门悠游于各派之间，给他们立个规矩：存忠义之心，向圣化之道，帮着朝廷安抚。朝廷也时常照拂周济他们些个。比如这个罗什么寿的青帮能护水路漕运安全，盐、粮、棉麻的运输索性明白交给他们，穷人能吃饱，奴邪盗劫的事自然也就少了。一个盗案下来，官府要花几万、十几万银子，使在这个上头不好？——至于心怀异志，怙恶不悛的，可以就帮派里正义之士联络官府歼而灭之。不过此事重大，还要仔细审量，你把这个话传给李卫、刘统勋，叫他们拟出条陈来。"因见汀芷端着药碗进来，便摆手命吴瞎子出去。

吴瞎子出来，见傅恒正伏案写信，便问："又玠呢？主子有话传给他。"傅恒未及答话，正在西房和王氏拉家常的翠儿隔帘说道："他在东厢房南边第三个门。吴瞎子没再说什么便出去了。这边翠儿接着方才的话，对王氏道："……你原也疑得有理，我们龙公子不是寻常商家，是皇商（上）。来信阳采办贡茶。既住在你家，这也是缘分。唉！我们这就走了……相处这么几日，还真舍不得你和汀芷姑娘呢！"

"看这派势，我原来还当是避难的响马呢！"王氏笑道："既是皇商，见面的机缘还有的，出村半里就是驿道，难道你们往后不打这里过？"翠儿一门心思还想盘问汀芷有没有人家，忽然听见东屋乾隆"哎哟"一声，站起身几步赶了过来。傅恒也忙放下笔赶过来，见是药汤烫了乾隆的手。汀芷捧着个大药碗，脸一直红到耳根上，低着头不言声，见王氏也过来，嗫吟说了句："我不小心……""是我毛手毛脚自己烫了。"乾隆见三人六只眼盯着自己和汀芷，也不禁尴尬起来，笑道："没事没事，你们忙你们的去。"见众人去了，乾隆方笑道："你是怎么了？扭扭捏捏的，烫着你了么？"

汀芷偏转了脸，半晌才啐道："你自己烫着了，倒问我……谁叫你不正经么！"乾隆见他巧笑浅晕、似嗔似娇，真如海棠带雨般亭亭玉立,越发酥软欲倒,夺过药罐儿放在桌上,正要温存一番,便听外院一阵吵嚷,立时沉下脸。出房看时,竟是那个讨债的"十七叔"王兆名带着十几个庄丁来了。乾隆站在阶前喝斥侍卫:"你们做什么吃的?竟让这种人闯了进来!"

"'这种人'?这种人怎么了?!"王兆名摆着一副寻事架子,瞪着死羊眼说道:"这是我们王家的宅院,我奉族长二爷的命来自己侄儿家,犯王法么?"王氏忙出来,说道:"十七叔,我还该您什么么?"王兆名冷笑一声,说道:"银子你是还了。族长叫我来问你,你孤零零两个妇道人家,收留这么多男人住在家里,也不禀告族里一声,是什么意思?你自己不守妇节,我们王家还有族规呢?"又指着李卫一干人道:"他们一进村就毁庙,扒了神灵前木栅子烤火,已经冲犯了神灵,族长病得起不来,梦里见神发怒!这个帐不算就想走路?"

"拿下!"乾隆早已气得手脚冰凉,突然大喝一声。十向个侍卫无人不恨这个暴发户糟老头子,转眼之间便将进来的十几个人拧转了胳膊,拧得一个个疼得呲牙咧嘴。乾隆咬牙笑道:"看来你是不得这处宅子誓不罢休了?住在王家的是我,坏了镇河庙的还是我。非但如此,我还要拆了这座庙,罢你儿子的官!"

王兆名又惊又怒,抬脸问道:"你是谁?"

"当今天子!"乾隆微微冷笑,转脸对李卫道:"朕自现在发驾回京,知会沿途各地官员谨守职责,毋须操办送迎事宜——用六百里加急传旨张廷玉,朕这就回京,沿途不再停留——这些混帐东西交这里里正解县,按诈财侵产罪名办他!"说罢抬脚便走,只回眸看一眼满脸惊愕的汀芷,会意一点头,众人众星捧月般簇拥着去了。

十一　拗孝廉贡院求面试
病举人落魄逢贫女

　　顺天府恩科考试已近尾声。主考杨名时和副主孝鄂善都松了一口气。历来科考都选在春秋两季，名义上是暗扣"孔子著春秋"，其实是因为这两季不冷不热寒热适中，南北荟萃而来的举人都能适应。可春夏之交的季节最容易传疫，三四千应试人聚集在一起，往往一病就是一大批，会直接影响取士水准。自四月初杨名时和鄂善进棘城，最担心的就是这件事。两人一汉一满，都是清官，在防疫方面，作派却不一样，杨名时着人买了大包小包的甘草、芦根、金银花、绿豆，在贡院东支锅、熬汤，举人进场天天免费供应。鄂善信神，祭瘟神、烧纸钱，还特地请白云观道士在誊录所打醮，七十区四千九百号板棚里打起醋炭，弄得满院香烟缭绕醋香扑鼻。总之是什么办法都使上了。还好，这场竟无一人感染时疾。眼见明日就开闱放人，两个人提得高高的心都放下了。下午申时，二人联袂到试区巡视一遭，又到十八房试官房里看看，回到坐落最北区的至公堂，情不自禁都笑了。鄂善因见杨名时在沉思，问道："杨公，这会子你在想什么呐？""哦，我是在想各房荐上来的卷子，前三十卷我都看了，都也还清通。我担忧的是落卷，还都要再审一遍，各房荐上来不容易，屈了才不好。"鄂善不以为然地一笑："我主试过几次了，总没有这一次差使办得踏实。要一点不屈才恐怕谁也办不到。我们已尽了心，又没有受贿，这就叫上无愧皇恩，下无惭于士人。"他起身在案头取过一叠墨卷浏览着，笑道："这种东西真不中吃也不中看,偏偏不过这一关就不得做官,真真不可思议!"

　　杨名时起身踱着步,笑叹道:"这话中肯。不过八股文据我看,也不是一点用处没有。前明的张居正、海瑞,大清以来的熊赐履、范文程、徐元林、陆陇其都是从八股里滚出来的名臣干吏,不也是功彪史册嘛!"鄂善正要答话,听外面监试厅那边响起一片吵嚷声,皱了皱眉头吩咐戈什哈:"去,叫监试厅巡检过来!"话音未落,监试巡检已大步跨了进来,杨名时问道:"这是国家抢才大典圣地。谁在外头撒野?"

　　"回主考大人,有个举子闯至公堂!"

　　"他要干什么?"

　　"他请见二位主考,要面试!"

　　杨名时和鄂善对望一眼,他们还从来没见过这样胆大妄为的。杨名时冷冷说道:"叫他进来。"那巡检果然带进一个青年书生。向两个主考一揖到地说道:"晚生李侍尧拜见教师!"

　　杨名时发问道:"你晓得你在胡闹么?"

　　"晚生以应试人身份求见主考,何谓之胡闹?"

　　"我没说你'求见'是胡闹。你标新立异,独自要求面试。若众人都像你这样,国家法统何在,朝廷制度何在?——来!"

　　"在!"

　　"拖出监试厅,责四十大板!"

　　"扎!"

　　几个戈什哈扑上来,见李侍尧巍然不动,竟愣住了。李侍尧放声大笑,指着杨名时和鄂善道:"非名下士也! 何用你们拖,监试厅在哪里? 我自己去!"说着,摇摇摆摆地跟着戈什哈去了。鄂善厌恶地望着他的背影,说道:"这个人像个疯子!"

　　"是个狂生。"杨名时一边说,一边翻阅各房试官荐上来的墨卷,果然没有李侍尧的,又笑道:"定是自忖又要名落孙山,急了,别出心裁地闹一闹罢了。"正说着。龙门内明远楼那边有一个太监气喘吁吁跑来,鄂善说道:"高无庸来了。恐怕有旨意。"

二人一同走出至公堂。杨名时刚要开口问,高无庸说道:"皇上亲临!已经到了龙门外。快,快开正门迎驾!"杨名时大吃一惊,问道:

"你说什么?你再说一遍!"

"皇上已经驾临贡院!"

杨名时、鄂善登时激动得脸色涨红,一齐转身回至公堂取了大帽子戴上,出来吩咐道:"各房试官知会考生,不得擅离考棚,否则除名不贷——放炮,开中门,迎接圣驾!"

须臾便见乾隆皇帝在棘城外下了乘舆,由张廷玉和鄂尔泰、讷亲三位军机大臣相陪。杨名时、鄂善连忙下跑叩头山呼。

"起来吧!"

乾隆似乎很高兴,手摇一把湘妃素纸扇一边走一边顾盼。到明远楼过厅前,迎脸看看彩漆剥落的重檐斗拱,说道:"这楼是哪年建的?"

"前明万历二年建的。"鄂尔泰见杨名时和鄂善张惶相顾,知道他们答不上,忙笑道:"康熙十七年大修一次,原来预备作博学鸿儒科使用。后来圣祖爷将殿试改在太和殿;没有用这地方。"乾隆又用扇子指着明远楼西的小楼,问道:"那楼是做什么使的?""那是了望楼。"杨名时随行,忙解释道:"倒不是为了防贼,怕里外传递夹带,也只是表示严密关防的意思而已。"乾隆一听便笑了。杨名时见他兴致极好,一路走一路指点,那是东西号舍七十区,东边监试厅,弥封、受卷、供给三所,对读、誊录二所,又是什么会经堂、燕喜堂等等……

乾隆边听边点头微笑,叹道:"太旧了。还不及南京贡院呢!衡臣,叫礼部核一下,全部修葺要多少银子,不该省的就不能将就。罗刹国、红毛国贡使上月朝贡见朕,想瞻仰天朝文明取士制度,朕没有允许,就为此处,破旧得有碍观瞻。朕昔日来过这里。这是朝廷脸面之地,脸脏了要赶紧洗,不是么!"张廷玉忙道:"圣虑极是!"乾隆又转脸对鄂、杨两个主考道:"这一科选在夏天,无病无灾平安过来,你们办差尚属尽心——查出有带夹带、传递舞弊这些事么?"

"这是哪一科都免不了的。"鄂善见乾隆看自己,忙躬身笑道:"三千八百六十七名应试孝廉,难免良莠不齐,共查出夹带、顶替、传递的舞弊者四十二名,还有五名中途患病,未到终场退出的,现在场内还有举子三千八百二十名。"杨名时笑道:"还有一名咆哮公堂,要求面试的,将被逐出考场。"遂将方才李侍尧大闹至公堂的事说了。

乾隆一脚已跨进至公堂,听见这件事,倒觉新鲜,说道:"这个孝廉胆子不小。叫过来朕看看。"说罢也不就坐,站在案前翻看墨卷,几个大臣都鹄立在孔子牌位右侧。乾隆拿起一份墨卷看看,问道:"这是荐上来的么?"鄂善见是自己看过的,忙道:"是。是西区不知哪一房的,大约是'元'字号的举人。没有拆封,奴才也不晓得是谁。"乾隆凝神看,那题目是《子谓颜渊曰用之则行舍之则藏》。字写得圆润端正十分好看,竟看住了。并拿起笔将文中的"俟"字改成"伺"字才放了下去,又问,"落卷呢?"杨名时忙指着堂东侧靠墙一溜大柜,引乾隆过去。落款按十八行省、各府县州存放,每卷都标了墨签,一叠叠整理得十分清爽。他是有心人,可装作漫不经心,抽出一份看看又放了回去。来到信阳府太康县一栏处,格子里只有两份,乾隆都取了出来,看了看,竟拆掉了弥封。第一份就是"太康镇河庙王振中"的卷子,便取过来。到窗前亮处看了看,觉得文字还不错,就是里头有一处地方抬错了格。乾隆也不送回原处,回到案前便撂在杨名时取中的那一叠卷上头,这才坐了。只见李侍尧已跪在公堂外,便问:

"你是李侍尧?你有什么能耐,敢在这至公堂咆哮?"

李侍尧见乾隆查卷,里外大小官员吏目几十个人屏息静立,想到咫尺天威,心头不免慌乱。待乾隆发话,他倒略觉平静下来,连连叩头道："回万岁爷话：孝廉会作诗，八股文也作得。但连考三场总不得意，也不知甚么缘故。因而请命面试。并不敢咆哮。"

"天子如今重文章，尔曹何必论汉唐。"乾隆沉着脸对杨名时道："你查出他的墨卷给朕看——国家取士历来以时艺为主，能诌几句歪诗，就如此狂亡？两主考处置得甚是公允。但你想面试，又遇了朕，自也有你的福缘。朕不考你诗，也不考你文。你自诩才高，洋洋自意，朕就问你，《四书》中共有几处写到'洋洋'的？"

李侍尧伏地叩头，骨碌着眼珠子怔了一会，这个题出得虽然刁，但没有出四书范围，说"不知道"断然使不得，只好搜肠刮肚，沉吟着答道："有……'洋洋乎《师挚》章也'；有'洋洋乎《中庸·鬼神》章也'；有……'洋洋乎《中庸·大哉》章也'……"他迟疑着住了口。

"还有'洋洋'么？"

"……少。"

乾隆一笑，说道："也算难为你。还有一处刚好是'少则洋洋焉'！"这时杨名时已寻出了李侍尧的墨卷。乾隆见是一笔瘦金体字，硬直峭拔，只笔意里藏锋无力，不禁笑道："中气不足必形之于外，可谓是字如其人。"又看了看问道："李侍尧，朕问你卷子里'如仲翁之兀立墓道'——'仲翁'是什么东西？"

李侍尧自恃才高北斗，当面被乾隆考糊，已是气馁，忙道："'仲翁'是——墓道两侧侍立的石像。""'仲翁'是'二大爷'！"乾隆喷地一笑，"那叫'翁仲'不叫'仲翁'你知道么？"说着就李侍尧卷子上题笔疾书。鄂善离得近，睨眼看时，却是一首诗：

> 翁仲如何当仲翁？尔之文章欠夫功。
> 而今不许作林翰，罚去山西为判通！

写罢起身，对杨名时道："朕去了，你们还要料理几天，到时候递牌子说话罢。"

二人送乾隆离去，立刻回到至公堂，因见众人都未散去，杨名时便道："先各归各房，我和鄂大人商议一下再放龙门。"又叫李侍尧进来。李侍尧此时狂傲之态已一扫尽净，进门就跑了下去，说道："二位老师……"他不知乾隆在自己卷子上批写了什么，语声竟带着颤音。

"而今还敢目中无人么？"鄂善问道。

"不敢了。"李侍尧脸色苍白，"倒不为老师开导那几小板。实是侍尧自省不学无术，当着圣主出乖丢丑。名士习气误我不浅！实话实说。我十二岁进学，当年是县试第一名秀才，十三岁乡试，又是第一名解元。只考贡生接连三科连副榜也不中！原想少年得第、金殿对策、雄谈天下事是人生一大快事，哪晓得会试如此之难！败军之将不敢言战，愿回乡再读十年书！"鄂善笑道："似乎也不必如此气馁。圣德如海，得一沐浴也是福分。你且去，你的卷子我们看过再说。"

杨名时一直在看乾隆那首诗，见李侍尧捂着屁股出去，叹道："此人有福，是一位真命进士啊！"鄂善笑道："杨公，他的名次怎么排呢！"杨名时道："他原是落卷里的。犯规本该受罚。皇上却罚他'不得作翰林'，去山西当通判。通判是从七品，正牌子进士分发出去也不过就这职位。斟酌圣心，断不能排到'同进士'里头。所以名次放在六七十名左右为宜。"又拿起乾隆改过字的那一份，说道："这一份自然是首卷了。"

"那是。"鄂善说道："皇上改过的卷子嘛！——这一份河南王振中的又怎么办？"杨名时不禁一笑，说道："我敢说我们主持这一科疏通关节的最少。想不到皇上竟亲选了三个贡生。这是异数。王振中这份既已拆了弥封，就不用誊录了，放在李侍尧前边就是。"

当下两个主考又对荐卷名单密议了一会。除了这三卷，倒也没别的变动。两个人都在上头用了私印，火漆封好又加盖贡院关防，放在孔子牌位前。杨名时命传十八房试官，五所二厅二堂长官

来到至公堂,对孔子牌位齐行三跪九叩大礼,将密封好的贡生名单
交贡院长吏立即呈缴礼部。至此,恩科大典已告结束。杨名时率
群僚出至公堂,看了看西边殷红的晚霞,吁一口气道:"开龙门放
行!"

科场考中的贡生名额是有定数的,既然新加了两名,必定要挤
落两名。这一科恩科虽然没有舞弊,考官们向至公堂推荐过的墨
卷,谁肯不要人情?勒敏在京字二号应考,自觉三篇文章做得天衣
无缝,考官也透风出来是荐卷,料定是必中的,及到发榜时,却连个
副榜也没有中。

从天安门看榜回来,勒敏两条腿都是软的。在高晋酒家同席
行令的人,庄有恭高中榜首,纪晓岚名列十四。最出风头的钱度、
自己和何之全都名落孙山。如今怎么办?考试已完,再没有同声
同气的朋友会文,相互安慰;同乡会馆封闭,告借无门;何处去打抽
丰?就是回武昌,自己家人早已离散。立誓不取功名不回乡的勒
敏,在本家们面前还有什么颜面?

在热得滚烫的广场上站了不知多长时间,勒敏才发觉看榜人
都走了,只剩下自己孤零零的一个。他下意识地摸了摸袖子,里头
还有虎口来长一串小钱,是好心的五婶在自己离乡时悄悄塞给自
己的。就这么一点钱,连大廊庙最便宜的小板屋,也住不了十天。
勒敏此时饥肠辘辘,坐在大槐树下一个石条上,正思量着下一步往
哪里去。却见一个汉子挑着两桶黄酒也歇凉。那汉子把酒桶放
下,扯起单衣衫揩一把汗,从桶盖上搭包里取出两个棒子面饽饽,
还有一块咸芥菜疙瘩,有滋有味地吃着,咬得咸菜咯嘣咯嘣响。不
时从桶里舀半瓢酒滋咕滋咕地喝。因见勒敏望着自己发呆,那汉
子便笑道:"一看就知道,你这科没得到彩头。来来,读书人,别那
么死了老子娘似的,有酒有粮吃饱了再说!"说着送过一个饽饽,撕
开一半咸菜递过,一边舀酒,说道:"吃饱了不想家,醉了不惆怅,来

吧！"

"这……"勒敏原来就饿，迟疑地接过来，说道："这怎么好意思呢？"汉子豪爽地一笑："人生何处不相逢呢？酒是他娘东家的，不喝白不喝。饼子连一文钱也不值，本就穷，还穷到哪里去？"勒敏又谢了，吃着饽饽，喝了半瓢酒。那卖酒的汉子，向对面卖肉的一个胖老头喊道："张屠户有不带毛的卤肉弄一块来。你也过来喝点酒，我们东家——操他姥姥的，就是这酒做得不坏！"

张屠户在那边高声答应一声："成！我正肚饿呢——我那死婆娘今晌不知怎的了，到现在还不叫小玉送饭来！"说着切一块肥油油的猪头肉，乐颠颠地跑过来，笑着说："哪个东家觅了你这活宝算倒了血霉。六六，再取块饼子来——这位读书人，这一科怎么样？"

"惭愧……"

"有什么惭愧的？"张屠户操的虽是白刀子进去红刀子出来的勾当，却是慈眉善目的，抖开桑皮纸把肉摊在石条上，笑呵呵地说道："几千的举人进京，春风得意的有几个？犯得着么？来，吃，吃嘛！——瞧你这身打扮，是旗人？吃皇粮的人吧，担的哪门子忧呢？"

勒敏心里不禁一酸，只含糊说道："我们家在雍正爷手里坏了事。旗人也分三六九等啊……"他不再说话，只是狠命吃肉，喝酒。三个人似乎此时才意识到各自身份，便不再多话。风卷残云般吃了个醉饱。

人都走了，勒敏仍独自坐在石条上，究竟往哪儿去，仍未拿定主意。突然觉得肚子隐隐作疼，甜瓜、黄酒、咸菜、棒子面、肥肉一齐在肚子里翻搅。他摸摸热得发烫的脑门子，才晓得自己浑身干得一点汗都没有。勒敏心里一惊站起身来，这一直腰不打紧，满肚子食物上涌下逼，心里难受极了，一弓身子就再也忍不住，"哇——"的一声，肮脏的秽物直喷而出，闻着那气息更恶心。他自己捶捶胸口，直到吐出又酸又苦的黄水，才略觉受用一点。刚刚站直身子。勒敏两眼又冒金花,他扶着槐树的手软得像稀泥一样松垂下来,连踉跄都没有踉跄一步,就昏了过去……

再醒来时,勒敏发觉自己半躺在一间破旧的小房子的土炕上,全身脱得只剩一件内裤。身下是一张破旧的竹凉席,头下枕着一个竹夫人,炕桌上摆着药碗汤匙和一柄芭蕉扇。除了这些,屋里别无它物。他眨了一下眼睛,揣猜着自己在什么地方,又怎么会到了这里?想得头生疼也没想出头绪,便索性不想。见碗里有剩茶,勒敏支着一只胳膊起身端茶喝了一口,觉得麻凉麻凉的,原来是薄荷水,呻吟一声又躺了回去。这时,一个赤膊毛头小子掀起帘子看了看,在外头喊道:"爹!那个相公醒了!"

"哎,就来!——毛毛,你到后院去帮你姐收拾一下猪下水,让你娘煮一碗面条儿,切得细些!"说着便见一个胖老头,下身着短裤,上身着一件白坎肩,敞着胸走进来。他就是卖肉的张魁铭,进门又冲外叫道:"毛毛,告你娘面条儿不用油腥,一点也不要……嘿嘿,相公,您醒了!"张魁铭扁平的脸上带着疲倦的笑容,偏身坐在炕沿上,又像是给自己又像是给勒敏打着扇子,凑近又看了看气色,说道:"您是中暑了,病儿不大却来得急——鬼门关上走了一遭啊!相公怎么称呼呢?"

勒敏想起来,挣扎了一下,被张魁铭一把按住了,说道:"别别,您身子弱着呢!"说着又打扇。勒敏躺在竹夫人上,一扇一扇的凉风过来。周身凉爽,他感激地望着张屠户,说道:"救命恩人……我叫勒敏……是原先湖广布政使勒格英的儿子……"遂将父亲亏空库银被抄家、独自一人进京赶考,又名落孙山的情形,备细说了。

"原来勒爷是贵公子!"张魁铭眼睛一亮,随即黯淡下来:"您说的这些我信。甭难受,这世道就这样儿……只是听你说,连个亲戚都没有,下一科一等又是三年,你怎么打算呢?"

他的话还没说完,从外头走进一个姑娘,手里捧着一大碗面条。勒敏看时,只见 她高条身材,穿一件月白绣花滚边大衫,浆洗得干干净净，瓜子脸上五官端正，十分清秀，只鬓边略有几个雀斑。一笑，脸上还露出两个浅浅的酒涡。勒敏忽然想到自己还打着赤膊，手向身后抓时，却什么也没有。张魁铭憨厚地说道："这是我的闺女玉儿。"

"甭听俺爹的！哪有人还病着，就问人家'怎么打算'的？"玉儿十分爽快麻利，将药碗、茶碗、调羹都摆一处，把面条往里摆摆，娇嗔地看着父亲，说道："病好了，怎么打算都成，病不好，什么打算也不成，咱房东不说要寻个先生给他那宝贝少爷教书么？荐了去！再不然帮咱家记个帐什么的，左右不过三餐饭，到时候儿他该考还考去！"说着又喊："妈！你来喂这位勒——爷吃饭！"将药碗一收拾，转身就出去了。一转眼又进来，把勒敏的衣服丢在炕上，"穿上！脏死了，你兴许一辈子都没洗过衣裳！"

这姑娘如此粗犷豪放，病中的勒敏不禁一笑，说道："大妹子好人材！"张魁铭老实巴交地说道："俺们穷家小舍，没家教，都是我惯的她——我该去烧卤锅了。天热，耽误不得，老婆子，怎么这么慢？"接着便见一个老太太拧着小脚走来，口中说着："来了来了，阿弥陀佛！"

勒敏就在这屠户家住了下来。

十二　曹雪芹喜得知音女
刘统勋宣旨狱神庙

　　钱度因在大内混得人头熟,礼部的中榜名册一递到乾清宫,他就知道了自己这科无望。他心眼儿极活,当即去上书房见张廷玉销假。张廷玉说:"难道你还惦记着这边差使,军机处几个出去考试的书办都还没回来,正要使人呢! 这阵子云南战事正紧,一刻也离不得人,你就在军机处章京房里专管拆阅战报。你先去一趟李又玠那儿,他回京就病倒了,代我问候一声,就说忙完殿试就过去看他,他需用什么你回来跟我说。这卷宗你送傅六爷府,正好顺路的。"

　　"是,是,是!"

　　钱度连连答应着,又给鄂尔泰打了个千儿,出来到东华门要了一匹马,径往李卫宅邸而来。

　　李卫是提足了一口气扈从乾隆去河南的,回京当夜就犯了病。原说是一概谢绝来访。但钱度是自己门下荐了出去的,又奉的是张廷玉的命,自然只当别论。钱度在门房站了不到一袋烟工夫,里头便叫请。那家人一路带着往书房走,叮嘱道:"我们宪太太(翠儿)交待过,不论谁见老爷,甭说正经差事,时辰也不要长。大人的病需得静养呢。好歹钱爷体恤着,别您去了叫太太责罚我们。"钱度小声笑道:"晓得了,大萝卜还用屎浇?"说着,从远处传来一阵揪肝呛肺的咳嗽声,知道李卫已经到了。钱度站在外头,直等李卫平静下来,轻轻移步进来,打个千儿道:"钱度给李大司马请安!"

　　"是钱老夫子来了,"翠儿坐在李卫身边,回身小声道:"你们说闲话,我侍会儿就来。"李卫闭目仰在大迎枕上,脸色苍白如纸,枯瘦如柴的手指了指椅子,有气无力地说道:"恕我无礼,身子骨儿就这模样……张中堂好!"

钱度方才见翠儿脸上有泪痕,知道他病得不轻,小心斜签着身子坐了答道:"中堂身体还好,只是忙一些。他没有鄂中堂会将养身子。"并将张廷玉的话转告了。李卫仿佛不胜感慨。"我大约没几天好活的了,想不到我李卫竟也有今天! 当年我何曾这样! 甘凤池在南京结三十六友,会集天下武林豪杰,我一身布衣只带了个小奚奴就擒拿了他。还有那个吴瞎子,捉他好费劲! 山东的黄滚、黄天霸父子也是我收服的,窦尔敦和朝廷作对,我的面子还是买的……真奇怪,我这人既是皇上的看家狗,又他妈的像个盗贼、乞丐头儿……李卫,你也活得够味儿了……"他目中闪烁的波光渐渐散去。闭目说道:"钱先生,这些话是我们摆龙门阵,传出去对你不好。请转告张中堂,务必在主子跟前替我转圜,允许我告病回乡。"他一笑,"那兴许还有几年好活……"

钱度听着他的这些话,不知怎的,心一直往下沉,轻轻起身道:"大人,慢慢将养,天下无不可医之病。我回去一定转告张中堂。"

"你稍微停一下。"李卫睁开眼,望着钱度叹息一声:"我一生有两大憾事。一是不该恃强,和杨松公闹生分,害得他坐班房。其实早年我们相处得很好……这事已经没法补救。第二件就是德州这个疑案,至今没破。两个月前吧? 那个刘康进京谒见,还居然敢到我这里请安! 这不是鼠戏老猫么? 但是贺观察夫人没消息,没有原告,没有证据是不好立案的。你给我打听着点,只要有她的信儿,就告诉我!"

钱度见他自洁如此,不禁一阵惭愧:要说寻证据,自己是最方便的,甚至自己就是半个证人,偏就没这个胆量能耐。思量着,钱度又胡乱安慰李卫几句便辞了出来。

傅恒的府邸却完全像另一个世界。钱度走进轩敞的五楹倒厦大门,便听到从府内隐隐传来的笙箫琴瑟之声。听说是张廷玉差来的信使,门政连禀也没禀,便差人带着钱度穿花渡柳地往花园里来。国丧期间,天下文武百官一概停止行乐,傅恒竟如此大胆,钱度不禁暗自惊讶,忙问带路的长随:"大人在花园里?"

"主子娘娘从畅春园选了十二个戏子赏给我们爷。"长随笑道,"恒爷不敢领受,万岁爷说,待三年丧满后,要办博学鸿词科,天下大庆不可无音乐。宫里教习不便,叫我们爷给这些戏子练练把式。"钱度不禁暗笑:这个差使不坏。

逶过几道回廊,远远望去,只见花园里海子中间修了一座大水榭,汉白玉栏石桥曲曲折折直通岸边,岸边一排溜儿合抱粗的垂杨柳下摆着石桌竹椅。傅恒和十几个幕友正在其间说笑。清风掠过,柳丝婆娑,荷叶翻卷。刚从李卫沉闷的书房到这里来,顿觉爽目清心。台上歌女曼声唱道:

> 开辟鸿蒙,谁为情种?都只为风月情浓。奈何天,伤怀日,寂寥时,试遣愚衷……

钱度徐徐踱着步到柳树下,隔水听音。这似咏、似叹、似郁、似畅的歌声,竟似水银泻地一样,仿佛透穿了人浑身发肤毛孔,直往心里钻。钱度也听呆了。

"哦,钱度,老相识了。"傅恒入迷地听着直到一曲终了,袅袅余音已尽,才回过神来,转脸笑道:"入门休问荣枯事,但见容颜便得知——今科先生没有得意,是吧?芳卿——把钱先生拿的卷宗递过来。"便见傅恒身后打扇的丫头绕过几个清客的椅子过来取了卷宗,双手捧给了傅恒。傅恒只抽出来看了一眼,就放在茶几上。钱度这才留神,原来傅恒对面坐的是曹雪芹。钱度笑道:"雪芹兄原来到六爷府来作西宾了?"

曹雪芹散穿着一件灰府绸长袍。摇着一把湘妃竹扇欠身笑

道："托六爷福,我在右翼宗学当差,不过混饭吃罢了。万岁赏了傅
六爷十二金钗,教习歌舞,我来凑趣儿罢了。""一曲侑歌倾倒四座,
还说是'凑趣儿'?"傅恒爽朗地一笑,"要不为芳卿,你才不肯来呢!
是吧,芳卿?"十几个清客顿时一阵哄笑。有的说："我们早看出来
了,今儿六爷一语道破天机。"有的说："东翁就是借芳卿作饵,钓曹
先生的诗词!"一个留着老鼠髭须的清客站起来,笑道："说破了我
们就为取个乐儿。上回恒爷在花厅和雪芹一处吃酒,是芳卿执酒。
雪芹当时那样儿——"说着便模仿起来。他稳重地看一眼芳卿,垂
下眼睑,似乎忍不住又偷睨了一眼。"芳卿那时是这样——"老鼠
胡子又学起芳卿的模样:他先是忸怩作态地扭了一下腰肢,羞涩地
低头摆弄着衣裳襟,又偷瞟了一眼曹雪芹,"——六爷,我学得可
像?"傅恒正吃茶,被他逗得"噗"的一声全喷了出来,连连说："像像
……就是这样儿!"

"哪有老爷们和奴才开心的么?"芳卿满脸臊得通红,偷瞟了一
眼曹雪芹,啐了一口转身便走。钱度见那清客学得维妙维肖,不禁
捧腹大笑。傅恒见曹雪芹被众人笑得不好意思,转身对芳卿道:
"不要走,走了倒没趣了。"又对曹雪芹道："你答应我一件事,今儿
就把芳卿送你。"

曹雪芹眸子中波光一闪,笑了笑没言语。

"上回你来说,正在写《红楼梦》。"傅恒笑道："如今写得怎么样
了! 把稿本送过来,我要先睹为快。"曹雪芹沉吟了一下,笑道："六
爷有命,霑怎么敢违拗? 不过现在这书离写成还早呢。怡亲王那
边要过去了,写一章拿去抄一章,再送回原稿。六爷要看,只好叫
芳卿过去给您抄本。就是方才唱的曲子,也都是书上的。六爷,我
这会子就再抄一首给您如何?"说着站起身来。柳树旁茶几上现成
的笔纸,只见曹雪芹略一思索,援笔疾书:

　　　一个是阆苑仙葩,一个是美玉无瑕。若是没奇缘,今生偏

又遇着他;若说有奇缘,如何心事终虚话? 一个枉自嗟讶,一个空劳牵挂。一个是水中月,一个是镜中花。想眼中能有多少泪珠儿,怎禁得秋流到冬,春流到夏!

"好,好!"傅恒连连击节赞叹。"九转回肠哀婉凄情,真叫人魂销魄醉——你瞧你瞧,芳卿又痴了!"一边一叠连声叫人:"将这曲儿送过水榭子那边,叫我的十二金钗配调儿演练!"

曹雪芹却不放笔:"六爷言出如鼎,曹霑今儿真是天满地意。虽说现在还不能把书拿来承教,先作一首诗以志今日之喜!"众人听了顿时鼓掌称妙。只见雪芹笔走龙蛇疾书道:

> 云鬟低鬓佩明珰,瑶池清歌奏宫商。
> 翩来惊鸿怅子建,蜿转游龙愁洛阳。
> 一弹坊中琵琶曲,半舟骚客尽断肠。
> 自傅诗灵应喜甚,定教蛮素鬼排场!

写罢轻轻放笔,对芳卿一笑说道:"天知地知你我知,咱们走罢!"芳卿凝望着曹雪芹黑漆漆的那对眸子,又羞涩地低下了头,脚尖趿着地下的土,良久,仿佛下了决心,端端正正地给傅恒蹲了两个万福,低声嘤咛而语:"谢主子……芳卿在世一天,总忘不了给您生佛烧香的……"说罢和曹雪芹一后一前,竟大大方方去了。

"真是旷世罕有之奇才!"傅恒怅怅地望着二人背影,不胜嗟讶地叹道:"比起来,我们这些皇亲国戚真如粪土了。"钱度在旁听他发这种贵人感慨,也感慨道:"六爷今儿高兴,连我也帮边子饱了眼福耳福——您要没有别的吩咐,我也该回去了。"傅恒笑道:"张照解来京师了。廷玉送来的这个就是他的案卷。皇上有意叫我和统勋去传旨审问,统勋是主审,上午已去领旨。我也要去养蜂夹道了。走,你回军机处,我们还能同路一段。"清客们见说,早已有人跑去传知给傅恒备马。

　　傅恒和钱度两骑一前一后,由家人簇拥而行,行至鲜花深处胡同便分手,钱度自回军机处交待差使。傅恒策马过胡同,又转两个弯子,便是养蜂夹道。傅恒远远望见刘统勋站在狱神庙前等着自己。翻身下骑,将缰绳随手扔给家人,迎上去笑道:"你倒比我来得早,我料想你怎么也要过了申时才来呢!"

　　"卑职也是刚到。"刘统勋身着朝服袍靴,热得满脸是汗,给傅恒请了安,起身揩了一把汗说道:"六爷是坐纛儿的,卑职怎么敢轻慢?"一边说话,一边伸手让傅恒先进庙,说道:"这里头凉快,先商议一下再办差。"

　　养蜂夹道的狱神庙说是"庙",其实早已改了临时拘所。这里向南约一箭之地,便是俗称天牢的刑部大狱。康熙在位时,这里归内务府宗人府,专门囚禁犯法宗室亲贵。老怡亲王允祥(弘晓之父)、大阿哥允禔、十阿哥允䄉都曾在这里蹲过班房。因此北京人戏称这里是"落汤鸡阿哥所",也许正为这名声不好,自雍正三年便改隶大理寺管辖,后来又归刑部,专门临时囚禁待审未决犯罪大员,宗室子弟犯过则远远打发到郑家庄。几经变适的狱神庙早已没了神龛神座,并连楹联也都铲除尽净。除了正殿,房舍都不大,四周围墙用水磨青砖砌起比平常房子高出几乎一倍,足有三尺厚,再毒的日头也晒不透,因此这院什么时候进来都是阴森森凉津津。傅恒和刘统勋穿堂过廊到正殿时,二人身上的汗已经全消。

　　"唉……真正想不到,张得天会被拘到这里来听我傅恒审讯!"傅恒双眉紧蹙,俯首叹道道:"他是我的老师呢!我学音律是跟他,学琴学棋是跟他,六岁他就把着我的手练字。如今我怎么面对他呢?"说着用手掩面,泪珠已经滚了出来。

　　这些刘统勋都知道。方才乾隆接见他时,也是这样,一副挥泪斩马谡的情肠。张照犯的不是平常罪,数十万军士劳师糜饷几年,被几千散处山林的苗族土人打得焦头烂额,无论谁都庇护他不得。

刘统勋道:"六爷,伤感没用,这事只能尽力而为,叫他少吃点皮肉之苦,往后的事要看他的圣眷。这事我不叫六爷为难。我和张得天没有师生之谊,这个黑脸由我唱,您只坐着听就是。"

傅恒唏嘘了一下,拭泪道:"据你看,他这罪该定个什么刑呢?""凌迟是够不上的。"刘统勋道:"与其说他犯国法,不如说他犯的军法。失机坐斩,无可挽回。至于法外施恩,我们做臣子的不敢妄议。"傅恒长叹一声,说道:"真是秀才带兵……"他突然一个念头涌了上来,几乎要说出来,又止住了,说道:"请他过来说话吧。"

张照项带黄绫包着的枷,铁索锒铛被带进了狱神庙。这是个刚刚四十出头的人,已是三朝旧臣。康熙四十八年中在一甲进士时,他才刚满十四岁,就被选为翰林院遮吉士,为康熙编辑《圣训二十四条》,雍正年间又奉旨加注,改名《圣谕广训》,颁发天下学官。至今仍是入学士子必读的功课。四年前他还是刑部尚书,管着这狱神庙。如今,他自己成了这里的囚犯。这是个穿着十分讲究的人,虽然一直戴着刑具,可一身官服洗得干干净净,熨得平平整整。白净脸上神态看去很恬静,只目光中带着忧郁,怔怔望着迎出台阶上的傅恒和刘统勋。

"给张大人去刑。"刘统勋见傅恒一脸不忍之色,站着只是发怔,摆了摆手吩咐道,"得天兄,请进来坐,我们先谈谈。"张照似乎这时才从忡怔中醒悟过来,跟着二人进屋。傅恒什么也没说,只将手让了让,让张照坐了客位。刘统勋在下首相陪。

一时间三人相对无话。沉默良久。傅恒才道:"老师气色还好。在这里没有受委屈吧?"张照欠身说道:"承六爷关照,这里的人待我很好。他们过去都是我的堂属,如今我这样,谁肯难为呢?"刘统勋道:"前儿我过府去,还见了嫂夫人,家里人都好。您不要惦记。夫人惦记着你衣食起居,还要送东西过来。我说不必。这些个事我都还关照得了。"

"这是延清大人的情分。"张照心里突然一阵酸楚,"我自己作的孽心中有数。待结案时,如能见见儿女妻子,于愿已足。"说着眼圈便红红的。刘统勋看看傅恒,立起身来,严肃地说道:"统勋奉旨有话问张照!"

听见这话,傅恒身子一颤,忙也立起身来,站在刘统勋身后。张照急忙离座,伏身跪倒叩头道:"罪臣张照在……"

"你是文学之士。"刘统勋脸上毫无表情,冷冰冰说道,"当时苗疆事起,先帝并无派钦差大臣前往督军之意。据尔前奏,尔既不懂军事,为何再三请缨前敌,据实奏来!"

张照早知必有这一问,已胸有成竹。叹息一声答道:"平定苗疆改土归流,先帝决策并无差廖。鄂尔泰既作甬于前,力主改流,军事稍有失利,又惊慌失措于后,请旨停改。罪臣当时以为这是边帅相互推诿,军令不一之故,私心颇愿以书生之身主持军事必操胜券。所以冒昧请缨。如今既办砸了差使,罪臣自当承受国法军令。并不敢讳过狡辩。"这件事的过程张照没说假话,但其实幕后真正的操纵人却是他的老师张廷玉。为了不使鄂尔泰的门生张广泗独自居功,张廷玉几次暗示,各省兵力没有个钦差大臣难以经略,张照自己也想当个风流儒将,才招致这场惨败。

"为将秉公持正,不怀偏私,上下一心才能同仇敌忾。"刘统勋复述着乾隆的话,"你能自动请缨,为何到任一月就密奏'改流非上乘之策'?扬威将军哈元生与你有何仇隙,一味重用副将董芳,致使主副二将事权颠倒?你到底是去征苗疆改流,还是去为哈、董二人划分辖地,调解和息?"

这是更加诛心的一问,其实根子还在鄂尔泰与张廷玉之间的明争暗斗上。但二人现在都是乾隆炙手可热的宠信权臣,张照怎么敢贸然直奏?思量着说道:"这是罪臣调度无方。原想将区划分明,使将领各有专责不致自相纷争。意想不到二人竟为区划不均,加剧了龃龉。"他沉吟了一会儿又道:"此时反躬自省,罪臣确实秉心不公。董芳文学较好,臣更愿董芳立功。此一私心,难逃圣鉴。"

他这一说,刘统勋不禁一怔,因为后边这段话正是乾隆要痛加申斥他的"到底是去打仗,还是去吟风弄月的?"不料张照自己先已引咎认过。倒不好再问了。思量着,刘统勋便隔了这一问,说道:"经略大臣张广泗为全军统帅。先帝委你示,只是协调各部兵马听从统一调动,督促用兵。你辄敢滥用威权,越俎代疱?这是儿戏么?尔既以儿戏视国事,玩忽军政,朕将尔弃之于法,亦在情理之中!"

"皇上如此责臣,罪臣心服口服,唯有一死以谢罪,还有什么辩处?"张照伏首叩地有声。"罪臣虽死而无怨,但尚有一言欲进于陛下。臣原以为张广泗只是刚愎自用,相处三年已知之甚深,其心胸实偏狭得令人难以置信。自罪臣上任,屡次前去会商军务,口说惟罪臣之命是听,其实无一赞襄之词,哈元生事亦元一调解之语——臣死罪之人,并不愿诿过于人,请皇上鉴察臣心,此人实不可重用!"

至此问话已毕。傅恒听张照答话尚无大疵,心里略觉放心。刘统勋扫了傅恒一眼,见他无话,便大声叫道:"来人!"

"在!"

几个戈什哈就守在殿外廊下,听命应声而入。刘统勋厉声喝道:"革去张照顶戴花翎!"

"扎!"

张照脸色煞白,摆手止住了扑上来的戈什哈,用细长的手指拧开珊瑚顶子旋钮,取下那枝孔雀翎子一并双手捧上,又深深伏下头去说道:"罪臣谢恩……"

傅恒抢前几步扶起张照,说道:"老师保重,这边狱神庙不比外头,饮食起居我自然会关照。往后不便私相往来,有什么需用处,告诉这里典狱的,断不至身子骨儿受屈。供奏万不可饰功讳过,多引咎自责些儿,留待我们在里头说话余地。"一边说一边流泪。张照到此时反而平静下来,说道:"请六爷上奏朝廷,我只求速死谢罪,哪敢文过饰非?"刘统勋见他们私情话已经说得差不多,在旁叫狱吏,大声吩咐道:"将张照收到四号单间,日夜要有人看视,纸笔案几都备齐,不要喝斥,也不许放纵,听见了?"

"六爷,延清大人,我这就去了。"张照黯然说了一句,伏身向傅恒和刘统勋又磕了头,便随狱卒去了。傅恒望着他的背影叹道:"他总归吃了好名的亏。"刘统勋笑道:"我看六爷还真有点妇人之仁。张照身统六省大军,耗币数百万办贵州苗疆一隅之地,弄得半省糜烂不可收拾,无论如何,至少是个误国庸臣。论罪,那是死有余辜的。"

傅恒苦笑了一下,说道:"他是个秀才墨客,这一次真正是弃长就短。他自动请缨,其实就是好名。你和张照没有深交,其实他不是无能之辈。"说罢起身,又道:"慢慢审,不要急。苗疆现在是张广泗统领,这一仗打胜了,或许主子高兴,从轻发落张照也未可知。"说罢一径去了。刘统勋却想张广泗与张照势同水火,"打胜了"张照断无生理。只有"打败了"才能证明张照有理,或可逃脱惩处。刘统勋觉得傅恒颇有心计。但傅恒如此身份,他也不敢揭破这层纸儿。

傅恒走出养蜂夹道,一刻没停便赶往军机处来寻张廷玉。张廷玉却不在。军机处章京说他在上书房。傅恒便又来到上书房,见庄亲王允禄、怡亲王弘晓都在,张廷玉和鄂尔泰陪坐在侧。一个二品顶戴的大员坐在迎门外,面朝里边几位王大臣,正在慷慨陈词。傅恒认得他是河东总督王士俊。

"允祧、允禵虽是先帝骨肉,但当时先帝处置实是秉公而弃私,大义灭亲。"王士俊只看了傅恒一眼,继续说道:"如今放出来,是当今皇上深仁厚泽,按'八议'议亲议贵,我没意见。但邸报上不见他们有一字引咎负罪、感激帝德皇恩的话。这就令人不解:先帝原先囚错他们了么?"他仿佛征询大家看法似地环顾了一下四周。

四周是一片沉默。鄂尔泰道:"皇上叫你和我们上书房谈,没别的旨意,我们只是听。你说就是了。""说就说。"王士俊冷冷道,"我是越来越糊涂了。我不晓得你们几位衮衮诸公的葫芦里装的

是什么药。无缘无故放了罪人。封允禵为王,今儿见邸报又封允
祓为辅国公。他辅的哪一国? 是死了的允禩、允禟的国,还是允
礽的国? 汪景祺先头劝年羹尧谋反,先帝拟定年羹尧九十二大罪,
当时你张廷玉在朝为相,鄂尔泰也是左都御史,如果冤枉,你们当
时为什么一言不发? 如果不冤枉,为什么上书房又发文释放汪景
祺所有家属,年羹尧一案所有牵连在内的都一概免罪,有不少还官
复原职。先帝曾赦免已经改过自新的罪人曾静,颁发明诏:'朕之
子孙,将来亦不得以底毁朕躬而追究诛戮之。'煌煌天言犹在耳畔,
敢问诸位大人,何以竟敢请旨,悍然杀掉曾静?"他长篇大论,连连
质问词语锋利,毫不把几个王爷大臣放在眼里,傅恒竟听呆了。

　　"来来,"张廷玉亲自斟一杯茶过来,"你说得口渴了吧? 说嘛,
接着谈。"

　　"谢中堂。"王士俊接过茶喝了一口,旁若无人地说道:"先帝清
理亏空,惩治贪官污吏,诸君都是读书人,自前明以来,哪一代吏治
最清? 雍正! 如今亏空是一概都免追了。下头官员见风转舵,巧
立名目,从办差拨银中大挖国库。贪风又在抬头,先帝为奖垦荒、
扶植农桑,设老农授官制。种田种得好,赏八品虚衔,这是善政嘛!
张允一本奏上,将此善政也废了……这样弄,我不知各位执政置先
帝于何处? 也弄不懂,置当今万岁爷于何处? 我说穿了吧,如今什
么是好条陈:只要把世宗定的国策翻过来,就是好条陈!"他又喝一
口茶,冷笑道:"你们奉旨问话,我奉旨答话。就是这些,没有了。"

　　几个大臣听了对视一眼。允禄口才不好,便转脸对张廷玉道:
"衡臣,你说说吧。"

　　"我佩服你的好胆量。"张廷玉颔首说道:"你这一封折子告的
不单是我们上书房,是连皇上'以宽政为务'也一揽子扫了进去。
你说的那许多事都已发到九卿,大家自有甄别。连带着我和诸位
上书房大臣的,我们也要解释——不过不是给你。我们不对你负
责,只对皇上负责。"鄂尔泰轻咳一句说道:"皇上已经批了你的奏

章,有罪无罪,什么罪名,我们议过自然请旨。你不必再到福建巡抚任上了。傅恒就在这里,交与他,你暂在养蜂夹道待命。"

"公事就是这样了。"允禄笑了笑,起身上前,竟拍了拍王士俊肩头,"我服你是条汉子。三天之内你要写一封谢罪折子,承认自己妄言,本王还可在圣上面前说话。不然,我也无能为力。"

王士俊只一笑,转脸对傅恒道:"张照不也在养蜂夹道? 能不能把我们囚在一处? 我趁空学点诗。"傅恒见张廷玉便笺上要自己进来,却万不料是派给这差使,怔了一下说道:

"到时候再说吧。"

十三　金殿传胪状元疯迷
　　　　苗疆报捷罪臣蒙赦

　　乾隆从河南回京,满心欢喜地等着贵州苗疆张广泗的好消息,想连同恩科选士一并大庆。一个张照案子尚未了结,接着便发生王士俊上万言奏折,将登极以来种种施政说得一无是处,因此接连几天郁郁寡欢。听了庄亲王允禄回奏上书房接见王士俊的情形,不啻火上烧油。当时就光火了,把奶子杯向案上一墩,说道:"早就有人在暗地里说朕是先帝的不肖子了,这个王士俊不过公然跳出来讲话罢了。朕以宽待人,就这样上头上脸,真是不识抬举!"他牙齿咬着下嘴唇,冷笑道:"想严还不容易? 那只是一道旨意! 你在下头若再听见闲话,就把朕这个旨意传他! ——据你看,王士俊这么胆大妄为,是不是朝中另有人幕后指使?"

　　"皇上",允禄怔了一下,木讷地说明:"臣没有听见议论皇上的话。王士俊是汉人习气,沽名钓誉想出名是有的。汉人都这样,张照不是也为出风头。汉人,不是东西。"

　　见允禄说得语无伦次,乾隆倒被逗笑了:"十六叔,汉人也有好的。归总说操守不及满人是真的。鄂尔泰这人其实在满人里头并不是上上品性。朕要他作枢要臣子,你知道为什么?"允禄睁大眼看着乾隆,说道:"臣不知道。"乾隆笑道:"你太老实。满人也有一宗不好,骄纵不肯读书。鄂尔泰心地偏狭,但读书不少,操守好。你知道,下头递上来的奏折都是汉文,看折子的也是汉人,处置政务的还是汉人。长此以往,大权旁落不旁落?"允禄忙道:"那是。

六部里情形我知道,说是每部的尚书两满两汉,实权都在汉尚书手里。满尚书都是菩萨,供起来受香火听奉承。这样弄下去,朝廷不成了汉人的世界了?"

"十六叔这话明白。"乾隆说道,"所以你要带咱们宗室子弟习学好,有些可有可无的功课该汰载就汰载了。学汉人要紧的是学他们的政治,不要让他们同化了。如今老亲王里头你为尊,十七叔专一在古北口、奉天练兵,下一辈还有几个王、贝勒,都归你带管。办好这差使,比什么都要紧。"

"是,皇上。我本事有限,尽力办差。有不是处,皇上早晚提醒着。"

正说着,太监高无庸进来,乾隆问道:"预备好了么?"高无庸忙道:"回皇上,都预备好了,张廷玉叫请旨,皇上是从这里过去,还是到乾清宫叫他们陪着去。"

"朕就从这里去——道乏罢,十六叔。倒倒心里闷气,这会子好多了。"乾隆起身说道,"今儿在保和殿传胪恩科进士。改日朕再召你。你老实这是好的,但太忠厚未免受人欺,顺着朕这句话回去好好想想。"允禄忙起身辞出。这边乾隆便由几个太监服侍着更衣。待一切齐整,高元庸跑出垂花门外,大声道:"皇上启驾了,乘舆侍候!"

顿时细乐声起,几十个畅音阁供奉奏乐尾随于后,一百多侍卫太监执仪仗前导,浩浩荡荡出天街往三大殿逶迤而行,待到乾清门对面的大石阶前,所有扈从都留下,只由两名侍卫跟随乾隆搭级上阶,早见讷亲、鄂尔泰和张廷玉三个上书房大臣已迎候在保和殿后。今儿主持胪唱大典的是讷亲,率张、鄂二人跑接请安罢,高喝一声:

"后直驾到——新进士跑接!"

保和殿前乐声大作。这边的音乐与扈从绝不相同,六十四名专门演练宫乐的畅音阁教习太监,各按方位,以黄钟、大吕、太簇、夹钟、姑洗、仲吕、蕤宾、村钟、夷则、南吕、无射、应钟十二吕乐律为主,以箫、笙、簧、笛、琴、筝、篓篌、竖琴和声,编钟铜磬相伴,奏起来真是声彻九重,音动人心。乐声中,六十四个供奉手执圭板端坐,口中唱道:

> 云汉为章际圣时,命冬官,斧藻饰,雕楹玉碣焕玉楣。采椽不斫无华侈,五经贮腹便便笥。临轩集众思,贤才圣所资。慕神仙,虚妄诚无谓,惟得士,致雍熙……启天禄,斯文在兹,宵然太乙藜。入承明,花砖日影移。覆锦袍、蒙春礼,撒金莲,归院迟,赐玉脸,自蓬池……

讷亲边走,边偷睨乾隆神色。乾隆听得极认真,有两处眉棱骨挑了一下似乎想问什么,但此时盛典正在进行,几百名新科进士黑鸦鸦一片跑在殿前,便忍住了。来到殿前,乐声停止。扬名时和鄂善跑在最前头,领头高呼"皇帝万岁!"

"皇帝万岁,万万岁!"

新科进士们一齐叩下头去。

乾隆含笑向这群老少不等的新进士点了点头,径自跨步进了大殿,在须弥座正中端肃坐下。讷亲向前一步,向乾隆行礼,恭恭敬敬接过高无庸捧着的黄缎封面金册,大声道:"殿试第四名一甲进士廖化恩!"

"臣在!"

一个三十多岁白净圆胖脸的进士应声而出,不知是热还是紧张,他的前襟都被汗水湿得贴在了身上,急步进殿,打下马蹄袖向乾隆重重磕了三个头,才定住了神。讷亲让他平静了一下才徐徐说道:"奉旨,由你传胪唱名——你仔细点,勿要失仪!""是!"廖化恩答应一声,像捧褓褓中婴儿一样捧过那份金册,又向乾隆打个千儿,来至殿口。

殿试传胪，是比状元还要出风头的差使。在灼热的阳光下长跪了近一个时辰的进士们原已有些萎靡，至此都提足了精神，望着廖化恩。廖化恩平息了一下自己急促的呼吸，打开金册朗声读道：

"乾隆元年恩科殿试一甲第一名进士庄有恭！"

尽管这是事先已经知道了的，但在这样美轮美奂、紫翠交辉的金殿前，前着"圣主天子"堂皇公布出来，跪在第三排的庄有恭的头还是"嗡"了一下胀得老大。眼前的景物立刻变得恍惚起来。半梦半醒地出班，在轻如游丝的乐声中随着司礼官抑扬顿挫的唱礼，带着八名一甲进士向乾隆行礼，由赞礼官引着庄有恭和榜眼探花向乾隆跑伏谢恩、迎榜。折腾了半个时辰，才由张廷玉、鄂尔泰、讷亲三位辅政大臣亲送太和门，顺天府尹早又迎接上来。亲自扈送三鼎甲，开天安门正门招摇而出，至东长安街搭就的彩棚吃簪花酒，任凭千万人瞻仰风采——这就是所谓"御街夸官"了，几百年程式一成不变。这一切礼仪庄有恭都是迷迷糊糊的，似提线木偶般随众而行，心里若明若暗、似喜似悲地混茫一片，幸而《谢恩表》早已背得滚瓜烂熟顺口而流，倒也没出什么差池。

但到典仪完结、三鼎甲分手、看夸官的人纷纷散去时，庄有恭却变得失态了。见道旁一家烧卖铺门口没有人出来"瞻仰"，庄有恭回身命礼部送他回府的衙役停下，径自下马进了店。那老板上身赤膊，下身只穿了个裤头正在纳凉。乍见庄有恭头插金花，穿一身簇新闪亮的进士袍服进来，先是吓了一跳，慌得手忙脚乱，急抓衣服时却又寻不见，就地跪下行礼。庄有恭也不买东西，痴痴地盯着老板道："我中了状元。"

"小的刚从长安街回来。"老板说道："您老是状元，天下第一！"又矮又胖的老板笑得眼都眯起一条缝，伸出大姆指一晃，"将来必定要做中堂老爷！"

"噢……"庄有恭丢了一块银角子过去，"你已经知道了……"说完再不言语，又出门上马，抽出一张八十两的银票给礼部的吏目,说道:"我想独自走走,你们这就回去交差。这点银子各位先拿出吃酒,权当给我加官;回头我还请你们。"那群人早已走得口干舌燥浑身焦热,巴不得他这一句话,领银子谢赏,扛着肃静回避牌兴头头去寻地方吃酒去了。

此时正是六月盛夏,骄阳当头,蝉鸣树静,家家都在乘凉歇晌,吃瓜,喝茶解暑。庄有恭却只沿街而行,见到没有人出来瞧热闹的店铺,就进去赏一个银角子,听人说几句奉迎话即便离去。惹得一群光屁股小孩跟在身后看热闹。如此转了四五家。庄有恭见前头一家肉铺,三间门面前有一株大柳树,门面东边张了一个白布篷,篷下案上放着刚刚出锅的卤肉。一位姑娘坐在旁边守摊儿。庄友恭踱过去,正要开口,见门面柜台旁坐着一个人,穿一身洗得雪白的竹布大褂,一手执扇,一张在帐簿子上执笔记帐。那人一抬头,正与庄有恭四目相对:

"庄殿元!"

"勒三爷!"

两个人几乎同时惊呼一声,勒敏几步绕出柜台,对玉儿道:"这是我过去的文友,如今——"

"如今我中了状元。"庄有恭怔怔地看着在微风中轻轻摆动的柳丝,说道:"刚刚夸官,你们没见么?"

勒敏吃了一惊:怎么这副模样,说出这种话?一愣之下细审庄有恭神态,只见他目光如醉,似梦似醒,更觉不对,转眼看玉儿。玉儿只是用手帕捂着嘴格格发笑,忙道:"玉儿! 笑什么? 赶紧搬个凳子出来。"庄有恭说道:"这有什么好笑的? 文章挣来的嘛!"

"不是好笑。"玉儿也看出庄有恭似乎犯了痰气,进去搬了个条凳出来请庄有恭坐了,笑道:"这么大热天儿,天上掉下来个状元到我们张家肉铺! 您不说,还当是哪个庙里的泥胎跑出来了呢——我们家只杀猪,不杀状元!"

"玉儿!"

勒敏嗔了玉儿一句，又对庄有恭道："恭贺您高发了。不过玉儿说的也是。如今您是状元郎，还该养荣卫华，就这么独自走来了。这样，您少坐一会，我去寻雪芹兄来，刚才我还给他送去一副猪肝。他通医道，我看您象是有点神不守舍的模样。"庄有恭道："嗯？我怎么神不守舍？状元！凭文章挣来的，知道么？"勒敏听他言语更加错乱，越发相信他得了疯病。正拿这活宝毫无办法，猛地想起《儒林外史》，庄有恭很象范进，遂扯了玉儿一边悄声道："你只管挖苦他——比挖苦我还要狠些！"庄有恭在旁却听见了"挖苦"二字，喃喃说道："挖苦？我有什么可挖苦的？我也不挖苦别人，读书人都不容易。"

"谁说挖苦您了！"玉儿斟一杯凉茶过来，放在庄有恭面前桌上，正容说道："我是不懂，状元——状元是什么东西？"勒敏一口茶正喝到嗓子眼，听见这话，猛地一呛——忙装咳嗽掩过没笑出声。

庄有恭认真地说道："姑娘这么伶俐，怎么问出这个话来？状元，是天下第一人！"玉儿恍然大悟地说道："哎呀那可失敬得很啦！天下第一人，几百年出一个呢？"庄有恭木了一下脸，说道："三年！"

"三年就出一个？"玉儿啧啧感叹，"我还想着孔圣人、孟圣人，五百年一出呢！三年就出一个，也就比老母猪下崽儿少些罢了！"庄有恭一脸苦笑，说道："你怎么能如此比来！金殿应试，玉堂赐宴，御街夸官，琼筵簪花！从天安门正门而出，就是亲王宰相也没有这份体面风光！"

勒敏见庄有恭百刺不醒，在旁皱着眉头，半晌，阴森森说了一句："黄粱一梦终有醒时，庄有恭，你东窗事发了！"

"什么？！"

"我刚看过邸报。"勒敏见庄有恭浑身一缩，目中瞳仁闪了一下，知道这一击大见功效，遂冷冷说道："你疏通考官，贿买试卷。孙嘉淦御史上书连章弹劾，九重震怒，朝野皆惊，已经将孙御史题本发往大理寺，刘统勋为主审，侍卫傅恒监刑——不日之内你首级难保,还敢在这里摆状元谱儿么?"话未说完,庄有恭已是面如死灰,骇然木坐,形同白痴。勒敏上前晃了晃他,庄有恭竟毫无知觉,勒敏不禁大惊,吓死一个状元,可怎么办!

玉儿看戏似的站在一边,听勒敏恫吓庄有恭,此时见勒敏慌了手脚,过来看了看,嗔道:"没有那个金刚钻,你干嘛揽这次瓷活?他疯不疯呆不呆,与你屁的相干——多管这闲事!"说着用中指向庄有恭人中间使劲一掐,庄有恭"哎呀"叫了一声,醒了过来。

"我这是怎么了? 怎么会到这里?"庄有恭眨了一下眼,眸子已经不再发直,身上仿佛颤抖了一下。他已经完全恢复了神智,只愣愣地望着勒敏,半晌才自失地一笑道:"吃……吃酒吃得太多,醉了……"玉儿把茶碗往他手边一推,说道:"你是迷魂汤喝多了! 要我说,还不如醉着,一醒来就当不成天下第一人了!"不知为什么! 她突然有些生气,一甩手便进了店。勒敏知道她是抢白自己,待起身进去安慰,又怕庄有恭受了冷落,正要说话寒暄,见东边十几个人抬着一顶竹丝凉轿过来,一个管家模样的人远远便喊:"庄老爷! 榜眼爷在府里等着,你怎么在这里和这种人说话!"庄有恭赶忙起身,向勒敏一拱手,说道:"勒兄,失陪了,改日到我府里叙话。竟自扬长而去。

恩科殿试放榜礼成,军机处便接到苗疆经略大臣张广泗的奏捷飞报。自乾隆元年春调整将帅,张广泗军权一统,兵分三路猛攻叛苗盘据的上九股、下九股和清江下流。初战得手,张广泗稍事休整,又分兵八路进攻叛敌最后巢穴牛皮大箐。牛皮大箐位于苗寨之中,北起丹江,西至都匀、东连清江、连绵数百里雾雨冥冥、毒瘴弥漫,涧深山高,危岩切云,是个形势极为险恶的所在。哈元生、董芳和张照先后都在这里吃过败仗。张广泗因此十分谨慎,先封了箐口通道,断了里边粮源。又用归降熟苗为先导深入险地,几次探路,五月烟瘴最盛之时,乘敌不备,驱八路兵马分进合击,只用了十几天时间就大获全胜。鄂尔泰和张廷玉收到报捷的奏折后,知道乾隆最关心的便是这件军国第一要务,来不及写节略,带了奏折原稿便赶往养心殿。二人报名进来,却见乾隆拿着一份名册正和上书房大臣讷亲说话。

"这个册子拟得还好。"乾隆示意张、鄂二人免礼,继续说道:"朕看翰林院老翰林不少,有些资深的,还该放出去作外官。不然到老也只会写四六格儿颂圣,朕要那么多马屁文章做什么用? 这次中榜的进士前三十卷朕都看了,还是不错的。就把前三十名都补进来,该侍读的侍读、该侍讲的侍讲、该庶吉士的就庶吉士。朕看你虽是国戚,办事还算练达——廷玉他们既来了,也就不必传旨,从明个起你也兼领军机处大臣,总要文武差使都能经办,才是全材。"说罢目视张廷玉。

张廷玉忙笑着将张广泗的奏折捧上。乾隆一见封面便知是贵州来的,急忙打开,先看看题头,又看看折尾,高兴得一跃而起,说道:"好! 朕万千心事,只这一份折子,就都去掉了!"他站在窗前又把折子细看一遍,递还给张廷玉,说道:"发邸报全文刊出——张广泗晋封二等公爵! 以下有功弁员由张广泗开列名单交部议叙。"因见鄂尔泰站在一旁不言语,又笑道:"老西林①,你不至于因我军大胜,反倒心里不高兴吧?"

"万岁虽是开心话,更叫奴才惭愧无地自容。"鄂尔泰忙躬身道:"奴才是在想,叛苗还是那些叛苗,地方还是贵州。先帝也是英明皇帝,怎么就办不下来? 总归是奴才不能胜任之故,弄了个前方将帅不和,后方张惶失措,奴才实在难辞其咎,要请旨严加处分。奴才还想,大军过后,殍尸遍野,战事毕,要好好安抚。由张广泗军中调拨武官改作文职断断使不得,要选拔为政清廉爱民如子的官员补到苗疆,着实抚绥几年才成。"

---

① 鄂尔泰姓西林觉罗

　　他说得这样诚恳,连张廷玉也暗自佩服,遂道:"那都是苦差。从前派去的官员,许多人宁愿弃官也不愿前往。皇上,奴才建议,从新进的进士里挑知县去。从知县中做得出色的挑知府。不去,即行罢官永不叙用;去的,言明俸禄养廉银增加一倍,三年一轮换,治理得好,回来还有升赏。晓之以义还要动之以利。"

　　"好!"乾隆越听越高兴,"就照这个条陈,你们三人见一下吏部的人,由他们定出名单引见,这件事要快办。"说罢,乾隆回到炕上盘膝坐了,又笑道:"方才朕叫讷亲过来,因为胪传大礼奏乐,和吕律不合的地方太多了。安上治民,莫善于礼;移风易俗,莫善于乐。朝廷祭祀庆典,是以雅颂敬天教民,不同于士绅百姓家诞宴取乐要子。朕听了几处,不知是编钟还是太簇制得不合规制,怎么听怎么别扭。要讷亲会同礼部,重新编辑朝会乐章,考定宫商乐谱。——如若朝廷大典用的礼乐都七颠八倒,民间还有什么遵循? ——你们看,谁办这个差使合适?"

　　三个大臣对望一眼,心里几乎同时闪出"张照"这个名字。讷亲躬身说道:"张照误国,原不该荐他。但考定乐律,编辑乐章,除了张照,谁也不能胜任……"张廷玉也是这想头。由于这事关联着张照和鄂尔泰的龃龉,自己也连带在里头,便不言声,只是低头沉思。鄂尔泰几乎连想也没想就说:"张照丧师辱国,罪不可赦,但这人实是有用之材。可否不必收监,就在狱神庙拘押所就地办差,戴罪立功?"

　　"你把这事看得太容易了。"乾隆笑道:"这部乐书,得查阅多少档案才能编得出来。张照虽然风节不醇,但资学明敏,有瑕有瑜相互不掩。他的文采风流你们几个都及不得啊! 免死吧,叫他出来,在武英殿修书处,就办这个差。玄鸟歌而商祚兴,灵台奏而周道昌,这不是小事。"

　　鄂尔泰见乾隆心境极好,乘机说道:"王士俊的奏议,六部里已经会议上来。照大不敬罪定较立决。皇上,以奴才的见识,王士俊虽然狂悖无礼,办差苛刻,但与田文镜似乎相似,操宁不坏。可否免其一死,发往军中效力,以观后效?"

"他的罪不在顶撞朕。"乾隆沉吟了片刻,端坐凝视着元处,"圣祖在时,郭琇、姚缔虞都在君前顶撞过。世宗时孙嘉淦、史贻直也是一样——不但不惩罚,还都升官成了名臣。朕并不计较王士俊失礼。但他反的是朕的国策,倡言朕是在翻世宗爷的帐,即不可容,朕也不受!"

他绷紧了嘴唇,许久许久才道:"先缓决,朕再想想……"

十四 议宽政孙国玺晤对
斗雀牌乾隆帝偷情

　　苗疆平叛改流成功,乾隆一颗心松了下来。这件事整整拖了七年之久,耗用国库上千万两银饷,累得雍正几次犯病都没有办成。乾隆登基不到一年就顺顺当当地办下来,心里这份高兴自不待言。普免全国钱粮之后,接踵报来两江大熟,湖广麦稻大熟,山东、山西棉麦丰收……纷至沓来的都是好消息,盈耳不绝的是士民的颂圣之声。于是传旨大赦天下,"除谋逆、奸盗致死人命者,一律减等发落"。过了七月十五盂兰节,乾隆由讷亲联同,前往天坛告祭。

　　"皇上,"讷亲随侍在辂车里,见乾隆去时兴致勃勃,回来路上却沉默不语,忍不住问道:"您好象不欢喜?"乾隆望了他一眼,微微一笑说道:"不是不欢喜,是有心事。"又顿了一下才道:"你是世代勋戚了。康熙初年你父亲遏必隆就是四位辅政大臣里的。你又侍候先帝和朕,你说说,为什么我朝有三个祖帝?"

　　讷亲是个十分谨密的人,听乾隆问话,没有立即回奏,想了一会才道:"太祖是创世之祖,世祖是立国之祖,圣祖是开业之祖。"

　　"说得好。"乾隆点头道,"其实朕最宾服的是圣祖。这话说过不止一次了。创世立国、干戈杀伐固然不易,但一个皇帝若能寓开创于守成之中,脱去享受祖宗遗泽的窠臼,其实更难!先帝在位十三年,焚膏继晷勤政求治,他何尝不想做出超迈先祖的业绩?可惜在位只有十三年。朕今年二十六岁。天若假朕天年,朕必不肯拂了天意,虽不敢望作'祖',但为后世高高地立一守业之'宗',大约还是做得到的。"讷亲听着这发自肺腑的知心之言,心里一阵感动,忙道:"皇上仁德之言必定上动天听。不知皇上见过诚亲王府藏本《黄蘖师歌》没有?"乾隆怔了一下,点头道:"见过。上头还有金圣叹的批注——你怎么问这个?"

讷亲说道:"那里头有四句诗,就是为皇上祝福的。"乾隆摇头道:"这是古书,怎会为朕祝福?先帝在时,从不许我们兄弟看这些星命杂书。朕也不信这些个,你且说说,权作闲言聊天罢了。"讷亲遂吟道:

> 朝臣乞来月无光,叩首各人口渺茫。
> 又见生来相庆贺,逍遥花甲乐未央。

吟罢说道:"'朝'字隐去'月'加'乞'。这首句说的是个'乾'字;'叩'字去口为'卩','又'见'生'来为'隆',二三句合为'隆'——乾隆朝当有一个花甲,人民安享太平六十年,所以说'逍遥花甲乐未央'——这不是六十年乾隆盛世。几百年前的先哲已经推出的造化数么?"

辂车轻微晃动了一下,乾隆的目光直盯盯望着前面的黄土道,喃喃说道:"六十年……六十年能做许多事呐。但愿你今儿解的是黄蘖师的真意——圣祖爷坐了六十一年天下,朕有六十年也足够!不过,如今离盛世还早。你好生努力,跟着朕做这一番事业。"讷亲心里一阵激动,还要说话时,辂车已停在西华门外,早有太监推过轮梯,君臣二人先后徐步下车。

此时已是早秋季节,虽然骄阳仍旧炽烈,轻柔的西风裹着凉意掠过,吹得人浑身清爽,乾隆一眼瞧见河南总督孙国玺杂在一大群候见官员中,低声对讷亲说了句什么,向众人只一颔首便进了大内。讷亲便径直走过去,对孙国玺道:"皇上有旨,你现在就进去。"

"是,臣领旨!"

孙国玺是和山西巡抚喀尔吉善、四川巡抚陈时夏同时奉诏进京述职的。没想到皇帝会最先单独召见自己，忙不迭叩头起身随着讷亲进来。经过军机处时和抱着一叠文书的钱度恰好遇见，孙国玺也不及与他叙话，只说了句"我住在我侄儿家，钱老夫子有空去走走，大约在京还要逗留几日"，便匆匆赶往养心殿。在殿口报了职名，便见高无庸挑帘说道："孙国玺进见。"

"朕先叫你进来，是为河南垦荒的事。"乾隆坐在东暖阁的茶几旁，看着孙国玺行了礼，呷着茶说道："朕几次详核河南报来垦荒田亩，时多时少，是什么缘故？"孙国玺忙道："回皇上话，臣接任总督时，前任总督王士俊实报垦田亩数是六十九万五千零四十四亩。皇上屡降严旨，切责河南虚报垦荒亩数。总督衙门和巡抚衙门所有司官都下了县，切实查明，现有实数是三十八万三千四百零一亩。历次报数不准，是因为黄河时时决溃，黄水过后重新再垦，因而时多时少。求皇上圣鉴，臣任上所报亩数是不敢欺隐的。"乾隆见他紧张得满头是汗，笑道："你这次恐怕是少说了亩数。是么？"

孙国玺用手指头抹了一下眼角的汗水，说道："这是各地衙门汇总来的数目。少报没有，少报多少亩，臣不敢妄言。""你起来坐着说话。"乾隆笑着指指木杌子，说道："朕要告诉你，垦荒是不错的，何时有旨意批你垦荒垦错了？你们三任总督，从田文镜到你，从心地说，毛病在一味揣摩止头的意思，无论宽严，都没有根据。田文镜垦出一亩荒，恨不得报两亩，以为'多多益善'，明明生荒长的庄稼不成模样，还要暴敛钱粮，生恐丢了'模范总督'的虚名，你如今又来揣摩朕，所以翻了个烧饼，有两亩宁肯报一亩。开封、南阳、陕州明明丰收，也报了大歉。看似与田文镜反其道而行，其实心地是一样。朕屈说你没有！"孙国玺听乾隆所言，完全是谈心开导的意思，悬得老高的心落了下来，忙道："主上没有冤屈了臣。论起来臣的心思，比主上说的还要龌龊些。臣是见王士俊开罪圣上，怕步了他的后尘，所以严令下头查实地亩，宁少勿多，粮产宁欠勿冒，才得了这么个数。但河南今年全省欠粮一百万石，这个数是不假的。”

“你和王士俊不一样。”乾隆敛起了笑容，“王士俊把朕与先旁视为水火，明目张胆反对朕的既定方策，还要沽名钓誉当直臣！朕若有失政的地方，惟恐怕下头不敢进言呢！怎么会怪罪下头？但事涉皇考，说朕有意更动皇考成宪，这是他自己的误解！王士俊在河南任上，为得一上‘能吏’的好名声，行剥民虐政。如果败露在皇考之时，难道不要治他的罪？他有罪下狱，鄂尔泰还替他说话。其实王士俊奏折里说的‘大学士不宜兼部务’指的就是鄂尔泰。大学士兼部正是皇考定的成例，他要朕不‘翻案’，却又怂勇朕翻案——这不是个奸邪小人么？即便如此，朕也没有拿他怎么样，但他不能当官了，回贵州当老百姓去！”讷亲在旁说道：“田文镜还是有可取之处的，他在任时，河南无贪官，无资贼，这也难能可贵。”讷亲说的是，”乾隆接口道，“朕训诲你，为的你能体谅朕心，取人之长补己之短，做一个好总督——你跪安吧！”

讷亲见孙田玺退出去，躬身说道：“万岁的谆谆教诲，求国外治，不以事废人，不因人废事，臣在旁静聆，得益良多——皇上接着见谁？奴才着人传旨。”“河南是个‘模范’地方儿，朕亲自接见。”乾隆站起身来笑道。“其余的，由你和张廷玉他们去见。朕这会子要去慈宁宫给老佛爷请安定省了。”说着便命人替自己除了袍服，只穿一件石青夹纱长袍，束一条软金明黄马尾纽带。讷亲陪侍在旁，说道：“今年秋凉得早，奴才瞧主子穿得似乎单薄了些儿。”

“不要紧。”乾隆一边踱着步子，突然一笑，问道：“讷亲，听说你家里养着两条恶狗，可是有的？”

“有的。”讷亲说道，“那是为杜绝私谒。皇上不晓得，有些官儿真不要脸。上回山东布政使衙门一个道台，死皮涎脸到我府，说得了一方好砚送我。我想这物件是很雅的，就收下了，打开包儿一看，‘金页子’有一寸厚，镶在砚台外头，哪是什么砚？是钱！我连名字也没问，打发人给他扔回去！”

乾隆点点头,说道:"这事朕知道。朕告诉你,张廷玉为相几十年,并没有养狗。照样办差。你是宰辅大臣,下头常常要有事见你,门里养着恶犬,好人也怕。要有贪心,狗也拦不住你受贿呀,是不是?"讷亲一听也笑了,说道:"奴才实在烦他们到私宅聒噪。臣曾读过《容斋随笔》,司马光为相,在客厅里贴告朋友书,私长只谈交情私事、有公事衙门里当众说。奴才克制功夫不如衡臣,也没有什么私事和人聊,所以养了狗,'汪汪'两声,他就有一肚皮坏主意也吓跑了一半。"乾隆听了哈哈大笑,指着讷亲道:"瞧你闷葫芦似的,心里还挺清爽。克制功夫不是生而有之,夜读书,日三省,慢慢就有了。狗,还是不养为好。"说着,已到慈宁宫大门,便跨步进来。讷亲自去传旨办事。

乾隆进宫院天井,掏出金表看了看,刚过午正时分,院内鸦没雀静,便招手叫过一个太监,问道:"老佛爷已经歇晌了么?"那太临忙笑道:"没呢!主子娘娘、娴贵主儿都在大佛堂西厢陪老佛爷打牌呢!"乾隆没再说什么,绕过正殿,果然听见几个女子声气叽叽咯咯说笑,夹着还有太后爽朗的笑声。乾隆循声便进了西厢房,果见皇后富察氏、贵妃那拉氏都陪着太后正打雀儿牌。还有一个女子背对着门,瞧服色是个二品诰命,却不知道是谁。周围有十几个侍候的宫女见乾隆进来,忙一齐跪下。那拉氏和那个陪着打牌的女子一转脸见是皇帝,丢了牌便退到一边跪下,只有皇后富察氏款款站起身来。

"皇帝来了!"太后也放下手中的牌,笑道:"你误了你娘赢钱!你下旨文武百官不许斗牌看戏,我们娘儿们只好躲在这里玩。"乾隆满面笑容,给太后打千儿请安,命众人起来,说道:"儿子以孝道治天下。她们替我尽孝,高兴还来不及呢!"说着,那拉氏已经搬过椅子请乾隆坐。乾隆又笑道:"说起头牌,前儿还有个笑话。孙嘉淦到都察院,听说御史们谈事聚一处赌东道儿吃酒。母亲知道孙嘉淦那性子,当时就把御史莫成叫来训得狗血淋头。莫成最怕孙嘉淦,连连说,'卑职从不赌牌,连牌有几张都不知道,总宪不要错怪了卑职!'孙嘉淦也笑道:"那就好,咱们一样。上次到户部见他们斗牌,半天也看不明白。你说,这东西南北风都是四张,白板怎么独独五张,真是怪事!'莫成一听就笑了,忙说'总宪,"白板"也是四张,和"发财""红中"一样……'"

乾隆没有说完,太后已笑得推乱了眼前的牌,伏在椅背上只是咳嗽。富察氏一边笑一边给太后轻轻捶背,那拉氏伏着桌子笑得浑身乱颤,那位女诰命夫人红了脸,用手帕捂着嘴强忍着。太后道:"罢了罢了……这个乐子逗得好! 你该忙还忙你的去,别误了我们打白板……"乾隆这才仔细看那女子:总不过二十岁上下的一个少妇,漆黑油亮一头浓发挽着个髻儿,鬓如刀裁,肤似腻脂,弯月眉、丹凤眼,鼻子下一张不大的嘴含嗔带笑似的抿着。此时她红晕满面,娇喘微微,两个酒窝时隐时现,真个如雾笼芍药,雨润海棠,乾隆不禁心里一荡,忙定神问道:"你是谁家夫人,叫什么名儿?"

"奴婢男子是傅恒,"那妇人见皇帝这样打量自己,更是不好意思,忙跪了回道,"娘家姓瓜尔佳……"

"噢,瓜尔佳氏。小名呢?"

"小名棠儿……"

"起来吧!"乾隆不再看她,转脸对太后笑道:"要在小户人家说姐夫不认得兄弟媳妇,那不成大笑话了。今儿赶巧,那边公事已经完了,我也陪母亲打一会子雀儿牌。"太后笑吟吟道:"那敢性是好,我就怕你忙。"乾隆连声命人:"去养心殿,寻高无庸拿些金瓜子来!"说着就入座。和皇后对面陪在太后两侧。

棠儿见多了一个人,自量身份,忙退到一边,却被那拉氏一把按住,说道:"你是我们主子娘娘的娘家人——是客。难得有这个缘分,就陪主子打一会儿雀儿罢!"说罢抿嘴一笑,"我给老佛爷看牌,别叫他们背着您弄鬼。"乾隆一边洗牌,一边偷看了几眼那拉氏。太后却不明白那拉氏的语中双关,摸着牌笑道:"对了,咱们今儿齐心,不要叫皇帝赢了去——他每日听多少奉迎话,也该给我们娘儿们散散福!"乾隆笑道:"我还没上阵,已是四面楚歌十面埋伏了。你们用围棋子儿当注,我用金瓜子。这样也太不公平了。"棠儿在乾隆下首,微笑道:"白子儿是一两银子,黑子儿是一钱金子……"乾隆还要搭讪着说话,却听上着那拉氏笑道:

"留神出牌了,老佛爷打西风!"

乾隆摸了一张,却是南风,手里已经有一张,便并在了一处,打出一张道:"我是么鸡,只怕棠儿要吃了。"棠儿笑道:"这张牌奴婢用不着."便打出一张三筒。乾隆此时与她邻座,她身上香泽味不断袭来,又听她那莺语燕声,巧笑喜人,浑身觉得燥热心痒难耐,心思全不在牌上。只是碍着这桌上四人八目盯着,也难有所动作。见高无庸提着一小袋金瓜子来,乾隆便道:"就放这里,一会儿分给大家,你去吧。"说着便随手打出一张九万。皇后便推倒牌,笑道:"我就单吊这一张呢!"

"好好,我认输!"乾隆笑道:"想不到皇后先胜一局!"说着便一齐洗牌,只是手指有意无意间摸了一下棠儿的手。富察氏笑道:"皇上就不用洗了吧。有我和棠儿就成。"那拉氏在旁地笑道:"洗牌是最要紧的。"乾隆只好笑道缩回手,对太后道:"昨儿上书房议事,傅恒要去两江催办贡物,还有南方各省的藩银,也要催着送来,太后要什么物件,或想着什么东西开胃,克化得动,告诉棠儿,让傅恒带回来孝敬您。

棠儿不知道这事,一边垒牌,一边笑道:"太后方才还说广里的荔枝和福橘。再想想看——"她突然住了口。原来桌下乾隆的脚不大老成,碰着了自己的脚面,忙把脚缩进椅子下头。富察氏笑道:"老佛爷供的玉观章,说了几次了,一直没请来,这次弟弟去,叫他亲自挑——"话没说完,她的脚被什么触了一下,看了乾隆一眼,乾隆顿时脸红起来,掩饰道:"这都好办,开个单子叫他们办去。"

接着几个又继续打牌,却是太后和乾隆连连取胜,乾隆一笑,将赢的钱赏了太后跟前侍候的宫人——这是历来的规矩,也不必细述。

"皇上!"

直到回钟粹宫和皇帝共进晚膳时,富察氏左右看看没人,一边给乾隆夹菜,庄重地小声道:"那是我娘家兄弟媳妇。那作法多不好看呀!"乾隆腾地脸羞红到脖根儿,将一片玉兰片夹给富察氏,说道:"呃——这个清淡些,只是不易克化,嚼碎了再咽……朕和你恩爱夫妻才是真的,那都是逢场作戏,何必认真呢?再说,我也没作什么出格的事嘛!"富察氏笑道:"还不出格,错把我的脚都当成人家的了!后宫嫔妃媵御好几十,不够你消受?我不是个好忌妒的人,在这上头我也淡,你的身子骨儿是要紧的!再说……那女人……"她突然觉得失口,便掩住了,竟不自觉地胸上有些发烧。

富察氏是察哈尔总管李荣保的女儿。李荣保是个读书人,十分注重对儿女的训诲。女孩子自记事时起,外亲一概不见,杂书不看。只《女儿经》和《朱子治家格言》是每日必读的。其余的,便由管家嬷嬷,带着练针线,学描绣,进规退矩一丝也不能乱。富察氏十二岁就嫁给了乾隆,温良恭俭让五德俱全。家里老小没有一个不喜爱她的。乾隆对这位皇后与其说是"爱",不如说是"敬",一见面便如对大宾,没半句私房体己的话。皇后突然变得娇羞起来,满腔柔情如同新妇,乾隆倒是第一遭见她这样,不禁动火,饧着眼笑道:"那女人——哪女人?朕瞧你这会子才像女人,德容言功都是上上好好的……"说着竟起身走过去,扳着皇后肩头向她脸颊吻了下去。几个侍候在帏外的宫女见这情景,蹑脚儿躲得无影无踪。乾隆搂着她上了榻,抚着她的秀发,柔声道:"芬芬,你真美……真的,朕头一次看你这么美。人都说那拉氏长得俊,其实不及你十分之一……"

"真的?"

"唔。"

"我真高兴。"

"你为什么闭着眼?"

"这会子我不想睁。"富察氏软得一滩泥似地偎依在乾隆怀抱里,任乾隆揉搓着,叹息道,"一睁眼我就不在楚里了,只有在楚里我才是女人,醒来时就又是皇后。体态要端方,行止要稳重,有母仪天下的风范,要贤淑、娴静,耳不旁听,目不斜视……还不许妒忌……"

乾隆松开她,却没有起身,只是目光炯炯地望着殿顶藻井。富察氏睁开眼,问道:"你怎么了?"乾隆一笑,说道:"方才你的话引人深思。你太压抑了。该睁眼时睁眼,该闭眼时闭上,好么? 朕和你自幼夫妻,有什么说什么。拈花惹草的毛病儿朕有,论起心来,爱的还是你。但总觉得和你隔着一层什么,欲爱不得,欲罢不能似的,为什么,朕也说不清楚。"

"我也说不清楚。"富察氏弄着衣带,多少有点不好意思地说道:"你是皇帝,要作一代令主。我到这位份上,是你的妻更是你的臣,要照先贤圣哲的规矩辅佐你……"

这一刹那间,她又归还了自己的"本位"。

十五　傅国舅夜访紫芝堂
刘侍郎上章戒权臣

　　棠儿回到府中,当晚便将与乾隆同桌打雀儿牌的事告诉了丈夫,太后怎么爱重,皇上怎么随和可亲说了个备细,又取出一把金瓜子,说道:"这都是皇上输给我的,说是'散福'——还要派你出去作钦差,可不是你的官运来了么?——你把这金瓜子收去压箱底儿,这可是天大的彩头!"

　　"你留着打个金钗吧。"傅恒笑道:"皇上赐我的如意好几柄呢,这点子金瓜子就高兴得你没处放了。"棠儿想起乾隆在牌桌上的那副模样,又是兴奋又是不安还夹着一丝害羞,用一块手帕包了金瓜子,红着脸笑道:"人家给你挣来彩头,你还不知感情,赏的是赏的,赢的是赢的,那味道不一样! 老佛爷后来还说,傅恒这孩子不错,难得是米思翰的后代,又是至亲,皇上的意思,先放你钦差出去历练一遭,回来就叫你到军机处章京行走呢!"傅恒一怔,说道:"真的? 派我出去当钦差,我早就知道了。我还以为——"

　　棠儿捵了一把鬓角,说道:"早知道了不告人一声儿,还是夫妻呢! 依着我说,你到底是头一回独个儿办差,又年轻,有些自己想不到的地方,不如见见张中堂请教一下,把这钦差排排场场办下来,皇后、皇上脸上好看,人前头也好替你说话。你看人家慧主儿的父亲高晋,两淮盐政办得好,放了河道总督,河治得好,这会子又是两江总督,并不仗着女儿是嫔妃升官。慧主儿倒跟着沾光儿进了贵妃娘娘。你是正宫的亲弟弟,多少争口气也比他强! 我嫁过来你就说是

美人配英雄,其实到如今也是'美人配国舅'。你看看那些戏,国舅
爷名声儿很好听么?"

"罢罢,我一句话没说完,你就有这么一篇大文章。"傅恒笑道,
"见了一遭皇上你就这么疯迷了似的,给我说了一篇大道理。要真
的有姐那个福气当了皇后,不比姐姐还要道学? 不过家有贤妻,夫
祸少也是真的。也亏了姐姐,不然就皇上那风流性子,还不知出多
少笑话呢!"

棠儿是有心病的人,听这话吓了一跳,定了定神才道:"你这话
我不信,我瞧着皇上挺正经的,待人处事又正经又随和。"傅恒听了
一笑,把乾隆和锦霞那段事说与她听,又道:"前几天皇上见我,还说
梦见锦霞来诉冤,皇上在梦里叫她赶紧托生出来,还到宫里——你
瞧,皇上够多情的吧! 皇上去了一趟河南,又看上了信阳的张汀芷。
我这次去办差,还要充当媒人角色呢!"棠儿听得已是怔了,半晌背
了脸啐道:"你不也是这号人? 家里三四个妾,皇上赏了十二个戏
子,整日泡里头混,像芳卿,玩够了,就送人情别人! 早晚有一天
连我你也会送给人!"

"好了好了,别生气了,我的夫人! 芳卿嫁给曹雪芹,不正趁你
的心么? 上回雪芹送来两章《风月宝鉴》,你不也看得津津有味——
美女嫁才子,这是成全好事嘛!"傅恒哪里知道棠儿的心思,起身抚
着她的头发,说道:"老太爷是圣祖爷跟前的名臣,你瞧着吧,我做出
的事业,要比他老人家强,决不会辱没了祖宗。我其实还恨自己是
个国舅,差使办好了,人家说我有恃仗;差使办不好,人家说我'有势
力还办不好'是个窝囊废,左右都吃亏——不单独办差,不立个大功
名,总归是个'国舅'。就没有包龙图来杀,白当个舅爷有什么意
思?;说罢便吩咐人备轿。棠儿忙道:"哪里急在这一时呢? 天就黑
了,明儿上书房去见也不迟。"傅恒换着衣服,说道:"有些话只能在
私宅里说,圣旨一下,各部还要会议会议,宫里还要去走动走动,就
大忙起来了。还是今晚就去的好。"棠儿只好由他去了,拿着那包金

瓜子儿,心里乱糟糟的,一忽儿是丈夫,一忽儿是皇后、太后,一忽儿想起乾隆……说不清是个什么滋味。

傅恒来到张廷玉府邸,天色已经黑定。门前挂着两盏御赐宫灯,还挂着四盏白纱西瓜灯,照得内外通明雪亮。门槛上雍正赐的"皇恩春浩荡,文治日光华"十个贴金大字黄灿灿明亮亮耀人眼目。六七个外省来的大员坐在门房东客厅喝茶抽烟嗑瓜子儿聊天等着张廷玉接见。门上人见是他来,忙上前打千儿请安,说道:"我们中堂爷正在见客。六爷不同旁人,小的这就带您进去。"

"你还是先进去禀一声,"傅恒笑道:"张相要忙着别的事,我明儿这时辰再来。"未等他说完,那长随飞也似地跑进去了。傅恒还是头一回这么郑重其事地等着接见,百无聊赖。想进客厅和众人闲聊,又实在陌生,试了几试没有进去,已见那家人上气不接下气跑来,却没和傅恒说话,先进客厅给几个官员打了个千儿笑道:"列位大人,实在对不住,张相从上午辰时到现在还没吃饭,里头鄂大人和刘大人还没说完,这边傅侍卫又有软命差使来见。张相叫小人先给大人们赔个情儿,明早上朝我们爷先见你们几位。要实在有要紧事,小人这就回去禀,不过要略迟一点。张相这会子抽不出身子,明儿见面当面再赔不是。"几个官员听着早已站起身来,连连说:"请上复中堂,明儿我们拜见就是。"说着众人便都辞了。

傅恒跟着那家人进来,笑道:"真没想到张大人忙到这个地步儿。"家人一手提灯前头引路,笑道:"讷亲相爷如今进了军机处,我们中堂如今宽松多了!自我爷爷跟着中堂,没见过他一天睡足过三个时辰!"傅恒听了不禁暗自感慨,随那家人七折八弯进来,却还是上次吃茶的书房,只是堂前门楣上新增了一块匾额,上面御书"紫芝书屋"四个大字。傅恒在廊下略顿了一下,跨步进堂,只一个揖,说道:"衡臣中堂好忙!"

"六爷来了,快请坐。"张廷玉正在和两个官员说话,忙站起身笑道:"您是正经国戚,往日直出直入的,今儿怎么这么客气?——哦,我来介绍一下,这位是鄂善——"傅恒一下子就笑了,说道:"熟得很。不是在礼部当侍郎么?""那是前头的话,现在改任兵部侍郎。"张廷玉笑着,又指另一位官员说,"这位是山东粮储道刘康,卓异、岳浚保荐的折子上说他是'山东第一清官'。皇上说留京办差,也分到兵部任员外郎——这位是乾清门二等带刀侍卫傅恒傅六爷,已经外放作软差,眼见要出京巡视了。"刘康忙向傅恒一躬,说道:"六爷去过山东几次,卑职在李制台衙门里曾见过一面。不过官微职卑,六爷不一定记得卑职吧。"

傅恒上下打量了刘康一眼,矜持地一笑,说道:"我还记得。你原是新城县令,后来又升任德州知府,贺露滢的案子不就出在你任上么?"刘康很不愿就这个题目说话,忙道:"六爷真好记性。我们岳中丞还没记得这么清爽呢!那年六爷放粮,一斗一升都亲自过目,山东人至今说起来都还念念不忘。不过也有些胥吏发牢骚,说都似六爷办事这么认真,这碗官差饭吃着还有什么意思呢?"他不卑不亢,有褒有"贬",正搔到傅恒痒处,奉迎得傅恒哈哈大笑,说道:"我去放赈,自然要赈灾民,我才不管胥吏们是怎样说呢;他们骂我一声,只怕上天倒要保佑我长寿一天呢!——张相,你们还接着说,我的事不急。"

"其实要紧的事也都讲完了。"张廷玉回到座位上,吃着茶说道:"苗疆的改土归流整整打了七年,我粗算一下,国家用银至少两千万。抚恤阵亡将士家属的银两,还没有汇总报来。你们既然去兵部,就要多想想练兵的事。张照没撤差前上过一份奏折,我军几千人围一个土寨,苗寨只有几十个人出来迎战,几千人吓得抱头鼠窜,自己人踏死自己人。我是个书生,不会带兵,连我也吃惊,主将指挥有误固然是重要原因,兵没有练我看也是一条。难怪主子气得把御膳桌子都掀翻了。鄂善,你到兵部就主管练兵的事,不但古北口,各省的绿营、旗营都要练,职方、武库、武选等几个司,你们到任都要看看,多给尚书提些建议,有部里办不到的,写条陈递到军机处,兄弟请旨办理。"

　　鄂善和刘康端坐聆听，不时躬身称是。刘康道："卑职从没有办过军务。但山东旗营、绿营里的军粮都是从我道上调拨的，吃空额吃得太厉害了。方才张相已经说过，西南军事平苗只是第一步，大小金川早晚也要用兵。卑职想到各地营房走走，看到底是个什么情形，回来向鄂大人和我们兵部主官合计一下，扎扎实实上个整顿条陈。"张廷玉一笑说道："这些想头都好，不过这是你们的部务，回去请示了你们尚书庆复，他自有章程。李卫那里你们不要去了，他现病得七死八活，等他病好了再说吧。"说罢起身道乏，鄂善、刘康躬身辞出。傅恒笑道："中堂，都这么一个一个详谈，你忙得及么？鄂尔泰、讷亲他们那里我常去，没有这样忙，这样办差似乎琐碎了些。"

　　"没办法。如今官场耽玩成习，一件不交待清楚就出漏子。"张廷玉叹息一声，"这都怪我过去揽事太多。我也惯了，下头也惯了，上马容易下马难呐！"说着，从案上抽出一份折子递给傅恒，笑道："这是延清的奏折，专参讷亲和我的，六爷你看看。"

　　傅恒惊异地看一眼张廷玉，打开折子看时，标题便十分醒目《臣刘统勋为奏上书房大臣兼军机大臣讷亲、张廷玉事》。洋洋数千言，写得很长。看样子乾隆已看过，还作了记号。

　　……大学士张廷玉历事三朝，遭逢极盛，然晚节当慎，责备恒多。窃闻舆论，动云"张、姚二姓占桐城半部缙绅"。二姓本桐城巨族，其得官或自科目荐举，或起荫议叙，日增月益。今未能遽议裁汰，惟稍抑其迁除之路，使之戒满引谦，即所以保全而造就之也。请自今三年内，非特旨擢用，概停升转……

下头还有乾隆的朱批，殷红的字迹十分醒目：

朕思张廷玉、讷亲若果擅作威福，刘统勋必不敢为此奏。今既有此奏，则二臣并无声势能箝制僚审可知，此国家之祥也。大臣任大责重，原不能免人指摘。闻过则喜，古人所尚，若有几微芥蒂于脸臆间，则非大臣之度矣。张廷玉、讷亲今见此奏，益当自勉。至职掌太多，如有可减，候朕裁定。

傅恒将折本交还张廷玉，说道："真没想到，刘延清会奏您一本，而且毫无实指，无缘无故让皇上数落一顿。"

"六爷千万不要这样想。"张廷玉深邃的目光盯着傅恒，说道："刘统勋这是真正爱我，为我洗了疑虑。这人劲气内敛、厚重有力，这一奏正显其君子爱人以德，有古大臣标格。我心里实在是很佩服，很感动的。"傅恒笑道："何必要上这一奏？载到邸报上于中堂脸上总归不好看。要是我有这些话，就来府上，就像现在，当面告诉你。"张廷玉一笑，说道："江山代有才人出，各领风骚数百年。我打心自问，从顺治朝至今，熊赐履、鳌拜、索额图、明珠、高士奇这些辅臣，或忠或奸，或擅权或超脱，谁也没有我这样长久的。际会风云固然不易，退步抽身其实更难。刘统勋说的话没有一句假，都是我想说不便说、不敢说的，怎么能不感激他？我和鄂尔泰、李卫这些人，有这个肚量的就能全始全终。没有这肚量，临退吃一口狗肉也未可知——现在该轮到你们这一代出来做事了。"

傅恒原为讨教差事而来，听张廷玉这番推心置腹的话，心下倒觉感慨，因笑道："要照张相这么说，我也该早点预备着退步余地了。"张廷玉呵呵笑道："我最怕你这么想。大丈夫正处盛壮之年，胸怀不羁之才，当立功立名于世。你现在就学我样儿，到底也不过是个'外戚'而已。皇上这次差你到两江，顺道巡视南方各省藩政。就我所知，开国以来像你这么年轻就独当一面任为钦差的，你还是第一位。这是皇上要大用你，万万不可自弃，早知你这么想，刘延清的奏折就不给你看了。"傅恒也不禁一笑，说道："我还不到和亲王那一步呢!"

　　和亲王就是弘昼,虽说乾隆友爱他,一登极就封了"议政王"。但这位王爷从来也没有议过"政",每天最大的事就是玩鸟,画鼻烟壶内画。他画的鼻烟壶画比北京"烟壶刘"还要高出一筹。今年五月端午,弘昼突发奇想,对家人宣告自己"薨了",请了几班吹鼓手、白云观的道士、法华寺的和尚到王府打醮,满院金铂银锭烧化起来,家人子弟一律孝布缠头,呼天抢地地干嚎一通。他自己却左手执杯、右手携壶坐在"灵"前大吃大嚼供品。为这事惊动了理藩院,写了折子奏到乾隆案前。乾隆说了句"老五晋人风气不改"一笑摒开了手。张廷玉听傅恒比出弘昼,说道:"你还是不知道五爷,五爷是聪明人。"他不想沿着这个话题说下去,又道:"六爷,你这次南方之行,万岁已经和我说过。我原想明儿在上书房和你聊聊,想不到你先来了。你自己想这个差使怎么办才好!""我想,贡物都是有成例的。内务府在南边的几个衙门,都是办老了差的,不至于有什么错谬。"傅恒吟道,"皇上还没有明旨,从太后那里知道,还有催缴库银的差使。我想,今年全国普免钱粮,并没有新交上来的银子,皇上莫不成想澄清一个各库存银底子。但刘统勋是刑部的,又叫他当副使!我有点摸不清圣意。"张廷玉边听边想,说道:"我在皇上处听说,这些都不是主差。皇上叫你们下去,为的是采风。政尚宽大的旨意去年就颁布了,下头官员们到底怎么作的,业主是怎么想的、贫民得了什么实惠,皇上极想知道。还有,两广、闽、浙开铜铁矿的,常常聚众闹事,动不动就叫歇业,这后头有没有别的文章?上次两广总督递上来的片子说,民间有些地方邪教盛行,什么'天生老母会'、'天地会'、'白阳教',弄神弄鬼的十分猖獗……有些虽不是邪教,有的大户人家专门招揽江湖豪客,请神扶乩,演武练功,日子久了也很容易生出事端。总之这些邪魔歪道、各省都有,有些官员也参预其中,朝廷哪能一一辨别好坏?六爷既出去巡视,不妨体察一下。皇上不能亲自出去,其实他很想知道这些事。"

傅恒听了这些话，才知道这次出差并无专门的题目，竟只是"考察"二字，越发信实了张廷玉说要大用自己的话。傅恒顿时激动得心里卜卜直跳，坐在椅上一拱手道："张相，我明白了。上次随皇上巡视河南，见皇上关心江湖上的事，还以为皇上想招揽武林贤才，现在看来我实在小看了。有些事听起来，竟像是白莲教。他平时蛊惑人心，遇灾就起来造乱。为政的自然要多加留心。"张廷玉凝视着傅恒英俊的面孔，久久才吁了一口气，说道："我和鄂尔泰都老了，要瞧你们年轻人的了！六爷不但读书，还习兵法，精骑射，实在是文武全才。据老夫看，这一代能在功业超越前人的，必定是六爷你！讷亲如今位置虽高，底气不足，将来你位在他之上是料得定的。只我七十多岁的人了，未必能见得到了……"说罢神色黯然，无声叹了一口气。傅恒见这位官居前辅近三十年的老宰相如此勉慰，心里一阵酸热，几乎坠下泪来，勉强笑道："这席话胜读十年书，真是知心知音。我永不会忘掉您的这番教诲，但得有这机缘，一定做一个和你和讷亲相爷一样的良臣！"说罢起身告辞。

"不要学讷亲，更不要学我。"张廷玉一路从紫芝堂送傅恒出来，望着满天寒星，斟酌着词句说道："我有文而无武，处事僵板琐碎，没有半点创新，一辈子谨小慎微。幸而跟了三代英主，这才沾了光儿。万一要遇上昏主儿，或许我只会助纣为虐呢！讷亲——是个小心人，看似谨慎，其实自己没主意，我不能说他是志大才疏，但他也只能当主子有了决策，他在一旁拾遗参赞罢了。若让他独当一面是不成的——家门口养那么两条牛犊似的恶狍，那叫'宰相'？往深里想，那是自己对自己的人品都放心不下。今晚在门口等着见我的，有四个官员都是请示他的差使，不敢去。这是对你六爷讲，与其说是下头不敢见他，还不如说是他不敢见下头。"

张廷玉的这些话真是鞭辟见血的诛心之言。张廷玉城府见地如此之深，傅恒心悦诚服到了极点。沉默移时，傅恒才道："领教了，相爷保重！"

与张廷玉谈话后第二天，傅恒便正式接到旨意，委为钦差两江巡按使，克日前往督缴库银事宜。棠儿和他是恩爱夫妻，自结婚以来傅恒还是头一遭独自出远差办事，不免心下怅怅。她备了水酒为丈夫饯行，又忙着给他打裹行李，带这带那忙个不停，还叫管家专门挑几个能干仆役跟着。傅恒笑道："你想叫我把家搬着走路么？这么不放心，干脆你扮个丫头跟我一道儿走，省得你牵挂我在外头拈花惹草，我担心你在家偷汉子。"棠儿脸一红啐道："没良心的，人还没走就想出去招蜂引蝶了！——只你没有衙门，一路仪仗卤簿怎么安排呢？"

"我带有兵部的勘合，一路都有驿站供应。你不用操心这操心那。"傅恒笑道："奉旨出巡，要什么有什么。只是我什么也不要。我要一路私访出去。"

棠儿正在叠衣服，听见这话不禁一怔，忙过来，盯着丈夫问道："真的？你不是说风话吧？"傅恒笑道："这不是什么风话。我若一路官轿出去，还是在官场上混，听他们吹嘘政绩，看他们一脸谀笑，瞧着很有趣儿么？"棠儿皱眉道："阿桂上次来信，他去陕州赴任，路上还擒了一起捻秧子。那是多聪明的人，又长年在内务府办外差，还差点让人拐了去呢！你初次出门，我看还是堂皇一点的好。想私访，在哪个地方住下，转游一天半日就回来，岂不稳当？"

"你丈夫难道比阿桂笨？"傅恒吃了一口茶，将杯子放在桌上，笑道："你不过想多几个人监视我罢了。"棠儿嗔笑道："我才不管你的帐呢！南京秦淮河上有的是婊子，你只仔细弄一身花柳病，那才现世现报呢！——怎么，你要出门？"傅恒披了一件月白坎肩，一边扣着纽子，说道："我去见见李卫。你说的不假，路上捻秧的、偷东西的、行劫的都有。我借他的吴瞎子一道儿，只怕省些事。真的让你说着了，这辈子早晚都成了你的口头禅。"说罢一笑出去了。

十六　娟娟女逞技石家庄
钦差臣赋诗中秋夜

　　八月金秋，天气不冷不热，正是出门远行的好日子。但傅恒出京不久天就变了。先是刮风，漠漠秋云将天穹染成一片灰暗。京师直隶一带的青纱帐早已割尽，空旷寂寥的田野上西风肆虐，黄沙浮土一阵阵扑面而来，噎得人透不过气来。过了保定，风倒是小了点，却下起雨来。淅淅沥沥，雨时密时疏，像天上有一只其大无朋的筛子不紧不慢地向下"筛水"。傅恒在这寒秋冷雨中进行，起初还兴致颇高，一路走一路笑。接连几天下来，不是风声就是雨声，渐渐地感到枯燥而又单调。随行的吴瞎子等人又不懂他那一套雅兴。傅恒没处吊书袋子，也就沉闷起来。过了新乐，前头便是获鹿县境。这里西通井径道，东至德州府水运码头，南北驿道纵贯而过，人烟愈来愈稠密。行商走贾络绎不绝于道，傅恒的心境也渐次好起来。

　　这日行至傍晚，雨已小了点。吴瞎子眼见前头一片乌沉沉的一个大镇子，在马上扬鞭指着笑道："整整下了七天七夜。看来这天要放晴了。六爷，你这么金贵的身子，也走乏了吧。前头是有名的石家庄，今晚就在这里打尖。今儿是八月十五，咱们好好歇一天，后日再走成么？"

　　"可不是中秋节了，我竟忘得干干净净！"傅恒笑道："其实何止清明雨叫人断魂。这中秋雨不也叫人落魄嘛！走得我身子都麻木了。就这样，明儿在这里歇歇脚再走。"旁边一个仆人叫小七儿，笑道："爷去江南走水路多好。坐船观景致，乏了还能靠岸边走动走动。劝了几次,爷不听!骑马走路又逢雨天,这个罪让人受够了。
甭说爷,就是奴才们也吃不消了。"傅恒笑道:"你懂个屁!我要先
去河南,走水路成么?再说,现在漕运正忙,满运河都是往北运粮
的船,一堵就是半天,何年何月才能到江南?"

吴瞎子怔了一下,说道:"爷不是说从德州下船么?怎么又要
去河南?"傅恒笑道:"我还要去信阳买茶叶。"因见已经进了镇子,
便下马来,拉着缰强道:"先寻个老店歇下来再说。"正说话间,便见
几个伙计一人手中提一只灯笼过来,灯上写着"刘家客栈"、"鹿道
临风"、"顺风酒楼"等字样,这都是镇上客栈出来拉客的——见傅
恒一行过来,几个人就纷纷拥了上来,抢生意,一片嘈杂。傅恒被
吵闹得又好气又好笑,指着旁边一个挤不上来的伙计,说道:"我就
住这一家——纪家老店!"那群伙计一听有了主儿,一哄而散又去
寻觅别的客人。

傅恒一行跟着伙计向南,拐了一个弯,果见有一片空场,对面
有一座南朝北的旅店,门楼前挂着一盏米黄色大西瓜灯,上面写
着:

　　百年老店纪家

六个仿宋大字写得端端正正,门旁还矗立着一大一小两个石狮子,
大的有一人高,小的像只猴子。吴瞎子留神看那门槛,是西番莲雕
花石板,中间已磨成偃月形,门旁的石狮子爪牙和脖项因抚摸的人
多,光溜溜的,真是一座陈年老店,这才放下心来。傅恒却很好奇,
问那伙计:"狮子怎么一大一小——那边一大块空地,像是刚拆了
一片房子,又搭这么个大棚子是做什么使的?"

"回爷的话。"那伙计笑嘻嘻说道:"这狮子是我们前三辈老东
家留下的,我们老东家是石匠出身,还修过万岁爷的太和殿呢!我
们不是缙绅人家,狮子若一般大,那不成衙门了?就因为这一大一

小,过往的人才觉得有意思,不知招了多少客呢——那边空场,是石老太爷的宅基,扒子要翻新的,八月十五待佃户,所有种石老太爷地的,一个不拉地都得来吃这席酒。"伙计一边唠叨,一边把傅恒几个让进里院上房。开门点灯,打洗脸、烫脚水,忙个不停,口中兀自不闲:"今年秋我们这地方庄稼长得邪乎,您算算看,一亩地打三石,倒三七租,收两石一。一百顷地——该收多少? 今年这八月十五有得擂台好打哩!"傅恒见伙计如此健谈,却又听不明白他的话,两脚泡在盆子里对搓着,笑道:"刚才接客你站一边不言声,我还以为你是个闷葫芦呢,想不到是个问一答十的角色!"伙计一笑,说道:"接客有学问,杀猪杀尾巴各有各杀法。比如您老人家,那么多人叫偏不去,就要住我们老纪家,这能不是缘分?"说着拧一把热毛巾递上来,又送上一杯清茶。

　　傅恒见他要去,叫住了说道:"别忙着去,你说的挺有意思:佃户和业主打擂台,为什么?"伙计笑道:"您老明鉴,这是年年都有的。田东要夺佃,佃户要减租,都要在这宴席上见分晓。地主强的,佃户就输了;地主弱的,在宴席上打得哭爹叫娘,还得老老实实地给人家减租——正定胡家去年八月十五叫佃户们围了个水泄不通,房子都点火烧了,府里刘太爷亲自带兵,就地杀了三个挑头闹事的才弹压住了——这地方穷棒子急了什么没王法的事都做得出来!"傅恒这时才若明若暗地知道了个大概——原来这八月十五不止是吃西瓜、月饼、扎兔儿爷赏月,也是业主和佃农结算总帐、订立明年租种章程的日子。还要问时,外头有人叫:"罗贵! 来客人了——住西厢!"罗贵高声答应一声,对傅恒道:"爷先安息,要什么东西只管吩咐!"说罢端着傅恒用过的水出去了。

　　吃过晚饭,天色已经黑定。不一会一轮明月渐渐升起,透过院外稀疏的树影,将轻纱一样柔和的月光洒落下来。傅恒趿了鞋,只散穿一件石青府绸长袍从上房踱出来,在天井里散步,仰头望月。吴瞎子轻轻走过来,笑道:"六爷又要作诗么? 方才我叫人出去买了上好的保定月饼，还有个大西瓜，今儿委屈爷，就咱们几个人赏月，也算过了八月十五。”

“今儿没有一点诗兴。”傅恒听听，外边街上人声嘈杂，时而还夹着喝彩声，说道：“石家的‘擂台’筵开了么？这么热闹，咱们出去瞧瞧。”小七子在廊下笑道：“不是的。方才我出去看了看，是一班卖艺的在外头走绳，围了一大群的人看呢！”傅恒顿时兴头起来，提了提鞋跟道：“走，瞧瞧去。”吴瞎子几个人只好跟了出来。

六个人出来，只见街上黑压压的人头攒动，对面空场上的四盏灯刚好照到街心，一个五十岁上下的长髯老人和一个十五六岁的毛头小子正在打场子，旁边还有一个二十岁上下的姑娘背光而立，身材小巧玲珑，披着小羊皮毛玫瑰紫大氅，腰间似乎还悬着一把剑，却看不见脸盘。顺街东西立着两根木杆，一条细绳在两头木杆上拴着，扯得直直的。老头双手打拱，对众人发科，说道：“飘高道人再次致意诸位看官，不为谋食不为钱，专为人间结善缘。《叹世经》云‘今年算来八十一，修行恰到六十年，只为年老不见性，返拜孙女要还元’！刚才有位先生说小徒踩有绳粗，不是神仙手段。这里换一根红绒绳，是小徒娟娟扎发辫所用。请哪位善信人来验过？”傅恒听了心里不禁一沉。这几句切口词他依稀记得在哪本书里见过，但《叹世经》三字却记得很清。原说白莲教盛行于江西，谁想没出直隶便遇到了传教的人。傅恒暗地里看了吴瞎子一眼，吴瞎子目不旁视，只碰了一下傅恒的手肘，表示会意。傅恒定了定神，在旁笑道：“哪有扎辫绒绳能经得起的？我不信！”

“看官不信，也在情理。”飘高道人向傅恒打了一揖，说道：“请客官亲自验看！”傅恒侧身挤到中间，用手扯了一下那绒绳，没怎么使劲，绒绳“嘣”地一声就断了，捡起绳头就月光里细看，果然毫不出奇的一根红绒线绳，点点头便递回飘高手里，说道：“是绒绳儿，不假。”飘高一笑，将两个绳头对起来，不知使了什么手法，只一捻便紧绷绷接了起来。众人只叫得一声“好”！只见娟娟甩掉披风，就地轻盈盈一个空翻一只脚已踩在绳上，两手扎一个门户，掣出一对宝剑。月下看这娟娟，一身宫装，下身束一条杏黄水泄长裙，上身是金线滚边浅红比甲，清秀的面孔似乎没有什么表情，紧抿着嘴在绒绳上慢慢舞着太极剑，时而高跳劈叉，时而盘旋蹈步，真如洛神凌波，惊鸿翔空。那根绒绳只随脚踩处微微颤动而已，下头几百人仰目而视，都已看得目瞪口呆，直到她一个飞旋凌空而下，人们才长吁一口气，大声喝彩：

"好！"

"真是卓绝非凡。"傅恒连连击节赞赏，连这三个人是邪教徒也忘了，高兴地对身边几个从人道："我在北京见过多少走百戏的，今儿才大开眼界！"正说笑，娟娟从搭包里取出一个盘子。飘高对众人笑道："我们是行道人，不为卖艺，列位，只图结善缘，敛钱不图糊口，只为看官求福免祸。各位随心布施，不计多寡。"那看热闹的见收钱，顿时去了一大半。倒是妇女们在这上头大方，有的丢铜哥儿，有的拔上头上银簪恭恭敬敬放进去。待收到傅恒面前，傅恒忙摸袖中，却是二十两一锭的京锞，放进去嫌太扎眼，不放又觉过意不去，略一迟疑，娟娟已经将盘子移过。傅恒此时离娟娟极近，细看时，柳叶眉，弯月目，漆黑的瞳仁波光灼人，端的艳若桃李，神情间却又冷似冰霜。傅恒不由自主急忙取出那锭银子，隔着人放进盘子里，轻轻声道："姑娘置点行头。"

飘高见傅恒出手大方，过来打了一揖，说道："贵人肯结这样善缘，福寿无量！还想看娟娟练功，请随意点。"傅恒笑道："我是什么'贵人'？贩茶叶、贩瓷器，地地道道一个'商人'罢咧——方才见娟娟姑娘剑舞得极好，毕竟在绳上受拘束，要在平地起舞，必定更为壮观，若肯为我一展凤姿，那就真的是眼福不浅了。"飘高正要答话，便听东边街口锣声筛得山响，几个衙役提灯喝道，后边两乘轿逶迤而来。石家几十名家丁站在大灯笼下吆喝着攒人：

"都去入席！快点快点！一个臭玩百戏的，有什么好看？石老太爷请县太爷来了！"

　　于是连剩余的观众也纷纷离去。傅恒见娟娟和那个毛头小子在收拾场子，便走过去问道："你们住哪家客店？"飘高笑道："出家人随遇而安，我们住在镇东关帝庙里。您想看娟娟舞剑，只好到我们下处去了。"傅恒笑道："那索性再结点福缘——我在这店里包了一个小院，有空余的房子，请搬过来住，店钱自然我付。"飘高也不甚推辞，只叫娟娟收拾行头箱子，又吩咐那个毛头小子："姚秦，你去庙里，把我们的铺盖取来。"收拾完箱子，便随傅恒进店。傅恒将那西厢三间房给了他们，自进上房命仆人办酒，又命"多买几支蜡烛，里外点得亮亮的，我们好观剑！"吴瞎子见飘高他们还没过来，凑近了道：

　　"六爷。"

　　"嗯！"

　　"小心着点。"

　　"嗯？"

　　"江湖道上没听说过。他们这一套不是正经功夫。"

　　傅恒点了点头，轻声道："我想问问他们教里的情形。他们和我没有仇，又是我请来的，断不至于骗我们……"话没说完飘高已经进来，便止住了，笑道："请坐——真是有缘，今儿恰是八月十五，大好的月亮，我们就在这檐下吃酒赏月，观舞剑，作一夕畅谈，也是一大快事。"飘高看一眼默然不语静坐一旁的吴瞎子，仰脸道："请教二位贵人尊姓大名？"

　　"不敢，敝姓师，名永。"

　　"吴亮，人称吴瞎子，"吴瞎子冷冷说道，"本名我反而不受用——你怎么就认定了我们是贵人呢？"

　　飘高道人只微微一哂，说道："吴瞎子，自然不是等闲人物。你一定有点'正经功夫'，不然凭什么天下镖局、黑白两道朋友都捧你呢？"吴瞎子想不到连悄悄话都被他听了去，心里更是警惕，嘿嘿一笑,试探着问道:"那——飘高道长你是哪个'道'上的呢?""我是黄道。"飘高大笑,说道:"我是正阳教传教使者;发愿以身济世,割股医人,剜心饲鹰;遇善缘则募化,遇灾厄则救度;行的是堂皇正大之事,抱的是安性挽劫之志,有什么见不得人处,要人'小心着点'呢?"

"道长本领实在神乎矣! 我们出门在外的人乍逢生人,背地里提醒一下也是常情,是吧?"傅恒也笑道:"不过我方才听你说的'正阳教'似儒似道似佛,又不儒不道不佛,是不是'白莲'一派呢? 哦,对此,我不甚明白,随便问问。"飘高拈须叹息,说道:"大道多途,哪能一概而论呢? 恰恰相反,正阳教是反白莲教的,我们救世歌里头说得明白。"遂似咏似唱地轻轻哼了起来道:

> 白莲教,下地狱,生死受苦;
> 白莲教,转回生,永不翻身;
> 白莲教,哄人家,钱财好物;
> 犯王法,拿住你,苦害多人!

傅恒不知怎的,听了反觉安心。见姚秦已经回来,家人已在檐前摆好瓜果菜蔬茶酒,傅恒笑道:"我们都是脚行商贾生意人,管他什么这教那教,来来,入席!"请飘高入了客席,自斟了一杯酒捧给娟娟姑娘,说道:"一杯水酒为谢,请姑娘大展才艺。"

娟娟双手接过,看了看飘高,见飘高微微点头,举杯一饮而尽,低声说了句"谢谢",将杯递回傅恒手中。月色下,只见她那纤手如玉莹光洁白,傅恒不禁一呆,却听娟娟娇叱一声:"安坐看剑!"轻身一跃向后退已到天井正中,一个"魔女飞天",两柄银光闪闪的宝剑已掣在手中,却是身随剑翻,劈刺旋削,两手手法不同,风疾雪飘般已在天井中周行一匝。吴瞎子是此中行家,坐在一旁执杯沉吟,见这剑法既非太极,也非峨嵋,非柔云、非昆仑……以他腹笥之广,竟不知娟娟的是什么套路，一眨眼间，娟娟已变了身法，两把冷森森的宝剑护住身子，陀螺般旋转成一团银球，一股股旋风阵阵袭来。吴瞎子不禁拍案叫绝："好，千手观音手法！这太耗力，只怕不能持久。"

"师先生，有砚么？"

飘高道人向傅恒问了一句，见傅恒聚精会神地观看，竟没有听见。又说了一句，傅恒才从惊怔中清醒过来："啊？啊，你要砚么？"便回身吩咐："把马搭子里的那方大砚取出来，还有纸、笔，我有用。"小七子在旁忙答应一声，取砚台舀水、磨墨，好一阵子才磨了半砚池墨汁。傅恒提笔要写时，飘高不言声一把抓过砚台，把半池墨汁"唿"地泼向正在舞剑的娟娟！

众人惊呼一声，猝不及防。那墨汁被剑挡住激得四溅开来，檐下人躲避不及，脸上手上衣服上到处都溅得斑斑墨渍。正惊异间，娟娟旋转渐慢，倏地收住双剑，合剑入鞘，向檐下众人躬身礼拜，仍是一副冷峻庄重神态。移时众人才醒悟过来，齐声鼓掌大叫："好！"

"呀！"傅恒起身下阶，急步走向娟娟，兜了一圈，果见半点墨汁不曾着身，连连摇头嗟叹："如此绝技，岂可埋明珠于世尘！"飘高在上面对吴瞎子道："吴先生，我说师先生是贵人不假吧？茶叶、瓷器贩子恐怕说不出这个话来。"吴瞎子只是酌酒不语，傅恒命小七子："重磨墨来，我来了诗兴了。"上房几个人立时摆桌子、铺宣纸忙碌起来。娟娟似乎此时才认真看了傅恒一眼，当即低头背转了脸。傅恒在庭院里步月吟哦：

> 峨眉有英雄，晚妆脂粉薄。短鬓红衣裳，窄袖缠绵缚。背
> 人紧湘裙，端捧莲花锷。请为当筵舞，佐此良宵乐。取墨渍砚
> 池，原为诗兴多。小立寂无言，左右试展拓。微卓蛮靴尖，撒
> 手忽然作。初入双玉龙，盘空斗拿攫。渐如电匹练，旋绕纷交
> 错。须臾不见人，一片寒光烁。直上惊猿腾，横来轻燕掠。胆

落迁儒愁,心折壮士作。赢童缩而馁,奸人颤欲虐。墨洒劈空去,倾尽砚池涸。罢舞视其身,点墨不曾着。

吟到此处似乎已经结篇,傅恒凝视着娟娟,又慢慢吟道:"嫣然泥人怀,腰肢瘦如削。"吟完便上阶,援笔疾书一气呵成。待题款时却迟疑了一下,写道:"中秋夜月下观美人娟娟舞剑诗。"将这幅墨汁淋漓的字交给飘高,飘高笑着对娟娟道:"这也是我见你舞得最好的一次,不枉了师先生这篇诗!"娟娟不好意思地凑近看了看。她的目光熠然一闪,又偷瞟了傅恒一眼,颊上泛起了红晕,似乎不胜感慨地轻叹一声,复又小声道:"先生,这个……送我好么?"

"当然。"傅恒笑盈盈说道:"就是写给你的嘛。"还要说话,突然听外边街上沸反盈天地响起一片叫喊声,一群人大呼小叫着涌进前院,傅恒皱着眉道:"起反了么? 小七子去看看!"小七子答应一声,还没走到二门口,十几个衙役手里举着火把,一拥而入。小七子还没来及问话,被一个彪形大汉只一搡,搡了个四脚朝天! 小七子跟着傅恒作威作福惯了的,哪里肯饶让这些人,顿时破口大骂:"王八蛋! 不识字也摸摸招牌,就敢到这里来欺侮人! 我操你们血奶奶的,这就造反了么?"一个班头模样的衙役一把提起他来,照脸就是两个嘴巴,顺势一推,兜屁股又是一脚,踢得小七子趴在地上半晌动弹不得。那衙头瞪着眼扫视了一下傅恒等人,叫过一个庄丁,说道:"你上去认凶手!"

"是罗,蒋班头!"

一个庄丁应声出来,径到阶前,在亮晃晃的灯下觑着眼一个个看人。半晌,突然倒退一步,失惊打怪地指着姚秦叫道:"就是他!"蒋班头狞笑一声,说道:"人生三尺世界难藏,真是一点不假! 将这群人统统拿下!"

"孟浪了吧!"

身后一个人突然冷冰冰说道。蒋班头一回头,见一个黑矮子站在身后,不禁一怔:"你什么人,挡横儿么?"傅恒见此人是吴瞎子,不知什么时候已经转身绕了过去。吴瞎子又道:"你们要做什么? 有话慢慢说,怎么抬手就打人?"

"打人?"蒋班头咬着牙道:"杀人凶手就窝在你们这里,我还要抓人杀人呢!"不由分说一个冲天炮打向吴瞎子肋间。谁料拳头着身,却如打在生铁锭上,几节指骨立时疼痛难忍! 蒋班头一闪身,拧眉攒目地揉捏着脱了臼的手,向众人吆喝道:"揍他!"十几个衙役立时一窝蜂地窜上来,将吴瞎子围在中间。有的拳打,有的脚踢,还有几个蹲身抱腿,要掀翻他。那吴瞎子一身硬功,任人推打挤拉,如生了根似的纹丝不动。傅恒也有心让他在飘高面前露功夫,半晌才道:"老吴,不要计较他们。过来吧!"吴瞎子闷吼一声,浑身只稍一抖动,五六个衙役一齐四散开来。吴瞎子哼了一声走向桌子说道:"讲打,你们经得我一指头弹么?"他顺手取过桌上酒壶瓷盖,摘着上头拇指大小的顶钮,拇指和食指轻轻一捏,那实心的瓷钮已纷纷碎成粉末,飘高见他如此硬功,也自心下骇然。

傅恒这才下阶,说道:"我们是知法度的本分人。如果我的客人杀了人,我也不庇护。"指着姚秦问那庄丁:"——这么丁点大的孩子,你亲眼见他杀人了?"

"是⋯⋯"那庄丁被傅恒的目光慑得有点发怵,迟疑了一下道:"是他!"

"杀的是什么人,什么时候,什么地方?"

"杀的是我们石老太爷,就是刚才在外头酒席上!"

傅恒突然一阵大笑,说道:"他就在这院里和我一处,寸步没离。拿不住凶手,就好平白诬人么? ——请你们县太爷来,我和他当面说!"

十七　月好不共有钦差长叹
　　　　临终献忠心皇帝抚孤

　　蒋班头见傅恒这气度,摸不清来头,思量了一下,命人封了院子,便转身出去。一会儿,一个官员蹀着方步进来,站在檐前向傅恒问道:"您先生要见我? 贵姓,台甫?"

　　"请屋里说话。"傅恒淡淡地说道,将手一让,又对飘高等人道:"事体不明,你们几个暂时回房。我和这里的县令谈谈。"

　　飘高一语不发,一摆手便带了娟娟和姚秦进了西厢,一边打火点灯,一边目视姚秦。姚秦隔窗看看外头无人,笑道:"我原本不想做案,娟姐舞剑,我抽空子去看热闹儿,正遇见石老头夺佃。几个佃户不依,和庄丁厮打起来,叫人按到湿泥地里灌泥汤儿。一群女人哭得凄惶。咱们是行义的人,我实在看不惯,就暗地里给那糟老头子一镖。本不想要他的命,谁知打偏了点儿,恰好正中他的咽喉……"娟娟道:"祖师有令不许跟官家为难,你怎么敢违令? 打偏了,谁信你!"

　　"真的是打偏了。"姚秦嬉皮笑脸道:"你为什么向着官家? 潘世杰那一船镖是谁夺的? 官府这会子还在缉拿你呢! 我瞧娟姐呀,八成是——"他看了看飘高的脸色,没敢再说下去。娟娟没有嗔怪姚秦,也看了飘高一眼。

　　飘高脸色阴郁。傅恒一出京,总舵就传令他跟踪。傅恒的身份他当然是知道的。年轻,又是皇室亲贵,要能拉来护教,那是再好不过的。刚刚有点眉目,就被这顽皮徒弟坏了事,眼下的安全是一大事。想了一阵，飘高粗重地叹息一声，说道："你闯祸不小，总舵怪罪下来怎么办？那石老头并没有打死佃户，你伤他命，也不合正阳教规。你怎么这么冒失！他要加租么？"

"这里头有个道理。"姚秦说道："今年有圣旨，遍天下蠲免钱粮。佃户们要四六缴租均分这点子皇恩。老财主抠门儿，说地价涨了，原本要加租的，现在不加租已经是恩典。还要闹佃，只好抽地另找人种。为这个，几个佃户来讲理，就打起来了，宴席也掀翻了七八桌。县里刘太爷两头劝，谁也不听，就由着姓石的胡闹打人……"还要往下说，飘高摆手止住他，阴沉沉说道："你们不要言声！我运元神听听他们在上房都说些什么！"

上房里傅恒已向刘知县亮明了身份。"按你方才讲的，是主佃相争，趁乱间有人下手打死了石应礼。你既说不是佃户打死的，怎么又拷问佃户呢，大不相宜啊。你来扰我事出有因，我也不怪你。但你身为一方父母，污尊降贵，来吃这样的宴席，不是帮石某也帮了石某，你晓得么？"

"卑职明白。"刘知县恭谨地一哈腰，说道："其实是石应礼和这里佃户头一齐到县里邀卑职来的，直隶一省，数正定府是最难治的。获鹿又是正定府最难治的县，年年主佃不和，闹出人命。主佃每到此时都怕。石应礼是这县里最大的地主，不但这里有地，县北还有一处，总共有几十顷地，我来这里，也只求不出事，并不敢偏袒。"傅恒笑道："这么说，是我冤了你了。这石老爷子善财不舍，丢了命，也真令人可叹。"刘知县笑道："二八收租本来就高了些，圣旨免赋，原该分给佃户一二成，石应礼是贪心了些。明明白白，地主占理不占情，佃户占情不占理，钦差说的不差。"

傅恒起身慢慢地踱步，到门口望了望天上皎洁的明月，良久长叹一声，说道："此月虽好，不共天下有啊！"

"钦差大人，您——"

"我是说，皇恩浩荡，没有遍及小民。"

　　傅恒顾长的身子在月影中移动着,徐徐说道:"太平的日子久了,地土兼并得厉害。地土单产愈来愈高,地价也就愈涨愈高。不走出京城,读多少书也难知这里头的经济之道!"他转过脸来,凝视着微微跳动的烛光,像是告诫又像是自言自语:"三成富人占了六成的地,七成穷人只占四成地,而且愈演愈烈。普免钱粮,又只有三成穷人得实利,这是件了不得的事。我必奏明圣上赶早想办法。为官不易,为地方官就更不易,你要切记,地土兼并是一大隐忧,因为兼并了就穷富极端,皇恩也不能普及,容易出事。"刘县令笑道:"钦差大人,不遇旱涝灾年是无碍的。"傅恒道:"哪有那么好的事,浙江尖山坝去年决溃,今年高家堰黄河决溃,这不都是灾?"他顿了一下,忽然转了话题,问道:"你知道不知道这里白莲教传教的情形?"

　　"有的,"刘县令说道:"不但我这里,直隶省各县都有,以巨鹿、清河两地最多,名目也各不一样,有天一教、混元教、天生老母教、正阳教、红阳教、白阳教……卑职也不能一一列举。"傅恒听到"正阳教",似乎吃了一惊,说道:"我问的是白莲教。"刘县令笑道:"回大人,如今哪有敢明目张胆说自己是'白莲教'的? 这些大大小小的邪教,都是白莲教的变种,在民间以行医施药、请神扶乩打幌子。"

　　傅恒用阴沉沉的目光盯着西厢,事情很明白了,飘高这三个人确实是白莲教的余脉,想到那根一扯就断的绒绳,想到方才娟娟舞剑的情景如鬼似魅。他心里一激凌打了个寒颤——连娟娟是人是鬼也有些吃不准了。傅恒咬着下嘴唇说道:"刘县令。"

　　"卑职在。"

　　"西厢里住着的三个人是……邪教传教使者。"

　　"不知是哪一教的?"

　　"正阳教。"

　　"……"

　　傅恒原本坚信姚秦"寸步未离"自己,此刻又犹豫了,半晌才道:"石应礼未必是他们杀的,但传教就有罪,该拿下。"刘知县忙

道:"是,大人剖析极明。卑职这就去安排!"傅恒摇了摇头,说道:
"他们本领极高,你这点子人根本拿不住。"

"那……"

"你星夜回去点兵。"

"扎!"

"小声! 要带些镇邪的法物,预备着点粪尿污水,防着他们有
妖术——我要活的。"

"扎!"

待到刘知县带着衙役撤离出店,傅恒叫吴瞎子过来,将方才的
话说了,问道:"你自忖是不是他们的敌手? 如不安全,我们这会子
就出店。"吴瞎子 笑道:"我还不至于吃他们的亏。他们功夫漂亮
是真的,若上阵一刀一剑地放对儿,用得着那样舞剑? 爷甫犯嘀
咕,该怎么办就怎么办。"

傅恒紧张兴奋的心略平静了些,拿稳了脚步出房,站在郎下大
声笑道:"飘高道长——他们去了,请过来,我们仍旧吃酒赏月。"

没有人应声。

傅恒又叫了一声,里边还是无人答应。吴瞎子情知有变,口里
说道:"你这牛鼻子道人,好大的架子!"也不近前,离着三丈来远,
双手凭空一推,那门"砰"地一响已哗然洞开,一股劲风袭进去,放
在窗台上的灯火几乎被吹熄了。吴瞎子一个箭步窜进屋子里,但
见青灯幽幽,满屋纸灰,已是人如黄鹤!

"走了。"傅恒进屋看了看,皱眉说道:"我本无意伤害他们,只
想知道正阳教到底是什么根基……他们如此来去无踪……本领用
到正地方不好么?"他捡起一片烧剩下的纸片细看,正是自己写诗
用的宣纸,不禁怅然,若有所失,踱步在如水的月光下,踽踽回到上
房。

一连接到傅恒几次奏章,都是洋洋万言,乾隆没有急于加批,

只回旨:"知道了。"并不是傅恒的奏折不重要,而是太重要了,他要好好想想。自傅恒下去以后,他连连接到报告,江西安福水灾、安徽宿州二十州县水灾。江苏萧县、无锡十六州县水灾,要安排赈济;礼部筹备博学鸿词科,九月十五日御试;不巧的是,大学士朱轼一病不起,接着大学士陈元龙病故。李卫已完全卧床待命,鄂尔泰也染病请休。乾隆每天召见太医查阅脉案,询问病情;把各地进贡的时鲜果品分赐这些老臣;有时还要亲临病榻前探望,近几日忙得不亦乐乎。

　　一月之内四五名熙朝老臣连连病倒,乾隆不禁有点心慌,总觉得兆头不好,似乎要出点什么事似的。身边的讷亲入值中枢时日不久,理政理军还不很上手,张廷玉也是望七十的人,虽然勤勉办差,不免精神体力支撑不来。乾隆生恐这两个大臣也累倒了。过了十月,便将西华门外两处宅子赐给他们,并特许张廷玉在相府处置奏折,一来免了二人往返奔波之苦,二来有急事可以随时召见。经过这样一番安置,乾隆才觉安心了些。不料刚刚稳住,礼部、国子监同时奏报:杨名时中风暴病! 乾隆立刻命高无庸叫讷亲过来。

　　"主子……"

　　讷亲进来有一会儿了,因见乾隆头也不抬只顾想事情,跪在一边没敢惊动,后见乾隆转身看见自己,才叩头道:"奴才过来了。今儿接着卢焯奏报,浙江尖山坝已经合龙,洪水堵住了。卢焯本人因为在水里浸泡得病了。"

　　"卢焯病得厉害么?"

　　"无碍。他只是受了点风寒,头痛难支。"他是怕主子惦记着秋汛,不得已请人代笔上奏。"乾隆粗重地喘了口气,说道;"朕这些日子叫病人给吓怕了,这是怎么了? 接二连三死的死病的病? 你们上书房好歹也体贴着点下头办事的人嘛!"

　　上书房的差使历来只是转递奏折、参赞军政枢务。自雍正年间设了军机处,权力已经转移。乾隆即位,改在乾清门听政,又调讷亲进军机处、上书房只留了几个翰林偶尔侍候乾隆笔墨,早已名存实亡。历来一二品大员报病都由太医院直奏皇帝,与上书房其实风马牛不相及。讷亲原本想劝乾隆几句,听他连上书房怪上,倒不好再说,半晌才躬身道:"是。"说着从袖子里取出一封折子,嗫嚅着说道:"这是……这是朱轼的遗折。他今早寅时殁了……"

　　乾隆接过遗折吁了一口气,说道;"朱轼曾是朕的师傅呢!那是多好的一个人……讲《易经》弘晓听不懂,反反复复能讲十几遍,旁人都听腻了,他还是那样儿心平气和。他和方苞都在上书房当值,方苞是布衣,他是二品大员,行走起坐都谦逊地落在后头。朕曾问他,这样做是不是合乎礼法,他说'世人都以贵贱行礼,我却一贯以品学为重。不然如何礼贤下士?'现在想起来还像昨天的事!"朱轼的遗折,前头是陈述病后屡受皇上眷顾,感恩戴德的话,后头奉遗愿:

　　　　国家万事,根本君心。政之所先,莫如理财用人。臣核诸国储,经费绰然,后有言利之臣议加增,乞圣明严斥。至于用人,邪正公私几微之差,尤易混淆。在审择君子小人而进退之,慎之又慎!此则臣垂死时刍荛之献也。

乾隆拿着这份奏折,觉得沉甸甸的,半晌才"唉……"地叹了一声,将奏折放在案上,说道:"你跪安吧!传旨内务府赐张廷玉一斤人参,叫礼部给朱师傅拟个谥号进来呈朕御览。"

　　"扎!"

　　讷亲答应一声退出去了。乾隆看了看案上尺余厚的奏章,不情愿地往跟前走了几步,又止住了,叫人进来为自己更衣。猛地想起还没进早膳,又要了两碟子宫点慢慢吃了,起身吩咐:"朕要去朱师傅家走走。"高无庸因见天色转晦,像要变天的模样,忙取一件猞猁猴皮大氅,匆匆跟着乾隆出来。

朱轼住在北玉皇街。他于康熙三十三年中进士,宦海四十余年中只做过一年浙江巡抚,因清理海宁塘沙卓有成效升任右都御史,却又一直在外从事水利垦田事宜,到了雍正年间又改为皇子师傅,总裁圣祖实录,乾隆即位又总裁世宗实录。所以一辈子几乎没有掌过实权,因此丧事办得很冷清。乾隆的辂车在空荡荡的北玉皇街穿行,几乎没有什么官轿往来。朱轼宅院门前,白汪汪的灵幡在北风中抖动。乾隆扶着高无庸肩头下来,四望时,只见照壁前停着两剩绿呢官轿,里头正在接待吊丧各人,唢呐笙簧吹得凄厉,隐隐传出阵阵哭声。乾隆心里酸楚,里边乐声突然停止,接着便见朱轼的妻子朱殷氏一身重孝带着四个儿子一齐迎了出来,伏在门前稽首道:"先夫微末之人,何以敢当万岁亲临舍下?务请圣上回銮,臣一门泣血感恩⋯⋯"

"朱师傅不能当,还有谁能当?"乾隆用手虚抬了一下,请朱殷氏起身,徐徐走进灵堂,见孙嘉淦和史贻直跪在一旁,乾隆略一点头,径至灵前,亲自拈香一躬,因见旁边设有笔砚,便转身援笔在手,沉思了一会儿,写道:

嗟尔三朝臣,躬勉四十春。
律身如秋水,恭事惟忠谨。
江海故道复,稻农犹忆君。
而今骑箕去,音容存朕心。

写完,乾隆走进朱夫人问道:"家计不难吧?几个儿子?"

朱殷氏忙拭泪道:"三个儿子,大儿朱必堦,现在工部任主事;二儿朱基,今年万岁取了他二甲进士,在大理寺任堂评事;最小的朱必坦,刚满二十,去年才进的学。朱轼一辈子没有取过一文非分之财,不过主子平日赏赐得多,生计还是过得去的。"乾隆看那房子,虽然高大轩敞,却已破旧不堪,墙上裂了一指多宽的缝儿,"这房子还是圣祖爷赐的。朕再赏你一座。朱师傅是骑都尉爵位,由朱必坦袭了,每年从光禄寺也能按例取一点项。朱基不要在大理寺,回头叫吏部在京畿指一个缺。日常有什么难处告诉礼部,他们自然关照的。"朱殷氏听着,心里一阵酸热,泪水只是往外涌,哽咽着断断续续说道:"主子这心田……唉……我只叫这三个儿好好给主子尽忠就是……"

乾隆也流出泪来,说道:"孩子们丁忧出缺,他们官位小,断不能夺情。朕是朱师傅的学生,回头也送点赙仪来,也就够使的了。"说着,见允禄、弘晓带着大大小小几十名官员已经进了天井,料是知道自己来了,也都赶来奠祭的,叹息了一声对孙嘉淦和史贻直道:"那边杨名时病着,朕也要去看看,你们两个跟着吧。"说着便出来,大小官员立时"忽"地跪了一大片。

"据朕看,贫贱不能移,威武不能屈倒容易做到。"乾隆站在阶前对这群官员说道,"富贵不能淫却很难!朱师傅做四十年官,位极人臣,办了多少河工塘工、总理水利营田,过手银子上千万两,是别人争不到的肥缺!他清明廉洁至此——试问你们大小臣工,谁还住这样房子?"说罢一摆手去了。

杨名时宅前也是门可罗雀。这是一座新赐的宅第,乾隆下车看了看,说道:"别是走错了地方儿吧? 怎么连个守门的长随也没有。"孙嘉淦笑道:"杨名时就这个秉性。喏,皇上您看,门上有告客榜。乾隆果然见东墙上挂一块水曲柳木板,上面写道:

"不佞奉旨青宫讲书。此亦余心之所善,国家之大事。来访诸君如以学问下教或匡正不佞修品之处,敬请不吝赐教。如以私情欲有所求,不惟不佞无能为力,诸君岂可陷不佞于不义耶! 杨名时谨启。

"这是他的拒客榜。"史贻直在旁说道:"就是我和孙嘉淦,和他私交最好的,也是无事不登三宝殿。"

"自古士大夫以名节自励。"乾隆叹道:"要都像朱师傅和杨名时就好了。太平日子过久了,武臣怕死文臣爱钱,真是无药可医。"说着便走进宅院。

院子里颇为热闹,廊下站着十几个太监,有的扫地,有的掸窗外的灰,有的在东厢房帮着杨风儿熬药。阵阵药香和柴烟在料峭寒冷的天井院里飘荡。还有几个御医在西耳房里小声商议着脉案,见乾隆带着两个大臣进来,众人一齐都愣了。乾隆皱了皱眉头,问道:"你们谁是这里的头儿?"一个太监忙从上房跑来,磕下头去禀道:"奴才冯恩叩见主子!"

"谁派你们来的?"乾隆问道:"这么乱糟糟的,是侍候病人的么?"冯恩笑道:"是七贝子弘升派我们来的,我们原在毓庆宫当差。杨太傅病了,家里人手少……这都是在书房侍候的小苏拉太监……"乾隆这才明白,是学生们派了太监来侍候老师汤药,便不再言语,径进上房来。杨名时的妻子正偏着身子坐在炕沿上喂水,两个十几岁的丫头站在一旁侍候巾栉。乍见乾隆进来,三个人却又都不认得,见史、孙二人都是一品顶戴,料乾隆更不是等闲人物,慌乱中却又没处回避,甚是尴尬。外头杨风儿赶紧进来道:"太太,这是万岁爷。"

"皇上!"夫人带着两个丫头扑通一声跪到了地上,只哽咽了一声,一句话也说不出来。乾隆凑到炕前,摸了摸杨名时前额,汗浸浸的,并不热,说道:"这炕烧得太热了。松公,你觉得怎么样?"

杨名时昏沉沉躺在炕上,听到呼唤,慢慢睁开眼来,见是乾隆,目光倏忽熠熠一闪,两行泪水无声地顺颊流到枕上。乾隆见他翕动着嘴唇,胸脯急促地起伏着,像有什么话要说,便躬曲了身子凑近了听,但听了好久,只是含糊听到他说"阿哥……"乾隆微笑道:"阿哥们没什么要紧。你不要急,慢慢调治,病来如山倒,病去似抽丝,急了反而会加重病情的。"杨名时似乎更为激动,蠕动着嘴唇,抬起右臂,无力地划了一下,又弛然落了下来,恳求地望着孙嘉淦。

"主子,"孙嘉淦心里又悲痛又惊讶,说道:"他是要纸笔,有话要说。"见杨名时眨眼叹息,忙过去取来笔墨。因纸太软,便问杨夫人:"有方便一点的木板么?"杨夫人四下望望,摇了摇头,正要说话,乾隆道:"你的病不要紧,尹泰中风那么重,还活了二十五年,整整八十才寿终,千万不要急。"

杨名时直盯盯地看了乾隆一眼,用右臂想支撑着坐起来。杨夫人这才领悟到丈夫确实有急事要禀报皇帝,情急间从柜顶上取下一把折扇,史贻直和孙嘉淦二人合力扶着他半坐起来。杨名时左半身软如稀泥,右半身也只勉强能动,举着笔只是抖动。半晌才歪歪斜斜划出两个字,却仍旧是"阿哥"。第三个字只影影绰绰看出有个走之(之),怎么也辨认不出来是什么字。杨名时绝望地丢了笔,仰天长叹一声,泪落如雨,一个字也说不出来了。

"松公,再大的事现在不要想它。"乾隆心里陡起惊觉,脸上却不带出,伏身温声说道:"朕信得过你,你也要信得过朕。等病好些朕再来看望你。"说罢走出来,命御医呈上药方,见无非是祛风安神镇邪诸药,因见里头有雪莲,说道:"这是强补的虎狼药,去掉! 明儿叫你们太医院医正过来看脉——我们走吧。"

十八　谈吏事钱度受皇恩
问病因乾隆查宗学

　　三人从杨府出来,才知道外头已经下起大雪。乾隆见高无庸已伏身在车旁,一脚踏在他背上准备上车,却又停住,向史孙二人问道:"你们两个平素和杨名时交往多,知他那第三个字到底是什么意思?"孙嘉淦和史贻直二人对望一眼,"逆"字从心里几乎同时划过,但这种事如何能随便臆测呢?垂着良久,孙嘉淦方道:"皇上,字画太不清了,实在难以辨认。但杨名时确像是有事要奏。我们两个到这里勤走动着,待他稍能说话写写,必会及时上奏的。"

　　"好吧。"乾隆点点头,上了辂车,隔窗又对二人道:"朕还要去看看李卫,你们不必跟着了,天儿冷,你们也要保重,朕回头还有旨意给你们的。"他放下窗帘,车一动,御马放蹄狂奔,几十个侍卫打马簇拥着。

　　从李卫那里回到养心殿,乾隆觉得又乏又饿,要了御膳却又吃不下,停了箸望着殿外纷纷扬扬的大雪只是出神,连自己也不知道都想些什么,因见秦媚媚一头一脸的雪进来,便问:"娘娘那边有事儿么?"

　　秦媚媚给乾隆请了安,回道:"主子娘娘这会子在老佛爷那儿。老佛爷说主子今儿出去一日,叫奴才瞧瞧回来了没有。侍卫们打了几只野鸡,熬了一锅好汤。老佛爷说主子回来去进一碗呢!"乾隆笑道:"你去回太后皇后,就说朕还有些事没料理完,天黑才过得去。今儿折子还没看。这场好雪,明儿朕要陪老佛爷好好赏赏,折子压得多了,赏雪时心也不畅快——就这么回话。"秦媚媚答应一声,却步退了出去。

乾隆又吃了两口,意马心猿神不守舍地越发觉得味同嚼蜡,便命人撤膳。起身踱了几步,叫过太监:"你去看庄亲王在不在上书房,要在,叫他过来。"

"回万岁,"那太监躬身说道,"十六王爷刚刚来过,说是去朱师傅府才回来,问主子回来没有,奴才说还没回来,他说回去吃饭。主子叫他,奴才这就传去。""叫他一个时辰后来。"乾隆舒展了一下身子说道:"朕这会子出去散散步,让高无庸跟着就是。"高无庸出来告诉侍卫楞塞格,叫他们远远尾随,这才进来给乾隆披大氅、挽鹿皮油靴,同乾隆一起走出养心殿。

在这冰雪世界里乾隆先踏雪来到御花园花房里看了看梅花,又绕着承乾宫,从月华门出来,在三大殿的前后徘徊了一会子。乾隆的心绪似乎好起来,脸上露出孩子般欣喜的笑容,时而还蹲下身子抓一把雪在手里揉捏着玩……足足转了小半个时辰,已过酉正时牌。此时军机处上书房早已散班,外官一概退出,只乾隆门前三十六名侍卫钉子似地站在漫天大雪中。因见军机处章京房门开着,乾隆好奇地走到窗前,见里边生着炭火,一个书吏模样的人正在案前整理文书,用浆糊仔细贴着一张张小签。炭火旁边小桌上还放着一壶酒,一碟子花生米。乾隆便踱进去,在他身后问道:"你还在忙啊?"

"啊?"那人不妨这时候有人进来,吓了一跳,回着看看乾隆,却不认得,笑道:"大人面生得很。您请坐,我把这几个签好贴好——那边烫的有酒,您先喝一口暖暖身子。"乾隆见他不认识自己,倒觉得好笑,脱了身上大氅挂在墙上,坐在炭火旁小杌子上烤了烤手,自斟了一杯饮了,顿觉热线般一股暖流直冲丹田,五脏六腑都热乎乎地在蠕动,不禁赞道:"好酒!"那人头也不抬地继续整理着文书,笑道:"寻常大烧缸,有什么好? 大人是乍进来,身上冷——吃嘛,就上花生米更好！"

乾隆见没有箸，便用手拈捏了一粒花生米放进嘴里，焦香崩脆，满口浓香，顿时胃口大开，又饮一杯，问道："你叫什么名字？别人呢？"那人整理好文书，洗了手笑盈盈地走过来，一屁股坐在乾隆对面，说道："我叫钱度，李制台荐到张中堂手下当个书办——您呢？"他打量了一下乾隆，"是内务府的笔帖式吧？"乾隆一笑，说道："你倒好眼力，我姓——琼（乾隆合音），叫我琼四爷好了。"

"这个姓不多——姓穷的未必穷，我这姓钱的钱也不多。"钱度瞄了一眼，外面白茫茫一片，端起乾隆倒的酒"吱儿"饮了，又倒一杯递给乾隆道："来来，你来！——今儿几位中堂都回去了，我们这边十几个书办溜号的溜号、钻沙的钻沙——这好的雪，谁就愿围炉而坐呢？"说着撮起两粒花生米丢进嘴里，嚼得咯嘣嘣直响："——你喝，喝嘛！可惜这地方不能划拳猜枚儿。"乾隆越发兴味盎然，也学他样子撮起几粒吃着，举杯一掀饮了，问道："你怎么就不去钻沙溜号呢？"钱度又斟一杯自饮了，说道："您瞅瞅这摊子，没有人能成么？咱师爷把式，比他们懂规矩。"他又斟一杯递给乾隆，"——这些文书他们乱抽，趁空儿我贴上签子，中堂爷们要哪份，抽出来就是！上回万岁爷要萧县水灾折子，讷中堂站着立等，几个人忙了一身臭汗，从柜子顶翻出来——他们办差，不在行！"

乾隆惦记着允禄进来，原想小饮几杯就去的。可两杯酒下肚，热烘烘暖洋洋，倒来了谈兴，又饮了一杯，问道："你是师爷出身？比这里怎么样？"钱度笑道："师爷出身比这里十倍也不止。我栖身这里也不想长久，这一科再撞一回，撞不过龙门，还请人荐个东，回去看十八可笑去——三十多岁了，当不了官也得知趣些，您说？"乾隆从没有和这样低位的人扯过家常，整天地奏对格局，听得够够的。此刻返回常人本性，心里高兴得很。他自饮一杯，又替钱度斟一杯递过来，说道："什么叫'十八可笑'？说说看！"

"您见过衙门参见长官么？"钱度"咽"地咽了酒，哈着酒气笑眯眯道:"我把那场面分段编了十八出戏——长官没到,一群府县纷纷乘轿,从四面八方奔来,这叫'乌合'。来了站在仪门外,交头接耳,议长道短,你寒我暄,这叫'蝇聚'——下头我不解说,你细细品评:第三出'鹊噪';第四出'鹄立',——这是司道站班——,一声传来大人升座入堂,这便是第五出'鹤惊';六'凫趋',七'鱼贯',八'鹭伏';长官坐而受礼,叫'蛙坐';谢茶'猿献';十一'鸭听';十二'狐疑';辞衙两旁退出叫'蟹行';行轿叫'虎威'——回到家便'狼餐';接着十七'牛饮';十八吃醉了便'蚁梦'——合着就是十八出戏。

乾隆不禁哈哈大笑。杯中酒都洒了出来:"好一幅十八禽兽嬉戏图!你要不是个中人也编不出来!"钱度见酒凉了,便将酒壶坐在炭火上,拨了拨火,说道:"你是沾了旗人的光,像我实在是命数不偶,若真的占了顺风帆做起官来——别看田中丞素称能吏,打心里说他只是个死干。他受下头蒙哄,好官黜下去,坏官提升上来的有的是。他不会查人见事!"乾隆笑道:我倒想听听你纸上谈兵。"

"我见人见事从不走眼。"钱度笑道:"下头来见必定有谈吐,有文案就有议论,这里头就有分别。有据理审势,明白直截的;有不吞不吐,骑墙观望的;有一问就说,畅快无隐的;有再问不答沉吟含糊的;有实见灼知,虽然违众,但敢直言相争的;有自无主见,一驳就变的;用这法子审量官吏,五六成不差。这是一。"乾隆道:"哦,还有二?""不但有二还有三。"钱度得意洋洋自斟自饮,说道:"二,初到一地,要微服游览,要在公务余暇,若遇渔樵耕读你也要渔樵耕读,闲卿间可问年岁,催科;问保甲、狱讼;差役、官司、佐领都能问。没有好官百姓不夸奖的,也没有坏官百姓不怨恨的。像田中丞那样,有事才微服查访,煞有介事像个钦差大臣,几句话问得人家头上冒汗,只想你走得越早越好,谁肯跟你说实话?——用这法子考察吏事,七八成不差。"

乾隆听了大为赞赏,想起自己出巡的情形更是连连点头,一探

身子道:"敢问这三?"钱度怔了一下,笑道:"好家伙,你这一问真叫
煞有介事! 亏得在宫里,在外头我就要疑你是钦差大臣了——这
三嘛,入境时,要看他桥梁道路、邮传驿站,这是见他精神的,也是
皇政。一个地方城池有保障、学宫见文教、器械见武备、仓库见综
理、养济见滋惠、实心做事的自然要精心检点。合着前面说的两
条,用来考察一个官员的政绩,是贤能、是愚昧、是不肖,那叫百发
百中——如今看人光看笑脸,看送的殷勤,听左右人递的小话,听
他人吹嘘奉迎,哪能见个真章呢?"乾隆听着钱度的这几条真经,犹
如雷轰电闪般振聋发聩。想不到这个身材不及中人的矮汉子、小
小的书吏竟有这般实用又循道不悖的见识! 钱度因见壶中酒已不
多,笑道:"这都是隔靴搔痒,他们好坏关我屁事? 只是随便说说助
个酒兴罢了! 我续续酒,咱们再喝!"乾隆笑道:"我也有酒了,不敢
再饮。其实你这番海聊,更能尽兴,必定要烂醉如泥才好么? 改日
再奉陪吧!"遂起身披了大氅,走到门口又笑道:"今日是纸上谈兵,
说不定异日真的要请君入瓮呢!"说罢出来,一股哨风夹着雪片扑
面而来,袭得他打了一个激凌,倒噎了一口冷气,酒已是醒了。

　　"爷出来了?"守在外头的高无庸原想乾隆进去一会儿就出来
的,在外头冻得搓手跺脚,心里一直骂钱度"瞎眼",见乾隆出来,忙
上迎上来道:"方才庄亲王已经进来,奴才说主子在这里有事,叫他
去养心殿侍候着,已有一刻时辰了呢。"乾隆没言声,裹了裹披风加
快了步子。上养心殿台阶时,见庄亲王允禄跪在檐下等候,乾隆歉
地说道:"十六叔让你久等了,快起来,进里头暖和暖和吧。"进东暖
阁,许久,乾隆才问道:"没给朱师傅送点赙仪?"

　　允禄忙在瓷墩上欠身说道:"臣去得仓促,回王府后,打发人送
过去四百两银票。主上放心,我断不会叫朱太傅身后有冻饿的事。"

　　"朕知道。"乾隆突然转了话题问道:"毓庆宫那边有多少人学
习?"

　　"啊,回万岁!"允禄被乾隆这没头没脑的问话弄得有眛迷惘,

愣怔了一会才回过神来,说道:"都到齐了有四五十人。"乾隆沉默了一阵,又问道:"永琏在学里是怎么坐的?"永琏是乾隆的第二个儿子,是嫡出,皇后富察氏生的。乾隆突然提及他在东宫学堂坐的位置,允禄心里不禁格登一沉,忙道:"他刚满七岁,还小呢,每次上学都是乳母带着。和大阿哥永璜同在一桌摆在殿口,好照料些儿。臣也知永琏身份不同,但皇上没有特旨,只是入宫习学,所以没有按序排位……"

"十六叔,那不一样啊。"乾隆皱眉说道:"虽然圣祖订的章程是金册秘书传位制度,永琏暂时没有册立,援古今'子以母贵'通例,他身份应该在诸王之上,只是不行太子礼而已。假如朕这会子暴病崩驾,你这个议政王是什么主意? 是立永璜还是立永琏,抑或别人?"他辞色虽然平和,但把事情提到这么重的分量上,允禄惊得周身一震,顿时觉得背若瓦剌,脑门子上沁出细密的汗珠,再也坐不住,忙站起身来,说道:"臣未思虑及此。万岁青春鼎盛,臣也不敢想这类事。今日万岁既有旨意。从明天起永琏排在第一桌,与其余在学的叔叔兄弟有所分区。"乾隆一摆手命允禄坐下,笑道:"你为人臣,当然不应想这事。朕为君主,就不能忌讳这些。朕叫你来,其实倒也不为这个,朕想问问,毓庆宫东宫学堂是不是出了什么事? 杨名时是最年轻的一品大员,平素身子骨儿还算结实,说病就病了,不能说话也不能写字,是哪个阿哥给了他气受了,还是别的缘故?"

允禄直到此时才隐隐约约揣摩出乾隆的意思,想起雍正处死乾隆的哥哥弘时的往事,打心底泛起一股寒意。他的脸色变得有点苍白,期期艾艾说道:"皇上,东宫里没出什么事啊! 几个阿哥骄纵些是真的,因皇上严旨尊师重道,并不敢在杨名时面前摆主子架儿。弘晓虽是亲王,进宫见名时,也执弟子之礼。昨儿早上我去毓庆宫都还安安生生,杨名时正给他们讲《礼记》,我远远看一眼,没惊动他们就退出来了。下午杨名时病,我还专门把弘晳叫去问了问。弘晳说'杨师傅在书房喝水,几个阿哥都在跟前,突然就歪倒在椅子里……'"

乾隆双眉紧锁,仔细听着允禄的话,也听不出什么蹊跷来。还要再问,见讷亲满身是雪地上了养心殿丹墀,便住了口。传讷亲进来见过礼,乾隆问道:"这大的雪,天又快黑了,有什么急事么?"讷亲从怀中取出一份折子双手呈上,说道:"孙国玺递来六百里加紧奏折。"乾隆一边拆看,一边说道:"你那个军机处要这样儿,还不如没有!安排你和张廷玉住在西华门外为的办事方便。你倒有了依赖,当值的章京官都走得精光,这成话么?"讷亲一进门就挨了这么一棍子,忙躬身连连称是,又道:"方才奴才去看了,就一个人在里边,还在喝酒。奴才一气就撵了他,军机处是得好好整治一下。"乾隆冷笑道:"这份奏折不是那个醉汉转来的?别的人不喝酒也不办差——就一个人勤劳王事,你还将他撵了——你这是越来越聪明了!高无庸!"

"奴才在!"

"你传旨吏部,赏钱度直隶州州判衔,调往刑部刘统勋处办差,叫他们写票拟。"

"扎!"

待高无庸出去,被弄得莫名其妙的讷亲才问:"主子,钱度是谁?"乾隆盯了他一眼笑道:"就是你赶走的那一位。"说着便看那份加急奏折。看了半截便气得横眉竖目,"啪"地将奏折摔在案上,起身踱了两步,说道:"不像话!"允禄在旁不禁问道:"讷亲,出了什么事?"

"陕州犯人越狱,把视察监狱的知州给扣起来当人质。"讷亲说道:"五百多犯人起哄,如果不放他们出去,就和州令一同饿死在狱里!"

允禄吓了一跳,忙捡起奏章,飞快看了一遍,又恭恭敬敬放回原处,却一句话也不掺和。他虽然木讷,却有个"十六聋"的诨名,大小政务不是自己份内的事,绝不妄加议论。他的几个哥哥在康熙年间为争夺储位势同水火,却都能与他和善相处。其中原因,就是由于他有这个"笨"的长处。几个人正沉思间,乾隆突然问道:"十六叔,你看怎么办?"

十九　越牢狱县令作人质
平暴乱阿桂巧用兵

允禄没想到会先征询到自己头上，低着头想了一阵，说道："这没说的，让兵部派军镇压。拿住为首的剐了他！平太盛世出这样的事，真是不可思议。"讷亲见乾隆看自己，忙道："奴才以为庄亲王说的断不可行！"

"为什么？"乾隆冷冷问道。

"朝廷一个知州囚在他们那里当人质，这些犯人并没有能逃出监狱。"讷亲从容说道，"用大兵镇压最省事，却周全不了朝廷的体面。犯人们既敢这样，那是抱了必死之心的，这些亡命之徒急红了眼，什么事做不出？一兴兵，天下皆知，朝廷连这点子事都要大动干戈，很不值。"乾隆点头道："你说的是，但你有什么周全的办法？"讷亲道："奴才以为，应照泸州的那件案子办。"

泸州案是十几年前的事了。泸州小桥镇张姓人家娶亲，新婚之夜发生变矿。新娘子勾通情夫在洞房里把小女婿绑在床腿上，当作人质，两情人竟公然占据洞房成亲。这事惊动了成千上万的人看热闹，州报到府、府报到省，一直报到雍正案前，弄得举朝皆知。皇帝下旨务必保护小女婿，擒拿奸夫奸妇。无奈这两个男女防范严密，看牢了十岁的小新郎，要吃要喝一点不敢违拗，一直包围了三个多月。后来特地调芜湖道李卫去查看营救。李卫百般劝说，也说不动；便从牢里寻了个积年老贼，用线香熏迷了这对"夫妻"，才救出那个倒霉的小女婿。如今遇到陕州劫牢事讷亲便想出这个办法来。允禄摇头道："一牢人,五百多劫牢大盗,都用线香去熏?对手、势态都不一样,不能套用那个办法。"乾隆在旁问道："十六叔说的也是,难道就没有办法了么?"

"既然主子不愿剿杀。"允禄道,"臣以为围而不打也是一法,时日久了,犯人里头未必没有倒戈的。"乾隆连连摇头,说道："不愿剿杀是怕失体面,并不是心疼这些王八蛋。"讷亲蹙额思量许久,缓缓说道："主子,陕州这地方是邪教"一枝花"流窜活动之处。因此,宁肯丢一县令,断不能叫这群匪徒得逞,这是一。发文给河南、山西、陕西三省督抚,在洛陕一带戒严,万一脱逃,宁可错杀不可漏网,这是二。三,严令孙国玺封锁消息,不得妄自传播,等候朝廷派员处置——咱们离着这么远,太细的也议不成,洛阳的阿桂不是无能之辈。"

乾隆听讷亲这番安排,觉得很是妥当缜密,赞赏地看了讷亲一眼,笑道："也只有如此,这事情就交你办!阿桂——是不是内务府的那个笔帖式,会试中了进士的?"讷亲忙答道："是。皇上在藩邸时,他曾采办贡缎布匹。人很精干,说话办事都很有条理。"

"先不要派钦差,但廷谕里要有这个意思。"乾隆望着外头的雪,慢吞吞说道："让孙国玺、阿桂就地处置,不要惊动部里,最好。你们跪安吧——有急事知会一下养心殿!"

就在乾隆磋商陕州狱变的同时,阿桂已奉孙国玺的宪命早一天到了陕州专门处置这件清朝开国第一奇案。

监狱设在陕州城西北角。与其他监狱不同,这是一座地下监狱——在厚厚的黄土层上挖出豆腐块一样齐整的院落,只有一条通道可以进入天井,沿天井四壁掏出一孔孔的窑洞,这便是牢房。上面四,周都是围墙,四角设着守望楼——是河南,也是全国封得最严实的牢狱。豫西捕获的盗案要犯、待决死囚历来都送这里囚禁,从来也没出过逃逸人犯的事。唯其如此,牢卒们都懈怠了,整月也不下监房巡查。新来的州令米孝祖没见过这种式样的狱房，突发异想地下去巡视，想不到被暴乱的囚犯一拥而上，擒住了当人质，连随从下去的吏员、狱卒也一概没能幸免。

阿桂的行署设在城北的岳王庙西北，登楼眺望，监狱里的情形一览无余。两千从洛阳调来的绿营兵已在这里围了四天四夜，至今还不知道谁是劫牢的首犯。他决定今天喊话，披了件黑羔皮大氅上了监狱的守望角楼。

"喂——下头的听着——"一个千总手卷喇叭高声叫道："我们知府阿太尊和你们说话！"

下面先是沉静片刻，后有人笑道："什么他妈的知府！我们是老章程！有屁就放吧！"阿桂探出身子，大声道："你们谁是头？出来说话！"下面又静了一阵，有人答：我们没有头！"

"没有头还能活么？"阿桂大声讥讽着笑道，"我是满洲汉子阿桂，你们是英雄的就出来！"

"对不起，我们不想上当——你是想认出谁是首脑，将来好砍脑袋吧？"

阿桂绷紧嘴唇，强抑着怒气，冷笑一声道："你们当中有没有人还想活命？我只有一句话，谁想活，谁就先倒戈！限一天一夜，放出米大人，不然我就开洇河放水淹了这个窝子，这个四方池子养鱼喂虾是个好地方！"

"只要你舍得这十几个人，老子也不在乎这条命！告诉你姓阿的，一个七品官，一个八品典狱官，十几上衙役，你放水，我们先浸死他们！"

"我不信他们还活着！"

"不信你就放水！"

"放就放！"阿桂勃然大怒，大声吼道："老子也是泼皮——衙役们！"

"在！"

"在城东北涧河上流堵水,把涧河水引过来,放水淹他狗日的!——听着,你们这些王八蛋,放六尺深的水!我在上头看着你们慢慢淹死!"

下面牢房里似乎匆匆议论了一阵,几个蒙面大汉推搡着两个蓬头垢面的官员出来,冲着阿桂冷笑道:"让你们兄弟和你聊聊!"阿桂嗫了一下,放缓了声调,问道:"米大人,有什么话交待的么?"米孝祖仿佛神情恍惚地望了望三丈窑顶上那排佩刀执弓的兵士和阿桂,说道:"大人!该怎么办就怎么办,既然要放水,那就放——不要犯嘀咕!"话没说完,劈脸就挨了两个耳光,米孝祖登时嘴角淌血。旁边一个高个子蒙面大汉骂道:"妈的个屄!刚才怎么说来着?"米孝祖也豁出去了,大声叫道:"他们是一枝花邪教里的——"典狱官也扯着嗓子叫"——为头的是王老五和——"话没说完,两个人都被摘了下颏,一群人围着拳打脚踢一阵,又将他俩推了回去。

阿桂心里突然一阵难过,反贼杀官只在书上见过,米孝祖落到这般地步,他未免也有狐悲之感。想着,喊道:"王老五你听着,米孝祖这人昏懦无能,并不是什么好官。朝廷也不心疼他!识相点放了他,还能救活这五百个无知囚徒,不也是阴功吗?不瞒你,你是活不成了,难道你不为这么多人想想?!"侧耳听时,底下似乎议论了一阵,突然哄堂大笑。王老五的声气隔窗叫道:"阿桂,甭跟你五爷吊这种花花肠子。你在娘胎里,我已经是黑道上有名的'五阎罗'了,什么事没见过?"阿桂默谋了一阵,笑道:"今儿钟馗遇了五鬼,算你是角色!说说,你有什么章程?"

"好说,这还算个老实人!"王老五嘻嘻笑着回道:"北边过黄河就是平陆县,那是山西界。你弄十条船,派两个人送我们进山一百里,从此疆场上见!"阿桂笑道:"你好聪明!我放你,你不放人怎么办?"王老五大声道:"老子走江湖三十年,没听谁说我说话不算数!过了黄河我就把人质留给你,我们在五十里处换人!"

阿桂咬着牙紧张地思索着,此地西北潼关,东去洛阳,都是人烟稠密的地方,又有重兵把守。南边伏牛山和北边隔省的太行山确是逃匿隐藏最好的地方。良久才有了主意,阿桂大声道:"那边是山西界,我的人不能跟你一百里,我们在黄河中心般上换人,从此各奔西东!"

这次是下边沉默了,好一阵子王老五才回话:"不行,一定要走一百里!"阿桂咬着牙道:"你放你一百里,朝廷知道了要我的命。就在黄河当中——不然,你就等着喝涧河水!"说罢侧耳细听,似乎下边有几个人在小声争吵。好半日,王老五才勉强答道:"好,依着你!不过我的弟兄们要登岸,没有埋伏才换人——什么时候?"

"现在!"

"你那是放屁!"王老五哈哈大笑,"大白天几百口子人走路!备十只船,今夜起更,起更!"

阿桂笑道:"好,起更就起更!你听着我有言在先,你的人敢回我河南府捣乱,我就杀你们家属!"说着便下了望楼径回岳王庙,召集官军弁佐密议军机,直到申牌时分,各营军士方分头行动。

当夜起更时分,牢门突然打开。劫狱犯人先头是十几个人出来探路,到狱外一看,果然不见有大队官兵。呼哨一声,大约有百十号人踩着泥泞的台阶跑上来。接着又呼哨一声,剩余的又分成两拨,按序走上来,一言不发整顿的行伍。一个狱卒提着两把油纸灯过去,大声问道:"哪个是王老五?"

"我在这里。"王老五从黑压压的人群中挤出来,按捺着激动的声音道:"你有什么事?"狱卒板着脸将灯交与王老五,一字一板说道:"东西南三面我们大人都已经布防。北面有六只船,一只是我们换人用的,五只给你们渡河。这两盏灯照着米大人,灯灭我们就放箭开火枪,这是阿太尊的钧令!"王老五暴怒道:"说好的备十只船,为什么只有五只?叫姓阿的来。不然我们还回狱里!"

那狱卒笑了笑,说道:"这里就五只渡船,全都征来了。我们阿大人这会子正约束军队，不能过来。大人有话告你：本就是各安天命的事，哪有十全十美的？你想回监狱，想杀姓米的，都听便！"

"都回去！"王老五挥着双手对犯人们吼道："我们在这跟狗日的泡上了！"

但犯人们你看看我，我看看你，望着寂寥的旷野，谁也不肯再下去了。正僵持间，东西南三方无数火把星星点点燃起，画角鼙鼓齐鸣，渐渐压过来。王老五一把提起那狱卒，恶狠狠问道："这是什么意思？"

"我说过了。"这狱卒是阿桂重金赏过的，诨名"连刀肉"，最是刁滑无赖，竟一点也不害怕，"这灯得照着米大人，再等一会子他们还要放箭呢！"王老五这才命人将米孝祖牵过来站在灯下，果然不再击鼓鸣角。已经呼吸到自由空气的犯人们开始躁动，有的人躲在人堆里大喊："逃啊！"有的喊口大骂："王老五，你他妈捣什么鬼？"站得齐齐整整的队伍开始骚动了，顷刻已乱成一团，谁也不留心，二十多名精选出的官军早已换上了囚衣，寂然无声混进人群，慢慢贴近了王老王。

王老五的脸上满是油汗，眼看这支队伍已经乱了营，再也不敢迟疑，攘臂大吼一声："向北，下城，渡河！"

陕州城北墙就建在黄河南岸万丈黄土高埠上，只有一条"之"字形的牛车道蜿蜒而下通向河滩。这群人下了城，远远看见黑乎乎几只船泊在黄河里，立时一阵欢呼雀跃，一拥而上争抢着往船上跳。王老五带着几个亲信押着米孝祖十几个人，占了第一条船，声嘶力竭地喊叫了半日，根本没有一个人听他的指挥。偌大河滩上厮打声，叫骂声，惨叫声，挤得人落水声响成一片，根本也听不见他喊叫些什么。转眼间王老五自己的船上也挤上了四五十个人，还有扒着船帮，有的哀告有的怒骂着要上船。王老五此时也乱了方寸，连声喊着"开船"，用竹篙乱打那些船下的人。正在此时，那两盏灯突然熄灭了。王老五一扭脖子,怪吼一声:"谁他娘的吹了灯?官军也许就在近处,不怕吃箭么?"

"官军不会放箭。"混在人堆里的阿桂突然冷笑一声:"打老鼠还要防着砸了花瓶呢!"

"你——? 你是谁?"

"阿桂!"阿桂大喝一声:"还不动手?"

"扎!"

二十几个戈什哈在暗中答应一声,一齐亮出匕首。王老五一怔间,米孝祖已经脱手,船小人多夜暗,一时不知钻到哪里,一船犯人顿时乱成一团,惨叫声中,十几个犯人已着了匕首落水。剩余的有的吓愣了,有的跳水逃命,有的上来厮打,却怎么抵得过训练有素、准备得停停当当的官军? 王老五见大势已去,扬着手对其余几只船大喊道:"兄弟们——留得青山在,不怕没柴烧,逃出一个是一个啊!"喊着就要投水,早被几个人死死按定了,一边捆绑一边拳打脚踢,一时间便缚得米粽船结实。

"一个也逃不走。"暗中,阿桂的眼中鬼火一样粼粼闪烁,"他们上岸就知道了——你们要向南,也许能漏网几个。往北——太笨了!"

隔了一日,乾隆处置狱案的方略才下达到洛阳。此时在案已了,阿桂命人清理犯人死伤逃亡人数:除匪首王老五、徐啸山、刘本三人,以下生擒三百四十三名;一百二十一名被乱箭射死在黄河滩上;二十八名下落不明。

平息了这场暴乱大案,幕僚们前来向阿桂祝贺,并准备写一篇扎扎实实的文章奏报当今。阿桂却笑道:"这个案子虽说我没责任,可也并不是什么光彩事。这个折子要写三条,督抚坐镇指挥,方略明晰;各营将士用命,奋力拿贼得力;赖天子洪福,生擒匪首消弥隐患;并请旨处分米孝祖。米孝祖上任不久,境内出此巨案,亦有应得之罪,请皇上依律处置——就这么写,越恳切越好!"

　　几个师爷张大了嘴"啊"了半天,才领会阿桂的意思,定过神之后细想,越来越觉得这样写妙不可言——战果是明摆着的,阿桂亲率二十名敢死之士潜入五百亡命徒中营救被扣人质,一夜苦战几乎无一漏网——功劳谁也抢不去。这样写不但省里承情,连皇上也面目生光,真个四面玲珑八方出彩。他们原来还小看这个二十多岁的新进士,此时倒兴奋得不能自己。几个师爷当晚弄了一桌酒菜,共推一个叫尤琳的师爷执笔,参详了一夜,真个把这篇文章写得妙笔生花。奏折一式两份,一份送省,一份用快马直递上书房。

　　二十天后,阿桂便接到了廷寄,同时还有孙国玺的一封通封书简。阿桂焚香拜读,竟是自己的原折,上面天头地角、字行里随片都有乾隆的御批:

　　　　孙国玺如此用心办差,可谓不负朕恩。
　　　　好,好,正该!
　　　　有功人员另列名单议叙。
　　　　此等奸狡凶顽之徒,便死一千何足惜哉!

末尾空白处朱笔御批是给阿桂的。

　　　　览奏喜甚,所谓汉书下酒,朕竟为浮一大白! 卿此次处理陕州一案,详虑而谋远、遵命而机断,未伤我一兵一卒,身入险地一举而擒酋魁、剪恶逆于须臾,朕心不胜喜悦,何怪罪之有? 据孙嘉淦奏报尔平素干练精明廉隅操洁,似此,则朝廷一佳臣也。即着尔监押王某等首凶解京严惩。所有幕僚尤琳及千总赫英等有功人员,报部记名议叙。米孝祖探查监狱并无过错,唯疏于防范,几至酿成大祸,罚俸半年留任。前任州令亦有应得之罪,已另旨着孙喜淦处置矣。

阿桂以一个小小知府得这一百余言圣旨,赏识赞许之意洋溢在字里行间,自然高兴非凡。当晚将与自己同登敌舟的二十三名戈什哈,还有三位师爷叫来,商议了押解王老五等三人进京事宜。众人一处吃酒庆贺直到二更方各自散了。

从河南到北京一路上风雪交加,道路又泥泞难行,还要防范有人劫持槛车,足足用了一个多月,才到达京城。至刑部大堂交割后,阿桂松了一口气,当晚回家,倒头睡了一觉。第二日辰初时牌才起身。他原是破落旗人,在京城的朋友本不多。家里也只有一老一少爷儿两个包衣奴才,还是祖上留下的。阿桂出去做官远在河南,熟人们都不知他回京的消息,也没人登门前来拜访。在家呆了半天,阿桂觉得寂寞异常,想想关帝庙热闹一点,便踏雪而来。过了正阳门,果然这里与众不同,别的地方店铺家家关门闭户,这里街上行人熙熙攘攘。关帝庙前的雪都被踩得瓷瓷实实。各家店铺的雪都是随下随扫。有的店铺垛成雪狮子,有的凿成雪象,有的门面宽,雕成了雪龙,用这来招徕顾客。阿桂看了一会甚觉有趣,又进庙烧了一炷香,正要出来,身旁有人问道:"这不是阿桂先生么?"

"是啊!"阿桂被问得一怔,偏转身端详了半日,才想起曾在高晋酒肆一处吃酒的何之,不禁笑道:"回京来你是我头一个见着的朋友——在京等着应考么? 走,还到高晋家吃酒去!"何之笑道:"昔日酒友,今日已是贵贱不同了,难为你还认识我!"阿桂嘻嘻一笑说道:"这知府在外头虽然威风八面,如今到了京城就是烂羊头关内侯了。贫贱之交岂可忘!"

何之感慨地看一眼阿桂,说道:"你这么想,我们还攀得。我正打算约勒敏去看曹雪芹,移驾同步如何?"他皱着眉摇头叹道:"你知道么？雪芹在右翼宗学呆不住，已经辞了馆。如今日子过得艰难着哩！"阿桂诧异道："他和傅六爷相处得好，怎么会潦倒呢？听说他的夫人还是六爷赠送的呢！"

"六爷今非昔比，就要大用了。"何之淡淡说道："如今他出远差，也不在北京。唉……雪芹家这会子还不知怎么样呢！"

二十　屠户女督课落榜人
　　　曹雪芹击盂讥世事

　　阿桂跟着何之踏雪而行,走了约一刻时辰便到了张家肉铺,却也是店门紧闭,只听勒敏高一声低一声、抑扬顿挫地正在背书:"孔子过泰山侧,有妇人哭于墓者而哀。夫子拭而听之,使子路问之曰:'子之哭也,疑似重有忧者'——"

　　"错了！一个女子声音打断了道:"这个字还是你教给我的,是个轻重的'重',怎么就背成'从'？想哄我么?"阿桂和何之不禁相视一笑,却听勒敏笑道:"一重又一重,也是这个'重'字儿,'重复'能读成'种(音)复'么?"那女子笑着啐道,"省得了省得了,接着背!"

　　于是勒敏又背道:"——而曰'然。昔者吾舅死于虎,吾夫又死焉,今吾子又死焉'——"便又听那女子笑道:"书,写的也不通,你也背错了！她舅舅叫老虎吃了,丈夫死了马,儿子也死了马。明明是个马字,你怎么一口一个'淹'(焉)?"勒敏噗哧一笑,说道:"哪里是个'马'字？你再仔细看看！'舅'就是现在说的老公爹,古人称公婆叫'舅姑'——明白了吧?"

　　外头何之和阿桂听着,都是捂着嘴偷笑。也不等勒敏再背。何之便上去叩门,粗声粗气喊道:"老张头在么？收税的来了!"

　　"别放你娘的屁,"那女的腾地跳下炕来,豁啷一声大开了门,不管三七二十一就说:"我家不欠税！大雪天过年的日子,从没听说这时候收税的——"一眼看见是何之,还有个陌生人,倒红了脸,笑道:"原来是何先生……"

"你床头坐个咽脂虎。"何之笑着对发怔的勒敏道,"如此逼学功课,还有个不中的?"阿桂笑道:"我倒是个催科酷吏呢,背吧,下头该背'苛政猛于虎'了!"何之看看玉玉,又看看勒敏,笑道:"有玉儿督阵,什么状元考不上? 内闱之令大过王法呢!"

玉儿听他们打趣,虽然不大懂,料来不是好话,口中道:"状元有什么稀罕?"啐了一口转身便走。张铭魁老夫妇和儿子原在内院收拾杀猪汤锅。听见来了客人,张铭魁忙出来,笑着给何之作了个揖,道:"何先生有半个月没登我的门了,刚收拾好一头牲口,锅里现成的猪头肉,大雪封门,你们正好吃酒乐子……"

"这是河南府知府阿桂。"何之笑着介绍道:"进京述职的,想约勒兄一道儿去看雪芹——"勒敏忙道:"正是呢,我说有件事隐在心里,读书都恍光惚惚的,其实我也惦记着雪芹。走,咱们扰他去!"玉儿道:"那人我见过,其实样儿也平常,你们怎的都那么宾服他? 大男人家连个营生也不做,有差使也不好好做。写那个什么黄子《红楼梦》,很有意思么?"口里这么说着,却走进内院去,一时便带着弟弟出来提了一块肉,还有一副下水,心、肝、肺俱全,因是才宰出来的,还冒着缕缕热气,对弟弟道:"帮你勒哥送去,你就回来——道儿滑,仔细摔着了!"

何之忙道:"这次我请客,你们也不是富人,这么作也不是常法。"说着掏出半两一块银子放在桌上。阿桂眼见张铭魁老实巴交,这家屠店也甚破旧,摸了摸袖子,里头有一张五十两的银票,还有块五两重的京锭,便把京锭掏出来也放在桌上。张铭魁忙道:"这怎么生受得? 这怎么生受得? 你们是勒相公的朋友,这不是寒碜我么? 快别——"话没说完,四个人已走了出来。玉儿追到门口大声叫道:哎——没那个量别逞能!"

"这是说你呢!"阿桂笑着对勒敏道:"玉姑娘面儿上凶,心里善着呢!""就是。"何之也叹道,"张家操业虽然不雅,真是善性人! 依着我说,你也没个家口,事情早办了也就安生了——阿桂兄,你还不知道吧,上回庄有恭来,还吃了玉儿一顿好排揎呢!"遂将庄有恭中状元高兴得失态疯迷,玉儿挖苦讥讽的事说了一遍,阿桂笑得眼泪都淌了出来,连说:"好,好……也是屠户,也是科名,翻了《儒林外史》的版——玉儿的舌头真厉害!"说笑间毛毛一手指着前头道:"曹相公家到了!"

阿桂还是头一回到曹雪芹家,远远望去,一条小溪沿墙而过,溪边一株歪脖老槐树约有合抱粗,庞大的树冠,枝柯上挂满了晶莹的冰凌,树下一个石条凳依着一块馒头形的大石头,上面盖着一层厚雪,不大的院落土墙围着,三间茅草房前一株石榴树也挂满了冰柱。一颗颗殷红的浆果半隐半现挂在枝间,点缀在这白皑皑的银色世界里,令人眼目一清。众人正要敲门,后头一个人骑着高头大马一路小跑追了上来,也在门前翻身下马,几个人定睛看时,竟是钱度,不禁都会意一笑。何之道:"今儿怎么了? 雪芹下帖子请了么?"

"是阿大人得胜回朝了!"钱度笑着过来团团一揖,又对勒敏和何之道:"你们踏雪访雅士,我毕竟逊你们一筹!"说着便上前敲门。

片刻,那柴门"吱呀"一响,曹雪芹探身出来,见是他们几个,不禁一笑,说道:"再没想到会是你们几个! 快请进——阿大人几时回京的? 他们几个倒常见的……"说着便让众人进屋。

三间土屋很小,几个人一进来便显得十分狭窄。阿桂细打量,正房和西房是打通了的,上面连天棚也没有。东边一间是厨房隔着一道青布门帘,西边一盘大炕,炕桌靠着南窗,上面乱七八糟堆着瓦砚纸笔。炕下一张方桌,上面却放着纸、剪刀、浆糊。东北墙角还靠着一捆削好了的竹篾。几个刚扎好的风筝胡乱放在炕北头,芳卿正在收拾,见这群人进来,便大大方方过来对众福了两福,对雪芹道:"爷陪着客坐,我去烧水——只是没酒,菜也都是些腌菜,可怎么好?"雪芹似乎有点无可奈何,笑道:"那——只好以茶代酒了。这可真应了人家那句话'淡交无酒,卿须怜我之贫;深语惟茶,予亦知君之馁'了!"

"何至于到那地步了。"勒敏笑道:"我带有猪肝呢! 请嫂子烹炊,我这就叫毛毛去弄酒来。"毛毛忙将一嘟噜心肺放在墙角瓦盆里,芳卿便拿来整治。何之眼见她行动迟缓,笑着对雪芹道:"芳卿是有身子了。不管是弄砖弄瓦,汤饼酒我是吃定了的。"正说笑间毛毛突然说道:"那不是六六叔过来了,还担着酒!"勒敏转头看时,果然是六六挑着个酒担子在雪地里晃晃悠悠地走来,担子头上还吊着一条四五斤重的大鲤鱼,在雪芹门口卸了担子,抹了一把脸吆喝道:"勒相公、曹爷在屋里么? 玉姑娘叫我送酒来了!"

一屋人顿时都喜得眉开眼笑,勒敏抢步出来,帮着六六把酒桶提出屋里,毛毛提了鱼交给芳卿,曹雪芹掀起瓮上的米袋,一边向瓮里倒酒,一边笑道:"你就是我的汪伦①——正是酒渴如狂呢。你不要走,今儿一道吃个痛快!"

"曹爷,我可不是这台面上的人。"六六笑道:"敦二爷、诚三爷上回来,硬按着吃了个醉,回去东家恼得盖都崩了,我抬出二位爷的名字,老家伙才吓得没话说……"挑起空桶,又道:"玉儿说了,这是阿桂爷的钱买的酒,还有这鱼。叫毛毛跟我回去,还说请别的爷们尽兴饮酒,勒爷就少用点吧!"说得一屋子人都看着勒敏笑。六六走了几步又回头对曹雪芹道:"曹爷有什么事甭客气,芳奶奶有事,可找我婆娘来帮忙,住的又不远——我们家的那副对联,爷要有空,写出来,我抽空儿来取。"说罢哼着小曲儿出门了。

有了酒,屋子里的人顿时欢腾起来。曹雪芹灌了一壶放在火上温着。东屋里芳卿在做菜,肉香味隔着布帘弥漫开来,逗得众人馋涎欲滴。阿桂是久闻曹雪芹的大名了,未试之前也有几次文会交往,又从傅恒那里看过不少曹雪芹的诗词,心里极佩服的,却没想到这个赫赫有名的簪缨之族后裔,家境竟如此窘困。趁众人说

---

① 汪伦:唐朝普通百姓。经常送酒给李白喝,李白有诗:"桃花渊水深千尺,不及汪伦送我情。"

话时,阿桂踱进厨屋,见芳卿正收拾鱼,把那张五十两的银票压在了盐罐下,出来叹道:"想不到曹兄一贫至此。"

"曹子断非久贫之人。"钱度笑道:"岂不闻'天生我才必有用'"如今皇恩浩荡,以宽为政,当年楝亭老先生何等英雄,就是当今主上也极敬重的!唯有曹兄稍敛锋芒,屈就一下闱墨,飞黄腾达那是必定无疑的!"勒敏见曹雪芹笑而不语,也道:"孔子在陈受厄,藜藿不断;曾子不举生于卫;淮阴侯乞食于漂母,伍相吹箫乞吴市。曹先生今日受困,焉知不是天降大任之前兆?"

曹雪芹见阿桂也嗫嚅欲言,笑道:"你们的心怕不是好的?勒敏更比出圣贤,我是断不敢当。天罚我降生人间就为吃苦的。官我是作不了,也不屑作。天若怜我能成全我写出一部奇书,余愿足矣!"何之道:"我是追随雪芹定了。他写一章,我看一章,抄一章,批一章。这一部《红楼梦》如不能千秋万代传下去,请诸兄抉了我眸子!去年恩科落榜,我作了个奇梦,到了一个去处,那里张着一张榜。有人告我,榜上的都是追逐功名的,我看了看,榜分三部,竟是'兽''鸟''虫'!"钱度噗哧一笑,说道:"恐怕是你何先生妒极生恨,杜撰出来的吧!"

"你说的也有几分道理。"何之笑道:"那'兽'部,说的是曾在朝坐高位的———当官便吃人,吃饱了就回山,美其名曰'功成身退';得了科名没有当上官的人'鸟'部,就如朱文公说的,教他说'廉'他说'廉',教他说'义'他说'义',真叫他做,仍是不廉不义,就如能言之禽,八哥鹦鹉之类;还有一种皓首穷经的,百试不举、一世不得发迹的,如鸣秋之'虫',可怜人莫过于此。人间一多半也只能是这种虫,想想有什么意味呢?"他话没说完,阿桂、勒敏和钱度已是呵呵大笑。因见酒已斟上,阿桂痛饮一大觥,说道:"骂得好!我和钱度都是入了'兽'部了!这次在陕州我一次就杀了一百我越狱犯人,可不是吃了他们么?"钱度便问:"饱了么?"阿桂道:"还没有。"说着扮个鬼脸,勒敏便道:"他这都是跟雪芹学的!也是个

'鸟'！'众人又捧腹大笑。

曹雪芹见芳卿一盘盘布上菜来，用箸点着笑道："我写书也吃肉吃米，吃肉时是兽，吃米时是鸟。待到灯枯油尽写不出来时，仰天长叹，俯首垂泪，也不过是条虫。人生色色空空，大抵谁也逃不出这个范围。"遂以箸击盂，高声吟唱：

> 为官的，家业凋零；富贵的，金银散尽；有恩的，死里逃生；无情的，分明报应；欠命的命已还，欠泪的泪已尽；冤冤相报自非轻，分离聚合皆前定。欲知命短问前生，老来富贵也真侥幸。看破的，遁入空门；痴迷的，枉送了性命——好一似食尽鸟投林，落了片白茫茫大地真干净！

雪芹似咏似叹唱完，见众人都听痴了，遂笑道："这一场宦途穷通议论，坏了清兴！只想是朋友，也就忘了形骸。我是亲历的、亲见的过来人，只是想写，并没有人迫我。记得我们在高晋酒家曾有一聚，今日又遇到一处，各人情热已经有了变化，这才一年的光阴。你们瞧着将来，要真的大家再聚一处，不定还有什么巨变呢！"

"这曲子想必是《红楼梦》里的了。"阿桂不胜慨叹，举杯一饮而尽，说道："——真好！只是也忒颓唐了些。我们毕竟修炼不成神仙，七情六欲五谷还避不掉。芹圃，著书虽然不为稻粱谋，有了稻粱才好著书啊！我这次陛见不放外任也就罢了，要是放外任，随我出去走走如何？"曹雪芹笑着请大家夹菜进酒，说道："我也曾经考过举人，不是不吃人间烟火食的神仙嘛。你们看，扎这些风筝，也是为换几个钱，京里不少富贵朋友，时不时也有些照应。前次继善公进京约我去当个清客，只芳卿已经有了身孕一时离不得。其实清客也没有什么丢人的，等她产了，我真要回金陵故地重游呢！"他自失地一笑，问道："清客——你们知道是怎么回事么？我家当初养着十几个，都是斗方名士。如今我也要去当别人的清客了！"遂又念道：

> 一笔好字——不错;二等才情——不露;三斤酒量——不吐;四季衣服——不当;五子围棋——不悔;六出昆曲——不推;七字歪诗——不辞;八张马吊——不查;九品九衔——不选;十分和气——不俗!

念罢不禁哈哈大笑。当下众人行令、酌酒、咏雪品茗,直到申末酉初。眼见芳卿不耐劳乏,坐在小杌子上靠墙直打盹儿,方才各自辞了回去。

第二日阿桂便接到上书房通知,要他立刻进宫觐见。阿桂一刻也不敢停,打马飞奔到西华门。他不是京官,没有票牌,在门口等了约一袋烟工夫,出来一个太监,站在门口大声问道:"哪位是阿桂? 军机处去!"说罢转身就进去了。阿桂忙将马缰绳扔给从人,跟着那太监进去,在隆宗门内军机处房前站了。报了职务便听里头张廷玉道:"请进来说话。"

"扎!"

阿桂在外答应一声举步而入,棉帘子一放下,浑身立时暖透。阿桂定睛看时,张廷玉盘膝坐在炕上。窗边椅上还坐着一位一品大员,珊瑚顶子后插着一枝双眼孔雀花翎,双手扶膝,正目不转睛地打量自己。张廷玉待阿桂打千儿行礼罢,笑道:"我给你们介绍一下,这位是云贵总督张广泗,号居山,张大人,这就是我方才跟你讲的阿桂,往后就是你属下的副将了。阿桂,张大人是当今名将,一代英豪,你改了武职,到他麾下办差,要好生习学。"阿桂听了身上不禁一震:知府是从四品,副将是从二品,一下子晋了四级二品,真算得上是超迁,只万万没想到的会改为武职,心里多少有点不情愿。但这是身不由己的事,阿桂只好满脸堆起笑来,一边给张广泗打千行礼,说道:"苗疆大捷威震四方,久仰山斗,想不到今日才一见风彩。卑职后学小辈,随从大人鞍前马后,一定竭力办事,尚望大人提携教诲!"

"起来吧。"张广泗只不易觉察地微笑了一下,虚抬了一下手,说道:"我在你这个岁数还不过是个千总,真是后生可畏。你又是国家旧臣之后,前途不可限量! 你在陕县用兵的折子在邸报上已经拜读了,很有文采。据我看来,要是犯人出狱时乘乱击之,犯人们手无寸铁,仓猝间也未必能置米某于死地,后头布置似乎蛇足了些,不知你是怎么看?"

他一开口便挑剔,而且含沙影射阿桂不过是沾了满人的光才提拔得这样快。坐在炕上的张廷玉也不禁皱皱眉头。但张廷玉为相数十年,城府是极严的,赶紧转换话题,笑道:"那些个军务细事,你们以后有日子磋商呢! 阿桂先在这里见见,那边皇上还等着召见呢! 回头说吧……"张广泗也是一笑,起身向张廷玉一揖,只向阿桂点了点头便出去了。阿桂骤然间产生一种压抑感,盯着张广泗的背影,直到他走远才回转头来,笑着对张廷玉道:"中堂还有什么训诫,尽管吩咐。"

"哪有甚么训诫?"张廷玉笑道:"广泗是很能带兵的大帅。你呢,毕竟初出茅庐。要懂得,兵者凶也。兵凶战危,这是个大宗旨,所以临兵御下不能和地方官那样敷衍。你没有专阃之权,在营里要听从号令,与主帅和衷共济——我听说你不像有些满人那种骄纵,聪明肯读书这个长处人所难能。现在国家并没有大兴兵,趁空儿读点兵书才是,不要到时候临时抱佛脚。好好习学武事,总归起来就这么一句。也许你现在觉得我这些话空,将来你就明白了。老一代能带兵的为数不多了,也就是岳钟麒、张广泗吧? 新一代的还没有起来,所以只要有苗头,升迁提拔是很快的。傅恒也是文官,这次出钦差,皇上就命他在江浙指挥阅兵。如今读的都是兵书,留心军务比政务还卖力呢! 文改武是真正的器重,你自己一定不要当寻常事看!"正说话间高无庸进来,说道:"张相,皇上叫你和阿桂进去呢!"张廷玉和阿桂忙起身答应一声:"是。"便跟着高无庸一同去养心殿。

　　二人一进养心殿天井院便听"啗啷"一声,似乎殿内掼碎了什么。细听时,乾隆正要殿内大声训斥人:"这件事求谁也没用,你去告诉她,求人不如求自己!顺便去慈宁宫回老佛爷,就说朕已经处置过了,下晚过去请安,朕亲自和老佛爷说!"张廷玉和阿桂忙站住了脚,听殿内似乎有人赔着小心低声说话,又听乾隆不耐烦地说道:"知道了!你唠叨个什么? 传旨去吧 1"接着便见六宫都总管太监戴英脸色煞白连声退出来,经过二人身边时,戴英只向张廷玉打了一躬便匆匆离去。张廷玉带着阿桂进来,见乾隆背着手在东暖阁木隔子前来回踱步,兀自满脸怒容,几个宫女蹲在地下正在收拾摔碎了的瓷碗片。二人见了礼,张廷玉问道:"主子生气了?"

　　"不为公事。"乾隆舒了一口气回身坐在炕上,说道:"妃今儿为点子小事,大棍打死了一宫女。听说朕要处分,她自己面子不够,又拉上那拉氏去老佛爷那儿撞木钟。戴英是老佛爷派来的。如今宫里风气和外头一样混帐,瞧准了朕讲孝道,动不动就求太后——"说着端杯,却是空的,便命:"给朕奶子!赏张廷玉参汤,赏阿桂茶!"

　　二人各接赏赐 谢恩,张廷玉徐徐进言:"主子犯不着为这点小事生气,我朝历来皇后宫嫔深仁厚德,杀婢的事不常有。要放在前明,每天都要从后宰门抬出去五六个尸体,根本不值一提。""朕已经废了她的妃位,"乾隆道,"虽说有主奴之分,人命至重。先帝在时,太阳底下都避开人影子走路。前头有几个宫人犯过处分,有上吊的有投井的,那毕竟是他们忍不得气自尽,哪有好好的一个大活人,为端茶烫了手,申斥时分辩了几句,就用大刑立毙于杖下的,传到外头什么名声? 后来子孙们如法效仿,不定酿出什么祸呢!"乾隆说着,已是平息了怒气,对阿桂道:"衡臣和你谈过了? 见着你家主帅张广泗了吧?"

　　"是。"阿桂正听得发怔,忙躬身回道:"主子栽培恩高于天!奴才是两个想不到,想不到改了武职,想不到升迁这么高。奴才原来的心思,不拘哪一道哪一府,好好作个循吏,实实在在给朝廷办点事,造福一方百姓。改了武职,什么都得从头学起。"

　　乾隆点点头,黑得深不见底的瞳仁凝视了阿桂一会,说道:"衡臣是朕的股肱,朕有什么说什么。朕起用你,心里并不存满汉之见。庄有恭、钱度不都是汉人! 朕原想靠老臣办事,但现在看来靠实不得。父皇使的都是熙朝的人,传到朕手里都人。朕还年轻,得作养一批年轻的上来,慢慢取代。廷玉、鄂尔泰他们都是好的,是几十年精中选精选上来的,已经经历了几代,现在该退的退不下去,就为后继无人。衡臣,你平心想想,是不是这个理儿?"张廷玉忙道:"主上真正是深谋远虑! 人才代代都有,只是没有用心剔厘选拔,这是宰相之责。臣心里十分愧作。"乾隆笑道:"朕没有责备你的意思,这是谈心么! 至于说文职武职,没有一定之规。朕要的是文武全才,改了武职仍要读书,要有志气。朕要作圣祖那样的一代令主,你们也要争口气,当有守有为的贤臣。朕没有更多的嘱咐,你跪安吧!"

二十一 议减租君臣论民政
吃福橘东宫起事端

张廷玉看着阿桂的背影,心中十分感慨,往日像他这样的官只是例行召见,略问一下职守情形就退的。今日接见,乾隆几乎没让阿桂说什么话,自己却推心置腹将心思全倒了出来。张廷玉到现在才明白,乾隆不肯放自己还山,并非不体贴,而是没有合适的人选代替。思量着,张廷玉道:"皇上治国用人审慎大胆,奴才心里佩服之至。不过据奴才看,瞧准了就可大用。昔日高士奇不到三十岁,圣祖于一日内七迁其职。奴才也是二十多岁就进了上书房。皇上雄才大略,追随皇上朝夕办差,也是历练,不一定拘泥资格。"

"你这话朕也想过。"乾隆沉思道,"圣祖初政,南明小朝廷还在,内有三藩割据,其实还是乱世。现今国家承平已久,虽是人才济济,但侥幸求恩之徒混杂其间,不像乱世那样易于识别。且现在可以从容择善而用,这是和圣祖时不一样的。大前年果亲王家演堂会,唱《铡美案》,一刀铡下去,红水流了满台,允禧的儿子叫——弘暲的吧?——当时就吓昏了过去。十四叔家老二弘明,厨子宰鸡都掩起面也不敢看。放在圣祖时那不是大笑话?傅恒在芜湖阅兵,不请旨杀了两名迟到的千总,芜湖将军上奏说'傅恒行法三军慄',意思是过苛了,朕批本骂他'武戏',笑话,连违纪军官都不敢杀,那叫将军?要行善,莫如去当和尚!"

他长篇大论的讲说,张廷玉听得心服口服,道:"奴才是跟了三辈主子的人了,行将就木,不得亲睹大清极盛之世了。"

"也许你见得上，也许见不上。"乾隆目光炯炯望着远处。"但朕盼你见得上。你们那一代有你们那一代的功业，子曰'逝者如斯'指的是河川，没有圣祖、世宗艰辛开创，朕也只能徒具雄心而已。"他下了炕，缓缓踱着步子，好像要把遥远的思绪拉回来似的，默思片刻，松弛地一笑，说道："苗疆是平定了，但大小金川。策凌策亡布坦准葛尔部叛服不常，朕必要根绝了这些疆域的乱源。现在关紧的是内地政治还不修明，许多事不从这个根上去作，就会事倍功半。"张廷玉笑道："主上是不是为内地白莲邪教忧虑？"乾隆摇头道："白莲教不是源。地土兼并、差役不均、田主佃户势同水火，富的越富，穷的愈穷。人穷极了什么事做不出？邪教能在中原、南方立定，凭的就是在教内相互周济教友，收买了人心。把政治弄好，摆平了各方干系，富者乐善，穷者能度生营业，白莲教就没了作乱的根基——傅恒的几份折子你看过了吧？""奴才看过了。"张廷玉忙道："还有甘肃夺佃的事闹得也凶。国家免赋，原为普泽众生，这是莫大的善政，当中被富人吞了一大半，这不是小事。"

"你看怎么办？"

张廷玉道："地土兼并自始皇以来，无论哪一朝哪一代都有，太平久了这种事就难免，我们只能因势而行。据奴才的见识，可以发一道明诏，说明国家爱养百姓，蠲免钱赋的普降恩泽，明令田主给佃户分些实惠。就分一半，田主得的很不少了，佃户们也就得了实益。"乾隆沉默许久方道："恐怕不能一概而论，富人里有乐善好施的，有为富不仁的；佃民里有勤劳拙朴的，有刁顽无赖的。比起来，佃民里还是不遵法度的人多。有田的户，经营业产纳粮供赋，也要赡养自己家口，明旨按着头叫分润给佃户，说不出那个道理。这边下诏，下头那些愚顽蛮横的刁佃，没事还要挑业主的不是呢！不更给他们抗租欠粮的凭借？再闹出纷争斗殴到处都是这种官司打起来，怎么办？"张廷玉思量了一阵子，说道："皇上说的是。臣折中一下，下一道劝减租佃的诏谕，试一试看如何？"

"可以一试。"乾隆知道,这是以前帝王都没有处置好的事,自从傅恒的折子上来,他反复想过多少办法,都觉得不甚妥当。张廷玉的"劝减佃租"确实还算温和适中的措置,乾隆回道:"你这会子就拟个稿子给朕看。"张廷玉答应一声起身来,突然觉得一阵心慌耳鸣。乾隆早看见了,忙问:"衡臣,不受用么? 你脸色有些苍白。"张廷玉勉强笑道:"老了就容易添病,方才起来猛了点,不妨事的。"遂将康熙赐的心疾良药苏合香酒——随身怀里带的一个小药瓶取出来,就口儿抿了一口,渐渐便回过颜色来。乾隆还要劝止他,张廷玉已援笔在手,一边想,一边写起来。

> 治天下之道,莫先于爱民。爱民之道,以减赋蠲租为首务也。惟是输纳钱粮多由业户,则蠲免之典,大概业户邀恩者居多。若欲照所蠲之数履亩除租,绳以官法,则势有不能,徒滋纷扰。然业户受朕惠者,十苟捐其五,以分惠佃户,亦未为不可。近闻江南已有向义乐输之业户,情愿捐免佃户之租者,间闾兴仁让之风,朕实嘉悦。其令所在有司,善为劝谕各业户,酌量减彼佃户之租,不必限定分数,使耕作贫民有余粮以赡妻子。若有素丰业户能善体此意,加惠佃户者,则酌量奖赏之;其不愿听之,亦不得勉强从事,此非捐修公项之比。有司当善体朕意,虚心开导,以兴仁让而均惠泽。若彼刁顽佃户藉此观望迁延,则仍治以抗租之罪。朕视天下业户、佃户皆吾赤子,恩欲其均也。业户沾朕之恩,使佃户不得拜业户之惠,则君民一心,彼此体恤,以人和感召天和,行见风雨以时,屡丰可庆矣!

写罢,颤巍巍揭起,小心吹了吹,双手捧给乾隆。乾隆接过仔细审看,说道:"也罢了,只是理由似乎分量不重。"遂提笔在"大概业户邀恩者居多"后边加了一句"彼无业贫民终岁勤动,按产输粮,未被国家 之恩泽,尚非公溥之义。"把草稿交高无庸道:"交给讷亲,立刻用印发往各省。"又对张廷玉道："衡臣也乏了,留你进膳,你也进不香,且退下。庄有恭朕看文笔也不坏,明儿叫他进军机处,平常诏旨由他代拟,你只过目,有不是处改定。他也历练了,你也分劳了,岂不两全其美?"

张廷玉退下去。乾隆掏出怀表看看,刚过申时,便坐了乘舆赶往慈宁宫给母亲请安。此时雪已停了半天,慈宁宫殿庑旁到处都是大大小小的雪堆,专门请扫宫院的太监都是行家,有的垛成假山,有的垒成方案,或熊或豹,或鹿或鹤,争奇斗异满院都是雪雕。十几个太临在正殿前,有的斧砍,有的铲削,有的凿凿,忙着摆弄一只房子来高的雪象,见乾隆进来,都垂手侍立。乾隆也不理会,径自进去,却见太后坐在炕上,那拉氏和惇妃一头一个忙着给她捶背捏腿。乾隆抢上一步打下千儿陪笑道:"儿子给老佛爷请安了!"

"皇帝起来,"太后说道:"那边坐着吧。进膳了么?"

乾隆一边在茶几旁坐了,睨一眼惇妃,恰惇妃也正目光瞥过来,只一碰立刻闪开了,遂笑着对太后道:"儿子刚见过人下来,还没进膳呢,御膳房那起子黑心厨子只会做温火膳,没滋味只觉发腻,正想老佛爷赏点用呢!"太后一笑,对惇妃道:"你去,亲自下厨,给皇帝作两样拿手菜。"

"是!"惇妃偏身下炕,对乾隆和太后各福了一福,又小声道:"不知皇上想用点什么?"她大概在太后跟前已挨过数落,怯声怯气地还带着颤音,正眼也不敢看乾隆一眼,低眉敛衽老实站在一边,那种娇痴惭悔的神情,乾隆也觉可怜可爱。倒像自己作错了什么事似的,脸一红,说道:"素淡点,荤菜只要一个,记得你的爆猪肝做得不坏,现炒一盘也就够用了。"惇妃其实最怕的是乾隆不理会自己,见乾隆温言善语,仍旧和蔼可亲,顿时放了心,福了两福忙退了出去。

太后待她出去,笑道:"她是个辣椒性子,这回吃了大亏。戴英把你的话传给我了,我也狠说了她一顿,方才在这还哭了一场。处分她是你的权,我不能多说什么,只可怜见的平日火辣辣的一个人,一下子像霜打了似的,女人,颜面和性命一样要紧。你说是不?"乾隆早知必有这一说,已是脸有成竹,啜茶笑道:"母亲说的极是。据儿子想,无论您,还是皇后、妃嫔媵御,都是疼儿子,要成全儿子做个贤明天子的。这里头有个道理,还有个过节儿。您是信佛的人,佛说妈慈悲为怀,那宫人纵然有不是,也是一条性命。恼上来一顿大棍就打杀了,再没一点处分,就是神灵瞧着受用不受用呢?儿子刚刚不久还下过旨意——您知道的,镶红旗三等护卫释伽保企图奸家人妻子金什不成,打死了人家丈夫,原来部议革职,还是老佛爷您下的懿旨,说杀人害命,这点子处分太轻,儿子遵命打发他去黑龙江——人命至重,就是我们天家,一点处分也没,外头办事的臣子们什么话说不出来?那才真的扫尽咱们颜面呢。所以,儿子的意思,还要有点小小惩戒,不过'妃'变成'嫔',身边少了几个使唤的人,如此而已,过些日子改好了,复封只是一句话的事。前人撒土,也好迷为后人眼,儿子就这么点心思。母亲想想,果真觉得太重,您下懿旨免掉她处分,也是可行的。"

他的这番话娓娓动听,曲折陈词,说得入情入理,本来一心劝说儿子取消处分的太后不禁一笑,说道:"你说的实是正理。"因见惇妃已端菜进来,站在旁边怔怔地听,使道:"孩子,你就认了吧。你主子有他的难处,就算委屈,成全了他在外头的体面,嗯!"惇妃答应一声"是",将菜布在茶几上,背转脸便拭泪。乾隆还要温语劝慰,却见谙达太监带着永璜、永琏两个皇子进来,便停了箸,问道:"刚刚下学?见过你们皇额娘没有?"

"给皇阿玛请安!"两个儿子一齐跪下给乾隆磕了头,起身来,永琏恭恭敬敬回道:"儿子们刚从皇额娘那边过来,她今儿受风感冒了,怕过了病气,叫儿子们替她在老佛爷和皇上跟前请安。"永璜、永琏都在总角年纪,都生得粉妆玉琢般,十分逗人喜爱,一色红绒结顶青毡帽,穿着玉色袍子,滚金线镶边的酱色小马褂,小大人

似的和乾隆说话，嗓子却奶声奶气的。劳乏了一天的乾隆真想一
把抱起一个亲亲。但清宫家法"父道体尊"，讲究抱孙不抱子，遂板
着面孔问道："今儿是谁讲书，你们四书念到哪一节了？"永琏忙：今
儿是孙师傅讲毛诗，是《硕　鼠》一章。张照今儿头一回进来，教我
们练字，看着我们每人画一张竹子，他没有讲书。下午没课，史师
傅带我们两个去看了看杨太傅，回来又去皇额娘那请安，吃过饭才
来这儿的。"

　　乾隆本自随便问问的，见永琏说到杨名时，不禁默然。太医院
今天上午递进来脉案，杨名时已经命在旦夕，想着，他的脸色一下
阴沉下来，说道："孙嘉淦、史贻直也都是学问淹博之士，好生读书，
听你们爷叔的话，可听见了？"

　　"是……"

　　两个孩子答应一声又磕了头，便赶过去给太后请安。太后却呵
呵笑着一把将两人揽在怀里，口里亲儿肉乖乖叫着，命那拉氏和惇
妃道："把他们进来的哈密瓜、新荔枝拿些个叫孩子用——可怜见的
拘着读了一天的书！"掰着两个孩子的小手指又问喜欢哪个老师讲
的书，学堂里有什么新鲜事。永璜、永琏偎在祖母怀里，似乎才恢复
了孩提天性，叽叽咯咯笑着，却都说张照画的画儿讲的诗好，永璜
道："也没什么新鲜事，倒像是怡王爷和理王爷他们搁气了，都冷着
脸不多说话。我问七叔弘昇是出了什么事，七叔也不高兴，搡了我
过来。张照又把着手教我画了一幅梅，明儿拿来给老佛爷瞧。"

　　"谁和谁搁气？"乾隆已经吃饱，原本要辞去看望皇后的，因见
高无庸端着绿头牌进来，随手翻了惇妃的牌子，问道："他们都说了
些什么？"永璜正和祖母说得亲热，听父亲发话，忙离开太后，毕恭
毕敬说道："是怡亲王和理亲王，儿子见弘皖给弘晌倒茶，怡亲王把
茶杯推开了，一句话也没说，不是平日模样，猜着他们搁气了。"乾
隆还要问，太后笑道："皇帝，他们都是年轻人，免不了磕磕碰碰的。
你去瞧瞧皇后吧，你在这，孙子们和我逗乐子还得提防你发脾气

呢！"

一句话说得乾隆也笑了，起身便向太后一躬，说："是，儿子这就去。"那拉氏笑道："娘娘那儿我还没过去，既是皇上去，我陪着过去好了。"向惇妃挤挤眼儿，惇妃知道翻了自己牌子，圣眷还算不坏，脸一红什么也没说。

冬天日短，二人出了慈宁宫，天已经暗下来，一片澄澈的天上已显出几个星星，从窄狭的永巷高墙夹缝里射下清冷的光，微微的北风嗖溜溜一阵阵扑面，刺骨的冷，乾隆一出来便打了个冷颤，笑道："怪不得皇后感冒，这天贼冷！——今儿你这个女说客没得彩头吧！朕还不知道你，不就想叫翻你的牌子么！明儿吧，今儿得给惇妃安抚一下。"

"皇后哪里是感冒，她是疼经。当着那么多人不好直说。"那拉氏叹道："……身上两个月没来癸水了，也许又有了呢！"乾隆边听边笑。说道："所以你也急了，想给朕生个儿子，自己脚步儿也好站稳了，是不是？告诉你，命中该有的自然不求自至，没有就是没有。你不是请张天题算有两个儿子么，担的什么心？朕又不老！"那拉氏娇嗔地一扭身子，说道："我独个儿想有就有了么？皇上什么都好，就一宗儿，吃着碗里看着锅里，想着河里，还盼着海里的……"

她连珠炮价连嗔带笑，说得乾隆哈哈大笑，说道："女人犯起醋味来真了不得。翻你的牌子比皇后还我呢！皇后是个端庄人，在这上头也极淡——朕就疑心她是不是有什么症候——要不然真不知道你怎么翻坛子了！'朕是淫乱昏君么？'"那拉氏抿嘴儿一笑，说道;"您是见一个爱一个，多情种子，不是昏淫皇帝，上回傅恒奏来，说信阳张家那女子有了人家，您要是昏君，还管他这些个？拿来享受再说！我瞧您也只是怅怅的……其实……我在这上头也淡，只是这宫嫔没儿子，老了没下场，白头冷宫，不好过的……"她说得自己心酸，已是流出泪来。

"了好了。"乾隆劝慰道："朕都知道！这已经到钟粹宫了，人瞧见你泪模似样的多不好!"说着便进了垂花门。那拉氏也换了庄容,甩着手绢亦步亦趋跟着进来。

大阿哥永璜目力不错,他的几个叔叔今天是闹了一场生分。

照乾隆的规定,皇子进宫读书,早晨五鼓进毓庆宫,由内务府供一餐早点,读《四书》听讲《易经》,已牌时分各自回家吃饭;下午未末再进宫,申时供应晚饭,晚饭后再有一个时辰功课,却是琴棋书画,各自随便选学。由乾清宫侍卫过来教习骑射布库武艺是每个皇子必修,也安排在下午。

因杨名时病危,庄亲王允禄下午带着弘晓等人去看望,孙嘉淦、史贻直都是兼差,衙门里有事都没来。一时毓庆宫没有老师也没有首脑。起初倒也无事,弘瞻几个大一辈阿哥凑一处,有的下围棋,有的摆弄琴,有的站在旁边看琴谱。十几个小阿哥一身短打扮,却在工字宫外砖坪上练把式。忽然,毓庆宫大门处,恒亲王允祺的老生子儿弘皖连蹦带跳地跑来,说道:"你们要不要吃福橘?这么大个儿没核儿,到嘴里一包儿蜜——十二大篓子刚运进来,我偷着弄了一个,那滋味,啧啧……甭提了!"他砸嘴舔舌地说得津津有味,几个小阿哥都含着手指头,哈拉子拖出好长。同在一处玩的弘晋、弘眺、弘皖、弘皎、弘曎都在天真孩提之时,哪有什么顾忌?小兄弟们凑一处叽叽咕咕,商议着"咱们一人弄一个尝尝"。正说得高兴,理亲王弘晳从屋里踱出来,伸欠了一下,笑问:"你们几个小把戏鬼鬼祟祟凑一处,也不练功夫,嘀咕什么?仔细着十六叔来了罚你们背书!"

"王爷!"弘昉上前嬉皮笑脸打了个千儿道:"外头不知哪个大人贡进来的福橘,一个足有一斤来重,兄弟们口馋,都想尝尝新鲜儿……王爷面子大,给他们内务府说说,弄一篓子来……弘晳笑道:"要一篓橘子也不是什么难事。只是刚贡进来,养心殿、钟粹宫都还没送,咱们倒先吃,人家要说咱们不知礼,对景儿时就是事。

为这点子口福十六叔一顿排场，不上算。忘了杨师傅上回说吃西瓜的事么？整整数落了半日！我们都是金枝玉叶木着脸听人教训这些事儿，很有趣么？"弘皖在旁笑道："罢呦三哥！贡品没入库都不记帐，太监们还吃呢！就整篓搬不合适，一个人弄个尝尝，就是万岁知道了也只是一笑的事儿。您是王爷，连这点肩胛也没？"

弘晳不禁一笑，叫过弘晌来说道："你点点这里几个人，去奉宸苑寻赵伯堂，看有封得不严实的篓子，不要整篓搬，就说我的话，有几个小阿哥积食，一个弄一个尝尝鲜儿。"弘晌是老直亲王允禔的小儿子，父亲犯罪被囚，已经去世三年，阿哥里他是最不得意的一个，平素老实得连一步路也不多走，一句话不多说，尽管自己也嘴馋，却只敢悄悄儿撺掇着别的阿哥喊叫，巴不得听弘晳这一声儿，忙答应一声屋里屋外地点人数儿——共是三十六人——兴冲冲去了奉宸苑贡库房。说也巧，恰正弘晌赶到时，橘子正过秤入库，赵伯堂听是毓庆宫几十个皇阿哥要，十分巴结，数了三十六个上好的，吩咐记帐的道："按途中损耗扣除。"竟亲自用食盒子捧着送到敏庆宫来。

这边一群小阿哥正等得跃跃欲试，见橘子送来，齐欢呼一声，一窝蜂儿拥上来，你一个我一个抢到手里。嘻嘻笑着剥皮就吃。弘晌算定了一人一个，眼见只剩了一个，刚要取，不防弘皖从身后劈手一把抓了去。弘皖剥了橘子皮，掰了一个大瓣儿就填时了口里，挤眉弄眼说道："有时运的都有了。咱这倒运的也得沾个光儿！"

"吃不吃橘子稀松一件事。"弘晌怔了半晌，才想到是点数儿漏算了自己——巴巴地跑路要橘子，还要听这风凉话，已是一脸懊丧，眼见满殿兄弟有的嘶溜着吮那汁水，有的咀嚼着细品，有的嫌酸，舔嘴砸舌一副副怪相，都冲着自己笑，弘晌到底忍不住，说道："这舌头嚼得好没意思，都是自己兄弟，放虚屁给谁听？"阿哥们见他犯了妒，更哄得起劲！

"呀——好甜！"

"不不,甜中带着酸呢!"

"我这个是酸的……"

"怎么种的,一样的树,就出这么多味道——我这个汁子粘乎乎扯得出丝儿,一泡儿蜜!啧啧……"

弘皖却另辟蹊径,转脸问弘眺:"你知道玉皇大帝叫什么名字?"弘眺一怔,说道:"不晓得,没听说过。""叫张友仁。"弘皖一本正经说道,"姜子牙封神时,原是把玉皇这位子留给自己的,申公豹在旁边问'封这个封那个,玉皇大帝谁作?'姜子牙笑着说:'你放心,自然有人来作。'恰这张友仁就出班,伏地叩头说:'谢封!'——所以呀,姜子牙只好蹲在门高处看神仙们血食香火——"他得意洋洋话没说完,弘晌已是气得脸色雪白,一步跃上去,"啪"地一扬手打去,弘皖手里橘子已落在地上!弘晌兀自不罢手,索性见人拿橘子便打,一边打,口中道:"叫你们得意,叫你们得意!福橘落地,一辈子晦气!"

一群小阿哥立时大乱,有使绊子腿的,有打太平拳的,有拿着橘子乱砸的,顿时大吵大叫。赵伯堂见势不好,早蹑脚儿悄悄溜了。弘皙正在东阁里和弘蟾下棋,听见外头吵闹,推杯出来,只见满地都是橘子皮,橘子,都踩得稀烂。一群人围着弘晌和弘皖,弄不清谁在打谁,弘皙断喝一声:"这成什么体统?都住手,为首的站过来!"弘皖见哥哥出来,越发起兴,趁弘晌发怔,一掌捆去,打了弘晌一个满脸花。弘晌大骂道:"好母狗养的,这么仗势欺人?!"又扑上去时,几个太监一涌而上,死死把住了。弘晌此刻已气得发疯,大叫:"弘皙!你拉偏架,哥儿们合手欺侮人么?"弘皙原本无意,他贵为亲王,弘晌不过是个没爵位的黄带子阿哥,见他无礼,顿时勃然大怒,断喝一声道:"按定他跪了!——没王法的王八蛋,跟他爹一个样!"

"你跟我爹才一个样儿,你还跟你爹一个样儿!"弘晌被几个太监按得动弹不得,气得满脸是泪,号啕大哭道:"我没王法!还不晓得别人什么王法泥？杨师傅啊……你病得好惨哪……我知道你是好不了了……你要不病，我还好些儿……老天爷怎就这么不睁眼啊？呜……杨师傅……我对不起你啊……"众人此刻心里乱哄哄的，谁也没理会他哭诉的文章。但弘晳已经"轰"地一声头胀得老在。煞白着脸道："都进去，读书！有什么好看的！太监们把这里打扫干净。一会儿十六叔和永璜、永琏来了瞧着是什么样子?"说罢走过来，亲手拉起弘晌，抚慰道："我真的不是有意拉偏架，弘皖这小畜生回去我自己要料理他，……可怜见的，你就这么大气性。家里怎么样？你也难……来来，跟哥子到那屋去，有好东西给你呢！"

待永璜、永琏他们来的，一切已经风平浪静。

二十二　杨名时遭鸩毓庆宫
不逞徒抚尸假流泪

　　弘晳好不容易熬到申末时牌散学,强按着心头的惊悸尽量从容不迫地踱出东华门,招手叫过贴身太监王英,低声道:"你这会子去恒亲王府和怡亲王府,叫弘升和弘昌立时过这边来,就说得了几本珍版书,请二位爷过来观赏。"说罢登轿而去。一路上弘晳只是疑思:"在杨名时茶点里做手脚,当时机密得很呐……这小鬼头怎么夹七夹八一口就说了出来?"他沉闷地抚着想得发热的脑门子,杨名时"中风"前一天的情景立刻清晰地显现出来。

　　那是冬至日过去的第二日下午,弘晳原说要到理藩院和光禄寺去查问旗人年例银子,还有功臣子弟有爵位的祭祖赏赐发放情形也都要汇总儿写折子奏报乾隆。过东华门时,他觉得身上穿的单薄,坐在轿上有寒意,想想自己在毓庆宫书房常备着一件玄狐大氅,别的太监又进不去,只好自己下轿进内来取。进了上书房,却见学生们都没有到,只杨名时独自紧蹙眉头坐在炭火盆旁沉思,弘晳一手摘下衣架上的大氅,顺口问道:"杨师傅,你在想什么?"

　　"唔?"杨名时浑身一颤,仿佛才从沉思中清醒过来,回头见是弘晳,便道:"是王爷来了? ——你来得正好,我给你看件东西。"弘晳见他脸色阴沉语气沉重,也不见礼便向案头走去,心里忐忑着问道:"杨师傅,到底出了什么事?"杨名时不言声,顺手取过一本窗课递过来,说道:"这是弘曕写的仿字,请过目。"

　　弘晳看了杨名时一眼,接过本子翻了翻,并没什么异样的毛病,杨名时道:"你把帖子抽出来,看背面。"弘晳依言,从双叠纸夹缝里抽出帖本,却是张照手书的《石鼓歌》,也不见出奇。翻过来看时,乱七八糟横抹竖涂的都是字,大的有核桃大,小的只蜉蚁大小。杨名时用手指在左下角指了指。弘晳仔细看时,一色端凝的蝇头小楷:

> 辛卯庚午丁巳丙辰何以自克!其理难明,当问之杨。贾士芳捉妖,有趣有趣……

下面浓墨还画着几个莫名其妙的符。弘晳顿觉头皮一炸,从心底里泛上一阵寒意,颤着声说道:"这不过是小孩子信手涂鸦,练字儿的……我看不出什么意思……"

"当然是有意思的。"杨名时冷冰冰说道:"这八个天干地支是当今的生辰,大约有人说它个'相克',弘曕偷听了记下,想来问我。下头画的符我也不懂,去一趟白云观,问问张正一我就能弄明白,别看字不多,其中有好大一篇文章呢!"杨名时毫不客气揭破了这层纸,弘晳越发急得六神皆迷,雷惊了似的怔了半晌,结结巴巴说道:"是……是弘曕来问你的么?"杨名时摇头道:"弘曕没有问,是我茶水撒在本子上,这些悖逆字句显了出来。倒是我叫了弘曕来问,支支吾吾地听了不少话外之音。"

"他……他胡说了些甚么?"

"你自己做的什么事,要问我么?"杨名时突然提高了嗓门,"啪"地拍案而起:"不要忘了,我做过六年知县!平素看你温文尔雅,怎么心里存着这样的念头?你请在哪里的道士,或者信了什么邪教,胆敢弄这套玄虚?前车之辙尚在,允禔的故伎,你竟然照搬不误!无君无父不忠不孝不悌,你是什么东西?你知道这是什么罪名?趁早打点,把那行魔魅之术的妖人拿下,上一个罪己的折子,是你的图新之道!"

　　听着这毫不留情的质问和斥责，弘晳心胆俱裂，嘴唇剧烈地哆嗦着，浑身几乎都要瘫软下来。杨名时也是气得脸色焦黄。弘晳胆怯地试探道："师傅，你说到这里，足见你的仁爱这心。前些日子几个弟弟不知是谁，确实请过一个道士，说是府里后宅夜里有鬼哭，请人镇祟的。我也没见这个人，也不知道他们背后做了些什么。真的，杨师傅，你宽我几天，容我查一查来龙去脉……该怎么样，我必定给你回话……"

　　"你真的不知道？"杨名时口气松缓了一下，"这么大的事，他们能背着你？""真的！"弘晳目光熠然一闪，忙又垂下眼睑，诚挚地说道："我起誓！说实在的，今天您乍说这件事，我真像晴天遭了霹雳。家父在世时，大伯直亲王允禔就对他下过这份毒手。我虽是亲王，也是读书人，自古从来没有用魔魅术能成就大事的，我就是笨，也不至于照搬伯伯那一手。这件事现在既出来了，我也不能容，请师傅宽限几日，查清楚了一定严办！"杨名时听他含泪吞声娓娓解说，心软了下来，恻然叹息一声，说道："照我早年秉性，这会儿弹劾奏章早就递上去了。只现在我是你们的师傅，苟不教，师之惰。先前老理亲王在世其实有恩于我，也真不忍见你们这一代再遭大劫。这是何等样的大罪？又是君臣，又是手足，就忍心往死里治？"

　　弘晳"嗯噎"一声双膝跪倒在杨名时面前，叩头道："先生这话仁德之心，上通于天！先父九泉之下实实是听见了看见了……先生，我们家真的是再也经不起这样的波折了……"说罢泪如雨下。

　　"这怎么使得，快起来！"杨名时看看金自鸣钟已近未正，连忙搀起弘晳，"阿哥们一会来了瞧着是怎么回事？"弘晳仰脸直盯盯地看着杨名时，"求先生恩典！谁作的孽，我必定处死他。只请不要惊动朝廷，这罪名株连的人太多了……您若不答应，我就跪这里。反正结局也一样，听朝廷公道处置……"

　　弘晳的如簧之舌终于软化了杨名时——一边搀他起身，叹道："不但理亲王府受不起这场浩劫，朝廷也不宜再折腾这类事了。王爷,我不上奏了.三天之内你给我句回话,办这事的下人要处死,那个阿哥起谋,要另寻理由请旨削爵,我就把这事烂在心里……杨名时平生不违心,想不到……"他摇了摇头,仿佛咽回一口苦涩无比的酒,攒眉不证。

但杨名时万万没有料到,第二天自己就遭了毒手。连弘皙也没有想到的是,弘昀那天中午放学没回家,吃饱了点心,蜷着身子在熏笼旁边的春凳上假寐,竟一字不漏的听完他们的对话。

大轿平稳地落地了。王英掀开轿帘,见弘皙犹自闭着眼靠在轿背上出神,小心翼翼地禀道:"王爷,到家了。昇爷、昌爷先到了,在门口候着呢!"

"唔。"弘皙慢慢睁开眼,多少有点迷惘地隔窗看看,呵着腰出来,看也没有看弘昇和弘昌便进了倒厦大门,往书房而来,弘升和弘昌对视一眼,沿超手洲廊曲曲折折跟着进来。

理亲王府是北京所有王府规模最宏伟、最庞大的宅邸。是康熙十二年开始,修建了十多年才建起的太子府,七十年来随着主人几起几落,王府几次修葺又几次破落,如今是陈旧了,但结构规制还保留着允礽当年最鼎盛年代的模样。正中银安殿一带自从允礽第二次被废后便被封了,雍正初年允礽被释后也住在现在弘皙书房后另辟的小院中。只这书房还是当年模样,从大玻璃窗东望,便是高大灰暗的银安宝殿和已经结满了黯红色苔藓的宫墙。墙头和殿角上长满了枯黄的衰草,在风中凄凉地瑟瑟抖,似乎在告诉着人们什么。弘升、弘昌进来,见弘皙望着外头一语不发,许久,才粗重地透了一口气。弘升便问:"二哥,您得了几本什么珍版书?"

"和上回杨师傅见到的信帖一样。"弘皙倏地回身,他背对着光,脸色又青又暗,"如果弄不好,比杨名时还难对付。"

弘昇、弘昌两腿一软,就势儿都坐在雕花瓷墩上,一时屋里死一般寂静!弘昇脸色苍白,细白的十指交叉揉捏着,倒抽着冷气道:"药是太医院安顺配的,使的是安南秘方,是我亲手……当时屋里屋外仔细看过,确实没一个闲人!"说着目视弘昌。弘昌被他寒凛凛的目光镇得一缩,忙道:"这是何等样事,我敢跟闲人说,要告密,我不会亲自去见讷亲?"

"我也不疑你们这个。要是你们变心,早就出大事了。怕的是吃醉酒说梦话泄露了出去,现在看也不像。断没有一下子就传到弘昀耳朵里的理。"他喃喃自语,想了一阵子,才恢复常态,又把今天毓庆宫诸阿哥争橘子的事缓缓说了,又道:"想得脑门子疼,也没有想出个头绪。我觉得不必费这个心了,最要紧的是当前怎么办。"弘昇仰脸想着,说道:"二哥你私下怎么安慰他的? 他怎么说?""我没敢直说,也不敢多送银子。"弘晳说道:"给他几个金瓜子儿算是代弘皖赔他朱是,又许给他一个金丝蝈蝈笼。他到底才八岁,也就破涕为笑了,说自己说话不知道上下,也有不是。别的话没敢再深谈。"

弘昌是这三个阿哥里最年轻的一个,刚刚二十岁出头,黑缎小羊皮袍子外套一件石青天马风毛坎肩,一张清秀的脸上嵌一双贼亮的小眼睛,十分精神。他原是怡亲王允祥的嫡子,恰允祥去世那一年,诚亲王允祉的儿子弘晟代父祭吊,弘晟当时年纪不过十岁,对这个十三叔的情分原本就淡,磕头时孝帽掉地灵桌下面,也是小孩子好玩心性,他不用手去捡,头在桌下拱来拱去要把孝帽套上。旁边守灵的弘昌一眼瞧见,忍不住竟"噗哧"一声笑了出来。允祉赶来奔弟弟的丧,恰见这一情形,也是淡淡一笑。为此,允禄具本参劾,雍正赫然震怒,将弘晟交宗人府禁锢,革掉允祉亲王爵位,险些父子一同做了刀下之鬼;弘昌也因"居丧不戚"剥掉了贝子爵,径由长兄弘晓承袭了怡亲王爵位。因此,弘昌对允禄和弘晓也衔之次骨,和为保奏允祉而被削掉了恒亲王世子衔的弘昇一拍即合,上了"老主子"的理亲王弘晳的船。听弘晳说完,见弘昇还在沉思,弘昌便道:"二王元这么处置还是对的,弘昀家里哪今精穷。他又是个孩子,一下了拿回许多银子,反倒招疑。依着我看,这种有天没

日头的事拖得越久越容易出事。想不出乱子,现今必须灭口:一是
杨名时,二是弘晌。当断不断,总有一日东窗事发,我们至少也要
被永久圈禁!"他是有名的贼大胆儿,这样凶残的话说出来,脸色平
静得像刚刚睡醒的孩子,弘皙和弘升都不自禁打了个寒颤。

"似乎过了些。"弘皙无可奈何地叹道:"杨名时是不得已儿,弘
晌到底是亲骨肉,他还小……"

弘升阴沉沉一笑,说道:"这是大清社稷归还原主的大事,讲不
得私情骨肉。要看是不是该作,是不是能作。除掉一个杨名时我
们手脚那么干净,又冒出个弘晌,再下手弄弘晌,到底有多大把握?
杨名时那边好办,院安顺走了第一步,第二步不听我们的也不行。
弘晌这边,听二哥方才讲的,这毛头小子似乎也没有拿住我们什么
把柄。二哥不便出面,我和弘昌多往他家走动走动。他就孤儿寡
母两个,缺的不过是银子,周济得他不穷了,估约至少不会拿这无
根无梢的话得罪我们。若弄死弘晌,允禵一家就断了根,万一再出
个纰漏,你就把金山搬给弘晌他娘,也堵不住她的嘴!"

"弘升说的是。"弘皙原本方寸已乱,听弘皙这么一解说,越觉
得弘昌的话不可取,"弘晌的哥哥早死,侄子也是闲散宗室,本来人
穷志短马瘦毛长,再弄掉了她的儿子,穷极又到绝路,没事还要生
出事来,敢再加上有点影子? 弘晌又十分伶俐,万一不成事,我们
真的连退路也寻不出来,那才真叫滚汤泼老鼠! 我看除掉杨名时
也就够了。也是警戒弘晌母子,也告诉他们'死无对证',再加上银
子填,不至于出事。再说,匀一无辜而得天下即为不仁,我也真难
对这弟弟下毒手。"弘昌一笑,说道:"哪个夺天下的不杀得血流成
河,死的都是'有辜'的么? ——这是妇人之仁。我就佩服我的阿
玛和当年的十四叔,说做什么事从来不犯嘀咕——要不是你们说
的有道理,我还是那个字:'杀'!"

一阵料峭的冷风从檐下掠过,罘罳旁的铁马不安地晃动着,
发出清冷姜凉的撞击声,三个兄弟望着外边不渐苍暗的天色,一时

都没吱声。弘皙的眸子闪着暗幽幽的光,像若明若暗的两团鬼火。许久才喃喃道:"一看见这银安殿,我就想起当年……阿玛,那是多仁慈的一位太子,生生地被人暗算了!雍正不过是阿玛手下的一个臣仆,篡改遗诏谋夺了江山。他自己暴死偏宫,焉不知是现世报应!弘历(乾隆)凭什么安坐九重,不是靠了雍正么?唉,天意……天意真难知啊!"

就在这个月黯我高的夜晚,子正过后,杨名时一碗汤药被人灌了下去。

第二日凌晨,杨风儿过来侍候他翻身解手,发现他垂脸不语,静静躺着一动不动,和平日大不一样,伸手触时,鼻息全无。杨风儿浑身一激灵,两腿一软,几乎瘫倒在地。杨风儿整日侍候在杨名时卧榻侧畔,隐隐觉得杨名时病得蹊跷,但这里往来探望冠盖如云,都是朝中当政大老,诊脉看病的又是太医院的医正阮安顺,药都是自己亲口尝了才喂杨名时的,心里纵然万般狐疑,口中却半句闲话不敢吐露。他心里沉了一下,想起杨名时身居高官终生坎坷,竟然就这样撒手而去,不禁悲从中来大声号啕痛哭,扑在杨名时身上,扳着肩头哭叫,"大爷……你醒一醒儿……你不能就这么去了……可怜牴牴和弟弟,他们可怎么过活,啊?你醒醒吧,醒醒……嗬嗬……"

哭声立刻惊动了里间的杨夫人,她是和衣睡着的,一骨碌翻身起来,揉着发瘀的眼便往外急走,正和刚刚抢进来的太医院安顺撞个满怀。杨夫人也顾不得这些,只连声问:"是怎么了?是怎么了?"阮安顺却暴躁地说道:"不要哭!"几步跨到杨名时跟前,一手把脉,一手翻开杨名时眼皮看了看,极敏捷地从怀中取出银针包儿,在杨名时头顶、耳鬓、前胸行针,密密麻麻扎下去几十根。杨氏和杨风儿傻子似地站在一旁看,见阮安顺号着脉,一会儿神情紧张,一会儿摇头沉吟,许久,他惊喜地叫一声:"有了脉象!夫人,请你把把看!"

"是么?"杨夫人急忙扶住丈夫的右脉,屏息凝神,果然慢慢觉得缓似静水,细若游丝般微微搏动。杨夫人惊喜交集,正要说话,只见杨名时全身一颤,仿佛要把无尽的哀愁一吐而尽似的长长吁了一口,顿时脉息全无!她惊惶地看了一眼阮安顺,阮安顺却什么也没说,怔怔地收针,许久许久才道:"夫人,我已经尽了全力,杨大人已经……"他似乎很吃力地进出三个字:"归天了……"杨夫人头一阵晕眩,顿时歪倒在丈夫的榻前。

所有的凶手都是怕见自己作恶的结果的,阮安顺面阴沉,忙命人扶起夫人,见杨风儿捶胸顿足哭得昏天轩地,他自己也闭上了眼睛。阮安顺双手合十喃喃念诵了好一阵梵经,才使自己平静下来,说道:"把杨大人的脉案药方都拿来,请杨夫人过过目,送到太医院吧……"杨夫人恰刚醒过来,突然发了疯似的扑过来,惊得阮安顺急忙一闪,几乎被她揪住辫子:"夫人,您,您怎么了?"

"你这安南佬!"杨夫人凄厉地叫道:"你不是说过名时不能说话写字,性命不要紧的么? 昨天他还稳稳当当,一夜里就归天了……你们是怎么给他治的呀……"她身子一软坐到地上,呼天抢地地哭起来:"名时名时……你这是何苦……从云南一回来你就答应我不做官的……我好命苦啊——"杨风儿在旁边才放悲声:"大爷呀……您不到该老的时候儿,怎么一句话不言声就去了……"两个孩子原来躲在里屋,也跑了出来,一家人顿时哭得乱成一团。

恰在这时候,弘昇和弘昌,一人提着一盒子宫点进院。驻足侧耳一听,二人什么都明白了。弘昌几步跨进屋,先是怔了一下,丢了点心包儿痛呼一声,"师傅!……"便扑到杨名时身边,接着弘昇也跟上,都跪在杨名时面前捶床扪胸稽首叩头。也亏了这兄弟竟有这副急泪,涕泗滂沱地诉说得有声有色:"杨师傅……您在笼在宫是最疼我们的……怎么就这样撒手了! 谁还肯再把着我的手写字儿,教我们画画儿、弹琴? 您还不到五十岁,朝廷社稷使着您的地方多着呢! 老天怎么这么不睁眼……"

良久,二兄弟方收泪劝慰哀哀痛哭的杨家母子。弘昇说道:"人死不能复生。现在也不是哭的时候儿。我们去颛知十六王爷,得立刻奏明当今,阮太医把脉案整理清爽交太医院,这边师母把屋里火撤掉,先不要举丧,皇上随后必定有恩旨的。"弘昌却是别出心裁,说道:"我这辈子遇过十几位老师,总没及得杨师傅的。我们兄弟都知道杨师傅居官清廉,身后没留多少钱财。师母您放心,兄弟们是要受恩荫的,长大后必定会大有作为、光耀门楣。呃——我这里认捐一千两,师母别嫌薄。学生多,七拼八凑的,下半世您也就不用愁了……"兄弟二人你言我语娓娓劝说,好一阵子杨夫人才止住了哭,勉强起身料理杨名时的后事。弘昇的心思比弘昌却细密了许多,已经走了几步,回头又对杨夫人道:"家里出这么大事,这几个人怎么忙得过来? 夫人要不嫌弃,回头我带结家人过来帮着帮料。我也有些赙仪要送过来的。"因见弘昌已写了个认捐册子放在茶几上,也过来,在弘昌名字后恭整写上"弘昇认赙仪一千两。"

"全凭爷们做主。"杨夫人与丈夫成婚多年,杨名时多在难中,极少把她接到任上。她其实是个蛰居不出、毫无阅历的妇女,此时早已心乱如麻,不知如何是好。亏得弘昇、弘昌这一点拨,她才慢慢定住了神,敛衽一礼说道:"待事情过后,我叫风儿带着两个孩子过去磕头。"弘昌觉得弘昇热心得过头,上头放着多少有权势的阿哥,轮得到你来料理吗? 未及说话,弘昇又道:"这都是弟子孩作的,有什么谢处? 杨师傅生前的文稿是要紧的,请夫人整理一下我带去。师傅的著作、文章我出资刊行天下。"杨风儿见杨名时大丧新出,两个阿哥这么"及时"赶来,又这么亲热,见弘昇要文稿手迹,心中陡起疑云,遂道:"回爷的话,我们老爷的文稿都存在我箱子里,这会子这么乱,恐怕腾不出工夫。稍等几天事情过后,我亲自送到府上。"

弘昇下死眼盯了杨风儿一眼,但杨风儿的话理由太充分了。

他想了半晌才道:"也好。我是想编辑一下,沾师傅个光儿。你弄出头绪给我也好。我不会白要师傅的稿子的。"弘昌见阮安顺已带着一大包医案出来,怔怔站在一旁看,便道:"昇哥,咱们和太医一道走吧。"

"二位爷,"在杨名时大门口,三人各自牵骑,太医院安顺,却不急于上马,转脸对弘升说道:"给我的三千两银子不够,请爷们再赏两千。因为,因为我要回国了。"弘升注视着这位医术超群的安南人,说道:"两千两银子不难,你到中国已学成名医,回你那蛮荒之地岂不可惜?"

阮安顺上马勒缰,望着远处,说道:"我学成好医生,却变成一个坏人,我的妈妈会失望的。而且,谁也不能保证我会变成第二杨名时!"说罢,他一抖缰强纵马而去。弘昇望着他的背影,狞笑道:"扣住他的老娘,他走不了。"弘昌却道:"放他走吧,留在这里是个祸胎,我们还得想法子灭口。一步不慎,也就葬送了自己啊!"二人说着,见钱度骑着马迎面过来,便住了口。

二十三　刑部院钱度沽清史
宰相邸西林斥门阀

钱度在杨府并没有多耽搁。他是去李卫家听到那里探病的同僚说，杨名时已经谢世，门神已经糊了。他自调刑部衙门，曾经跟着刘统勋到杨家来过两次，现在人既死了，不能没有杯水之情。原想这里必定已经车水马龙，还不定怎么热闹呢，及到了才知道，杨名时的死讯还没有传开。他原想在这里多结识一些人的，不禁有些扫兴。钱度拿过认捐簿子看时，起头是弘升兄弟的两千两。以后来的，有十几个人有八百的，也有三五百的。钱度苦笑了一下对杨风儿道："我手笔太小，有点拿不出手。土地爷吃蚱蜢，大小是个荤腥供献罢。"说着端端正正写子"钱度二十四两"几个字。在一大串显赫官员的名字下，倒是他这一笔格外显眼些。钱度写罢搁笔辞了出来，正和一个人撞个满怀，定睛看时，竟是小路子！穿着一身半旧不新的灰棉布袍，翻着雪白的里子，一副长随打扮，比之在德州分手时胖了许多，模样却是没变。钱度不禁失惊道："这——这不是小路子么？你怎么会在这里？"

"钱爷，我如今叫陆世京。"小路子忙给钱度打千儿，说道："我早就来北京了，如今也在大内，就侍候军机处老爷们的夜宵。其实我见过钱爷向面。您是忙人，我也没什么大事，不敢高攀就是了。"遂将随杨名时进京，将他荐到军机处当杂役的事约略说了，又道："杨老爷是清官，我是个下人，没法报他这个恩。好歹到他灵前哭一场，也算尽尽自家的心。我是给我们厨房头请假来的……"

钱度一点也不想和这个陆民京多搅和，敷衍道："这就好，有碗安生饭吃比什么都强。好好在里头做事，能照应的我自然照应你……"说完径自出门回衙，一路上兀自懊悔，不该这么早到杨名时这里来。钱度回到刑部衙门谳审司，刚刚坐定，门上小秦便进来禀说："钱老爷，顺德府鲁太尊来拜。"钱度怔了一下，才想起是顺德府的鲁洪锦。为断张天锡打死抗租佃户宁柱儿一案，张天锡被判斩立决，道里驳了，说主细相争名分有别，量刑过重。鲁洪锦不服，府道相辩文书直送刑部。钱度建议刘统勋维持鲁洪锦原判——这是谢他主持公道来了。鲁洪锦穿着白鹇补服摇摇摆摆进来，钱度忙起身相迎，说道："鲁府台几时到京的？没有去看你，简慢得很了——请坐！"

"没什么要紧事。"鲁洪锦双手一拱，满脸堆笑说道："我是方才从刘大人那边过来，说到钱大人的批示'主细之间似商贾买卖，无尊卑名分之隔；人命至重，岂可以拥资之多寡论处？'——即此一语，宁柱儿一案已经有了公道。想见大人风采，因此冒昧造访。"钱度这还是第一次因公牍文案受到外官景爷，高兴得脸上生光，一边端茶亲自送到鲁洪锦手里，谦逊地说道："学生哪里敢当！倒是老公祖执中不阿，才令人佩服。"又列举前明律条如何如何，顺治、康熙年间成例怎样怎样，滔滔不绝说了足有一刻时辰。又道："我这样看，刁佃抗租也是该当治罪的，不过二十小板。这一案显见是张某依仗官势逼租打死人命，以'人命至重'量刑，就说不得原来抗租不抗租了。和逼债打死人命是一样的。'鲁洪锦边听边点头，含笑起身道："领教了。学生还要去拜会衡臣老师，去迟了不恭。方才先生说的都是实用的经济之道。如今下关判断这些案子早已离经叛道，竟是随心所欲。改日我设酒，约几个朋友，我们好好叙谈。"说着将一个绿绸包儿双手递上："这是一方端砚，京官清苦，些须还有两炭敬，取不伤廉，请大人哂纳。"说着便笑。

钱度接过来便觉沉甸甸的，他当师爷时收这么点东西只是家常便饭,现在却觉得有点不妥。转想张宁一案已是结过了的,鲁洪锦确实没有半点恶意,又有点却之不恭。半推半就地刚刚收下,便见一个三品顶戴的大员已进二门,钱度不敢再作推让,便送鲁洪锦出来。回到谳审司时,却见方才进来的那个官已在里头坐等,钱度进来定睛一看,不禁吃一大惊:原来竟是刘康!

"您就是钱春风先生?"刘康已是笑吟吟站起身来,又自我介绍道:"不才刘康,刚刚从湖广过来。"

"啊……噢噢……"钱度猛地从惊怔中回过神来,双手一拱说道:"久仰!原听说大人调了山西布政使的么,怎么又从湖广过来呢?"一边请刘康坐,一边自坐在茶几旁。一不小心,几乎将鲁洪锦那碗茶弄翻了。但经这一阵慌乱,钱度也就平静下来,从容说道:"大人赈灾莱阳,一芥不取,活山东数十万生灵,一年三迁,真是朝野瞩目啊!"刘康哪里知道钱度的心里对自己防范如避蛇蝎?呵呵一笑道:"这都是朝廷的恩德,鄂西林老师(鄂尔泰字)的栽培。兄弟是为了平陆县陈序新哄堂辱官一案来的,山西敝衙门为这案子三次上报部里,都驳了下去。这案子拖得太久了,地方上蜚语很多啊!"钱度笑道:"大人必是见了邸报,鲁洪锦审断张宁主佃相争一案,前来质问卑职的吧?"

刘康打火抽着了旱烟,一笑说道:"大人说哪里话?质问是断不敢当的。陈序新是外省刚迁入山西,与兄弟毫无瓜葛。他这个案子确实和张天锡、宁柱儿颇是相似的,只是没出人命。没出人命就律无抵法,怎么就判断陈序新绞监候?"钱度翻眼看了看刘康,淡淡一笑说道:"这两案绝不相同。宁柱儿是被田主打死了。陈序新却是打伤了田主卢江。主佃之间虽无尊卑之分却有上下之别。官府判断他为卢江疗伤、枷号三日已是从轻发落。陈序新竟敢咆哮公堂,当面辱骂县官是'财主狗',蔡县令将他收监,拟绞决处置。这个事情省里驳得没道理。所以到这里我们维持原判,只改作监候,也是成全臬司衙门体面的意思。"刘康见他反复解说,倒笑了,说道："我不是来打擂台,是修桥来的。这不是我手里的案子,但省里脸面上是真的下不来,特地来拜望请教。"说着,将一个小纸包从怀中取出来向钱度面前推了推。

"这是什么?"钱度取过来,压得手一沉,打开看时,是黄灿灿一锭五十两的金元宝。心里打着主意,脸上已是变色:"卑职怎么当和起? 请大人收起。"

"钱大人……"

"收起!"

钱度脸色铁青,低吼一声,"卑职不吃这一套! 卑职自己有俸禄!"刘康吃了一惊,但他毕竟久历宦海,有些初入仕的官员假装撇清的事见得多了,因而只一笑,说道:"这不是我送的,是蔡庆他们下头的一点小意思。案子不案子是题外的话,大人千万不要介意。这点钱你要不赏收,他们脸上怎么下得来? 或者你先存着,待蔡庆进京再归还他也就是了。"说罢便抽身走了出来,这却正中钱度下怀,随即在门内高声叫道:"刘大人! 你这样待我,足见你不是正人君子!"

此时刑部各司都有人回事情,听见谳审司这边吵闹,都出头探望,却见一个三品大员张惶而出,钱度在门内"咣"地扔出一个纸包,偌大一个金元宝从纸包里滚落出来。那官员不知口里咕哝了一句什么,捡起来飞也似地逃了出去。

"哼!"钱度轻蔑地看着刘康的背影,脸上闪过一丝阴冷的微笑,他没有追出去叫骂,却"砰"地把门一把掩了,泡了一杯茶悠然自得地翻看着案卷。燃着火煤子抽着水烟只是沉思。过了一会儿,果然就听见敲门声,钱度恶声恶气说道:"你是什么意思? 要吃多大的没趣才肯去? 你去! 叫鄂尔泰只管参我姓钱的!"说着一拉门,却见是本部长官尚书史贻直和侍郎刘统勋二人联袂进来。钱度忙不迭地往屋里让,就地行了参见礼。说道:"卑职不知道是二位大人,无礼冲撞了!"

史贻直没有说话,坐了钱度方才的位置随便翻看着钱度批过的案卷,刘统勋却坐了客位,看看那杯已经凉了的茶,说道:"春风,关起门和谁生闷气呢?"钱度给他们一人递一杯茶,笑道:"和谁也没生气。气大伤肝,最不值的了。"

"你还哄我们。"刘统勋笑道:"刚才敲门还发邪火来着,连鄂中堂都带上了。"钱度苦笑道:"原来当师爷时,瞧着官好做,如今才知道做好官也很难哩。平陆这一案二位大人也都知道,人家是县里判的不错嘛,还不知平日怎么得罪了臬司衙门,他们拿着这案子寻平陆县的不是,邀买一个'爱民'的名声。当小官的也难呐''"

只贻直一直在打量这个皇帝特简来的主事。他自己是科甲出身,历来不大瞧得起杂途出来的官,很疑钱度是沽名钓誉之徒。听说方才钱度暗室却金的事,特地约了刘统勋来看望钱度,见钱度不卑不亢,举止娴雅毫无卖弄之色,倒起了爱重之心,遂道:"刘藩司平日官声是很好的,下头却作这样的事,真是莫名其妙!这么不是东西,你不要理会他,部里给你作主!"钱度忙道:"有二位大人庇护,卑职什么也不怕!左不过鄂中堂送我双小鞋穿罢了。"史贻直哈哈大笑,说道:"年羹尧当年是何等权势?史某人尚且不让他三尺之地,何况鄂西林?你放心,谁也给你穿不上小鞋。今年去山西查案,我就委我,看看他们敢怎么样?"当下三人又攀谈了一会儿,钱度方送史贻直和刘统勋出来,别的司官在门口指指点点窃窃私议,钱度顿觉风江许多。

刘康连滚带爬逃出刑部大院,心头兀自突突乱跳。刚才这一幕对他来说简直像晴天白日突然做了一个凶梦。所谓平陆一案,根本是不值一提小案。他的真意是进京后便听到风传阿桂和钱度受到乾隆知遇之恩,料想这二人今后必会超迁大用,预先来拉拢关系的。怎么也没想到自己一个三品大员,巴巴地跑来讨一个六品部曹的好儿,会一个马屁拍在蹄子上,就算是不愿受礼,也不该如此声张。钱度与自己前生无仇，今世无冤，何苦独独地拿自己当众作伐呢？……像被人猛地打了一闷棍，整整一个下午他都没出门，白痴一样坐在屋里浑身不自在。直到天擦黑，刘康才略有点清醒。猛地想到明日中元节，鄂尔泰邀自己今晚过府小饮。刘康忙用凉水洗了一把脸，坐了小轿赶往鄂尔泰府邸。

　　此时雍正皇帝驾崩已经一年有余，虽然国丧未过，不许民间张红挂彩、演剧作乐，但实际上官禁已经渐渐松弛，街上此时灯市早已上来，各家六口挂的都是米黄色纱灯，有的似攒珠、有的像菠萝、什么梅里灯、走马灯、夹纱灯、栅子灯、玻璃宫灯、龙争虎斗艳彩四溢，鬼斧神工各展其巧，只是不用红色而已。尽管还不到正日子，满街已都是看灯的人流，走百病、打莽式、放烟火的一处处热闹不堪。刘康起初还坐着轿，渐渐人愈来愈多，拥挤得轿子左右摇晃，只好下来步行。他一路走一路看，到黑定时才一了鄂尔泰府。却见相府门前，只孤零零吊着两盏杏黄色琉璃宫灯。门阃上的人都是认得刘康的，早有人接着了，说道："刘老爷，鄂相吩咐过，今晚主有的客人不多，都在前厅，摆的流水席，各位老爷随喜。我们相爷中间出来劝大家一杯就退席。请爷鉴谅。"

　　"谨遵鄂相钧令。"刘康本想见到鄂尔泰好好诉说诉说的，到此方想起鄂尔泰称病在家，不好出来陪客，只好屈屈跟着管家进来，口中却笑道："都是西林门下，我们相熟得很，相公既然不爽，也不必一定出来，吃完酒我们进去请个安，也算共度元宵。"那管家笑道："这就是大人们体贴我们老爷了。"

　　客厅里却是十分热闹，刘康看时，足有三四十个官员，大到将军巡抚，小到知县千总，有文有武品色很杂，都是鄂尔泰历年主考取的门生故吏。大家正围在廊下看灯谜，三三两两凑在一起，处的窃窃私议，有的大声喧笑。堂上灯烛辉煌摆着五六桌席面，也有贪杯的，几个人坐一处拇战行令，吃得满脸放光。外边小厮们抱着烟火盒子，有的点地老鼠，有的放流星，紫烟白光硝香盈庭，也自有一番情趣。刘康觑着眼望,见鄂曷、胡中藻几个同年,还有平素相熟的阿穆萨、傅尔丹、索伦,都散立在西廊看灯谜,便凑了过去,笑道:"各位年兄比我早。"

"行家来了!"太湖湖州游击见刘康一步一跛地过来,上前扯了袖子笑道:"我们这里逗笑子呢。今年鄂老师家的灯谜出奇,都不是老胡的对手。你来你来!"胡中藻笑道:"这有什么对手不对手的?诗无达诂,随心解释。说得通就算好的。"刘康只好勉强笑着过来看,却见一盏灯上写着

> 若教解语能倾国,任是无情也动人。

刘康又看看别的灯,说道:"这都是古人陈诗,找谜底有什么难?这是罗隐的《咏牡丹》诗。"胡中藻把玩着手中的扇坠儿笑道:"这么说还有什么趣儿?这叫雅谑,你得写出新意。譬如这一句,是牡丹,就说是'美人画儿'。可明白了?"

刘康点点头,再看下一盏时,上头写着:

> 到江吴地尽,隔岸越山多。

刘康笑道:"吴僧这句咏白塔诗,倒像是分界堠子①诗。"众人看了点头道:"果然像。"索伦指着"上穷碧落下黄泉,两处茫茫皆不见"说道:"这句诗我见过,是李白的!"众人不禁大笑,阿穆萨道:"真是花花公子,一晚上藏拙,开口就露馅儿了。这是白居易《长恨歌》里的……"

"唐明皇要算情种。"傅尔丹叹了一声,旋又笑道:"这是'目莲教母诗'!"刘康原来懒懒的,此时不免也鼓起兴头,指着"疏影横斜

---

① 省县交界处,或设石、或裁碑作为标志,俗称"分界堠子"。

水清浅,暗香浮动月黄昏"笑道:"林和靖这首咏梅诗,有人曾对东
坡说过,也可谓之咏桃花。东坡说'只怕桃花当不起'。据我看,桃
花当不起,野蔷薇似乎近了。"胡中藻见大家都笑,说道:"这个说的
不对。野蔷薇是丛生,哪来的'疏影横斜'?"再看下一个,却是贯休
的觅句诗:

　　　　　尽日觅不得,有时还自来。

刘康笑道:"这是猫儿走失了,寻猫的!"

　　众人不禁哄然叫妙,索伦却道:"也很像是屁。肚子撑胀,想放
一个,就是放不出来,有时无缘无故的,一个接一个打响屁。"众人
先一愣,接着轰然一阵大笑。刘康笑得喘气,说道:"前次和庄有恭
说到贾岛的'鸟宿池边树,僧敲月下门',我说合该是'僧推月下
门'。有恭说,夜间谁家不把门上紧?还是敲门的对。我说,你太
老实。这是和尚偷情诗,这贼秃和淫妇约好了,门是虚掩着的。"一
语未终,已是笑倒了众人。正说笑着,刘康一眼瞥见后院月洞门处
有几盏玻璃灯闪闪烁烁出来,料是鄂尔泰来了,便不再言语。众人
也都停了说笑,却见那灯火在西侧院闪了一下,从西侧门出去了。

　　刘康不禁诧异地问身边的鄂曷:"像是鄂中堂送客出去了,他
老人家不是病着的么?"鄂曷摇摇头,说道:"中堂今晚没出来,我不
知道见的什么客人。要是见客又送,不是张衡臣就是讷亲。"

　　"是讷中堂。"胡中藻抚着八字髭须说道,"后头一个长随,我认
得是讷亲府里的。还有个像是个太监。除了几位中堂爷,谁府里
还使太监?"正说着,鄂尔泰清瘦的身影已渐渐走近来,厅里厅外的
人们立刻安静下来都到庑廊下躬身迎候。待鄂尔泰进来,湖广巡
抚葛丹率先一个千儿打下去,说道:"学生给老师请安!"众人也都
跟着跪了下去。

　　"都起来,起来么。"鄂尔泰清癯苍白的面孔闪过一丝笑容,"就

为我秉性严肃,怕扫了大家的兴,所以不大陪客。这样我更坐不住。
都坐下。我陪着小饮几杯。我走了,你们依旧乐儿。"说着便径坐了
主席。一群门生也都斜签着身子就位。鄂尔泰是个秉性内向深沉
的人,众人就有一肚皮的寒暄奉迎,也都憋了回去,只一个挨一个依
着官位大小轮流给他敬酒。他却只是一沾唇,一匝儿轮下来,连半
杯酒也没喝。倒是敬酒者每人陪了他一大杯。轮到刘康时,鄂尔泰
见刘康敬完酒,又双手捧上一张雪涛笺,展开看时,上头写着:

> 糯米半合,生姜五大片,河水两碗放砂锅内滚二次,加入
> 带须大葱白五七个,煮至米熟,加米醋小半盏,入内调匀乘热
> 吃粥,或只喝粥汤。

鄂尔泰不禁问道:"这是什么粥? 还要加醋?"

刘康满脸堆笑,说道:"回老师话,这叫'神仙粥',以糯米补养
为君,葱姜发散为臣,一补一散,又用醋收敛,有病可以祛病,无病
可以荣养。学生在淄川赈灾,有一个村都染了时疫,独这一家老小
平问,问了问才知道他们每天都吃一顿这种神仙粥。看来老师也
是气虚体弱,常用这个粥,一定能免疫——那家的老爷子八十多岁
了还能担柴打水呢!"

"唔,好!"鄂尔泰笑着将药膳方子交给身边的家人,"这个单子
没有那些个参茸薯之类的补剂,我秉赋薄,也受不了那个补。倒是
试试这神仙粥,说不定就对了脾胃。"说着起身来举杯,又道:"都在
外头辛苦一年了。就是住在北京,平日各人忙各人的,也难得一
见。今儿聚到一处很高兴,请干了这一杯!"于是众人都起立举杯,
说声"为老师上寿",这次连鄂尔泰在内,也都杯杯见底。鄂尔泰青
白的面孔泛上一丝血色,夹了一口粉丝慢慢咽了,又道:"先帝爷在
时,最厌恶的就是门生科甲朋党营私。当今皇上以宽为政,讲究上
下熙和,其实就宗旨而言,也和先帝一样。你们都还年轻,各自职

分不同，却都在外独当一面。要时时记着自己是朝廷的臣子。如果老想着谁是哪一门，谁是哪一派的，就是差事办好了，你也算不得纯臣。鄂善这次出差，赈灾、办粮、协调盐运，都很出色，皇上已经降旨表彰；卢焯修尖山坝，把铺盖都搬到工地上，累得写来的信，字都歪歪斜斜的。我很疼这些学生，一人给他们送去一斤老山参。因为他们给我脸上长光！你们要真为才老师，劝你们不要每天叽叽哝哝地想升迁，想调转优差，坐谈立议终日言不及义，这样的人，就是我的学生，我也不荐。踏实勤谨办差。给地方百姓留下好口碑的，不是我的学生我也保荐！"这群学生早就知道鄂尔泰必有这番训诫，一个上俯首帖耳静听，纷纷都说老师议论深刻至公无私。葛丹是鄂尔泰最得意的高足，自然以他为主发言，他语调深沉，似乎不胜感慨："我做官二十多年了，每次进京听老师一番议论，都有新得。我看老师别的也没有出奇的，只是遵循孔孟之道，事事循情执理，半点也不苟且。我是老师一力推荐出去的，先当道员，老师弹劾我入库银两成色不均，又降成知府。当布政使时，又因不小心选了个赃官当县令，我又受老师弹劾，降二级调任。算来如今做到这么大官，受处分、降调有六次之多。当时也不免觉得委屈，如今回想起来，老师却是毫无门户之见。我替朝廷卖力办差，有升有赏，我办砸了差使，有降有罚。像老师这样的人品，这样的大臣风度，怎么能不叫人宾服？"

葛丹不愧是个宦海老手，一番话说得有抑有扬近情近理，老师的栽培苦心，自己对老师的心悦诚服，都在这似吞似吐、如诉如倾的言谈中表露无遗，又丝毫不显奉迎拍马痕迹。刘康想到自己上午在刑部衙门拙劣出丑，真的对此人佩服到了极点。刘康怔怔地沉思着。鄂尔泰已经过来，拍拍他的肩头道："你跟我来一趟——大家照旧吃酒耍子，只不要过量，不要弄得烂醉如泥，也不成体统。"说罢一径去了，刘康只好忐忑不安地跟着。

"刘康，今天去了刑部？"鄂尔泰进到书房，坐下后开门见山就问："听说你丢了人?"他的声音和他的脸色一样,枯燥得像刚劈开的干柴,多少带着疲倦的眼睛盯着刘康问道。刘康腾地脸红到脖了根,在鄂尔泰的逼视下羞得无地自容,只呐呐低头说了声"是",别的话一个字也说不出来。鄂尔泰冷冷一笑,说道:"大约你在想,我的耳目好灵通。其实我压根从不打听这些事。方才我送的客,你知道是谁? 是讷亲中堂陪着当今来看我。这个话是讷亲说的。"

刘康仿佛一下子被猛地抽干了血,脸白得像窗户纸,抬起头惊恐地看了鄂尔泰一眼,说道:"平陆一案真的不是我手里审的,实在是学生瞎了眼,代人受过。老师明鉴,我在外头办事不容易,同僚们面子不能不顾。谁想就吃了这么大亏!"鄂尔泰格格一笑,说道:"我已经替你在皇上跟前解说了。皇上还是信得及你。傅恒从山东回来时,也在皇上跟前说过你好话。不然,你这回就不得了。至少'卑鄙无耻'四字考语你稳稳当当承受了。"刘康小心翼翼地问道:"皇上怎么说的?"

"皇上只是笑,说刘康年轻不晓事,为公事行私意,碰壁,该!"鄂尔泰说道:"那钱度此时升官的心比炭火还热,正愁没有垫背儿。你不碰壁谁碰壁? 你犯得着吗?"刘康想想,乾隆说"不晓事"实在算不上厌恶,顿时放下了心,又笑道:"学生今天羞得半天没出门,反躬自省,总是自己不修德的过——"他突然灵机一动,就腿搓绳儿说道:"为志今日之过,我想请老师关照一下吏部,愿意更名'修德'。""这是小事情,明儿你自己到吏部去说,就说我同意了的。"鄂尔泰哪里知道他更名避祸的真意。只顾顺着自己的思路说道:"实在应该从'修德'二字上好好思量。苍蝇不抱没缝的蛋,钱度怎么不拿史贻直、刘统勋他们的作伐? 人唯自侮,然后人侮之。你这件事办得格调太低,自己作践了自己。所以你不要去怨恨别人,更不要指望老师替你出气,我是不作这样事的。"

刘康揣摩这话,必定乾隆还有嘉赞钱度的话,心里又愧又恨,口中却道:"老师说得透彻。我只反躬自省,决不怨及钱大人的。"

"这样,我就不再责备你什么了。"鄂尔泰语气亲切了些,"老实说,原本我很生气的,也不打算单独见你,只我这群门生,原来你也是很有才分的。告诫你几句小心做人。山东和河南差不多,历来多事。估约皇上还要派员去考察吏政,虽说我没有门户之见,小人们总爱用门户看人。你们争点气,我就少听闲话。要再四处钻营,打点门路,那是你自己作孽,我断然作壁上观。我就把这句话扔给你,仔细掂量掂量——去吧!"

二十四　振乾纲鄂善刑酷吏
赐汤锅皇帝卖人情

　　民间元宵节虽然已经渐次热闹如常,但因乾隆要守孝三年,皇家宫苑的灯节依旧十分冷清。乾隆正月十四夜时逐个看望了张廷玉、鄂尔泰、史贻直、孙嘉淦和李卫等军政重臣,回到宫中,但见垂花门前、永巷夹道,挂的都是白纱灯,在料峭刺骨的寒风中摇拽不定,忽明忽暗,甚觉凄凉,竟油然生出一股莫名的忌妒。思量着回了养心殿,看看表,刚过酉时,便叫过高无庸,命他速传顺天府尹进宫。高无庸笑道:"主子爷忘了,顺天府尹何钦上个月丁忧出缺,还没有补上缺呢! 要不要奴才去传他们同知来见驾?"

　　"不要。"乾隆怔了一下才想起来,自失地一笑道:"朕有点生气,先帝驾崩刚过一年,看看外头,都像没事一样了。放鞭炮的、走社火的、耍百戏的、玩龙灯的花样百出! 朕以宽为政,并不要放纵,下头这么漫不经心,真是小人不可养! 你也不用去顺天府,径自传旨给刘统勋,叫他进来。"

　　"扎!"

　　高无庸答应一声退了出去。乾隆定了定心,从案头取过一叠奏章,头一份便是鄂善的,却是奏报安徽水灾后赈济灾民情形。前头详述了黄淮泛滥,决溃十七处,七府二十县受灾的情形,接着便奏:

　　　　……该安徽布政使邢琦文,仅以决溃七处冒渎天听,以欺掩其平日河防不整之罪。臣实地查看被水州县,实已泽园千里,岂止十室九空而已？今越冬衣、被虽经请旨从江苏调拨齐全,然灾民遍地,露宿荒郊严霜之下,时有冻饿之殍抛之荒野。外省绅富拥入皖境贱价买购奴仆。人市间黄口幼儿草标插卖,子啼母泣之声上闻于天,臣心恻然不忍闻。思之,此皆邢琦文等贪位昧灾、蒙塞圣聪之过。设当时邢某如实奏报,我皇有如天好生之德,饥民如此惨苦,岂得不另加恩泽？近查闻,白莲教众颇有借行善之名串连灾民情事。为防不虞之变,臣已斗胆请王命旗牌将邢琦文斩于辕下。不请旨而擅斩大员,臣罪臣知,臣心君知!

看到这里,乾隆目光霍然一跳,援朱笔在折旁疾书:

> 尔做得好!何罪之有？然教众串连亦当细访,务擒首犯以正国法——朕当下旨,讳决如讳盗,著永为令。尔可传朕旨意,速由两江、山东、直隶调运芦席、毡被发放灾民,以定人心。

接着往下看,鄂善写道:

> 赈灾粮食依原旨远不敷用。幸有前总督李卫在任时,各乡设有义仓,尚可支撑至二月。谨遵先帝赈灾旧制,千名灾民设一粥棚粥汤插箸不倒,巾栉裹粥不渗,凉粥可掬可食。且设赈以来,查处侵吞赈灾银两不法墨吏县令七人,胥吏四百七十三人,革职枷号处分不等,已另报吏户二部。惟皇上默查臣心,洞鉴灾情,望速拨银一百二十万两,以备春荒。夏麦开镰,臣当归京报命缴旨,臣若不能使此地灾民遍泽皇恩,亦实无颜见吾圣君也。

乾隆看到这里,心里不禁一热,目光凝视着案前明亮的蜡烛,沉吟

良久,一字一画地在折尾批道:

> 卿之忠国心皎然如月之辉,览此奏而不动心者是昏皇帝
> 也。朕之以宽为政,要旨在绥平吏治安天下百姓之心,吏治
> 清、黎庶宁,而天下平。文武群臣乃多有玩忽懈怠粉饰功令
> 者,田主业户乃多有妄行加增田赋者,佃户贫极无赖之子有蔑
> 视法度者,实堪痕恨! 卿取中庸之道曲划而治,深得朕心。卿
> 与卢焯、李侍尧、钱度、阿桂、刘统勋实朕即位新得之人。朕原
> 看好刘康其人,今观之颇有不足处。勉之勉之,毋负朕心,行
> 即有恩旨与汝矣!

写罢,乾隆松弛地舒了一口气,端起奶子呷了一口,又取过一份,却
是浙江巡抚奏报卢焯治理尖山坝工程合龙情形:

> ……臣遵旨前往查看,坝高六丈,长七百四十丈,巍然耸
> 立的坚城,皆用坚石包面高叠,询之河道衙门,百年洪水不足
> 虑。然卢焯形销骨立,体气弱至极矣! 现堤工既完,卢焯急于
> 返京报命,臣以为该员目下体气甚弱,不宜立行就道,请旨令
> 其就地休养三月再行赴京。又,此地衿绅百姓,颇有议为卢建
> 生祠者,此事体大,非臣所能自专,请旨办理。

乾隆心中突然觉得一阵得意,到底自己目力不差,刚刚在那份奏折
上批了卢焯为新得之人,这份奏折立刻为自己添颜面,遂挥笔批
道:

> 尔可将卢焯接进衙中调养,朕已派御医前往矣。生祠一
> 事俯顺民意,然事关体制,准建一座。多之,亦恐卢焯不能消
> 受,钦此!

　　刚放下笔，还要再看别的奏折，秦媚媚一挑帘悄然进来，乾隆重一转眼看见了，问道："是皇后叫你过来的么？有什么事？"高无庸未及答话，一个宫女已将帘子高高挑起，皇后富察氏徐步进来，跟在富察氏皇后身后的一个宫女，手中端着一只景泰蓝大盘，盘中一个火锅正烧得翻花沸滚，嗤嗤冒着白烟。养心殿大小太监、宫娥立刻都和跪在地。乾隆不禁笑道："这么晚了，难为你想着。这里十几份奏章，原说看过就过去的。"

　　"起来吧。"皇后含笑看着太监们，对乾隆略一欠身，偏身坐在乾隆对面炕沿上，说道："我刚从慈宁宫回钟粹宫，老佛爷说皇帝今晚出去看望外头大员了，告诉他今儿不用过来请安了。回宫后我的厨子刚刚炖好一锅野鸡崽子鱼头豆腐汤，这是你最爱用的，火候也还罢了，顺便过来看看。"乾隆站着听完皇后转达母亲的话，说声"是。"呵呵笑道："还是我的'梓童'想得周到。正想传点点心用呢！"伸筷子从火锅里夹出一块细白如腻脂般的豆腐吹了吹吃了，又舀了一匙汤品着尝了，不禁大赞："好！"皇后抿嘴儿笑道："皇上还说不受看戏，'梓童'都叫出来了，下头人听了不笑么？"

　　乾隆微微一笑，只用调羹舀着汤喝。外头高无庸进来禀道："刘统勋已经宣到，在重花门外候旨。"富察氏见乾隆吃得香甜，忙道："怎么这么没眼色？叫他等一会儿！——这么晚了，皇上叫他有什么要紧事？"乾隆又捡几块豆腐吃了，擦着额头上的细汗，说道："这豆腐汤真好用——是这样；朕今晚出去走了走，外头除了不挂红灯，和往年没什么两样，国丧三年还没有过去，人们怎么就乐了起来？叫刘统勋今晚出去，到各大臣家里看看。朕禁不掉民间，难道连自己奴才也管不了？连鄂尔泰家都放焰火摆酒请客，太不像话了！"

　　"这不是我管的事。"富察氏笑道："皇上什么书没读过？'亲戚或余悲，他人亦已歌'，这是人之常情。你今晚各大臣家里走动，还不是因为过节了，大家高兴，去抚慰抚慰人家？这么一弄，倒变成了为挑剔人家毛病去的了,合算么? 再说,老佛爷刚刚还有懿旨,今年元宵大内不结彩张灯,各宫宫眷拘了一年,也可松泛松泛,只不用喜色就行,慈宁宫明晚还要摆几桌筵席,召唤命妇们进来给老佛爷取乐子呢! 你叫刘统勋在外头这么一折腾,连老佛爷的脸面也扫了。"皇后款款而劝,说得乾隆也是一笑。这才醒悟到自己嫌寂寞,要强令别人也跟着寂寞。但刘统勋已经叫来,手头又没他的公事,可怎么好呢? 想着吩咐道:"叫刘统勋进来。"富察氏起身便要走,乾隆叫住了道:"这是个正直臣子,又正当年富力强,永璇将来用得着的人,你见见没有坏处。"富察氏这才坐下。

刘统勋夤夜被召入宫,却又被挡在养心殿外等了许久,不知出了什么事,心里一直踌躇不安。他站在垂花门外望着星空,一件一件回想着自己近来经手的案子和交办的差使,兜着圈子反省,哪一件有什么纰漏,哪一件还有要请旨的地方,默谋着皇帝问哪件事,该怎么回话。忽然又想到该不是要交机密差使自己去做? 五花八门的胡思乱想装了一脑门子。听见传叫,刘统勋赶忙趋步进院,小跑着拾级上了养心殿丹墀,轻声报说:"臣,刘统勋奉旨见驾!"高无庸一挑帘抬脚便进去,竟被门槛绊了个趔趄。

"高无庸,"乾隆在暖阁里说道:"这个门槛太高,已经有几个外官绊着了。明日吩咐内务府重做一个,往下落三寸,可听着了?"高无庸忙躬身答应。刘统勋这才看见富察氏也在,忙趋前一步伏身叩头道:"臣刘统勋恭请圣安,恭请娘娘金安! 夤夜召臣,不知有何差使?"

乾隆笑着瞥了一眼富察氏,说道:"你不要张惶,要紧事是**没有**的。方才朕出去走了走,到几个大臣家都去看了。也想去看你。格于你只是个侍郎,怕是物议。皇后刚才送来野鸡鱼头豆腐火锅,朕进得很受用,也没舍得进完。娘娘说刘统勋位份虽低,却是忠臣,就赏了你吃。明儿元宵你要巡街,就赏你你也吃不好。就在这里吃,吃完它!"富察氏也没想到乾隆会如此办理。把偌大的人情让给了自己,不禁一笑,竟亲自起身将乾隆吃剩了的火锅端过来放在刘统勋身旁的几上。

"谢主子,谢主子娘娘……"刘统勋强忍着泪水在眼眶里打转转,终于还是开闸水似的淌了出去,伏地叩头,哽咽得语不成声,"臣何德何能,劳主子、娘娘如此关怀挂心……"他颤抖着站起身子,坐在杌子上,一口一口吃完了那个火锅。

乾隆和皇后一直都没有说话。为怕他吃得不自在,皇后取了一张纸在上头描绣花样子,乾隆却一份又一份看那奏章,直到刘统勋起身谢恩,才点头笑着摆摆手道:"你且坐。还有几个字就批完了,朕还有话吩咐。"说着已是写完,搁了笔道:"刘康这个人你觉得如何?"

"此人办事还算勤谨。"刘统勋一听便知是为今天刑部衙门的事,心里暗自诧异乾隆消息灵通,斟酌着字句说道:"他在山东赈灾,确是一芥不取,官声是很好的。调任山西以来官场里略有微词,过分顾全上下同僚情谊,像个四面玲珑的人,兴许官做大了不思进取之故?这次碰钱度的壁也为了这。其实平陆一案真的与他无干的,钱度闹这一出,臣也觉得过分。这是私地告诫,暗地就能处置的事,何必故意张扬?"乾隆听了不禁莞尔:"这就是中有不足必形于外了。两个都是好的,也都够受了。但钱度当面却金,不爱钱而惜名,就有沽名钓誉的意向,也有些小毛病。听山西将军奏,刘康办事前不收礼,办完事尚敢收受,不知是真是假。朕记得他原是私塾先生,极是潦倒的,前山东赈灾,一下子就捐了一万银子。既是清官,银两从何而来?唉……天下猜不透的事是太多了。"刘统勋忙躬身微笑道:"是。前头读邸报,傅恒的奏章,主上以宽为政,原为求治,下头官尽有奉迎圣意、粉饰太平的,为了落个政简讼平的名声,有的县官竟敢将原被告双方用一根夹棍动刑息讼,叫人听来不可思议。"

乾隆边听边点头,叹道:"蠲免钱粮,修治河防,这都是大政,无论如何天下臣民还是得了实益的。只是有些地方偏就不能体贴朕意，不是抗着不办，就是玩忽懈怠。真奇怪，明摆着的好事都给办歪了！闹灾地方有邪教，这是疥癣之疾，可怕的是旱涝不均，恩泽不遍，给奸徒可乘之机。"刘统勋道："皇上这话洞鉴万里。臣布衣出身，知道此中况味。大凡读书人没有做官时，多都抱着济世救民造福一方的雄心。一旦为官，就忘了这些根本；做小官时想大官，做了大官还想入阁拜相，全看上头颜色办事，于百姓倒不相干屯。谁还去想当年读圣贤书、立治国志呢？上头要讨皇上欢心，下官要讨上宪青睐。于是走黄门的用钱，走红门的送女人，种种千奇百怪异样的丑事都出来。就是白布，泡进这染缸里，还有个好儿？"乾隆哈哈大笑，说道："依着你刘统勋，该怎么娇治呢？"

"没有办法。"刘统勋笑着摇头，"自祖龙以来二百七十二帝，谁也没有根治这一条。昔日武则天女皇称制，恨贪官设密告箱，允许百姓直奏皇廷，任用酷吏明查暗访，官儿杀了一批又一批，每次科考新进士入朝，太监们都说'又来一批死鬼'——照样是贪官斩不尽、杀不绝。为什么？做官利大权重，荣宗耀祖，玉堂金马琼浆美酒，其滋味无可代替。唯有人主体察民情，以民意为天意，兢兢颤颤如履薄冰，随时娇治时弊，庶几可以延缓革命而已。"

乾隆和皇后听他这番议论，不禁都悚然动容。默思良久，乾隆起身来，脚步橐橐踱着，倏然回身道："明日下旨，你兼左副都御史这职，嗯——傅恒在外头时日也不短了，你以钦差身份替朕巡视一下山东、山西、陕西、河南、甘陕和直隶都看看，下头情形如实奏朕，天晚了，你县跑安，明儿递牌子进来再谈。"

当晚乾隆就宿在了皇后处。因知皇后体弱身热，且微咳不止，乾隆顿时一惊，细询时才知道富察氏已经两个月没来癸水。乾隆笑道："吓人一跳，原来竟是喜！又要给朕添一个龙子了！"皇后似乎心事很重，娇小的身躯偎在乾隆怀里，微微摇头道："是喜。身子也有病。这无名热有些日子了。"乾隆抚着她的秀发，缓缓说道：

"你总是提不起精神来,秉赋又薄,稍有寒热,哪有不病的? 你是朕的爱后,天下之母,朕所有的就是你的,该爽朗欢喜起来才是啊!"

皇后没有答话,许久,慢慢翻转身子,竟扯过帕子悄悄试泪。

"怎么了?"

"没什么,高兴的。"

"高兴还哭?"

"女人高兴和男人不一样。"

"莫名其妙。"乾隆不禁一笑,正要说话,皇后却道:"我要是死了,皇上给我个什么谥号呢?"

笑容凝固在乾隆脸上,霍地坐起身,扳着富察氏肩头,急切地问道:"你这是怎么了? 怎么了?"皇后坐起身,望着纱灯里的烛光,叹息着微笑道:"我是想起前头老太妃瓜尔佳氏,也是无名热,咳嗽,不到二十岁上就……在个谥号都没有,枉自先帝疼她一场。我要死了,皇上给我加上'孝贤'两个字,九泉之下也就瞑目了。"她没说完,乾隆一把掩住了她的口,说道:"朕不许你再说这样的话。登极以来事情多,你身子又不好,没有多在你这里过夜。自幼我们一处的,你还不知道朕? 别胡思乱想……睡吧……"

第二日天蒙蒙亮乾隆便醒了,见皇后一弯雪臂露在被外,呼吸均匀,沉稳地睡着,眼角兀自挂着泪痕,轻轻替她掩了掩被角,穿着中衣,蹑脚儿出到外间大殿。几个守夜宫女忙不迭地出来侍候,乾隆摆手挥退了,单叫秦媚媚过来问道:"皇后如今一天进多少膳?"秦媚媚见乾隆脸色阴沉,小心地低声道:"娘娘进膳不香,全都进的素,两顿正餐,奴才旁边瞧着,一顿不过二两老米。闲时偶尔进一点荔枝瓜果。倒是前头厨子郑二做的劳菜娘娘还进得香。郑二走了后,奴才就没见娘娘进过肉菜。乾隆便问:"郑二现在哪里?"秦媚媚笑道:"他偷了御厨房一个鸡血红瓷瓶,埋在煤渣车里往外运,叫内务府查出来,打了——"他没唠叨完,乾隆便摆手止住了,说道:"你一会就去传旨,叫郑二还进来侍候,月例加番,有钱了就不偷东西了。告诉郑二,主子娘娘进一两肉,朕赏他一两银子!"

"啊,扎!"

乾隆顿了一下又问:"给娘娘看脉的太医是谁?""叶振东。"秦媚媚忙道:"太医院的头号医正,不奉旨不给人看病的。说了,娘娘发无名热,是心血燥竭,要用鲜熊胆。只这味药冬天太难得。狗黑子猫冬不出窝,到哪弄得那么多鲜熊胆呢?""这些事你该去回朕。"乾隆呆着脸说道:"畅春园兽圃还养着十几只熊呢!先用着。朕这就叫黑龙江将军捕活熊送来。笑话!猫冬的熊能捕不来么?"说到这里乾隆觉得有点冷,才想到自己穿着小衣说话,起身进里间时,富察氏已醒来,双眸炯炯,见乾隆进来,披衣起身道:"我都听到了,生死有命修短在天。我一时半会不至于怎样的。皇上你太郑重其事,我反而承受不得。"

"敬天命还要尽人事,不然要人做什么呢?"乾隆笑道:"你心里放开些,朕问了心里也就有数了。"几个宫女或跪或站忙不迭地给乾隆着衣,将一件石青缂丝面貂皮金龙褂套在黄缂丝二色金面黑狐腿金龙袍外,脚下蹬了一双青缎毡里皂靴、头上戴了顶中毛熏貂缎台正珠顶冠。皇后相了相,亲自过来为乾隆束了一条金镶碧玡纽带,平展展露出金丝缨络,这才满意地说道:"你去办正经事吧。"一抬头见钮祜禄氏站在珠帘前,便问:"你几时进来的,我竟不知道。"

钮祜禄氏微含酸意地看着这对恩爱夫妻,听皇后问,忙蹲身万福,笑道:"我刚从老佛爷那边过来。老佛爷说,去瞧瞧主子娘娘身子骨儿,我说不妨,娘娘的炕桌子不重,昨儿去瞧气色好多了,还是举得起的① ⋯⋯"她说着乾隆已是笑了,道:"都是皇后惯了你,索性连她也取笑了。你们先过慈宁宫去,朕拈香回来就去给母亲请安。外官命妇都谁进来,列个单子进来给朕和皇后看。"钮祜禄氏

---

① 这里暗引孟光、梁鸿举案齐眉故事,指乾隆与富察氏夫妻恩爱。

一抿嘴笑道："单子进到慈宁宫了！皇上放心,该见的、想见的,准保您都能见上！"

"那就好。"乾隆耳听自鸣钟连撞七声,不再耽延,说了句："朕拈了香就过去。"便出来坐了暖轿,执炉太监马保玉、吴进喜前头导引至顺贞门外,早有侍卫塞楞格、素伦接炉,领班老侍卫张五哥前头带路,先至大高殿拈香,转寿皇殿行礼,又到钦安殿、斗坛拈香拜礼,坤宁宫西案、北案、灶君也都祭了,又到东暖阁神牌前、佛前恭肃行礼。恰路过锦霞自尽的那座殿,乾隆心中一动,便命乘舆停下,随侍马保玉笑道："这殿已经荒了一年了,内务府送来的礼部仪注单子没有安排祭这个殿……"话没说完,乾隆眼风便扫过来,竟慑得马保玉一颤。乾隆道："是朕听礼部的,还是礼部听朕的？别处不去,这殿朕一定要祭。打开！"

这座偏宫自锦霞死后就锁锢了,宫里人传闻夜里常听里边有嘤嘤哭泣声,巡夜的都绕垂道儿走。乾隆推开大门,立刻有几只雪鸡嘎嘎大叫着扑身飞出来,几个太监都是吓得一怔,只得随乾隆进来,但见青砖缝里长出的蒿草足有一人高,尘封锁钥,廊庑寂然似一座荒废多年的古寺,回风萧萧掠殿而过,发出丝丝鸣声,似作离人悲泣。乾隆脸上似悲似喜,踏着枯蒿径至锦霞原来住的房前,隔着窗纸朝里看时,光色甚暗,内见遍地尘积,似乎印着不少老鼠、黄鼠狼足迹,隔子前几本旧书散乱地堆着,靠床的海红幔幛照旧挽着——一切都是那夜的样子,只在靠梁墙角下翻倒了一只凳子,墙上一尊弥勒佛像已变得黯黑,佛挺着大肚子半张着嘴唇,笑嘻嘻看着这间房子,仿佛想说什么……乾隆身子不禁一颤:锦霞就是在这个凳子上把绫索套进脖子里的！

"朕误了你,朕负了你……"乾隆后退一步向窗棂微微一躬,含泪呐呐说着,燃了三炷香将小香炉安在石阶上,心中默念："今世有缘今世再见,今世无缘愿结来生……"在满目姜凉的荒烟蔓草中,他踱着步,悲不自胜地低吟:

残宫旧妆台,满目尽蒿莱。

红粉今何去? 惟余一掬泪!

正自满腹怅惘无可排遣,高无庸匆匆走进来,站在乾隆身后禀道:"皇上,讷亲中堂叫奴才过来请旨,在京二品以上官员都 乾清宫集齐了,请皇上过去受贺。""不见了。"乾隆摆摆手,"叫他们朝御座磕头,回去过节!"

"扎!"

"回来。"乾隆突然又改变主意,"朕这就过去!"

二十五　乾清宫严词训廷臣
誊本处密旨捕刘康

　　乾清宫是紫禁城里除了太和殿外最大的朝会宫殿。乾隆换坐三十六人抬明黄亮轿绕道从乾清门正门而入,直到丹墀前空场上才扶着高无庸肩头下来。宫外以庄亲王允禄为首,亲王宗室有几十名,文武官员却以张廷玉为首,以下讷亲、鄂尔泰、六部九卿、翰林院的翰林和外省进京陛见述职大员一百多名,原都站着。或同乡相遇、或久别重逢、或知心好友、或同僚部属各自凑在一处,有的寒暄,有的说悄悄话,有的挤眉弄眼说笑话,有的一本正经目不斜视。

　　乾隆迈着轻捷的步子上阶。一转眼见允祺也跪在允禄身后,便笑着对允禄道:"皇叔们是有岁数的人了,都不必跪——十叔,你身子骨儿弱,说过不必拘礼的嘛!"

　　"那……那是皇上的恩泽,"允祺没想到乾隆会单挑出自己说话,结结巴巴说道:"臣……臣是罪余没用的人,在、在家也是闲着。且臣多少日子也不出门,也想皇上,想皇上的恩。进……进来请个安还……还是该当的。"他原在雍正兄弟辈里最是骄横胆大、口没遮拦的一个,如今十个圈圈,变得战战兢兢,小心翼翼。乾隆曾亲见他在康熙面前大肆狂言,挨了鞭子也不服气,现在却变成了另外一个人似的,不禁心里一声叹息。又安抚道:"十叔不要胡思乱想,好好将养身子,缺什么告诉内务府一声。"说完,便迈步进了大殿,坐在正中须弥座上,吩咐道:"叫进来吧。"

　　于是丹陛之乐大起，众人按品秩肃然鱼贯而入，东边王公宗亲，西边文武百僚，张廷玉和允禄率先甩了马蹄袖，众人随班行礼，齐声高呼"万岁！"乾隆一眼瞧见外面大小太监抬着大方桌，在东廊庑下往来奔忙，才想起仪注里还有赐筵这一条，庆幸自己没有失仪，要真的把这群人撂在这里"朝御座磕头回家"岂不大败兴？想着，乾隆笑道："元旦时，在太和殿已经与众卿见过，但那个虚排场太大，人也太多，想说说知心话也难。今儿专门召见大员，我们君臣索性乐一乐。从初一到十五都算年关，过了十六，大家又都忙起来了。办事一年，今儿叫进来赐筵，朕看可以不拘常礼。"他含笑环视众人一眼，臣子们忙都躬身谢恩。

　　"方才朕祭堂子，在列祖列宗贵像前进香，心里想得很多。"乾隆端坐在御座上正容说道。在一片寂静中，他的声音不疾不徐、从容铿锵，"打太祖爷算起到朕，已是第六代了。太祖、太宗宏武膜烈出生入死开创了大清基业，世祖、圣祖承兆丕绪圣文神武祗定天下，先帝在位十三年，振数百年之颓风，整饬吏治，刷新朝政。朕年幼，没有亲睹圣祖统率三军、深入沙漠瀚海征讨凶逆的风采。但父祖两辈宵旰勤班、孜孜求治、夙夜不倦，这些情事都历历在目。"乾隆目中波光流动，扫视着群臣，"前人栽树后人乘凉，"这句话朕仔细思量过，于家是败家之言，于国则是亡国之音，后人乘凉而不栽树，后人的后人也就无凉可乘。君子之泽五世而斩，就因为不是代代栽树。一旦老树被伐，乘凉的猢狲自然一哄而散！

　　"朕不作只乘凉不栽树的皇帝。"乾隆细白的牙齿咬着，微笑道："虽说先祖、先父造了好大一片林子、郁郁勃勃青青苍苍，朕只看作是祖宗的膜列丰碑，朕自己也要造一片林子留给子孙。因此朕登极以来不贪钟鼓之乐，不爱锦衣玉食，不恋娇娃美色，精白诚心以对天下。使寒者得衣，饥者得食，鳏寡孤独废疾者，皆有所养，黄童白叟共享太平盛世，是朕之愿！"他微微挪动了一下身子，敛了笑容，"朕之以宽为政是继皇考之贵命，因时更化，蹈于中庸之道，臻致平康正直之治，并非宽而无当。近观一年多来情形，蠲免天下钱粮，藩库固然少进了二千万两银子，但百姓富了，邦本固而国家宁，百姓足，君熟与不足？去年七省上百州、县遭水灾，虽然有邪教从中蛊惑，没有一处闹事作逆的，为什么？因为他们不饿！有人说蠲免钱粮未见功效，其实这就是功效！朕亲目所见，每年征收国赋，各省都有上万贫民小田主，惨遭酷吏鞭挞勒索，不堪饥寒者为匪、为盗、循法良善的饿冻沟渠，常常酿成大变，然后兴师平叛。与其将钱用在屠戮贼匪上，何如施以恩政，使其当初就不反？"

乾隆说到这里，脸色已是变得铁青："大约朕施了这善政，掐了一些龌龊官的财路，自然么，正额不纳了，苛派也就无从派起——所以这样的好政治，居然也时有烦言。有说朕沽名钓誉的，有说朕违背世宗父训的，还有异样心思的，说朕'饱汉不知饿汉饥'的，甚至有人在外边巧立名目剥削钱财的——以为朕施仁政，是懦弱可欺之主。今且告汝，朕立意创大清极盛之世，效圣祖为一代令主，顺朕此心，犯颜直谏也由得尔，痛批龙鳞也由得尔，逆朕此志，则三尺之冰正为妆设！"

雍正往年元宵赐筵，群臣到乾清宫不过照例的念"万寿无疆颂"，君臣对柏梁体诗，叩头领宴，悄悄往怀里袖里塞些个果子点心回家与老小分享，今年是新君第一次大归群臣，而且乾隆高倡"以宽为政"，登极以来接见大小臣工，总是和颜悦色、温语谆谆，谁想这位英俊文雅得像个翩翩公子哥儿的皇帝一翻脸，不但威严骇人，其词气也犀利刻毒，如刀似剑，丝毫不逊于冷峻刻薄的雍正。这一番长篇大论说得铮铮有力，偌大乾清宫中二百余人都听得股栗变色，直挺挺跪着，一声咳痰不闻。

"今天过节是喜日子，本来朕想等几日再说这些话。"乾隆放缓了口气，满意地绽出一丝笑容，"难得的是人到得齐全，过了年又要忙起来，专门召集朝会似乎不必。所以随便说说——赐筵！"

顷时钟吕磬铛齐鸣，乐声中百官叩头谢恩起身，御膳房执事太监指挥着差役、小苏拉太监抬着二十多桌已经摆得整整齐齐的水陆全席进殿、布座安席,乾隆一手挽了张廷玉,一手挽了鄂尔泰含笑入席,庄亲王允禄、怡亲王弘晓和军机大臣讷亲下首作陪,一齐坐在首桌,乾隆只一颔首,弘晓忙立起身来大声道:"止乐——君臣对诗!"

中元佳节春气扬,

乾隆笑容可掬,举杯一呷,漫声吟罢,转脸笑着对张廷玉和鄂尔泰道:"你们是三朝元老,柏梁体诗是轻车熟路了,赏你们一杯延寿酒,让了年轻人对诗如何?"两个老臣忙笑着起身道:"臣遵旨。"乾隆便目视讷亲。讷亲忙道:"臣不长于此,勉强应诏而已。"吟道:

太和春风真浩荡!

"也罢了,赐酒!"乾隆一笑说道:高无庸便忙过来斟酒,乾隆用目光搜寻着,因见孙嘉淦坐在第六桌上,点名道:"嘉淦,朕以为你身子骨儿未必支撑得住,你还是来了。气色还好么! 你来接一句!"孙嘉淦不防乾隆直点自己的名,慌乱地站起身来说道:"臣于诗词一道实在平平。不过臣世受国恩,不敢违旨。"遂也吟道:

圣恩即今多雨露

他这样一转韵,已与往年对柏梁体习例不合,一向顺韵拈句的臣子们倒都是一惭,一时竟没有人出来合句。

"你们不知道这个人。"乾隆笑着指孙嘉淦道:"此人十九岁为报父仇,夜走三百里手诛仇人,避祸三年出仕为官,最是正直真性之人,是先帝御座前的魏征,朕之股肱良臣。他说圣恩雨露,是他一生写照。朕就敬他这样的老臣！嘉淦因病不能饮酒，高无庸——"他指着御案笑道："把那柄攒珠玉如意赏他！"

大殿里立时一片啧啧称羡声。但诗还是没人出来对。忽然，翰林中一个六品顶戴的官员，长得又黑又高十分魁梧，四方脸一抬，举起酒杯吟道：

洒向人间泽万方！

乾隆看了看，却不认得，看允禄时允禄也轻轻摇头，张廷玉凑近了轻轻说道："是去年恩科新取的进士，叫纪昀。"

"嗯，纪昀。"乾隆盯着看了纪昀移时，见纪昀躯干魁伟，神采奕奕，众目睽睽之下一副从容自若沉稳雍容态度，心中顿起好感，笑道："诗有起承转合，你合得不坏，朕看你秉赋不薄，像个武人，能食肉否？"

"臣武夫之魄，文秀之心，最喜食肉。"纪昀顿首道："自作京官，清苦自戒，十日一肉常患其少。今蒙圣恩，愿食一饱！"

乾隆见他不卑不亢应对有序，心中不禁大喜，招手笑道："过来，过来！"纪昀忙叩头起身趋步径自来到御座侧畔躬身侍立。乾隆指着膳桌中间一个大攒珠景泰蓝盘子，问道："能吃完么！"纪昀看时，是一只羊乳红焖肘子。因为肥腻，还没人动过，约有三斤左右，笑道："能。且是君父所赐，臣子死且不辞，何况食肉？"乾隆高兴得站起身来，竟亲自端过来笑道："既如此，赏你！"此时满殿文武早已停箸，都看呆了。

"谢恩。"纪昀却不马上接住，先双膝下跪在地、双手才捧过来，竟是据地而食，却毫无羞渐矫作之态，用手将肥漉漉油渍渍的肘子肉一把抓起，头也不抬手撕口咬，顷刻之间偌大一块肘子已是下肚。纪昀又将剩余的羊乳汤一饮而尽，说道："圣恩即今多雨露，作诗亦得蒙赐肉——臣此一餐可饱三日！"乾隆不禁哈哈大笑，一边命内侍给水让纪昀净手,欣赏地看着纪昀,说道:"看来是个没心机的,心宽量大,好!"纪昀接口道:"人处五伦不可有心机。量大福亦大,机深祸也深!"

乾隆越发高兴,没想到在这样的筵会上竟会发现一个诙谐机敏、老成练达的年轻翰林,便有心考较,吩咐众人如常用餐,又笑谓纪昀:"你有字么?"

"回万岁。"纪昀忙道:"臣字晓岚,晓风拂日之'晓',岚气茵蕴之'岚'。"

乾隆仰着脸想了想,说道:"你很敏捷,朕想试试低的诗才——方才那种格调太局人,作不出什么好诗,可以随便些。"

"是,请赐题。"

"昨晚内务府奏过来,密妃为朕生了个孩子,你以此为题试作一首……"

"君王昨夜得金龙!"

"嗯——朕没说完,是个女孩。"

"化作仙女下九重。"

"可惜没养住。"

"料应人间留不住,"

"朕命人丢在金水河里。"

"翻身跳入水晶宫!"

此时殿中人虽遵旨进食,但纪昀如此敏捷的才思太出眼了,人人都竖着耳朵听,不禁又羡又妒又不能不服其才。讷亲原疑纪昀冒言邀宠幸进,至此也不禁释然而笑。乾隆心里一动,原想立刻召他到上书房供事,却忍住了,只呵呵笑道:"真个好秀才! 好自为之,朕自有用你处。退下去吧。回头朕命人再赐些牛肉给你。"待纪昀退下,乾隆转脸对允禄道:"你代朕陪陪这些人。有些老臣用酒不要勉强。"说罢起身徐步出了大殿,回头问高无庸:"昨儿不是叫刘统勋递牌子么? 是人没来,还是被挡在外头了? 奴才们办事是愈来愈不经心了。"

"回主子话，"高无庸笑道："刘统勋来了有一会子了。他在路上遇到拦轿告状的，又去看望了李卫李大人，误了时辰。进来时还问奴才，皇上高兴不高兴。奴才带他到誊本处隔壁的那间房子里候着，正要请主子的旨呢。"乾隆笑道："哦，请见还问朕高兴不高兴！你怎么说的？"高无庸忙道："奴才说主子高兴极了，自打奴才跟了主子，从没见有这么欢喜的。"

乾隆没再说话，由高无庸导着到誊本处隔避，也不通知，一脚踏了进去，见刘统勋正伏案疾书笑道："看你刘统勋不出，还会舞巧弄智，什么事要乘你主子高兴才说呢？"

"皇上！"刘统勋抬头见是乾隆，似乎并不吃惊，掷笔起身道："臣确有密奏。不过不是想乘主子高兴时才奏。这是件扫兴事，主子好容易得闲儿，正高兴时进奏不好。"乾隆脸色一沉，他感动了。他没说什么，径坐在刘统勋对面，脸上毫无表情，淡淡说道："什么事？奏吧。"刘统勋略一躬身，说道："是德州府原查办亏空道员贺露滢自杀一案。现贺露滢的妻子贺李氏状告，说其夫并非自尽，乃是德州原知府刘康暗杀身故。"

乾隆目光霍地一跳，盯了刘统勋一眼没言声。

"刚才臣打轿上朝，贺李氏在四牌楼拦轿喊冤。"刘统勋黑红脸膛上的肌肉抽搐了一下，"臣当即依例停轿询问。贺李氏容颜憔悴、骨瘦如柴，还带着两个孩子，已经几天没吃饭。臣见告的是当朝命官，还以为是刁妇穷极妄攀大员，立即告诫。'以民告民罪加一等，官司胜了你也要流配千里。听我相劝，带儿女回去好好教养成人，自然日子就好过了。'贺李氏当时破口大骂臣'官官相护'，又说她不是民，是四品诰命。"

"臣大吃一惊，这才细看状纸，原来是写状人不懂规矩，一开头就说'民妇贺李氏为告前德州知府刘康畏法害命事'，一边请她母子到附近吃饭，细研状子，不但事涉刘康，还牵连前山东巡抚岳睿、布政使山达，前两江总督兼领山东督捕事宜的李卫，还有钱度也都卷在案内！"

刘统勋说到这里，仿佛要嘘尽心中寒气似的透了一口气。乾隆听案情如此之大，也不禁咳然。他其实对其中丝萝藤缠的关系比刘统勋还知道得多一些，岳睿原是前怡亲王允祥的爱将，弘晓见了还一口一个"岳哥"，而山达则是允禄的门下包衣奴才，与理亲王弘皙关系也非同一般。乾隆只奇怪李卫怎么会也卷入案中遂道："要这样说，这个案子简直牵动朝局了！你接的是。"

"岂止牵动朝局，而且牵动政局。"刘统勋仿佛是另一种思路，蹙眉挽首沉吟道："设如贺李氏所告属实，刘康行凶的原由，是因贺露滢追索德州亏空，刘康不得不铤而走险。这刘康犯的是十恶罪，法不容宽，那是一定要剐的。但与皇上'以宽为政'稍有不合，李卫当时之所以没有严审，钱度身在帝阙，为什么缄口不言，除了证据不足外，还担心扰了皇上的大局。现在苦主出来了，要掩住是没有道理的，究竟如何办理，方才臣去见了见李卫，李卫说只能请皇上圣心默断。"

乾隆听了一时没说话，站起身来在狭小的斗室里慢慢踱步。刘统勋目不转睛地盯着乾隆。他在畅春园当书办时见过康熙，接见大臣时常常一边徘徊一边想事情。雍正秉性急躁，往往快捷地踱步思索，然后倏然止住，果断地下旨裁决。这个乾隆不同，任何时候见他都是一副雍容大度的神气，端凝而坐，听底下臣子议事，有时一两个时辰都不动。今日竟一反常态绕室彷徨，可见心里极不平静。刘统勋正思量着，乾隆已在门口站定，望着东半天层层叠叠的冻云，干涩地问道："你见了李卫？他不至于只有这个话。他自己是什么章程？"

"李卫说不管刘康有罪无罪，他自己已经有罪。要具折请旨处分。"刘统勋缓缓说道："这个案子接而未办，他自认确有私心，想等等看新君施政后情形待机办理。无论如何该给主子上个密折的。"

"唔。"

"臣问李卫,如今意见如何?李卫说,还是要请旨。皇上若征徇他,他只有一个字——办!"

乾隆脸上闪过一丝阴冷的笑容:"看来还是朕德力不够啊!先帝手里三位模范,田文镜不去说他;鄂尔泰也算不得什么纯臣;李卫自幼与朕处得好。想来他必定于朕无所欺隐,竟也有这么多的心肠!"说罢看了刘统勋一眼,冷冰冰说道:"人真是万物之灵,就如钱度拒纳刘康赠金,原想是至公无私,焉知不是一石双鸟,为自己将来预留地步?你刘统勋是不是也是这样啊?!"

"臣不敢。"刘统勋没想到乾隆举一反三,会数落到自己身上,蓦地冒出一身细汗,忙跪下道:"臣自知非圣非贤,不能无过,愿受皇上教诲,勉为纯臣。"

"这个案子当然要办,一点不能含糊。"乾隆冷冰冰说道,"刘康杀人这事,严谳审明属实,他既然凶残如此超出常情,朕亦不能以常法处置他!有人不是说朕事事与先帝之政作梗么?朕这就痛驳他!有人不是暗地里还在做些想入非非的梦么?朕也可宰个鸡给这些猢狲看!"他格格一笑:"这个案子就交给你,怎么办也由你,不须再来请旨,一边密地派人追索人证物证,一边先将刘康捕拿了再说!听见了?"

"扎!"

二十六　刘统勋莽闯庄王府
老太后设筵慈宁宫

　　刘统勋密陈完毕,心神不定地跟着乾隆到乾清宫与筵,他怕走漏风声刘康自尽,又思量着刘康是否已经启程去了山西,该在哪里堵截,担心人证拿不齐,案子拖得太久。直到庄亲王领旨宣布休筵。刘统勋才清醒过来,忙随众人出来,寻着尚书史贻直,笑道:“大司寇,回衙要和您议点事,可容我同轿回衙?”史贻直笑道:“这几天歇衙,有什么要紧事呢?”刘统勋只笑而不答,随史贻直出来,二人同乘一轿回刑部衙门,弄得刘统勋的轿夫倒莫名其妙。

　　……从轿里出来,史贻直已是神色严峻,带刘统勋进签押房坐了,开口就说:“行动要快。这案子你是专办钦差,我当帮手。这就传顺天府的人来,咨会孙嘉淦直隶总督衙门,封住出京要道。刘康进京住在哪里我们也不知道,要派能干吏员寻着他的同年,打听他的下落,暗地监护起来,或当场捕捉了,就万无一失了。”

　　“是,大人虑得周到。”刘统另忙笑道:“卑职这就安排去。”遂叫了缉捕司的吏目黄滚一一安排。这才和史贻直摆了棋盘对弈,静待消息。只是二人都意马心猿,胡乱走子儿。

　　待到天将黑时,黄滚回来报说:“刘康没走,他在西下凹子有一处宅子,养着个小妾,今儿晌午回去就没出来。申时时牌隔壁院里人听那院有女人哭声,还小声骂着什么。刘康像是劝说着什么,后来也就安静了。”史贻直道:“既如此,你为什么不当时就带人锁拿了他?”黄滚回笑道:“奴才手里没有顺天府牌票,刘康家门口不远就是吏部考功司衙门，怕事情闹大了。原想他总要出来看灯，在外头悄悄地擒了。不防后来来了几位官员，都不认的，进去了一会，带着刘康说说笑笑出来，听口气是去庄亲王府赴筵。"史贻直紧追一句问道："现在没人跟着？"黄滚忙道："奴才的儿子黄天霸已经潜入庄王府监视，大人放心，死不了他，也走不了他。"

"黄滚差事办得不坏。"刘统勋在旁静静说道："我现在亲自去十六爷府走一遭。"史贻直皱着眉沉吟道："这太扫庄亲王的颜面了，他要出面阻拦怎么办？"刘统勋黑红脸膛上肌肉一抽一搐，冷冷说道："我是钦差。"说罢一揖而去。

……

庄亲王府在老齐化门内，地处城东，在北京城不算冷僻也不算很热闹。正月十五其实是细民百姓赏灯的节日，允禄自己就是个制灯的行家。北京城里见不到的白玉擎翠灯、龙虎风云灯、冰火灯、观音施水灯、西施浣纱灯、哪吒闹海灯、天上飞的、水里游的、地上走的他都会制作。由于他已经得知乾隆为民间张灯如常心里很不高兴，自不肯白触这个霉头。为了取乐，允禄便叫上弘晓、弘昇、弘晳、弘普一干子侄，还有在京为官的门下旗奴、过往亲密的大臣如齐勒苏、徐士林、那苏图、杨超曾、尹会一也都请了来，摆了十几桌流水席，随吃随换，桌上始终只四样菜。贺英、勒格塞、马成罗、葛山亭几个人都是额驸，见了面自是另有体己话。允禄是首席议政亲王，面子无人能比，有的人还拽上朋友一道来凑趣，上灯时分，来的也有小二百人。庄亲王是个随和人，凡来者不论认识不认识的，都亲自执手殷勤招呼，见纪昀和徐士林联袂一处进来，竟撇开徐士林，笑着上去一把抓住纪昀道："不要行礼了，这么多人，行起规矩来没头儿了——你们瞧见没有？这就是我方才说的纪晓岚，那天下来主子还向我连连夸赞他哩！"

"王爷，这都是圣上错爱，晚生何以克当！"纪昀满面笑容，说道："不过给皇上取乐儿罢了。"

尹会一从人群中挤过来,他是兵部汉侍即,也长得五大三粗,只左额前长着核桃大小一个肉包,看去格外显眼——到跟前笑着推了纪昀一把道:"你这家伙,上次捉弄得我好苦! 来来来,罚酒三杯!"众人都是一惭,这两个人既不是僚属也不是同年同乡,年纪也差着老大一截,纪昀怎么会捉弄到他? 尹会一笑道:"你们都知道,我头上这个瘤苦得我没法,上次去翰林院说起来,纪昀说施家胡同住着个神医叫施二先生,包你药到病除。不过这施二先生不大轻易出手看病,你可要好生求告。听他的话,我弄了几箱子宫点,去访施二。到胡同里问了几处,人们倒也指路,只是问谁谁笑。我心里诧异。待敲开施二先生的门,那施二一开门我就愣住了——原来他右边个地方也长了个瘤子,一模一样,真像照镜子一样!"众人先还怔着听,至此不禁轰堂大笑。都说:"该罚该罚!"

纪昀为河间名士,自负有不羁之才,恩科考试却落在二甲第四名,远在庄有恭之后,虽然选在翰林为清秘之职,一向也并不出眼,今日一语了圣意,如名花突放,引来蜂蝶纷飞,连庄亲王都另眼相看,不禁高兴得脸上放光。在众人簇拥下登堂入座,连饮三大觥,正待说话,允禄手掌轻拍了三下,两壁厢帷幕突然大张,一队妙龄女子,个个身着汉装,妙鬟有云环、步摇叮当,手挥五统,目送秋波,旋舞而出,厅中众人霎时间便雅静下来,听歌女唱时,却是一首减字木兰花:

> 娉娉袅袅,芍药梢头红样小。舞袖低回,心到郎边客知己。
> 金樽玉酒,欢我共弹千万寿,莫莫休休,白发盈簪我自羞……

歌声刚歇,众人立时鼓掌称赞。工部尚书齐勒苏叹道:"真个清艳艳伦! 不知出于府上哪位名士手笔?"允禄笑着指了指第二桌上一个中年人道:"姚老夫子!"众人一看都是一怔,只见这姚老夫子塌鼻鲤唇,满脸大麻子,大约早年得过风疾,眉毛稀稀落落下头两只眼也是一大一小。听众人称赞自己,摇头晃脑故作谦逊,拱手道:"拙作岂敢承蒙夸奖,承教,承教了!"大家见他怪模怪样,都捂着嘴偷笑。纪昀笑道:"我也有一首翻新的《大风歌》试辱君听!"遂朗声道:

　　　　大风起兮眉飞扬,安得猛士兮守鼻梁?

吟声刚落,众人无不捧腹大笑。弘晓一手扶腰趴在椅背上笑得直不起腰,徐士林蹲在地下咳嗽得上气不接下气,弘昇捶胸躬身大笑,一碗茶都扣了桌子上,允禄笑得噎着气道:这……这太苛了……"姚老夫子脸都气得紫胀了,说道:"翰林以貌取人么?"纪昀却不想和他翻脸,乘着大家笑时,轻声道:"我读过晁无咎① 的《开府乐》,取尊范为王爷和众大人杜撰一首,不亦乐乎?"姚老夫子便不敢言声,只自斟一杯,恨恨地喝了下去。

　　"我这里还有一幅古画,上边的题跋都没了。"允禄眼见姚老夫子难堪,又不好得罪纪昀,回身向柜顶取下一轴新裱的古画拿到灯下,说道:"纪先生淹博之士,请为鉴别一下。"

　　众人便止了笑凑过来,纪昀小心展开看时只见纸色苍暗剥落不堪,密密麻麻印的图章也都不甚清晰,正图却是一个道士,形容古怪背负宝剑,一手提着酒斗,一手执杯仰天而饮,身后站着一个黑衣执拂女子,眉目如画,翕着嘴唇似乎在说话,众人不禁面面相觑:这是什么故事? 纪昀十分仔细地看了这幅画,嘘了一口气,说道:"王爷,这是徽宗手笔。《永乐大典》里载称,宋咸平四年,有道人携乌衣女子入京,买斗酒独饮。徽宗微服访之为画。这画与史事处处吻合。该是画皇亲作。上面的题跋是几叠歌,大约是乌衣女子所唱。"遂曼声吟道:

――――――――――――
　　① 上边减字木兰花词为姚老夫子剽窃晁无咎之作。

　　　朝元路,朝元路,同驾玉华君。十乘载花红一色,人间遥
指是祥云,回望海光新。　　　春风起,春风起,海上百花遥。
十八风鬟云欲动,飞花和雨著轻绡,归路碧迢迢。帘漠漠,帘
漠漠,天淡一帘秋,自洗玉杯斟白酒,月华微映是空舟,歌罢海
西流!

吟罢笑道:"这歌词里带仙气,非人间格调,所以勉强记住了。"刘康
今晚赴筵便一直心神不快。他自己官运亨通,家运却一塌糊涂。
曹瑞、瑞二,还有李瑞祥这三个仆人自贺露滢死后就跟着他当了长
随,起初都怕犯案,倒还相安无事。后来调到山西,曹瑞和瑞二就
有些手脚不稳,先是在丫头跟着动手动脚,后来竟然轮流奸宿,毫
无忌惮。丫头老婆子们见刘康宏信三瑞,就告到刘康的夫人刘乔
氏跟前,夫人原也不知道自己老爷做的事,就叫了去把曹瑞、瑞二
各抽了二十蔑条,原说要开销出去,谁知过了一夜,第二天倒把被
糟塌了的五个丫头叫去狠狠申斥一顿,说丫头不自重,不相信曹
瑞、瑞二这样的本分人会做这种事,又升曹、瑞二人当了副管家。
那曹瑞、瑞二越发得志猖狂,乘着刘康到大同出差,索性连刘乔氏
也一块做了进去,轮流在上房快活,还要丫头陪床。弄得刘公馆成
了两个魔头的风流窟。李瑞祥因为是自家旧仆,还顾一点老情面,
见二瑞闹得不象话,主人又管不了,有时拉个背场还悄悄规劝几
句,"大家一条船,不能把船自己弄翻。"也不过大面上叫二瑞稍稍
收敛一点。这次刘康进京迟迟不肯回山西,一是运营京官,二来也
确实怕回到那个烂泥塘似的窝穴里去,遂命李瑞祥在京找了一处
房子,买了个小妾燕燕,虽然房舍简陋些,仆从少些,比之山西宅
府,已觉是天堂之乐。谁想上午拜客回去便见燕燕伏床恸哭。一
问,是李瑞祥乘她午睡,悄没声上来按住,也学了瑞、曹二人。好容
易一下午劝慰,答应燕燕逐出李瑞祥,又许李瑞祥三千两银子自己
过活,平息了这件事。他是被拖到庄王府来赴筵的,哪里有心和众

人一道说笑作乐？珍错玉馔一口不能下咽，左一杯右一杯胡天胡地只是吃酒。此时见众人围着看画，吃得醉眼迷离的刘康正要勉强起身敷衍，忽见刘统勋带着几个衙役沿庑廊大踏步进来，刘康一噤，忙笑道："延清兄，来迟有罪，罚酒三杯！"正要迎上前，旁边一个十八九岁的年轻长随早一把紧紧扶住他，说道："大人别栽倒了，你有酒了。"

"是刘延清啊！"允禄听刘康在背后说话，回头一笑说道，随即脸上变色，说道："怎么，带着水火棍子进我府来？"上百的官员此时已瞪口呆。刘统勋在众人目光盯视下向允禄趋了一步，拱手一揖到地，说道："统勋此刻奉差在身，多有开罪，然事关重大，不得不如此，改日一定来王府负荆请罪。"允禄愕然道："什么事？我怎么不知道？"

刘统勋只一躬算是作答，转脸对刘康一笑，说道："康兄，这里人多，大家正欢喜，说话不便，请借一步说话。"事起仓猝，起初刘康几乎吓晕了过去，一肚子酒都随冷汗淌了出来，见那青年紧紧抓住自己，试着挣了一下，恰如被铁箍了似的，情知大事不妙，硬挺着说道："刘康平生无不可对人言之事。延清有话当面请讲。"刘统勋嘿然一声冷笑，说道："康兄，你东窗事发了！"遂转脸对衙役大喝一声：

"拿下！"

话音一落，黄天霸一把便扯落了刘康的官帽，顺手一搡，刘康弹丸一样从他怀里冲出去，几个衙役饿狼一般扑了上来，三下五去二便捆得刘康似寒鸭岛水一般。众人眼花缭乱一惊一乍间，"豁啷"一声一条铁索已披在刘康项间。刘康双足一跳，又定住了神，仰天长叹道："小人误我陷我，苍天有眼——我冤枉！"刘统勋哪里容他多说，嘴一努，铁链一带，已是将刘康扯了出去。

此时筵厅里一百多号人都惊得木雕泥塑一般，眼睁睁看着这个黑矮个子施为，噤口不能出一语，死寂得一根针落地都听得见。

刘统勋最后离开，这才向气得两手冰凉的允禄打了个千儿道："奴才无礼，实是事不得已，万祈王爷见恕！奴才说过，改日一定请罪！"说罢起身又一躬，竟自匆匆而去。允禄愣在当地，半晌才咬着牙笑道："说起来，刘统勋还是我门下奴才的学生，真真好样的！——备轿，我这就进宫去！"说着便下阶来。姚老夫子悄没声离了纷纷议论的人群，几步抢到允禄前头，一打躬说道："王爷，您这会子进宫有公务？"

"没有。"允禄气咻咻地说道："我要请旨惩处刑部这干没王法的王八蛋！"

"刘统勋可没说他奉的钦差还是部差呢！"

允禄犹豫着站住了。姚老夫子委婉说道："您思量——要是史贻直派来的，借一个胆给他，刘统勋也不敢这么鲁莽！刘康三品大员，刑部自己怎么敢作主说拿就拿？刘统勋在这里不宣钦差，或者是为免了王爷行礼，顾全王爷体面，或者是想着王爷出面拦阻时再宣明，叫您更为尴尬。皇上那边这会子伴着老佛爷也正取乐，您这过去一闹，扫他的兴不扫？不和刘统勋一样了？福晋也在里头，万一有个一言半语的降罪的话，您和福晋脸上也下不来！"允禄觉得他说的有理：自己闯到慈宁宫质问乾隆。既不知道刘康犯的什么罪，也不晓得是谁派刘统勋来，三言两语就要问得自己无言可对。乾隆一向以至孝标榜，弄得太后不高兴，还有自己好果子吃？思量着已泄了气，叹了一声说道："如今竟成混账世界！你刘统勋就不能先知会一声再拿人？由我拿下送刑部也没有什么不可的！我还是天璜贵胄哩，你就这样蛮横！对下头百姓还不知怎样呢！——你告诉世子，招呼这些人还吃酒，尽兴一醉。我到书房歇歇儿。"

姚老夫子的劝说还是对的。慈宁宫的筵宴比王府热闹十倍，但宫门各处早已下钥，真的一层层通报进去，以为出了什么军国大事，乾隆自然要接见，他这点鸡毛蒜皮的"事"根本就拿不到桌面上,肯定要触大霉头。

　　此刻慈宁宫正殿和侧殿上千只巨烛高烧,照得殿内殿外通明雪亮,各王公福晋,几十个大大小小的未嫁皇姑和硕公主、格格,依辈份大小列在正座前一溜五张席面上。上百个一品诰命夫人,有头脸的勋臣外戚夫人,都打扮得花枝招展团席而坐。不到五十岁的太后钮祜禄氏容光焕发,高高坐在正中座上,一边是皇后富察氏执盏,一边是太后的娘家从侄女皇贵妃钮祜禄氏侍在身后执壶。乾隆和皇后对坐在两旁侍奉。因御筵尚未开始,满桌都是垛得老高的水陆珍果,一百枚寿桃是用面蒸的,大的如碗,高高地堆在太后面前,上头上了红,配着青枝绿叶,在诸多果品中格外艳丽醒目。戌时钟声响了,殿中钟鼓大作,由张照精心谱写词的中和韶乐激扬悦耳,词藻华丽,百余名畅春园供奉随乐吟唱,殿中珠动翠摇的贵妇人立时离座肃穆跪听:

　　　　慈帏福履康,瑞云承辇献嘉祥。徽流宝册光,玉食欢心萃万方。旭日正当阳,缓眉寿,乐且康。瑶池溟叶方,如山阜,永无疆。

哥声刚落,乾隆和皇后、贵妃,离席跪在案前,伏身向太后三叩首,说道:“臣皇恭叩太后圣母万寿无疆。

　　棠儿随在外戚一班命妇中跟着行礼,眼巴巴地望着风流倜傥的乾隆皇帝,自去年十月进宫和乾隆开始有了“接触”,她又是觉得身价不一般,又是觉得对不起待自己十分恩厚的皇后,思念丈夫又盼着丈夫多在外边逗留些日子,每次进宫想见乾隆,又怕见乾隆,偏又遇见乾隆。眼前的乾隆一脸的诚敬庄严,和皇后一道肃肃穆穆地礼拜太后。棠儿想起二人私下幽会那些缠缠绵绵的情意、话语,不禁心头突突乱跳,红了脸低下头,不知自己心里是个什么滋味,只暗道:“男人们真是……”正胡思乱想,已经礼毕。由钮祜禄氏执壶,向皇后手中的杯里倾满了酒。皇后庄重地将杯捧给乾隆。乾隆长跪在地,双手高捧酒杯,送到母亲面前,说道:"儿子知道母亲不胜酒力。今儿好日子,外头月亮满圆,正该为母亲添寿。这杯寿酒是要满饮的。"

"好好!"太后接过酒来一饮而尽,喂着嘴微微一摇头,滋祥地笑道:"今儿月亮好,酒好,我心里也欢喜。皇帝、皇后还有你们大家都起来,随常取乐儿说笑,我才高兴。我老了,不想拘那么多规矩。"待乾隆起来,太后便命赐筵,又对乾隆道:"今儿这宴乐与往年不同,我听得很入耳,"乾隆笑道:"老佛爷受用,就是儿子的孝心到了。这是一首予平曲。张照手定,南吕清徽立宫,仲吕清角主调,最是雍平和贵。"太后一笑道:"我哪里懂这些个!——张照是先帝手里的才子我是知道的,听说犯了挂误,如今还没有起复么?听孙子来说,宫里太监都不尊重他,这不好。"

乾隆一怔,忙又躬身,笑道:"母亲说的是。儿子明儿就叫军机处议这事,他做个礼部尚书还是满够格。"此时筵桌已经摆布停当,只见太后一桌,正中一个寿山福海大攒盘,两个热锅,一个野鸡片、一个煴羊肉片,锅底炭火炽旺,*丝丝热气从锅盖四周喷出*。一般鹿尾烧鹿肉,一个煴羊乌叉,再向外是葱椒鸭子、炒鸡丝、炖海带丝、羊肉丝、煳猪肉各一盘,还有竹节小馒首、螺蛳包子等等种种细巧小宫点,琳琳琅琅布满桌周,旁边黄签标明"郑二特献太后老佛爷"。看别的桌也是大同小异,只没有"寿山福海",却多了四个盘肉。乾隆说道:"朕只在这里陪母亲,皇后和贵妃代朕各桌走走,有不能多喝的,不可勉强。"

皇后富察氏和贵妃钮祜禄氏领命,向太后和皇帝蹲身施礼,下桌执酒挨桌相劝。此刻大殿珠动翠摇,燕语温存,命妇们一个个激动得如醉如痴,无论能酒与否,难得是个体面风光、均沾帝后恩泽的事,谁肯轻辞了?待劝到棠儿一桌时,执壶的钮祜禄氏却笑道:"娘娘,棠儿该饮个双杯的。"说着目视棠儿抿着嘴儿笑。皇后却不在意,说道:"傅恒在外头办差没回来,你确实该代他饮一杯福寿酒。"棠儿无奈,只得遵命连干两杯。已是酡颜润颊。皇后已转到别的桌上,棠儿用眼向首席一扫,正巧乾隆双目注视这边,目光一对,都避了开来。棠儿说声方便,乘人不留意时,悄没声溜了出来。

　　"母亲,"乾隆又殷勤地劝太后小饮两口酒,眼一瞥,不见了棠儿,遂笑道:"有一份急奏折子,儿子已经看过了,今晚要发到兵部,儿子去写一道朱批就过来侍候。这里皇后和贵妃先侍候着可好?""去吧去吧。"太后满脸笑容看着满殿女人。"这是正经事么? 要迟了就不用过来了,我还缺了侍奉的人了?"乾隆又看看正在劝酒的皇后和钮祜禄氏,不言声也出了殿。

二十七　咸若馆棠儿诉衷肠
乾清宫国舅议朝政

　　乾隆一出殿，便见老太监魏若迎了上来。这已是驾轻就熟的老套子了。乾隆略一点头便跟着魏若出了慈宁宫。高无庸在垂花门外接着，径入与慈宁门斜对面的咸若馆。这个地方是专为太后娘家至亲远道探亲用的栖息之地，也是宫殿，规制却小得多，南边还有个小花园叫慈宁花园。自从和棠儿好上，乾隆命人重新装修了这处宅院，换了知己的太监守护，因此十分谨密。乾隆进了咸若馆便问："人呢？"

　　"回主子，"一个苏接太监在旁躬身道："舅奶奶在南边观音亭上香。"

　　乾隆略一点头便轻步来到慈宁花园正中的观音亭。月色清辉下，果风棠儿亭亭秀立，双手合十，喃喃祈祷。乾隆止步听时，却是说的"妾身有罪，只罪妾身、愿亲人安，远人宁，皇恩浩荡遍泽春风"。乾隆笑道："这种事哪能'遍泽春风'？"

　　"南无大慈大悲救苦救难观世音菩萨！"棠儿早已感到乾隆来了。祈祷完毕，又跑在玉观音像前磕了三个头。站起身来再向乾隆蹲了一个福儿，这才嗔道："人家办正经事，皇上开玩笑也不分个时候！"乾隆一笑，没再说话，上前拉起棠儿的双手在自己手中暖着，交叉挽起在园中月色下踱步。

　　此时月辉如银，轻纱似的笼罩着这方寸小园。虽是隆冬季节，园中红瘦绿稀，一丛丛暗纱低矮的柏墙仿佛笼着紫雾，冬青黄杨的叶片闪着银色的光,枯黄了的规矩草勾连着"万"字形小径,脚踏上去又松软又舒适。两个人默默偎依着慢慢踱步,望着那轮皎洁的月亮。棠儿低头叹息一声,终于开口道:

"皇上。"

"唔。"

"女人命苦。"

"你命不苦。因为有我。"

"我真不知以后会怎样,傅恒要是知道——"

"他知道又怎么样?没有朕的旨意,他回不来。"

……

棠儿轻轻挣开乾隆的手,背转脸拭泪,却不说话。乾隆缓缓扳过她的肩头,望着她道:"月下看美人,真令人销魂!"棠儿道:"我虽美,丧德败俗,一女爱二夫,算不得好人。"乾隆轻轻吻了她额头一下,将她搂在怀里,说道:"是朕喜爱你,你不能抗旨嘛!一个英雄要没事业没肩头,凭什么让美人爱?朕不凭皇帝赢得你的心,朕虽不能明着娶你,却能循情敦意照拂你。放心,谁也伤害不了你。"棠儿怔怔地望着乾隆清秀的面庞,一头扎进乾隆怀里,啜泣道:"皇上……我已经有了……"

"什么"乾隆惊喜地捧起她的脸,急急问道:"你有了朕的……这么好的信儿,怎么不早说,朕都高兴坏了!几时有的?是男还是——"话没问完自己已是笑了,"准是个男的,你有宜男相!"他一把扯着棠儿快步走进咸若馆东配间,进门就双手抱起棠儿,平放在床上,搓了搓冻凉的手,伸手抚摩着她那温软的小腹,问道:"几时有的?几时知道的?"棠儿觉得乾隆的手又在向下滑,轻轻推开乾隆的手背,娇嗔道:"不老成!——两个月没来了,直想酸东西吃,还不是有了?"

乾隆听她娇语如莺,芳情似醉,早已浑身酥倒,翻身紧紧压住了她,在她脸上、颊上、眉眼上印了无数个吻。棠儿被他揉搓得透不过气来,娇喘吁吁地说道:"当心肚里的龙种,皇上也得当心身子骨儿……"乾隆喘着粗气说道:"生儿子之前,这是最后一次,放心,明儿叫他们送药给你……"

"叫他赶紧回来。"

一时事毕,棠儿一边束腰整鬓,说道:"再迟了就怕掩不住了!"乾隆揩着头上的汗笑道:"这个还用你说?明早就给他旨意。朕这会子想,孩子生下来叫什么好。要是女的,就叫婷婷,将来长大像她母亲一样娉娉袅袅。要是男的就叫傅——不,福康安——双有福,又康健,又平安,你看可好?"棠儿掩嘴噗哧一笑,说道:"亏你还是……这是我说了算的?名字得由他来起。"

隔壁的自鸣钟沙沙一阵响,乾隆也不知是什么时辰,嬉笑道:"名字由朕赐!好了,你先过去仍旧吃酒,打个花呼哨儿就回去。朕也要去军机处,迟一刻再回去。"待棠儿去后,乾隆略定了定神,便踅到军机处,见是讷亲当值,便笑道:"酒沉了,朕逃席百来。给朕沏一杯酽茶来!"

讷亲不曾想到乾隆会这时突然驾临。忙不迭行了礼,将自己带的龙井浓浓的泡了一杯茶,双手捧过来,笑道:"主子原来为逃席。奴才还以为有要紧的旨意呢!"

"自然也有事交待。"乾隆灵机一动,与其明日郑重其事地叫张廷玉办理,还不如这会子就安排停当。遂含笑道:"天明就发旨意,叫傅恒回京来。"

讷亲睁大了眼看着乾隆,这主儿是怎么了"黑天没日头地巴巴跑来,要调傅恒回来?忙赔笑道:"傅恒在南京。十几天前奏说南京教匪漏网了一百多,似要逃往罗霄山,和一枝花残匪会合聚众谋反,请旨亲自征剿。前儿刚发走皇上朱批照允的廷寄,这会子既然要调他回京,还该说明原因才好。"

"这个么。"乾隆顿了一下,"原因"自然是不能说的,理则却必须说清,思量了一下才道:"原打算派刘统勋山西去的,北京如今有一个大案要办,朕打算让傅恒回京述职,然后去山西办差。山西那边飘高的邪教也在黑查山扯旗放炮了,吏治也该去查看查看。"说完自己想想,虽觉勉强,也还说得过去,一笑而罢。讷亲虽不明白乾隆何以不让傅恒就近剿"一枝花",偏要他辗转数筹去剿"飘高"贼,但圣意既要他述职,自必有皇上自己的盘算。忙躬身道:"圣意已明。奴才这就拟文,明儿用六百里加紧发往南京。还有一事要奏。方才步军统领衙门递进禀片来,说刘康已经送到养蜂夹道严加看管。刘康是山西布政使,奴才也不晓得他出了什么事。不知该怎么回话,请圣上下旨,要不要知会张廷玉、鄂尔泰二位军机大臣?刘康的缺谁补?"乾隆正欲起身赶回慈宁宫,听说拿到了刘康,便停住脚步笑道:"这就是方才朕说的'大案'。刘统勋是吏员出身,断案熟手,此案已经交给他去办了。这是刑事,军机处不要存档,禀知庄亲王料理,给张廷玉他们知会一声就是了。山西藩司最好补个满人。"说着便离开军机处,匆匆赶往慈宁宫承孝待母。

傅恒接到军机处六百里加紧廷寄谕旨,心里很有些诧异,好好地正在外头办着,江西、福建两省还没有巡视,无缘无故地叫回去述职?再说江西、山西都是贼,剿哪里不一样?偏从南京调自己去山西?他在江浙住了半年,今儿查看赈济,明儿又巡河工。又要检视武库,又准备点兵进袭罗霄山,从巡抚将军到各司衙门,每日为待候这位国舅爷,忙得团团转,听得这旨间,真是人人如释重负,巴不得他就启程。巡抚尹继善早约了将军雅哈一同到钦差行辕来拜,那尹继善名门望族出身,写得一手好文章,舌如巧簧,那番惜别之情,挽留之意,盼望再来之词说得头头是道。傅恒听得只是笑,说道:"继善别跟我玩这花肠子。我还不知道你?就我俩私交,你说这话我信。要说通省官儿,怕都恨不得出个黑老包铡了傅国舅!今晚我就走,客走主人安。你说你有什么信儿带给尹泰老相公,只怕我还受用些。"一句话说得尹继善和雅哈都笑了。雅哈笑道："方才在路上，我们商议好了。我母亲和硕十四公主六十大寿，几个小皇姑必定都去拜寿的，我用一百两黄金打了七十根金钗，请六爷带回去；尹中丞是十二篓福橘，都用骡驮。您走旱路，我们送你过江，江岸边有水酒饯行。这成了吧？"

"我还有件事，"尹继善道："要不是老雅说起'金钗'，几乎忘了。傅爷日日说曹雪芹、勒敏、何之几个文友如何了得。我真的心羡已久。就请六爷带个口信，都请来拜识。明年才会试，到时候我仍旧礼送北京。呃——来时的盘费请代禀我家老太爷——"傅恒打断了尹继善的话，说道："别来这套老婆子舌头了，老尹相要不在北京，我就不送他们来么？"三人当时一笑而散，当晚傅恒便离开了南京。

傅恒一行回到北京已是二月初。傅恒此时有一种异样沉重又还着兴奋的心情。在过黄河时，他曾问梢公知不知道山中有反贼结聚，梢公说不知道，只听说吕梁山有个叫飘高的仙人能撒豆成兵，扯旗放炮，与官家对抗。乍然间，傅恒想到在石家庄与飘高的邂逅相遇，娟娟的芳影舞姿抹也抹不去，揉也揉不掉。虽然无言语之交，但是在赠诗那一刹，顾盼之间流露出的缕缕柔情，使这位青年贵介销魂梦萦。果真是他们，自己带兵去打，兵戎相见，那会是个什么滋味！可吴瞎子听了，却是兴高采烈，几次说："这回爷去山西用兵，一定带上奴才。奴才没有野战功，终究不得正果。要真的是飘高，这回得要好好与他周旋一场！"傅恒也只好苦笑着答应。

到了潞河驿，已是最后一站。按规矩饮差回京，不见过皇帝不能回家。但家里人却不知从哪里打听他今天回来。棠儿率府中几十个有头脸的男女仆人，早已等候在驿外石狮子旁边。傅恒大轿一落，呵腰出来，黑鸦鸦地跪了一片人，齐声请安，棠儿蹲了个福儿。

"罢了罢了。"傅恒笑道:"哪有这个规矩,不许我回去,你们都来了!开这个例,皇上知道了要说'国舅回京倾巢相迎'了!不好——都回去!左右明儿见过圣上,我还能不回去么?"目视棠儿含笑不语。棠儿原先见他下轿,还有些个心慌意乱,此刻倒定住了神。打量傅恒时却见傅恒没有穿官服,身着一袭藏青玄狐风毛小羊皮袍,外头套着滚绣珠金线镶边玄色宁绸巴图鲁背心,与去时模样相去也不甚远,一条乌黑的大辫子拖在身后,——男要俏一身皂,真是半点不假。因见傅恒撵众人回去,棠儿抿嘴儿笑道:"那不是知道老爷回来,撺来巴结的,都是好心嘛,哪里就惹翻了皇上呢!我们也不在这里过夜,备了一桌水酒给老爷接风。"说着合盼咐:"卸下酒食往驿站里搬。张大大,赏驿站人的银子你送去!""真是妇道人家,拿你没办法!"傅恒笑着说了一句便进了驿站。

棠儿见众人穿梭似地忙着摆酒食,笑着对傅恒说,"到暖房里先换换衣服吧。黑衣裳耐脏,方才看不出来,这会子瞧着都是灰土!"遂从箱笼里取出一个小包袱,督着傅恒脱换。傅恒小声笑道:'你是想让我换衣裳,还是想看我换衣裳呢?"说着便上来拥抱棠儿。棠儿啐了一口,啪地打落了他手,红着脸道:"当心外头人听着了,我身子不干净好几天了明儿你也得耐一耐! ——没良心的,在外头不知吃了多少野食,还会想着我!"说着便收拾傅恒的衣裳,从傅恒袖子里掏出一把乱七八糟的银票,还有个纸片打开看时,却是情诗,扬了扬小声笑道:"这是什么?还敢说没有?杀千刀的!"

"钦差一下车你就来搜捡,我当定了房玄龄!"傅恒自己扣着扣子笑道:"这纸还有个故事儿,就是叫你看的,回头再跟你说。我在外头当钦差,走一步道几十双眼盯着,我就是孙行者也偷不成女人!"说罢站在门口干咳一声,走出暖房,棠儿也自跟出来。

第二日辰时,乾隆在乾清宫接见了傅恒,傅恒一路打了腹稿,分成军政、民政、救灾赈荒三层意思,详述各地所见的情形,自已处置的办法,以及远打算近安排滔滔不绝,足足说了两个时辰。最后又道:"皇上的以宽为政是当今治天下最合乎民情的方略。草野细民皆得实益。连龚炜都写了颂词。只是各地情形不同,有的地方办得好,有的地方办得不好。办得好的,上下一体仰承皇恩;办得不好的,百姓也只是对地方官口出烦言,依奴才之见,做父母官不能将圣恩雨露遍泽草野,是为司牧之责,当常派大员时时巡弋及时处置,就不会酿成大乱。先帝在时,山东何煜魁、陕西张自强、江西湖世平啸聚造反,都是上万民众揭竿相从。自乾隆元年以来,虽也有几处教菲煽惑聚众,臣去巡查,多是不过数百人,少的不过十几人。地方官一宣宪命,许多人也就如鸟兽散了。就是一枝花、飘高贼众,昨夜臣观邸报,也不过千余人——两相比较,皇上宽政爱民之意,周行天下,已见显效。"说到这里,傅恒直了一下身子,俯仰之间英气四溢,颇见精神。

"龚炜,是不是江苏昆山那个叫巢林山人的?"乾隆端坐了两个时辰,挪动了一下身子又坐稳了,看着傅恒道:"别是下头逼他写颂词的吧?"傅恒笑道:"回主子,这不是下头报上来的,奴才喜欢文士,过昆山时微服到他家拜访,翻看他的日记得来的。"遂将一张小纸片双手捧过来。乾隆见他细致如此,满意地点点头,展开看时,真的是一篇日记。

乾隆元年二月八日,晴无风。今知上谕。本年各省地丁钱粮按次全蠲,与民休息,乡野欢声四起,万方沸舞。自上嗣服,关心民膜,行政用人皆从以宽,我侪小人重负如释,惟是祝丰年急公税,稍申媚兹之忱,乃更沐非常溥博之泽于望外,苍生何福以当之。自惟草茅无以报效,衢歌不足颂扬,仅以清香一注,浊酒薄酹祷祝上苍,惟皇上子子孙孙永永保民而已。

　　乾隆的脸色变得有点苍白,手也有点哆嗦,这不是出自一个大臣手笔,也不是进士及第春风得意人的应景之词,巢林山人是出了名的"龚屈原",书香门第进士之子,又是娄东望族黄氏的乘龙快婿,本人善经史、工诗文、精丝竹,却屡试不第,连雍正在世都说过:"龚炜不第,是其命数不偶,亦宰相之责也!"能叫这样怀才不遇的林下士甘心情愿说颂圣的话,也真不容易。

　　"你这一番出去,不枉了朕的一片苦心。"乾隆温馨地对傅恒说道:"上来的奏折条陈不但没有空话,就事而言,或主严或主宽就是说理也是能洞中窥要。朕心里很欢喜。朕派出支的几个钦差像卢焯、庄友恭也办好差使,却总不及你高屋建瓴总览全局。这就是大臣风范!"傅恒激动得脸通红,躬身谢恩时乾隆又道:"有人以为由宽入严难,从严变宽容易,其实这里头的繁难不是个中人体味得人了的。宽严相济其政乃安。这本是浅显易懂的道理。可王士俊之流就偏要曲解,相以不孝之名加罪于朕。朕年轻,下头都是几辈子留下的老臣,前头那些苛政都是经他们手办的,有的还是靠这个升官发财的;你把政务扳过来,他就以为'一朝天子一朝臣'是有意整治他。还有些人欺侮穷人惯了,一向的作威作福,你要宽他做不来。因为他并不懂政务是怎么回事。以为做官就是'媚上压下'四个字。他除了欺压人讨好上头换顶子,什么也不会!难为你领会得周全,没有依仗'国舅'在外颐指气使,只存着自己是朝廷的臣子的心,兢兢业业不避嫌怨把大事办好,这个心思难得!"傅恒这才寻着话缝儿,欠身说道:"奴才这次出去,只体贴主子一个'仁'字,由仁而出或忠或恕,或宽厚或严猛皆在中庸。只是因臣愚鲁顽钝,尽管如此,纰谬仍旧不少,思之愧汗不能自容。""这个话自己能说出来就是上上之人。"乾隆说道:"训练太湖水师,你斩了十八名弁整饬军纪。但你没有想到吧,水师终年在太湖巡弋,过冬的柴炭蔬菜都供应不上,军心怎么能稳?杀人是国典军法之常,朕不是滥做好人，那件事朕指责了你，就是因你只用杀人治标，没有设法堵塞乱源。"

"主子。"傅恒了一下，小心翼翼地说道："廷谕里说要用奴才去山西平息飘高之乱，不知几时启程？"乾隆笑道："这个不用忙。其实像江西、山西这些草寇，本省就能歼灭。为什么要用你？如今太平盛世，文人罗致，武将难求，儒将更难得。早晚一天大小金川、准葛尔都要用兵，所以有意地留几个小贼叫亲贵勋臣子弟练练把式，免得将来经不住战阵。张文泗的兵已经堵了吕梁山的驮驮峰的粮道，先饿他们一阵子，你将息十天半个月上路不迟。"登记恒听这旨意，真喜出望外，昂声说道："奴才自幼读《圣武记》最佩服先帝爷跟前的名将周培公。常常暗叹我满洲子弟没有这样的全才。皇上若肯如此栽境，是奴才终生之幸。奴才还年轻，异日必定为主子在战场上一刀一枪拼出功名来！"

乾隆默默点头，说道："你这话，朕是一直在等着有个满洲子弟说的。终于让你说出来了！钮祜禄氏的弟弟高恒朕看着也好，已经下诏命让他去南京接你的差。他在文事上试试看，你呢，既然话说到这份儿上，朕就不一定要你纯作武臣，几天之内就有恩旨——你回去且将息，好好地自为，朕与国家断不亏负你的。"

"谢恩！"傅恒深深叩下头去，起来时已是泪流满面，也不敢拭，却步退了出去。

傅恒回到府中，心里兀自激动不已，怔怔地只是出神。棠儿几次想问，又不知乾隆的话中涉及自己没有，便坐在一边描画、剪花样子。良久才听傅恒深长地叹息一声。棠儿吓了一跳，强笑道："你这是怎么了，不言不语，愣怔了这半日，就是挨了皇上的砸，说出来我也好给你批讲批讲啊！"傅恒一笑，说道："我过几天还要出差，舍不得你！"遂将乾隆方才接见情形详说了，又道："你见的我的那首诗就是写给娟娟姑娘的，这次山西之行又要兵戎相见，我不能没有感慨。"

"我说的呢,茶不思饭不想!"棠儿接过丫头捧来的参汤端给傅恒,往桌上一墩笑道:"你去把她活擒过来,主子一句话,不就是你的人了!"傅恒笑道:"你不吃醋?""男人们不都那样?"棠儿笑道:"要是吃起醋来,天下女人不气死完了。"

傅恒此时心情才逐渐稳下来,一长一短将自己在外的情形说给棠儿听,又道:"曹雪芹他们要去南京盘桓些日子。听说芳卿刚产了,我要出去了,你着人勤关照点。曹雪芹是大才子,又穷,多少帮他们点,他得实惠,我得名,我和芳卿没什么,真的,不要学小家子气。"棠儿一一答应,又道:"弘晓府里和曹家也过往很密,曹雪芹写的那个《红楼梦》写一章他们抄一章。还有弘昇,有一次还带着永璇去看过他们。放心,芳卿是咱们家出去的,终归咱们占着先枝!"

夫妻俩絮絮滔滔,忽然家人飞路进来报说:"高公公下旨来了!"

"快请! 放炮、开中门!"傅恒和棠儿一下子都站起身来。棠儿亲自给傅恒穿换官服,先穿了九蟒五爪袍子,外头套上孔雀补服,将一顶蓝色明玻璃顶戴端正替傅恒戴上,傅恒坐下,由棠儿换着官靴,命丫头们排案焚香。刚收拾停当,高无庸已带着两个小待卫、四个苏拉太监款步而入。棠儿忙回避到里间。傅恒只迎了两步,转回身面北长跪在地。

高无庸面无表情,在香案后南面而立,扯着公鸭嗓子大声道:"傅恒听旨!"

"臣傅恒,"傅恒叩头有声,"恭聆圣谕!"

"奉天承运皇帝诏曰。"高无庸读道。乾清门待卫傅恒奉差巡视江南各省、勤劳王事,卓有政绩,深合朕心。着加二级上书房行走,兼领散秩大臣,给假半月,前赴山西巡查,办理剿匪事务。回京后再行赴任。钦此!"

"谢恩!"

　　傅恒觉得一阵晕眩。没想到乾隆不到两个时辰就作出这样的决定。这一份高天厚地之恩,他一时觉得承受不起。思量着慢慢起身。高无庸已是换了一副笑脸,给傅恒打千儿请安。"奴婢给爷道贺了! 天公祖师阿弥陀佛,谁见过像爷这样的,不到三十岁就晋位大臣! 不是奴婢当面奉承,您这福相,做五十年太平宰相是稳稳当当的的! 前头高江村相爷、张相也比不了您老!"

　　"取五十两黄金。"傅恒微笑道:"赏给高无庸!"

二十八　刑部验尸案中生案
相府谈心话里藏话

　　高无庸领罢赏喜孜孜出了傅恒府,见街上人流涌往西去,不知出了什么事。他驻马一打听,才晓昨是贺露滢的棺椁从德州运到。今日由大理寺、刑部、直隶顺天府衙门三堂会审开棺验尸。太监最爱看热闹,这个案子开审后,他几次借故去刑部看刘统勋拷问刘康,因刘康抵死不认,三木之下慨然受刑,竟毫无惧色,甚是佩服他的胆量骨气。听说要验尸,高无庸真想去瞧瞧。但他是传旨太监,须得回宫向乾隆回话,遂打马一阵狂奔直回养心殿。不料乾隆却不在,高无庸一问,才知道皇帝已经出去了小半个时辰,同行的是怡亲王弘晓和讷亲。小苏拉太监告诉高无庸,皇上要大修圆明园,工部的人奏事完就出去了,兴许是去了畅春园踏戡风水去了。高无庸一想,畅春园往返一趟少说也得一两个时辰,不如趁空儿去大理寺看看热闹,便道:“我去畅春园见皇上缴旨。”竟独个儿溜了出来。

　　大理寺前早已围了好几千人,离着半里地便听得人声嗡嗡,根本不能骑马。高无庸常来这一带吃茶,茶馆里的人头极熟,随便找了一家把马寄存了,单身便挤进了人流,一边吆喝:“我是宫里的,要进去有公事。”一步一步往里挤。快到圈子中心,那人越发的多,吵吵嚷嚷,高无庸满头是汗,被中间护场兵士用鞭子赶得后退的人流一下子冲了个半倒,他一边笑骂,“这些个臭丘八,没见这么多人,硬拿鞭子抽!”一边扳着一个人肩头道:“喂,借光,我要进里头!”不料那人一回头,倒把高无庸吓得魂不附体:原来站在前面的竟是乾隆！高无庸惊呼一声"皇——"，"上"字没出口，嘴已经被身后的塞楞格捂得严严实实，回头一看，四周全都是乾清宫的侍卫。乾隆只看了高无庸一眼，便又转过头去。

此时法司衙门的主官还没有到。大理寺照壁前空场中间，两条长凳上放着一口黑漆棺椁。靠东小桌上摆着几坛子酒。五六个顺天府的验尸仵作围坐在小桌旁，旁若无人地喝酒。维持场子秩序的却是大理寺的亲兵，一个个袍子撩在腰间，手中提着鞭子，只要有人挤进白线，劈头便是一鞭。高无庸站在乾隆高高的身后，挡得严严实实，不敢挤也不敢离开，正焦躁间，听得里头一声高唱：

"钦差大人刘统勋到！"

接着又有人唱名：

"大理寺卿阿隆哥到！"

"顺天府尹杨曾到！"

人群立时一片骚动，大理寺的亲兵们鞭子甩得山响，去不再实打，只在头上虚晃。几十名戈什哈马刺佩刀碰得叮当作响，便听顺天府的衙役们"噢——"地拖着长声喊堂威。几千围观人众立时鸦静了下来。高无庸踮起脚尖从乾隆的肩头往里看，只见刘统勋居中而坐，侧旁一桌是阿隆哥，西边面东的一桌是顺天府的杨曾。三个人都板着脸。高无庸理日和阿隆柯斯混得很熟，插科打诨无话不说，见他也铁青着面孔，嘴角一抽一抽的。高无庸想起他素日的模样，不觉好笑。

"带人犯人证！"刘统勋见人役布置停当，向杨曾略一点头吩咐道："验尸仵作预备着！"

"扎！"

喝酒的几个仵作早已躬身待班，听了吩咐齐应道："小的们侍候着了！"刘康已经被两个衙役架着出来。他两条腿被夹棍夹伤了，衙役一松手便瘫在地下，只是脸色苍白，倒也并不惊惧，只翻眼看了看刘统勋便垂下了眼睑。接着便是贺李氏、小路子、申老板、郝二进场,钱度也出来了,钱度是有功名的人,和贺李氏向上打了一躬站着盯视着刘康。申老板、小路子跪在公案边。刘统勋高举堂木"啪"地一拍案,问道:"刘康,这是贺露滢的灵柩!"

"是又怎么样?"刘康昂着头不看刘统勋一眼,"与我有什么干系?"

"我要你掉转头来看看!"

……

"怎么,你不敢?!"

刘康运了运气,一下子掉转头来,但那死气沉沉的棺材似乎有什么魔力,他瞟了一眼低下了头,似乎不甘心地又看了一眼,却是目光闪烁,始终不敢正视。

"你是读过书的,胸中不正则眸子眊焉。"刘统勋淡淡说道,"这里头的尸体是你一手致死的,你自然不能正视这冤魂!我劝你早早认了实情,免遭皮肉之苦,那贺露滢也不须曝尸遭检,或可稍减你的罪戾。"刘康仰着头,满不在乎地看着刘统勋,说道:"刘延清,我原以为你是好人,真是走了眼了!我在山东赈灾,你去看过,我是不明事体的人吗?灾民们都称我是刘青天!""你要贪天之功?赈灾是皇上的恩典?"刘统勋冷笑道:"山东藩库在你任上无缘无故短缺银子一万七千两,就是没有这个案子,朝廷也要审问明白的!"

刘康晃了晃脖子上的铁链,哼了一声道:"我是贪官,你查去好了,我不耐烦和你嚼老婆舌头。"刘统勋断喝一声道:"现在问的是贺露滢一案。贺露滢是怎么死的?""我早就回你大人的话了。"刘康一脸揶揄之色,"你大人问了,犯官了'招'了,他是上吊自尽死的。"

"当时验过尸么?"

"验过!"

"本钦差信你不过,"刘统勋冷冰冰说道:"今日要开棺验尸——来人!"

"在!"

"开棺!"

"扎!"

几个仵作答应一声,转回小桌旁,互相含着酒满头满身喷了毫不犹豫地拿起斧、凿、撬棍来到棺前,一阵叮叮当当砸击,随着一声极难听的"吱呀"响声,厚重的棺材盖已经磨转到一边。此时场上鸦雀无声,都把目光射向几个仵作的动作。只见一个仵作头儿熟练地取出一把长钳子,似乎把尸体从头到脚夹了一遍。又忙着要银行针,在已经糟烂不堪的贺露滢尸体上一处一处下针,贺李氏立时在旁呜呜咽咽放了声儿。顺天府尹杨曾坐不住,起身到贺氏前抚慰了几句什么,便踱到棺材旁边,亲自查看仵作拔出的一根根银针。那老仵作看一眼杨曾,见杨曾点头,便来到刘统勋公案前,拱手禀道:"验得贺露滢尸体一具,头、胸、腹、骨胳各处无伤、项下喉骨、颚骨有绳勒伤痕两处。银针刺深,全身无中毒症候,唯胸骨下一处银微黄,应系尸体受腐之故……"

仵作说到"全身无中毒症候"全场观众已是大哗,声音低一阵高一阵,有人竟高喊,"打死这个泼妇!"还有的人鼓噪:"刘统勋是昏官,请阿隆柯大人主审!"一片骂声铺天盖地,震耳欲聋。此时刘康提起了精神,却是一声不言主,头昂得高高的,两眼直盯盯地看着刘统勋。满眼都是怨毒:看你怎样收场。连站在圈子边的乾隆,手心里也全是冷汗。

"吵叫什么?!"刘统勋大喝一喝,霍地站起身来,"啪"地一声堂木爆响,"这是国家法司衙门! 顺天府抓住为道的,枷号!"他起初也被仵作的报说激得浑身一颤,但他是亲审此案的主官,刘康杀人,有目击人、有血衣,各色人他曾分别勘问,除了刘康和三瑞抵死不招外,人证物证俱实,此时怎么会验得无毒? 思量着,刘统勋走到那老仵作身边,问道:"你叫什么名字?"

"回大人,"老仵作脑门上沁出汗来,"小的范印祖。"

"作这行当多少年了?"

"小的三代都是件作。"

刘统勋看了看棺中贺露滢的尸体,没有腐烂完的皮肉包着白森的骨头,发出一阵阵呛人的恶臭味,贺露滢的颚下勒得骨头都凹进一道。他一声不言语,取过一根银针插入尸体口中,又取一根插在咽喉间,一动不动地看着那尸体,少顷,刘统勋将两根针轻轻拔了出来,只见半截针银光闪闪,半截针已经黑紫斑驳。刘统勋满意地笑了笑,举针问道:"范祖印,你受了何人指使,敢这样伤天害理?你不懂王法,连件作行规矩也不懂么?"他轻蔑地将针扔到刘康面前,格格笑着回到了卒位上。

"大大大……人!"那件作惊恐地看着刘统勋。爬跪几步,语不成声地号叫道:"是是……"

"是什么?"

范印祖畏缩地看了一眼杨曾,口吃了半日才道:"是小人学艺不精……"我不是做件作的,尚且知道毒从口入,由咽而下,你竟敢如此跟我支吾!"刘统勋大怒,啪地一击公案,人们以为他要发作范印祖,不料他挥手指定杨曾,厉声喝道:"撤他的座,摘他的顶子,剥他的官袍!"

杨曾早就惊得面白如纸,听范印祖没敢攀自己,刚缓下一口气,不料刘统勋向范印祖虚晃一枪,猝不及防间已把锋芒指向自己,连发怔的工夫都没有,被身后戈什哈猛力一推,已经离座,顷刻之间冠袍已被去了。此时他才稍稍回过神,颤抖着两腿欲立涌、欲跪不甘,结结巴巴问道:"刘……大人,这是……"

"范印祖,"刘统勋目中出火,恶狠狠地一笑,"你现在放胆说,是哪个目无皇宪的混蛋指使的你?"

乾隆见刘统勋霹雳闪电地处置京兆尹这样的大员,也是心头一震,听见这话,不禁心头又是一热,喃喃说道:"此人忠臣。"讷亲挨乾隆身站着,也叹息一声:"是,不但忠,而且能。眨眼之间杨曾变成平民，他难逃国法了。"说话间范印祖已经手指杨曾，说道：'就是他！他前日叫我去，说皇上有意周全刘康。这案子扯得太久，早已是说不清楚的事了，若验出毒来更不知要牵连多少人。得超生时且超生，没来由做恶人。又赏了我二百两'酒钱'……他话没说完，杨曾已经瘫晕在地。

"架他下去！"刘统勋勃然大怒，似乎在平息自己冲动的感情似的定了定神，"这是案中之案。本钦差自当奏明当今，依律处置——刘康，你如今怎么说？"

刘康已经伏在地上不能说话。一个衙役扳起他肩头"噗"地喷了一口水，他才悠悠醒转过来。他的精神已完全崩溃，翻来复去呐呐说道："命该如此……我都认了……贺道台……你不要缠我，欠命还命，欠命还命！他声音嘶哑凄厉，面孔扭曲得不成人形，惊恐地望着棺材，像是那棺材长了腿正在逼近他，遮着满是油汗的脸蹭着往后退："你不要过来、啊？！不要！欠命还命，欠命还命！"

高无庸去后，傅恒立刻叫人备马，说要出府，棠儿从里屋出来道："昨儿回来，见皇上奏事，马不停蹄地忙到现在，还不松泛一下，又要哪里去？"傅恒笑道："我想去见见张廷玉，有些细事皇上自然不能一一料理，还是要多听听这位老相爷的。"棠儿揶揄道："你如今也是相爷了，还是国舅爷宰相，自然以国事为重了！"

一句话提醒了傅恒，这么猴急地去拜张廷玉，也显着轻浮，笑道："你说的是。什么相不相的，我只是个散秩大臣嘛。我在外办事不如在家，当宰相也比不得当等卫逍遥。我是想，皇上这样厚恩不可辜负了。"棠儿是个极伶俐的人，已听出丈夫的意思，端过一碗参汤给傅恒，说道："这个话在理儿，上回进宫，听娘娘跟前的芸香儿说。有个恩科状元庄有恭，吃了簪花酒就疯迷了，逢人就问'我是状元，你知不知道？'我看你坐立不安，快和庄友恭成对儿了，这才引人笑话呢！"傅恒还是头一回听说，想想庄友恭问话的模样，不禁捧腹大笑:"我就那么没出息? 我——"

"两口子说私房话呀?"

院里突然传来了一阵笑声,傅恒、棠儿都是一征,一齐往窗外看时,却是慧贤贵妃的弟弟高恒来了,傅恒忙从里间迎出去,亲自挑帘。高恒不过二十岁上下,两眉平直,方脸广颡,穿一件酱色天马风毛小羊羔巴图鲁背心,套着雨过天青皮袍,脚蹬一双黑冲泥千层底布鞋,把玩着一把檀木扇子飘飘逸逸地走来,见傅恒挑着帘子等自己,笑着:"我可不敢当,衡臣老相国也来了呢!"

"是吗?"傅恒松开了手,提着袍角疾趋下阶,见老态龙钟的张廷玉一手扶一个家人进了二门,傅恒见家人服侍周到。满意地微笑了一下,上前打一揖亲自搀了张廷玉,笑道:"您七十多岁的人了,要见我打发个人传句话不就结了?"

张廷玉是个深沉人,听了只一笑,由傅恒搀着进了上房。傅恒便冲里屋道:"那拉氏(棠儿),高恒不是外人,张相头一遭来府,你也不用回避,把我带回来的大红袍茶给二位泡上来。"

"大红袍茶有什么稀罕?"高恒自幼与傅恒同在宗学,十分熟识,坐在椅中笑道:"你要爱喝,我送你二十斤。张相来了,又逢你高升,拿好的来! 要显白你清廉么?"

你好大口气!"傅恒笑道,"真正的大红袍只有一株茶树。雷击了半边,只一半活着。我亲自到岭南露坡,才得了二两。连给皇上进贡,都是附近的茶树掺兑着进上的。你一开口就是二十斤!"

几句话说得张廷玉也兴奋起来,在椅上仰身笑道:"这么说你从前喝的也是假的了? 今儿倒要领略一下!"说着,棠儿已经沏好三杯,用小茶盘亲自端了出来,张廷玉端起一看,竟是玻璃杯子①,一根浮茶不见,史一层薄薄的白雾漫在杯口,幽幽清香沁人心脾。

"这叫瑶池雾生。"傅恒笑着指点,"您看,杯中茶水五层显色,

---

① 当时玻璃杯非常名贵。

绿红清澄，叶经水泡变为黄色，不上不下浮在中间……周围茶树味香也是上好的了，只不带寒香，也分不出五色来，这就是真假之别！"

张廷玉微笑着细细端详，取一杯轻轻嗅了嗅，沾唇呷了一口，品着道："醇而不厚，芳香不烈，色而不淫，沁心醒脾——好！"好高司心思却全然不在茶上，直勾勾一双眼盯着棠儿，直到茶送到面前，才忙乱着接过，口中笑道："茶好，沏得也好，嫂子功夫不寻常！难得这五色齐出！"说着便饮一口。看棠儿时，她早已一晒去了。

"张相，"傅恒题归正传，呷一口茶说道："刚不久接到的旨意，我要到山西。原想明儿登门造访，领您的训的。既然您亲自来了，正好就此讨教。我年轻不省事，皇上寄我腹心，委我重任，真的怕办砸了差事。高恒是奉旨要去河南接我的差了，也来得正好，呆会儿有些话我也要交待。"高恒忙低头答应一声"是"。

张廷玉抚着胡子道：'你在外头递的折子我都看了，那些文章条陈，就换了我年轻时候出是写不出来的。长江后浪推前浪。我这几日一直都在想，也确实到了你们年轻人给主子出力的时候了。"

"这是衡臣相公谦逊。我陛辞时，皇上就说过，'要学张廷玉，不要学明珠、高士奇。张廷玉几十年恭谨小心侍上，谨慎秉公处事，仁厚等下。公务无论巨细、无论繁琐没有一件懈怠的。圣祖以仁为法，离不开他，先帝以严为法，也离不开他，朕以宽为法仍是离不开他，其因在于他老成谋国，始终廉隅自持。世宗爷曾许他入贤良祠，那是自然之理，现在朕还不能放他养老。真到那一日，朕进要让他入贤良祠，赐诗赐筵，让这一代名相风风光光全始全终'，"

张廷玉听得极为专注，《洪范》五福，其中最要紧的就是"终考命"。清朝开国前几任上书房大臣没有一个"全始全终"的，明珠、索额图还几乎被康熙杀掉。他这几年愈是留心，愈觉得这是"大清气数"所定，他倒不像鄂尔泰那样，见乾隆起用新人就犯醋味。他想得最多的是宁可自己累死,最后能落到一个全终善名。因而听了傅恒转述的话,比饮这杯大红袍茶更觉舒泰。他更不知道,傅恒漏传了乾隆说的"五代间冯道为相,经历四世革命,张廷玉在相位时日和冯道差不多,迭经变故不颠不扑,自必有他过人之处"——拿张廷玉比无耻"长乐老"冯道,这不能算什么好话,因不是奉旨传话,傅恒自然回避开。张廷玉满是皱纹的脸舒展了一下,说道:"傅六爷,皇上这话于我而言实在是过奖了。老实说,在这个位置久了容易生出两样不是。一是自不修身,转入骄侈一类,因为权重,忘掉了自己的臣子身份;二是小人趋附,门生、故吏扯不尽的关联,他们在外哪能个个循规蹈矩,做出不是来,不是你的责任,也觉得脸上无光。就如刘康,扫了多少人脸?庄亲王、齐勒苏、徐士林……还连带着弘晓王爷、弘晳王爷。李卫一世精明,这回也被拖进案子里。昨儿我差人去看他,皮包骨头,连说话气力都没了……"说着,张廷玉神色黯然。但他旋即就提起了精神,笑道:"你的喜日子,我不该说这些话的,如今圣明在上,烛照四方,就如万岁说的那些话,体天格物,何等关爱!你如今是乘风破浪、创事业的年纪,打起精神好生做去,做得比我好才是正理!"

我永远铭记张相的告诫。"傅恒沉吟着换了话题,"前番奉旨出去,其实心里没什么章程,见什么管什么,老实说,南京那边官场我的口碑不好。什么'傅六爷,皇后弟,上管天,下管地,哪怕咱们打喷嚏,或者咱们放个屁,他与要奏上去,逗得皇上笑嘻嘻,大小官员得晦气……'"他没说完,张廷玉已是哈哈大笑,高恒也是忍俊不禁。边隔壁剌乡的棠儿也笑得针扎着了手。傅恒道:"不管怎么着,我是想把事做好的,也没有整下头的意思,只是没有办过专差,摸不到头绪罢了。所以知道我的也还能谅解。"张廷玉笑道:"用人、行政、理财,下头一套一套的。你是钦差,不能葫芦提子一把抓,更不能越俎代庖。比如山西,黑查山驮驮峰正阳教匪聚众,这是你的专职道务。一定要干净利落地把差使办好。其余的事你只是看,小弊病只提醒一下,或发文叫有司衙门办理、回禀。大弊病量好和那里的巡抚、将军会商,联名奏上来,你的差使也办了,他们也不觉得你碍手碍脚了。"说着转脸笑谓高恒:"这是说傅六爷,你到南京也是一样。你们都是皇亲,比常人更多一分顾忌,口碑似剑,也是很吓人的。"

"是。"高恒忙笑道:"我还比不得傅六哥,他是正牌子国舅,我是杂牌子的;他是散秩大臣,我只是个山海关监税。我这钦差出巡不能地动山摇。做几件像样好事,我就回来缴旨。"傅恒笑道:"我最关心的是卢焯和庄有恭,一个尖山坝,关乎福建全省安全,一个赈济安徽、河南、山东流入南京的灾民,弄不好就传时疫死人,教匪再一煽动,容易出大事。灾民穷极了,偷抢斗殴的事也多。庄友恭还是一心想办好差的,无奈吏滑如油,还没来得及好好整饬——你要知道,皇上免了全年捐赋。那些贪官们只有从办闭幕里才能揩油。庄有恭是好人,只太仁慈、懦弱忠厚,你去了帮扶着点。""多谢六哥指点。"高恒笑道:"青黄不接的,我也不打算在京多逗留。我去后有些事用通封书简商议,也还方便的。"

几个人正品茶细说,外头家人慌慌忙忙跑进来道:"高公公来了。"接着便见高无庸匆匆进来,只向张廷玉一躬,说道:"主子叫张相进去。"张廷公便起身问道:"主子是在畅春园吧?"

"不是。"高无庸笑着和傅恒、高恒点头,"刘康的案子结了。主子刚回养心殿,召见庄亲王、讷亲、鄂尔泰还有您进去议事。"说罢茶也不吃,道:"我还得去一趟讷中堂府。"便匆匆出去。

傅恒忙着起身送行,回头叫棠儿:"把剩下的大红袍给张相带上。"棠儿答应一声,高恒眼巴巴地望着帘子,却见一个丫头捧着个纸包出来,把茶叶交给守在门口的张家仆人。高恒只得怅怅辞了出来。

二十九　法外刑元凶受诛戮
　　　　势利情李卫遭窘辱

　　张廷玉坐轿赶到西华门下来,看表时已是申末酉初,家人眼巴巴地守在门口,见他下轿,飞跑着送来了袍衬、冠带、朝珠,就轿旁套在外边,又喝了一碗参汤,这才进了大内,径至养心殿来见乾隆。只见养心殿外太监们个个屏息躬身小心侍立,似乎出了什么事似的,他站在滴水檐下定了定神,听听里头毫无动静,轻咳一声道:"老臣张廷玉恭见万岁。"

　　"请进来吧。"乾隆在殿中答道。

　　张廷玉进了殿便觉得气氛和平日不同。乾隆盘膝端坐在东暖阁大炕上,脸色阴沉。下边庄亲王和讷亲都是直挺挺地跪着一语不发,只鄂尔泰一人坐在旁边,也是一言不发。见张廷玉伛偻着身子要行大礼,乾隆吩咐道:"不要行礼了,你坐到那边杌子上。"

　　"谢主子。"张廷玉看了看允禄,斜签着坐了,心里忐忑不安:虽说按规矩无论亲王大臣见驾,一概都是跪着回话。但历来皇帝优礼有加,军机大臣见驾都赐座的。今儿是怎么了?张廷玉说道:"臣来迟了些。傅恒要去山西,有些细务向他叮嘱了几句。"

　　乾隆点点头,说道:"刘康是刘康,岳浚是岳浚,乱攀扯些什么?讷亲你就这宗儿不好。连李卫个病人也搅进去。当初山东三台衙门,加上将军,谁不知道贺李氏告状?可只有一个李卫接了这案子。如今拒不接案的都成了有功之臣,唯一一个接状的倒成了罪人!庄亲王,你敢说你这不是偏私吗?刘康是在你家酒宴上拿下的,要是有人攀你通同结谋,试问你服不服气?"张廷玉这才知道方才乾隆生气的缘由,大约是讷亲追究岳璿保奏刘康升任山东臬台,允禄要求查处李卫匿案不报。想到刘康升调山西布政使是自己写的票拟,心里不禁一寒。鄂尔泰一旁道:"主上,把李卫攀到案子里是没有道理的。李卫处置这案子时,揣度圣心,没有及时奏明朝廷,不为无过。就是岳浚,身为山东巡抚,又知贺李氏告状,仍旧保举刘康,死者冤于地下,凶手却扶摇直上,也难逃失察这罪。这是臣心里想的,不敢欺君。"乾隆听了默然,停了片刻,问张廷玉道:"你看如何处置"。

"无论如何,这不是一件体面事。"张廷玉叹道:"臣想,公成里外两层处置为好。凡伙同刘康作案的,要严办,昭示天下以公。属官场办案不力的,区分情节轻重或严旨申饬,或降调罚黜。该怎么还怎么办,只是不要大加张扬,不要叫下头觉得皇上改了'以宽为政'的宗旨,人心自然安定。"

"真是丢尽朝廷的人!"乾隆愤恨地说道:"当场还叫刘统勋揪出一个京兆尹。杨曾朕平日看他还好,竟这么不是东西!'鄂尔泰道:"刘统勋也是冒失,不能从查么?也不请旨,也不和阿隆柯商量,把一个三品大员袍服当场就扒了!——这是有制度的嘛!"

张廷玉冷冷说道:"我不这样看。我虽没去,家人们回来学说,我倒赏识他这点机变之才。这种事不当场处置,下来不知又做出什么手脚,又要牵累多少人。那不是更棘手难办?刘康五刑熬遍不肯认罪,一副臭硬架势,没有这一雷霆一击,恐怕也未必就肯伏罪。"鄂尔泰毫不客气,当即顶了回来:"万一扒错了呢?"张廷玉含笑道:"将军打败仗,自领其罪。"

"这件事争什么?乾隆见鄂尔泰还要说,淡淡插了一句,张鄂二人立刻恢复了常态。乾隆端　碗,用碗盖拨着浮茶,说道:"事实是扒对了,将在外君命有所不受么!但这种事不可以成例。朕赏识的是刘统勋不避怨嫌,此举乃是出自公心。就小有失误,人又执能无过呢?"他眉宇一展,下了御榻,在暖阁中一边徐徐踱步,一边说道:"朕思量再三,这案子一定要光明正大地办下来。现在下头一些官员领会错了朕的宗旨,以为'以宽为政'就是'和光同尘',就是粉 饰太平,耽玩疏放毫无顾忌,情殊可恨! 所有应处分的官员,该明旨申斥的,该邸报刊的,一概照例办理。吏治,是一篇大文章,不能因为宽仁施政败坏了这篇文章。"

但以宽为政的宗旨还是不能变,"乾隆目前神采流焕,侃侃说道,"所有查办官员,要分清责任,如岳浚、李卫、钱度、杨曾,还有德州府原来与刘康共事的官员,分清情节,是什么事说什么事,与案子没有直接关联的,不能像允禄和讷亲说的那样硬往里塞。这个条理不能乱,不能借案子兴大狱。"

他的这席话其实驳斥了在场所有的人,但语气辞令却并不严厉,"朕以至公之心治天下,不能随便更动王章,要给天下后世立个榜样。权术朕是不使用的。王德如风,民气如草,你刮什么风,草就向那边倒,敢不慎重么?"张廷玉原来觉得乾隆还是赏识自己的意见,只为了顾全其余内位大臣体面才略加变更。听这几句诛心之言,不禁腾地红了脸,也自低头不语。

"颜面还是要顾全的,"乾隆一笑,"十六叔和讷亲,下去后写个谢罪折子,朕留中不发也就是了。今天小朝会,本着言者无罪。但你们参劾岳浚李卫的折子都已经递上来了,没有这个过节,别人有话朕不好说。成么?"

庄亲王心里一阵发凉。这个皇帝表面上看与乃父雍正的冷峻严厉有天渊之别,又满口的仁厚旷达,其实论起心劲,比雍正还狠。雍正遇这种事,只是雷霆震怒,大骂一顿;这还要留字据,对景儿时就是凭据! 想着,允禄咽了一口唾沫。和讷亲一齐叩头,说道:"皇上关爱周全之心,昭然如日月之明。臣谨请旨严加处分。皇上不必留中不发。"乾隆笑而不答,转脸看着张廷玉,说道:"衡臣老相公,你看刘康怎么处置?"

"凌迟。"张廷玉毫不犹豫,说道:"按平常杀人罪,刘康不过斩立决抵命。但他犯了十恶律条,恶逆不道,不能以常法拘之。"鄂尔泰道:"十恶之罪只是逢赦不赦。加罪似乎不妥。但刘康之罪也实在超出常情。奴才一时竟想不出怎么料理这东西了!"

乾隆对允禄二人道:"起来坐着说话吧。"一边转脸道:"刘康的恶逆,不只是对贺露滢,是对先帝,对朕躬! 以其罪而论,凌迟也不足以泄民愤。这样的案子,不但我朝,上溯千古也是罕见。当然不能以常法论处。"他细白的牙齿咬着嘴唇良久才道:"凌迟,剜他的心,连同三个恶奴碎剁在贺露滢灵前! 不如此,不能告慰于忠魂!"

四个大臣一齐打了个寒颤。明知此种处罚过于残忍,但今日钉子都碰够了,谁也不愿再自寻霉头。

乾隆打发四个辅政大臣退出,立即命轿赶往李卫府。守门的见是乾隆来,欲进去报说时,乾隆一摆手止住了。问道:"你家大人病的怎样? 夫人好么?"

"我们老爷这几日不好呢。"那家人满眼是泪,哽咽着道:"夫人心里有气,又不敢当着他哭。就是我们做下人的在旁边瞧着,也真是难过。"

"唔?"

"主子吩咐我们不许说……"

"连朕在内?"

那家人听到话音中的威慑,胆怯地看了看西院墙,无声地嗫嚅了一下。乾隆顺着他的目光往西看,只见西边洞门外尘土飞扬,似乎在大动土木。他正愣怔间,"轰"地一声,一人多高的花墙齐整整地被推倒了,一个监工站在李卫原来的书房前阶石上,大声道:"把砖捡起来,都垛到这边,李大人那边整洁干净,一粒浮土也不许有! ——小声点,你们吵闹个什么?"

"那是在做甚么?"乾隆被西风卷来的尘土迷了眼,揉了揉,问

道："为什么要拆房子平花园？李卫如今病得这样，还有心思弄这
个？"那家人闷声道："折腾得已有四天了。是内务府的人。原来这
府邸是先帝爷赏的，连花园在内，从来也没有说过什么。这几天内
务府来了个姓黄的堂官，说这园子，内务府要收。因老爷病着，夫
人怕他生气，又嫌聒噪，就将老爷迁到东书房。那边连明彻夜就这
么个样，夫人也是没法……"正说着，一个丫头从东边过来，说道：
"罗家的，太太叫你带几个人去上房，把东西盖盖。狼烟动地的，怕
污了皇上赏赐的东西，没法上缴——听见了？"话刚说完，那丫头突
然认出了乾隆，张着嘴愣在当地，只一顿，一溜烟儿跑了。

　　乾隆心里先是一沉，一股又酸又热的气翻涌上来，脸都涨红
了，回身"啪"地抽了高无庸一记耳光，把高无庸半边脸打得紫胀起
来。高无庸讷讷说道："主子，主子……这不是奴才的事，奴才不晓
得……"

　　"两天前朕赐药给李卫，你没来么？你做什么吃的？"乾隆勃然
大怒对家有道，"去，叫那边管事的过来！"

　　那家人快步过去，他心里有气，便不肯明说，只道："黄头儿，有
位爷叫您过去。这边乱折腾，老爷也不安……"

　　"什么他妈安不安？"黄头儿拍了拍身上浮土，一边走，嘴里不
干不净说道，"老子整日在土窝里，老子就'安'了？"

　　乾隆心里火气本就一冲一冲地按捺不住，回头怒喝一声："塞
楞格！我越来越笨，越来越不会侍候了！对这样的王八蛋，就由着
他在朕跟前撒野！"塞楞格紫涨了脸，躬身答应道："主子，是奴才的
不是！"转身一个箭步扑了上去，劈脸打得黄头儿眼冒金星，陀螺似
地转了一圈，未及站稳，脊背后又挨了一脚，便翻倒在地。高无庸
无端挨了一掌，火气儿没处泄，从腰后抽出马鞭子，不分鼻子眼就
是一顿猛抽。翠儿早已赶来，跪在一边，见打得过重，忙叩头道：
"主子，他是个下三等奴才，和他生气不值得。"乾隆这才摆手止住
了塞楞格和高无庸。那黄头儿已是动弹不得。

"主子,"翠儿眼里汪了一泡儿泪,说道:"请正屋里坐……"乾隆点点头,对趴在地下惊恐地望着自己的黄头儿道:"回去传旨,叫你们内务府掌院的,到慎刑司领二十鞭子!——李卫是先帝老人,又是朕的心腹大臣,由着你们这样人作践?哪有赐宅院不连花园的?忒煞是长了副势利眼!"

乾隆说完,便随翠儿来到李卫家正房。一边坐了,接过翠儿捧过来的茶,兀自气得气喘吁吁,"翠儿,不是朕说你,早年在雍和宫书房,朕读书,你也是跟前侍候的丫头。那时候朕说句顽话,你还敢又啐又笑地顶朕。怎么出去当了十几年太太夫人,越来越胆小了?这样的东西,很该先打出去,再去回朕。就是朕忙,告诉娘娘一声也就处置了!"翠儿含泪道:"我和李卫本就是穷家子出身,我们也不在乎穷。我心里难受。他病得这样,外头风言风语地说他犯了罪。内务府又无缘无故地来作践。想着回老家,这时候儿又怕主子疑着我们躲事儿,这阵子心里不好过,还不如我和狗儿讨饭那阵子。主子,这些——他病得厉害。我心里真揪得难过。可怜他个大男人,又托主子福做这么大的官,先头讨妾我都不许。我跟老主子说了要当醋葫芦,逗得老主子痛笑一场。其实在南京时有个丫头待他很好,当时被我打发了出去。现在我又把她接了来,侍候李卫。我总不能一辈子叫他一件舒心事没有。"说罢又试泪又笑。乾隆想笑,心里发沉。笑不出来,遂抚慰道:"刘康的案子没有上报,李卫确有不是,但李卫一生功不可泯,朕心里有数。凭谁说,你不要信那些混帐话。"乾隆说着,远远听见李卫猛烈的咳嗽声,空空洞洞牛吼似的。眼见翠儿脸色苍白,揪心地难过,便起身道:"朕过去瞧瞧。"

翠儿答应一声"是",带乾隆出了正房,穿过东院墙,紧贴北边两楹小屋便是李卫儿子们原来读书的小书房。隔窗便听李卫喘着粗气道:"你们不要紧守着我,该回去就回去吧。傅大人那边我早就说好了,请他关照。看皇上的心思,往后掌刑的事要叫刘统勋管。我也和延清说过你们。引见过了,你们去见见他,不见面就上下脱节……哪里有一棵树上吊死人的道理呢?"乾隆在外头听着这话,不得要领,见翠儿挑起棉帘,一脚跨进去,笑道:"李卫,朕看你来了。"说罢环视书房,只见三个中年汉子排齐坐在南窗下茶几旁。一个二十多岁的丫头偏身坐在炕沿。李卫半歪着身子咳嗽得涨红了脸。丫头一手端嗽盂,一手轻轻给他捶背。

"呀,主子!"李卫喘过气来,一转眼见是乾隆进来,勉强挣扎着翻身要爬起来,挣了几下终久连身也翻不过来,两只苍白的手紧抓着炕沿头碰了一下,"呜"地一声哭了,喃喃说道:"奴才竟到这一步,……连给主子行礼的力气也没有了……"翠儿便冲三个中年人道:"这是万岁爷,你们愣着做什么?"三个人这才醒过神,就地扑翻身,俯伏在地,说道:"奴才们不识圣颜,皇上恕罪!"

乾隆没有理地三个人,蹙眉头坐在椅上看着李卫,想到炕上这个不少年沦为乞丐;一旦际会风云,历任封疆大吏,两江总督兼理鲁、皖、赣缉盗都督;亲入王庆楼锁拿天下第一好汉甘凤池;孤身闯入山寨遣散窦尔敦叛众;手牵江湖黑白两道所有首脑人物,也算得上是当世英豪,如今竟病到这种地步! 想着,乾隆说道:"病到这光景,还行的什么礼? 朕赐的川贝用了么?"

"一直用着呢。"翠儿见李卫喘得说不成话,在旁代答道:"只这病时好时坏,最怕是冬春之交,待到树叶出齐,也就渐渐好转了。"一边转脸对那丫头道:"玉倩,给主子斟茶。"

乾隆这才仔细打量这个丫头,只见她穿着蜜合色裙子,外套一件葱黄小风毛比甲,一双半大不大的弓鞋露在外头,五官端正,相貌也并不出众,只两道纤眉微微上挑,显得别有风韵,遂笑道:"玉倩! 嗯,这个名字好,翠儿有这度量,怎么不开了脸,明公正道地收了房?"翠儿陪笑道:"先帝有话,李卫不奉旨不许纳妾。"乾隆一怔,不禁大笑,说道:"这个主朕作得。"玉倩满脸飞红,捧茶奉给乾隆,说道:"这是皇上恩典,太太的厚德。奴婢社薄,能侍候我们爷一辈子,心愿足了。"

　　"玉倩,我这会子好些了。"李卫撑着炕沿又给乾隆叩了头,说道:"你扶我半坐着。主子来了,这模样太不恭了。"玉倩忙答应一声,扶持着李卫半倚在大迎枕上。李卫望着乾隆,泪水扑簌簌流下,哽咽半晌才道:"主子赏的药都吃了,就是翠儿的话,时好时不好,这都是奴才的命! 老主人在时叫邬思道先生给我推过数,说我能活到八十六,当时老主子还高兴地说,你是留给我儿子使的奴才了。如今思量,才知道邬先生昼夜一齐算,给我加了一番。寿命长短奴才也不在乎,只没想到将近黄泉,辜负了先帝和主子的心,成了有罪之人。想到这儿,奴才真的是万箭穿心、百死莫赎……"人气弱声微,说得又凄惶又深沉,翠儿和玉倩都捂着嘴直想放声儿。三个跪在地下的男子也都耸肩颤身不能自持。

　　"不要这么儿女情长。"乾隆自幼和李卫主仆厮守,也不禁伤感,缓缓说道:"朕今儿来,一半看你的病,一半慰你的心。看来你心病比身病还要重些。刘康一案如今已经审结。你有错,错在你朝夕都能见朕,又是两辈子传唤出来的奴才,不该不把你接案子的事密奏给朕。但无论如何,朕知道你没有二心。小小处分,朕是要给你的,大的处分是没有的。朕持平天下,既不肯因私废公,也不肯因公废私。也就是停俸三年吧。也不值得你日夜不安?"

　　李卫这次病危,真的是心病大于身病。刘统勋霹雳闪电地审案,发票提拿证人,牵连数省。自己府里虽然有翠儿挡着,听太医口风中露出的话"大人安心,您的病不能行动,他们再催也不行。有我们和刑部说话"。——他是个精明人,有什么猜不到的? 虽然没有被传去公庭对簿,心里总是忐忑不安:既不知道刘康、贺李氏怎样供说证词,也不知道朝廷对自己如何处置。今天乾隆亲自来探病,他已是心病去了大半,又听这番恳切诚挚的话,真如春风过心,满腹寒冰消融:"主子这样恩重,叫奴才怎么回报? 这一辈子是不成了,只有下了辈子再给主子出力……"乾隆不知是被自己还是被李卫的话深深感动,眼眶也觉红润,笑道:"你勾得朕心里也不好过了！你刚过不惑之年，慢慢调养，病自然就好了。这辈子出力的日子也是我着呢！"说到这里，才转脸看着跪在地下的三个人，问道："你们在哪个部办差？"

"皇上！"三个人早已跪得浑身发僵，忙叩头道："奴才们不在部里当差。"

"哦，是外官进京述职的了。"

"奴才们也不是外官。"

李卫笑道："皇上，这就是青帮罗祖的三大门徒。翁佑（应魁）、潘安（世杰）、钱保（盛京），前头有本奏准，专管漕运的，虽替朝廷办事，还没有引见受职。奴才这几日身子不好，怕一旦去了，他们这批吃江湖饭的没人管，再闹出乱子，所以叫了来交代几句后事。他们师傅罗祖殁了，也得指个新舵主主事。"乾隆看时，翁佑硕身长髯、潘安黑瘦精干、钱保低矮肥胖，却都是目光炯炯，虎虎有神，臂上都披着黑纱，显然在为祖师罗祖挂孝。乾隆笑道："早就说见见你们，事情多就放下了。漕粮经你们手运，果然没有出什么大乱子，你们还是有功的。"

"谢主子夸奖。"翁佑叩头道："奴才们既叫'青'帮，自然要帮我大清，粮船只管交奴才们押运，到北京短一斤罚奴才十斤。今儿有福见主子，还求主子给个恩典——"李卫在旁道："不许信口雌黄，该给的恩黄朝廷自然要给的。不该给的求有何益！"乾隆见三个人都垂下了头，笑道："李卫也是的，说说何妨？"

翁佑叩头道："奴才们虽混在码头，又奉了旨，到底没个名分，常受沿途地方官挟制。求主子体谅奴才们难处，或赐个虚衔，或赏个牌照，有了阻碍，好和官员们会商，不至于太低在下四……这里头繁难多，奴才一时也说不清，总求主子明鉴！"钱保在旁叩头道："一句话说说明白了，奴才们在外头押粮，又没有押粮官的名义，就像没开脸的小娘，说到头也是个丫头，连个姨太太也不抵！"一句话说得翠儿和玉情都红了脸。

　　"这个比方打得好!"乾隆大笑道:"也应当说——名不正则言不顺么!你们师父不是死了么?朕看也泌再推什么舵主,你们三个可以各立门户,都授武官游击职。虽然不带兵,准你们各自招收门徒,嗯……"乾隆思量着,信口道:"每人限收徒一千三百二十六名带粮船一千九百九十只半……算是你们的'兵'。专管护粮。不过,直隶每年要运四百万石粮,谁短了一斤,朕就削谁的一级官爵,这样成么?"

　　收徒有整有零,尚且说得过去,这'半'只船是个什么章法,满屋人都莫知其妙,连李卫、翠儿、玉倩也都诧异相顾。

三十　护漕运青帮受恩封
　　谈情思玉儿断痴梦

　　翁佑、潘安、钱保三个人虽都听得不甚明白,但皇帝亲授武职游击,却是扎扎实实的。这样的龙恩,江湖上哪帮哪派承受过!而且还御定了各自开堂收徒,准带粮船数,立起门户更是铁打的万年营盘。有了这个金字招牌,就可畅行在扬子江和运河上,和官府连成一气。别说斧头帮、彩灯会、无生老母会、无为帮、通元教、正阳教、白阳教这些小帮小会,就是洪门天下第一大帮,也一下子变成了野鸡帮会……三个人都兴奋得满面红光,讷讷地叩头谢恩。

　　"下去你们师兄弟再议一下,要定出帮规。"乾隆含笑说道:"你们是江湖帮,还该依着你们的本色,不要处处打朝廷的牌子,不要倚着官势欺人,只帮着朝廷管好运粮,协助地方官作些缉匪拿盗、抚绥治安的事,差事办得好,朕自然会升赏你们。李卫这会有病,往后大事禀他就是,琐碎事务,由刘统勋料理——去吧!"待三个连扭却步退出,乾隆这才转脸问李卫:"朕这么处置可好?"

　　李卫心中明白,乾隆压根儿就不想让江湖上各帮各派相安无事。朝廷想不费一钱一失,坐收各帮争斗的渔翁之利——这样高屋建瓴的处置,这样深谋远虑的心机,亏他在仓猝之间,挥洒自如就料理了!尽管李卫心中明白乾隆的用意,却不敢点破。忙答道:"主子安排得极是!不过洪帮势力比他们大得多,似乎也应有所抚慰。"

　　"你好好养病吧,不要胡思乱想。"乾隆没有回答李卫的话,笑着起身,亲自为李卫势地垫枕头,"朕信得过你,朝廷里有几个说闲话打什么紧？"又转脸对翠儿道："你今后有事不要窝在心里，寻老佛爷倒倒，朕也就知道了。"

李卫心里十分感动，见乾隆要走，忙道："主子，奴才心神迷乱，方才忘了一件事在奏。"乾隆回转身来，盯着李卫，却没有吱声。李卫忙道："方才潘安告诉奴才，理亲王宴请了他们三位，每人赏了一百两金子。还说青帮护粮的都是散兵游勇，要每人各收三百门徒，由他发给月例……还请他们帮助采办什么东西，奴才也记不清爽了。"

"哦。"乾隆若有所思地扫了一眼窗外，淡淡一笑，说道："朕知道了。这也是弘皙的好意，你安心息养，有什么事写密折进来。"

刘统勋接到处决罪犯刘康的圣旨，立刻到签押房来寻史贻直，却见钱度正在和史贻直说话，一跨进门便笑道："你急什么？李卫也只得了个罚俸三年的处分，你当时不过是个吏员，案中是个旁证人。有个'不应'之罪，起复是一定的。昨儿见傅六爷，他要去山西，还说你熟悉刑名，想带你去。我说钱度的事还没完，六爷先打仗，剿了驮驮峰，他大约也就起复了。"钱度站起身来，毕恭毕敬听完，说道："史大司寇方才也是这么讲。卑职敬谢二位大人的栽培！"

"钱度这是怎么了！"史贻直诧异道："方才和我还有说有笑，见了你就这么客气！"刘统勋笑道："可是的么，平日我们就很随便，谁知他发的什么邪？"钱度这时才发觉自己失态，笑道："当了延清公半个多月的阶下囚，站惯了也吓怕了。那时你那副脸板起来这样——"他抽搐了一下自己面颊，摇头道："至今想起像做恶梦似的。"史贻直和刘统勋见他学的模样，不禁都是一笑，史贻直叹道："禽之制在气，真半点不假。幼时听太祖母说，我们那里土地庙前大槐树成精，迷惑路人。两个木匠喝醉了酒，一个背锯，一个扛斧，一路大声嚷着。'修关帝庙缺一根梁，走，伐了狗日这棵槐树。果然那槐树就化作一股烟儿逃了——钱度可不是那棵树，刘统勋自然是木匠了!"

　　三个人说笑几句,钱度见刑部两个主官要议事,便起身告辞。刘统勋却叫住了,说道:"你是老刑名了,参酌参酌再去不迟。"遂将乾隆决意对刘康处以凌迟、剜心祭奠贺露滢的事说了。又道:"大清律里没有剜心刑条,谁会做这个活计?这么施刑,全北京的人都会来看,秩序怎么维持?"

　　史贻直人品刚正,主意却不多,端茶思量着道:"施刑要那么多人看做甚么?不如请旨,照先帝杀张廷璐的成例,叫文武百官观刑,百姓一概不让进场,岂不免了多少麻烦。"

　　"大司寇这主意说上去,皇上准驳了。"钱度说道:"皇上这次大发龙威,就为有人背地说皇上与先帝不行一道,他要借这案子堵那些人的嘴。前头旨意明白说'至公至明',就这个意思,不叫百姓看,怎么显出这一条?依我的主意,不在菜市口杀。寻个风水地,地势低些:一则可以安葬贺道台,二则可在坟前施刑,就地祭奠人拥挤是因为看不见,周围地势高,都能看得见,顺天府护场也容易,不会出事的。"

　　史贻直想想觉得十分有理。"剜心致祭"自然要在坟前,也不好把贺露滢灵枢拉到菜市口受祭,遂笑道:"就照这么办。顺天府府尹杨曾是斩立决,也一并办理。就由统勋监刑。不过一时还寻不出红差的刽子手。"刘统勋笑道:"审案一结束,我已没了钦差身份。监斩官还是您来。出红差的事好办,寻一个办过凌迟刑的,准不会手软!"史贻直文弱书生出身,掌管刑部不久,从来没有监过刑,也实在 有点怕见这样的酷刑,听刘统勋说得轻松,竟不自禁打了个寒颤,说道:"还是你来监斩,上头并没有旨意撤你的差嘛!"

　　"我进去见皇上,问圣上要不要亲临刑场看看,主子说'君子不近庖厨。'"刘统勋笑道:"看来你也是个'君子',怕闻牛羊哀号之声。像刘康这样灭绝天理的,我宰他一百个也心安理得!"钱度在旁说道:"人都说先帝天性严苛。其实是很仁厚的。张廷璐当日腰斩，一刀铡下去，上半身仍在蠕动，先帝用手连写了七个'惨'字，至此以后永远废除了腰斩。在雍正一朝，只见抄家，杀的人并不多。监斩官都怕见剐刑。其实在前明，凌迟、碎剐是家常便饭。剐魏忠贤时，钦定一万七千三百三十三刀。第一天只割了三千刀，鱼鳞碎割到小腿，晚间牵到牢房继续剐。这种事做刑名的要多看看。看得多了也就无所谓了。"

钱度说得津津有味，唾沫四溅。史贻直听得脸色苍白，手心里全是冷汗。

屋里一时沉静下来，三个人都在默默地比较雍正和乾隆施政的特点。

"那就这样吧。"不知过了多久，刘统勋才从愣怔中醒悟过来，"都定下来了，我就安排。"说着便起身，钱度已讪讪地起身告辞，随刘统勋出来。

钱度没有去看处决刘康的场面。刘康一案按例他是撤差待勘的人，如今案子清了，就得赶紧谋复。他在京没有很深的人事关系，去了几次傅恒府，傅恒因要赴山西出差，家里往来宾客不断，自己根本贴不上边儿。李卫受了处分，病反倒好了点，几次前去拜会，也只是安慰他几句。李卫已不管事，说些不痛不痒的话。钱度在百无聊赖中过了二十多天，既要等吏部票拟，不敢胡走乱撞；又急着想知道消息，憋得他六神不宁，五味不辨。待到三月初一，吏部起复的票拟终于来了，仍回刑部，到秋审司任主事。钱度这才一口气松下来，忙着到部报到，谒见史贻直、刘统勋，又到司里混一遭，请同事吃酒、安排公事，这才心静下来。算计着勒敏要去江南，快到动身的日子了，这是须要打点的人，便预备了二十两散碎银子，乘了竹丝凉轿径往宣武门西的张家肉铺。

此时正值阳春三月，风和日暖，沿道两侧菜畦青翠，杨柳垂地，一湾溪大蜿蜒向南，岸边芳草吐绿。回想自己一个多月遭际，撤差、锁禁、过堂听勘、火签掷地声、板子敲肉声、犯人嘶号声、堂木恫吓声，仍然声声在耳，钱度浑如噩梦初醒。如今置身在这光明世界里春风扑面，好不惬意。远远看见张家肉铺的黑布幌了隐在柳荫里，往来踏青的绿男红女络绎不绝，正是做生意的时候，门前却不见汤锅肉案，店铺板门也没有大开，只闪着两扇门洞，似乎家里有人。钱度待轿停住，呵身下来，往前走着，隐隐听得里头似乎有女子嘤嘤哭泣声，似乎还有个老太太絮絮叨叨地劝说声，他加重了脚步，大声在外问道："勒爷在么？"

"谁呀？"张铭魁圆胖的脸在门口闪了一下，立刻堆上笑容，迎出来笑道："原来是钱老爷，恭喜你官复原职了！勒爷今儿一大早就出去，到歪脖树曹爷家去了——您请进——正该给您请安道喜呢。"钱度半推半就地受了张铭魁一拜，跟着进了屋里，果见玉儿坐在平日剁肉的案前，低着头不言语。钱度在家中因妻子管束很严，在外逢女人只远远看一眼。此刻玉儿近在眼前才惊异的发现玉儿的美容：眉头似蹙非蹙，小巧的鼻子下一双不大的嘴唇紧抿着，颊上两个酒窝显得十分妩媚，只两眼哭得红红的，两手翻来覆去揉搓着衣角。钱度不禁心里一动，笑道："玉妹子出落得越发标致了！为什么哭呀？是为勒兄要出远门吧？"

"非要一家子都跟了去不可，这犟丫头！"老太婆又气又叹，说道："去南京！拖家带口人生地不熟的。他又是客，能帮了我们一家子四口？就算尹大人收留我们，我们是个杀猪卖肉的，说起来，也给勒爷丢脸？"她话没说完，小玉用手帕捂着嘴，紧步儿去了后院房里，张铭魁只是摇头，说道："惯得没样儿，真没样儿……"他十分忠厚朴讷。

钱度从怀里取出那二十两银子，掏了掏袖子，还有十两见票即兑的银票，一并放在票子上，说道："这银子是我送勒兄路上零花的盘缠，这张票你们进城兑出来，给玉妹子添点妆裹。勒兄这一去也许在尹中丞那儿就馆，也许还回北京来应试。他和玉妹子我看有情份，要依着我说，趁勒兄还没走，把他们的喜事，趁早就办了。你们热土难离，就带了玉妹子南去，也是两全其美的事。"

"那不行。"张铭魁一反朴讷常态，口气十分笃定地说道："我请几个先儿看过了，两个人命相不对。勒爷命硬，要连克两个妻子才得平安。我知道勒爷人品才学是好的，可我女儿我更心疼。她们说的随勒爷南去不南去，我根本没想过。痴婆子、闺女，都得听我的！"老婆子道："我们娘两个商量了多少次，你都在旁边听了，怎么不言语？命相不对。先儿们说有破解法儿嘛……去南京我不赞成，你说这我也不赞成——知根知底的，又是好人家落魄的读书种子，到哪挑这样的好女婿？""你们商量的那些都是屁话，我懒得和你们说。"张铭魁团圆脸不怒不喜，淡淡说道："咱们待勒爷有恩情，勒爷也帮了咱们忙，我看抵过了。将来勒爷发迹了，帮不帮我们，那看他的心意，我也不在乎。说到婚姻，又是一码子事。女人家，乱搅个啥！"

钱度来几次了，每次来都见这屠夫慈眉善目、满脸忠厚相、好像百事都可以商量，这时才瞧出来，这家子琐碎事看似老婆子当家，大事还是得听老头子的。心里打定主意，钱度起身道："他们去西山踏青，必定还约了人吃酒，回是一时回不来了。就请转告勒爷我来过了，左右部里和他有书信往来，很方便的，明儿启程我也就不送了。你们要随去呢，就不说了。要留在北京，我虽是个穷京官，到底比你们强些，自然要照应你们的。"说着出门上轿径自回部里。

"钱爷好走！"

张铭魁赶着出来送行。踅回身便上了门板，对老婆子道："你叫玉儿过来，我和她有话说。"老婆子未及去，玉儿已经从后门蹭进来，黑着脸嗔着看张铭魁一眼，坐在小杌子上道："什么事？"张铭魁闷闷抽了几口烟，不胜感慨地说道："我知道你们的心。"

"什么？"

"你妈瞧着勒敏好，你也想跟他。"

"爹！"

"咱们三个关门说话,害的什么臊? 还要转弯儿么? 张铭魄吐了一口浓烟。"你们以为我信八字? 我和你妈就命相不合,有什么事? 这事背后和你妈说了几次,今儿说透了,门第差得太远,根基儿也不一样,志向也不一样,所以这事断然没有好果儿!"

老婆子无可奈何地咽了一口唾沫,说道:"死心眼! 他不是落魄了?"

"我就要说这事。"张铭魁忧郁地说道:"你们存的就是这个心:公子落难贫女相救,然后金榜题名,奉旨完婚——你们是看戏看迷了,忘了那是戏,咱们祖辈,有个老姑奶奶,那时候咱家还没叫万历爷抄家,还在朝里做官。女孩们都二门不出,只偶尔叫个班子进府演戏,她就入了迷,以为状元就是那样的。万历二十七年科考,老爷子下朝回来,说今科状元才二十六岁,还没有娶亲。老太太就抢着说'看看八字,要是对了,四姑娘说给他,年岁不是正好?'那四姑奶奶是个娇痴惯了的,当下就跟老太太说'嫁个状元死也瞑目'。催着老爷招了这女婿,谁想入洞房两人一见面,那状元五大三粗,黑得像个周仓再世,胖得又像《水浒》里的鲁智深,满脸横肉还是个大麻子……"说到这里,老婆子已笑得弯腰躬背,玉儿也忍俊不禁笑着偏脸一啐。

"这没什么可笑。姑奶奶当晚就上吊了。"张铭魁叹息一声,"说你和勒爷纯是戏,也不是我的真心话。他要安生在咱家,当我的女婿,我是千万欢喜——可是,不是那回事嘛! 我看看那些做官的,三房四妾里头,几个不比娘家门第的? 你就保住姓勒的不讨小? 做了官就心黑了,什么事做不出来呢? 不如今日好说好散,日的还有个心念的好。爹就这一个闺女,一个儿,满心都是疼你们的,再没个坑你们的。把话说清白了,你要真还是要跟他,也由你。"

老太婆已是服了。觉得这实在是有阅历的话。她嫁过来时丈夫已经三十多岁,只晓得丈夫读一本书烧一本书,几个书架已经空了,处了几年又改作屠户。留神时,丈夫每年清明都要悄悄去张老相公(张居正)坟前洒酒祭奠。今日张铭魁透出口风,才若明若暗地猜出祖上的根基。遂长长叹息一声,说道:"平安是福。我也觉得你爹对。不过要是勒相公不做官,玉儿还可跟他。"

"他做官不做官,我都是他的。"玉儿满眼噙泪,执拗地说道:"我心里早拿他是我丈夫了,没听人说从一而终? 爹你说的不对! 你为什么和我说这些? 我恨死你了!"其实她心中的理智和情感正在打架,胜负不分,便把一腔怨气都冲向了父亲。

张铭魁握着早已熄火了的烟管发怔,深邃的目光幽幽闪着。许久才道:"我知道你肯定这么说,这是你的孽缘未尽,搬来孔夫子也说不服。早先我瞧着西边歪脖树那个曹相公好,他学问那么大,没法攀。文章越好越损命。我也不大想叫玉儿和芳卿似的受那份罪。唉……天若有情天亦老啊!"他背着手,忧郁的目光注视着老屋角落没再言声。

下午过了申时,勒敏醉醺醺地回来了,一进门便吐了一地,老太婆和儿子忙着打水给他洗脸,撮炉灰扫地,又熬醒酒汤。玉儿给他屋收拾炕,服侍他躺下,听他鼾鼾睡了,拿了针线坐在他身边做活。那勒敏睡得结实,直到掌灯才醒过来,他睁开眼便见玉儿正专心致志地纳鞋底,却没吱声,怔怔看了许久才长叹一声。

"吓我一跳!"玉儿忙偏身下炕,从壶里公了一杯凉茶,一边递给勒敏,一边说道:"和曹雪芹吃一回酒醉一回,不是人家对手,就少逞点能啊! ——只顾做活,你几时醒的?"

"醒了有一会子了,一直在看你。"

"看我?"玉儿打量一下自己身上,"你没见过我?"

"灯下观花,自然别有一番情调。"

玉儿腾地红了脸,啐了一口,见勒敏又躺下,拿鞋底子朝他额前轻轻一拍,哂道:"你不整日念秦淮风月诗。大约想着这回去遇上个李香君、柳如是才够味儿吧!"勒敏枕着双手,笑道:"真的,我想过,没跟你商量,跟我去南京吧?"玉儿拈线穿针,说道:"就带我一个?”

"嗯。"

针扎了玉儿的手,血珠子立刻渗出来。她用嘴吮了吮,重新穿针引线,一边纳着鞋,半晌才道:

"勒哥。"

"唔。"

"你会记得我么?"

"这是什么话?"

"要是我不跟你去,"玉儿略带心酸地问道:"你会记得我么?"勒敏笑道:"明早我就和你爹说,一定带你去。就怕你娘舍不得。你天天跟着我,有什么记得不记得的,真是傻话!"玉儿抿嘴儿一笑,半晌,才低头讷讷说道:"你在那边官府来往,都是有身份的人……我怕。"

勒敏一翻身坐起来,端茶喝了一口,舒畅地透了一口气,说道:"傅大爷真是风雅人领袖。写的荐书都直说了,下一科来京应试不成,就走雪芹的路,先到国子监宗学教司,选出来一样是正途!你去我就给你开脸,也是有身份的人,怕什么? 一人有福携带一屋,我做官你自然是姨太太,谁敢轻慢了你呢?"说到这里他打了个顿,诧异地问道:"你怎了,先还笑模似样的,这会子脸色苍白得怕人!"

"没什么。"玉儿闪着惊恐的目光看着烛影摇晃,缓缓站起身来,收拾着手里活计,颤声道:"方才都是顽笑话,弟弟那么小,家里离不得我的。这两天我把东西给你收拾齐。你只管奔你的前程——我得去给爹煎药了。"说完低着头走了出去。勒敏酒未尽醒,怔了一会儿又喝一口茶,倒头便睡了。

三十一　儒雅天使侃侃垂训
刚愎将帅越俎代庖

　　傅恒到达太原,恰是三月初三。他在奉旨南巡时三天一个奏议、五天一个条陈,朝廷载在邸报上颁布天下,间有乾隆嘉 奖谕旨则由内廷廷寄转发各省。因此,这位青年国舅未到山西,已是先声夺人。巡抚喀尔吉善先期三日严令太原首府用黄土重新垫道:沿路每隔五十步扎一座彩坊。届期喀尔吉善和新任布政使萨哈谅率文武官弁带全副仪仗卤簿,迎出十里之外柳树庄专候大驾。喀尔吉善一边命人打场子,一边命人到前头驿站打探傅恒行程,那探马竟似流星般穿梭往来飞报。

　　最后一道快马回来,戈什哈滚鞍下来,用手遥指道:"傅中堂已经到达拐弯处!"

　　喀尔吉善手搭凉棚看时,果见前面不远驿道拐弯处一乘八人抬绿呢官轿。只是卤簿仪仗出乎意料的少,前头八名带刀亲兵,一色六品武职服色作前导,轿后八名护卫,都是五品官,骑着高头大马,气宇轩昂地随轿而行。喀尔吉善怔了一下,便命:"放炮奏乐!"

　　顷刻间大炮三声,鼓乐大作。乐声中大轿缓缓落地,早有一个亲兵挑起轿帘,傅恒款步下轿。他身穿九蟒五爪蟒袍,外套一件黄马衬,起花珊瑚顶后拖着一根双眼孔雀花翎,站在轿外轻轻地弹了弹袍角,径向喀尔吉善面前走来。

　　"奴才喀尔吉善,率山西省城各有司衙门官员恭请马岁圣安!"喀尔吉善深深叩下头去。

"圣躬安！"

傅恒扬着脸答应一声，弯下腰一手挽了喀尔吉善。一手拉着萨哈谅，说道："二位老兄别来无恙？"说着便打量二人。喀尔吉善是康熙五十七年入仕，老牌子的进士，已经五十四岁，脸上的皱纹纵横，微翘的下巴上留着一绺半苍的山羊胡子，不苟言笑。萨哈谅只有四十出头，国字脸上两道剑眉挑起，一条乌黑的辫子直垂到腰际，还用米黄绒线打了个蝴蝶结，也没有多话——两人一样深沉内向，正是雍正用人格调——傅恒不禁又是一笑，说道："前年世宗爷晏驾，你们去北京，彼此都忙着，竟没有在一处好好谈谈！"这次离京前，乾隆说山西两个喀尔犯生分，要他留意调合。

"上次进京还是在东华门外见了一面。"喀尔吉善说道："您来提调晋省政务军务，朝夕可以相见，请中堂多加指点。"萨哈谅也道："六爷在南边办差写的奏章，下官一一拜读了，精辟之至，受益匪浅。藩里许多事没办周全，正好请大人来整顿一下。"说着躬身一让，说道："请接见官员。"

傅恒笑着点点头登上月台，台下军民官员立时鸦雀无声。

"诸位，"傅恒庄重地说道："兄弟奉圣命来并州办差，一是要剿灭流窜黑查山驮驮峰飘高匪徒，绥靖山西治安。二是督导晋省各衙门理清财政、刑名，追补亏空。陛辞时，皇上谆谆嘱咐，山西政务仍由原任官员办理，钦差只是监督查办。所以并没有难为诸位的意思。各位尽自放心，回衙照旧办差，把历年来衙务得失列出明细条陈，转交巡抚衙门，由我和省里三司会同商办，对有过失的官员，只要知过悔改，决不有意为难，对有过不改者，也决不轻纵。我虽年轻不更事，以皇上之心为心，以皇上旨意为宗旨。凡事必为宽为主，存宽而不苟，则官官相睦、官民相安。本钦差以清廉自砺，朝廷俸禄足以养身安命。我清清白白一身来，还将清清白白一身去。请诸位父老官员监督，若有贪赃枉法事，请诸位上本弹劾，皇上必不恕我！"他话没说完，围观的百姓已是雷鸣般欢呼鼓掌。傅恒的脸涨红了，向四周抱拳团团作揖。继又笑微微说道："傅恒不耐热闹，方才是代天受礼，现在大礼已成，请各位父老，各位大人自便。我和喀中丞、萨方伯还有要事商量。"说罢将手一让便走下月台。

喀尔吉善忙迎上来，望了望乱哄哄四散离开的百姓，笑道："六爷，多少要紧事，也不在这一时。城里百姓还等着瞻仰钦差风采，依着我说，还是一道回城，不要凉了百姓一片仰慕爱戴的心。？

"我于山西父老有什么恩？傅恒不温不凉笑道，"一下车就受他们如此爱戴，我心里不安。再说，我还惦记着军务大事，也没这个心情。"萨哈谅道："接官厅那边还预备了接风筵。一路辛苦鞍马劳顿，为你洗洗尘总是该当的。免得大家失望。"

"我不吃筵宴，就失了官望；我不地动山摇入城，就凉了百姓的心。山西的风俗也真有意思。"

两个人听了这话都吓了一跳。二人对视一眼都没敢再坚持。萨哈谅便忙去吩咐："所有官员一律先回城，各自归衙如常办差。"傅恒一直等到人们散尽，却不坐轿，径自踏蹬上马，说道："我要听你们的，岂不辜负了如此大好的春光。"

"大人雅兴不浅。"萨哈谅和喀尔吉善这才恍然大悟。原来这位钦差醉翁之意不要酒，在乎山水之间，遂各自上马随行，命扈从远远跟着。萨哈谅笑道："太原胜境很多，晋祠就是好地方。闲下来可到介休去，那里有子推庙。"

傅恒漫不经心地浏览着四周的景色，说道："等忙过这一阵子，再说吧，现在我心中只有贼。"说罢大笑。许久才道："傅青主（傅山）是你们山西人，主子时常提起，可惜已经亡故多年，怕忘了，这里提醒一下你们，听说他家已经败落，要周济一下，不然回去主子问起来，我很不好回话。

"是。"二人忙在马上欠身答道。

"说到景致，我自然也满有兴味。"傅恒又道："太原城郊有个兰村，你们去过么？"喀尔吉善道："我去过。那里景致好极！左有太行,右有吕梁,峭壁下汾河蜿蜒曲折湍流而下……""我说的不是这个。"傅恒笑道:"我说的是窦大夫祠。"

"是有个小祠堂。"喀尔吉善回忆着道,"那个祠堂没什么看头,祠堂北有一个泉叫"寒泉",就是盛夏也水寒如冰,多少有点意思。"

"寒泉是什么人开的?"

"不知道。"

"窦大夫。"傅恒微笑道。又问:"窦大夫何许人?"

"卑职不知。"

"晋国赵简子家臣,"傅恒又是一笑,"为开凿缕堤引汾河水灌田,他累死了,人们为他建祠垂范后代。寒泉就是在凿渠时开出来的。就是那祠堂造的也是仿春秋采邑制规。"

萨哈谅没去过兰村,在旁叹道:"早就听说六爷博识多才,真令人叹服。"

"这是张照告诉我的。"傅恒说道,脸上已是敛了笑容。"介子推割股啖君,不慕荣利,是忠臣贤人,当然难得。一个人读书明理,事君事人,循道去作,都该是这样。但我大清现在最缺的是窦大夫这样的人。实实在在为百姓做点事,收一点实效,而毫不图谋虚名。这才是丈夫中的真豪杰。窦大夫没有受历代敕封,可香火不绝几千年,这里头的道理不令人深思么?"

至此,喀尔吉善和萨哈谅才明白这是钦差大臣以此作训饬的,不知不觉间早已切入正题。他们原以为傅恒虽然能干,毕竟是靠了国舅身份得宠的。这才明白此人确实有超越常人的性情秉赋。一时竟寻不出话来对答。傅恒走过一座高大的彩坊时,一边夸奖扎得精致,一边又说百姓生计之难,一座彩坊可供一家一年用度,都是娓娓道来,如说家常,说得二人背若芒刺。直到快进城,三个人在一家路旁小店各吃一碗刀削面。

喀尔吉善和喀尔钦为预备安置傅恒,原将省学贡院改成钦差行辕。但傅恒这次出巡只带了不到二十个人，去看了一遭便咨文巡抚衙门；不便占据学官，就近将东门内驿站改为行辕，一切用度均按惯例，由原来驿站执事人等从藩库中支取。因张广泗在雁门关安排调兵事宜，尚未赶到太原，傅恒计算还有几天时日，便分批接见省城各衙门主官。他毫无钦差架子，三品以下官员一概都是便装坐谈，从每岁钱粮田赋收支到士子科举历年应试人数、考取人数、州县官员收入，地方民情习俗……海阔天空漫无边际地畅谈，随和平易，如同家人。也和当地乡绅名流一处厮混，插科打诨，吟风弄月无所不谈，只不请客不赴宴而已。太原官员们原来听他名声，都存有戒惧之心，见他这样，都渐渐熟识了，只有喀尔吉善和萨哈谅是领教了，半点不敢轻慢这位青年贵戚。

待到第四日，巡抚衙门递过来滚单，节制晋豫川鄂四省军马的总督张广泗从雁门关赶到太原。前头传信的便是两个参将，带着几十名戈什哈在又窄又矮的驿站门前下马列队，报名请见，马刺佩刀碰得叮当作响，驿站外立时显得杀气腾腾。傅恒正在晤见山西学政喀尔钦，听见外头动静，正要问，驿丞已急步进来，禀道："中堂大人，张军门的信使来了！"

"哦，还先来两位信使。"傅恒心里咯噔一下：此人好大威风！略一思量，吩咐道："请他们在西配房候着，我正在见喀尔钦大人。"

"回中堂，来的是两位参将！"

喀尔钦早已站起身来，说道："这是军务，卑职先行告退。待中堂有空，卑职再过来听训。"

"知道了。"傅恒对驿丞笑道："让他们等一等，喀大人请坐，我们接着谈。雁北各州县二十年没有一个进士，到底为什么？"

喀尔钦不安地坐下，说道："从根上说是穷，人们只能顾了一张嘴。读书要有钱，苦寒之地，每年加征的一钱五分银子都拿不出来，谁请得起先生？　各县县学训导每年的年俸都常常拖欠，余外收入一点也没有，有三个县干脆空缺，根本没有去补。我这次走一赵大同府,有些事真叫人哭笑不得,有的黉学住上挂单和尚、游方道士;有的终年锁闭,只有到了腊月二十三秀才们才去每人分一块胙肉。过后,仍旧锁闭。我到阳高县,叫人打开黉学门进去看,遍地都是鸟粪,蒿草长得一人来深,野兔子黄鼠狼满院乱窜……"

"听来真叫文人丧气。"傅恒笑道:"我去看了看,省里学宫还是满好的,想不到是金玉其外啊。"喀尔钦见说到省里自己差使,便不肯多说,顿了一下才道:"中堂您见的是钦差行辕。不是乡试贡院。所以卑职打心眼里谢您,您要不来,谁舍得拨十万两银子修我这破院子呢?"傅恒这才知道就里,遂笑道:"我说的呢——原来如此!他们叫我去,我说不拘哪处破庙,稍稍收拾一下就住下我了,这么一说,倒也给你办了件好事。"说着便端茶一抿。

喀尔钦便也端茶起身一啜,一边打躬儿辞别,一边笑道:"中堂明鉴,今秋秋闱,乡试生员们就不怕风雨了。卑职是托了中堂的福荫。"说着却身退了出去。傅恒怔了一下,才悟到让自己驻扎贡院的深意:到了秋天乡试大典,必须腾出这座行辕,也断没有再修一处行辕的道理,就是省里不催,自己也要打点行装回京。送鬼不用烧香,喀尔吉善真狡诈到了极处!心里暗笑首踱出正房,傅恒径至西配房而来,只见两个三品服色武官正襟端坐在木杌子上,虽然房里有烟有茶,也没有别的人,两个人竟像泥胎似的瞠目端坐,不吸烟也不啜茶也不说话。傅恒一脚踏进门,二人弹簧似地齐刷刷站起身来,单膝跪地,起身又打一个千儿,说道:"标下给钦差大人请安!"

"好好好!"傅恒满面含笑,用扇子点点木杌子示意二人归座,自坐了居中的椅子,说道:"久闻张广泗治军有方,见二位将军风范,果然与众不同。"这才认真打量二人,一个又高又壮,熊腰虎背;一个中等身材,留着五绺美髯,看去都是雄纠纠气昂昂,与那般前来竭见的文官相比,一洗曲语奉迎的奴才相。傅恒顿生好感,温语问道:"二位将军尊姓大名? 是广泗从四川带来的,还是山西驻军?

黑大个子略一欠身,说道:"标下胡振彪,他叫方劲。原来都在征西将军麾下。后来年大将军坏事，又到岳军门那里。大前年才到张军门麾下办差，在范高杰都统辖下为标营参将，这次到山西，张军门带了范军门来，命令我两个专门在大人跟前奔走效命。"

"都是老军务了。"傅恒沉吟着，又道："范高杰是从哪个大营出来的？我出京前到兵部去看了参将以上军官花名册，你们二位的名字仿佛记得，好像没有范军门的名字呀！"方劲见傅恒看自己，忙道："范军门是张军门从云贵总督衙门调来的。我们也不大熟，攻苗寨瓦子山，听说是范军门的营兵先破的阵。"傅恒默默点了点头，这才问："广泗现在哪里？怎么不一同来？"

两个将军听了似乎不知该怎么回话，顿了一下，方劲才道："回大人话，这是张军门的规矩，大约怕钦差大人忙，先约个进谒日子。我们也不懂钦差大人规矩。有失礼处，请大人体恤。我们都是武夫，听命就是我们的规矩。"

"那也好。"傅恒摆了摆手说道："我这会子就想见张广泗，你们回去请他来吧。"胡振彪和方劲二人"刷"地站起身来，答应一声"是"，便退了出去。傅恒也自离了西配房，回到上房静候。驿丞呈上一叠子手本，傅恒拿在手里倒换着看了看，递了回去，说道："该见的主官大致我都见了。请各位老兄回去维持好差使，从现在起，我专办军务。"

傅恒将几天来接见各衙门官员交谈记录都抱出来交给一个戈什哈，吩咐道："将这些密封存档。"收拾停当后，傅恒便忙着换穿官服，穿戴整齐便端坐以待，稍顷方劲大踏步走了驿站，当院向上一躬，高声道："川陕总督，节制四省兵马都督张广泗拜见钦差大人！"

"开中门，放炮！"傅恒大声命道，起身迎到滴水檐下立定，说道："请！"说话间炮响三声，张广泗步履橐橐昂然而入。后头两名副将四名参将一律戎装佩剑扈从在二门口仗剑站立。立时间满院都是张广泗的亲兵戈什哈，各依岗位挺身而立。

张广泗站在当院，用毫不掩饰的轻蔑神气盯视阶上这个潇洒飘逸的小白脸片刻,然后才躬身叩请圣安。傅恒毫不在意,彬彬有礼地答了圣安。上前要扶张广泗,张广泗已经站起身来。傅恒原想携手同步进入中堂,见他毫无反应,顺势将手一摆,呵呵笑道:"张将军,请!"张广泗这才脸上泛出一丝笑容,呵腰一让和傅恒并肩进了堂房。

"张制军,"傅恒和张广泗分宾主坐下,心里惦掇,和这样桀傲跋扈的人共事,与其客套,不如有什么说什么,献过茶便道:"圣上很惦记着江西和山西两处教匪扯旗造乱的事。听说你来山西阅兵,我很感激的。我到太原当晚见喀尔吉善,席间说起雁门关旗营兵力,喀大人说他也不详细,只知道有一万多人,吃空额的恐怕也不在少数,有的营兵已经年岁很大,有的还拖家带口。这和太湖水师的情形毫无二致。您既然亲自去看过,能否见示一下,学生马上要作整顿。"

张广泗双手扶膝,坐得端端正正,神色不动地听完傅恒的话,说道:"这里的营务确实不像话,不过据我看,比起喀尔吉善的营盘还要好上几倍。本来我想赶回来迎接钦差,看了看,那些兵都是本地兵,不加整顿是不能用的。山西人聪明才智没说的,但是军队是要打仗的,怎能松松垮垮的,像一群乌合之众。六爷又没有带兵打过仗,所以我心里放不下,在雁门关阅兵整顿时,杀了三个千总十几个痞兵,已经替您整顿了。我再留三个将军在这里辅佐,您就不去黑查山,在太原指挥,那些据山小贼也难逃脱!"傅恒听他如此口满,只是一笑,心里却大不以为然,略一沉思又问:"驮驮峰那边情形如何?有没有牒报?"张广泗笑道:"这是有制度的,岚县、兴县、临县都是三天一报。飘高盘踞驮驮峰山寨,一是这里山高林密,山下河道纵横,二是地处山陕两省交界,又处临、兴、岚三县交界,官军不易统一指挥,他可以随时逃窜陕西;三是当地民风刁悍,和匪众通连、递送消息、输粮资敌,能长久占据。这都是胸无大志的草寇行径。这边我军整顿后军纪严肃,兵精粮足,抽调三千兵马去,半个月一定可以犁庭扫穴的。”

“张制台高见。”傅恒觉得张广泗对敌我双方力量估计还算中肯，又是一心一意替自己筹划打算，原来的厌憎感顿时去了一大半，拱了拱手，说道：“不知张将军何时将兵权移交给我？由哪位将军带兵临阵？”张广泗“呃”了一声，喊道：“范高杰，你们三个出列！”

张广泗话音一落，一个五短身材的中年将军带着胡振彪、方劲应声而出，叉手听令。范高杰身材与方劲约略相等，只短粗些，黑红脸膛上横肉绽起，有七八处刀伤隐隐放着红光，显示着他不平常的经历。张广泗用手指着三人对傅恒道：“他叫范高杰，我的左营副将。他叫胡振彪，他叫方劲，都是身经百战的勇将，跟在范营里为标营参将。你们三个听着。一是一定要打下驮驮峰，不拘生死，要拿到飘高和那个贱妮子的首级；二是要尊重保护好傅中堂。稍有闪失，我就把你三个军前正法！我明日就离太原回四川，等着你们的好消息。明白么？”

“明白！”

“从现在起，你们归傅中堂指挥！”

“扎！”

“还有什么难处，现在就说！”

范高杰跨前一步，向傅恒当胸一拱手，说道：“卑职没有难处。驮驮峰上只有千余匪众，张军门在雁门关点了五千人马，这个差使办不下来，就是不行军法，高杰自己也羞死了。只请相公安坐太原，我们三个明天去雁门关带兵西进，半个月内一定踏平这个驮驮峰！”

“就这样吧！”

张广泗站起身端茶一呷，向傅恒一举手。傅恒忙也端茶致意，送张广泗到驿站门口，看着这位大将卷地扬尘而去。

三十二 智通判献策钦差府
勇傅恒击鼓巡抚衙

张广泗离开晋省第二日，喀尔吉善便给傅恒转来临县十万火急文书，禀报飘高"啸聚五千匪众，围城三日，城中军民奋力拒敌。贼在城四周扎下营盘，似有必下之意。目下城中疲兵不过千数，民众三万，仰赖城坚池深勉力相拒，其势不能持久。恳请宪台速发大兵在救燃眉"云云。说得危急万争。傅恒看完，鼻尖上已是沁出细汗：历来文报都说驮驮峰仅有千余匪众，哪来这"五千"人数？张广泗是个骄将一望可知，又派了三个只晓得"白刀子进去红刀子出来"的混丘八来带山西瘦弱营兵，自己又没亲自前往，胜负之数固然凶多吉少，这"失机误国"四字罪名也实难承当。

傅恒思量片刻，将原件密封了，立刻坐下来给乾隆写奏章，详述来晋省情形及与张广泗交割兵权事宜过程，末了写道："臣今夜即离省城前往雁门关处置军务。火急带军奔袭黑查山驮驮峰，捣敌后路，以'围魏救赵'之计，暂缓敌势，徐图歼灭。断不以此区区一隅之地，乌合数千之匪再致圣躬廑念，无比愧惶匆匆急奏。"写完奏章，又给刘统勋写信，请借调吴瞎子来军前效力，以资防卫。

"这三件用八百里加急发往军机处。"傅恒写完，掷笔舒了一口气，把文书递给戈什哈："叫我们的人备马，今夜就去代州雁门关！"话音刚落，外头便报进来说，"离石州通判李侍尧拜见傅大人！"傅恒看看天色已经麻黑，此刻心急如火，哪里顾得上见这个小小通判？摆手吩咐："就说本钦差已有令谕，文官现在一概不见！"

"扎!"

"回来!"

刹那间傅恒改变了主意,离石与临县相邻,不过百里之遥,必定详知敌情,叫进来问问也好。思量着道:"你们准备行装,我见见这个人。"又转脸对捧着文书发愣的戈什哈道:"你站着干什么?匪徒远在千里之外,你就昏了头?"戈什哈忙道:"我是老兵了。您没有最后发令,我不能动。"傅恒这才摆手命他办差,已见李侍尧快步趋入。

"李侍尧,嗯……"傅恒按捺着心中焦躁,缓缓迈着方步,直到李侍尧行礼起身才道:"我在鄂善的门生录上见过你的名字。'侍尧',名字很出眼,就记住了,可是的么?"李侍尧一双精明的三角眼闪烁生光,一躬身道:"那是鄂大人误记。卑职是天子门生。万岁爷亲自取中,亲自赐诗,亲自'罚'我来山西任通判的。"傅恒这才想起乾隆亲赴考场取中一个狂生那件趣闻逸事,不禁失笑道:"这事我早听说过,只不知道你就是那人。不过这会子我忙得很。顾不上和你这狂生逗趣儿。你来见我有什么事?"

李侍尧道:"我刚见过喀中丞。那边一个清客跟我说了黑查山目下情形,来见钦差献计!""你倒伶俐。"傅恒虽觉李侍尧过于钻营,但也颇喜他聪敏,说道:"这是临县的事,你是离石通判,别的州县事你也要伸手?"话音刚落李侍尧便道:"六爷这话错了。"

两旁几个戈什哈都是一怔。以傅恒少年高位,又是皇亲国戚,权重爵显,来见傅恒的官成百上千,腹诽心谤的尽自也有,但这么一个芝麻官,当面指责傅恒"错了"的,却是见所未见。正担心傅恒发作,却见傅恒无声一笑,问道:"我怎么错了?""我李侍尧以国士自许。国士当以天下事为事。"李侍尧在灯下俯仰有神,朗声说道:"这就是我的职守,临县和离石唇齿相依。唇亡齿能不寒?"傅恒沉吟着,默然注视李侍尧。他一时还弄不清,这人是有真才实学,还是专来投机取宠的。半晌才道:"不说这些空的。你有什么计献我?"

"围魏救赵。直捣匪穴,以解临县之危!"

傅恒仰天大笑,说道:"果然有识见! 不过我已经想到了。今夜就启程往雁门关调兵,先攻山寨,再徐图进取。已经奏了当今圣上。"李侍尧见傅恒用讥讽的眼神盯着自己,只是微微一哂。说道:"我明白大人瞧不起我。因为我官小嘛!"说罢打千儿,行礼,告辞。傅恒见他如此无礼,顿时气得手脚冰凉。断喝一声:"站住!"

"六爷!"李侍尧稳稳重重站定了,转身若无其事地问道:"您有事?"

"我对下属太放纵了,惯得他们毫无礼貌。真是小人难养!"傅恒脸色雪白,"我这里放着多少大事,破格接见你,听你自夸'国士',献无聊计,怎么是瞧不起你? 你放肆到极处了!"

李侍尧盯着傅恒凶狠的目光毫无惧色,突然一笑,说道:"请问大人:这里到代州雁门关是多远?"

"七百二十里。"

"不吃、不喝、不睡、用快马,也要两夜一天。"李侍尧说道:"从代州到黑查山,走回头路再往西南,又是八百里,几千人马奔命,至少要十天! 这样的'围魏救赵'闻所未闻,见所未见!"

傅恒听了,吃一大惊! 想不到自谓的"围魏救赵"妙计,只是挂一虚名不切实情。傅恒吃力地向前跨了一步,凝神着咄咄逼人的李侍尧,脸上红一块白一块,嗫嚅了半晌,终于说了出来:"没想到全盘有误……先生……"他很快就口齿流畅了,"愿先生谅我傅恒孟浪,必有妙计教我!"说着一揖到地!

"六爷,我怎么当得起?"李侍尧见傅恒如此肯纤尊降贵折节下士,连忙还礼,说道:"刍尧之见,也未必就好,而且是一步险棋,怕六爷也不见得能采纳。"傅恒一把扯过椅子,将李侍尧按坐下去,一边吩咐人上茶,自己也会了,在椅中又是一拱,说道:"兵凶战危,哪有万全之策? 比我的好,我就用。"

李侍尧躬身还礼,坐直了身子侃侃说道:"黑查山匪众啸聚驻驮峰已有十几年。只是去年飘高和一女弟子前去传布正阳教，才真正扯旗放炮大士起来——原来都是亦匪亦农，抗拒官府赋税，逼勒大户减租免租。官兵衙门来，他们上驮驮峰山寨，官兵去了他们再下山仍旧种田，其实，康熙年间这里还是一片太平。圣祖爷西征回来，东渡黄河，路过临县，百姓们曾捐燕麦一千石，车推肩扛送到军前，圣祖写了'民风淳厚'四个大字，至今啤碣尚在……

"但到雍正二年之后，接连来了几个坏县令，急征暴敛，苛捐杂税，名目繁多，拼命地捞——倒也不为贪污，是求得个'政绩卓异'考评，弄得财主佃户一齐精穷。你想，这山寨土薄之地，火耗银加到一钱七分，能有不反的么？"李侍尧看一眼傅恒，说道："六爷别以为我扯得远，其实这是致敌之源。这次即使荡平匪乱，大军一去仍旧是原来模样！"

傅恒身子向前倾了一下，微笑道："我不是不耐烦听。我急于听听你的解围良策。"

"临县离省城四百里地，黑查山只中三百余里。我们离石到黑查山约三百里，"李侍尧目光幽幽闪烁，"钦差从省城点精锐五百名，由此向西，我星夜回县——为防黑查山匪众滋扰我离石，我训了两千民兵，已经集结了一千。我带民兵由南向北向黑查山，我们在马坊会兵，趁虚进袭黑查山。这才是真正的奔袭。飘高他们就是想到了钦差要调雁门关的失，才放心大胆地攻打临县。一来攻州打县易造声势，可以筹措军饷，二来打下临县，驮驮峰就更在凭借，就是大兵压境，西逃陕北也极便当的。

傅恒心里忖度，这确是一步险棋，但也确实占了出其不意和兵贵神速两条先机。思量着，问道："据你所知，飘高到底有多少兵力？"

"五千人是断然没有的。"李侍尧笑道："地方官报匪案，这是常用的伎俩。败了好交待，胜了好邀功。"他词锋一转，变得异常犀利："但请大人留意，当地百姓饱受官府荼毒，助匪拒官出来帮打太平拳,趁火打劫的事,那是有的。所以声势就大了。"

傅恒思量着,有这一千五百名生力军,奇兵突袭,确实可以一战。即使打不下驮驮峰,范高杰所带雁门关兵马正好接应过来。所以虽然险,几乎是万无一失。想起先祖公富察海兰率一千铁骑突袭扬州,攻城时被守城明军用铁钩子勾了锁骨吊上城墙,砍断吊杆仍旧杀得明军狼奔鼠窜。这位青年贵族顿时浑身热血沸腾,"唰"地站起身来,说道:"大丈夫立功,在此时也!"又转脸对李侍尧道:"你不要回离石,就留我身边参赞军务。我给你参议道名义,差使办下来我专折奏明圣上!事不宜迟,我现在就去巡抚衙门要兵要饷。你写信传令,叫你离石一千民兵,限三天之内抵达马坊待命!"

"是,卑职明白!"

傅恒不再说话,将剑佩在腰间,带了几个亲兵飞身上马,泼风价一阵狂奔,在黑夜街衢中直趋巡抚衙门。

此时已到亥时时牌,三月末天气,夜深气凉,又阴着天,巡抚衙门早已四门紧闭,昏黄的灯下,几个戈什哈守夜无聊,坐在倒厦檐前撮花生米吃酒闲磕牙儿。听得马蹄急响,忙都站起身来,惊愕张望间,几个骑马人已飞身下来。门官廖清阁忙吆喝道:

"什么人?站住!"

"是我。"傅恒一手提马鞭,一手按剑大踏步过来,昏灯下也看不清他脸色,只道:"我是钦差大臣傅恒,有急事要立刻见喀尔吉善。"

廖清阁觑着眼看了半晌才认出是傅恒,忙笑道:"卑职立刻去请。不过这会子我们中丞已是睡下。一层一层禀到后堂,得一阵子呢。中堂爷且会,我们这就进去!"说着打个千儿,带了两个戈什哈,开了仪门进去。傅恒满心焦躁,来来回回兜着圈子,计算时辰。见到喀尔吉善,通知驻防旗营调兵,集结训话,就算立刻出发,也到子末丑分,今夜还能赶多少路?思量着,抬送看见东墙栅里那面积满灰尘的堂鼓,灵机一动,一把推开栅门。进去,倒过鞭柄猛擂起来。沉闷"咚咚咚……"的响声立时响彻四方!

喀尔吉善下午和藩司萨哈谅会议给代州大营输粮运草、优恤军属一应事宜,回衙打了一阵雀儿牌,刚刚搂着五姨太太"小乔"睡下,事体没完,便听前头堂鼓急雨般响起。披衣趿鞋开门出来,见几个丫头仆人正手足无措地站在二门口向这边张望。喀尔吉善没好气地问道:"外头这是怎么的了? 太原城进来响马了么?"说话间二门了被敲响;外头廖清阁喊道:"中丞爷,钦差大人傅六爷要见中丞,有急事!"小乔这时才穿好衣服,抱着袍靴出来,几个家人就在檐下为喀尔吉善换穿官服,忙得团团乱转。

"乱来!"喀尔吉善心里大不高兴,一边大步往外走,心里暗骂:"走到哪里搅到哪里!"口中却问廖清阁:"六爷说有什么事? 是不是来传圣旨的?"

"不大像。不过六爷像是有军务,带的几个人都是全副武装。连牛皮甲都穿着。"

"你去叫他们开中门,我在签押房这边出迎。"

廖清阁飞跑出去,不一时便中门洞开。喀尔吉善一脑门子光火,此刻也清醒过来:来者是少年新贵,是万不能得罪的。眼见傅恒威风凛凛虎步进来,喀尔吉善满脸笑容迎上去,说道:"六爷,真吓我一跳! 正在后头写折子呢,这边敲砸得山响。老实说,我还没听过这擂鼓的声音呢!"

"无事岂敢黉夜搅扰? 我是事急抱佛脚啊!? 傅恒微微一笑,随喀尔吉善步入签押房,也不坐,就站着将自己要立即奔袭驮驮峰的计划说了,……"现在我什么都不要,给我点五百精壮人马,明天告诉萨哈谅,每人家属送三百两银子。我这里坐等,立刻就走。"

喀尔吉善真的吓了一跳:"六爷,这不是儿戏吧? 这种事我只在戏上见过。"但他很快就意识到自己的失态,语气变得庄重平缓,蹙额说道:"这里离黑查山三四百里,山高林密路险,几千匪徒盘踞其中,这样子奔袭,风险十分大。万一有个蹉跌,我们这边无法向朝廷交待。五百人倒是小事,银子也好办,就巡抚衙门的护营也就够了,只是……"他连连摇头,不再说话了。

"你在戏上见过,我在书里读过。"傅恒一点也不想和这个琉璃蛋儿巡抚磨嘴,阴冷地一笑,转身走向书案,提笔在宣纸上写道:

> 着由山西巡抚衙门立即提调五百军士速赴钦差大臣傅恒
> 处听命。
> 此令!

写毕,递给喀尔吉善:"给你这个,放心了吧?"喀尔吉善略过一眼,突然大笑道:"中堂,我也是个七尺大丈夫!兵,你立刻带走。这个手令我不要,与大人荣辱共之!"说罢就灯上燃化了那张手谕。傅恒惊异地望着喀尔吉善,说道:"是个满洲好汉!"

第二日傍晚,傅恒的八百里加紧奏折递到军机处。这晚恰是讷亲当值,见是盗匪围困州县的急事,一刻不停地命军机处当值太监秦玉速往养心殿禀报,自己跟在后头到水巷口等候旨意。过了不到一袋烟功夫,高无庸便带着秦玉一起过来,"命讷亲即刻见驾。"

"地方官讳盗误国,情殊可恨!"乾隆看了奏折和急报文书,轻轻推到一边,说道:"山西一直报说飘高只有一千多人。何来这五千匪众?这些事军机处不去核查,上书房也不管,真不知你们每日都做些什么!"讷亲原先还想解释几句。听乾隆数落的,也包括自己在内,只好咽了一口唾沫,笑道:"皇上责的是。这里头有个讲究,文官为了求个好评,总要粉饰太平,把自己的治绩说得花团锦簇;武官呢,靠剿贼捕盗发财,总把敌情报得凶险无比。莫如每县都设一个巡检分司,不归县令统辖,隶属当地驻军。这样文武互为监督,情形或者就好些儿。"乾隆想了想,笑道:"岳飞说文官不爱钱,武官不怕死,天下太平。如今文武官都怕死、都爱钱,世风日下如何是好! 把这几份折子留下。你去一趟十四贝勒府,把山西匪情和傅恒措置方略禀一下十四爷。如他没有意见,你就不必过来。要觉得很不妥当,你今夜再进来一趟,把十四贝勒的话带给朕。朕今晚不进内宫,就在这里披阅奏章。"

讷亲连连答应着退了出去。乾隆嫌灯光太暗,叫人又在身后点了两支大蜡烛,一份一份检看各地奏章。因见到高恒奏报江西匪众土崩瓦解,罗霄山一带已经廓清。乾隆略一沉吟,提笔笑蘸了朱砂批道:

> 好则好矣,了则未了。匪首渠魁何在? 传囚进京来给朕看! 尔未亲临前敌,何以知其'已经廓肖',尔果赴罗霄山乎? 朕见尔亦少不更事,效伊等之欺尔,转而欺朕之天聪耶? 不擒匪首一枝花来京验看,朕不信也!

写了撂在一边。又翻看一份,是尹继善在南京设立义仓、平素积粮,荒时赈济的条陈。乾隆想放过一边,又取回来,批了几句:

> 知道了。此为实心任政之举,休避怨嫌放胆做去。江南财赋根本之地。人文荟萃之乡,有你小尹在,不劳朕心。

写完这才细看傅恒的折子,参酌了临县的报急文书,又沉思了一会儿,援笔写道:

> 尔之详细罗列到山西情形,欲为异日规避处分留地步耶? 此番钦差首务即剿驮驮峰飘贼,尔日事应酬,使敌人坐大,此咎将谁任之? 江西匪人已殄灭矣。山西如有蹉跌,即使朕不加罪,汝有何面目见朕?

他仰身叹息一声，突然想到了棠儿，正想抚慰勉励傅恒几句，高无庸进来报说："讷亲和十四贝勒请见，在永巷口。宫门已经下钥，得请旨才能开门放入。"

"快请！"

乾隆说着偏身下炕，因身上只穿了件袍子，忙命人系了腰带，又套了件月白缂丝府绸夹褂，穿戴刚停当，讷亲和允禵已经过来。见允禵要行大礼，乾隆忙一把扶住，满脸都是笑，说道："十四叔，往后私地见面免了这一层！小时候我和老五常滚在你怀里，扭股糖似的要蝈蝈，想起来和昨日的事似的，如今名分有别，自己再拘束些儿，这'天伦'二安还有什么趣儿呢？"

"万岁是这么说，臣可是不敢当呢！"允禵差一点落下泪，说道："照傅恒这个打法，临县保不住了。临县保不住，飘高就打通了逃亡陕北的路。陕西那边偷林城存着几十万石粮。陕北苦寒之地，民风刁悍，飘高在这里扎住根，就成了大敌！万万不可轻忽，所以贪夜来见皇上，军事上要有些措置。"乾隆浑身一震，倒抽了一口冷气，望着允禵没吱声。允禵从袖子里取出一份山西图志，展开来平铺在案上，手指口说，几乎与李侍尧的见地一样，末了又道："千里奔袭，心厥上将军。如今傅恒奔袭路程其实超过了一千五百里！若我是飘高，在白石沟恶虎滩一带设伏，傅恒几千疲兵恐怕就要全军覆没！"

乾隆边看边听，头上已沁出冷汗，回身一屁股坐在椅上，叹道："书生误国，朕用错人了！"

"将军是打出来的，我也打过败仗。主上太平时用年轻人练兵，宗旨不错。"允禵冷静地说道，"目下要紧的是补救。先发旨，令陕西总督衙门，拨五千军马堵住佳县到保德一段黄河所有渡口，阻住匪贼西窜之路。令离石县、临县、兴县把渡口的船全部征用，万不得已就一把火烧掉。令山西巡抚喀尔吉善提调全省兵马，严阵以待。看看飘高动向，然后再作打算。臣现在能想到的就是这些。"

　　讷亲在旁听着，觉得允禵说得太过凶险，遂道："十四爷，飘高未必有这么大的雄心能耐，或许打临县为征粮草。又退回驮驮峰呢！他也未必就敢在白石沟恶虎滩设伏。这到底是一窝子小贼。现在以朝廷名义发旨，八百里加紧送往代州，令范高杰按兵不动就地待命。临县如果失陷，再作恢复打算，似乎稳妥些。隔省这样大动干戈，于人心不利。"允禵的了只微微一笑，说道："当然最好都多虑。我这人有时就是杞人忧天。请你留意，这条路跑累死马，一天也跑不出四百里。张广泗别的能耐我不晓得，军令严肃这一条似乎可信。"他又高傲地仰起了脸。

　　"一切照十四叔的办理，不过都用密旨。"乾隆狠狠瞪讷亲一眼，"这是打仗，凭着想当然么？可笑！"允禵道："讷亲说的给代州发文，还是应该试试，能堵一分漏洞就堵。不存侥幸心，把握就大些。"

　　乾隆拧着眉头又想了一会儿，说道："方才十四叔说，朕想着，山西以军事为主。陕北以政治为主。榆林存粮也到了换的时候儿。现在正是春荒。开仓赈济，把粮全部分给陕北百姓！"

　　"主上圣明！"

　　允禵高兴得脸上放光，这还是他第一次由衷地赞佩乾隆。

三十三　出奇兵奔袭马坊镇
　　　　查敌情暂住天王庙

　　傅恒从巡抚衙门借了兵，当夜就离了太原城。这五百精兵原
是雍正十年经岳钟麒在西宁前线训练过的。岳钟麒兵败和通伦，
被撤去宁远大将军职衔，锁拿北京问罪。这支后备军没有用上就
地裁撤。几年来陆续遣散了士兵，只留下些千把下级武官没法安
排。被前任山西巡抚招了作亲兵，在中营护卫。得着这一立功的
机会，这些武弁们真是人人摩拳擦掌，跃跃欲试。傅恒犹恐激励不
起士气，将藩库拨来的一万五千两银子全部分发了他们，二更启
程，一色的骠骑牛皮甲，强弓硬弩，十名火枪手充作钦差护卫，保护
着傅恒和李侍尧悄悄地出了太原西门，疾速向马坊进军。第二日
拂晓时分，他们便赶到了地处黑查山峪的马坊镇边。

　　"到了。"守在傅恒身边的廖清阁，眼看着一片黑魁魁的镇子愈
来愈近，在马上用鞭子一指，说道："中堂，前头就是马坊镇。这地
方我来过两次。名儿叫做'镇'，其实不到二右户人家，每年秋天马
贩子们从中原驮茶叶到这里和蒙古人换马，也就热闹那么几天。"

　　傅恒浑身都是汗，被风吹得又凉又湿，冷冷地望着西北边黑森
森的黑查山，又扫视一眼闪着几点光亮的马坊，问道："镇子里有没
有驿站？我们不熟这里的情势，闯进去，肯定会有通匪报信的。"
"回中堂话。"廖清阁说道："驿站倒是有一个，只十几间房，也没有
专门的驿丞驿卒。镇东有一座天王庙，虽破落些，院落不小，依着
我说，用一百人把镇子围了，只许进不许出。剩余的人都住到天王

庙,等李道台的民兵来了再说强袭。"

"这是三不管地面。"李侍尧也在观看马坊镇,暗中看不清他的脸色,"镇上没有朝廷的官员,一个镇长,天晓得他是个什么样的人物,凡带刀的都由他支应——我们不亮身份,住天王庙还是对的。不过不用人围镇子。本来这地方就杂,三教九流、强梁大盗经常在此出没。谁也不管谁的账。我们旗甲鲜明的亮相、等于给人报信。"傅恒想了想,大笑道:"我们索性装作强人,点起火把! 进天王庙!"

当下众人听令,点起了十几支火把,也不呐喊,由廖清阁带着,沿镇东驿道兜过去果见一大片空场旁边有一座庙,外边看去,里边房舍倒也不少,四周荒凉寂静。

"冲进去!"傅恒用鞭梢指着紧闭的大门大声命道:"各房要挨着搜查,防着里头有人!"

几个戈什哈跳下马,发一声喊,一齐用力一推,那门却是虚掩着的,"哗"地豁然沿开,兵士们手按腰刀一拥而入。傅恒带着自己的亲随站在天井中心冷静观察。突然一个兵士舞着火把奔出来,歇斯底里大叫一声:

"这屋里有三个贼男女!"

接着便见三个黑影随后冲出来。黑地里看不清面貌,两个彪形大汉。还有一个个子极小,一手攥着香,一手提着刀,站在门口,似乎在发怔。好半晌,一个黑大个子才问道:"你们万儿? 谁是心主,出来说话!"廖清阁大踏步上前,因不懂土匪黑话,学舌问道:

"你们万儿,谁是心主?"

"格拉鸡骨飞不去,毛里生虫!"①那人答道:"你们万儿?"

"格拉牛骨飞不出,毛里生虫!"

三个人都是一愣,突然捧腹大笑。高个子倏地跳过来,挥刀便劈。廖清阁眼疾手快,将刀一格,顿时火花四溅,惊怒道:"日你姥

----

① 黑话:"驮驮峰的,山跳蚤!"

姥！话没说完就动手？"

"你们是佟子！"

"你们是小佟子，佟儿子！"廖清阁道："我们是紫荆山来的。飘高老杂毛要是这样待客，天不明我们就回去！"

傅恒原怕这院窝藏大股土匪，见只有三个人，便放了心，听廖清阁对得机警，不禁暗中点头。那三个人暗中互相张望一下，黑大个子回身对小矮个子道："山跳蚤爷，他们不懂咱门切口，兴许是从紫荆山才过来的。飘总峰说过这事，恶虎滩那边人手不够——"他话没说完，那个诨号山跳蚤的一摆手打断了，声音又尖又亮："你不是头儿。叫你们头儿出来！"傅恒听他口气，在驮驮峰是个不小的人物，见廖清阁暗中回头望自己，便大步走过去，闷着嗓子问道："我是头儿。你有什么事？"

"无量寿佛！观音菩萨变了小童，见五色云中露出柬贴，菩萨拈起展开，许多无生默话！"

傅恒听了心里一紧，他在上书房见过收缴上来的卷帙浩繁的白莲教各派传教书，随便翻翻，都是些俚俗不堪的话头。对于"观音变小童"这句话出自何经何卷，已了无记忆，反正肯定在白莲教经卷中。见他考问，心里一急，憋出一句："眼贼、耳贼、鼻贼、舌贼、身贼、意贼为六贼，真空老祖传我无字经！"

"你是飘总峰师弟！"山跳蚤似乎吃了一惊，略一怔又揖手问道："说破无生话，决定往西方？"

这诗傅恒倒记得清爽，立即对上"花天见佛悟无生，悟取无生归去来！"那山跳蚤执礼更恭，放低了声音，似乎顿了片刻，又问："前思后想难杀我，不知无极几时生。乱了天宫不打紧，儿女可曾回家中？"傅恒听了顿觉茫然，搜索着记忆回答道："有表有疏径直过，有牌有号神不拣……万神归家誓有状，过关乘雾上云盘。见佛答上莲宗号，同转八十一万年！"他自谓这诗对得还算得体。不料话音刚落，山跳蚤改变了口气，恶狠狠道：

"你的切口大有毛病：一会儿大似佛，一会儿小似鬼！一会儿是正阳教，一会儿是白阳教——你他妈到底是什么人，哪个教？"

"老子是白莲教！"

"放屁！"山跳蚤怒喝道："哪有这个说头？ 来路不明，我们飘总怎么会收你们？ ——我们走！"

"拿下！"傅恒见已露馅。"噌"地拔剑在手，大喝一声，"一个也不要放走了！"

那三个强人都是老江湖，见事情有异，早已全心戒备，呼哨一声一齐向后退。无奈傅恒人多，四周已围得铁桶一般。众人吆呼着蜂拥而上，一个回合交手，两个大个子已被按倒在地，乱中却寻不到山跳蚤。满院搜索时，却听正殿屋脊上一阵尖厉的怪笑，喋喋之声如夜半鸱鸮，笑得众人心里发瘆，抬头看时，依稀是山跳蚤蹲在兽头边。山跳蚤笑着道："凭你们这点稀松本事，敢来黑查山闯地面？ 等我们飘爷擒住那个鸟傅恒再和你们算账！ 我这两个兄弟且留下，要当客敬，死一个换十个！"说着手一扬，寂然无声而去。傅恒觉得肩胛上一麻，用手摸时，粘乎乎不知甚么，凑近火把一看，却是血。旁边廖清阁惊呼一声："六爷，您受伤了！"

"不妨事。"傅恒小心从肩上摘下暗器观看，却是一只铁蒺藜，挤伤口看血色，颜色鲜红，并无异样，知道镖上没有喂毒。一口气松下来，傅恒才觉得钻心疼痛。当着这许多部众，他只好强咬着牙忍着疼痛。若无其事地扔了铁蒺藜，由随军医官包扎着，问那黑大个子："你在驮驮峰上是个什么位份？ 叫什么名字？ 他呢？"

黑大个子哼了一声，说道："我叫刘三。他叫殷长。都是山爷的亲随！ 你们到底是什么人？"傅恒这才知道不过是捉了两个小喽罗，心里一阵失望，又问道："山跳蚤是什么人？"

"连山爷都不知道？"刘三和长工都抬起头。刘三惊异地望着傅恒，又打量了半日周围的人，突然惊道："他们服色这么齐整，像是他妈的官军！"殷长却道："官军哪来这股子人？ 飘祖爷会算计错了?"因离得近,傅恒看见殷长秃得寸草不生的头,加上一嘴大牙,傻乎乎的。正要再问,身边站着的李侍尧轻轻扯了扯傅恒的后襟。傅恒会意,一边吩咐廖清阁:"好生问他,防着他是勾结朝廷官员的奸细。"心里暗笑着跟李侍尧过来,在西北角一片长满蒿草的空场上站定了。傅恒笑道:"你今晚怎么了? 一句话也不说,阴沉沉的只是出神!"

"六爷。"李侍尧的声音发颤,似乎有点惊惧不安的说道:"我们小看了飘高。他打临县是假的。是要诱代州雁门关出兵,中途设伏袭击官军!"傅恒被风吹得打了个寒颤,良久才问道:"何以见得呢?"李侍尧道:"方才一见面,刘长就说出恶虎滩。还以为我们是飘高调请增援的匪徒。那恶虎滩紧挨着白石沟,地势凶险,又是雁门关到黑查山必经这路……"

他话未说完,傅恒已经悚然惊悟。临出发时,他和李侍尧看图志,李侍尧曾说:"幸而飘高只是小贼,兵力要大的话,中途设伏,范高杰他们可就要吃大亏了。"恶虎滩地势虽没有见过,但听这个名字,就够人心悸的了。傅恒思量着,说道:"临县是个诱饵。飘高的人马都在白石沟恶虎滩,山寨子就是空的了,我们的办法仍旧可行。"

"不但可行,而且做起来更容易。"李侍尧笑道:"不过有一条六爷得思量。我们下手早了,他们撤伏兵回山寨。范高杰他们隔岸观火,我们就苦了。我们下手晚了,范高杰他们损失玉重,朝廷仍要怪罪六爷。时机不容易把握啊!"傅恒暗中瞟了李侍尧一眼,他很佩服这个小小通判,思虑周密。遂格格一笑道:"好,有你的。你来审问这两个匪痞!"李侍尧笑着答应一声"是",变了脸大喝一声:

"把那个殷长给我拖过来了"

廖清阁正焦躁,忽听这一声,便丢下刘三放在一边,一把提起殷长,连拉带拖拽过来。刘三知道他口松,紧着叫道:"老殷,嘴上得有个把门的! ——这群人我越看越不地道了"

"你地道，你嘴上有把门的。"李侍尧冷冷说道："我这就叫你尝尝我的手段——把他扔进那边干池子里，填土活埋了他"

几个兵士答应一声，将缚得像米粽似的刘三丢在干池，挖着土就填。刘三先还叫骂几句，后来便没了声息。殷长吓得六神无主，不停地磕头道："好爷们哩……都是自己人，……都是一个祖脉，有话好生说呗，好爷们哩……"

"给脸不要脸，他不肯好生说么！"李侍尧满脸狞笑，手按着宽边刀柄，恶狠狠道："爷们从紫荆山奔这门槛；上千里地，好容易的？说好了的，这里有人接应，送我们去白石沟。谁他娘封他飘高是绿林共主了么？说，飘高在哪里？我们要见他1"

"飘总峰在……恶虎滩……"

"寨子上有人没有？"

"有……留了三百弟兄，都有残疾。不能厮杀……"

"围临县的五千人是谁带领？"

殷长似乎怔了一下，笑道："合山寨也没有五千人。那都是临时寻来老百姓充数儿吓虎官兵的，由辛五娘带着……"

"辛五娘。"傅恒从旁插话问道："是不是还有个叫娟娟的？——长得很标致，会舞剑。"殷长摇摇头，说道："小的没听说过'娟娟'这名儿。五娘是无生老母莲座前玉女转生，自然标致罗！哎哟哟，那身子轻得站到荷叶上都不下沉，杏脸桃腮樱桃小口，看一眼管叫你三天三夜那个那个……"他色迷迷吸溜着口水，有点形容不来了。

李侍尧哪里晓得傅恒的心思？在旁说道："少顺嘴胡吣！她是玉女是夜叉关我们屁事？我只问你，那个鸟山跳蚤如今跑哪里去了，是去了恶虎滩，还是奔了辛五娘？"殷长嘻笑道："你问一我答十，干嘛这么凶巴巴的？都是吃的正阳教，奉的一个无生母嘛！"李侍尧拍拍他肩头，说道："你比刘三识趣。我亏待不了你，我们还指着你带路呢！说罢一摆手，命人将殷长押了下去。

"我看这个蠢货不像说假话的人。"傅恒笑着对李侍尧道："今夜虽然辛苦了点，却摸清了飘匪的计划。看来飘高为了打好出山第一仗，真的费了不少心机。他们既把我们当成紫荆山的人，那就是说，他们确实和紫荆山匪徒有联络。如今你一千民兵从离石赶来，也保不定紫荆山的人正往离石方向赶路呢！"李侍尧点头道："六爷虑的极是！不过紫荆山的情形我略知一二，总共不足五百人，隔州隔县来为飘高卖命，他们未必有那个胆量。就是来，几百人又走了几百里山路，也没什么可怕的。"傅恒笑道："我们就冒充紫荆山教匪，暂且在这马坊镇驻扎吧1"

李侍尧一时没有回话。两个人都坐在石坊牌下沉思默想。傅恒望着满天缓缓移动的云彩，突然有一种恍若隔世的感觉：昨天还在太原和大大小小的文武官僚们应酬。如今却又坐在这个破庙里和什么驮驮峰、紫荆山的匪徒打哑谜斗心眼。一转念间又想起娟娟，那倩倩玉影，超绝的剑术，那红绒绳上的姿态，月下赠诗，临别时深情的一瞥都历历在目。说不定日后还要疆场兵戎相见，不知是谁血洒草莱？思前想后情如泉涌，一会儿通身燥热，一会儿又寒彻骨髓……真个情随事迁。令人难以自己。李侍尧却在计算离石人马几时到达。范高杰几时经过白石沟，怎么能叫官军吃点苦头又得救，攻打驮驮峰的时辰必须掌握得分厘不差。正想着，傅恒说道："我算着，我们要装六天土匪。你的一千人明晚能到。这几天人吃马嚼，粮饷的事很叫费心思。依着我的心，这会子就打寨子，倒省事了。"

"我和六爷一样的心。"李侍尧道："但我们一打寨子，临县的和恶虎滩那边匪徒立刻就收兵，全力对付我们。范高杰他们并不真正为朝廷，他们为的是他们的张大帅。必定等着我们叫天不应、叫地不灵时才来救我们。功劳是他们的且不计较，我们反倒落了吃败仗的名誉儿。六爷，本来是我们救他们呀！而且那样，飘高的人马都是生力军。我们几百人就有全军覆没的危险。从天理、人情到军事、政治，非咬牙顶这六天。那时候，胜券就全操在我手了。"

傅恒静静听完，拍拍李侍尧肩头，深深吁了一口气，说道："我知道你对，听你的。方才我说的是心情。"

隔了一日，李侍尧和民兵才陆续来到马坊镇。这群人其实也都是李侍尧收编的土匪和一些半匪半民的山民。衣色甚杂行伍不整，三十一群五十一伙，带着长矛、大刀片子、匕首，有的甚至背着鸟铳、腰里别着镰刀、砍柴刀什么的。

当地镇长叫罗佑垂，绰号"油锤"，其实原来也是个地棍，这地面各路土匪经常出没，士绅富户胆小不敢接待，共推了他专门和各路豪客周旋。眼见前晚有人占了天王庙，白天封门一个人也不来接洽，今天又有这么一大批不三不四的人进镇，所有的客房全部占满，连驿站也都占了。罗油锤又没见有人来寻自己，心里忐忑不安，总觉得要出大事似的。他在家兜了半天圈子终久坐不住，便拿了根旱烟管，带了几个镇丁径往天王庙来见傅恒。傅恒自忖身上毫无匪气，便命李侍尧出头接待。

"你是这里的镇长？"李侍尧一上来就使了个下马威，"老子的队伍三四千，都开过来了。飘总峰请我们到白石滩讨富贵，弄了半天是他妈的这种熊样！粮没粮，草没草，连个鬼影子也不见来接！这里离省城这么近，万一走漏了风声，我屠了你这鸟镇子回我的紫荆山！"他穿着绛红长袍，敞着怀，腰带上还别着五六把匕首，又轻轻在脸上抹了些香灰，很像割据一方的毛神。听他说话的口吻，躲在耳房窃听的傅恒"扑哧"一声笑了出来。

那罗油锤却不害怕，给李侍尧敬烟，见李侍尧毫无反应，燃了火煤子自己抽着，嘻笑道："山主，四方有路，八面来风。马坊镇的情形瞒不了您老。这里的人信我油锤，抬举我出来侍奉远客。但来的，无论白道黑道，咱们都尽心竭力，只要护住这一方水土百姓，算我对得住祖宗。您老千万别生气。不知者不为罪，需用什么，只

管冲我罗油锤要。姓罗的一定两肋插刀为朋友！""这庙里住的是
我家山主。有二百多个人。外头这些弟兄有三千多，在这里歇马
四天，吃饱喝足赶道儿，你给我备两百石粮，三十车草，咱们两安无
事，不然……"他看了看腰间的匕首，哼了一声。罗油锤怔了一下，
仍旧变得嬉皮笑脸，江湖上的规矩不兴随便询问姓名，遂道："好山
主你哩，马坊这地方穷山恶水，出了名的赖地方。草料有，你在一
百车立时就能办到。只是这粮——你老圣明，我全凭着秋天茶马
交易收几个地皮税，专门建个粮仓支应各路豪杰。连飘爷都不轻
易借这个粮——"

"你少拿飘高压我！爷天不管、地不收，是花果山上的自由
神！"李侍尧一拍大腿，"粮，到底给是不给？"油锤嘿嘿笑着，一脸无
赖相，说道："给，当然给！仓库就在镇西北，您派人去瞧瞧，扫干净
也只是一百石，爷要觉得不够用，我也没法子。要不解气，杀了我
油锤就是。只求别动这里的百姓，那就是你老人家积阴功了。"

李侍尧心里谋算，一万斤粮一千五百人足可支用六天。不禁
暗喜，口中却道："我可怜你在这地面混饭不易，你人也还算晓事，
这样，这一百石先支过来。你三天之内给我再征五十石，做成干
粮，我赶往恶虎滩路上要吃。去吧！"

"山主……"

"滚！"

看着油锤低着头远去的背景，傅恒不禁拊掌大笑，说道："侍尧
有你的！现在万事俱备，只等着恶虎滩那边了。要派几个人到那
边打听消息，我们攻寨子的消息，那边打响正好听到才成——只一
条，不能让姓范的晓得我来。"

"那自然，六爷虑的是"李侍尧笑道："省城带的人不会装土匪。
还是叫离石的人去吧！"

二人正说笑，外边戈什哈带着一个人进来。未及禀报，傅恒一
眼就看见是吴瞎子。眼睛陡地一亮，笑道："腿子好快呀！我估着

你明天才能到呢！"见李侍尧发愣，待吴瞎子请安毕，一把拉过介绍道："这是朝廷特许的联络招安绿林的小总管。有他来，我们办事就方便了。"又介绍了李侍尧。"第五天夜里我们攻驮驮峰，你就跟定我。院外那些士兵叫侍尧去经理。"

"我还带着朝廷的廷寄呢！"吴瞎子取出一封用火漆密缄的通封书简，双手递给傅恒，"省城的人都传说钦差大臣亲自到雁门关督军去了。幸亏我带了延清大人给喀中丞的信，见着中丞，才知道六爷在这里……""好，喀尔吉善会办事，我就是要人们都知道我'去了代州'！"说着便拆开廷寄。乾隆的旨意中严厉申斥傅恒，要他接旨后立刻就地驻扎待命。傅恒一笑，将朱批谕旨塞进了袖子里。李侍尧试探着问道："万岁爷催着进兵么？"

"不是。"傅恒狡黠地眨了眨眼。"万岁叫我们把饷备足再进兵。"

六天之后范高杰带领五千兵马过岢岚城、渡界河口抵达白石沟。这一路走得都十分顺当，在东寨一带过了汾河进入吕梁山，一路走的都是从榆林到大同的古驿道。虽然年久失修，山间百姓驮煤、运粮都还在使用。他有兵部勘合、五寨岢岚的地方从来也没有支应过大军，地方官十分巴结、支粮支草，还各送了三百只风干羊，大军过城，家家香花醴酒摆在门口，取个"箪食壶浆"的意思。范高杰自然约束军队"秋毫无犯"。他和胡振彪、方劲私下里也落了三千两银子。在见傅恒这前，张广泗曾和他们会议，都觉得跟着白面书生打仗没味儿。张广泗指示他们："这仗也没啥打头。明摆的，皇上想让六爷立一功。为他进位宰相铺路，也好堵众人的口。军事上还照咱们老办法，六爷那边要恭维着，打完仗他回北京，我另给你们记功升职。"三个人只急着赶快捣掉驮驮峰，解救临县之围，将飘高擒住完事。因而一路上虽是春光宜人，树吐新芽，桃花缤纷，危崖耸天，山溪湍流，十分好看，他们也都无心观赏，只催人马晓行夜宿赶道儿。

过了界河口，前头没了驿道，山势陡然间变得异常峥嵘，有的地方云壁立千仞，高耸云端；有的地方乱石嶙峋，飞湍流急；有的地方老树参天，荆莽丛生；有的地方遮雾漫漫、幽谷夹道。过大蛇头峪之后，连三位将军也只好下马走路了。范高杰一脚高一脚低地向前走，浑身的汗浸透了牛皮甲，又回头望望蚂蚁似的单行队伍。吩咐马弁叫过向导，问道："这里离黑查山还有多元？前头的路都这么难走么？"

"回军门爷话。"向导说，"这儿已经进了黑查山。不过离驮驮峰还有三十里山路。前头已经过了蛇口峪，您看这满沟的石头都是白的，这叫白石沟。不下雨时算是'路'。一下大雨就成河道。夏天是不敢走这道儿的。这边左手往南，是恶虎滩，过了恶虎滩就和驿道接上了。"

"向后传令，"范高杰命道："在恶虎滩收拢营伍！叫后头快跟上。实在跟不上的，叫后卫收容！"方劲在旁说道："军门，这里山势太险，我看不要一窝蜂过前头峪口，分成三部，过去一部，再过一部，这样就有埋伏，还能策应一下。"

胡振彪气喘吁吁满脸油汗从后头赶上来，冲范高杰吼道："你带过兵没有"五千人拉了几十里长，像他妈一条蚰蜒！要我是飘高，两头一堵，从山上滚石间就把我们砸个稀烂！"

"把你的匪气给我收收，你这是和我说话？"范高杰腾地涨红了脸，"再敢胡说八道扰乱军心，我就地惩办了你！"又回身下令：'各营按营就地集结，三个营组成一队，快过前头的峪口了！"

蜿蜒长蛇一样的队伍走得慢了，慢慢变成了双行，又变成四行，五千人马前后用了半个时辰总算集中在二里长的一段狭路里。范高杰刚刚下令第一拨开拔，便听山上有人扯着嗓子高唱：

　　　　　此地山高皇帝远罗——

不上税也不纳捐!
老子头顶一片天,
一脚踩踏吕梁山!
远客到这为啥子?
请你吃碗疙瘩面哟……

歌声刚落,便听一群人轰然和唱:

请你吃碗疙瘩面!

随着山歌声,"哗"地一声巨响,仿佛打开了什么闸门。满山坡的白石头并排地滚落下来。

三十四　范高杰败走恶虎滩
　　　　娟娟女济贫老河口

　　官兵们被滚石砸得东逃西躲，立刻炸了营。有的经过战阵，知道躲避之法，或寻一株大树，或寻一块大石在后边隐身；有的毫无章法，茫然无措地向山下逃，有的躲进沟里。人喊马嘶还夹杂着惨嚎声。

　　三个将军被亲兵护着躲到一个大馒头石后面眼睁睁地看着这阵石流冲下山坡。惊魂初定，清点军马时，一共伤了四十七名，死了七名。最可怜的是一百多匹战马，炸了群毫无约束四处狂奔，顷刻之间被冲倒一大片。有的四脚朝天滚下悬崖，有的折了腿，瘫在地上嘶鸣，有的倒在血泊中一动不动——清点下来马苑死伤惨重，只有二十几匹马躲过这场飞来的横祸。

　　范高杰等了一会儿，见没有第二阵石流下来，探头望了望山顶，丛莽杂树摇曳，连个人影子也不见。向亲兵要望远镜时，望远镜却在马褡子里，已经随马滚到不知何处。范高杰眼睛气得血红，回头对方劲道："这是一股小贼。传令后头小心过路，你带人拿下这个山头！"

　　"扎！"方劲答应一声，回身一摆手，带了一棚人马约三百人，发一声呐喊便冲了上去。无标山势太陡，兵士们被方才的石雨吓得心惊腿颤，只好无精打采地一步一喘地爬。范高杰眼巴巴望着行进的队伍，离山顶只有一箭之地，才松了一口气。后头队伍传来口信，已经过了峪口，正向中军靠扰。他擦了一把冷汗，说道："看来

得在这儿集结，一拨一拨地过恶虎滩了。抢占了这山头，我们就没
有后顾之忧了。"胡振彪偏着头冷冷说道："这个山头我们还没占领
呢！到恶虎滩也不是安全地方。"范高杰被他噎得倒咽了一口气，
脸都青了，看看周围军士，没再吱声。忽然山上一声呼啸"日"地一
支响箭飞了下来。胡振彪眼见范高杰气得发怔，一点不防身后暗
箭，抢上一步，一把推开了范高杰，一伸手绰了那箭，那箭长足有四
尺，笔直的黄杨木杆涂了清漆，箭头上的青光闪烁，箭头处还缚了
一卷纸。他"咔"地撅断箭杆，小心地取出那纸条，口中冷笑道："这
么一点功夫，就敢来打仗！"展开纸条便看：

　　　　清妖贼将，胆敢犯我山头！汝今已被我三万将士困于白
石沟。紫荆山三千军士已封锁子恶虎滩，在铜网铁阵中欲得
生还，除非天赐鸟翅！如不就缚来降，只好等弘历来给尔等收
尸！飘高谕

　　范高杰被胡振彪救了一命，原本十分感激，见他口中不三不
四，又擅自拆阅信件，一脸骄横跋扈相，不禁又是大怒，见又一支箭
流星般直射向振彪，他竟抱定了见死不救的主意，眼睁睁地看着那
支箭插入胡振彪肩胛。

　　"啊！"胡振彪大叫一声滚翻在地，箭已穿透前肩。他出真凶
悍。瞪着眼"唰"地一声，闭目一拔，将一支血乎乎的长箭拔了出
来，握在手里，直盯盯地看一眼范高杰，便昏厥过去。

　　"把这有功夫的将军扶下去，叫医官好生医治。"范高杰一边读
信，一边冷冷吩咐道："莫误了他立功！"转脸见后队人马浩浩荡荡
开来，口中舒一口长气。

　　突然山上一声炮响，满山头鼓噪之声大起，范高杰浑身一颤，
惊怔着向上看，满山都是旌旗，分青红皂白黄五色，旗上绘着太极
图，蚂蚁一样的强人已将方劲压在一个小山包上。教徒们也不强

攻,在主峰居高临下,箭如骤雨蝗虫直泻而下。可怜这三百军士,
爬山已累得七死八活,被晾在不高不低孤立无援的小山头上,只有
挨打躲闪的份,连下山的退路都被断绝了,远远只见清兵狼奔豕突
乱得像刚捅了窝的马蜂。范高杰顿时勃然大怒,拔剑在手命道:
"全军攻上去! 这是虚造声势,我看了,他的兵不到两千! 左右将
士,齐声呐喊,给方劲助威,叫他顶住 1"

　　但是方劲已是顶不住了,带了几十个兵士砍杀着冲开一条下
山的路。山下的兵士们则一边大喊大叫着接应,眼着大队人马就
要冲上去。猛地又听"哗"地一声响,滚木和雷石轰隆隆 恰似石河
开闸般倾泻下来,攻山的队伍不待下令便掉头就逃,跌死在山谷里
的,仆身在地向山下滚的,躺在山坡上等死的,什么样儿的全有。

　　"军门,"范高杰身边的军士吓得面如土色,急急说道:"只有恶
虎滩能暂避一时,再走迟了恐怕……"

　　"放屁!"范高杰怒喝一声,大声令道:"令军向我靠拢!"

　　全军靠拢已经不可能。四散逃下来的兵官已完全失去建制,
范高杰连斩几名逃兵,一点作用也不起。自己的坐骑也被一个败
兵夺去打马扬尘狂奔。听着雷鸣一样的石头滚动声愈传愈近,他
也不敢迟疑。范高杰长叹一声说道:"退守恶虎滩……"

　　几十个中军亲兵巴不得他这一声,将重伤的胡振彪搭在马上,
簇拥着范高杰向西南一阵急奔。直到恶虎滩谷口,完全避开石阵,
才略略喘了一口气,此刻败兵已如潮水浪跟着涌过来,一个个汗血
交流,相携相扶着下来,竟如逃荒叫花子一般,全然没了半点章法。

　　"快点,分头去打听方劲下落!"范高杰满脸污垢、满身油汗站
在滩口。恶虎滩,四面环山,皆是插天绝壁。蔚汾河、界河、潇河三
条河怒浪滔天地从三道峡谷中挤进这一百多亩方圆的险滩,水势
从高落下,犹如半躺着的瀑布发出令人恐怖的轰鸣声。水在滩口
互相交织着,形成了一个环形,中间被冲成一个乱石滩。不知何年
何代冲下一块巨大的虎皮斑怪石。虎头虎蹄俱全,耳目亦依稀相

似，偏着脑袋，狰狞地望着北面驿道口。南驿道口和北驿道口隔滩相望，中间早已没了桥，白茫茫碧幽幽的河水盘旋流淌。景观煞是吓人，水却不甚深，不少兵士站在平缓的流水中洗头涮腿，深处也不过到腰际。南边驿道口却被一排木棚门挡住了，门旁石壁上凿着"驮驮峰"三个颜体大字——驿道竟是绕驮驮峰东麓半山向南而去——大字旁不知哪个墨客在石上提着茶碗大的字：

> 吾曾行蜀道，亦曾过娄山。而今经此地，始觉落心胆！高标插天、幽谷中怪水盘旋。即当亭午壁立千仞古井间，日月光难见！虎蹲狼踞乱石飞瀑、袅袅如霾烟！知否知否？此为天下第一滩！

后头还有题跋，却瞧不清楚。范高杰虽识几个字，此时也没心绪，只觉满目凄惶。正没奈何何处，谷口一拨人马又到，方劲带着四十多个残兵回来。这群人几乎个个带了箭伤。缠头裹脸、束胸勒臂，却是包扎得还好，最难能的是还牵了二十多匹运干粮的走骡，一个个疲惫不堪踽踽而行，进了恶虎滩口。

"好，有粮就好办了！"范高杰眼睛一亮，竟扑到一个粮驮子上，爱抚地用手摩挲着粗布干粮袋，有些气短地对方劲道："现在最要紧的是赶紧给傅中堂往太原报信——原来牒报不准，贼势浩大，我们中了埋伏，血战到此，困守恶虎滩待援！你、我，还有胡振彪三个主将都在，总算扳回了局面，还好向朝廷交待。"

方劲听他说话，心中升起一阵寒意。三百余人陷在箭阵石雨中，杀开血路与大军会合，只剩下不到五十人……范高杰这个主将指挥无能，没有一句自责，没有一语相慰，只是庆幸"主将都在"，真不知张广泗凭什么看中了这个活宝来压阵带兵！他咽了一口苦涩的唾液，没言声走到昏昏沉沉靠着大石头的胡振彪，俯身坐在旁边，轻轻摇了摇头。

"日他祖宗八辈！"胡振彪一睁眼就骂。"整日价牛皮吹得呱呱的，事临头尿床尿得唰唰的！张广泗——算你妈的什么'名将'！"说着一翻身别转了脸。"胡大哥，是我。"方劲知道他这是谵语，轻轻说道。又从怀里取出一块面饼，"我是方劲……不拘怎的，现在我们还活着。你先吃点东西……"胡振彪这才清醒过来，回头看了看方劲，突然嘶声道："方劲！我兄弟跟了张广泗，真是倒了血霉！"

范高杰看着这对难兄难弟，心中陡然起了杀机：兵败白石沟机宜失当，朝廷总要追究这笔账的。自己是主将，责任推诿给谁？这两个岳钟麒旧部，本来就和自己不睦，焉知不会异口同声攀咬自己？他思量了一下，四周看看，到处都是正在寻找队伍的散兵游勇，自己身边的亲兵也都没处回避，此时断然无法下手，且自己见死不救已有不少人亲见，再恩将仇报，此刻最易激起兵变……范高杰收敛了杀心，见清点人数的军校回来，便问："下头怎么样？"

"回军门话。"那军校禀道，"共是两千九百三十八名，已经恢复了建制。只是没粮，有的饿晕了过去。伤号也没药。"

"叫各营到这里来领干粮，"范高杰冷冷说道，"告诉各营主官，这四千斤干粮要维护四天。派几股人马回原路，拖些砸死的马，还有散落的粮食，统统弄回来。告诉大家，救兵三天一定到达，顶过这一阵。飘高几个山贼插翅难逃！"

话音刚落，便听周匝各山各峰号角声起，随着画角彼此相应，隐隐起了擂鼓呐喊声，若起若伏若隐若现，似乎很远，又似乎就在附近。弄不清是多少人。这幽幽的呼应声缕缕不绝，更给这晦色渐浓的恶虎险滩平添了几分阴森恐怖气氛。方劲过来说道："范军门，此地不是久留之处。敌人既把我们放进来，肯定是绝路。派出去送信的也难保中途不出事。我们缺粮，更不能死守。现在最要紧的是赶紧派人探路，我们带的图志是顺治年间不知哪个活宝绘的，一点屁用也没有！"

"也路当然在南边。"范高杰绷着脸，突然一笑，"山贼弄这玄虚,是疑兵之计,他的兵都用到北边堵截我们了,现在是要调到南边再堵。我说困守待援,是眼下兵无斗志,要稳一稳军心。待天黎明时,我们向南突围,到郝家坡集结待援。一来攻驮驮峰容易,二来断了临县匪众归路。如今都累得这样,探路的出不去呀!"

被围待援,或者突围,这是最寻常的军事措置,范高杰既无胆又无识,刚愎自用到这份上,深沉内敛的方劲终于忍不住了。转脸对四周的弁佐们大声道:"你们是晋省大营的兵,我是甘肃的老兵,先跟年大将军,又跟岳大将军,再跟张军门,最后跟了这个'饭'将军。我的话他的话你们都听见了,只求你们记住,别忘了!"说罢抱拳团团一揖,泪落如雨。范高杰冷眼一看,四周军士个个脸色铁青,知道犯了众怒,此刻再申斥这个冲杀了一天的将军,大有被乱刀砍死的份,怔了半晌,换了笑脸,说道:"老方,如今风雨同舟,怎么和我弄这个? 听你的——叫中营选出身强力壮精明能干的军士在前探路。每队三十人,一路向北一路向南!"又吩咐道:"天要黑了,要防夜袭,各处不许点火!"

"唉!"方劲一下子蹲下身,坐在了胡振彪身边,再也不吱一声。

飘高以一千二百兵力大败清兵五行人马,敌军伤损将半,粮食马匹辎重几乎全部损失,山寨义军却无一伤亡。此刻,他的指挥位置几乎就在范高杰头顶上数十丈高的花香峰,山跳蚤等几十个护法侍者守在他的大帐旁边,山顶风烈,将四十九面太极图五色旗吹得猎猎作响。他酌酒独坐,时而瞥一眼下面的恶虎滩。他白髯青袍羽扇纶巾,前面案头上梦着一炉藏香,一副仙风道骨的气派。

但他此时却不是在想军事,军事已经胜券在手:恶虎滩水浅,是因为三条河上流都堵了,只为迷惑清兵才各留了一股,明日凌晨水量聚够,三处同时决口,困在滩上的清兵一个也难逃活命。南边埋伏着的兵在驮驮峰上备足了雷石,根本无法通过。北边的兵还是原班人马,堵截几个吓破了胆的逃兵绰绰有余。他是在想山跳

蚤报来紫荆山教徒的情形，切口对不上，又精于白莲教教义，既说
来援，又不见联络。似友，却对专门迎候的山跳蚤一千人不客气；
是敌，为什么六天来没有动静？山西巡抚又从哪里能调来这拨土
头土脑的兵？然而为打好这一仗，自己用完了所有的人，自己居中
指挥，又不可须臾离开，他想得头都胀大了，还是百思不得其解。
下头义军都把他看成是能掐会算、撒豆成兵的神仙，又不能露出半
点焦虑，因此虽然面上看去飘逸潇洒，心里却是格外的不安。

　　天已经黑定了，飘高军中也下令禁止灯火。驮驮峰巨大的阴
影变得越来越模糊，星光下只见满山杂树不安地摇曳着，似乎无数
鬼魅在暗中欢呼舞蹈，松涛时紧时慢地呼啸着。又似千军万马在
遥远处奔腾厮杀，给人一种神秘的恐怖联想。他实在坐不住了，便
踱出帐外。一个侍者立刻迎上来道："总峰仙长，有法旨？"

　　"没有。"飘高沉稳地答道："哦，叫人盯着马坊那边，有动静用
灯火报过来。红灯是凶，黄灯是吉！"

　　"遵法旨！"

　　飘高的目光望着南边，南边是他的"义女"娟娟，带着一千义民
佯攻临县，专等这边取胜后回兵夺城。此刻不知如何？飘高今年
五十七岁，俗名贾瑛瑛。他原是江南省泗州人，家住洪泽湖畔的一
个小镇子上。

　　有一年他得了疯病，家里求神问卜，寻僧觅道为他治病。用狗
血给他沐浴，用桃木鞭打，全然不济事。万般无奈，家里将他送到
灵活谷寺当小沙弥，后又到紫阳道观作道士，精通了一些天文地理
和道家法术。雍正六年朝廷密旨召集异能之士进宫为皇帝疗疾。
李卫推荐了他。在宫里又拜贾士芳为师，有一晚师徒面壁，贾士芳
说："今晚四更有冰雹，我们坐在露天不行。"贾瑛瑛却说，"冰雹只
有黄豆大，还要刮大西南风，我们做在北边，一粒也打不到身上。"
后来果然应验。由此，他招了贾士芳的忌妒，只在宫里待了三个月
便寻事将他逐出师门。临去时他说："我飘然而来，翩然而去。我

有龙华身,命我定高贵,必有命世主提携。我自命名为'飘高',你命在顷刻,不配作师! 由此飘高四海周游,寻找他的"真主"。雍正七年安徽大旱,秋粮断收,次年春天青黄不接时,灾民大量流入外省。这正是济世救人布道结缘的好时机。飘高便从湖广襄阳赶往南阳府。过老河口时正是二月天,却下起雨夹雪来,一街两行房檐底下到处都是冰得缩成一团的饥民,一个个饿得黄皮寡瘦。

天气冷极了,料峭的春风裹着似霾似雾的细雨霰雪,时紧时慢地在街衢上荡漾,飘高浑身都湿透了,便进南街一家小酒肆里要了一碗热黄酒,就着五香豆慢慢地喝着。

酒肆对门一家裱匠铺的门吱呀一声开了,一个小姑娘提着一桶浆糊出来,似乎要送到哪里去。她看了看蜷缩在门口的一个老太婆,犹豫了一下,低身问道:"大娘。你脸色这么不好,敢怕是病了,再不然就是饿的,有碗没有? 这……这还是热的,给你暖暖身子吧……"转眼间一只破碗放在阶上,便不再言语,默不言声倒了一碗递给那太婆。

"善人哪!"

她的这个举动立即惊动了周围的十几个灾民,顿时围了过来。各色各样的破碗都举了过来。飘高留神看,只见她面露难色,好一阵子才勉强举起桶来,每人倒了多半碗,那小桶已是底朝天。不言声提着空桶又加了裱店。

少顷便听里边隐隐的传来打骂声,而且壔来越高,一个女人喝道:"你知道一斤面多少钱么? 涨到三十文了! 你自己挣不来一文,还要作践人! 满街都是要饭的。你又不是观音菩萨,硬要撒净瓶露水! 我怎么养得起你这么个吃里扒外的贱货!"接着又是辟辟啪啪一阵响,众人愕然间,一个瘦高个子女人拽着那女孩子的头发把她拖了出来,当街一甩,女孩子便四脚趴地摔在雪水滩里,半天挣不起来。她十一二岁年纪,又生得单弱,为施舍了一桶浆糊遭这样的毒打,几个壮年汉子看不过,默默围了过去,怒目盯视着那高个女人。飘高也站起了身子。

"瞧什么？没喝够，喝得不足心是么？"那女人立着一双斗鸡眼，尖着嗓子吼道："你爹今个是给华五爷家裱新房的，统共一碗粉浆面，你就敢拿去送那些饿不死的浪汉子！你这妨主精，刚刚妨死了男人，又要妨你爹么？"

飘高这才知道女孩子是个童养媳，他吁了一口气，上前扶起那个女孩子，对那女人道："人各有自己的命，谁妨谁？闭住你的狗嘴！好歹她也是条性命，受得了你这么折磨？"

"嘀，还有个撑腰子的野道士啊！"那婆子道："她是我马家用十二两银子从人市上买来的，不是三媒六证八抬轿抬来的！要死要活要打发，是我马家的事！怎么着，你挡横儿么？"

马婆子顿时大怒，两条眉倒竖起来，但不知怎的，在飘高的目光下，她有些心慑，遂拉着女孩子过来，一语不发扬起掸子就要下手。

"你住手！"飘高拂尘一扬，口中念念有词：

　　　　　此女前身是阿难，释迦座前七品莲。
　　　　　而今动数已历完，翻身就到雷音天。

"吾乃老子炉前第一童，济世飘高祖！"飘高见人越聚越多，便开始传经："天下大劫，释道两家会商，以生无老母下界普渡众生，以飘高设道立教，名为红白二阳！无天无地，先有混濛，后有懵濛，懵濛长成，为天地玄黄，无生老母为天地之主。凡我世人，愿此济世行善者，皆可与我结善缘，今世一斗米救人，下世一石禄还尔。积到两千石，还你一个太守官！"说罢闭目合掌。口中又念念有词。

诵声中便有人陆续捐钱结缘：

""我捐一石米！"

"捐二两银！"

"我捐……絮袄十件！"

"我捐……"

"善哉！"飘高说道。他面前已是铺了厚厚一层铜钱，有人兀自叮叮当当向他面前撒来。飘高蹲下身子，抚着女孩的头发，轻声道："你跟了我去学道，好么？"女孩胆怯地看了看凶煞神一样的婆母，泪汪汪的大眼睛忽闪了两下。飘高回身向众人道："此女愿捐身学道。山人自己捐银十二两！"右手向空一绰，已拿出一块银饼子。

众人齐声喝彩，飘高却回转身来，对马家婆子道："你可愿意？你若愿舍向善，这些捐来的钱物由你施粥赎过，我为你消除罪愆……"那马家婆子连声说道："我愿意……"

"走吧，"飘高对女孩说道："你是捐来的，就叫娟娟吧……"

随着岁月的推移，娟娟渐渐学到了飘高的许多道术，练就一身轻捷的武功。"父女"师徒间原本毫无猜忌的，飘高也只是觉得她出落得越来越美艳冷香。有年夏天，他无意间窥见了娟娟沐浴……他突然发现自己也是个有情的男人……几次装作法神附体，挑逗勾搭都没打动娟娟的心，且有姚秦处处作便，都毫无结果。一怒之下，他逐走了姚秦——自此，娟娟对他更具戒心。虽没有公开反颜，心里已存着戒心了。

……

"打完这仗再说。我称王，封她王妃，看是怎样……"

他正要回帐，突然对在驮驮峰炸雷般轰响，一惊之间，无数火把同时燃起。寨楼、演法厅、兵舍、粮仓、马厩……先是黑烟冲天。接着像是火药库燃爆，驮驮峰顿时成了火焰山。稍停片刻，对面石闸处一盏红殷殷的灯燃着，不知怎的，摇摇晃晃喝醉了酒似地摆了几下，似乎连人带灯都坠落了悬崖。

"有人劫寨！"飘高顿时惊呆了！

三十五　念旧情娟娟女吞金
　　　争战功范高杰受惩

　　傅恒已经端了驮驮峰上飘高的老营,此刻也正在山头上往恶虎滩方向眺望,寒冷的夜风很大,将袍角和辫子都撩起老高。方才吴瞎子一镖打死了向恶虎滩报凶信的举灯人,傅恒本想责怪他几句,应该等飘高那边的信号出来再动手。想想吴瞎子也是一片好心,就没言声。这六天里头,他自己一直没出天王庙门一步,几乎把全副精力都用在掩护这支队伍的真实面目上头。今儿派人砸一家店铺,明儿又绑几个肉票要赎,又捉了十几个村妇关在庙里小偏房里,罗油锤靡旋儿似的来回周旋。……一边扮土匪教徒,一边暗地里派人出去侦探飘高动静。

　　此刻,第一大关已经度过,飘高留守山寨的老弱病残兵众已全部生擒,十三个分寨一把火同时点起,又派人通知了困守恶虎滩的清兵,准备前后夹击回兵营救山寨的飘高。一切安排就绪,兴奋不已的傅恒才冷静下来:自己的南边是娟娟,北边是飘高,飘高的北边又是范高杰,是个敌我互相夹击的局面。官兵人数虽多一点,但范高杰新败,兵无斗志。飘高如果以逸待劳,不救山寨,回攻范高杰,胜负之数尚难预料。想着,便叫来李侍尧,说道:"范高杰那边你亲自去一趟,告诉他们驮驮峰的匪徒已被剿灭,贼胆已破,叫他黎明时分从白石沟向南压过来,兵士们被石头砸怕了,宁可慢一点,要走山头山梁。飘高西逃,你点三堆火,率部穷追;飘高要来救寨我在山上点三堆火,你就不管三七二十一,督着他们上山接应。

我算了算,临县匪众不会来营救,我们两面夹击飘高。打乱了也是不怕的,只留意不要走了飘高。"他顿了一下,说道:"去吧,大丈夫为朝廷立功名,在此一举。我寄你厚望!"

"扎!"

李侍尧带十几个亲兵消失在黑暗里。傅恒掏出怀表看了看,还不到子时,便移步坐在聚义厅下边凉亭石凳上,对一直站在身边的吴瞎子道:"今夜着实累你!现在不能喝酒,葫芦里有参汤,来几口!"说罢,解下腰间葫芦,对嘴儿喝了几口,递给吴瞎子,"坐,你也喝!"

"标下不敢。"吴瞎子双手接过,又放在石桌上,说道:"这地方生,又不是青红帮盘子,中堂一人系着全军安危,我的责任是保护您!"

傅恒突然心中升起一种自豪感。从目前看,战局是按照预先的谋划发展的,但战场情势瞬息万变,一步也错不得,临县之敌不会乘夜来袭来?飘高不会从白石沟西逃窜入陕北?要真的让他逃走了,自己这个钦差又何以处之?想到这里,傅恒心里又是一沉。叫来一个戈什哈:"传令各营,今夜一律和衣睡觉。有喝酒赌博的,就地正法!各营哨官轮流带班巡逻,严密护好山寨。天亮时听命行动,要带足开水!"说完,又站到瞭望口,用千里眼仔细观察对面的情形,可是天太黑,什么也看不清,便又传令:"巡逻的一概不许带灯火。有匪情,鸣锣为号,各营不要出击,聚到一处,听命才许厮杀!"这才回到亭上,靠在柱子上假寐。

丑时时分,一阵急锣惊醒了朦胧中的傅恒,接着三个大营一齐鸣锣呼应,所有的兵士被惊醒过来,团团结成阵势。傅恒的中军都是训练有素,一声不吭,有的上哨楼,有的上寨墙,有的扼守二寨门,只吴瞎子带着二十多名亲兵,寸步不离紧守着傅恒。

"六爷,点火吧?"吴瞎子见满山头都是勒着白头巾的教众,后头的人还在不断头地向上爬。先爬上来的也不行动,都在树丛中隐藏着,显然正在集结,便对傅恒道:"再迟了,李侍尧那边援兵太费劲!"说话间又有四五个军士报说,敌人是分散上山的,上山的人没有过来厮杀。傅恒紧皱着眉头,说道:"点火太早也不成,万一他们是佯攻,就会逃掉飘高。再等等——"吴瞎子又仔细审量了一会儿,说道:"飘高上来没有,这会子谁也摸不清。但我敢肯定,他大队人马都上来了,这是他们老营,地势人心对我们都不利。李道台这些兵,是只能赢不能输的。"

傅恒说道:"我是怕走了飘高啊。"

"打胜了才能说这话。"吴瞎子道,"万一飘高逃走了,我有办法把他追上!打不赢,他站在面前,我们也没法子。"

"点火吧!"

火堆就在寨墙根,兵士们听令,泼了几桶清油,火摺子燃着树枝往下一丢,"腾"地三堆火熊熊燃起,顷刻间恶虎滩白石沟一带的战鼓号角齐鸣,成千上万的人山呼海啸般喊着"杀啊——"无数火把流星般聚到一处,形成一方一方的"火田"迅速向驮驮峰压过来。山上的教徒立时大乱,狂呼大叫:

"飘总峰在哪里?"

"他在山半腰!"

"官兵们动手了!弟兄们杀啊!"

"妈的个×!什么神机妙算?"

狂呼声中傅恒中营哗然洞开,憋足了劲的兵士们舞着大刀逢人就砍,刚上山顶的教徒一千多人,都累得筋软骨酥,毫无斗志。傅恒三寨人马一千七百多人,已歇息了半夜,是一支生力军。一齐冲杀出去。那些教徒失去指挥稍触即溃,只能人自为战。黑暗中刀光翻飞,火花四溅,勉强支撑了一袋烟工夫,有人呼啸一声"风紧"!一下子便垮了下来。满山遍野都是逃窜的白莲教徒,像没头苍蝇一样。

东方渐渐露出晨曦。傅恒的三个营和中军营已经压下半山。

傅恒带着吴瞎子一行,绕寨墙巡查,满山头血污斑斑,横七竖八躺着几百具尸体。傅恒乘着曙光往山下看,环山一带都是范高杰的人,已经堵塞了驮驮峰所有的出路。这些兵只在山下严阵以待,派出四五百人的样子专门搜山,见傅恒人厮杀吃紧,偶尔打打太平拳,仍回去搜山。傅恒不禁叹道:"李侍尧不愧人杰。"

眼见大局已定,傅恒悬得老高的心放了下来,这才觉得两腿发软,头也有些眩晕,回歇山亭又喝了些参汤,半晌才回过神来。此时旭日初升,微风吹拂,满山新绿随风摇荡,群山间霭霭紫雾与桃花残红相映,山下一道道碧水蜿蜒流淌,坐在这样的峰顶观览春景,真令人心旷神怡,傅恒不知怎的,猛然想到了曹雪芹的"观春宜到桃花源"诗句。雪芹若在,必有佳作……思量着,取下背上一管玉箫,还未及吹响,便听寨门口一阵呐喊,似乎吴瞎子和什么人动上了手,兵刃撞击声,乒乒乓乓急如密雨。傅恒不禁一怔,一个戈什哈飞奔进来,拉起傅恒就走:"六爷!来了十几个女贼,人不多,本事挺大,和吴爷他们打起来了。咱们从这里翻出去,我们的人一上来,她们一个也活不成!"

"你慌什么!"傅恒挣脱了,回身便是一个耳光,"生死有命富贵在天,我就不信娟娟会杀我!带路,出去瞧瞧。"

那戈什哈奉命而来,被这一掌打得直愣神,还要说什么,看看傅恒神色,没敢说,忙抢到傅恒身前,护着他出来。

大寒门外偏东南是五亩大小一片空场,是飘高占据驮驮峰后,专门辟出来作操演兵士用的,栽的一色巴地草,刚生出芽儿,绿茵茵的像铺了一层绿毡。二十几个戈什哈和十几个头勒红太极图头巾的女子,一方持刀一方舞俞正在厮杀。傅恒一眼便看见娟娟,双手舞剑正和吴瞎子对垒。吴瞎子的刀足有四十斤重,削砍剁挡招式简捷熟练;娟娟的剑法仍如前年客旅中见的那样,轻盈飘逸如行云流水,因是应敌对阵讲究实效,看去招式稳重许多。三十多个人在绿茵地上拚命厮杀,时时刀剑相迸,打成平手。若不是身在局中，还以为是江湖帮子在练招式。那十几个女的见傅恒出来，竟都一齐弃了对手，娇叱一声冲了过来。吴瞎子大喝一声："你们谁敢伤我六爷！"大刀舞得风车似地与二十多个护卫紧紧护定了傅恒。

"都住手！"

傅恒突然大喊一声："娟娟！"

娟娟似乎一愣，见吴瞎子收了刀，也自停了手，十几个女孩子过来围定了她。她凝望了傅恒一眼又别转了脸，没有言声。

"娟娟你来刺我？"傅恒的嗓子被什么堵了一下，变得有些暗哑。因见吴瞎子死死挡着自己，板起脸来低声命道："闪开"。向前走了两步，直到娟娟面前，颤声说道："请吧！"

两方的人都惊呆了，怔怔站在当地。吴瞎子虽然知道那晚的事，但他一辈子闯江湖，见尽了风高放火，月黑杀人，哪里理会得这一对青年心中埋下的情愫？ 此刻只要娟娟一抬手，手无缚鸡之力的傅恒立时便是剑下之鬼！但情势已成如此，他也不敢蛮干，只提了劲，预备着发暗器救傅恒。

娟娟却没有动手，她没有想到傅恒如此大胆，竟赤手空拳站在自己面前，一时也怔住了。她闪了一眼傅恒，还是那夜看自己舞剑的神情，温和，恬静又带着柔情，她的心轰地一热，忙又收摄住，冷冰冰地说道："你助纣为虐，忘了自己祖宗血脉；你杀了我们那么多兄弟；你是汉奸汉贼！ 我为什么不能杀你？"

"我是满人。"傅恒心中气血翻涌，又向前轻迈一步，"我身上流的是富察氏的血。娟娟，我杀了你那多的人，愿意让你见到我的血⋯⋯"

娟娟脸色苍白得一点血色也没有，似乎想挺剑，又垂下手来，讷讷说道："这是命⋯⋯这是上苍排定的数⋯⋯""不错，这是命。"傅恒点点头，"你们教里也说，违命不祥。"说完，他转身对众人道；你们都在外面，我和娟娟进去谈。"说罢目视娟娟。娟娟见吴瞎子一脸犹豫惶惑，苦笑了一下，"当"地把剑掷在地下。傅恒作前导，娟娟随后,一齐进了寨门。

"真是怪事!"吴瞎子摸了摸后脑勺,满肚子都是疑惑,想进大寨,踏上台阶,又退了回来,"嗐"地一声长叹,将刀扎在地下。那些女孩子们也都怔怔站着,不知她们的"三娘子"怎么了。这时搜山的人已经陆续上来。李侍尧臂上中了一刀,带着范高杰、方劲他们过来,见这阵仗儿,也都如堕五里雾中,问时,又没人说,只好都在大寨门外恭候里头这对奇怪的年轻人。

"娟娟,"傅恒和娟娟隔着三四尺远,踏着寨里墙根的青草,默默踱了许久,问道:"你在想什么?"

娟娟抬起头看了看:演法堂、聚义厅、宴客楼、点卯堂、坐功房,这些平常极熟悉的地方,已变成一片焦土,一阵风吹过,送来淡淡的幽香,那是自己手植的一片桃林,如今已经凋残,红雨一样纷纷落英。半晌,她才说道:"我想,我们败了。就像这花儿一样,该开的时候开,该败的时候,败就是了。"

"我不愿听见你说这个话。"

"我知道……"

"我愿意听见的话你知道。"

"我知道。"

"你愿意说么?"

"我不能……"

两个人都住了步,互相躲闪着目光,许久,傅恒才又问道:"还记得那天晚上?"

"记得。"

"记得我的诗么?"

"……没法忘。"

"听我说,娟娟!"傅恒转过身来,冲动地走前一步,想扳娟娟的肩头。但娟娟的目光制止了他。他垂下手,自失地一笑,"也许我不该,但我几乎夜夜都梦见你。"

　　娟娟脸上泛出红晕,点点头道:"我满高兴。真的,不能有别的更叫我高兴了。我知道,我上驮驮峰是寻死——本来我是能逃走的——死前能听见这话,不枉人间这一遭。"她抬起明亮的大眼睛,泪水在眼眶中流动。"……我是个有罪难赎的人……"

　　"别这样说!"傅恒的脸涨得血红,"我可以放你走,我可以面见圣上,请他赦你的罪! 我有很大的权,很大的势。你不是首犯不是主犯——总归有法子的!"娟娟闭上了眼,由着两行清泪滚落出来。"乾隆皇帝赦不掉我的罪……从你到马坊那夜,我就看见了你,一夜几次……后来那个吴瞎子来。我才没再来。"

　　傅恒吃惊的睁大了眼。

　　"我本可轻而易举地杀掉你。其实你睡着时,我已经几次举起匕首……"娟娟道,"但我下不了手。"她望着恶虎滩方向,讷讷说道:"我至少能救飘高,也没有去救。我长大后他虽对我起了邪念,当初毕竟还是他救过我。我心里的这些罪孽,乾隆能忘得了么?"

　　傅恒被她的话证住了,缓缓移步在桃林中穿行。其实按大清律,凡谋逆造反者无论首犯胁从,一律是凌迟处死。乾隆能不能法外施恩,他也没有把握。他回身看一眼娟娟,无声叹息一下,说道:"我不带你去北京,金陵我有一处产业,连我的夫人都不知道。原是备着抄家留后路的。你去躲避一时,过了风头再说。"说罢从腰间取下一个金质护身佛递过去,"旋开佛座底,里头是我的小印。凭这个,让守宅子的看,他们就会侍候你。"

　　娟娟从傅恒掌心捏过小印。不知怎的,她的手指有些发抖。她把玩着这方小印,眼睛望着远处的山峦,自言自语说道:"……知道我为什么上山么? 我是专门请你杀死我,成全你的……你虽然那样看我,给我写诗……我不知道你真的爱我。这世没有爱。人们看我美,是为占有我,他们花言巧语,是为算计我! 无论尘俗还是山上都是这样。这世界冰天雪地,真冷啊……"傅恒泪水夺眶而出,说道:"你何至如此! 不是还有我么! 我们不是在商议出路嘛!"娟娟凄惨地摇摇头,"晚了,太晚了……在获鹿,上天没有给机会,像这样谈谈。那也许会一切都会不是这样……不过我还是高兴,总算有人真心……爱我……"她的脸色愈来愈苍白,似乎走路也觉吃力,踩在棉花垛上一样软软的。她突然一笑,举起那护身佛,说道:"这是你送我的,我带了去……"竟张口噙了,强噎着咽了下去!

"娟娟!"

傅恒猛扑过去,双手抱住了她肩头,摇晃着呼唤:"你不能,你为什么这样? 天无绝人之路,总归是有办法的呀! 你这个不懂事的痴丫头……"他抱着气息愈来愈弱的娟娟半躺在地上,闷哑地呼号,一手狠命捶着松软的土地。

"上山前我就服了药,缓发的……"娟娟气息微弱,仿佛在凝聚自己最后的力量。她大约一生都在凄苦无爱中度过,觉得死在这唯一给过她一点真情的男人怀里是一种幸福。因而,她两只手紧紧抓着傅恒的双臂,眼睛里露出乞求着什么,翕动着嘴唇……傅恒将她拥在怀里,心里异常痛楚,他爱棠儿,棠儿没有给过他这种眼神,家中姿色出众的丫头不少,无不想得到他的垂爱,他对她们虽然也温存过和有过肉体的付出,但是事过即了,并不挂怀;就赠了雪芹的芳卿,对自己冷冷的,时而一笑一颦,他觉得是一种满足和享受——此刻,他突然觉得自己可恶,是个很坏的人。他眼中含满了泪水,看了看闭目不语的娟娟,低下头在她唇上深深地一吻……

一阵风过来,桃花一瓣瓣地落在他们身上。

直到娟娟气绝,傅恒才慢慢放下她,在她周匝缓缓地踱了一圈,捧了一捧花瓣洒在她的尸体上。喃喃祈祷几句,这才折身出来,却在二门口遇上了吴瞎子和李侍尧。

"大人……"

两个人都弯腰向他鞠躬,却没有说什么。傅恒一边往外走,一边说道:"侍尧,事过之后把她运到北京我府里。随她上山的这些女孩子按反戈起义料理,愿意随我左右也成。"

"是,卑职记住了。"

"飘高拿住了吗?"

"今天丑时,他逃往黑水峪,中了我的埋伏,被方劲拿住。不过,范高杰说是他拿住的。两个人争功。因此暂时都不记功。"

傅恒点点间,说道:"把飘高用槛车钉牢,随军押往太原!"

傅恒住进临县县衙,在临县整军六天,从李侍尧的民兵里选了五百人补入自己中营。他在奏折中,详述了驮驮峰大捷经过,并说了自己要提师直捣紫荆山上的股匪,廓清山西全省。写完,命人叫来李侍尧看折子。恰吴瞎子进签押房,便招手笑道:"你来你来!我正要叫你呢!你原来是刑部缉捕司的吧?缉捕司是文官衙门,你又是武职四品,我想问问是怎么回事,不然叙功折子上头没法写。"

"六爷,"吴瞎子打躬笑道:"这是又玠在总督任上给的官封诰子,我实是缉捕营管带,是武职;后来皇上有旨意料理江湖义帮,又加了个缉捕司正堂衔,弄成了个不文不武。也不实管缉捕营,也不管缉捕司的实务。"傅恒道:"李卫什么都好,就是这随心所欲一条叫人头疼。现在趁保奏有功人员的机会,我要给你正名,你想当武官还是文官?"吴瞎子还没回答,李侍尧已经进来,傅恒便问:"你去过范高杰军中了,胡振彪的伤怎么样了,范方两个人还是争功不已?"说罢将折子推过去,"喏,你瞧瞧。"

李侍尧似乎情绪很坏。接过折子不很经意地翻了翻便撂在桌上,只是沉吟不语。半晌才叹道:"六爷,我在那边也见了一份折子。是范高杰代张广泗写的请功奏折。那里头说的妙,六爷居中调度有方,亲率精兵堵截飘高逃归驮驮峰后路。他们呢,'乘兵数百里,锐意杀敌,遇胜不骄,偶挫不馁,生擒飘高匪首献于阙下!'这么论起来,功劳我们一个小指也占不到。唉!好没意味!"

"无耻!"傅恒"咚"地捶了一下桌子,立时站起身来,转脸命吴瞎子:"你去传范高杰来见我!"

“扎!”

“慢!”

李侍尧一摆手说道:“大人,你平心静气想一想:人家给主帅代拟折子,你能挑出什么毛病。张广泗身后是庄亲王,你惹不起。自从张广泗在苗疆一役大胜,在主子跟前奏一本准一本,你也比不了。你这样把人叫来训一顿,一点事也不管,他们都是老兵痞,争功能手;对面斯辩,你失身份,传上去说你在争功劳。所以一定要商量好再办。办就办个利落!”吴瞎子原觉得这事不值一辩,听李侍尧这么一说才知道不那么简单,遂笑道:“六爷,我改文官。这武官我当不了。”

“这事不能让,也不能软。”傅恒站起身来,在地下徐徐踱步。“太原调兵的事前有奏折为证。皇上心中有数。张广泗架空钦差,专擅军政,提调失宜,贻误军机,白石沟之败他必须负责!我用六百里加紧,和这份叙功折子一并发往御前,先弹劾他一本,压一压他的这股跋扈气势!”他的目中灼灼生光,轻蔑地注视着窗外,又道:“白石沟损兵两千余,是范高杰指挥失宜。兵败之后又全军逃入恶虎滩,再迟两个时辰便皆为鱼鳖。范高杰,我请天子剑,宰了他!”

他向来温文尔雅,连李侍尧也以为他不过是个风流才子。此时见他目中闪着凶光,才晓得这人一路青云,并不全指着富察氏皇后的内援,李侍尧思索了一会儿,一笑说道:“愚以为中堂弹劾张广泗有理,可以一行。但处置范高杰不能用这个罪名。”见傅恒凝神倾听,他增加了勇气,又道:“你是皇上钦差,征剿驮驮峰,您是主帅。无论张广泗怎样跋扈,他毕竟不在前敌。仗,是我们打赢了的,不能把败绩说的太多。尤其他逃守恶虎滩,您已经到了马坊,还要防着有人倒打一耙。我们打了胜仗,何必代人受过呢?范高杰兵败白石沟,全因为他狂傲自才,不经请示擅自孤军深入所致,这个责任他难辞其咎。在军中又排除异己,妒功忌能,拒谏饰非,见死不救……”他又将范、胡、方三个人之间军事争论、私人成见和白石沟的情形约略说了一遍,又道:"这都是我在恶虎滩听范高杰的戈什哈说的。以此为罪,不但上下左右得罪的人少,给张广泗吃个苍蝇,就是皇上面子也光鲜。中堂你看如何呢?"

"来呀!"傅恒朝外喊了一声。立刻进来一个戈什哈。傅恒笑道:"你这会子就去东关,传我命令,命范高杰、方劲立刻到这里商议进剿紫荆山的事。要是胡振彪伤势好转,也一并叫来。"

"扎!"

待戈什哈出去,吴瞎子沉吟道:"紫荆山离着这里七百多里,真要兴军,得赶紧知会喀尔中丞,调拨粮草。不过,据卑职了解,紫荆山匪徒并不是白莲教正宗,多是饥寒交迫的百姓被逼上山为匪。那里头目都是青帮白极会的。要是能一边放粮,一边请青帮出面劝他们下山,也是一法,不一定要打。"

"你是说招安?"傅恒问道。

"招安是上策!"李侍尧道,"这次飘高请他们出来助阵,他们没有来,足证他们不是一伙。相爷可修书一封,说明朝迁好生之德、抚爱之意,又有驮驮峰匪巢倾覆之鉴,再加上吴瞎子江湖帮朋友以利害相劝,我想,兵不血刃拿下紫荆山是做得到的。如今大军去征剿,反而吓散了他们,过后我们一走,仍是原来模样。再说晋省原来就没有报这个案,您兴师动众这么一闹,本来和喀乐中丞相处得不错,您还要在太原呆些日子,闹翻了,办事也不方便。"

傅恒听了深觉有理,正要仔细策划,见外头戈什哈带着范高杰、方劲一前一后进了天井,便敛了笑容,使了个眼色,李侍尧和吴瞎子都退到了身后。待二人行了参礼,傅恒方笑道:"范高杰,你在营中做得好大事。"

"也没什么大事,"范高杰在侧旁躬身陪笑道:"有些伤号要疗治,重的送太原,轻的就地医治,要征买些药村;清点阵亡军士名单,也得赶紧报我们张军门,好拨款抚恤家属……"

"报张广泗?"傅恒哼了一声,站起身来逼视着范高杰,"朝迁有旨,晋军统属我指挥。如今差使办完,理该报我,甚么缘故要报到张广泗那里? 你是他的家奴?"范高杰听他语气不善,眼皮迅速翻了几下,说道:"这几年借调张军门部属征剿的很多,都是差使完了就回老营。张军门为考查部将战绩,规定了这项制度……"傅恒嗯了一声,说道:"听说你还代张广泗拟了请功折子,可否取来一阅呢?

范高杰盯了方劲一眼,问道:"你已经禀知了钦差?""怎么,他不能禀我?"傅恒一听属实,早已气得手脚冰凉,一拍桌子喝道:"你忒煞地目无国宪,胆敢弄这种玄虚冒功讳过——你这忌贤妒能的贼,活像张士贵——来人!"几个戈什哈守在门外,忙应声而入,答道:"在!"

"摘了他的顶戴,剥掉他的官服!"

"扎!"

亲兵们恶狠狠扑上去,一顿手脚,已剥下范高杰的衣冠,朝后腿窝一踹,范高杰"扑通"一声已经跪倒在地。傅恒从他袍袖里取出那份折稿。浏鉴了一下甩在桌上,格格笑道:"本来是神目如电,幽微如烛:你大营受困恶虎滩,我亲率敢死之士奇袭相救,现在却成了你正面进军,我偏师策应。你抢功劳竟抢到我头上! 再说你这个人,胡振彪救你,你对胡振彪见死不救;方劲劝你侦察突围路线,你拒不采纳——你知道么,要不是方劲断后,你能逃到恶虎滩么? 你心里想,我是文弱书生,好欺哄,焉知书生杀起人来更不含糊!"他手一摆,一脸不屑神气,"拖他出去,就在衙门外大旗下,割下他的首级,传示全军!""傅中堂——傅六爷,这都是张军门的指令……我不是人,我不懂事……"范高杰被几个军士架着,一边拖着走一边怪声怪气惨呼,"是我擒的飘高……"

"杀他!"傅恒格格一笑,对方劲道:"我请旨调你们到兵部。这里的队伍由你来率领,和胡振彪同心协力,给我带好!"

三十六 护短贪功骄帅陷功臣
###　　　 承颜孝母皇帝说梦事

　　四月初八浴佛节，军机处接到傅恒自山西发来红旗报捷奏章，同时又收到四川总督张广泗弹劾傅恒为贪图战功，擅诛统军主将的奏章。讷亲接到这两份文书，有点不知所措，忙命小咱子去西华门外请张廷玉，商量一下入奏办法。小路子去了没一刻工夫就折转回来，说张廷玉已经奉旨进养心殿了。讷亲想了想，这种折子是乾隆最为关注的，断不能写节略，便命在军机处当值的太监进去禀告"有要务请见皇上。自己揣了这两份折子，在永巷口等候召见。不一时便见高无庸出来传旨："皇上叫进。"

　　"是。"讷亲躬身答应，随高无庸进来，一边走一边问："张相也在皇上那里?"高无庸笑道："不但张相，鄂尔泰相公也在里头呢!你要今儿不当值，也要进去。"讷亲忙问："有什么事么?"

　　高无庸向讷亲一笑，说道："我们做奴才的哪里知道主子的事。"讷亲知道他处事谨慎，便也不再问，随高无庸直到丹陛上，还未及报名，便听乾隆在东暖阁说道："是讷亲来了么? 进来吧!"

　　"给主子请安!"因是天天见乾隆，军机大臣免行三跪九叩礼，讷亲甩子马蹄袖跪下行礼，满面笑容说道："张公、鄂公你们也在?"张廷玉和鄂尔泰是先朝老臣，都坐在炕边，向讷亲点头致意。乾隆笑道："两位宰相都和朕打擂台呢! 你来的正好。今儿是浴佛节，太后有懿旨，要朕率上书房和军机处王大臣随她到大佛寺进香，为佛沐浴。你看可行?"

讷亲怔了一下，这才留意乾隆今儿穿戴得齐整：头上戴着白罗面生丝缨冠、驼色单缎袍，束着白玉钩马尾钮带，腰间系着斋戒牌，袍外套着一件石青缂丝单金龙褂，脚下青缎凉里皂靴也是新的。讷亲思量必是这两个读书人正谏劝他不要信佛，只好故意岔开笑道："奴才有更要紧的喜事，奏了主子，余下的事再商量，可成？"说着便将傅恒的奏折递了上去。

"嗯，是傅恒的。"乾隆接过来掂了掂，笑道："傅恒这阵子，要么就不写，一写就是万言书。"说罢便展开观看，题目十分醒目：《钦差大臣傅恒跪奏荡平黑查山驮驮峰白莲教匪五千余众，生擒渠魁飘高事》。未及展读，已是喜上眉梢，索了荣，一页一页细看。三个军机大臣在旁注目，只见乾隆时而紧皱眉头，时而脸色阴沉，时而闭目沉思，时而喟然叹息，愈看愈是颜色霁和。移时，他轻轻推开奏章，下地橐橐踱步，喃喃道："五千余众！有五千人？这？……""还有一份折子"，讷亲嗫嚅了一下又道："是四川总督张广泗的，也说的是这事。"讷亲说着，又将张广泗的折子捧递上去。乾隆接过看了看，脸上毫无表情，将两份折子叠起，对张廷玉和鄂尔泰道："你们也看看。"问讷亲："这件事你看怎样？"

讷亲叩头答道："此事容易分辨。应下旨着傅恒和张广泗来京，由他两个当面撕掳清白。"张广泗的弹章很短，张廷玉已经看完，听见这话，说道："讷亲这建议不成。我军大获全胜。诏告天下臣民，褒奖有功之臣是第一要务。阵前斩将是常事，不能为小忘大。"

鄂尔泰一边看折子一边思索，说道："张广泗远在四川，离着黑查山远近和我们北京差不多。他也是风闻了些不三不四的话，偏袒自己旧属才写了这份折子。"张廷玉说道："张广泗也说范高杰遭五千匪众阻击，还不包括围临县之敌。看来五千匪兵不假。"

"傅恒断没有欺朕之理。"乾隆突然想到了傅恒的第一份奏章和允题当时的话，心里佩服允禟料敌千里，冷冷说道："从傅恒推荐李侍尧一事看来，就知道傅恒不是贪功之人。一个钦差大臣，敢于当机立断,借五百军马,直袭不测之地,捣毁飘高老窠,营救大营,傅恒有大将之风!"

皇帝有了主见,下边就好说了。张廷玉笑道:"主子见得透,飘高是生擒了的,押到京中一审,谁是谁非不就清白了?"乾隆沉吟了一下,说道:"这个李侍尧,朕好耳熟,好像在哪里听说过似的……"讷亲一听就笑了:"主子忘了。他这个小小通判还是御口亲封的呢!是万岁从落卷里选出来的,里头'翁仲'错写成了'仲翁'的……"

"是他么?"乾隆目中火花一闪,接着大笑,"看来朕毕竟赏鉴不谬!他竟是如此一个人才!好,'判通'既然做得漂亮,傅恒委了他作'参议道',朕即照准。你发文给傅恒,加李侍尧侍郎衔,就在跟前行走,述职时带来,朕亲自召见。"

张廷玉沉思了一会儿,说道:"皇上,驮驮峰军事已了,政治安抚要随上去。临县、兴县、岚县、隰县这些地方偏僻,地方官胡作非为,横征暴敛中饱私囊,说是白莲教煽惑,其实是百姓衣食无着,无奈从贼。皇上如施以仁政,开仓放粮,后患自消。这些地方这么多盗户,一个不慎,就会出乱子。按讳盗罪,将临、兴、岚三县县令革职回籍,着太原拨三十万石粮赈济当地空民。有了饭吃,即使歹人劝诱,百姓也是不肯造反的。"

"实在是老成谋国之见!"乾隆高兴得眼中放光,回身上炕欣然提笔,便在傅恒折子上疾书谕旨,口中说道:"张广泗就不再追究了。他的折子留中不发。将来述职时,朕与他好好谈谈,一会儿你们陪朕见老佛爷,说说这事,老人家不定多高兴呢!"

说到陪皇帝礼佛浴佛,三个大臣便都默然。清朝开国至今历传四代,自顺治的母亲博尔吉济特氏起,后宫后妃几乎全都崇佛信佛,皇帝里头顺治和雍正也都是信佛的。偏是这两个信佛的皇帝都"大行"得不明不白。张廷玉是儒学大师,鄂尔泰和讷亲虽是满人,汉学也都有极深的造诣,对这档子事他们三人都是打心眼里不赞成。但乾隆从母礼佛又是"尽孝",因而都颇觉踌躇。怔了半晌。

讷亲才道："奴才在军机处当值，临时进来奏事，皇上没有别的旨意，奴才还得回去，不敢误了国事。"鄂尔泰也道："方才皇上旨意，那几个县要赈济，原县令要摘印，吏部要选几个能员补缺。这些事奴才得和吏部、户部会商一下，明儿递牌子回奏皇上。"张廷玉也笑道："皇上，奴才老了，腰腿硬。皇上是今世佛，尚且怜恤奴才这把子老骨头，上殿不行三跪九叩大礼。那些个来世生佛，陶身瓷胎，一声不响、二目无光、三餐不食、四体不动、五官不正、六亲不靠、七窍不通、八面威风、久(九)坐不动，十分无用，奴才不但不信，也实在躬不下这个腰，求皇上免了奴才这场罪受。"

"好嘛。"乾隆听得"扑哧"一笑，"说到礼佛，真有点众叛亲离的味道了。牛不喝水强按头，朕也不强人所难。其实呢，朕自己也不信佛，老佛爷是人老爱热闹，想把功德做大一占，要拉朕带上你们一道儿去。你们有的'有事'，有的'有病'，朕也好向她老人家交待了。不过你们替朕想个主意，老佛爷到钟粹宫必定要跪着洗佛的。朕到时候是跪着是站着？"

三个大臣一听都笑了。讷亲说道："这个好办，主子面向太后，太后行礼主子不要动。等太后佛事毕，主子再给太后行大礼，尽了母子情份，太后也不会挑皇上礼儿的。乾隆无可奈何地一摆手，笑道："你们跪安去吧！"

待三人鱼贯退出养心殿，乾隆便除掉了朝服。其实在养心殿接见亲近大臣，皇帝用不着身穿朝服的。他原想图母亲个高兴，带上书房和军机处大臣一道儿进去参拜一下观音菩萨。如今大家不奉诏，穿这一身就觉得不伦不类，于是只穿了里边的驼色缎袍，系了臣龙袋，将一件石青套扣背心套在外边，移步出了养心殿。刚出垂花门，便见允禄、允俄、弘昼、弘晳、弘晓一大干叔叔兄弟已等在门口。他们也是奉了懿旨，陪皇上一道儿去慈宁宫见太后的。这群人无不朝服朝珠全挂子礼服，见皇帝这身打扮出来，不禁都面面相觑，只好一齐跪下请安。

"罢了吧。"乾隆微笑道："随朕去慈宁宫给老佛爷请个安。共祝佛菩萨保佑她老人家福寿安康。信佛的可以随她去行浴佛礼，有差事或有别的事的可以自便。"允禄听乾隆口气，和内务府传旨"王公大臣宗室亲贵一律随皇上去陪太后进香礼佛"不大一样，心中诧异。正要问时，乾隆已经步行前走，众人只好随着来到慈宁宫。

慈宁宫已是满院的宫眷命妇。院里的铜鹤、铜龟、铜鼎里焚着百合香。这群妇女一个个打扮得花枝招展，却也没有站班，诰命们平日有相好的，聚在一处说悄悄话。有的虔诚，拿了大把的香往御炉里添，有不爱交际的独自站着若有所思，有心事的漫步徘徊，没见过皇帝的想瞻仰天颜，绕着圈子偷眼看着垂花门。只有极少几个有头脸的命妇在殿中帮着太后安排香褥，和皇后、贵妃陪太后说话。乾隆一进垂花门便笑道："这是到了西王母的瑶池了，这么多的仙子！"这些贵妇人们见皇帝进来，后头还跟着几位王爷，就地俯伏，莺声燕语参差不齐地说道："奴婢们给主子请安！"

"好，好，都起来！ 今儿不论国礼。"乾隆手执泥金湘妃竹扇挥了挥，随和地微笑道："佛法平等，我们都是烧香人嘛！"众人这才都纷纷起身，乾隆一边向殿中走，用目光搜寻着棠儿，却没看见，料是没来，不禁有些扫兴。一转眼见一个四十多岁的命妇兀自跪在铜龟前，一点一点地添香，却是翠儿，乾隆便走过去，轻声道："翠儿……"

"翠儿……"乾隆见翠儿面带泪痕，默默地添香，没有听见自己说话，又轻声唤道。翠儿猛一转脸，才见是皇帝和自己说话，惊得一怔，忙拭泪叩头道："是皇上！ 您吉祥……"乾隆用手虚扶了一下，说道："起来吧，你的虔心已经到了。比上次见，你可是憔悴了。"

翠儿起身，向乾隆又蹲了个万福，叹道："李卫的病越发不好。本来这几日我不得抽身的，想借主子的福给他祛祛灾。听说主子也随太后去给佛菩萨沐浴，我心里真高兴。"乾隆心里一沉：原打算给太后请个安就过去的,不禁又犹豫起来——这些命妇的丈夫都内外办关差的员。各人都想借自己的皇恩,似乎不宜太扫她们的兴。想着已是改了主意,笑着大声道:"你看,朕带这么一大帮王爷、贝勒、贝子,专门给你们祈福,够份量吧?——走,翠儿,你还没见老佛爷吧?一道儿进去吧。"

殿中富察氏、那拉氏和十几个妃嫔,还有庄亲王、怡亲王、理亲王、恭亲王、杲亲王的福晋和张廷玉等上书房大臣夫人都陪着太后正在说因缘讲报应,听见皇帝在外头说话,见他带一群人进来,都刷刷跪了下去。乾隆一眼瞥见棠儿,才知道她在殿里。两人目光一闪,会意。乾隆向坐在炕上的太后跪了下去,说道:"儿子趁今儿好日子,恭祝母亲福寿安康!"

"愿太后福寿安康!"王公们鹦鹉学舌般齐声附和道。

跪在那拉氏下首的棠儿猛地想到那天冕上月下幽会,乾隆亲口给腹中孩子取名"福安康",心时一阵发烫,又是感动又是羞涩,那拉氏悄悄在她耳边道:"弟妹,你瞧见没有,皇上的那个掐金钱卧龙袋针线真好!竟和你上次给你外甥扎的那个一样!"她秉性尖酸,此时借机敲打,棠儿有心回击一句,又怕引出新的故事儿,只好低着头不言声。太后呵呵笑道:"起来吧皇帝,还有他十六叔、十叔。这些晚辈有的我认的,有的我不认的。咱们皇家就这样儿。论起来圣祖爷的亲孙子就上百呢!"又转脸对乾隆道:"皇帝,你的这些兄弟都有差使吧?"

"一多半没差使。"乾隆忖度着母亲的话,大约是要自己给这些宗室兄弟分差使,这是绝不可行的。他用目光扫视了一眼侍立在母亲身边的庄亲王福晋,缓缓说道:"不过国家有制度的,亲王世子、郡王、贝勒、贝子的儿子们都有额定月例,袭爵的不袭爵的也不一等。钱粮都足够用的——是吧十六婶?"十六福晋早已看见皇帝眼神,忙附和道:"老佛爷慈心,皇上的恩德比天还高呢!哪里就穷了咱们天家骨肉呢!"太后笑道:"有就好。上回不知是哪一房侄媳带了个小孙子进来请安。可怜见那孩子吃起点心来,狼吞虎咽,跟我说'一辈子没见过这么好吃的'。说是他家丈夫没差使。这也忒心疼人了的。后来我说给内务府总官,叫他安置一下,也不知办了没有。唉……"

允禄在旁听这些絮叨,大不耐烦,又不好说,忙道:"这事臣知道,是老东郡王的本家侄儿,已经安置在内务府旗务司管文书。时辰到了,太后也该启驾,别误了礼佛。"不料话音刚落,太后便笑道:"你不懂佛,我这里说的是正经事。大清开国已经快一百年,咱们又没有学前明分封制,皇家宗亲越来越多。有受穷的,列祖列宗就不安。佛菩萨见我们连自家亲人都照应不到,你就磕一千头,烧一万石香,肯保佑我们么?"

"母亲训诲得很对!"乾隆笑道:"这事不是小事,也关乎国家尊严体面。儿子 明天就叫内务府拟个条陈,拿到上书房下旨办理,一定不叫宗室受穷了。今儿母亲高兴,儿子从内币里拨十万两银子先周济一下,算是儿子的孝心,母亲的功德!"

太后听了笑得满脸皱纹绽开:"我有什么功德不功德?还不都为了你求佛爷佑国裕民!"乾隆见母亲欢喜,越要奉迎,瞟一眼近在眼前的棠儿,说道:"可不是的呢!昨晚我还做了个好梦。先说傅恒带了几百兵,到了一个十分凶险的去处去剿贼,四面八方层层密密的都是裹着白太极图的贼,又见四周都是黑水逆波,还有个妖人披发仗剑使妖法,要把傅恒困死在驮驮峰上。儿子急出一身汗。要醒也醒不了——又知道是梦!"他这一说,太后宫嫔们都听愣了,棠儿脸色苍白,直盯盯地看着乾隆,翕动了一下嘴唇,想问,没敢。太后关切地问道:"那后来呢?"

"后来……"乾隆得意洋洋信口胡诌:"……儿子正急得浑身是汗,耳边听见有人说,'人主别慌,这是白莲妖法,那傅恒命贵福大,妖人伤不了他!'儿子转脸看,半天云里有一个白衣女子,手里拿个瓶儿,用柳枝子这么一摆,水滴子洒落出去,儿子身上也着了几端,真是透心清凉！再看傅恒那边，似乎一阵清光闪烁，妖人们纷纷都跌倒在地，有的掉到黑水河里挣扎不起。那老贼道被钉在椅子上不能动，一时七窍流血，已是死了——儿子惊醒过来，大声说：'傅恒，快拿那个贼道'一下子坐起来，才知道正是半夜子时……"

乾隆说着，一群女人都已合掌闭目，他说一句，太后念一句佛，末了颜色庄重地说道："儿子，这梦先凶后吉，是观音菩萨显圣救护！可见神灵们护国佑民、罚恶奖善，一毫不爽的！"乾隆听着心里暗笑。昨晚他看山西巡抚奏章支应傅恒银饷，因傅恒又念及棠儿，与棠儿在梦中相会，荒唐作爱是有的。他却编了这么个故事。乾隆接着道："更奇的是今天一早就接到了傅恒六百里加紧红旗捷报，傅恒大告成功，攻破敌寨，歼敌五千，生擒飘高匪首，正从太原解来北京——这事和昨晚的梦不是丝丝入扣么？"

"阿弥陀佛！"太后合掌起身，大声念诵道："大慈大悲救苦救难观世音菩萨！这个恩泽一定要还报的。我出两万两银子，一万布施大佛寺，一万装修钟粹宫，给菩萨添香火！"棠儿给太后磕头道："主子这梦关系到奴婢男人。奴婢不敢跟老佛爷并肩，出一万随老佛爷纳福，就在钟粹宫，戒食一天，报答菩萨赐福！"

乾隆见母亲颤巍巍地下座要出去，忙向前双手扶着一起出了殿口，满院跪候着的女人黑鸦鸦一片叩下头去。乾隆小心地问太后，"母亲先去大佛寺，还是先去钟粹宫？"

"先去大佛寺进香，"太后说道，"回来去钟粹宫，傅恒家的要作功德，既是戒食，就在钟粹宫张罗浴佛用的香汤——棠儿，你有身子的人，坐那里看着就是，这都有人操办的，你陪那里的姑姑们说说因果，也是功德。"

当晚乾隆推说看折子，没有翻牌子叫人，待起了更，乾隆命高无庸打一盏灯，说出去散散心，在乾清门兜了一圈，却由东永巷逶迤向北绕了一大圈。路过钟粹宫，乾隆像是猛地想起什么，笑道：

"朕差点忘了,昨儿达赖嘛喇进贡了十封藏香,是敬这里菩萨的,你这会子就去取,朕在钟粹宫等着——还有藏香旁边的那个盒子,也抱过来,朕有用——别让人知道,听明白了?"高无庸今天一整天都跟着乾隆,有什么不"明白"的? 忙一叠连声答应着去了。这里乾隆便信步踱进钟粹宫。

钟粹宫名曰:"宫",其实是专为太后、皇后设的礼佛进香的小佛堂。先前康熙年间苏嘛喇姑在这里带发修行,自她圆寂,便没了出家人。为了叫这里像个佛地,康熙晚年命从宫女里选一些性情温和恬淡的来这里当差,照样的吃斋做佛事,照样的尼姑装束,差满三年后,不再补到后宫,径自放出宫回家。因此虽然清苦一点,人人都愿来,挑来的人自然要伶俐些。几个掌事的大"尼姑"督率着众人正在敲鱼击磬做晚课,见皇帝突然独自驾临,慌了手脚,忙停了法事迎驾,让座敬茶供点心。乾隆笑着摆摆手,说道:"你们照做你们的功课朕才欢喜,今儿上午来,没得好好瞻仰佛像,有些个心绪不宁,朕自己到观音前许个愿心——去吧!"那些宫女只好听命,到西配殿诵经打醮。乾隆用茶水漱了漱口,想了想,端了一盘银丝酥玫瑰糕踅进佛堂,但见往日熏得发暗的黄幔已焕然一新,案、炉、屏、几并连堂中设的座椅、跪垫、蒲团……楹柱、水磨石地都擦洗得纤尘不染。一尊一人来高的白玉观音站在莲台上,一手端着杨柳净瓶,一手弹指,眉目慈祥端庄,用神秘的微笑注视着炉内袅袅香烟。乾隆一眼便照见棠儿闭目趺坐在蒲团上。他蹑手蹑脚过去,将那盘糕轻轻放在她身边茶几上,小心地退回来,向观音像合掌注目。许久,才喃喃祈祷道:"观音菩萨,以无量法力佑我大清,国泰民安河清海晏,佑我成为千古完人……"

"是皇上,您来了!"棠儿听见有男人祷告声,睁开眼见是乾隆。目光欣喜一闪,要起身礼拜时,乾隆已急步走过来双手按住了她肩头。乾隆笑道:"知道你今儿禁食在这儿祈福。朕在那边坐下住,过来看看。"棠儿脸一红,飞瞟了乾隆一眼,又垂目说道:"左不过是个寻常女人,有什么看头?"

乾隆一手扳着她肩头不放,一手抚摩着她的前额,脸颊和温热的嘴唇,吁了一口气,说道:"棠儿,朕心疼你……心疼你怀的儿子……"棠儿眼中的泪扑簌簌滚落出来,喃喃说道:'我今儿就是菩萨面前忏悔我的罪过的……可孩子,他没有罪……""你也没有罪。"乾隆叹道:"要有罪,自然是朕了。别说朕是子,就是个渺小丈夫,也断没有叫女人担戴的道理——听朕说,不吃东西是不成的,你将这盘子点心用下去,算你没吃,算朕的儿子吃的……"他的眼睛也有些湿润了。"你没吃,是朕的儿子吃的……"

"主子……"棠儿一阵眩晕,一下子歪在乾隆宽阔健壮的怀抱里,"我真有罪,有时想又真有福,心里又苦、又甜、又愁又喜……今儿您说的那个梦,想想我听见的那些事,我心里害怕极了——"正说着,高无庸进来了,棠儿挣了一下想脱开身,乾隆却按住了,"不要,就这样好——高无庸,把那包东西放这里,你替朕燃着藏香,退到外头侍候。"

待高无庸退出去,乾隆才笑道:"你怕他们这些人什么?他们生死荣辱在朕一念之间——你是怕傅恒为国捐躯吧?"又推了推那个大纸包,说道:"这是山东巡抚进上来的阿胶,用的是真正的阿井水、真正的沂蒙驴皮,熬胶的是胡家阿胶真正的传人!你回去慢慢吃……"

"我不怕他为国捐躯,"棠儿苦笑着摇摇头,"孩子快生了。只要他出世,傅恒杀我,我也不怕。"

乾隆笑道:"嗬!连死都不怕,你怕什么?"

"闲话"。"棠儿脸色苍白,"外头闲话多得很。说先帝爷死得不明白,说您不孝顺,带着热孝和我……说您想杀掉傅恒,占了我——"

乾隆的手猛地一颤,正要细问,高无庸匆匆进来,说道:"主子,贵妃娘娘来上晚香,快到钟粹宫门口了!"

棠儿一把推开乾隆坐回原处,急急说道:"皇上,你快去吧!"

　　"不要紧,怕她什么?"乾隆轻轻拍了拍棠儿的头顶,笑道:"那拉氏有点妒忌是真的,别的毛病也说不上。朕今儿当她面给你个公道,看她是怎样?"说罢,竟坐在蒲团旁的椅子上,一把将惊得浑身是发抖的棠儿揽在怀里,轻轻摩挲着她的秀发,口中道:"有朕呢,什么也不怕……"

三十七 巧舌诡辩振振有词
绘声绘色阴气森森

棠儿又急又怕,在乾隆怀里挣了几下,却被乾隆一双手紧紧按住,只好听天由命地歪在他怀里。眼看着一串灯笼进了钟粹宫,眼看着"尼姑"们躬身迎接贵妃娘娘,却听高无庸变腔怪调地在小佛堂外头赔笑说道:"贵主儿,主子在里头进香,叫跟从的人一律回避呢!"

"是么?"外头那拉氏脆生生的声音笑道:"这早晚主子还过来,这份虔心就是如来我佛也感动了!"一边说一边走进来,口中兀自说:"可可的我来,可可儿主子也在,这也是我的福缘——!"她一下子怔住了,灯烛分明,观音座下,皇后娘家的兄弟媳妇棠儿,公然倚偎在乾隆皇帝的怀里! 乾隆一手搂着她肩头,一手轻轻抚摩着她的一头秀发。刹那间,那拉氏钉子似的钉在当地,进不得,退不得,看不得,回避也不得,清俊秀丽的面孔变得蜡黄,一句话也说不出来!

乾隆松开了已经半晕了棠儿,起身踱到香案前,双手合十一躬,又上了三柱香,又复一躬,退了一步转身看着那拉氏,良久,一笑说道:"你是来进香,还是来捉奸?"

"是……不是……"那拉氏从没见过乾隆这样的眼神,慌乱得不知说什么好,半响才道:"奴婢不知道主子在这里,真的! 真的是不知道……"

"知道也好,不知道也好。你都看见了?"

"奴婢眼神不好,什么也没瞧见……"

"你瞧见了!"

那拉氏听着这沉重的、透着巨大压力的话,低下了头,半晌才道:"是……奴婢不敢欺君……看见了。既然如此,奴婢该向皇上进一言,外头已经有风言风语,这种事一传出去,皇上脸上不好看,皇后脸上也不好看,就是棠儿也没法做人——"她话没说完,棠儿已捂住脸抽抽噎噎哭了。

"高无庸,"乾隆隔门吩咐一句,叫跟贵妃的人都回宫去,朕和贵妃今晚在这里守夜进香!"说罢转过身,来回踱步子。半晌,倏然问道:"自古有没有听不见闲话的皇帝?"那拉氏被他问得一怔,支吾了一阵,说道:"贞观太宗皇帝时兴许有吧? 玄宗开元……"乾隆冷笑道:"不错,你搬出唐太宗了,看来你还读过几本书! 玄武门政变,李世民杀兄篡位,知道不? 一个武则天,上侍候太宗,下侍俸高宗,他们名声很好听么?"

那拉氏垂下了头,喃喃说道:"奴婢读书不多……"

"你该学你主子娘娘,读读《女儿经》这类书。"乾隆见她红着脸,低着头搓弄衣带,那欲语又止的柔情神态,不禁动了怜爱之情,放缓了口气:"你是处处设防啊! 算算看,朕翻你的牌子比皇后还多两倍不止,怎么还要妒忌呢? 别忘了,妒忌也在七出之条啊!"他看了看垂头默默不语的棠儿,口气又变得严峻起来。"比如说这小佛堂,朕在这里进香,吩咐一声不许你进来,你能进来? 朕就是有意治你这个毛病! 朕就是和棠儿有情,有——这个事,你本应循规蹈矩,为亲者讳,为尊者讳,三番五次语意双关地敲打棠儿,还传言这些'闲话'! 你既来了,也看见了,你说个章程,算你有罪呢,还是朕有罪?!"

乾隆巧舌诡辩,说得振振有词,将一顶"忌妒"大帽子扣在那拉氏头上,已经压得她透不过气来,这一句"谁有罪"的质问,更是力如千钧,那拉氏再也站不住,"扑通"一声跪下叩头道:"皇上雄辩服人,是……是奴婢……有罪……""知道有罪,朕就免你的罪。"乾隆说道,今日说到了明处,朕索性将棠儿性命、脸面交给你。她在,你安富尊荣,仍是朕的爱妃;她若有不测,当贵妃也由不得你,想活命由不得你!"

"万岁……"那拉氏伏在地上,抱着乾隆的脚,浑身颤头着,啜泣道:"我是因爱生妒,实在是爱主子……一点也不想别人分了去……"

乾隆哈哈大笑,过去一把拉过棠儿,说道:"都爱朕,朕自然都爱你们,既然去掉了妒忌,你们该是好朋友,来来来,观音菩萨前,解了这冤结,你们拉拉手吧!"

两只白嫩细腻的手迟疑了一下轻轻地握住了。

乾隆本来想来看看棠儿就回养心殿的,经这么一场风波,走了困,又想听听"闲话",倒真的不想回去了。吩咐人抬进一张细丝藤萝春凳躺下,命棠儿坐在身前椅上,面对自己,那拉氏侧身给自己按摩捶打着,乾隆得意地笑道:"人生能有几日欢? 朕今日有一对美人在身边,不亦乐乎?"

"皇上方才说贵主儿的话,有的对,有的不对。"棠儿看了一眼神色有点黯然的那拉氏,深深叹息一声道:"我是有丈夫的人,无论如何这叫罪孽……要不是为了肚里的种,我真想——外头有人说傅恒在前头给皇上卖命,皇上在后方给傅恒戴、戴……"她实在羞得无地自容,"绿头巾"三个字期艾了半日,还是没说出口。

光说是戴绿头巾,乾隆并不在乎;世人人成千上万。傅恒和乾隆的二十七妹洁英和硕公主也有暧昧,那么额附雅也戴绿头巾。德雅和月瑛格格不清楚,那么吴振清也……吴振清又和……连前头圣祖的郑春华,和允奶私通,英明的圣祖也戴着绿头巾……——臭汉、脏唐、宋不清、元糊糊、明邋遢,如今又说"清鼻递"——自古如今大同小异,就是如今宫里自己的嫔御,听说兄弟里也有沾惹的,自己也戴着"绿头巾"。这实在算不了一回事,但事涉"傅恒在前方卖命"这个话就变得异常严重,乾隆想笑,没有笑出来,叹息道:"世上这'情'字,造化排定,谁也没办法挑掉这个网罗,朕告诉你们,傅恒在山寨和女贼头目叫——娟娟的,也是很有情份的……"遂将驮驮峰傅恒和娟娟相会情形说了,"真要活着,情法难以两全,朕也为难,既是殉情而死,也就成了一段佳话——除了这话,还有什么?"

傅恒和一个江湖女贼还有一段缠绵情,棠儿不禁一怔,不知怎的,她心头倒一阵轻松:自己对不起丈夫,丈夫另有所爱,多少能减轻一点自己的负罪感。想起第一次和乾隆作爱,说到丈夫和二十七格格的事,此时信实了,倒觉得安然了一些,正想着,那拉氏在旁说道:"皇上,我说出来你不能根究,要根究起来,就要了我的命,何况我也只听说个皮毛……"

"这么郑重其事?"乾隆背朝里,由那拉氏捶打着,笑道:"你说,朕听着,不追究。"

"有人说……先帝是死于非命的!"

乾隆"嗯"地一翻身坐了起来!

"皇上……您说过不追究的……"

"朕还是不追究。"乾隆脸色又青又白,"但朕要听明白这事。你根根梢梢说清楚这事,朕要心里有数!"见棠儿惊得目瞪口呆,乾隆又道:"你在这边躺着……这些话要紧,但也不是了不起的事,你就养养神,朕和那拉氏找个地方聊聊。"说着乾隆便站起身来,那拉氏心里惴惴不安,跟着乾隆来到天井院里。

此时已是更深人静,钟粹宫的尼姑们因皇帝有命不许搅扰,都集中在西配殿打坐。院时阒无人声,远远听见守夜太监那凄凉苍老、时断时续、有气无力地吆喝"小——心——灯——为……"一弯半月将昏黄惨淡的银光洒落在地面上,时而又被浮云遮住,从御花园那边飘过来的花香和从小佛堂飘出的浓烈藏香揉合地一起,弥漫在黝黑的夜空中。许久,乾隆才低声道:"小情(那拉氏小名),你说吧。"

"皇上这么信赖,又允许不作追究,奴婢什么也不想瞒了。"那拉氏的语气显得格外深沉清晰,"我娘家兄弟媳妇去十六格格家拜寿时,在席上听人说,先帝爷最爱的一个宫嫔,叫什么引娣……"

"乔引娣。"乾隆说道。"原来是跟允禵的。"

"是,叫乔引娣。"那拉氏的声音有点发抖,"允禵犯事,被放到马陵峪给祖宗守灵,带着这个姑娘做身边人,后来有人鼓动十四爷造反,叫先帝查出来,护卫宫女大换班,先帝就把引娣收到身边,做了个低等嫔。

"人们奇怪,先帝爷怎么会收自己亲兄弟的人做自己的嫔?后来,从九爷府透出信儿,原来这乔引娣的相貌长得很像一个人——早年先帝当皇子,曾到安徽赈灾,洪水暴发灌了城,先帝在一个荷花缸里飘了三天三夜,被人救了起来,救他的是个女子,这女子叫小福……后来就和先帝好上了。不知怎的这事叫小福族里人知道了,就用火烧死了小福……"

这段悲惨的故事,乾隆在当皇子读书时就听家奴高福儿说过。后来高福儿叛主被处死,以为世上已经无人知道,想不到外边传的竟比高福儿讳的更真切!乾隆沉思着问道:"这和先帝驾崩有什么干连?"

"这个乔引娣,长相太像福儿了。"那拉氏沉吟着说道:"所以先帝收她,说是只是个嫔,其实心里爱她疼她,六宫里没人能比。爷知道,先帝爷一世不爱财,不贪色,就是喜欢这个相貌并不十分出色的引娣,他有时暴躁起来,又杀人又抄家,只要引娣轻劝一句话,就能消了他老人家的气……"

乾隆点点头,他见过。雍正有一次打自己的弟弟弘昼,藤条都抽断了,引娣不言声,只拿了棒疮药来叫人给弟弟抹,冷峻的雍正眼中流出了泪,扔了藤条就叹息着走了。乾隆正要说他见到的事,那拉氏又石破天惊地说了一句:"说起来谁也不信,就是这个乔引娣,送了先帝的命!"乾隆突然打了个寒颤:他突然想到那个激动恐怖的夜晚,蹊跷的两具尸体,奇怪的血迹,雍正莫名其妙的手诏。

"这是一个宫女亲眼所见,那天夜里,正逢这个宫女值夜,送水进来给先帝服药。她看见先帝用眼温存地盯着引娣,盯了许久,说'难为你这忠心,朕每天烦死累死了,奇怪的是一见你,什么劳乏也没了——你既说这药丸好,朕就和你一齐服用,你一丸,我一丸,用了它!'引娣一笑递了水去,先帝一边吃药,一边还笑着说'前明有三大疑案,其中就有一件"红丸案"。'说着就吃了,引娣也吃了。

"这宫女正走到窗下,听里头'当'地一声响。她踮起脚往里看,顿时吓呆了:

"雍正爷脸涨得血红,一手捂着肚子,一手指着引娣,说你……你……你要弑朕?朕……朕把心都给了你!噢……肚里火烧一样……朕要死了……"

"引娣站在桌前,顺手操起一把裁纸刀,猛地冲上几步照先帝前胸'噌'地一刀,直插了进去——那宫女吓木了,扒着窗户,连喊都喊不出来!"

乾隆也吓呆了,这情形和当晚自己见到的现场一模一样,怎能叫人不信?他怔怔地望着黑魑魑大小宫阙,只觉得阴森森冷嗖嗖的……不知过了多久,才透过一口气,问道:"后来呢?"

"引娣刺了先帝一刀,看先帝苦苦挣扎,也吓得退到了案前,直盯盯看着先帝,先帝前胸带着刀,踉踉跄跄不肯倒下,吃力地问:'你……你告诉朕,为什么?——朕既爱你,死……死而无怨……'引娣说:'我见着了我娘……我娘什么都告诉了我……'

"'你娘!你娘是谁?她都说了……什么?'

"'我娘是小福!十四爷是我亲叔叔,你是我的亲爹!'

"雍正爷像被雷击了一样,他不再踉跄,两眼睁得圆圆的,死死地盯着引娣,原地兜了个圈子,突然哈哈大笑,'世上有这种事?这种事恰好摊给我胤禛?啊——'他忽地收住了笑,又问'你娘呢?朕——我要见……见她……哦……上火刑架的是你姨……我明白,明白了……'引娣见他这样痛苦,惊得倒退一步,黯然说'娘听

说我这事……也吃了药……死了……'

"雍正爷的前胸向外渗着血,向案前走了几步,用手指蘸血写了几句话,就没再说话……退回床前,对引娣道:'女儿,刀子一拔我就站不住了,好孩子,你得活下去……念你爹什么都蒙在鼓里,叫阿玛死得利索一点',他说着猛地拔出刀来,胸口立时血如泉涌……先帝把那把滴着血的刀攥在手里,断断续续说:'来……快……你……冲这儿,再来一刀!'

"引娣颤着手接了刀,看了看奄奄一息的雍正爷,突然仰天惨笑一声,喊着'老天……老天!你好狠——'她对准自己心窝,猛地扎了进去……"

那拉氏讲完了,她娇小的身体仿佛不胜其寒地瑟缩着,恐惧得将头偎在乾隆的怀抱里,颤声说道:'皇上,我怕……这紫禁城……这皇宫禁苑像是每一间房子里都有故事,都有鬼……说实话,一到夜里我就怕……跟你在一处我才略安心些。我也不全是妒忌,只盼着能多和你在一处,借你的福,压一压邪……"乾隆一直沉浸在这个可怕的故事里,这时才又把思绪拉回到现实,印证了一下自己的记忆。那拉氏如描似绘的话,和当晚自己见到父亲惨死的情形竟那么合契——他眉棱骨不易觉察地抖了一下,扳起那拉氏的肩,暗中看着她苍白模糊的面孔,问道:"那个'宫女',是你吧?"那拉氏似乎一怔,低下了头,声音几乎低得听不见:"是……"

"你要知道,传言这些事是要灭九族的。"乾隆紧皱着眉头,说道,"当时王大臣就议过,所有澹宁居太监宫女一律刺成哑巴,永远不许出宫。你不是笨人,怎么就敢传这样的话?"

"不不不!"那拉氏双膝一软就跪了下去,"我敢对天起誓,方才的话我一个字也没往外露。外边现有的谣言比这还坏。我——"她低下头啜泣道,"您知道,您说过我睡觉像个孩子,从来连梦话也不说的……"乾隆挽起她,紧盯着问道:"外边是怎么传谣言的?"那拉氏擦了一把泪水,说道:"有人说,先帝暴死那夜,只有……您在场说爷和允礽一样,和引娣有'那个',叫先帝撞见,气死了的——
我方才把真情讲出来,就为叫爷明白,有人给爷造谣。我心里知道
爷清白。真要有一日叫我为爷去死,我是不会犹豫的!"

　　乾隆被她的情意深深感动了,但宫外这些恶意的谣言又使他
惶惑不安:这个谣源是在哪里? 是什么缘故制造这些谣言呢? 他
猛地想起杨名时莫名其妙的暴病,死前那些令人惊异的动作和表
情,他陷入了深深的思虑中⋯⋯

　　"皇上,皇上⋯⋯那拉氏轻轻扯了扯乾隆的衣角。说道:"夜露
已经下来,请⋯⋯进佛堂里吧。""噢!"乾隆从怔忡中醒过来,阴冷
地一笑,说道,朕就不进去了。如今好多人都令人可疑! 你和棠儿
在一处斋戒守时吧,好好聊聊。朕要回养心殿去。"他笑着轻轻拧
了一下那拉氏的脸蛋,"明天朕翻你的牌子! ——嗯? 这回说了明
处,往后棠儿进宫,就歇在你宫里罗!"那拉氏红了脸,要啐,又咽了
回去。

　　乾隆回到养心殿,本想传旨命张廷玉进来,看了看自鸣钟,已
过亥时,宫门早已下钥。想看奏折,无奈今夜意马心猿,一个字也
看不进去。思量了一会子,叫过高无庸,问道:"你在夜里也常去慈
宁宫的,平常老佛你这阵子安歇了没有?"

　　"肯定没有!"高无庸笑道,"无佛爷精神健旺,就是没事也要烧
子时香,看着香对香谱①,对完香谱才安歇。今儿传讯傅六爷大
捷,又是浴佛日,方才奴才回来取阿胶和藏香,见十七老皇姑还过
来看主子,想约主子去慈宁宫抹纸牌,这会子保准还没有散,不是
打纸牌,就是和太妃、公主格格们说古记儿呢!"乾隆道:"朕今儿个
也有点走火入魔。走,去瞧瞧!"高无庸忙道:"皇上既要过去,容奴
才先走一步去禀老佛爷!"

　　乾隆一边命人带一件大氅,一边笑说,"儿子见娘,禀报什么?

━━━━━━━━━━━━━━━━━━

　　①　旧时有印制的《香谱》,根据香梦烧的形状,占卜吉凶。

我们这就走吧。"

太后果然在抹纸牌,不过气氛没有乾隆想像的那样热闹快活。她坐在大炕前的瓷墩上,对面是皇后。太后两侧是两个老皇姑四格格和十七格格都是老寡妇,一本正经地握着纸牌。十七格格身后站着一个三十岁左右的少妇,穿着五爪行龙四团龙褂,前后是巨龙,两肩是行龙,头上戴着镂金二层红宝石朝冠,颤巍巍拿着七颗东珠,见乾隆进来,默不言声便跪了下去。

"母亲高兴。"乾隆笑嘻嘻过来,给太后打个千儿请了安,起身说道:"儿子今晚走了困,想过来陪母亲说说话——这是七姐嘛,跪着做什么? 一家人嘛,这会子闹这规矩,还穿着礼服! 忘了小时候斗蟋蟀玩儿,我输了,七姐刮我鼻子刮得好疼呢!"七格格听乾隆说起这个,脸上绽出一丝笑容,也笑着说:"主子只记得我的坏处! 一个荔枝您吃肉我咬核儿的事就忘了?"说得乾隆哈哈大笑。气氛顿时缓和了许多。

太后一边出牌,一边对七格格道,"你看看,寻人说个话儿,可解解闷儿,心里就好过些吧? 别总闷在屋里死想事儿! 你一大群姐妹,有投缘的,常走动走动,听个戏啦,拉个古记儿啦什么的,日子也就打发出去了。"乾隆忖度着,料是姐姐思念跟张广泗在四川军中效力的儿子,便笑道:"不吃苦中苦,难为人上人。额驸没军工,文职又没有中上进士,所以只能当个光禄寺的寺卿。兄弟叫外甥出去,也是给您争体面的意思。现放着十七姑就是个例,先头叫莫格罗出征,十七姑也是满不情愿。如今怎么样? 福建提督! 建牙开府封疆大吏,走哪里八面威风! 就如老佛爷说的,您闷了,就四处走走,和人说话,实在想儿子了,就捎个信儿叫他请假回来住个十天半月也不是什么难事。将来熬出头来,您也就尝到甜滋味了。大清有制度,没有军功不能封爵任职,兄弟是皇上也不能越了这个礼儿,总不能当昏君吧?"

"皇上说的是。"太后和几个老公主都忍不住的笑,太后笑道:

"别想不开。你姓了爱新觉罗，那就注定了这个命！——明儿你四姐生日，要演戏，你回去顺便告诉她一声，我要去看戏。傅恒在前头打了胜仗，皇上心里也高兴，明儿叫军机处放假一天，他也跟我去松泛松泛身子——皇帝，可成么？"乾隆想想：丧期没满三年，原是不许演戏的，但其实天下官民婚丧大事摆酒唱戏早已开禁，这是清楚不了糊涂了的事，又有母亲慈命，遂躬身一笑，说道："好久不见朕的老姐姐了，不过明儿前晌还有点事。今晚就是过来和老佛爷商议的。明儿老佛爷先过去，我迟点去闯席扰她，不定她更喜欢呢！您说呢太后？叫皇后先陪您去，行吧？"众人这才知道乾隆夤夜来慈宁宫，有请示太后的事，忙都丢了牌，纷纷起座辞了出去。

三十八　太后训子絮语叨叨
御妹告状羞颜答答

　　乾隆见皇后敛衽施礼也要退出去,忙道:"你不要走,朕不知道你在这里,原打算见了老佛爷请你过来呢!"皇后站住了,用关切的目光凝视着乾隆,没说什么。太后见他一脸正颜厉色,吩咐殿中所有太监宫女退下,觑着眼端详着乾隆道:"我没留心,皇帝气色像是受了惊,或者宫里有什么邪祟冲克着了? 再不然就是有什么心事?"

　　"我是有心事啊。"乾隆亲自取了个坐褥,走向坐在圈椅里的母亲身后,替她垫了垫腰,又示意富察皇后坐了,自己边踱着步,把从那拉氏那里听来的"闲话"说了一遍,只回避了给傅恒"戴绿头巾"一段。他目光幽幽地说道:"这其实说的还是先帝得位不正的话。先帝得位不正,我也就得位不正,里头确有大文章。我今儿想得很多,要不是张广泗苗疆大捷,尹继善、高恒、傅恒在江西、山西剿贼连连得手,还不知这谣言怎么个满城风雨呢! 我自问登极以来每早四更就起来办事,每晚看折子,睡觉不过三个时辰,就是先帝勤政,也不过如此吧? 再说呢,和选帝争位的就是八、九、十、十四叔,八叔、九叔早死了,十叔、十四叔眼见连半点野心也没有了。十叔如今一听我请就吓得肚子疼,十四叔还自动帮办军务,他们断不会捏造这些个谣言——可这些谣言像冰底下的潜流,竟像是很急很猛的样子,是谁在后头兴风作浪呢?"

　　太后和皇后听了似乎并不吃惊。皇后怔怔盯着烛光不言语,太后将手中纸牌摊开又合拢,合拢又摊开,来回几次才道:"有风自然有风源,不过这个'青萍之末'不那么好断,听你口气似乎要追根寻底? 这断断使不得。这种罪名坐到谁身上,谁就有灭族的祸。你也查不清楚! 依着我说,存在心里别声张,见怪不怪,它也就自败了。你明火执仗下诏去查,吓得人心不安,不安就生出别的事端。先帝爷就吃了这个亏,耳朵里听不得半点不清净的话,和那个死囚曾静一处折辩,写了那本《大义觉迷录》,宫里的事都翻腾得满世界都知道了。你登极就烧书,又杀了曾静,办得很聪明。怎么事情落自己头上就这么沉不住气? 再说,你就是查出谁造的谣,这毕竟不是谋反实迹,又该怎么办? 不定是皇室宗亲,你处置呢还是不处置?"

"总之这事不能听之任之。"乾隆深觉母亲说的有理,但又想着不闻不问毕竟太窝囊,"我以仁待人,以宽为政,其实即位以来就是这两条,就是走到天边,站到孔子面前,能说我做的不对? 但人情淡薄,世风恶劣,凭做什么好事,都要无事生非,真真令人百思不解。"太后叹息一声,丢了手中的牌,说道:"皇帝啊,我虽是个女人,也知道为政难。大行皇帝那时候就说过,恨他的人多。从外官到京官,从兄弟子侄到外戚亲贵,跟着他当臣子饿不着,闲不着,可也发不了财。只是他那性子,眼里心里口里容不得一点杂。人们怕他。他又有密折制度,连背后人们也不敢说他个不字。不敢说,不见得就是没话。你说是么?"乾隆点点头,说道:"母后见得到。"

太后站起身来,踱步到殿门口,望着外头的夜色,说道:"你改严为宽,看来似乎容易。其实你想过没有? 一下子蠲免天下钱粮,断了多少人发财门路? 他们外头人不就凭着征钱粮从中克扣才发财的么? 千里去作官,为的银子钱,你三年一轮免赋,他就十停里少收三停,所以你办的事是老天爷高兴、祖宗安心、小民百姓欢喜的事,真正当官的倒似哑子吃黄连!"乾隆笑道:"吃就叫他们吃。我还要拿几个巧立名目敲剥民财的,宰了他们! 儿子虽年轻,见过圣祖爷治国风范,要治得比圣祖还好! 赌出这口气来——叫有些人没说!"他心里突然一动:这些谣言都是翻老帐的,莫不成是理亲王他们，原来是太子世子。如今只是无权的藩王，怀了异样的心思兴风作浪？他张了一下口，没有把这个话说出来，却笑道："儿子觉得自己太案牍了一点。圣祖爷是每年都要几次微服出访，再不然去奉天祭祖，或者去木兰巡狩，江南去了六次，京畿更不用说，三天两头都要出去走动。儿子天天坐在奏折堆里看方块字，先帝和圣祖作派不一样，是寸步不离紫禁城，到了却……不是善终。儿子身子骨比爷爷和皇阿玛都强，要两头兼顾一下。不过，康熙爷跟前那些擎天保驾的臣子多，儿子却没几个真正信靠得住的。出去，又怕母后悬心，可确乎是该多出去走走的……"

"我当然不放心。"太后道："如今这些侍卫和祖宗那时不一样，他们自己就是'爷'，走哪招摇到哪，弄得人人都认得他们，你想微服也难。你慢慢物色，不要着争。我看那个刘统勋，叫他替你留这个心就成。"她吁了一口气，笑着换了话题，"这是咱娘儿们说话，我看你是个痴情人。女人是不可多近的，后宫六院绝色的还少了？你就偏偏还缠着棠儿——你别脸红，谁也没告诉我，我早就看出来了，只是睁眼闭眼装糊涂罢了。我说的不是棠儿，是女人。圣祖爷其实娶过你的祖姑姑。雍正爷栽到女人手里，这事不能太认真。女人，处一处，该撒开手的就撒开手，这才是男人，日子久了毕竟不好，再出个什么事，你叫我怎么办呢？"

乾隆听了这话真是难以对答，从顺治起，到自己第四代。顺治钟情董鄂氏，董鄂氏早夭，顺治竟悒郁而亡。康熙钟情阿秀，阿秀却另有所爱，孽海难度，阿秀出家皇姑屯。父亲不必说了，自己却又铭心刻骨骨上了有夫之妇棠儿——算来都是痴情种子。可这种情，是凭一两句圣人语录，凭几句劝说打消得掉的么？乾隆想着。这话难答，只好一躬身说道："是。天晚了，儿子该回去了，明儿母亲还要看戏去呢，儿子就不搅了。儿子明儿要见几个人，见完人，要是时辰还早，儿子也过去消遣消遣。"说罢便退了出去，回养心殿躺在榻上。翻来覆去只是思量，直到子末丑初钟敲一点才算沉沉睡去。

　　四格格爱新觉罗晴瑛的五十大寿安排得异乎寻常的热闹。从顺治的三个老祖姑，到康熙的三十多个女儿，活过五十岁的公主只有十三四个。她算"长寿"公主的了。昨晚十七格格她们几个来，传了太后懿旨：不但太后一定看戏，皇帝也要来，这份体面哪个公主格格也不曾有过。她的几个儿子、儿媳竟是通宵未眠，取消了堂会，另在水榭子上搭台子。岸上这边看戏的地方低，怕太后看不清，连夜出动全部家丁，用黄土垫高了三四尺，把碗口粗的垂杨柳移植过来十几株栽在黄土台上，又铺了一层绿茸茸嫩草。天近巳时，禄庆堂的戏子们来了，只见一个接一个的公主格格到上堂去拜寿，没人来招呼他们，又不敢问。正纳闷时，一个管家飞奔过来，将禄庆党班主王雄一把扯了，往西廊房去将大锭银子放在桌上，说道："这是定银，跟戏子们说，拿出精神来好好卖力，太后老佛爷立时就来看戏，皇上也要来！"王雄一听来神儿了："这回我亲自下海，爷您把点的戏单子赐下来！"管家递过来一张纸，王雄看时，帽子戏是《麻姑献寿》，下头是：

　　《火烧红莲寺》《满床笏》《打金枝》《目莲救母》《王祥卧鱼》《挑滑车》

　　王雄嗫嚅道："这都是常演的戏，没什么难的。不过我的爷，《挑滑车》说的是岳家军和金兵交战，和国体不合，惹恼了主子可怎么办？再说这《打金枝》，今儿小的瞧，来的全都是公主，怎么会点出这一出戏？不是要小的吃饭家伙么？"

　　"《挑滑车》是十二额驸的妹子点的，她不懂，也不是什么要紧人，我做主删了这一出。"管家沉吟道："《打金枝》是十八格格亲自点的，她是当今万岁爷一母同胞的亲妹子，撒个娇儿连万岁也得让她，横竖有她担戴，你就别他娘操这份心了——就这样。"说罢匆匆去了。一时便听外头一声接一声传呼：

　　"老佛爷驾到！"

　　一群公主格格听这一声，叽叽嘎嘎的说笑声立时平静下来。

王雄隔窗偷看，一个一个按长幼顺序出来，廊下守着的精奇嬷嬷便忙跟着自己主子出迎太后——每个公主都带四位嬷嬷个个都是一脸庄容，神态自若。稍顷便听太后和几个老太妃说说笑笑进了二门，公主们一齐叩下头去。公主们请过安起身，这些嬷嬷们也各自请安。她们都是侍候过太皇太后、太后的老宫人陪嫁出来的，齐声欢呼："老主子安康！"

"罢了罢，起来。"太后似笑不笑。审视着来贺寿的三四十个公主，有的认得，有的也不太相熟。笑着对陪在身边的晴瑛道："去年你带的老九家的格格，满聪明的姑娘，我很喜爱她，后来竟没有再进宫去，今儿来了么？"晴瑛怔了一下，低眉说道："她没福。今年春上过罢元宵就过世了，怕老佛爷伤心，我没敢说。"太后便不言语，脸上也没了笑容，点点头道："咱们看戏，皇帝说了，他一会就来。"

她这一说，众人立时便都肃然，分班按序恭肃退下入席看戏。只四格格晴瑛陪太后坐在土台子的垂杨柳下，隔岸看水榭子上的戏子们演戏。太后坐在正中，四格格、七格格在左首并肩打横儿陪坐，右边是皇后陪坐，还有一把雕花蟠龙椅空着，专等乾隆来了陪坐的。四格格见一切齐楚，起身笑道："太后老佛爷，虽说今儿是我的生日，其实您一来，早已给我添了寿了。一会儿就是《麻姑献寿》，恭祝您老人家千伙千岁，皇上万寿万年。咱们好好儿乐子，您想吃什么，我这就叫他们给您安排。"

"什么千伙千岁的。"太后笑得两眼眯成一条缝，"有谁活过一千年的？今儿来的几十个，老姑奶奶、小姑奶奶一大群，她们有的认识，有的不认识，这么个坐法，怎么瞧都像我们摆布个女朝会似的，多不自在。依着我说，谁和谁熟，相与得好，就坐一处，不必拘定了哪一房哪一支，又是长幼，又是亲疏，又是位份，闹得看戏还怕失礼，你说是么？"四格格和十七格格忙着笑道："可是的呢！老佛爷这就叫体念人情天理！"这群公主们巴不得这声懿旨，顿时乱了群，呼姐叫妹、寻姑觅侄各找自己相熟相好的，挤挤捱捱好不热闹，那种肃穆庄严的气氛顿时化作乌有,只那些老精奇嬷嬷都还木头似的站在原位。

锣鼓一响,已经开始。扮麻姑的是京里有名的小旦香云,那水袖甩得叫人眼花缭乱。一群女仙随着乐声翩翩起舞,满台彩带飘飘,袅袅香烟,真个有凌空出世之感,那麻姑唱道:

> 拜王母,离瑶台,凌虚空踏祥云五彩。蓦回首,看天阙巍峨,帝恩慈命犹在怀。俯瞰人间山峥嵘、江河如带。愿将这千年蟠桃,献佛祖,供如来,祈亿众兆姓、善男信女同把这福载,祝世间,尧舜帝德,母仪恩露遍草莱……

王雄扮个丑儿,在"群仙"中穿花度蝶般,又翻筋斗又扮鬼脸儿,插科打诨道:"现在世佛爷就坐在对面,您老人家既然刚刚赴过蟠桃会,真着桃儿鲜,还不赶紧去给老佛爷献上?"

"是也!"

那"麻姑"长袖一甩,立时满台白雾弥漫。待雾散,每个仙女手中已多了一小盘桃子——是时虽然不到节令,但北京丰台花儿匠刘家却已栽种出五月仙儿桃,绿叶儿配着红尖儿大仙桃,鲜灵灵的,每人一盘,沿着水榭子旁的曲廊长桥凌空飘来,直到土台子下,朝上施礼,齐声道:"恭祝老佛爷、主子娘娘福如东海、寿比南山,恭祝四格格千岁,千千岁!"太后喜得笑道:"公主们每人两个,这里放一盘,皇帝来了我们再进!"又指着"麻姑"笑道:"赏她们!"

"是"四格格答应一声,家人们早预备好了,一笸箩一笸箩的乾隆制钱抬出来送到水榭子上,"哐啷"一声便倒在台上,戏子们自也不顾"仙家"身份,磕了头一哄而散,趴在台上拼命往怀里搂钱,太后、富察皇后,下头是那拉氏一群妃嫔并大大小小的公主都笑得前仰后合。

接着开始唱正戏,一出出按点的戏唱。倏尔魔怪乱舞,倏尔僧道施法，乌烟瘴气的倒也十分热闹。到演第二出《满床笏》时，安静了些。皇后在旁叹道："像郭子仪这样的，富贵寿考七子八婿满堂恩泽，史上真也没几个。"四格格笑道："这都是戏，何必认真？史上郭子仪也没这大功劳，皇上给一次恩泽，他就提心吊胆，皇恩是那么好承受的？"

"四姐的话有味儿，人臣要都这么想，君臣相安，国家大治！"忽然背后有人插话道。

四格格、七格格一回头，却见是乾隆，不知什么时候已经悄悄从身后上来，众人都聚精会神看戏，竟都没有看见！此时《满床笏》一出已经唱完。台下公主们纷纷跪下，戏子们在台上也就地跪了叩头。太后一边吩咐皇帝免礼入座，口里笑道："连我也吓了一跳，见过人了么？怎么没带你十六叔、弘晓、弘升、弘晳他们来？今儿是咱们娘家人见姑奶奶，一点忌讳都没有的。"乾隆笑道："上书房军机处没有会议，他们各自都有差使，不能来得。我顺着昨晚见母后时说的思路，见了几个小臣。像刘统勋这些个，交待几句就急着赶过来了。登位以来，这还是头一回看戏呢！"又对高无庸努努嘴儿，道："该怎么演，接着唱，不要跳加官，朕不爱看帽子戏。"高无庸答应一声，去传旨了。

戏又开演，便是《打金枝》郭子仪绑了上殿一折，汾阳王是王雄扮的，那一份忠勇气概掺着对小郭暧的担忧，对唐皇天威不测的凛凛畏惧，被他演到了十足。小郭暧恰是他儿子扮的，却是一脸抑郁抗争之气。那郭子仪摇头颤身，痛惜地问到：

"孩儿呀……难道你不怕死？"

"孩儿我不怕死！"

"唉……你这无知大胆的孽障，随老父面君去也！"

……

乾隆笑道："可惜的是，咱们竟没有这样的姑爷！这出戏点得太有趣了，台下坐了一大群金枝，台上却是打金枝！这是谁点的戏呢?"

"皇上,"台下挨着嫔妃一席,突然一个二十多岁的格格起身离席,走到台前跪下,仰着脸也不磕头,说道:"是我点的戏!我有事禀奏!"

她的回奏,台下立刻引起轰动。公主们窃窃私语,太监嬷嬷无不面面相觑。太后也怔了,随即笑道:"这不是十八格格么?好孩子,你有话下来再奏皇帝好么?"乾隆也笑道:"是小妹妹嘛!先看戏,这是你点的,有话看完戏再说,成么?"

"看完戏,太后老佛爷回宫去了,皇上您又忙正经事去了。"十八格格面不改色,磕了个头说道:"我说完话,凭着皇上打死我这金枝,我实在受不得了!"这个十八格格是乾隆最小的妹妹,平素偶尔一见,她十分腼腆,温柔有礼的,今儿这是怎么了,变得这样执拗?乾隆想了想,向太后赔笑道:"我先和十八妹说话,看她奏什么事。"

太后叹息一声,说道:"她要说的我知道,还是七格格昨晚哭诉的事,偏你来,安慰了一大通'立军功,封爵拜将',说得文不对题。"乾隆诧异地问道:"十八妹,是你家额驸没有差使?"

"我要说的不是这。"十八格格说道:"我是想问,我的男人是谁,他住在哪里?"

乾隆的脸色阴沉下来,说道:"这话该是朕问你的。你下嫁出去有五年了吧?平素朕看你还安分,无缘无故怎么搅闹起来?今儿不单是四姑的寿诞,还有太后和朕都在,国法家法都不在乎了么?"

"我问的是真情实话!"十八格格立刻顶了回来。"我今年二十三岁,下嫁葛心亭已经六年,见面不过十次。他晚上进格格府,天不明就出去,除了成婚礼在一处呆了三天,我竟不知道选帝为何把我嫁个空房子!说实话,半年一见面,又是夜里,白天人堆里我认不出我的男人!"

乾隆笑道:"妹子,他兴许放了外差?不要这么意气。真的想他,明儿调回京来就是了。"

"皇上,哥哥你错了!"十八格格又是出语惊人,他就在宗人府当差,住就住在我府的隔壁。夜里静了,我听得见我男人在那边打雀儿牌,吃酒猜枚声儿。就是不得见面!"她指着一大群公主说道:"您瞧瞧我们这些春风得意的苦囚,金尊玉贵的黄连人儿! 有多少人不到四十岁就都白了头。太老姑奶奶、老姑奶奶、姑奶奶,还有我这样儿的小格格,俗人叫小姑奶奶。打顺治爷下头算,好几百,活过六十岁的只有一个,活过五十岁的只有十三个。男有室女有家,这是人伦。凭什么不能跟自己男人住一起? 我今儿点这出《打金枝》,也是拚死吃河豚,我和皇上是一个娘,是一个圣祖爷。指着圣祖爷我奏一本,您若不听我的,明年再看,这里的'金枝'得死一半——姑姑们,姐妹儿们,你们谁敢站出来说一声,我说的不是实话,我这会子就以死谢了这欺君罪!"说罢号啕大哭! 她这一哭开了头儿,下头这群公主都触了情肠,有的伏案啜泣,有的掩面流泪,有的放声痛哭,把好好一个寿诞,翻得赛如新丧灵棚!

乾隆想着她的话,见一群姑姑、姐姐、妹妹人人哭得肝肠欲断,不禁赫然大怒,问道:"为什么竟是这样? 为什么不早奏朕?"

"你问问这群嬷嬷!"十八格格拭泪,指着站在格格们身后,个个面如土色的精奇嬷嬷说道:"我今儿没带我的嬷嬷,我就是要冒犯一下她们!"她用轻蔑高傲的眼神横扫着这群人,"你们自己是老处女、老寡妇,所以就阻我们夫妻团聚! ——论身份你们不过是下贱老宫人,就为有祖训叫你们调教我们,你们就成了霸王! 皇上你不是问么,扒下脸皮说话,我们想见见丈夫,先得给他们行贿,不然她就敢说我们'不知廉耻'! 一个公主一年三千两月例,一多半都用了这上头,还装体面装大方。装得金尊玉贵! 您说为什么不早奏您,因为我们是女人,这些话好跟你这哥子皇帝说么?"

满院连侍卫、太监、宫女,还有大批的嬷嬷奶妈子、丫头、老婆子都被十八格格的傻大胆吓呆了。倒也不为她敢这样"哥子皇帝"混叫一气,全然不顾君臣大礼,是她的言语实在惊人,等于是光天

化日大庭广众之中公然要求夫妻同居一室,要夜夜和自己的丈夫
厮守!四格格忽然想起自己,五十多岁的老丈夫近在咫尺,此刻只
能在二门外和一群额驸吃酒,"恭祝"自己的华诞,宴席散后连面也
不能见,就得又回他的"额驸府",统共一年同在一处也不过十几
晚,不禁黯然神伤,又怕乾隆责罚十八格格,又怕给自己招惹是非,
遂求助地看着太后和皇后。皇后嗫嚅了一下,想起身说话,又坐了
回去,叹息一声对太后道:"十八格格话说莽撞了,皇上要是生气,
求太后保全些个。"太后却道:"皇帝也未必就生气,这些宫里派出
去的嬷嬷也是太不像话,主子吃了她几口奶,就仗这点子"功劳"压
主子!"乾隆立在月台口,脸色铁青扫视一眼周围,问道:

"知罪么?"

"知罪!"十八格格叩头道:"皇上尽管治罪就是!"

"朕问的是你们!"乾隆陡地提高了嗓音,逼问站在格格身后的
嬷嬷们:"你们以奴欺主,不知罪么?"

一百多名嬷嬷被他的逼问惊得浑身一颤,立时跪了下去,一边
磕头,一边告饶,乱糟糟的,也听不清这群婆子说了些什么。

"滚出去!"

乾隆怒喝一声,这群装模作样,洋洋自得惯了的高级奴仆慌忙
叩头,跌跌撞撞逃了出去。乾隆这才把目光转向自己的姑姑、姐妹
们,盯视良久,叹道:"谁也怪不到,朕也就不怪罪谁了。这些嬷嬷
里也有好的,也有的是好心。往后公主格格下嫁,内务府不再派嬷
嬷。现有的,算是你们的家奴。公主往后和额驸同住一院——就
这就么定了。若有嬷嬷仍旧拿宫里的管教款儿,你们只管打出去,
只管发落——"他突然扑哧一笑,"这是你们的家事,就是《打金枝》
里唱的,不关朕的江山社稷,朕不管!"这一道恩旨对这群公主格
格、郡主不啻甘霖雨露,谢恩词儿却又难以启唇,遂一起离席,人人
憋着笑叩下头去。太后嘻笑道:"我的儿,这才叫体天格物的好皇
帝,这才像一家子人的天伦!——叫外头的额驸们都进来,也是老

四额驸的喜日子嘛，一对对夫妻看戏，不更有趣儿?"

　　"成!"乾隆回到皇后身边坐下，"遵母亲懿旨，十八格格进封和硕公主!"

三十九　十八皇姑行权使威
格格额驸入觐报警

　　四格格的五十寿诞被十八格格大闹了一场，搅乱了她的喜日子，经乾隆这一处置，竟是人人心里高兴。这些公主们自打生下来就受谙达太监和精奇嬷嬷们教导"规矩"、走路怎么走，落座怎么坐，一举一动都要"仪态万方"，吃饭汤匙磕响了碗碟，说话声音粗了，笑时牙露出来了，甚或饭吃得多了，端茶姿势不优雅……统统都要"教司"得合乎皇家风范。因此外头看着她们是天上人，她们自己却感到苦不堪言，只是从小如此，苦惯了，谁也没想到和自己的丈夫住在一处乃是天经地义的事。一道口谕，额驸们纷纷进来，夫妻同坐一处看《打金枝》，真个是别有一番温馨落在心头。

　　乾隆坐在月台上和母亲说笑，一转眼见台下那拉氏正看自己，猛地想起"谣言"那件事，便有些坐不住，一个劲只是沉吟。太后一边看戏一边笑道："皇帝今儿处置得比唐肃宗好，倒是给咱们家姑娘们长了威风，郭暧打金枝，其实不知内情。有些事金枝自己也是不得已儿，你说是么皇帝？"

　　"啊？啊！"乾隆一愣，才回过神来，忙躬身陪笑："是，唐肃宗何尝愿意？朝里内外不安，他不能不倚重郭子仪，当然是不得已儿。"

　　一句话说得皇后和四格格、七格格捂着嘴直笑。太后笑道："皇帝你是乏了。你一来，四格格的面子也就足了。不要管我们，

你想歇,只管回去歇着。我今儿高兴,要看到底呢!"乾隆忙起身笑
道:"这就是皇额娘体恤儿子。其实也不是乏,是有几件小事还得
料理,看戏看不进去,就走了神儿。"又向太后一躬,带着高无庸一
干人消消离开了四格格府。

十八格格回到朝阳门外自己府邸门前,一下轿便迎上来一大
群丫头、老婆子,为首的精奇嬷嬷张氏带众人下跪叩了安,又向额
驸叩安。张氏笑道:"我刚从天齐庙进香回来,替格格抽了个好签
呢!上头说格格是玉皇大帝跟前的侄孙女,还说格格明年要添个
贵子……"一边说,一边陪着十八格格进了倒厦门,回头对葛山亭
道:"额驸爷请留步。爷也累了,格格今儿斋戒,明儿去天齐庙烧
香,迟一迟再进来给格格请安就是了。"张氏是定安太妃的陪嫁丫
头,嫁的又是大学士尹泰的弟弟尹安。她的堂弟是当今皇上的红
人张广泗,从哪一头说她的根基都硬得很。其实,她是这府里的真
主子。葛山亭听她如此吩咐,只好站住了脚,惶惑不安的看着妻
子。十八格格笑道:"你先回府也行。我方才在四姑那里吃了大鱼
大肉,斋是戒不成了,明儿我也不去天齐庙。你回去先收拾一下装
裹,等我的信儿。"说罢便进了院,穿堂过廊自进了上房,自坐了吃
茶。

张氏听得直愣神儿,忙也跟进来,斜坐在格格对面,笑道:"敢
情额驸爷要出远门?我真是老糊涂了,那是该接进来摆桌酒送行
的——今儿听说皇上也去了四格格府看戏?这可是从来没有过
的。偏偏您就打发我老婆子去天齐庙,没福见皇上!"十八格格似
笑不笑的也不理她,仰着脸朝外喊到:"画眉儿!你进来。"

"哎,是!"她的贴身丫头进来,站在张氏身边,笑着问道:"格
格,要什么东西?"

"什么东西也不要,你叫几个外头男人,把我住的东厢和正厅
隔着的这扇屏风往前挪挪,汉白玉底座、玻璃屏,死沉死沉的,不是

丫头们做得了的事。"十八格格一边想一边说："库里还有一柄鸟铳，一把倭刀，取过来挂在这里。你看，就挂在那个鸡血红大瓷瓶旁边。我住的那屋的茶具、茶几、藤椅都旧了，换成新的——你告诉管事房，就说我的话。还有，把西屋里那尊玉观音请到东厢，我往后就近儿念佛吃斋——你听明白了没有？"

"是!"画眉儿站在当地，竟一字不漏的把格格的话复诵了一遍，便径自出去安排。张氏自小看她长大，从没见过她这样的，心里诧异，笑道："这都是该我操心的，反叫格格亲自吩咐。不过，您又不舞枪弄棒，那些鸟铳呀刀呀，挂在屋里，怪森人的。要那些东西什么做什么呢？"十八格格一笑，说道："嬷嬷，我想叫额驸搬进来住，我夜里常做恶梦，醒来还吓得心里嘭嘭直跳，有个男人镇住，兴许就好些。"

张氏愕然，张大了嘴，像不认识一样，盯着这位吃她的奶、受她教诲长大的金枝玉叶，十八格格冷笑道："怎么，不成么？我给你钱，多给一点。"

"这犯大规矩，内务府知道，还不轰塌了天？"张氏说道，"您是君，额驸是臣，你招他，他进来。你不招他，他不能进来。进幸一次还得要禀内务府记档。招的次数多了惹人笑话，叫人背后指着说难听话，像是离了男人不能活似的！您们小来小往悄悄儿见面，我担戴了。这么明目张胆地叫他进格格府，我老婆子担负不起呀！"

十八格格笑着听完，不言声起身进里屋，从妆奁盒里取出一张银票，出来见包衣奴张大带了一群男仆站在天井院里，便踅到门口，吩咐道："我正和嬷嬷说话儿，等一会子再进来。"又转回身到张氏跟前，默不言声把银票推了过去，许久才道："张嬷嬷，自小儿我跟你，我的底细有什么不知道的？下嫁时赏的一万银子早就花光了，月银也是寅吃卯粮。这还是上次回宫，那拉贵主儿见我穿的貂皮大氅都脱毛了，塞给我这点子体已钱。嬷嬷也不容易——只管拿去使！"张氏偷眼看了一下，是一张一千两的龙头大银票。她是富得流油的人，哪里看得上这个小钱？忙道：'主子赏银子原不敢辞，只是这不是一夜两夜的小事，他搬进来住，我怎么敢做主儿呢？"正说着，画眉儿进来，说道："管事房说了，藤椅、茶具后头库里有，向来都是张嬷嬷的外甥儿管着。张管家说，得有他姐姐的话才能取出来呢！"

"你可霸揽得真宽呐！"十八格格眯眼冷笑一声，"管家是你堂弟，管库房的是你外甥，管门的是你侄儿。怪不得连我房里的丫头们都怕你！"不待张嬷嬷回过神来，她"啪"地一拍桌子立起身来，骂道："混帐东西！"

张氏吓得一跳，忙站起身来，两眼盯着十八格格，说道："您这是怎的了？佛祖，这是冲犯了什么了？老奴才这不是替您操心嘛！"

"你放屁！"十八格格勃然大怒，"这是我格格府，不是你嬷嬷府！"她腾腾几步走到门口，对画眉儿说道："你带上房丫头出去，知会满府上下，不管有脸的没脸的都来，谁不尊命立刻报上来，就说我晋升为和硕公主，今儿要理一理家事。"这才转回身，对吓得脸色焦黄的张氏笑道："你必是心里想，我晋封和硕公主，水涨船高，你自然也会高升一步，仍旧是这府里的太后，是么？你也算懂规矩的——直到现在还在我面前挺腰子站着！"张嬷嬷扑嗵一声跪下去，已满眼是泪，哽咽道："老奴才不是不知礼，是吓糊涂了。仔细思量，今儿没做错了什么事呀！您晋封和硕公主大喜的事儿，怎么冲奴才发这么大的肝火？"

十八格格多年郁怨之气一下子都涌到心头。但她是个深沉人，眼里闪着阴狠的光，只是冷笑。"我是从小儿吃你的奶长大的，历来拿你当奶奶神敬，你待我如何呀？"

张氏连连叩头，说道："主子恩重如山，老婆子怎么当得起？天地良心在上头，我真的比疼自己闺女还疼主子……"

"那我不知道。"十八格格忧郁地摇头,"我就知道,我叫我的男人进来住一夜,就得先给你填塞银子,做贼似的从后角门悄悄领进来,要不你就敢当面劝儿我'知道羞耻'!"她突然间愤怒得两眼冒火,用手点着张氏,咬牙说道:"你方才不是还说我'离了男人不能活'么? 对了,我就是离不了男人! 连圣人都说'食色性也',你守了多年死寡,所以你也叫我守活寡!"

"公主——"

"夹住你的臭嘴!"十八格格今天摆出了格格身份,她双手一拱,"我今儿奉了天子旨意,处置这家务——画眉,鹦哥儿!"

"在!"

画眉和鹦哥儿两个上房大丫头平日受尽张家排揎,此刻真是容光焕发、吐气扬眉,上前一步应道:"主子千岁有什么旨令?"别的丫头此刻也都醒过神来,一个个揎臂捋袖预备着施威。

"我的话不是'旨'。"十八格格扬着脸道,"不过在这家里从今天起我说一句就算一句。叫你们两个的男人去额驸府,请额驸这会子就过来。往后里头的事你们操心,外头的事你们男人管! 对那些光知道看张氏脸色的巴结头儿,一体开革! 另叫一些人照我方才的吩咐收拾房子,备一桌菜,今晚给你们额驸爷接风!"

"是,明白!"

"把十七岁以上的丫头名单开出来。恐怕也有一二百吧? 该配的就配外门里的小厮——叫女的挑男的!"

"是!"

十几个上房丫头听得又羞涩又高兴,心头热烘烘的,只是抿嘴儿笑。那公主铁青着脸,转眼看着面如土色的张氏,突然一笑,说道:'张妈妈,奉旨的事,这是不得已儿。其实你知道,我最善性的。照旨意,我本可抄你的家,查看有没有我的东西。杀人不过头落地,何必呢? 你拿了这一千两银子,带你张家的人回去,好生叫他们侍奉你,真的做个老封君。比在我府里操心张罗要好一百倍。"

她长吁了一口气,似乎不胜感慨,"别想这想那。觉得扫脸。你还是我的奶娘啊!小时候儿你待我多好……我几时也忘不掉!回去吧,闲时还过来坐坐……"说着,几滴眼泪洒落出来。

"谢主子的恩典。"张氏先疑后惊,此刻又复变成酸楚,早已哭瘫在地上,哽咽得不能成声地说道:"……都是奴才不懂事……"

"别说了。"十八格格拭了泪,果决地摆摆手,"你去吧!"

这边张嬷嬷及其亲族灰溜溜地卷行李准备离开,那边画眉儿等人兴冲冲地带着人为公主、额驸打扫客厅,阖府里交待帐目的、腾房换屋的、清点仓库的,忙成一团乱麻。有哭的,有笑的,有说风凉话的,有喃喃而骂的,有大吵大闹的,有阴沉个脸不言声的,有满面得意故作矜持的……像炸了窝,人人都卷进这出闹剧里头。十八格格见西客厅收拾停当,带了两个丫头出了上房,见额驸葛山亭从二门外进来,便站住了脚。

葛山亭紧走几步到格格面前,"噗"地打了马蹄袖叩了个安,说道:"给公主千岁请安!"说罢起身,仿佛不胜感慨地望着十八格格。格格顿觉颊上发热,当着满院的人,又不好说什么,只淡淡说道:"进来吧!"

"往后私下见面,别那么多的礼数。"十八格格坐了,见丈夫循规蹈矩两手抚膝,仍旧是过去的那副老样子,不禁一笑,"我今儿争的就是'夫妻'二字。你一脸奴才相,怎么处?"葛山亭也笑了,放下双手,说道:"积重难返,心有余悸嘛!"公主笑道:"我苦,知道你也苦,又不像寻常的官宦,能讨个三妻四妾,你那边也都是些张嬷嬷安置的人。你挑挑,不中用的赶出去几个,也不要弄得太过火,好像我们不能容人似的。"

葛山亭一笑,思量着答道:"是!方才我那里去了五六个额驸,人人都夸您是女中豪杰,老规矩,一下子就被您破得干干净净。这会子恐怕公主格格们都在府里大动干戈呢。"

"这都是皇上圣明!"公主笑道:"体天格物通情达理! 别看这是小事,这些嬷嬷们有的是外戚家奴,有的是宫里贵人亲信。皇上这出'护金枝'得罪的人海了。"

这对咫尺天涯、重又相聚的青年夫妇促膝谈心,直到天黑。家宴摆上来,移酒樽燃红烛,小夫妻二人好似"新婚对酌"。那葛山亭三杯酒下肚,已是忘了形骸,摇头叹息道:"说到皇恩浩荡,真真是一点不假。皇上真真是一位仁君! 唉……就这,你出去听听,嚼咀的人多着呢! 我们这群额驸,到一处什么都说,听说——"他看了看门外,又道:"听说理亲王他们还在打皇上的主意!"

"真的?"公主吃惊了一下子,催问丈夫,"他有什么主意,放什么坏水儿?"葛山亭怔了一下,从温馨的柔情蜜意中清醒过来,说道:"这都不过是茶余酒后闲磕牙的事,公主何必认真? 他们放坏水儿又与我们什么相干呢?"十八格格沉下了脸,思索半响,说道:"当然有相干的,就是你说的,皇上行仁政也得罪了不少人。我今儿这一举动,就是皇上恩准的。他们要打皇上的坏主意,就要给皇上加'藐视祖宗家法'的一条罪,我被赐死的份都是有的,怎么说'不相干'? 今儿我点这个戏,其实先见过那拉贵主儿,还哭了一场。那拉贵主儿说:'你要闹,我心里赞成。不过外头这些日子有些谣言,皇上今儿心里窝着火,谨防他发脾气,当众治你,那可怎么好?'连着你这话思量一下,一是知恩当报,二是事关己身,不能撒开手站干岸儿!"

葛山亭呆呆坐着出了半日神,说道:"这是七固伦公主家贺英和十三格格的勒格塞额驸和我三个在一处吃酒说的。勒塞格是十六亲王的护卫。路子比我们趟得开。吃酒时我说:'要是说起来,我们也是皇亲,可我连照皇上一面都难。连我们夫妻也不能天天见面。总有一天我真敢找上门大闹一场,拉了我的婆娘家去。这可倒好,外头不能嫖娼宿妓,里头不敢碰丫头一指头,妻子是个活寡,咱们一群活鳏!'勒格塞说:'见皇上又怎么样? 我倒是随王爷进宫，能天天见到。也不过站班儿听招呼罢了，有甚的说话身份儿？不过皇上已经和傅六爷他们去河南了，你们知道么？——外头不叫传言！'……

"我和贺英这才知道皇上不在北京。那勒格塞已经半醉，脸红得猪肝似的，凑到我们脸跟前喷着酒气说：'这里头戏中有戏呀……只有皇上自个儿蒙在鼓里！理亲王、昇贝勒他们在北京日鬼弄棒槌，说是旗务都荒废了。再过几年满人里头谁是主子谁是奴才都很难定哩。他们打伙儿去找我们王爷，说得请在奉天养老的八旗旗主王爷来北京，开个会议议一下旗务，我们王爷你知道，是个没主心骨的，就应了，说这不是什么大事。应过了，又觉得不踏实，叫了怡亲王来，怡亲王一听，当时就跌脚儿埋怨：'他们先来找我，我堵得严严实实，十六叔怎么就应了呢？这万万使不得呀！'

"我们王爷眯着眼说："整顿旗务，先帝跟皇上都曾有过旨意。这是什么打紧的事，有我们两个坐纛儿的王爷，加上张廷玉、鄂尔泰都在京，还反了他们不成？'

"'反不反我不知道，'怡王爷脸色阴沉沉的，说：'我只知道雍正四年，八伯、九伯、十伯，也弄过这个，说是整顿旗务，招集铁帽子王爷会议——其实就是想在会议上废了先帝，回归八旗议政的祖宗家法！那时候儿你在西宁劳军，不知道北京的事。先帝号令奉天将军整军待命，八个世袭罔替的王爷要有异动，先斩后奏！议到旗务就要说先帝失政，失政再指责先帝得位不正，然后就废了。你要知道，那个时候八旗旗主手里都有兵权呀！八伯、九伯、十伯为这事一个筋斗翻了下去，再也没有爬起来！'我们王爷一听笑了，说："我就是知道他们没兵权，才敢叫他们来的。'怡王爷说：'他们没兵，有威有望，朝里有多少手握重权的勋贵大臣都是他们的包衣奴才，一弄起来谁控得住局面？我把话撂这里，你要敢，你就叫他们胡折腾，出了事都是十六叔您老担戴！'

"我们王爷听了又没了主意，想叫张廷玉他们商量，又怕声张

到上书房成了正经事,想自己反口,又怕人说自己无能,还是怡王
爷聪明,说:'你叫他们老师杨名时来,他们怕杨我时。叫杨名时劝
他们读书,别管别的闲事,这事悄悄的就没了。'

　　"杨名时真的厉害,听了我们王爷的话回毓庆宫,取出先帝的
《圣武记》读,所有王爷、贝勒、贝子一律跪听,直读了三个时辰,把
理亲王他们跪得头晕眼花,一个个都蔫了,然后才说你们违了先帝
圣训,妄干政务,要罚。理亲王位尊难处,罚抄《圣武记》一遍,别的
贝勒、贝子头顶《圣武记》罚跪三日。不过杨名时也没有再奏这事,
宽容了。这事要是杨名时在,一定要申奏朝廷,弹劾的——公主,
要是真有谣言,我想别人也不敢。或许就是这群老小阿哥们翻老
账,要兴点什么风浪。"

　　和硕公主静静听着,脸色愈来愈是苍白,手端着酒杯既不喝,
也不放下,许久才道:"能兴甚的风浪? 几辈子的老帐,翻出来有什
么意思? 他理亲王还不知足? 若不是先帝和当今皇上仁德,他得
被废成庶人,圈到院子里看四方天呢!"

　　"公主真是良善人,又没到世面上走走,世上这些个人,坏着
呢!"葛山亭笑道:"升米恩,斗米仇,历来如此。不放理亲王出来,
囚着他也就罢了;放出来闲居,他也没想头;又升了亲王,离着皇位
就那么一步,那他兴许就想:你这个皇位是从你阿玛那里得来的,
你阿玛又是从我阿玛那里得来的——这原来该是我的须弥座儿,
偏生让你坐了! ——这口气窝着,出得来出不来呢?"公主问道:
"什么叫'升米恩,斗米仇'?"葛山亭道:'你给他一米救急,那是
恩德。你送他一斗,他就有了新想头,就要计较:你能给一石,为什
么只给一斗——就这个意思。"

　　公主目光霍地一闪,这俗话真是至理名言! 自己和嬷嬷何尝
不是这样儿? 正沉思章,自鸣钟"当当"连响九声,已是亥初时分。
她立起身,似乎有些拿不定主意似的踌躇了片刻,喊道:"兰花儿!"
一个小丫头立刻应声小跑着进来,问道:"主子叫我?"

"我和额驸这会子要进宫给老佛爷请安，"公主说道："你叫起画眉、鹦鹉两口子，叫他们起来跟着。"

"是。"

葛山亭有点不解地望着这个自己并不熟悉的妻子。她虽然温善，却带着不容置疑的刚硬要强。葛山亭嗫嚅着道："这……这会子宫门都下钥了……我是个外臣……"

"备轿！"

四十　枢臣府君臣议军政
　　伪奏折一纸惊帝心

乾隆刚刚批完奏折,伸欠了一下说:"去人瞧瞧皇后,看是在慈宁宫还是在钟粹宫,今晚朕住皇后那里。"话音甫落,秦媚媚进来禀道:"主子娘娘刚从老佛爷那出来,叫奴才过来奏皇上,十八格格和额驸已经到了西华门有要紧事见皇上。宫门已经下钥,他们不得进来。"

"嗯……"乾隆抹了一把满带倦容的脸,沉思着道:"秦媚媚去吧,知道了。"待泰媚媚去后,乾隆起身命人更衣,除去了外头袍服,只穿了件湖绸袍子,腰间束一条明黄金丝卧龙带,对高无庸道:"叫几个侍卫,陪朕出宫走走。"高无庸侍候乾隆日久,已经知道这主子脾性,虽然面上随和,从来说话没有改口的。答应一声便出去,叫了塞楞格、素伦、玉格,又从侍卫房叫了十几个小侍卫,也不用銮舆,竟步行出永巷过隆宗门自西华门出来。果见十八格格夫妻二人在石狮子前焦急地兜着圈子,正在等候旨意。乾隆笑道:"好哇,金枝、驸马一同上殿面君,是不是又打起来了?"

葛山亭和公主万万没想到皇帝会突然出现在眼前,一时惊怔在当地,忙伏地叩头。十八格格说道:"半夜三更惊动圣驾,实在是有罪,其实是今儿听了些话,觉得十分惊心。白天来奏皇上太忙,驸马见您又忒不容易。我想,说到根皇上是我哥哥,就这么一个小妹子,您疼我,不至于就加罪的。"

"朕不加罪。"乾隆一笑说道:"张廷玉就住前头那片宅子。我们去他那里说话。"于是便带着一干人向北趱,过了一箭之地,便见前头灯火辉煌,小胡同前停着十几乘大轿。高无庸要过去传旨,乾隆张眼看看,门洞里十几个大僚,有认得的,也有不认得的,正在闲话吃茶等候接见,遂小声道:"咱们从侧门进去。到他书房见面。"

高无庸是天天过来传旨的,张廷玉府中上下没个不认识的,没费一点事便带了乾隆从东侧门进来,一个家人掌灯引路,逶逶迤迤踏着花径,到书房门口才小声道:"我们相公和讷相正风人,要不要奴才去知会下头人回避?"

"不用。"乾隆说道,"你们都在外头朕自己进去。"说罢跨步进了书房,果见张廷玉、讷亲坐在上首,下面却是纪昀、钱度、阿桂和尹继善,都在凝神听鄂善说尖山坝河工的事,竟没留意乾隆已经进来,乾隆微笑着徐徐说道:"相公们好忙。"

众人猛转脸见是乾隆,都大吃一惊,"嗯"地起身就地伏身叩头,张廷玉说道:"万岁何以黉夜入人臣之府?万岁有事尽可召臣入内!万岁垂拱统九州生灵,体尊位重事关社稷,老臣先谏万岁一本!"

"罢了吧!"乾隆随意摆了摆手,坐了主席,笑道:"没想到是你们几人,都是熟人。朕的亲近臣子,倒不用回避了,其实也没什么大事,朕心里闷,出来走走,不知不觉就到了你这里。弄点茶食点心来消夜,可成?"张廷玉忙顿首称是,起身吩咐长随:"外头还有不少人等着接见。你出动说,我身子不适,今晚不能见各位大人了,记下他们名字,明儿来吧!"乾隆见其余几个臣子一脸拘谨之容,不禁一笑:"好啊,原来是你们几个,你不就是那个纪昀?好才学的,二甲第四名,如今在翰林院?你是鄂善,又黑又瘦,高恒在奏折里称你尖山坝的差事原办得好,文章也写得好,福建一省没水灾,就可腾出钱来治黄河。尹继善江南巡抚,你事情头绪多,今晚不谈你的公事。钱度,这场官司你吃得没味儿。其实,那事你满可当闲话说给朕听听嘛。阿桂如今怎么样?张广泗不好侍候吧?"他接连一一点名,随意说说往事，又夹着一些问话，弄得众人无法回话。乾隆却又道："朕还带来一位公主和驸马呢——十八格各，你们进来！"

十八格格和丈夫对视一眼：夜见皇帝为的是报警，十分机密。这么多人，怎么说话呢？只好一前一后进来，见人们都还跪着，也要跪下，乾隆笑道："都起来说话，廷玉、讷亲、公主坐椅上，其余的坐在木杌子上，吃茶说话儿。"说罢目视阿桂。

阿桂憋了一肚皮话，是来寻张廷玉诉苦，请求调任的，借着乾隆方才的话头，一躬身说道："方才主子说张广泗不好侍候，真真是洞鉴万里之言！奴才仔细思量，主子放我到军中，是叫我习学带兵，将来西疆有事，可以马革裹尸为国捐躯的，张广泗有功，官位也大，这我都知道。不过，据奴才见识，他和奴才一般儿，也是主子的奴才，奴才是主子的奴才，不是奴才的奴才，给奴才当奴才，奴才心里好不是滋味！"他一气说了一大摞子"奴才"却说得极顺口，意思也极明白。乾隆听了，大笑道："满人积习骄纵，你又是文官收作武职，不挫磨你一下，如何能成器？阿桂忙道："主子教训的是，不过要真的是'挫磨'，再严也受得。老实话，李帐下的参将还不抵他一个亲兵。他的亲兵骑他的马出巡，游击、管带都还得满身披挂出营迎接呢！像我这样的，并不带兵，每天在帐里听他吹嘘苗疆功劳，背都背出来了，这叫'讲兵法'。夜里轮流当值，连夜壶都得给他提，日子真是没法过！"

乾隆想起傅恒密奏张广泗放纵范高杰等人以下凌上跋扈不法的折子，脸色已是阴沉下来，只是沉思不语。纪昀在旁说道："臣是张相召来的。张广泗递进来的一份奏折，说傅恒斩将冒功、忌贤妨能，和女贼娟娟在驮驮峰寻欢作乐，先乱而后弃。他请军机处上奏当今，妥为处置。翰林院为此事拟了几稿都不中意，张广泗身在四川，他怎么对傅恒军队把得那么紧？傅恒是有功之臣，捕风捉影的事也不好当作依据。如何回复张广泗，又颇难措词。所以张相叫臣过来，商议如何回奏皇上。"说罢，吁了一口气盯着乾隆不语。乾隆问道:"依你之见,这事该怎么办为好?"

"昔日有年羹尧立功西疆,自以为有不世之功,险些成了尾大不掉之势。"纪昀胸有成竹地侃侃言道:"先帝爷说养痈遗患罪在朕躬,甚或为此下了罪已诏,前事后师岂可不惧? 张广泗有功无过。不宜惩处。但朝廷不能示弱,恕臣直言,臣观张广泗从前参奏保举的折子,全都是奏一本准一本。这助长了他现在这个样子,臣以为,这个本子须驳回去。转发傅恒军中以慰功臣之心。这是一。二,军中管带以上营官、千总、游击参将,不是军前应敌紧急事情,只准黜,不准斩杀。三,他是四川总督,节制兵马遍及江南江北,其实是'天下兵马大元师'。现在没有全国军事,似乎权柄太重了,他可照管四川的八旗兵,别省的营务由各省巡抚兼理。有这三条臣以为就够了。"

乾隆用欣喜的目光看着纪昀,原来以为他不过是个诙谐文人,想不到虑事竟如此周详。遂笑道:"你的字叫晓岚吧? 这三个条陈可取。不过张广泗不能和年羹尧相比。第三条用一半。各军军务还是由张广泗管,将来用兵好上下相通,容易指挥。不过各军钱粮军饷,不再由兵部、户部直接调拨,由各省供应,这样也就行了。君臣不可无端相疑,疑则难乎为用。衡臣,傅恒保奏的那个李侍尧,朕看也是上好人才。山西给他按一个布政副使名义,兼傅恒的参议道。你看怎么样?"

"是。奴才明儿就叫军机处办理。"张廷玉在椅上欠身答道,"这里还有一份折子,甚骇视听,请皇上过目。"乾隆接过看时,却是一份素纸面儿镶绢硬皮折子,展开看时,几行字赫然入目,令人触目惊心:

为谏奏皇上节欲劳政、爱养旧臣、体恤八旗勋贵、摈弃小人、奖拔君子为治天下,臣孙嘉淦跪奏……

　　下头的字是一色钟王蝇头小楷，翻了翻，足有上万字，大略都是直指乾隆用人如积薪后来居上，搁置先帝老臣，宠幸后宫，甚或与外戚之属暧昧情事。有些事说得有枝有叶，仿佛目击亲睹，真是半点颜面也不给乾隆留。"今皇上欲追尧舜之君而行桀纣之事，欲思圣祖之道。世宗之法而效前明声色狗马之俗，南辕而北辙，遂令天下失望，不亦惑乎？"乾隆看着看着，脸色变得愈来愈阴沉。连双手都微微抖动起来。"这个孙嘉淦，朕是何等的信任他，竟敢如此诋毁圣躬！"奏章虽没细看，大抵连宫闱细事，临幸宫嫔的隐私、在观音亭与棠儿的幽会，以及连锦霞的事也都一一抖落了出来……他眼中闪着愤恨的光，咬牙切齿地说道："他孙嘉淦也算读书人，好一个正人君子！专干那些听壁角、钻营打探等拆烂污的事，想博得一个'批龙鳞犯颜直谏'的直臣名声！就这样的破烂儿，也竟敢奏上来！你想学郭琇谏圣祖，妄想！"他"啪"地拍案而起，将那份折子"唰"地一下甩在地上，说道："回宫！今晚什么事也不议了！"

　　"皇上暂且息怒。"张廷玉颤巍巍立起身来。他呼吸粗重，显然也十分激动，"讷亲就是为这事带着钱度到臣府来的。本想是我们先商议一下，再去见鄂尔泰，三人联名也上一本奏您——"

　　"三个人？三十个、三百个军机大臣也不行！"乾隆阴狠地说道："你们敢保，朕连你们一体处置！"他的眼睛闪着铁灰色的光，扫视着众人。众人都不知折子写的什么，也从没见乾隆如此震怒，一时都吓怔了。

　　讷亲在旁笑道："主子，衡臣相公没说完嘛！这折子不是孙嘉淦写的，奴才从昨个到今天就忙这事，查了上书房又查六部，今晚饭前奴才又亲自去孙嘉淦府询问，查对笔迹，他本来病着，一见折子，竟晕了过去……"

　　"不是孙嘉淦写的？"

　　乾隆震惊得全身一颤！他木头似地呆立着望着书房外，渐渐地恢复了神智。他的眼睛猫一样放着绿幽幽的光，像是要穿透外面漆黑的暗夜。他一言不发,伸出手去。高无庸早已被吓得趴跪在地,惊惶地看着这个铁铸一样的至尊,四肢爬着捡起那份满纸谣言的奏折,膝行到乾隆面前递到乾隆手里。乾隆却不再看它,塞进袖子里,转过脸来又回到座上,似乎要把满腹的怨气都倾泻出去似的,深深吁了一口气,端起杯吃了一口茶。众人都以为他必定还要发作,不料乾隆扑哧一笑,说道:"一大快事。好歹朕从雾里钻出来了。朕自即位,诸事顺利,只是有时见到一些怪事,心中常有疑问,又不得其解,今日像是模模糊糊地看到了对手。上苍,它从不负有心人的。"说罢又道:"十八格格夫妻二人今晚黉夜求见,朕想必定有要紧事,原想宫里太监老婆子舌头,什么话翻不出来? 所以到廷玉这里,想不到先看了一篇奇文。朕还不知道她要说些什么呢。妹子。你就讲吧!"

"这个……"十八格格嗫嚅了一下,瞥一眼满屋的人,一时竟不知说什么好,半晌才喃喃说道:"皇上,是不是……"在座的人都是人精,谁还不领会她的意思? 连张廷玉、讷亲都站起身来,向乾隆一躬说道:"公主千岁要造膝密陈,奴才们理当回避。乾隆摇头道:"不必。这是朕的爱妹,谁能加害? 你们是朕的亲信臣子,谁肯卖朕? 不要这样,既是机密国事,说出来大家参酌。"十八格格这才将方才葛山亭说的话细细地复述了一遍。又道:"我想,外头有这么多的谣言,底下又有人窜掇八旗铁帽子王进京,里头文章一时谁也说不清,反正不利于皇上。皇上自小就疼我这个小妹子,外头听见这话,不说,我今晚睡不着,白天说,他那个位份怎么能独个儿见到您呢?"

乾隆静静听完,笑道:"官吏晋陟国家有定制,不能轻于授受。先帝在时有密折制度,朕即位以来没来得及恢复。密折这种东西朕也有些担心。有些无根捏造的先入为主,容易冤人,下头也容易拿这个有恃无恐,披着虎皮吓人。朕也确实犹豫。现时看来,恐怕没个耳目还不行,今晚在座的,朕一律都给你们这个权,有事还用黄匣子封了直接递朕。今晚你们各述己见,就是谣言,如孙嘉淦折子和十八格格讲的这几档子事,有什么说什么。这里又不记档。不进起居注。朕只一听,绝不计较是非。

"主子!"钱度清了清嗓子,缓缓说道:"奴才前几天去看李卫,他已经病得全然不能说话。我看他,他也认得出,只是流泪摇头。我出不和他夫人说话。我说:'我看李大人有心病,夫人在跟前可常劝说些,皇上心里还是很爱李大人的,别为那么一点子小事想不开,只是窝在心里——李大人自入宦途,一路春风,所以小有蹉跌就想不开。像我,吃了那么大一场官司,不照样过来了?皇上不照样信任?'李夫人说:'他有心病我何尝不知道?他这个人别看平日豁达,这些事从来不说给我的。半个月前我去孙嘉淦大人家。他也在病着。我问孙夫人孙大人什么病?孙夫人悄悄说:"他身子弱,又冒了风寒,病不轻是真的。其实呀——他的病是从怡亲王来看以后,才病成这样的。两个人在屋里小声说了半个时辰——怡亲王走后,他就再也起不来了。我看他是忧愁的了!"我回来仔细思量,我的这个叫化子男人,也像是忧愁的了!按说皇上上回来过,没人敢再作践了,他怎么会这样?连我也不得明白!'奴才想,这话无根无据,孙李二大人都是先帝和皇上宠信不二的臣子,怎么夫人们说的一模一样,都说是忧愁的了?什么事、什么人能吓得住他们呢?"钱度本来能言善辩,吃过钦命官司变得越发老练,这一番陈述众人已是都听得怔住了。他攒眉凝神继续说道:"联起来看,居然有人伪造孙嘉淦的折子,这是遍查史籍都没有过的。这种事也出来了,为什么?就为孙嘉淦昔年直谏过先帝'罢西兵、亲骨肉',直声震天下,这个赃容易栽!暗中造谣的人想挑弄皇上与先帝遗臣的不和,挑弄老臣与新臣的不和……"

"比起圣祖先帝时的图海、赵良栋、周培公、蔡毓荣,再比前头坏了事的年羹尧,就是瞎子也看得见,张广泗立的那点子'功劳',实在值不得一提。"钱度皱眉低头沉思,旁若无人滔滔不绝地继续说道:"他凭什么那么飞扬跋扈? 臣不是无端疑人,阿桂也罢了,是他一下属。但阿佳是皇上的信臣;傅恒虽然年轻,到底是钦差大臣,他就敢事前越俎代庖调度军队,事后听信谗言参劾有功之臣。臣来假设一下:八旗旗主议政之权早已废弛,这些铁帽子王巴不得有人将他们聚到北京,重掌朝廷军政乃至于行人臣不忍言之事,可是八旗王手中兵权早已被先帝剥夺掉了。那些兵在哪里? 现在张广泗手中,张广泗是不是听到了什么风声,或者有人暗地里递过什么话,他觉得这朝中无论哪一方势力,都离不开他这个'天下兵马大元帅',因而才横行无所忌惮。要知道,年羹尧被赐死,他是亲眼目睹了的呀!"乾隆见他分析得条理分明,却没有归结,忍不住问道:"你说了这些,你以为是为什么?"

钱度莞尔一笑,徐徐说道:"朝中有奸臣,而且在暗中,他们调度得如此周密,这步棋儿走得又稳又准,如国手布局,已经一步一步逼了上来!"

所有的人都被这寒气逼人的话语侵袭得打了个寒颤。乾隆想了想,转脸问张廷玉:"衡臣,你觉得钱度、纪昀他们的话怎么样?"张廷玉倒抽一口凉气,说道:"闹到这个份上,是宰相之责。但据老奴才看,即便是真的,形势已不同于顺治爷当年。如今天子威权一言可以定所有臣工的生死荣辱,就是铁帽子王也无法恢复八旗议政旧制。朝局不乱,任凭是谁也当不了'曹操'。主上可以安心,臣想了几条。京畿防务连兵带官全部调往木兰,热河一带,将乾隆元年的武进士补进去担任中下级官佐。侍卫,除了靠得住的贴身侍卫留一两个,其余一律分发全国各军中任职。由讷亲亲自在皇族和亲信大臣子弟中物色侍卫补进来。丰台大营调走后,从各省绿营调拨三万人补进来,整训待用。步军统领衙门的兵用来防卫可以,并没有野战之力,所以只换官,不换兵。这样措置,就是发生变故,就地也就殄灭了它! 余下官吏安排,今晚不能细议。有了这个宗旨,奴才和讷亲、鄂尔泰细细安排条陈,请皇上过目之后,再作施行。至于奸臣,看来肯定有,而且阴毒险狠之极,但凭今日见到的形迹,罪不仝影。因此要细查明白,然后才能有所罪谴。

"直隶总督是个最要紧的职务。"乾隆仰着脸想了想,"李卫病着,这个缺其实是空着,给李卫加级荣养,这个缺由岳钟麒来担,兼管丰台提督。傅恒这一仗打出了威风,调回京城,兼任九门提督。由那个李侍尧坐衙办事。朕看也就差不多了。侍卫,由讷亲来选,三个月内一切完备,这样一布置,兴许就吓退了一些人的妄念。"

钱度听着,张廷玉真是姜桂之性,老而弥辣,心中十分佩服。但这一来,李侍尧便一步青云,统领着两万人马的内城防务重权,心里未免有些醋意。他正要说话,一直没言声的鄂善说道:"衡臣大人老成谋国,说的极是。不过,既是脓包儿,总要挤出来才好。这么着,其实只是吓退了他们的奸谋,一旦有了机会,仍旧要兴风作浪的。依着奴才见识,趁着乾隆三年武闱科试,还有前头恩科的武进士,大约也有六七百人,再从各省调集经战军官在丰台集训,就地分别补进丰台大营,由讷亲大人实兼丰台大营提督,稳住了丰台军务,京畿防务已经安全。皇上要是心里不安,可以在畅春园理政,挨身就是大兵营,谁吃了豹子胆也不敢轻举妄动。'有人作乱'这个词奴才还不敢苟同,眼前只能说'有人作耗',想造乱。朝廷如临大敌,他们收敛了,反而不得。"他话音一落,张廷玉立刻表示赞同,"鄂善不愧兵部出来的,在处历练有成。这个主意不坏。唉……国家免征赋税,照我那样弄,也确实花钱太多。"

"议到这个份上,这件事差不多了,"乾隆松弛了下来,变得很随和,口气却又缓又重:'伪奏折的事是明奏上来的,一定要明着追查,谁的主笔,谁的策划,谁的指使要一查到底。由朕交刘统勋来办。廷玉你仍旧料理你的政务,讷亲年轻,这些格外劳心费神的,由他来办。今晚这事,涉及到军国机密,该知道的人朕自有道理,不该知道的就不必让人知道。你们几个微末小员要晓得厉害。朕以仁德治天下,平时连蚂蚁也不肯踩死,但王章国宪无情,不论有心无心,谁敢妄言,朕必治以乱国之罪,那刘康在临刑前曾呼天长叹,天也没能救得了他! 告诫你们几句,好自为之就是了。"说罢,笑谓尹继善:"你是一言未发罗! 几时进京的? 怎么不递牌子来见朕?"

尹继善是因户部征粮的事特意赶到京师来的,没想到在张廷玉书房里听到这么多令人胆寒的秘闻,更没想到会在这里遇到当今天子,听乾隆问话,才回过神来,忙欠身笑道:"奴才今晚就像做梦! 奴才在外头,哪能料想到竟会有人打皇上的主意,奴才今儿下晚才到潞河驿,没敢回家,递牌子已经迟了,同来的还有海宁的陈世倌。户部今年因为军粮库空虚,要我们多缴一百万石粮。先圣祖曾有永不加赋的圣训,叫老百姓多缴粮,没那个道理。无缘无故地生出这样枝节,奴才真是为难。所以要面君请旨,看怎么办?"

"这事朕知道。"乾隆笑道,"陈世倌朕还不知道么? 总是在先帝跟前流泪,替百姓请命。你拉上他来,无非打擂台罢了。江南大熟,浙江也是大熟。一百万石米就难住你小尹了?"

"米有的是。"尹继善不甘心地眨了眨眼,"斗米三钱,一百万石就是三百万两银子。江南藩库……"

他话没说完,乾隆已经笑着起身,"朕心里有数,难不倒你尹继善! 商税、盐税、海关税都似海水般地往你那里淌! 不要善财难舍么! 海关厘金虽然不归你管,码头税你也抽得不少,你无非是想在玄武湖修一座书院,又怕动你的藩库本金罢了。不趁丰年多收一点粮,欠年怎么办? 国家万一要发生兴军的事怎么办? 你趁早死了这条心。朕也不想和你议这些个,明儿你递牌子,朕要和你议议江南文人学士风流韵事!"几句话说得尹继善也咧嘴儿笑了,乾隆又看了看纪昀,笑道:"明儿和小尹一起递牌子进来。不要小看了这事。当日诚亲王修一部《古今图书集成》,朕要修一部更大更全的书,这要你们好好操办呢!"

乾隆说罢便去了,这群人跪送圣驾后,回到书房,又兴奋地议了一个多时辰,方才各自散去。

四十一　赐铁尺嘱托管子弟
谈铜币筹划办铜矿

　　就在乾隆和张廷玉议事的同时,理亲王府也有一场别开生面的言谈。这座宅子是弘晳父亲允礽留下的旧园。允礽被废后软禁在这座宅子里,常常独自一人绕园里的海子转悠。内务府怕他寻短见,沿岸栽了许多垂杨柳,每一株上都挂了灯。每逢这位已废太子来散步,各树下守候的人便就燃灯,说是"给二爷照亮儿。"但允礽却不要这"亮儿",也就绝少再来。如今这些规矩是没有了,但这些树却留下了,长的有一人合抱粗。

　　今晚应邀到理亲王府的有贝子弘普、贝勒弘昌,还有恒亲王的世子弘昇,都是弘晳在宗学和毓庆宫读书时结交的好朋友,知心换命,无话不谈。他们四个人绕着小路踱了一周,又回到书房前的海子边,这里有一片空场,场周围栽着大柳树,仿着傅恒府海子式样,修了一条九曲长桥直通海子中的水榭子上。树上歌舞,无论是空场,还是坐在书房里都能看得见听得清。弘晳站在岸边听着咯咕咯咕的蛙叫声,长长吁了一口气,说道:"就在这里坐坐吧。"三个弟弟在暗中对视一眼,一摆袍角便坐在石桌前的石鼓上。许久,弘昌才问道:"四哥,你今晚叫我们来,不言不语光绕着这个池塘转,是怎么了?出了什么事么?"他是怡亲王弘晓的长兄。老怡亲王允祥没有正室福晋,四个儿子都是庶出。允祥在世是雍正皇帝的第一宠信王爷,常称他是"古今第一贤王"。加了"世袭罔替"的恩宠,开了清朝的先例。既然是铁帽子王,老王死了无嫡立长,这顶"铁帽子"理所当然应该是弘昌来戴,不料雍正特旨,立弘晓为世子! 这口气也还咽下去了。雍正五年允祥病重,雍正亲自到府控视,让允祥任指一个儿子加封为郡王。允祥此时已不能说话,竟随随便便指了正在给自己喂药的老三弘皎。廊下烟熏火燎熬药的弘昌反而再次向隅,直到允祥死后才封了个贝子,乾隆即位才加封为贝勒。离着郡王、亲王、"世袭罔替"还差着老大一节! 为此他心里窝了一股子邪火难泄,因而和弘昇、弘普一拍即合,撺掇着弘晳"做一场"。

"我心神不宁。"弘晳望着黑魆魆的水榭子说道:"总觉得我们做的那些事像是水中捞月,太悬乎了。"

弘昇挨身坐在弘晳身边。他是一个十分深沉的人,听了弘晳的话,半晌才道:"昔日读《传灯录》,菩提达摩 的大弟子慧可求法,达摩不愿收他为徒,说:'除非天上下红寻,方可收汝为徒'。那慧可立于雪地之中,恝然举刀断臂,鲜血染红了白雪,这是何等刚决之心? 但他俗尘终究未了,有一日忽然对达摩道,'和尚,吾心不安!'达摩说道:"汝心在何处? 来,吾为汝安之!"他讲的这段故事,向个阿哥早已听过,但此刻听了犹如醍醐灌顶般发人深省。弘普不禁说道:"弘昌的佛法学到这个地步,故事虽也平常,只是用语沁人肌肤,真不容易!"

"我是在用我的心讲的。"弘昌说道:"我想知道四哥为了什么心绪不宁。"

"八王议政制度已经废了七八十年,"弘晳说道:"凭什么我们几个就能重新撑起这个祖制? 撑起这个'祖制'又有什么用处? 难道我们要谋逆,我们还能把老四(指乾隆)——怎么样不成?"

弘昌和弘普对视一眼,虽然在暗中,目中的波光都看得清楚。弘昌喟然一叹,用手佛着游丝一样的垂柳枝条,说道:"前儿去文华殿,在《永乐大典》里翻出一个长短句儿,我诵给你听。"说罢曼声吟道:

　　昔者我曾论项羽,缘向劲血轻洒斯乌江?吞吐意气既尚
念父老,父老焉忍弃此重瞳王——莫视滔天浪,慢饮龙泉,且
趁扁舟回故乡,收拾旧家新儿郎。以此奇耻心、百战身,三户
可倚,哀兵必祥。只耐性沉吟,静观可待汉宫惊风起萧墙!

　　今日我亦思项羽,方知此心俗骨亦浊肠。果如亚你之机
械无穷智,安见虞姬美人舞军帐?楚歌声里,拔剑仰天汉苍
茫。七进七出真英雄,然后丈夫横尸卧沙场!死则等耳,等一
死耳,枭枭悲风千载下,孰令后世豪杰扼腕,墓道昏鸦空惆怅?

　　吟罢说道:"如何?"

　　"这是谁作的?"弘晳问道。弘昌道:"记不清是哪一卷的了,我
觉得格调不俗,就记下了,连作者名字也没留意。"

　　弘普笑道:"四哥,管他谁写的?这个长短句儿其实称颂的是
'知其不可而为之'。你方才说,八王议政不可恢复,弘昌咏的,正
是指的这件事。前半阙说从权,未必就没有机会,后半阙说成仁,
也是后世景仰的事。圣祖独裁,有大事还征询八王意见;世宗爷连
这摆设也不要。如今这主子要沿了世宗爷的路走下去,后世连八
王议政是怎么回事都不知道了。"

　　"至于说有什么'用处'。"弘昌慢悠悠说道,"那就大了!试想,
圣祖爷如果用八王议政,晚年怎么会生出那么我的家务?九个
叔叔伯伯,本是亲骨肉,弄到头来,丢位的丢位,落马的落马,死的死,
散的散……如果有八个铁帽子王保太子,会有失政乱宫的事?顺
治爷七岁登极,当时天下并不太平,要不是睿王爷带八旗王保驾,
我们不定还在关外呢!这就是'用处'。在相无形,大音无声,用处
是说不完的!"

　　他讲"说不完",其实已经把话说透:若允礽不失太子位,今日
弘晳早已是高居九重的皇帝。他们的年岁比乾隆稍大几岁,叔叔
伯伯们为争夺储位在康熙年间反目为仇的情景历历在目,八王、九

王、十王的下场更是让人记忆犹新,所以这几个人对该作什么事心里各自有数,口头上却不肯授人以柄,只提议恢复八王议政制度是"国事",是敬天法祖光明正大的事。

弘晳与他们心照不宣已近三年。今晚邀了来,其实有心捅破这层纸。两番试探之后他已心中不数,暗中一笑,口中叹道:"实话对你们说,我是不求有功,但求无过就好。早已是心如死灰。你们两个年轻,少不更事,不知道利害。拉我这个废人上你们的船,能派什么用场?"

"什么船?"弘普、弘昌都是一惊。弘昌问道:"四哥这话怎么讲?"

"贼船。"弘晳格格一笑,"有道是'上贼船容易下贼船难'!"

说到这里嘎然而止,三个人都是哑然无声,四周寂静得犹如荒坟,只青蛙跳塘的"咕咚"声不解人意似的时时传来。弘普突然大笑道:"四哥,你是这么个器量? 不是说有好酒么? 咱们吃酒猜谜儿耍子,完了回去各自搂女人睡觉。"

"酒是有。"弘晳嘻笑道:"怕就怕你吃了,和杨老师一样中风,说不得话也写不得字。他侄儿杨风儿对张廷玉说:'说叔叔是病死的,实在想不明白,我看像是急死的'!"

弘昌和弘普都怔住了,一直坐在一边不言不语的弘昇手里攥了一大把柳条,已经编出一个小巧玲珑的篮子。他满不在乎地听着,时时对着星光端详自己的手艺,,到岸边斟水儿耍子。此时才开口,冷森森说道:"岂但如此而已! 张广泗到太原搅乱傅恒用兵,喀尔吉普早就有弹劾的奏章,如今就压在乾隆皇上的御案上! 这事如果追根,大约跑不出我们四人里头的哪位龙子凤孙吧? 还有那份伪造孙锡公(孙嘉淦)的奏折,我真不明白是出自谁手。事情不点透有不点透的好处。但要一点也不透,各自为战,非出大乱子不可。龙舟也是船,贼船出是船,在船上就淹不死,这就是道理。人不是常说'竹蓝打水一场空'么? 你们看——"他将手中编好的柳条篮子顺手一甩,丢在池子里,涟漪荡漾中只见微微露出个篮柄,"你们说,我这'竹篮'里有水没有? 办法有的是,就看你敢不敢,想不想!"说罢呵呵大笑,旋又止住,问道:"四哥,你府里不会有人偷听吧?"

"不会的。"弘晳说道:"我身边都是老理亲王跟前患难了几十年的人。新进来的人只能在二门外侍候。"他顿了一下,说道:"现在别的事不能讲、不能做,眼里、心里要使劲往八王议政上用。弘瞻、弘皖像是知道一点杨名时的事,费了多少心血才捂住? ——还不敢送钱! 你们忒冒失,船不结实,管你叫什么'船'都是不能下海的!"

弘昇笑道:"这才是抓中了诀窍。没有八王议政,凭我们几个蚍蜉,能成什么气候? 像伪造孙嘉淦奏折这样的事,都是胡折腾! 李卫病得不能说话了,现在是由着人欺侮。那姓孙的是好惹的? 你们瞧着,三天之内他要不上朝密奏事情,你们剜了我弘昇的眸子去! ——你说是不是弘普?"他把脸突然转向了弘普,弘普满以为自己做得机密,既可弄倒孙嘉淦,又可使乾隆和老臣子、老臣子和新臣子相互猜疑。原想转弯抹角说出来显显能,被弘昇这一剖陈,顿时出了一身冷汗。他素来浪荡惯了,流里流气笑道:"你别这么瞧着我,黑地里怪森人的。那不是我做的事。我就那么笨么? 就算是的,我一指头就掐干净了,准包株连不到你们头上!"

"这种蠢事再也不准做了"弘晳说道,"凡是要擦屁股的事一概不做。我仔细想过,八王议政的事我们曾跟庄亲王说过。说说也就够了。看看风色,风色对了接着再说,风色不对,就等风色。当年八叔、九叔是笨人么? 他们手里的权利比我们今天大一百倍也不止。毛病就是先不看形势,乱来,露了马脚,亮出屁股给人打,后来稍有不利,又不知收敛,伸出脸来给人扇;到风声紧时,又不懂屈伸之道,大闹乾清宫、哭灵,以死抗命,那是敞开襟怀给人用刀扎! 我们都亲眼见过,还要学习他们?"

弘昌在旁怔了半晌,说道:"本来我还清楚,你们越说我越糊涂。又要学霸王，又不要学霸王，又要干又要不干，这到底还弄不弄？"弘普笑道："弄，性急了些儿。慢摇橹船捉醉鱼——我懂了。"

"我明白了！"弘昇笑道："用水磨功夫，抓住十六叔这杆旗。他是亲王，管着上书房，可权都移到军机处那头了。得启发着他，军机处满汉军机对半，满人那点子能耐，根本不是汉人的对手。得有个铁帽子王来监督这个军机处。他耳朵软。怡王弘晓也没有他爹一分聪明。弘晓也是抓挠不到什么实权。"弘晳笑着插了一句道："弘晓也是'世袭罔替'。""对，他也是铁帽子王。"弘昇道，"铁帽子王议政对他一点坏处出没有，当然是可资利用的。"

弘晳用手揪着柳叶，一片一片掐碎揉烂，抛洒到池子里，说道："今晚的话题就说到这里，宁可不作，不可作错，是我们办事的宗旨。八王议政一事与我们有什么相干？我们谁也不是铁帽子王。所以急的不是我们——搔痒痒儿，对，在庄亲王跟前、弘晓跟前搔痒痒儿。这个制度对他们最有利。撺掇着他们还要觉得是为他们，就有成功把握——本来是为我们大清社稷千秋万载嘛！"弘昇笑道："那是自然。这阵子我们就下毛毛雨。毛毛雨'润物细无声'，最好不过啦！到了那个火候，不定哪一日皇上出巡或去祭陵什么的，回京时候形势已经变了，这是'祖制'。他想改，也没那么便当。至于以后，尽人事而看天命，谁料得定呢？！"他猛地拽下一个枝条，那树上不知栖了一只什么鸟，暗夜里嘎嘎大叫着飞远了。

弘昇分析得一点也不错。三天之后，孙嘉淦神采奕奕地出现在西华门口。这时"孙嘉淦伪奏折"一案已传遍朝野，纷纷猜测着这个伪折的内容。传言刘统勋已经奉旨到上书房，接本处、誊本处追查伪折的来路。

孙嘉淦的出现，立刻招来无数目光，孙嘉淦却似全不在意，从容递牌子、从容退到石阶下等候、从容拿出一本书在看，无论生人熟人一律不打招呼不寒暄。

　　孙嘉淦长得很丑陋,身材不高,长着一个冬瓜似的大脑袋,眼睛却又特别小,鼻子像女人,嘴又特别大。就这么一副尊容,却是雍正一朝有名的"海瑞"。雍正初年铸雍正制钱,他还是户部小吏。为铜铅的比例,与户部尚书争执,二人扭打着直到隆宗门。他这样犯上无礼,在雍正眼里当然容不得,立即被削官逐出宫去。那一次他几乎要头撞金缸死谏在乾清宫前。亏得是杨名时救下了他。雍正四年,下诏求言,别人都是奏些不疼不痒的事,偏是这个翰林院的检讨,公然上书三事"亲骨肉、停捐纳、罢西兵",直指雍正兄弟不应骨肉相残! 当日雍正接到这份奏章勃然大怒,左右陪侍群臣无不股栗变色。雍正问大臣:"翰林院容得下这样的狂生么?"大学士朱轼在旁从容说道:"此人是狂。不过臣心里很佩服他的胆量。"雍正一愣,大笑说"朕也不能不服他的胆量,竟当即晋升国子监祭酒。这段往事载在国史和起居注中,人人皆知。但今日事又不同,君也不是原来的雍正,又会出什么事呢? 一个太监出来,站在台阶上大声问道:"哪个叫孙锡公?"

　　"不敢,我是。"孙嘉淦把书递给家人,仰着脸答道:"你找孙锡公什么事?"他心里很奇怪,皇帝传人从来都是直呼其名,哪有称字的? 因此不敢冒撞。

　　"原来就是大人呐! 小的叫卜仁。"那太监一下子换了媚笑,"皇上叫传孙锡公,小的哪会想到是您呢?"一边说一边带路进去。孙嘉淦见传呼太监换了人不是原来的高无庸了,心里暗自诧异。但孙嘉淦素不与阉人搭讪,跟着那太监进了养心殿,却见殿内殿庑下太监宫女一概都换了生面孔,棍子似的站着屏息待命,高无庸双手操着一把长扫帚在照壁西侧角落里扫地,头也不敢抬——便知他是犯了事被陟黜了。正转念间,听到乾隆的声气:"卜义,请锡公进来吧!"

　　帘子一响,又一个年轻太监出来,轻轻挑起帘子,躬着身子等孙嘉淦进去。孙嘉淦一眼便瞧见乾隆专心致志地在案上摆弄什么,张照、史贻直、鄂善三个人默不言声侍立在旁。孙嘉淦一提袍角跪下。刚要说话，乾隆头也不抬摆手道："起来，不要行礼了，朕知道你身子骨不好。有些事早想叫你。你不来，不定什么时候朕就转游去了……"孙嘉淦行完了礼，起身看时，乾隆正在用蓍草布卦。

"张照，"乾隆舒了一口气，"方才用乾隆钱你摇出来的是'乾'卦，和朕的这个卦象不相合的呀！"张照笑道：'卦象变化无方，如果一样，它也就不叫"易"了，易者即是变也，变即是辩、剥、复、悔、吝皆生于此。臣用各种钱都试验过，没有一种比得上乾隆钱灵动。方才臣摇出的卦象是'天心遁'，与主子的卦象相合，恰恰是天地否泰二卦之极象之合。您瞧——"他在桌上蘸着茶水划出来(䷀)和(䷁)，偏着脸笑道："主子是乾、妨才是坤。实在圣人设道，妙合如有神！"乾隆高兴地点点头，对孙嘉淦道："先帝说过'孙嘉淦太戆，但不爱钱'所以虽然恼起来恨不得杀了你，心里还是爱你，舍不得你。你是君子，不爱钱是好的。不过钱也有钱的用处。张照就比较出来了，用乾隆钱演周易，比历来的钱都灵动通神！"张照顺口便捧一句"乾即是天，乃六十四卦之缘起，皇上为乾隆年号，此钱岂有不灵之理？"

鄂善在旁说道："如今市面上用康熙钱和雍正钱，乾隆钱还是太少，康熙钱也是越来越少。因为雍正钱铅六铜四，不能改铸铜器。乾隆钱字画好、铜质好。恕臣直言，铸的少了，民间用来作珍玩保存，铸的多了，就有小人熔化了去铸造铜器，一翻手就是几十倍的利。私化铜钱按大清律只是流徙，太轻了；太重了，又伤主子仁和之心，看似小事，货殖不通，钱粮不兴，也事关民生呢！"

"你的大学士位已经复了。"乾隆对张照道："照旧在东宫当差。你这人什么都好，就是太软。也难怪你，毕竟你是犯事出来的。这些个纨夸子弟是都宗室里的，眼眶子大。"他顺手取过案上一把压卷铁尺，"这个赏你，就说朕的旨意。谁敢在毓庆宫传播谣言、胡说乱道的、不尊师道的，你就用这尺子替朕揍他。揍死了再来奏朕！"

张照因是罪人宽释,在东宫侍读,大约平时受这些阿哥们的腌赞气极多,听乾隆这一说,眼圈立刻红了,泪水在眼里打转儿。他"扑通"一声长跪在地,抖动着双手接过铁尺,说道:"老臣自今而后皆属皇上!一定以残喘余年尽忠效力,臣原想在教读之余写几卷书的,现在不作此事了,倾我所学为皇家栽培栋梁!"乾隆含笑点点头,说道:"在东宫你放心教读他们就是。该写的书还要写出来,你学问极好,也不可埋没了。你身子骨儿还好,过几年顶不下,就到国史馆去修书。朕是不放你归山的,你作好打算老在北京。平日里要有什么好诗,只管呈进来朕看。就这样,你去吧。"看着张照双手捧尺,迈着喝醉了酒一样的步子走出养心殿,乾隆叹道:"这里议着钱政,那边'跑'出个'学'政。张照这人用到军事上,真是一大错误。朕若不保此人,他的下场连杨名时也不如!嘉淦,你也是个老户部。方才也听到了,乾隆制钱使不通,这个事不小。看有什么良法?'通宝',只有'通'了才叫宝嘛!"

孙嘉淦是为伪奏折的事面见皇帝的,见说到钱法,想起当年在这殿里和雍正的一场冲突,心中十分感慨,略一定神,方说道:"臣这几年没有管财政,没有什么独到的见地。雍正爷的制钱看上去成色不好,字画也不清楚,但铸一枚便流通一枚——因为它化不成铜器。如今江浙苏杭一带商贾交往情形已非康、雍时期可比。去年去看了看,绸缎纺织作坊比康熙年间多一倍也不止。码头上贩运靛青、盐、铜、瓷器的船只更是十倍于当年。这银钱交往的事比起来,还是钱比银子方便,所以钱法也得变一变。开铜矿的工人要是太多,那很容易集众闹事的,可以增加些工人,但要想办法约束,不要出事。出了事就不是小事。这说的开源;节流,就要严禁民间私自熔铸铜器。对擅自收聚铜钱,熔铸铜器的,要狠狠在正法一批,绝不要手软——往年常有这样的,定罪定的斩监候,一道恩旨下来,赦掉了。这样的惩处已经吓不住人了!臣愚昧,只能想这么多,这都是老生常谈,请主上参酌。"

"老生常谈也受益不浅。"乾隆说道。孙嘉淦讲时，他蹙着眉头听得极为仔细，铜矿工人不同散处乡野村民，聚得多了，确实太容易出事了，但不增加工人，制钱又不敷流通之用……正沉思间，史贻直道："可否在云贵铜矿多的地方加设铜政司，由刑部直接委员管束，有不逞之徒就地访查审结，这样处置起来就简捷些。"

乾隆尚未及说话，鄂善在旁慢条斯理说道："方才贻直的意见我以为极好，加上一条铜政司应该有杀人权。单这也不够。成千上万的铜工，光靠官府管不过来，能不能学漕运的办法，让青帮掺到这些工人中，青帮三派各有门户，又都忠于朝廷，以工管工，以帮监工，官府就有了无数的眼线散于工人中，铜也有了，钱也铸了，还不得出事情。国家也不费一文钱，又拢住了青帮，岂不是面面俱到？"

"好！"乾隆高兴得一拍案起身来，"就这么办。这件事就由贻直统筹。一年之内，铜钱要增加一倍，私铸的要杀一批。刑部今年勾决的这类犯人另开一单，遇赦不赦！"他兴奋地在殿中踱来踱去。隔帘向外看看，因见高无庸拿着个破抹布战战兢兢抹着迎门旁的楹柱，便道："高无庸，你进来一下。"

高无庸是昨天下午被黜为下等苏拉太监的，整个儿养心殿的太监，因为孙嘉淦伪奏折一案，涉及宫闱秘事，全部扫地出门，打发到了畅春园扫园子。他是总管太监，还没有最后发落，心里忐忑着没活找活干。听乾隆隔帘一叫，吓得他浑身一哆嗦，手中的抹布也落在地上。高无庸就地叩了一个头，四肢着地爬着进来，在乾隆面前扯着公鸭嗓子泣道："奴才有罪……自己口不关风，也没管好下头……"

"爬起来！"乾隆笑着踢了他一脚，一边回东暖阁，口中道："你有犯罪的嘴，没有犯罪的心，所以朕恕了你这狗奴才！"

高无庸哭得又眼浮肿，看看这个，又看看那个，他料定是在座的几位大人替他讨了情，竟不分个儿地乱磕了一阵头，口中唠叨道:"谢主子龙恩,谢列位大人福庇……"这才起来呵着腰到暖阁隔扇前,躬着身子觑着眼听乾隆吩咐。

"养心殿的太监全都换了,在朕身边新挑这五个新太监,他们叫卜仁、卜义、卜礼、卜智、卜信,还都归你管,你仍旧是总管。"

"扎扎扎!"

"知道朕为什么给他们起这上名字么?"

"奴才不知道。"

"就是太监都是贱种。"乾隆轻蔑地一笑,"所以提个醒儿,叫不仁、不义、不礼、不智、不信!下头八个太监在廊下侍候的,改名王孝、王悌、王忠、王信、王礼、王义、王廉、王耻,也是一个意思,提醒儿,朕也好记。"

"是!"

"你从今儿起改名叫高大庸!"

"是是是……"

乾隆回头看看,几个大臣都在暗笑,又吩咐道:"带史贻直、孙嘉淦和鄂善到西配殿,朕赐宴款待,你们几个大太监都去侍候。赐宴罢,不用过来谢恩,单留孙嘉淦在这儿有话。他们两个由你送出永巷——去吧!"

"是罗——扎!"

四十二　乾隆帝漫撒"规矩草"
高大庸巧献"黄粱膳"

　　孙嘉淦、史贻直和鄂善都是深沉人，三个人在西配殿恭领圣筵，几乎没说一句话，几个太监十分殷勤，听见一声咳，就端漱盂、递毛巾；见端杯就执壶斟酒。对此他们也深感不安，小饮三杯共祝圣寿，捡着平素爱吃的菜用了几口，便退出西配殿。史贻直、鄂善二人还在天井里向正殿三拜，而后退出。孙嘉淦随着高大庸又回到养心殿内东暖阁。

　　"用过筵了？"乾隆一手握管在一份奏折上写着朱批，一手指指旁边木机子，头也不抬地说道："锡公免礼，那边坐。大金川那边有些藏民不安分。这是张广泗的折子。张广泗这阵子讨了没趣，现在也得抚慰几句——朕批完跟你说话。"孙嘉淦只得斜欠着身子坐下。孙嘉淦到这里不知来过多少次了，都是见礼说话，事毕叩头辞行。此时无事仔细审量，从东暖阁向西望，明黄重幔掩映西文几书架错落有致，地上黑青色方砖光可鉴人。西暖阁向北似乎还有回廊过道，一重重门前都站着宫女。偶尔也有执事宫女来往，着的都是平底软鞋，脚步轻盈。正殿须弥座空着，旁边站了八个太监，都是手执拂尘目不斜视。暖阁隔扇屏风旁，躬身侍立着高大庸和卜仁、卜义等五个贴身内侍。看着这如此势派，孙嘉淦只觉读书人十年寒窗，梦魂萦绕的所谓玉堂金马、起居八座皆成粪土，真令人销尽意气……正寻思着，听见纸声沙沙作响，孙嘉淦忙收神看时，见乾隆已写完御批。

高大庸早就盯眼儿瞧着,见乾隆合笔,忙上前陪笑道:"这些个事奴才办,主子您歇着。"乾隆说道:"这个案子的奏折文书平时由朕自己整理。你奉旨就整理,不奉旨一张纸不能动。"他看着孙嘉淦,脸上才带出了笑容:"从汉唐到前明,有多少糊涂皇帝,吃了这些下贱阉宦的亏。圣祖爷天生龙德,太监们不敢稍有放肆;世宗爷自来严峻,小人们也不敢干犯;朕是承业之主,要是不防微杜渐,早晚也要叫他们哄了去。因此要立规矩,太监言政、干政者,立杀不赦! 朕所看的奏折,无论紧要不紧要,谁敢看、私传,立杀不赦——高大庸,你可听着了!"

"是是是!"高大庸忙道:"太监们连我在内都是贱种! 回头奴才一字不漏地把主子的旨意传谕全宫。"

乾隆将那五十根蓍草收拾起来攥在手里,对高大庸道:"你跟朕来。"说着径自偏身下了炕,向正殿走去,孙嘉淦不知皇帝要如何动作。乾隆已踱到西暖阁隔扇屏风前,一撒手便将五十根蓍草棒撒在地上。他指着那些横七竖八散落在地下的草棒说道:"这里要天天打扫,但打扫过之后草棒要照现在这样子摆好。朕立下的这制度,就叫'规矩草'。大清一日在,此草千年万载就这模样!"说罢也不理会愣在那里的高无庸,踅回身惬意地喝了一口奶子,对孙嘉淦道:"朕处置如何?"

"皇上,"孙嘉淦一欠身子说道:"臣今儿请见,并不为那份伪奏折辩冤而来。但请皇上严谨宫禁、疏远内监。这是臣要奏的第一件事,皇上已如此办事,臣之建议已不及圣虑之万一了。臣心中实在赞佩莫名!"乾隆指了指卜礼,命给孙嘉淦赐茶,说道:"看来你要说的还不止这一条?""是,"孙嘉淦庄重地说道:"臣要说的,还有皇上的心!"

乾隆的笑容凝固在脸上,许久才回过神来,慢慢将奶子放在桌上,不疾不徐说道:"愿闻其详!"

"皇上行仁政,天下无论黄童白叟,人人皆知,这上头臣没话可说。"孙嘉淦静静地望着乾隆。只有此刻,乾隆才看到了这位老臣子当年面谏直陈的铮铮铁骨。他换了庄容,凝神倾听孙嘉淦说道:"皇上之心仁孝诚敬,明恕精一,原本也无可挑剔。但治乱如阴阳运行,阴极阳生,阳极而阴始。事当极盛之时,必有祸乱隐伏,其机藏于至微,人不能觉,到它显现出来,已是积重而不可返,您说是不是呢?"

乾隆原是怕这位不讲情面的元老当面揭短,兜出棠儿之类的事来。听他这样说,顿时上了心,身子一顿说道:"锡公,你说下去,放胆地说!"

"臣不想就事论事。那样只会一叶障目,不见泰山。"孙嘉淦受到鼓励,脸色涨得通红,侃侃言道:"正为主上威重望高,已收天下之心,臣要提醒陛下三习一弊。

"耳习于所闻,则喜谀而恶直。主上出一言而盈庭称颂,发一令而四海讴歌,臣民们确是出自本心,但您耳朵里整日装的都是这些颂圣的话,也就听习惯了。只要不是称颂,就会看作是拂逆,看作是木讷,就会觉得是笨。这样久了,颂扬得不得体的,也就觉得是不恭了。

"目习于所见,则喜柔而恶刚。主上您每天见的,都是趋跪叩首,谄笑媚迎。您登极以来惴惴小心,极少错误。您越聪明,下面越觉得自己笨,您越能干下面就越服您,这原也是好事,但时日久了,只要不媚您,就会觉得是触犯您了。

"天下事,见得多了便觉得不足为奇,办得多了便都觉得是老生常谈。问人,听不到自己的短处;反躬自省,又寻不到过失。要作的事自信都是对的;发的令,自信它必然通行无滞。时日一久,心习于所是,则喜从而恶违。"

乾隆透了一口气,显然,他没有想到孙嘉淦并没有就事论事地讲说伪奏折中的那些事,也似乎并不急于弄清造作伪奏折的人。这样奏谏既不伤自尊,又切中要害。乾隆不禁暗思:"不愧名臣,一步步铺陈,看似平淡,其实咄咄逼人。"想着,笑道:"当年你谏先帝三事,朕没有亲见,也是这么从容么? 这说的是'三习',那么'一弊'呢? 朕洗耳恭听。"

"不敢。"孙嘉淦正容说道:"当年谏先帝,是直指政务失当,冒死上言,自然是谔谔而言。主上现在并无大政失误,臣不过以一得之虑,防患于未然罢了。自然是侃侃而言——有了这'三习',自然就生一弊,喜小人而厌君子。臣亲眼见皇上摒弃内侍干政。凡举制度皆是圣人之道仁君之心,原觉得这些话多余。但臣已经老了,皇上春秋鼎盛,有万里前程,心里有这些话不说也就是事君不诚。近君子而远小人,这道理就是三四等的皇帝也都懂。哪个皇帝不以为自己用的是君子,而是小人呢?"

乾隆怔怔望着孙嘉淦,叹道:"何尝不是这样! 朕最怕误用小人,冤了君子。但小人和君子也太难分辨了。"

"皇上此心上通于天,是社稷之福。"孙嘉淦不紧不慢说道,"'德'为君子独有;'才'君子小人共有;而且小人之才常常胜于君子。语言奏对,君子讷直,小人诌谀,这就和'耳习'相应;奔走周肇,君子拙笨而小人伶俐,这又合了'目习';课考劳绩,君子常常孤行其意,又耻于言功;小人巧于迎合、工于显勤,这和'心习'又相投了。时日长了,黑白可以变色,东西可以易位。所以《大学》里讲'见贤而不能举,见不贤而不能退',真真的不容易! 由此看来,治乱之机,决定于君子、小人的进退;进退,又掌握于人主的心意。人主不期望人敬,而自敬,于无过错时谨守,不敢自以为是。时时事事守着这自敬而不敢自是之心,王道治化哪有不昌盛的呢?"

乾隆一边听着,一边在地下来回踱步。老实说,孙嘉淦的这些话和他今日心境并不十分相投,显得是有点空泛。但对照那份伪奏折里头指责自己的那些细事,有的确实也不是捕风捉影,这个孙嘉淦到底是实指什么事呢? 想着,乾隆问道:"你说的道理很清楚,大学之道,在亲民,在止于至善,朕是很留心的。朕想的也许琐细,现在就觉得有小人作祟,但遍观诸臣,又难以实指啊!"遂将近来发生的诡谲怪异之事，以及在张廷玉府中所谈的都告诉了孙嘉淦。
"头绪这么多，很觉得难以下手。锡公你有什么看法？"

"有线索的，明查；没有线索的，暗观。"孙嘉淦道："比如说冒用
我名义诽谤圣上的；山西张广泗插手军事，几乎导致全军败亡；一
定要追究。若不追究，这类事就会越来越多。像八王议政这些事，
皇上不妨再看看。是真的想恢复祖制，还是另有图谋。君子小人
没有跳不过去的鸿沟。有些人根底好，但染了恶习就是小人。有
些人原先好，后来会变成小人，也有的——当然很少——比如前朝
名臣郭琇，先是贪官，后来一翻所为，成了铮铮君子。这个是没有
什么一定之规的。所以臣说，治乱之道在哪里？就在皇上心中！
您自己立心光明正大，这一条站稳了，进君子退小人就是自然之
理。刻意地追求君子，寻查小人，反而中下乘之道了。"

乾隆脸一红，想到了棠儿：确实是人家丈夫在外立功，自己在
后头……想着不禁一叹，却转了话题，问道："你是康熙五十二后的
进士吧？"

"是。"

"今年五十七岁？"

孙嘉淦瞟了乾隆一眼，不知他为什么突然问起这些个，忙一欠
身答道："臣徒长马齿五十又八。"

"你说的虚岁。"乾隆笑道："除了尹继善，就你这一层儿的大
员，你还算年轻的。前段的病到底是什么情形，怎么有人传言，连
你夫人都说你是因忧郁成疾的呢？"孙嘉淦笑道："臣也不算年轻
了，近年来胃气不好，不思饮食，今年越发不好。一半儿多都躺在
床上。吓出病来的话是我夫人自己揣度出来的，外头谣言太多了，
臣心里烦闷，郁郁寡欢也是真的。今儿来见主子，也想请恩准回籍
休养，臣身子骨也真是顶不下来了。"乾隆笑着追问："真的不为那
些谣言？你就一点也不忧谗畏讥？"

孙嘉淦低着头想了想，说道："圣上这话，臣也仔细想过。臣之

成名,在于臣当年犯颜直谏,臣之败名,恐怕也要败在这'好名'二字上。平心而论,说到才,臣和史贻直相似,并不出奇,都有点盛名难副。如今主明臣良,眼见世事昌明,臣有全名全身而退的心,要从这一条说,忧谗畏讥的心是有的。"

"你不能退。预备着有生之年在朕跟前侍候吧!"乾隆笑道:"朕想来想去,你还是去当都御史,所以问你年岁。这个官要不作事,几个月写一封应景儿的折子,闲散得很,要作事,一年到头有忙不完的事。朕就要你去作御史,身子骨顶得,就多作些;顶不住,你就坐镇都察院给朕压压邪也是好的。现在朝内有一股邪气,查之无影,察之无踪,专门诽谤圣祖、世宗和朕躬,这个假奏折你是见到了的。朕若不是襟怀磊落,无纤毫心障,焉肯把这些乌七八糟的东西原文发给六部?诬蔑朕躬,朕也还能咽了,现今有些事,涉及圣祖、先帝,朕若撂开手,也难慰圣祖、世宗在天之灵。在朕即为不孝之君。所以,这份伪折的事,朕已经发给刘统勋追查去了。找出主谋人,朕治他乱国之罪!"孙嘉淦道:"皇上这是正大之心、金石之言。这类事,即使是诽谤当今,也是不能容的。臣是当了一辈子御史的人,如今当都御史原无不可。但臣请允许御史风闻奏事。不如此,不能有所振作。"

风闻奏事是康熙晚年废止了的一项奏事制度。当时因皇子争夺储位各立门户,御史们仗了"风闻"奏事无罪,将道听途说、各为其主互相攻讦的事,也一齐奏来,把朝廷的言政搅得乌烟瘴气。康熙震怒之下,下诏"不许将传闻之事贸然上奏,凡举发不实者,得反坐。"既然奏报不实要反坐,御史们便一齐钳口不言,弄得死气沉沉。乾隆听了沉默移时,说道:"这是件大事,朕和上书房、军机处商量一下再下诏。风闻奏事有他好的一面,可以鼓励言官大胆说话,但有的人借机兴风作浪,唯恐朝局不乱,甚或将恶名加于君父之身,自己沽名钓誉,朕也十分讨厌。可否折中一下,凡言事有实有据,激烈上陈者无罪,而且要记档考绩。凡敷衍塞责或捕风捉影全无根据者，虽不反坐，但也要有所惩处。这些细事，你弄个条陈进来参酌着办。"孙嘉淦见乾隆起身，便忙也起身要辞行，乾隆将手虚按了一下，说道："今年南闱学政，要点你和尹继善留心选几个好的来殿试。兵部侍郎舒赫德上了个条陈，请废时文，这件事也要议，回头将他的原折发给你看。"

"废时文圣祖爷时曾有过诏谕。"孙嘉淦正容答道："取士之道三代以上出于学，汉以后出于郡县吏，魏晋以来出于九品中正，隋唐至今出于科举，以时文取士，已经四百年，人人知道这东西浮华无用，既不能明道也不能适性，腐烂抄袭，名实皆空。但不能废除，只因谁也想不出比这个更好的取士办法。这也是无可奈何的事。臣主持山东乡试时，以《时鸡》为题，有个秀才就写'此黑鸡耶，白鸡耶，抑不黑不白之鸡耶？'臣看了大笑，批了个'芦花鸡'。再往下看，又是自设一问'此公鸡耶，母鸡耶，抑不公不母之鸡耶'，臣只好批'阉鸡'……"

他没说完，乾隆笑得一口茶全喷了出来："批得好……朕一向以为你只会终日板着个面孔，不料还有这份诙谐！"孙嘉淦叹道："臣只能循理而行。侍君有侍君之道，事友有事友之理，待下有待下之情，臣说的是实事，不敢在这金阙之下与人主诙谐。"他又恢复了庄容。

乾隆正在兴头上，忽然又听孙嘉淦这番言语，谈兴顿时又被冲得干干净净。他看出孙嘉淦内心那座牢不可破的城府了：侍君、事友、待下，都自有一个不可逾越的规范，在这个自定的规范面前，越出一步他也是不肯的。乾隆感念之下肃然起敬，缓缓回到炕上盘膝端坐，说道："你十九岁手刃杀母仇敌，二十五岁入清秘之林，成国家栋梁，得之于圣祖，显之于世宗，到朕手里，要拿你当国宝用。好自为之，有事可随时进来面陈——跪安吧！"

待孙嘉淦从容辞去，乾隆才想到自己还没有进晚膳，看自鸣钟时已将西正时牌;只初夏日长,天色尚亮,还不到掌灯时分,高大庸见乾隆满面倦容,忙过来轻轻替他捶背捏腰,口中道:"主子实在是乏了。方才老佛爷那边过来人问,奴才说主子正在见大人,老佛爷传过来话;今个儿和几个福晋去大觉寺进香,也彼此乏了。叫主子今儿不必过去请安了。奴才给您松泛一下。……他们御膳房来人,问主子怎么进膳,奴才说主子从早到现在没松动,未必有好胃口,油腻的断然不适口,用点家常的还能进得香,御膳房照奴才说的,熬了一小锅小米粥,香油拌鲜黄瓜,老咸芥菜。您多进点,奴才也就尽了这点子忠心了……"

"好。"乾隆一边听他唠叨一边"嗯",眼见一个宫女端着一个银条盘,里边摆着一碗小米稀粥,一小碟子拌得喷香的芥菜丝,一盘碧绿的黄瓜,还有四个棒子面做的小馒头。另有腐乳、豆瓣辣酱、韭花——果真是老农们常吃的村饭,往面前一放,立刻便勾起乾隆的馋虫儿。他的眼放出喜悦的光,看着那个条盘道:"将这个条盘换成木制的!"那宫女答应一声,顷刻之间便换了一个原色黄杨木雕花盘。乾隆这才动箸,竟一下子喝了两碗粥,吃了两个馒头,又夹了一箸芥菜,嘴里咯嘣咯嘣嚼得又响又脆,意犹未尽地笑道:"太监还是要用保定人,保定人就是会侍候! 这一餐进得香,从没这样吃过,朕都有点忘形了。"

高大庸呵腰儿答道:"主子说的是,京油子,卫嘴子,保定府的狗腿子么! 当年张老相国(张居正)的太老太太从湖广一路进京,到哪都是山珍海味,鸡鸭鱼肉。偏到保定县,就是进了这种餐,老太太到北京见了儿子,头一句话就说'一路都没吃饱,就在保定吃了一顿饱饭。'张老相国是个孝子,立刻传谕保定县令补保定府的缺——当奴才有当奴才的诀窍,得会揣摩!"

"此所谓盗亦有道,"乾隆突然想起孙嘉淦说的"三习一弊",遂笑着背了一段《列子》:"夫妄意室中之藏者,圣也;入先,原也;出后,义也;分均,仁也……"高大庸眨巴着眼,槽槽懂懂说道:"这都是大人们的事,奴才可当不起……"乾隆想想他的话,越发禁不住捧腹大笑:"说得好……大人们里头也有盗!走,到皇后哪里去!"

乾隆到钟翠宫时,天色已经黑定,不待宫女禀报,乾隆一脚便踏进去,却不禁一愣,原来钮祜禄氏和棠儿都在。皇后坐在榻上吃奶子,钮祜禄氏侍立在一边,棠儿跪在一边,两眼哭肿得桃儿似的正在诉说什么。见乾隆蓦地进来,三个人都吃了一惊,钮祜禄氏跪下,棠儿伏身不敢抬头,皇后站起身来,微一屈身,从容说道:"皇上见过人了?"

"你们这是弄的哪一出啊?"乾隆笑嘻嘻道:"今儿是忙极了,早上五更起来到现在,连更衣的工夫都没有,腿都坐麻了……还有笑话儿呢,孙嘉淦今儿说……"遂将孙嘉淦说的那两个考生的破题背给皇后听。又问:"棠儿怎么到这宫里来了?没见着老佛爷么?"棠儿忙偷偷拭泪,说道:"奴婢给老佛爷请过安了。今儿老佛爷乏,没在慈宁宫多呆,就便儿过来给娘娘和贵主儿请安。"乾隆便叫起,说道:"傅恒一时还不得回来。他在山西主持丈量土地,劝减佃租,还在黑查山和晋西一带平息白莲教教匪暴乱,要开仓赈民,还有盗户要安抚。差事办得很好。你要家里需用什么,只管禀告娘娘,自然尽力照应的。"

乾隆说一句,棠儿答应一声,她挺着个大肚子,行动已很不方便。乾隆有心叫她和钮祜禄氏都坐下,嗫嚅了一下还是咽了回去。皇后心里雪亮,也不说破,淡淡微笑道:"棠儿,天也晚了,皇上很乏,你们就退出去吧。不要听外头那些乌七八糟的闲话。你的人品我还不知道么?有我和钮祜禄氏在里头挡着,没人敢奈何了你!你是有身子的人,多保重些。就按皇上说的,男人不在家,你又是我娘家人,自然是我来照应。"

"是。"棠儿向富察氏蹲身一礼,不无幽怨地闪了乾隆一眼,随在钮祜禄氏身后出去了。乾隆看着她们出了门,转脸问皇后:"你们好像在嘀咕什么,见朕来了就不言声了,是怎么了?"

皇后给乾隆捧上一碗参汤,命秦媚媚:"叫他们都退出去!"这才从容说道:"还不是为外头那些流言？也试是个不成话,闹到了老佛爷跟前,我刚才叫了怡亲王福晋过来,叫她明儿亲自去傅恒府给棠儿赔罪。我说这是我的懿旨,要不遵旨,咱们妯娌情份也没了,君臣名分也没了,永远不放她入宫。还有个洁妃,在老佛爷那里斗牌,你一言我一语话里带刺,挖苦棠儿。弄得老佛爷也摸不着头脑。我也发落了,叫她闭门思过,三个月内不许出她的宫门。我还想降她的位份,不过这要你下旨意。"说罢,不胜郁闷地长吁一口气,看了看表情木然的乾隆没再言语。

"朕知道你们说了些什么了。"乾隆脸一红,喝了一口参汤说道:"也不瞒你说,棠儿肚里的是朕的骨血。这件事就传到这里封口儿。那个洁妃降为嫔,告诉她,祸从口出,福自心田。这点子事儿朕是要担戴到底的。"皇后叹了一口气,说道:"你能担戴,棠儿能么?"说着,揉弄着衣带,低了头。

乾隆在灯下看她,只见她含娇带嗔。皇后本来容色也不减钮祜禄氏,只是平日体态尊贵仪容庄重,此刻神情倒勾得乾隆意马心猿。情不自禁地上前揽住皇后肩背,说道:"朕都省得了。你要谏什么朕也明白。从今改了不就成了?"说着就要把她扳倒躺下。

"墨香!"皇后轻轻挣开了他,冲门外吩咐道"先侍候皇上安息。点上香,我诵完这卷经再歇息!"

乾隆一怔松开了手,满怀柔情立时被扫得精光。

四十三　刘统勋解疑访李卫
墨君子论盗会学政

已经鼓起的脓包儿，无缘无故地又消了肿。弘晳、弘昇及时收篷韬晦，乾隆无论如何耐心，再也钓不起这群沉到渊底的鱼来。只好等着刘统勋追查孙嘉淦伪奏折一案结果。刘统勋以为，上书房奏折进出都有登记，极易查清的，他丢下手头几个大案，亲自到上书房清理。可怪的是偏偏没有这一份奏折的记档文字。庄亲王允禄素来不管这些细事，弘晓在上书房、军机处两头忙，两头不照影。刘统勋亲自登门询问，都是一句话："这是接本司的事，怎么问起我们来？我们当王爷，连这样的事都要一一过问？"

刘统勋这才晓得事情并不那么简单，军机处派人来催，传了鄂尔泰的话："这个案子查了一个月，刘统勋毫无作为，已上报圣躬。圣上命你十日一报，务必清出头绪。想不到刘统勋面儿上精干，办起实事来如此无能！"刘统勋听了，竟弄不清哪是乾隆的话，哪是鄂尔泰的申斥。自己差使确实没有办好，也只好忍气吞声。他索性从刑部四司里各抽出四名老吏，要钱度主领，自己百事不问，专查此案。累得头发长了一寸多长也顾不得剃，仍是毫无线索。过了七月节，内廷三日一次传谕申斥，乾隆竟不顾情面，连降刘统勋两级以示惩处。刘统勋也不理会，照旧带人往六部昼夜不停地清查，直到八月，他最后查完兵部，仍无结果。

刘统勋拖着好似灌了铅的步子出了兵部，遥望刑部所在的绳匠胡同只是出神。钱度从后头跟上来，知道他心里忧愁，没敢言语,刘统勋许久才道:"精诚所至,金石不开啊……看来我这孔孟之徒真要去庙里进一炷香,乞一个梦什么的了。"钱度也吁了一口气,说道:"不管伪折出自谁手,反正上书房接本处、誊本处的人逃不脱干系,依我见识,锁拿了下来严刑拷问,断没有个问不出来的理。如庄亲王、怡亲王,连鄂尔泰都遭了御批痛斥,他们也不敢回护上书房。再说,无论将来如何,上书房这干吏员总是要受处分的……"刘统勋没听完,便知这个师爷出身的钱度,已经起了"李代桃僵"的心思,要拿上书房一干笔帖式、司文郎的吏员们顶缸了,遂连连摇摇头道:"本来这个案子只在大官场里,你这样一弄,震动天下。你以为那些笔帖式们好惹?那都是根子硬挺的旗下人。他们后头的主儿你随便摸一摸,哪一个也惹不起!这是孤注一掷的法子,何况真犯未必在里头,这一锅夹生饭再烧糊了,可叫我们怎么吃呢?!"

"那……可怎么好呢?"钱度是个精明人,顿时知道自己出了馊主意,呐呐说道:"该查的都已经查了……"

刘统勋黑红方脸膛上肌肉抽搐着。咬牙笑道:"想不到我刘统勋如此无能!——走,到李又玠府里,瞧瞧他的病去!"他仿佛下了什么决心,说完抬步就走。钱度只好跟着他,也没叫轿子,出了兵部胡同向北折再向东,便见李卫门前那株十分显眼的大槐树。几个家人正在树下扫树叶,见是他们二人,忙丢了扫帚上前请安。刘统勋便问:"李大人这几天可好些了?"

"大人前儿来的嘛!"那家人回道:"每年秋天,我们老爷的病就见好,我们家的人都怕霜降。爷请进,我们爷和太太这阵子正在西花厅那边散步呢!"

刘统勋和钱度联袂而入,穿过正堂房西侧的月洞门,果见李卫和夫人翠儿坐在花厅前的石鼓上指指点点说笑。此时正近八月中秋,园中红瘦绿稀,满园的杂树或呈绛红、或淡黄、或橙、或碧,色彩斑斓。那被扒倒的院墙也没有再修,只用月季刺玫新编起一道篱笆。那扒坍了半边的西书房也没有再修复，高高的房架矗在秋空里，显示着它的一段荣衰史。刘统勋老远便拱手作揖，说道："又玠公，恭喜你康复了。今儿有兴致出来走走了！"

"是延清来了，还有钱度，"翠儿对李卫说了一句，见李卫要起身，她忙按了他肩头一下，笑道："又都不是外人，你只管坐着——钱主政有一阵子没登我们门儿了！"钱度仰脸想了想，笑道："有一个月了吧，幸亏今儿跟着我们刘大人，忙极了的，每天的事搅缠不清，像是乱蜂蜇头！"刘统勋忙笑道："这是真的，钱度没说假话，我们刚从兵部出来，就近儿给督宪请个安。"

李卫自入夏以来寸步没有离开过东书房。今儿是头一次出来看秋。他精神还算好，只大病未痊，久卧房中，脸色异常苍白。见刘统勋和钱度扎手窝脚地还要行礼，吃力地笑道："别……别这样，一处坐吧。"他顿了顿，舔着嘴唇又道："这秋景不坏，可惜我读书太少，想说也说不上来。"

"而今识尽愁滋味，欲说还休，却道天凉好个秋。"刘统勋笑道："大人此进不过是这个心境。您安心摄养。圣上昨日还说及您，如若李卫在位，焉有查不出伪奏折一案之理？皇上倚重大人的地方多着呢！"李卫叹道："皇上待我恩重如山，我只恨自己的命运不济，身子骨儿不争气罢了。那个假奏折，到现在还没有线索么？"刘统勋忙道："是。毫无端倪。我敢断言不是六部官员写的。思量来去，各王爷府还没有查，宫里的事情他们知道的最多，位份低的小吏是写不出来的。所以来请教前辈，这事该怎么着手？"

李卫没言声，俯身顺手掐了一根草节儿放在嘴里嚼着，翠儿见钱度诧异，笑道："钱老爷别笑他。他这是讨吃时惯下来的毛病儿，一有心事就嚼草根，数落过不知多少次也改不了，下头人都笑他。那年高江村相公为这事题了三个字，说这叫'识知味'。下头学他的还不少呢！"李卫没理会翠儿说话，许久方缓缓说道："这个案子要就事论事地办，可不能就事论事地想。这和朝局是连在一起的，所以主子发急，催得你人仰马翻。你在六部折腾了几个月，就算是哪个王爷在背后捣鬼，证据也早就毁得一干二净了。我不是败你的兴，不要去打王爷们的主意。如今京里也没有那么笨的王爷，会就地捏造出个折本，掩藏着塞进上书房。但折本不会是天上掉下来的。既然在六部查不出，那一定来自下头省里，有时一送折子就是几十份，在这上头想弄点手段一点也不难。"

"大人说的我明白了。"刘统勋一躬说道："我是觉得我太丢人了。不追根查到底，心里难咽这口气，也对不住主子。既然老督帅这么说，学生明天就用六百里加紧文书，发到各省由督抚举报。"钱度在旁笑道："督抚们谁肯担这责任？我跟过好几个抚台了，只有大事化小，小事化了的。依我说，叫各省督抚和有直奏权的官员，开列去年以来报到上书房的奏折的清单，说要和上书房存档册子核对，这样，谁也不敢弄虚应酬了。你一说是查伪奏折，先就把下头大人们吓掉了魂，就有证据，谁肯给你？"李卫点头道："实在这才见透了。我当了一辈子的总督巡抚，实情就这个样儿。"

李卫说罢，默谋了一会，自失地一笑又道："这件事你太痴。你觉得丢人，别人不这样看。谁都知道这里的难处。就是主子，心里也是雪亮，申斥、处分都是给人看的，敲山震虎罢了。按说这事与孙嘉淦有直接干连，你看他一点也不着急，这就是说他已深知了圣心。主子要的就是你刘统勋这份痴心傻劲，也想看看你办事的忠心，你尽放心做去，终究吃不了亏。"刘统勋见李卫面上带着倦容，便起身来说道："督帅，我没有虚来一场，这一点拨，我心里已经透亮儿了。您累了，我们先辞，改日再来拜访。"

"好。"李卫微笑着站起身来，悠晃着步子送两个人出来，一边走，一边说道："邸报我看过，小尹那边已经接旨，孙嘉淦就要启程南下。你们要不去送他就罢了，要见着了，替我问声好。"钱度一边走一边思索，说道："卑职只是不明白，皇上是'敲山震虎'？谁是虎？为什么不擒虎？"刘统勋道："那不是我们管的事。我也不想问。尽臣子本份就是了。"李卫只是微笑,却转了话题:"钱度,上次你说要成亲,是个小户人家的,怎么后来也不听言声了?"

钱度不禁脸一红,他几次托人去张家提亲,媒人说一定能办成,不料五月端午过后,张家竟举家迁走,谁也不知道去了什么地方,这事说出来颇觉难堪,只好含糊答道:"我也只是想寻个人好在身边侍候。那一家后来打听是个屠户出身,街坊里名声也不好,也就罢了。待寻到好的,一定来禀告大人。"

"那好。"李卫送二人到二门口便止了步,"外头风大,我就不出去了。"看着二人出去,李卫方才回书房安息。

孙嘉淦奉旨主持南闱乡试,到得南京,恰是八月十八,刚刚过完中秋。一过黄河,便觉出河南和直隶气候迥然相异,像煞是在北京退回去了半个月,他取道开封匆匆东下,因急着赶路,也不坐船,只带了三四个师爷,由沿途驿站供应食宿、车马走骡,从安徽直趋南京。几个师爷都是他在府中多年的幕僚,平素不拘形迹。这一路天清气朗,秋风宜人,或村或泉,或上岗陵或越溪河,时而穿行于篁茂竹之间,时而流连于枫叶霜染的林间小径,或吟咏诗词、或作笑谈,倒也不觉羁旅劳顿之苦。待到南京石头城外一家小店歇马时,天色已经晚了。依着孙嘉淦,当时就要人去通禀江南巡抚尹继善,几个幕友上前拦住了,说:"我们走了一日,在马背上颠得头晕眼花,脚都肿了。这会子去告知,尹中丞一定要来拜的。老爷好歹体恤我们一点,今儿受用一夜,好好歇息,明儿您亲自去巡抚衙门拜访,岂不礼数周全? 我们比旨意规定的日期早到了五天呢,误不了事!"孙嘉淦只好答应了。

客栈的人是接待惯了京官的,起初只当是哪个部的司官,听见这话,才知道是钦差大臣,顿时乱成一锅粥,送茶的,倒水的,牵马饮骡的一阵瞎张罗。又恭请"孙大人"到上房安息。几个人刚烫完脚,晚饭已摆了上来。一丢下碗筷,滚热的毛巾便又递了上来。师爷们从来没有这样享受过,一个个被侍候得浑身舒坦。他们乏透了,饭后略寒喧几句便各自回房进入梦乡了。孙嘉淦有一宗儿毛病,愈是乏累愈是难以安枕,在床上躺了一会儿,被窗外此起彼伏的秋虫唧唧声,勾起了离人心绪。左右是睡不着,孙嘉淦推枕而起,在床边吃了两口凉茶,忽然起了诗兴。遂沉吟咏哦道:"

　　　　憎煞碧树墙外,更有秋影无赖。镇日匆匆惹人忧,填尽一江诗债。秋来秋来,都被风华愁坏……

思索着还要吟时,却听屋上有人续咏道:

　　　　离愁在抱,江草萋萋时,吟断情肠,山云瑟瑟,难忘折翼之悲,九嶷三湘同怀……

"谁?!"孙嘉淦大吃一惊,顺手掀起扣在灯上的罩子,四面张望时,却不见人,诧异间听到梁上一声微响,一个黑衣人倏然间已站在孙嘉淦面前!孙嘉淦刹那间便镇静下来,仔细打量那人时,只见他身材中等,是个十六七岁的小青年,浓黑的双眉凝成两团,像是谁在眼睛上方点了两个蝌蚪。只盯着孙嘉淦笑,却不似有什么恶意。孙嘉淦冷冷说道:"我是山西书生孙嘉淦,官做得不小,却穷得要命,我一生办案不少,或是哪个仇家请你来的? 请取了我的首级去。"

"实不相瞒,"那人将脖子上盘着的辫子甩到脑后,笑道:"我是山西白阳教里的护法使墨君子,本名姚秦。因飘高忌我悟性高,他又行为不端,因此反目出走。傅恒破寨,我幸免于难。流落江湖,衣食无着,只好当上了这个梁上君子。原本也只想偷点东西换酒喝,听你先生清吟,忍不住技痒,也狂吟几句。惊了你,实在对不住。"说着便要走。孙嘉淦却一把扯住了。说道:"你的词我听了,不是凡品格调,既来之则安之,我有一本自作的诗笺,就便儿请教。

说着便翻马搭子,从里头取出个册子递给那人。墨君子笑道:"天下人称你胆大如斗,果真如此,真豪爽人也!"他接过本子,竟坐在灯下仔细翻阅。许久,才把诗集还给孙嘉淦,说道:"你这些诗有盛唐风格,就《春与律》'杏花寒食终朝雨,杨柳人家尽日风'落了晚唐卑调。"又指着《题长恨歌》笑道:"你看——'如向私语无人觉,却被鸿都道士知?'这一句轻佻。就如李义山'薛王沈醉寿王醒',不能说不尖刻清新,但为诗人,却失去了忠厚之道。"

孙嘉淦噗哧一笑,说道:"墨君子先匪而后贼,在这里和孙某人大言其'忠厚'之道!方才是论诗,已见一斑。有佳作没有,请赐教一首成么?"墨君子叹道:"贼匪和官家仅一墙之隔,所以有成者王侯败者贼这一说,譬如您孙锡公,当年夜走三百里杀人,你循的是王法,还是天理? 你以为你说的贼是剿得尽的么? 王阳明所谓破山中贼易,破心中贼难。但只教楚存三户,亡秦必楚。你也是读书人,自然明白这个道理。我自巢覆卵破,旧作早已一火焚尽,你既索诗,不得已口占一绝为今夕幸会助兴。"遂拍手而歌:

> 关河锁带路渺茫,妙手空空新战场。
> 凭君莫赋高轩过,却防明珠丢锦囊!

孙嘉淦心中异常惊讶,摸了摸袖中,只有五两许一块银子,取出来放在桌上,叹道:"有此等人才堕入泥尘,是我们台阁臣子的过错,你身无功名,我也不能许你功名。凭你才学身手,洗手江湖,洗心侍朝,可以自致仕于青云之上。这一点点……我说过我是个穷官,实在无补于你。拿去暂作糊口之资,不要自甘堕落了。"

"前头于成龙大人曾提到我的一个前辈。"墨君子坦然揣了银子,"也曾有过像你这番劝化。前辈说,'道不行乘槎浮于海,人之患束冠立于朝',银子我受了,您的这些个金石良言还是教训自己子侄去吧。"

　　孙嘉淦顿时默然,墨君子也不说话。二人年纪相殊,性格各异,却——都有一种说不出的知己感,但又都心知是不共戴天之敌。孙嘉淦许久才道:"朝廷主明臣贤,倡的是圣化之道,你这是何苦? 不想做官也是高洁之志,为什么要一味为匪作患?"墨君子微笑道:"胡风一吹已百年,'数'是造化定的,我也难说是对是错。但有一口气,我必我行我素。方才说到'天理',飘高他们为诡为异,不成气候,我已决意创立天理教于世。三十年后颠覆这个'大清'。也许你见得到的。"他说话声音很淡,孙嘉淦心里发瘆:

　　"我活不了三十年了。你这叫恃才沽祸。就我所见的人物,你的才并不怎么出色。"

　　"也许吧,但您的儿孙可以见到天理教勃兴。"

　　"我的儿孙会杀掉你。"

　　"那不一定。但他们能见到。"

　　"他们一定杀掉你,不然我不见他们!"

　　"还是那句话,他们没有你的志气,破不了心中贼。野火春风嘛。"

　　墨君子说完,抱手一揖,说道:"我该去了。钦差大人。"孙嘉淦苦笑着也抱拳一揖,说道:"那一点菲薄之银,你不要用在你教务上。""那是当然!"墨君子身形一晃,像来时一样快,倏然消失在门外。

　　"破山中贼易,破心中贼难……三军可以夺帅,匹夫不可以夺志……"孙嘉淦梦魇一样独自在孤灯下徘徊,喃喃而语。耳听远处鸡鸣三声,仍是毫无睡意。亲自拨灯添油伏案而作,将上次见乾隆说的话,写成了《谏三习一弊折》思量来去,还是转到了"进君子退小人"这一条,没有这一条,断难长治久安。在结尾写道:

　　　　……由此观之,治乱之机,转于君子小人之进退;进退之机,握于人主之一心;能知非则心不期敬而自敬,不见过则心

不期肆而自肆。敬者君子之招治之本也,肆者小人之谋乱之
阶也……惟望我皇上常守此不敢自是之心,而天德王道不外
乎此矣!

写完,又将今夜遇到巨贼墨君子的事另备一札,细细写了密封。院
外已是麻亮,厨中炊起,后院马嘶骡鸣,挑水夫甩着扁担支悠支悠
在院中轻步往来。孙嘉淦索性洗了脸,吹了灯端坐在椅上闭目养
神。

四十四　尹继善泛舟歌侑酒
　　　　刘啸林闲赋讥时文

　　孙嘉淦在店中匆匆用了早点，命几个师爷进城中驿站安顿，自带了两个小僮径往巡抚衙门拜会尹继善。巡抚衙门的门官看了他的名刺，顿时一怔，说道："我们老爷昨儿还说，孙都老爷三五日就到。大人竟来得这么快！不过太不巧了，中丞幕里有几位清客要应考，今儿去莫愁湖为他们送行。这么着，大人您在签押房先坐着吃茶，小人这就去请，一个时辰用不了，准请回来。""孙嘉淦笑道："小尹如此雅兴，不可扫了他的兴，你不要去，我自己去寻吧。"说罢径自上马，由老城隍庙向南，但见碧水荡漾，岸边秋风拂柳，曲廊蜿蜒，湖中荷叶摇曳，几只画舫游荡其间——这就是名驰天下的莫愁湖了。

　　孙嘉淦沿游廊一步步行来，穿过落红桥，绕过胜棋楼，在莫愁亭旁假山石上伫望良久，但见湖中画舫如织，沿岸游人似蚁，往往来来，哪里见尹继善的影子？正俯仰间，湖南边传来一阵鼓乐声，见一条画舫从莲丛边划过，有一个女子伴着乐声在吟唱，隔水传来，听去格外清新。

　　　　春日理红妆，春风开素裳。春月浑无赖，来照床上郎。携手大堤上，大堤女如玉。与郎说分明，不得通眉目。何用踏青去，往来车马中。与郎卧绣帐，何处无春风……妾有合欢床，欢行无十步。却笑天上郎，辛苦河边渡。妾在机中织，欢在帐中忆。道郎且安卧,缠绵自成匹。逢欢在何许? 藕塘东复东。
要郎知曲意,弹指向梧桐……

孙嘉淦在岸上循着歌声望去,却见尹继善和几个人在船上吃
酒,几个歌伎依栏奏乐,还有两三个女孩子站在舫边,边采莲蓬、菱
角,边唱着歌,眼见那画舫要调头西去,孙嘉淦忙喊了一声:"元长
弟,你好安乐!"

"是哪个?"尹继善听岸上有人呼唤自己,忙命止乐,踱出舱来
见是孙嘉淦,意外地怔了一下,忙命移舫就岸,拱手笑呵呵说道:
"哎呀,是锡公大人到了! 真真的意外。我算着你至少要五天才到
得金陵呢。"……说着画舫已经靠岸,尹继善等船夫搭好跳板,方款
步上岸。两个人相对一揖,礼毕,尹继善一把拉了孙嘉淦的手相携
上船,口中道:"且不说公事,公事早着呢! 来来,上船,我给你介绍
几位文场中朋友!"

孙嘉淦命两个小奚奴在岸上看管马匹,自上船来,果见五六个
文士在桌前,都已站起身相迎。尹继善见他脸上带着戒备之色,笑
道:"锡公忒煞地小瞧了天下人! 这里头只有勒敏是捐了贡的,要
进京会试。今儿就是送他的——"说着指了指靠西站的勒敏,勒敏
也只向孙嘉淦一躬致意——"其余的没一个应试的——这位是曹
霑,雪芹先生;这位是何是之先生;这位是刘啸林先生……"一一介
绍着,拖孙嘉淦挨身边坐了,笑道:"你该放心了吧? ——哦,你们
还不认识,这就是当年在先帝爷跟前谏三事的孙锡公都御史,下江
南主考南闱来了,也是个风流雅俊之士!"一句话说得众人都笑了。
孙嘉淦也笑道:"现在一说'直臣',好似都是不吃人间烟火食的神
仙。忠烈都打性情中来,我其实最讨厌那些假道学的。上次去一
位同年那里他夸他儿子有格致功夫,喜读书不近女色,外头亲眷年
轻女子来,或有戏班子女孩子演戏,都躲得远远的。我说,'食色,
性也。那是你不知道,他背地里冥思苦想的,其实更狠呢? ——这

里头只有勒敏见过,雪芹先生虽未谋面,怡王爷曾说起过你,'第一才子',今儿好运,听你们雅歌,看你们投壶——大家随意耍子。"

"这一位老夫子啸林先生,康熙五十一年的探花,当年也是心雄万夫,写得一手好词,可惜宦途多舛,一个罣误跌落红尘。"尹继善一边给花白胡子的刘啸林斟酒,一边说着,"如今在我府,教读几个子侄。雪芹正著书,啸林当年在曹家也当过西席,就近儿一处批注雪芹的《红楼梦》……"刘啸林抚须摇头道:"摇手休问当年事,如今只剩了朽木一块,不堪说了。夕阳无限好,只是近黄昏啊!""哪里话?"尹继善殷殷劝酒,笑道:"——天意怜幽草,人间重晚晴么!来,为锡公接风,为敏兄殿试夺魁,干一杯!"

孙嘉淦凝视着这位倜傥风流的封疆大吏,刚刚三十岁出头,浑身上下干净利落,白净面孔上才蓄的八字髭须浓如墨染,一条油黑的大辫子又粗又亮,直垂到腰后,怎么看都像个放荡不羁的未第孝廉。谁能想到他不到二十岁便入翰林院,作为钦差大臣的随员出使广东,悍然抗上,手诛广东布政使官达和按察使方顾英,平息了即将爆发的民变,一日之内被雍正连晋六级,四年之间便擢升到巡抚、开府建牙为一方诸侯?……正发怔间,尹继善转脸问道:"锡公,你在想什么?""我是在想——"孙嘉淦忙举杯与尹继善一碰:"我在想你这个人。哪来这份才情?懂漕运、通盐政、通军政,政事繁冗间又能风花雪月,操琴击节——都是人,我怎么就不成,这定必是尹泰老相公厚福所积的……"

"锡公又在这儿用格致功夫了。"尹继善笑着叹道:"天资是一说,其实我是极平常的。要说比人强的,我好奇好学。先父在康熙年间,常奉旨来江南巡查,我随父出来边读书边游历,什么盐政、漕运、河务这些事,我都很留心。就我的本性,我还是喜爱结交文学之士。我觉得这叫'适性',其余的都叫'勉力'。雍正六年,先帝放我江南巡抚,也问过这个话,除了上头的话,我还说要学李卫、田文镜和鄂尔泰。先帝说:"这三个人是朕的模范总督,你要好生倾心学习。'我奏对说："李卫,臣学其勇,不学其粗;田文镜,臣学其勤,不学其刻;鄂尔泰可学处是很多的,然而臣不学他的刚愎。'就如你孙锡公,我也一样,我学你的直,不学你的刻板。"说罢便笑,孙嘉淦也不禁莞尔,说道:"皇上命我撰文批驳舒赫德请停考时文,我虽驳了,心里却知道勉强,你这才叫真才实学。读书、学人、习事、游历——什么时候让从这里头选拔人材,我就头一个赞成废止八股。你如今还作得时文么?"尹继善掩耳笑道:"别,别说八股! 折磨死人了,那敲门砖我早就扔到茅厕里了——这里啸林先生正在给苏舜卿写长挽,不要败了他的清兴。"

孙嘉淦这才留神,何是之在舷边几上用手扶纸,老探花刘啸林正一边写字一边沉思。笑问曹雪芹:"雪芹先生的《红楼梦》,是诗,是词,还是曲? 只听怡王爷说过,当时事忙,也没及详问。给我们饱饱耳福如何?"曹雪芹在座中欠身答道:"《红楼梦》是稗官小说,非诗、非词、非曲。"

"该说全有嘛,"见孙嘉淦面带失望之色,尹继善笑道:"虽是稗官小说,诗好、词佳、曲美。"说罢,两手一拍,说道:"奏乐,唱《红楼梦》里的曲子!"旁边散坐的歌伎们立刻调弦弄管,须臾歌声婉约而起,孙嘉淦倾耳听时,却是:

> 他是个绝巘幽谷兰,他是个惊鸿夕照霞,他是个广陵春水拂风柳,他是个梁园台榭花……谢造化,排定了数遇着了他,原是那,三生石畔的旧冤家。只为爱他,怕惊动他,不敢想他,偏偏儿是忘不了他。梦魂中每常相携共天涯……更漏五鼓残月斜,这别愁离绪,恰便似涌不完的寒泉,流不尽的漕溪,汤汤回旋直下……

孙嘉淦自幼与母家表妹也有一段情思缠绵。因他长得丑,几次提亲未成。好容易有点眉目,后来他家遭惨变,二人只好劳燕分飞。

听着这哀怨悠长，幽绪莫遣的歌声，他陡地想起，心里一阵刺疼，泪水竟夺眶而出。又听了几首，孙嘉淦忍不住问道："这都是《红楼梦》里的？可否——"

曹雪芹知他想索书，含笑说道："这些曲子是《风月宝鉴》里的，《红楼梦》尚未成书，还要删改。我是个浊物，不敏捷，所以写得很慢，此所谓志大而才疏。虽有心写一部奇书留世，还不知造化许不许呢！"他来南京有尹继善多方照应，衣食倒是无忧。只这地方勾起他幼时痛楚的回忆，总归不能心神舒泰，很想和勒敏同道回北京，却又难拂尹继善殷勤相待的情份。心里总有一份苦楚。见孙嘉淦伤感，深觉知己，毕竟交浅不能言深，便转了话题，笑道："畸笏叟（刘啸林）的挽词作好了，我们奇文共赏！"他将手一让，孙嘉淦等人一齐过来，果见刘啸林已将苏舜卿的挽词写好：

　　试问十九年磨折，却苦谁来？如蜡自煎，如蚕自缚，没奈何罗网横加。曾与郎云：子固怜薄命者，何惜一援手耶？呜呼！可以悲矣。忆昔芙蓉露下，杨柳风前，舌妙吴歌，腰轻楚舞，每看酡颜之醉，频劳玉腕之携。天台无此游，广寒无此遇，会真无此缘。纵教善病工愁，拚他憔悴，尚恁地谈心遥夜，数尽鸡筹，况平时袅袅婷婷，齐齐整整。

对句却是：

　　岂图两三月欢娱，便抛侬去？望鱼常杳，望雁长空，料不定琵琶别抱，私为渠计，卿竟昧凤根哉，而肯再失身也。噫哦！殆其死矣！迄今豆蔻香消，蘼芜路断，门犹雀认，楼已秦封，难招红粉之魂，枉堕青衫之泪。女娲弗能补，精卫弗能填，少尹弗能祷。尚冀神降示禁，与我周旋，更大家稽首慈云，乞还鸳帖，合有个夫夫妇妇，世世生生。

孙嘉淦这才知道这副长联是挽京师名妓苏舜卿的,遂叹道:"这是十多年前的事了,这期间死了多少名臣、名将,有谁来挽他们?"

"名臣名将不如名妓,确乎如此。看看《桃花扇》,就是一个佐证。"尹继善笑道,"但名妓生前活得苦。世人总归是要个'现得利',所以蝇蝇苟苟,追逐的还是做官。"何是之小心地将纸搭在船舷上晾着,附和道:"还有多少人一辈子痴迷,拿着敲门砖站在门外苦苦追索。"君继善点头道:"我在广东就考过一个八十多岁的老翁,还是个童生,问他经传都糊里糊涂了,还要考,我也出了一联,上联是:"行年八旬尚称'童',可云'寿考';下联是'到老五经忧未熟,不愧'书生'。"

众人不禁哄堂大笑,刘啸林笑道:"这一联难能的是'寿考'和'书生'一对。"曹雪芹道:"倒逗起我的兴头来,我仿畸笏叟这副长联赠这位'老童'。"遂援笔疾书:

试问数十年磨折,却苦谁来?如蜡自煎,如蚕自缚,没奈何学使按临。曾语人云:我固非枵腹者,不作第二人想也。呜呼!可以雄矣。忆昔至公堂上,明远楼边,饭夹蒲包,袋携茶蛋,遇题牌之下,常劳刻板之誊。昌黎无此文,羲之无此字,太白无此诗。总教时乖运蹇,拚他跌滚,犹妄想完场酒席,得到前茅,况自家点点圈圈,删删改改。

岂图无数次簸翻,竟抛依去,望鱼长杳,望雁长空,料不定礼房写落。爱为官计,彼必有衡文者,讵将后几排刷耶?噫哦!殆其截耿?迄今缘悭,辕门路断,着贻子孙,贺鲜朋亲,愁闻更鼓之声,怕听报锣之唤。秀才弗能求,'书生'弗能忆,'寿考'不能死。或者祖功宗德,尚百贻留,且录将长案姓名,进观后效。合有个子子孙孙,膝膝绕绕。

"这也算将其中况味写透了。"何是之一生名场潦倒，追随曹雪芹为门墙私淑弟子，已是大彻大悟，见这副对联仿作，竟不自禁勾起旧日情肠，心里一阵酸热。想着，又补了一句："无药可医相将病，有心难补女娲天呐！"

众人还待仔细讲评，忽听岸边有人手卷喇叭呼唤："中丞大人——有廷寄急件！"

"看来今儿不能尽兴而归了。"尹继善微笑着叹息一声，"就如何先生说的'无药可医相将病'，我续全了，'有心回头崖前马，此中况味君亦难'啊！"说着，画舫已经靠岸，却见是巡抚衙门的戈什哈。刚停稳，那戈什哈便跳上船来，向尹继善打了个千儿，将一份加有军机处关防火漆通封书简双手呈上。尹继善翘足而坐，拆开看时见有"御打"二字，忙站起身来，小心展开捧读。却是一份奏折：

> 臣山西巡抚喀尔吉善，为弹劾山西布政使萨哈谅收兑银两，冒支贪贿事跪奏。

尹继善粗粗看过正文，看乾隆的御批时，却是：

> 着发往各省。已着吏部侍郎杨嗣景前往查核，即会同傅恒审理此案。

孙嘉淦见尹继善只是沉吟，欲问时，因这是圣谕，又不知该不该问，便也默然。一船上人见他二人不张口，也都讪讪地不说话。尹继善许久才道："这是皇上即位以来第一件查处贪贿的案子，前头我送呈的几份，都留中不发了，看来这是戏中有戏。"说着把奏折稿子递给孙嘉淦。孙嘉淦接过来看了看，笑道："喀尔吉善这人最油滑，这回竟率先打了个冲天炮！萨哈谅是庄亲王的门人，只怕这官司不好打呢！"

"诸位仁兄贤弟。"尹继善从容拿起桌上素纸折扇,当胸一拱,笑道:"我和孙大人不能陪你们了,回衙门要议点事。你们只管尽兴,代我多劝勒兄几杯。回头上路,兄弟自然还有些程仪。"说着从容走下跳板,和孙嘉淦一道上岸,隔水又是一揖,这才和孙嘉淦同轿回衙。

二人在江南巡抚衙门签押房坐定,尹继善方道:"我说戏中有戏,就是这个意思。岂止把庄亲王卷在里头?杨嗣景是怡亲王府的亲信,又是萨哈谅的同年。他来审案,喀尔吉善有什么好结果?"他手中大折扇展开又合拢,"据我看,喀尔吉善背后肯定是傅恒撑腰,傅恒少年新贵,又是个胆大细心的,一心要作名臣,唆使着在山西开这个惩贪第一刀,这是想得到的事。但皇上若不想大做,为什么把折子发往各省?要想认真办,又何以叫杨嗣景来办?这才有点叫人扑朔迷离。"孙嘉淦没有在外任上做过大员,他是一向有什么事说什么事的,这才知道一封奏折批下来,这些封疆大吏们动尽了脑筋,想的居然不是"该人奏的事是实是虚",或者"我身边有没有这样的事,该不该奏",而是案子后头的"戏"。遂笑道:"要是我,才不这么想呢,我头一件事要先看看江南藩库,清点一下自己。"

"那你连一任巡抚也做不到底。"尹继善见他如此直率,莞尔一笑道:"自己是清是贪,不用想。身边有没有贪官,那是也不用想的,哪里都有,也早就心中有数。你看,贺露滢的案子,要放在先帝爷手里,李卫早就不请旨处置了。皇上要扭严为宽,你抛出来,那叫不识大局。你自己连官都做不稳,试问你怎么能切实为朝廷为百姓做点好事?如今太平的久了,赃官十八九,清官十一二,有这个比例就算不错了,真的动手一个一个按律查拿,清到水无鱼,林无鸟,官也就没人做了。"

这也是一片道理。孙嘉淦突然感到一阵不安,他想到了和墨君子一番晤对,真的有点吃不准究竟谁是谁非了:"破山中贼易,破心中贼难啊……"他喃喃自语地说道。尹继善却没听清,问道:

"你好像很有心事?"

"我有点……怕。"

"怕?"尹继善顿了一下,"怕赃官多?"

"不,怕贵人们都像你这么想。"孙嘉淦苦笑道:"那就离革命不远了。"

尹继善大笑,说道:"锡公,革命是天道,是大数。圣人为什么要说'和光同尘'? 就是要你顺天应变。在这一朝,忠心为这一朝尽心,尽力办好自己手中的事,也就是延缓革命而已。要阻止这个大数天命,自古谁也没有办过。如今实话实说,皇上要创极盛之世,已经是看得见、摸得到的事了,但'极盛'而后,必定是月圆而蚀、器盈而亏,皇上博学多识,焉有不知之理? 历数祖龙以来,哪一朝代不是由盛而衰? 但创的盛世越是时日长,国祚必定越长,这一条有汉唐史作证。所以你这份痴情叫人感动,你想想事理是不是如此。"

"这真叫醍醐灌顶。"孙嘉淦不禁也笑了:"我是虑得太多了。"遂将夜宿石头城小店,遇到墨君子的事说了。又道:"这事我已奏明圣上。照你说法,那个墨君也是个痴人!"

尹继善却没了笑容,许久,叹道:"山西莲花教撮尔小寇中,竟有这样人物? 那天下之大,这样的人多了,不是我满洲人之福啊……"

孙嘉淦和尹继善都奉旨办学差的人,因而第二天便挂了牌子谢绝一切官员拜访。尹继善将巡抚衙门事务都卸了,由江南布政使穆萨哈代署衙务,也带一群看卷师爷搬进了驿馆和孙嘉淦同住,这是为了避嫌立的规矩,历来如此。原想还有不到一个月的时间,尹继善从家里运来了几箱图书,想好好闭门读书,不料五天之后,转来山西巡抚喀尔吉善又一份奏稿,仍是弹劾官员贪墨,被告却又换了一个,是山西学政喀尔钦,词气也更加严厉:"该员贿卖文武生员,赃证昭彰,并买有夫之妇为妾,声名狼藉,廉耻丧尽,请旨将喀

尔钦锁拿严讯,斩之阙下以儆天下贪官墨吏"后头特加朱批:

> 转发各省巡抚。此稿发孙嘉淦着意看。

下头礼部跪奏:"孙嘉淦已赴江南主持南闱",乾隆的御批写得龙飞凤舞:

> 孙某赴江南,乃朕之命,朕焉有不知之理? 昏愦! 礼部尚书! 侍郎着各降一级! 钦此!

"山雨欲来风满楼。"尹继善住在东书房,接到谕旨,立刻到西书房请孙嘉淦看,他仍是一副从容不迫的气度,但神色已变得严峻起来,"锡公,看样子这一科南闱你未必能主持,我看圣意,说不定要你去山西主持审谳这个泼天大案呢!"

孙嘉淦冬瓜脸埋得低低的,一字一句地审量品评着喀尔吉善那份数千言的长奏折,足有移时,轻轻吁叹道:"是,我也感觉到了,我觉得圣命已经在路上了。这个案子我看了,恐怕要摘掉几十名山西官员的顶戴。但我不甚明白,就如你说的傅恒在那里,钦差大臣是现成的衔,就近办理何其顺当? 如不用我,又何必专门叫我看这折子?"

"皇上器重你的这点痴忠之心,且你也有煞气,能避邪。"尹继善笑道:"至于傅恒,我敢断言他是喀尔吉善的幕后之主。他不宜出面审理的——"还待往下说,门政气喘吁吁跑进来,也不及行礼,说道:"中丞,内廷王礼快马来南京传旨,刚去过巡抚衙门,拨转马头又来了这里,现在门口,请二位大人一同接旨!"

二人一听"有旨",早已站起身来。尹继善略平静一下,吩咐道:"放炮,开中门,设香案!"

"扎!"

这边两个人便忙不迭地更衣,孙嘉淦身着神羊补服,九蟒五爪袍子,珊瑚顶戴;尹继善戴的是起花珊瑚顶子,锦鸡补服也穿好了。二人神色庄严,各自将手一让出了书房,便听前门炸雷般"咚咚咚"三声炮响。二人不再迟滞,摇着方步迎了出去,便见一个二十多岁的年轻太监双手赍诏已人中门而入。

"孙嘉淦、尹继善接旨!"王礼满身灰尘,满脸油汗,提劲儿拿捏着到上方香案前南面立定,扯着公鸭嗓子叫了一声,见孙尹二人已俯伏行礼,展开诏旨读道:

> 奉天承运皇帝诏曰:
> 　朕自御极以来,信任大臣、体恤群吏,且增加俸禄,厚给养廉,恩施优渥。以为天下臣工,自必感激奋勉,砥砺廉洁,实心尽职,断不致有贪黩败检以干宪典者。不意竟有山西布政使萨哈谅、学政喀尔钦秽迹昭彰,赃私累累。实朕梦想之所不到。是朕以至诚待天下,而若辈敢于狼藉如此,竟视朕为无能而可欺之主!

跪在下面的孙嘉淦和尹继善不禁偷偷对视一眼;果然是这件事,却听王礼又念道:

> 　……我皇考整饬风俗,洽清吏治,十有余年始得丕变;今朕即位不久,而即有荡检逾闲之事。是既不知感激朕恩,并不知凛遵国法,将使我皇考旋转乾坤之若衷,由此而废弛,言念及此,朕实为之寒心!昔日俞鸿图贿卖文武生童,我皇考将伊立时正法,自此人知畏惧而不敢再犯。今喀尔钦赎卖生童之案,即当照俞之例而行。若稍为宽宥,是不能仰承皇考整饬澄清之意也,朕必不出此也。

读到这里,口干舌燥的王礼清了一下嗓子,瞟了一眼孙嘉淦,继续读道:

　　萨哈谅、喀尔钦二案,已著吏部侍郎杨嗣景前往,会同巡抚喀尔吉善,秉公据实严审定谳。今着都御史孙嘉淦即往山西,主持全案处置,可视情形相机定夺。务求审实而谳定。勿以亲贵而嫌避,勿以涉众而移心。即若杨嗣景辈有意为之开脱,该御史亦当秉公忠诚体国之意,执法无贵,机断处置。其所遗学差一事,即着尹继善传旨鄂善会同办理,特此密谕,钦此!

"臣,遵旨!"
孙嘉淦和尹继善深深叩下头去。

四十五　卢鲁生作祟入法网
鄂钦差愚昧代行权

送走孙嘉淦，尹继善站在烟波浩渺的长江岸边只是踌躇。他当然留心到了，乾隆在这道密谕里只是捎带着提到康熙，没有提"以宽为政"而只一味大讲"我皇考澄清吏治，旋转乾坤"。连着山西这两个贪贿案配这道谕旨，就是瞎子也看得出，朝廷又要整顿吏治了。但怎么整，单凭这道谕旨还难以揣猜：是像康熙那样，一头规劝百官"遵法儆心"，一头杀一儆百；还是像雍正那样日夕查察，顺藤摸瓜地抓、拿、抄，一株连就是一大窝子？他望着孙嘉淦那已经变得芝麻一样大的官舰，浩瀚的江水打着旋儿从脚下疾速流向东方。看着那东流的江水，又觉得是自己站的石岸在向西漂移……他已经想得忘神了。

"中丞，"一个长随在身后说道："离城还有老远呢。您老要瞧着这里好，小的们就近弄点酒菜来。"

"唔？唔。"尹继善从遐想中醒过来，回身在望江亭前上马，说道："刚刚和孙大人一起吃过酒，哪里就饿了？咱们一道进城。我去河道衙门拜会钦差鄂大人，就便儿传旨，然后就回驿站去。你们回去吃饭。"他骑稳了马，又沉吟了一下，说道："城东明故宫西边，咱们那处宅子，只怕有几十间吧？"

"是，上百间呢！是随赫德坏事，先帝爷赏给老爷——"

"不说这些。把那里打扫出来，衙里花园住着的几位先生，雪芹他们，明天就移到那里去。"

"是！要是先生们问起……"

"就说这边花园要修，"尹继善双腿轻轻一夹，那马已徐徐而行，"修好了自然还要搬进来住的。"

他不再说话了。几匹快马沿玄武湖的驿道一溜小跑。尹继善与家人们分手后，独自去见鄂善。穿过寂无人踪的一片藩库区，便见一片茂竹掩着一片青堂瓦舍，河道衙门已是到了。鄂善的钦差行辕，就设这里。守门的亲兵都认得尹继善，见他下马便上来请安，要进去禀报，尹继善却摆手止住了，独自走进院来。听见鄂善正和人说话，便笑道："鄂公，不速之客来了！"

"是元长弟来了么？"屋里鄂善笑着答道。接着竹帘一挑，鄂善已经迎了出来，随他出来的，还有个三十多岁的中年人，穿着灰府绸截衫，相貌清秀，神情却颇谦卑。他退到一边，等着鄂善和尹继善见了礼，方小心地向二人各打一个千儿，说道："鄂大人您要见客，要没别的事，卑职就告辞了。银子，过几个月一定还过来。"见鄂善点头无话，那人方却步抽身匆匆去了。鄂善这才问尹继善："你不是已经移驻驿站，闭门谢客了么？什么风吹得你来？"

尹继善瞟了那人背影一眼，没言声随鄂善进了书房，也不就座，望着鄂善徐徐说道："有密谕给你的旨意。"鄂善大吃一惊，忙道："中丞不要忙，容我更衣接旨。"

"不必了。"尹继善干巴巴说道，"因事情仓猝，我也是匆忙赶来的。"待鄂善跪了，尹继善才将乾隆命鄂善入闱主持乡试的旨意说了，却略去了密谕孙嘉淦和自己的原文。

"臣，领旨，谢恩！"

鄂善起身时，尹继善便道："孙锡公另有差使，我也不知道为什么突然有这个圣旨，总归你在这边治水有功，皇上叫你办学差，也有个历练的意思吧。"鄂善道："圣恩高厚，这原没的说，我只是觉得太突兀了。方才还一脑门子心思加固高家堰大坝，叫他们核算工本银子。一个旨意，又要去和文人墨客们打交道了。

尹继善因心中有事，不想多坐，便立起身来，笑道："那人是账房上的？我还当是打抽丰寻你借银子的呢！这样吧，这边的事你跟他们交待一下，明儿，至迟后日到我那里，读书、下棋耍子，好么？"

"倒真给你猜着了，"鄂善也笑着起身，"那是在京里内务府当过差的一个笔帖式，前年去云贵补了个武缺千总。说是家里遭了回禄之灾，要回乡看看，在我河工上暂借一千两银子。在京时我们常见面，也不好太却了情面。我给他五百两，支走了他。我明儿准去，你那里珍版图书多带几套，每日操心河工上的事，听的是算盘珠子响，想的是土方、石方、民工支项，我都快变成市侩了！"说着已到大门外，二人拱手告别。

尹继善却没有直接返回驿站，又折回巡抚衙门。想见见刘啸林一干人，亲自安抚几句。是时正是中午饭后，巡抚衙门各房书办都回去吃饭没回来，甚是冷清，但见老树婆娑，黄叶飘零。秋景甚是肃杀。尹继善一步一踱，将到西花厅门口，见隔壁公文房里还有人，心下不禁诧异：这会就有人赶到衙门办差使？遂迈步进去，见几个书办忙得满头大汗正捆扎着刚印好的什么文书，笑问道："你们好早！忙着做什么呢？"

"呀，是中丞大人！"书办们都是一愣，忙过来请安，管书办房的司书禀道："这是些海捕文书。昨个夜里交待下来，刚刚印好，要发到各州县去。小的们饭在大伙房叫的。"说着将原稿递上来。尹继善浏览了一下，是刑部的正文，由史贻直亲自签署：

> 　　　为查拿冒充孙嘉淦御史擅自上伪奏稿之钦命要犯卢鲁生
> 事。各省巡抚衙门接文后即严查缉捕。卢鲁生，现年三十三
> 岁，原为京师内务府云贵贡品库笔帖式……

下头还有许多文字，尹继善也不耐烦细看，将文书丢在桌上，回身便走。走了几步，尹继善却突然心动：三十三岁，内务府笔帖式——云

贵！该不是方才在鄂善那里见到的那个人罢？急转回身，一把抓起那文书，又仔细看了一遍，喃喃说道："年貌都相符……回禄？借钱？——"他顺手把文书塞给眼前的书办。急道："你骑马飞报鄂善大人，问他是不是这个人！我就在花厅等着！"说罢也不去花园，径自进了花厅，自己沏了一壶茶吃着，心神不宁地专等着来人回报。

过了约一刻多钟，厅外一阵马蹄声，尹继善隔玻璃望见鄂善也来了，情知事情十有八九是真的，快步出来，站在廊下问道："鄂公，是不是这个人？"

"一点不假，他就是卢鲁生。"鄂善翻身下骑，"原来是做下大案逃脱在外的！竟敢到我那里借银子。这贼也忒是胆大包天！"鄂善说着匆匆上阶，神气间十分恼怒，涨红着脸一屁股坐在椅上，说着："我好心好意的，差点落个资匪名声儿！只如今不知他在哪里，该怎么处置？"

"跑不了他！"尹继善咬着牙一阵冷笑："他就是土行孙，这会子也出不了南京城。叫书办房的人都过来！"

书办房的几个司书早就侧耳听着这边动静，听见招呼，忙都一拥而入，站在下头垂手听命。

"有几道令，你们立刻传下去！"

尹继善眼睛盯着窗外，一字一板地说道："着南京城门领衙门立刻出动，封锁南京城所有进出要道；着京郊八旗驻军，把守各个陆路要道，昼夜戒严，所有过往行人，一律严加盘查；着玄武湖水师衙门即刻进驻各船坞码头，严行搜索；江上派舰对水路封锁；着按察使衙门即刻派人行文南京城四周各县，遇有从南京出去的可疑人，立刻扣留盘问；着南京府县衙门立刻派衙役，对所有旅店，还有秦淮妓院等地一一搜索。限明日天亮前一定拿到这个卢鲁生——完了！"

"扎！"

"回来！"尹继善厉声道："告诉他们，声势越小越好，盘查越密越好！带上海捕文书发给各衙。一旦查到人犯正身，所有可疑人要立刻释放——去吧！"

"扎！"

衙役们齐吼着应一声，立刻分头去传达尹继善的宪命，偌大的花厅里只剩下他们两个人，鄂善阴沉着脸，似乎心神不定地一口接一口喝着酽茶，不时朝门外张望一下。尹继善知道他的心思："这个鄂必隆的曾孙，自入仕途以来小心办差兢兢业业，很得乾隆的青睐，他不愿在乾隆心目中留下一丁点污迹。这个卢鲁生拿不住，他资助的五百两银子就是一件说不清的事；即便拿住，他擅借库银资助匪类，也少不了要受处分。尹继善见他端着空杯子发怔，起身为他倒满了茶，嘻笑道："你先祖从龙，身经七十余战，战功赫赫，你就这份胆量？告诉你，我是为防万一才作那样严密布置——来，我们下盘棋，两个时辰内，我叫你和这个卢鲁生再次见面！——不要这么丧魂落魄的，算是你即刻发觉来请宪命查拿正犯的，连个小罣误也没有！"

"今天赢不了元长了。"鄂善勉强笑着接过尹继善递来的白子，"现在说不起祖上怎么样怎么样的话了，要赶上那时候，我一般儿也会杀人放火的。我不想超越祖上，只想不辱没祖宗罢了。"尹继善道："谨守是保全之一道，进取亦是保全一道。我以为进取比谨守似乎还要好一点。""不要说嘴，"鄂善笑道："你的围棋总输给我，就为你一味'进取'，自己的棋尽是毛病，还贪吃我的子，这就落了下乘。"

尹继善想想，也确是如此，他的棋风凌厉，计算周密和大刀阔斧混战一场的人下棋，常使对方一败涂地不可收拾。鄂善的棋看上去绵软，像是怯阵一样不敢正面接敌，但二人对弈，尹继善十局里也难赢一局。二人一边走子儿，一边闲聊。尹继善已将回衙寻刘啸天的事忘得干干净净。但鄂善今天心神恍惚，实在走不出好步儿，一百多着以后，西南大角已被黑棋强兵压境，要委屈求活，外势全失，要强补外势，里边的白子便有全军覆没之虞。无奈之间，只好强袭突围，又在东南角造劫顽抗，一个失措寻了个假劫，劫也打输，困子也被全歼，只好笑着推枰认输，说道："今儿饶你一局，移到驿馆我们再战！"尹继善也笑道："老实说，我今儿也心神不安。方才的话是雪芹告诉我的。要想君子之泽五世不斩，比创业还难，既要保全，又要变通进取，是极不容易的。不保全只进取，往往落入陷阱，只保全不进取，心思不开，久而久之就变成了百足之虫，死而不僵……"

"曹雪芹，那是个了不起的人物。"鄂善仰脸吁了口气，"元长，你劝劝他，弄那些风花雪月的《红楼梦》做么子？想当年他祖父曹寅何等了得？他的聪明用到正经地方，前途真不可限量！"尹继善道："自古以来有多少书，我总觉得没有及得上《红楼梦》的。立德、立言、立功，都是正经事。我不以为做官最好。你我都是起居八座的大吏，一出门卤簿扈从如云，坐堂上一呼百应，见了上头我们要媚笑奉上，上头见了我们也媚笑巴结。比如你我现在是座上宾，上头一道旨意下来，或许就要变成阶下囚，亲的也不亲了，近的也不近了——有几个是心交，有几个真正宾服我们的？雪芹就不，上到亲王、阿哥，下到贫穷士子，甚或酒肆、青楼里的人，一沾上《红楼梦》的边儿，都着了迷似的。啸林是个探花，何是之是落第举人，甘心为他磨砚铺纸——你我也不能不买这个账！这就是事业啊！"鄂善听了挽首不语，半响，转了话题，"我只诧异，这个卢鲁生，会写出那假冒奏折？太不可思议！他在云贵总督衙门当千总，还是个武职，怎么办得来？又怎么会有这个胆子？"

说到这上头，尹继善也觉茫然，想了半天，说道："我也不得明白，这件事蹊跷得很。刘统勋这个人真还有点门道。"一边说，起身来到书案前援笔在手，说道："我这里草拟一份咨文给史贻直，就说卢鲁生已擒，待正身拿到，立刻用八百里加紧递到刑部，下余的事与我无干。"正说着，外头一个戈什哈进来，尹继善和鄂善同时站起身来。尹继善问道:"拿住姓卢的了?"

"不是,"那戈什哈忙禀道,"布政使铸钱司于秉水大人来了,他听说中丞这会子不在驿馆,说有事求见。"

尹继善歪着脑袋想了相,猛地想起去年藩台葛顺礼曾为他说项叫他补铸钱司缺的事,当时还带来一本价值千金的蔡京手抄《易经》。他把玩这部书几天,终于不敢收,璧还了于秉水,缺给他补上了。想来这人也是个贪墨手长的。尹继善因果决地说道:"就说两个钦差都正忙得焦头烂额,布置搜索钦犯的事。有事等秋闱完了再请见吧!"待戈什哈退出去,鄂善才道:"于秉水这人我认得,虽是杂途出身,其实很懂事,也很文雅的。"尹继善笑而不答。慢慢向盒中收着棋子。忽然外边一阵杂沓急促的脚步声,几个戈什哈边跑边兴奋地高叫:"中丞大人,拿住了——那个姓卢的兔崽子在天妃闸跟前拿住了!"

鄂善一下子直立起身子,见尹继善一脸笃定的神气稳稳坐着,便又坐了下去。一时便见几个亲兵架着捆得米粽一样的卢鲁生快步进来。那卢鲁生甚是倔强,一边走一边叫冤枉,进来见鄂善也在,更是拧头涨脸,劈头就道:"鄂总河,我借银打的有条子,为什么拿我?"鄂善立眉瞪目,厉声道:"不是指那档子事!犯的事,你自己心里明白!"

"我不明白!"

尹继善冷笑一声,看也不看卢鲁生一眼,用碗盖拨弄着浮茶,说道:"叫这个没上下的东西跪下说话!""说不明白我不跪!"卢鲁生仰着脸说道,"我官虽小,也是朝廷命官。我不是你的属下。你是谁?"

"跪下吧!"身后戈什哈两手夹定他肘窝,用脚向膝后猛喘一脚。"这是我们尹中丞!"——顺势一按,卢鲁生已是直挺挺跪了下去。

尹继善格格一笑,放下茶杯说道:"看不出你还是个文武全才,千总的位置真的委屈你了。"给他松绑。"

"扎!"

"搜他!"

"是!"

几个戈什哈都是刑房老手,三下五去二把绳子抖落开了,浑身上下一搜,却没别的东西。一色都是银票,大到七八百两,小到十几二十两,足有四五十张。戈什哈小心地呈了上来,说道:"就是这些,别的东西没有。"尹继善一张一张翻着,又递给鄂善,转脸向卢鲁生:"这会子想明白没有?"

鄂善自然知道尹继善用意,不言声将自己借给卢鲁生的银票收进袖子里。听卢鲁生说道:

"卑职无罪,卑职不明白!"

"这些银票合计下来一万三千七百四十二两,是从哪里来的,又作什么用处?"

"卑职家里走了水,烧得成了一片白地。——这都是卑职从任上的俸禄里省下,要带回家使的。"

尹继善"噗哧"一笑,说道:"就算是的吧! 我问你,千总一年是多少银子?"卢鲁生被他刀子一样犀利的话问得一怔,忙补了一句:"有的是我借的。鄂总河能证明——"话未说完便被尹继善截住了:"你俸禄里省了多少,借了多少,借的都是谁的银子,共计是多少? 讲!"他"啪"地一击案,笔砚、镇纸、茶杯都跳起老高,连旁坐的鄂善也吓了一跳!

"这个……"卢鲁生脸上已浸出了汗,嗫嚅了一下,竟没说出话来。

"大约你也不认得我尹继善。"尹继善格格笑着站直身,在案后缓缓移步踱着,"你假冒大臣名字,写伪奏稿,惹下泼天大祸。东窗事发,仓皇出逃。凭着熟人多四处招摇撞骗,想卷款远走高飞不是? 那天网恢恢,疏而不漏几个字,竟顾不得了!"他心里倏地一动,幽幽说道:"凭你这点子'才学',就想蒙混天下人——你知道么,今儿不是鄂公,你焉能落入吾手?"——他已经意识到这案子如果大翻起来,不定多少灸手可热的贵人卷进去,遂轻轻一推,不着痕迹地便把擒拿卢鲁生的"首功"含糊地送给了鄂善。

鄂善哪里知道这位青年巡抚在刹那间便动了这许多的念头。不沾案子已是万幸,还能捞到一功,自然是巴不得的事。他脸上掠过一丝不易觉察的微笑,故意绷紧了脸道:"我一眼就看你不是东西! 只想不到你如此胆大,竟敢擅作伪稿! 就这个罪,够你丢十个头! 讲,冒充孙大人的名上伪奏折的是否是你手?"

"不是……卑职哪来那么大胆子?"

"你不肯招?"

"实是冤枉!"卢鲁生已泄了劲,不敢再耍刁横,他喃喃说道:"我真的不知道什么伪稿不伪稿的……"

尹继善心知鄂善问得大不妥当。但他也想知道一点里头的内幕,现在乐得由鄂善这个不涉世事的书呆子顶缸,遂在旁阴郁地一笑,说道:"但恐你五刑之下,皮肉之苦难得忍受……"

"对!"一语提醒了鄂善,鄂善自忖,自己也是钦差大臣,自然问得,遂对左右喝道:"这是钦案,一刻不得延误——来人,大刑伺候!"

几十个戈什哈面面相觑,他们弄不明白是自己的主官问案还是这个河总老爷在问案,见尹继善石头人一样,木然端坐不语,一个戈什哈答应一句,飞也似地跑到前头刑房,取来刑具。"咣"地一声,一副崭新的柞木夹棍扔在地上。

"看见没有?"鄂善得意地一笑,"飘高身怀邪术,到刑部大堂,三根绳子一收紧,他就招了。你是钢筋铁骨么?"眼见戈什哈已将夹棍套在卢鲁生小腿上预备停当。鄂善一咬牙,狞声喝道:"收!"

四名老刑房各拽一根绳头,见尹继善视有若无的样子,只好遵命,使劲猛地一收。那卢鲁生"妈呀"一声高呼,痛得上半身死命挣扎。那下半身被紧紧夹着，却是分毫也不能动。他满身都是冷汗，勉强挣了几挣，便晕了过去。一个衙役端着碗噙了一口凉水，"噗"地照头喷了过去。鄂善见他悠悠醒来，嘿然一笑，说道："你不肯招，下一次夹断你的骨头！"

"招……"卢鲁生像泥一样瘫在地上，喘着粗气道："我招。那份——伪稿是出自我手……"

"谁的主谋，谁的指使？"

"……"

"嗯？！"

"别别！"卢鲁生惊恐地望着这位方才还慷慨解囊借给自己银子的总河钦差，又无可奈何地看了看稳坐钓鱼台的尹继善，期期艾艾说道："谁的主谋我真的不知道。您老知道，我在内务府熟人多。去年有个叫秦川的带几个人去云南，我们在一处吃酒，说了许多宫里的事，又说当今是昏君，先帝爷死得不明白。还说，就是先帝爷，也不是正经主子，本来该传位给十四爷的，是隆科多弄鬼，改为'传位于四子'。江山弄得七颠八倒，倒把真正的主子太子爷给坑了。我当时说'要不是八爷倒霉，我至少也弄个将军做做，我爹就是被牵连进去，冻死在黑龙江道儿上，卖孩子买笼屉，为了争（蒸）这口气，我算个什么人？我真想把这些乌七八糟的东西写出来叫天下人都知道皇上是个什么玩艺儿'。

"我一说，秦川就笑了，说'你那么弄，想灭族么？天下最敢说话的是孙嘉淦，先帝和皇上都怕他，你替他弄个假奏折，立时就传遍天下——人们都是信他的——就是皇上翻弄这事，有孙嘉淦顶着，你也无碍的。我就……写了。交给秦川带回了北京，他在北京怎么弄，犯官实在是不知道……"

说到这里，卢鲁生咽了一口气，哭丧着脸道："我不知怎的犯了这个混……办了这事——想弄个一鸣惊人，倒反缠住了自己……"他喃喃而语，咒天骂地，任谁也听不清他都说了些什么。鄂善不耐烦地道："别说这些没用的！那个秦川呢？"

"回……回大人话，听说他回北京，得伤寒……死了！"

"放屁！"

"真……真的！"

尹继善眼见这位急功好名的鄂善又要用刑，心知这案子再审下去，自己无法袖手旁观，也要被卷进去，便在案下踩了一下鄂善的脚尖。鄂善本也不是笨人，只是今儿他一来有气，二来也想撇清，竟被尹继善当了枪使。此时便知另有缘故，就坡儿打滚下台道："且收监！你好生想想，竹筒倒豆子如实招了好！"

待人们都退下去，鄂善望着莫测高深的尹继善问道："元长公，你似乎有事要说？"

"没什么要紧话。"尹继善悠然看着天上南飞的白云，长长出了一口气，说道："上头叫拿这个人，我们拿住了，这就够了。问案，是刘统勋的事。"

四十六 乾隆君微行访太原
王县令风雪察民情

卢鲁生一案在南京只过了一堂,鄂善和尹继善便将初审结果报到刑部。按鄂善的想法,刑部急如星火地让各省严加查拿,必定要江南省立即将人犯解往北京。不料刘统勋却按兵不动,几次催问,其答复都是"暂在南京拘押,勿使其死在狱中,听候刑部另行通知。"和尹继善商议,尹继善也模棱两可地说:"皇帝不急,太监急的哪门子? 关照一下臬司衙门,好生侍候着这个卢鲁生就是。"

鄂善无端地去一趟巡抚衙门,莫名其妙地当了主审官,这个案子竟沾在手上甩不脱,心里只是犯狐疑,连在闱中看卷子都有点心神不宁。尹继善情知这案子后头文章大,自己不愿招惹是非,推给这个不知仕途险恶的鄂善,虽说心里松快,总觉得有点对不住鄂善似的,遂安慰道:"你别为这事胡猜乱疑。据我看,刘统勋、史贻直准是忙着处置山西那两个案子,腾不出手来。这事的直接责任是我,你有功无过,怕什么?"

"我怕是不怕的。"鄂善皱着眉头道:"他们叫拿人,我们拿住了,有什么说的? 我只是不明白他们的意思,总觉得这件事背后有文章。等闱场完了,再行文问问,他要还是那样回话,我就要写折子弹劾史贻直和刘统勋,他们这些汉人和我们不一样,再正直的心思也有几道弯弯儿,呸!"尹继善笑道:"看你面儿上温良恭让,心火还不小啊! 人家又没叫你纵放钦犯,你弹劾什么? 你要心里不踏实,秋闱完了亲自押解卢鲁生到北京,送到刑部,看他们收是不收？"鄂善压根想不到尹继善是想彻底将这案子撂开手，掂掇半晌才道："我从北京回来日子不久，为一个钦犯再去，一趟又一趟，吏部的人最坏，料不定他们会想：这个鄂善又来皇上跟前献勤儿了。"

尹继善哈哈大笑，闪眼见有人到隔壁房中缴卷，忙又掩住了，拍着鄂善肩头笑道："怕人说这个别当官，我们当臣子的，不在君父跟前献勤儿，难道到街上给叫化子磕头？吏部的人才不这么想呢，你去给他们送炭敬，给印结局①送钱，黑眼珠子只顾盯银子，高兴还来不及呢！"几句话说得鄂善一脸愁云都散了。等散了闱，胡乱取了几个门生，没等发榜，便从巡捕厅点了几十个人，随同自己押解着卢鲁生回到了北京。鄂善也不住驿站，押着槛车直接去绳匠胡同，递子名刺，要直接见史贻直，北京人最爱瞧热闹，听说拿到了'冒充孙大人写折子骂皇上'的人，顿时围了几百人，弄得刑部大门口人声嘈杂，一时便有一个书吏出来吩咐："把犯人收监！"又转脸对鄂善笑道："史部堂不在，我们刘大人就来迎接您。"说话间刘统勋笑容可掬地迎了出来。

"延清，你们是怎么回事嘛！"鄂善进签押房，一坐下便道，"拿住卢鲁生，南京城都轰动了，外头传言说要在南京就地审理。你给的回话又语焉不详。元长我们商量了一下，刚好我到户部催银子，就把人给你带来了。"

刘统勋听着只是笑，亲自给鄂善倒茶，说道："善公别急，听我说。刑部比你还急呢！"他朝外看看，压低了嗓子："皇上不在北京，史部堂也不在北京！""真的！"鄂善目光霍地一跳："皇上出巡了？！邸报上怎么没见？"刘统勋点点头，说道："皇上这次是微服出去，自然邸报上不登。庄亲王、鄂尔泰，还有纪昀、我们衙里的钱度也都跟去了。"

---

① 京官穷苦，为解决这一问题，他们自动组织了一个"印结局"，为外省候补官员任缺轮流作保。

"去了哪里？"鄂善脱口而出，见刘统勋笑而不答，立刻意识到不该问这个话，遂改口道："——我的意思是不知道圣上多久才回来。我这次要提一百多万银子，不请旨，户部断然不敢擅自拨给我的。"

刘统勋摘掉大帽子，抚着剃得发亮的脑门说着："什么时间回来，我也不知道。就是皇上出去，也只有上书房、军机处的人和九门提督知道，我也是刚刚知道不久。我想，到我这一层知道了，许是皇上快回来了，也许是已经回来，暂时不接见人也是有的。"鄂善听着这话滑得四脚不沾地，心里骂着"泥鳅"，却笑道："这么看来，我是莽撞子。人已经押来，交给你，由你审就是。"刘统勋似笑不笑，说道："他写了假奏折，你审过了，他也招认了。我看可以结案，没有什么大的意思。"

"下头的话可不是这样。"鄂善道："你知道卢某只是个千总，芥菜籽大的官儿。谁给他提供了这许多乌七八糟的东西？折子里说的些事，有些连上书房和军机处的人都不知道！这折子又是怎么弄到上书房，堂而皇之地就进呈御览？卢鲁生是有身家的人，后头没有靠山，他怎么敢写？又是谁通风报信说已经东窗事发，他竟从云贵迢迢千里一路骗钱逃到江南？"

"看来你对刑名并不陌生。"刘统勋一笑，"善公，你是主审过他的，你怎么不问个明白？他已经招了主罪，这些事他还肯替人瞒着么？"

鄂善被他轻轻一句便问得张口结舌，直到此时，他才明白审询卢鲁生大不相宜，思量着也怨不到尹继善，只好自认晦气。刘统勋倒觉得自己抢白得鄂善过于难堪，"善公，你忒老实了。审这个案子一点也不难，难在结案。所以不能审，要有圣旨，圣旨要细查严办或是杀一儆百，各有各的审法，所以刑部才暂时不接案子。你想，谋主有罪，正身有罪，煽惑有罪，传谣有罪，知情不举有罪，细细研究追索，没有二百官员卷到案子里才怪呢！这么大的丑闻，皇上愿不愿暴露天下？但若只问制造伪奏稿，这个案子也算弄清了，一刀杀却了这个二百五千总，也算结案了，是不是?"刘统勋越说，鄂善越是懊悔。转思尹继善和自己同是满人，还不如刘统勋这个汉人待自己坦诚。鄂善想着，竟在椅中一揖，诚挚地说道："我真正明白了，延清你是以诚待友！切盼指教！"

"你审询的供录我见了。"刘统勋道，"问得恰到火候，没有什么失误。你圣眷这么好，皇上只会夸你的，所以尽可放心。"他见鄂善诚恳求教，心里也自感动，不动声色地替鄂善出着主意。"既来了北京，无论如何见见皇上。卢鲁生的案子皇上一定会问的，好生想个条陈奏上去，也就万事大吉了。"

鄂善听了默不言声，盯着刘统勋心里十分感激，由自己亲自建议卢鲁生一案不事株连，确是绝妙主意，不但擒拿卢鲁生的功劳是自己的，又暗中不知维持了多少人。而且这么作，也真是对朝局有利。想想自己在尹继善跟前骂刘统勋的话，倒觉得心里惭愧，遂起身拜揖道："延清，我这就辞去了。等贻直他们回来，我就递牌子请见皇上。要有空，你随时到舍下，我那里有的是好酒，一个外人不叫，我俩好好唠唠!"说罢便辞出去。刘统勋送到二堂门口也就回来。鄂善一闪眼见勒敏从大门那边进来，因在尹继善府中相识，料必是来寻钱度的，此刻他却深恶尹继善，因屋及乌，不想和勒敏答讪，脸一偏装作没看见便自走了。

乾隆此刻驻跸在太原县衙。他已经到了十天，连巡抚、将军、提督，并连钦差大臣傅恒、杨嗣景和新来的孙嘉淦，谁也不知道御驾就在城里。

太原县衙门坐落在城西北角，偌大省城中衙门林立，根本显不出它来。它是个很大的院落，以照壁、大门、大堂、二堂、琴治堂为中轴，西边一个书房一个花园，东边一个花厅和一处大院落，原来是住三班皂隶的。接到军机处密谕，县令便把衙役们全部派到南监号去看管犯人。来的人在东院进进出出,他也不知道都是什么身份,因奉命不许过问,他依旧每日在签押房处置公务,乾隆的人也不过来干预。此时天已初冬,太原城地气高寒,已是草枯叶落,万木凋零。但萨哈谅和喀尔钦的官司却闹得如鼎沸之水。傅恒在城西南的钦差行辕闭门谢客,连孙嘉淦到任也没去迎接。喀尔吉善停了巡抚衙门衙务,两个拳头,一手打萨哈谅一手打喀尔钦。杨嗣景左一个牌子右一个宪命,将几十名七品以上官员叫去审问,大多数都是攀咬原告喀尔吉善的。弄得这位巡抚每日坐堂都是心神不宁。眼见是杨嗣景偏袒被告,但原告喀尔吉善手握赃证毫不退缩,那新来的孙嘉淦说是要"摸摸底",任凭这群龌龊官儿每天吵嚷叫撞天屈,他竟像个哑巴。这般儿情景,也颇热闹好看——那乾隆出去得越发勤了。

　　进入十月,下了一场冷雨,下到中间便转成了雪,绛红的浓云阴沉沉地压在太原城上,白盐似的雪粒打得人脸上生疼,呼啸的北风吹了一夜,天气骤然间变得异样寒冷。乾隆习惯了早起,躺在炕上睡一夜,一睁眼见窗纸通明,还以为起迟了,一边埋怨卜仁不早点叫醒自己,一边就命人给自己穿衣。卜仁!卜义手忙脚乱地给满面愠色的乾隆穿衣,一边说:"主子,不是奴才们不晓得小心侍候。外头的雪下得铺天盖地,雪色映得窗户纸发亮。其实时辰还早呢!那边鄂尔泰、庄王爷他们还没起来呢!"

　　"哦,下大雪了?"乾隆惊喜得目光一跳,"昨晚看那样子,雪落地就化了,还以为下不起来了呢!"待卜义为他束好带子,乾隆双手舒展了一下,到门前拉开了门。一股寒风立刻裹着雪卷进来,弄得乾隆脸上脖子上都是雪。卜仁、卜义正担心他发作,乾隆却哈哈大笑,说道:"好雪景!"登上鹿皮油靴便出了门。守在门口的塞楞格已是雪人一般,见乾隆出来,忙拂落了身上的雪,不远不近的跟着。

　　这真是一场好雪。步出衙门,但见一片苍苍茫茫,衙门前平日毫不起眼的一汪池塘冻得镜面似的,冰上的雪尘像烟雾一样被风吹得旋舞着,飘荡着,池塘边柳枝少女一样婆娑起舞。乾隆信步绕塘踏雪。白茫茫雪堤上渐渐现出两个人影,走近了看时,却是纪昀和钱度站在一处低凹的岸边。因为天太冷,两个人都戴着耳套,统着个手一个劲跺脚,呆呆地瞧着对岸。乾隆在背后不禁失声笑道:"这两个狗才,也算是文人雅士,穿得黑狗熊似的,缩着脖儿统着双手,还来赏雪! 真真是焚琴煮鹤,辱没了这雪。煞风景!"

"是主子!"二人同时一怔,回头看时,乾隆穿着件灰府绸面小羊皮袍,外头只套了件玫瑰紫巴图鲁背心,站在高堤风地里看着自己笑,西北风把袍子下摆掀起,辫梢也被撩得老高,看去十分精神。二人忙就地打千儿。纪昀陪笑道:"奴才们原说赏雪吟诗的,因败了兴头,就成了这副猥琐模样……"乾隆笑着下堤。问道:"好端端的,怎么会败了兴致?"钱度用手遥指对岸远处,说道:"主子,请看!"

乾隆顺关他指的地方望去,顿时脸色沉了下来,他也没了兴致——隔岸一箭远近原来有一排低矮的小茅屋,一夜大雪全都压塌了。他眯着眼看,几个妇女抱着孩子坐在废墟旁的箱笼上,男人们有气无力地用铁锹在翻弄着房土,似乎在寻找什么,隐隐还传来孩子呛奶样的哭声。乾隆的脸色阴沉沉的,半晌才道:"不知太原府是干什么吃的! 昨晚下雪,他们就该出来巡查一下。"钱度叹道:"主子,得赶紧结了这两个案子。官儿们在保顶戴,狗咬狗,谁也顾不了这正经事了。"

"主子,"纪昀在旁嗫嚅道:"要不然让奴才出面,去周济一下?"

乾隆没有回答,转身便走,他的脸色越发变得阴沉。纪昀和钱度对视一眼,忙跟在后边,又不敢和他并肩,只遥遥随着。乾隆到县衙门口,便见允禄和鄂尔泰二人说笑着出来,他一边拾级上阶,说道:"十六叔,你们好高兴——"话没说完,后头一个人小跑着也赶上来,一脚踏上台阶"呲'地一滑,结结实实摔在了乾隆身边。爬起来人们才看清,是太原县令。

"你也是个朝廷命官!"庄亲王见乾隆脸色不好,遂训斥那县令，"这么张张惶惶的，成什么体统！"那县令看看这些住在自己衙里的"人物"，一个也不认得，料定一个也惹不起，十分尴尬地站起身来，红着脸低头答道："是，大人！卑职孟浪了……那边房子被雪压塌，有个老太太被压在下面，这里没衙役，我去调了几个人帮他们收拾一下。这个天，年年冻死人、饿死人，我虽然不是他们的父母官，我衙门口的事还该料理一下的。"鄂尔泰道："谁也没说你料理这事不应该嘛！是说你的气质，急脚猫似的，不成话！"

乾隆瞥了允禄和鄂尔泰一眼，气色已经变得平和，说道："他是我们东家，强宾不压主，你们不要犯混。"遂转脸问那县令道："你是太原县衙的？叫什么名字？"

"回大人话，卑职王振中。"

"哦，王振中……"乾隆仿佛记得，却再想不出在哪里见过这个名字，思量着笑道："看来你还算爱民，晓得民疾如丧，不是自己职分里的事也肯管。不错。"

王振中没有想到这个天天出去的年轻"客商"比这两个老头子的"官"还大，怔了一下才道："官是一回事，管又是一回事。这种事不是官也是不能袖手旁观的。乌纱帽儿戴得上也摘得了，心在自己身上嘛。不瞒大人，我走得这么急，是想赶紧吃点东西下乡去——"他抬头看了看天，说道："我最怕这天儿，就这么没完没了地下！这种天是给吃饱了的文人预备的，不给下头的百姓好日子过。"

"此所谓大王之风与庶人之风不同。"乾隆喟然叹道："难得你这片恻隐之心。去忙你的吧。晚间回来，我亲自过去看你。"乾隆说罢便带着允禄四个人回到东院花厅。

从奇寒的风雪地里回到屋里，几个人顿时觉得浑身暖烘烘的，雪光映着窗纸，照得屋里通明雪亮。虽说多少有点炭火气，比起外头，还是令人感到身心舒泰。乾隆脱换了湿衣湿靴，惬意地盘膝坐

在炕上，对允禄说："你和鄂尔泰坐到地龙① 上；他两个年轻，站着
回话。"四个随从臣子忙谢恩从命。鄂尔泰道："主上，看来临出北
京您说的'杨嗣景未必会秉公办案'，真的说准了。这个人平素我
看还好，怎么会这样？真不可思议！"

"这也不奇怪。"允禄在旁道："杨嗣景和喀尔钦的哥哥是同年
进士，和萨哈谅的侄子又是儿女亲家。我看他的意思，是想把责任
推到下头。这个喀尔吉善平日人缘儿也平常，不定有人串供，异口
同声说是受了他的指使才多收银两平兑入库的。秀才们的事更难
讲，喀尔吉善拿到了喀尔钦受贿的收条，但喀尔钦又说这是喀尔吉
善事先的嘱托，设陷害人。又拿出了喀尔吉善雍正九年制科给他
写的关说人情信为证。据我看，这个案子里原被告，竟是一窝子分
赃不匀的墨吏，内讧了。"

纪昀听允禄的话，"洪桐县无好人"，怎么听都像是要包容的意
思。轻咳一声道："客尔吉善从前有打关节说人情的劣迹，似应另
案处置。'关说'与贿卖不是一个罪。藩库对账，多收平入是实，五
万多银子被截扣在巡抚衙门；喀尔钦的收条也拿在喀尔吉善手中。
这样的案子算得是铁证如山，怎么就断不下来呢？"钱度笑道："王
爷说的分赃不匀起内讧，我看也是有的。"

"昨儿是钱度去臬司衙门看审的吧？"乾隆问道："孙嘉淦仍旧
一言不发？""是。"钱度忙道："到过堂快完时，孙嘉淦说了一句'这
案子不宜再拖，三天内一定要结案。所有干证人等明儿准备证词，
后天我要问话。'后来还和杨嗣景说笑了几句，当时看热闹的人乱
哄哄的，奴才竖起耳朵也没听清一句。"乾隆略一顿，又问纪昀，"你
去见傅恒，他是怎么说的？"

纪昀忙一躬身，说道："开始傅恒不见我。拿出军机处的关防

---

① 北方冬季，为在室内取暖，又减少烟炭气，常在室外添煤、室内四匝盘起一尺多
高的火墙。形似长龙盘绕谓之"地龙"。

都不管用,没办法我只好说是奉圣谕特从北京来的。我把主子要问的话都问了。傅恒说是喀尔吉善拿到赃证来见他,他说,'只要证据扎实,你可以和他们拚官司。主子断不容这类事的。'上奏之后喀尔吉善又去见过几次,傅恒都要他咬紧牙关。主子的圣旨到,喀尔吉善就没再来,傅恒也就不见客了。"纪昀迟疑了一下,又道:"不过傅恒也说喀尔吉善平日首鼠两端,是官场混子,他还说如果孙嘉淦也不能秉公处置,他就要出面了。"

"事情的起因果然是傅恒。"乾隆笑道:"傅恒平定了黑查山,重新安排几个县的缺,他选的几个人,都被萨哈谅否定了。萨哈谅生恐那里再起乱子,给那里的盗户每户拨一百两银子,作安家用。比剿匪官兵的赏银还多一倍。喀尔钦是个道学面孔,说傅恒的兵有奸宿民妇的事,还说傅恒和女匪在山上卿卿我我。因此,他手中拿着这两个人的劣迹,岂肯轻易放手?"

纪昀看了看乾隆的脸色,说道:"山西措置匪区确实没有章法,换了臣是傅恒也难忍受。如今世面上传着个笑话,说临县有一家子闹孤祟,丢砖、拆瓦撒土怪叫,弄得举家不安。请了个道士来镇,那道士使法把狐狸精收进葫芦里,狐狸在葫芦里还大嚷:'我是"盗户",你们敢这么待我!'"几句诙谐语,惹得众人哄堂大笑。

"好,就这样吧。"乾隆笑着说道,"今天大雪,也没处打探消息,去几个戈什哈看着巡抚衙门和藩司学政衙门的动静,我们这边放假一日,那个叫王什么中的是个好官,十六叔记着,下文给吏部,晋他太原知府。纪昀把军机处转来的奏折拿来,把刘统勋昨日递来的密折也带过来——你们散了吧。"

"扎!"

一时,纪昀便从东偏房抱了一大叠子文卷过来,呈在乾隆面前。因乾隆没有叫退,便不言声退到火龙边跪下,将两只脚紧紧抵住火龙取暖——他的靴子已经湿透,脚冻得实在受不了。

乾隆却理会不到这些,只端坐着看各地的请安折子和晴雨报。

因见山东、直隶、河南都报子"大瑞雪",河南且有"数十年未见之大瑞雪,麦收'八十三场雨',托主子如天宏福,明岁丰收可望"的话头,便濡了朱砂批道:

> 军机处:转河南、山东、直隶,山西亦有大雪。此诚可喜。然此等天气,寒贫无屋者亦可悯怜。着各地司、牧着意巡查,勿使有所冻馁。伤天之和亦甚可惧。

接着又看刘统勋的本子,却是一篇洋洋万言的文章。文章里提到:"从云贵总督处查到卢鲁生的奏稿附片";发往军机处,竟丢失了总督的原奏";"此案还牵扯到江西、湖广、湖南、四川和贵州,一共六省";"四十二名官员曾传看过这个伪奏稿","惟是何人主使,如今尚待审理",乾隆看完,下了炕来回踱步,见纪昀低头跪着只是咂嘴儿,便问道:"你是怎么了!就这么一会儿你就侍候不了?"

"臣……"纪昀眨巴着眼睛道,"臣这会子烟瘾犯了,臣是有名的"纪大烟锅子。"

乾隆不禁一笑,说道:"朕还知道你不甚吃五谷,是有名的'纪大肉盆子'。这会子他们都不在,朕就破例允你抽袋烟。"纪昀喜得连连叩头,从怀里取出草巴菰袋子,又取出一个用得明光锃亮的铜烟锅,足有拳头来大,装满了烟,打着火,深深吸了一口,惬意地喷了出来,说道:"主子真是仁德之君!"乾隆看他那副馋相,不禁呵呵一笑,"好,这么点恩,换来个'仁君'称号,朕也值。"

外边的雪下得很大,屋里静得能听到雪片落地的沙沙声,哨风吹得南窗上的纸忽而鼓起忽而凹陷。乾隆沉吟许久,才道:"纪昀,你觉得伪奏稿一案和山西两案,哪个要紧?"

"自然是山西这案子要紧。"纪昀不假思索地说道。"山西案子是社稷之患,伪稿一案是疥癣之疾。主上圣明,亲赴山西,臣由衷钦佩!""社稷之患、疥癣之疾……"乾隆喃喃咀嚼着这个譬喻,目光

一亮回到炕上,在刘统勋的奏折上疾书道:

> 此案深查数月之久,仍不得主谋,尔之无能可见一斑。

这一笔便留下了将来继续追索的余地。他心思灵动,笔锋一转,又批道:

> 然此案与曾静之一案实有所异。朕之诛曾静者,为其诬
> 蔑圣祖及先皇考。朕之不欲深究此案者,为其以绝无之事加
> 之于朕躬,譬如夜过暗陬突闻犬吠,岂足深究? 即着刘统勋将
> 正犯卢鲁生一名释放归籍,谕地方官严加看管教诲,务使其得
> 终天年,沐浴圣化之中,或可感泣以思过欤? 若有贼害卢鲁生
> 者,朕即加之以谋主灭口之罪,天宪之必张可期而待! 钦此!

写完,满意地放下笔,将朱批过的折子递给纪昀,笑道:"你烟瘾过足了没有? 把这几份折子立刻驿传到张廷玉处办理!"

纪昀接过批本还没说话,忽然一阵嘈杂的吵嚷声从西边正院里传来,似乎有一个女子在诉说什么。乾隆叫过卜仁道:"你去看看是怎么回事?"卜仁答应一声出去,片刻间便转回来禀道:"主子,这个女的是太原县令的女儿。他父亲下乡视察,中余被臬司衙门带了去,说是萨哈谅一案,他是要紧的证人,要留在监所,预备会审时作证。我们在这里住久了,女子大约看出什么风色,所以闯院要申诉告状。"正说着,那女子提高嗓门儿和太监吵嚷:

"王爷? 皇上也住过我们家!"

纪昀和乾隆听得不禁一怔。

四十七　邂逅相逢再叙旧情
三堂会审立斩钦差

　　乾隆一声不言语,起身开门出来站在房檐下。只见雪雾迷茫中西面边门旁两个太监正拦着一个十八九岁的女子,那女子又哭又叫,口口声声要见这里"最大的官":"你们说这是'小事',放我们身上就是大事! 我爹那个身子骨,这个天儿在臬司衙门那凉炕上怎么受得? 藩台、学台他们贪赃卖法,与我们这些七品芝麻官什么相干?只管一个又一个地拘人! 老天爷……我的娘还在病着……"

　　"叫她过来。"乾隆摆了摆手便进了屋里。信手整理着案上文书。说着:"纪昀,把这些个送到庄亲王那里,叫鄂尔泰也看过就发走。"说着那女子已是抽噎着进来,乾隆一转身看得真切,他全身一颤,立刻认出来,是在信阳游仙渡旅店邂逅相逢、镇河庙卧病侍疾的王汀芷! 刹那间,姚家老店、黄河故道、那冰雹、那雨……那场几乎要了命的病,都一齐涌上心头——就是眼前这个女子整日偎坐身旁,喂饭、侍药,中间有多少柔情蜜意都令人永志难忘。此刻,想不到竟是在这种景况下又再次相逢! 乾隆呆呆地坐在炕沿上,用若有所失的目光看着汀芷,一时间竟问不出话来。

　　汀芷乍从雪地进来,屋里光色很暗,什么也看不清,模模糊糊的,见周围几个人一个个弯背躬身站得像庙中泥胎,鸦雀无声的。她知道上头这个年轻人来头不小。她一个年轻女子,不敢盯着瞧,竟没认出乾隆。在难耐的岑寂中,汀芷捋了捋散乱的鬓发,蹲身福了两福,低声道:"大人吉祥!"便退到一边侧身站了,说道:"我要见您,是想请大人做主,叫臬司衙门放了我爹,我娘有个老气喘病,身子骨儿不强,这个天儿更受不了,已经咯了几天血。我爹是个清官,只知道图报皇恩,不瞒您说,他接我们母女到任上,不是叫我们当太太小姐的,是为省几个使唤人的钱,听爹说……东院住的是大官,比巡抚还大。我一急……就硬闯来了……"说着,用手帕捂着嘴只是哽咽。

"你爹叫王振中,是吧?"

"是……"

"他怎么知道我比巡抚大?"

"爹说有几个不长胡子的,嗓子有毛病的是……太监。"汀芷多少有点扭怩,用小脚尖趾着地说道,"爹说,就是军机大臣,也没有资格使唤太监。"

乾隆这才知道是卜仁、卜义这干太监露了行藏,松了一口气,笑道:"王振中是聪明人,我们是比巡抚大一点儿——卜智,你带着这个去见孙嘉淦,叫他把王振中单独放回来。"他取过搭在大迎枕上的明黄卧龙袋送给卜智,又转脸对王汀芷笑道:"这下该放心了吧?"

"谢谢大人!"汀芷没想到这么容易就把事情办下来了,感动得又淌出泪来,伏身磕了个头道:"那……我这就回去等着了。"她仰面看了乾隆一眼,顿时一怔,却没说什么,慢慢转身退出。

"慢。"乾隆微笑着摆了一下手,命太监们都退到外边,这才说道:"你怎么也不问问我是谁?"汀芷低着头道:"爹说这院的人有要紧事,不许我们打听。"乾隆笑着又问一句:"要是熟人呢?"

汀芷这才认真地盯了一眼乾隆,她的脸色变得异常苍白,嘴唇颤抖了一下,说道:"你——你不是田——你是皇上!"一时间,她慌乱得有点站不住了,不知所措地揉弄着衣角。

屋子里一时静极了,连隔壁茶炉子的水响都听得清清楚楚。乾隆怔怔地望着汀芷,汀芷却似有无限的心事,低头不语。许久,才无声叹息了一下。不知过了多久,乾隆突然一笑。

"是啊。不是王爷,也不是田盛公!"他微笑着说,"岸汀芷兰郁郁青青——你仍旧那么标致!只是刚刚哭过,又像一朵带雨梨花。"他是情场老手,几句话说得汀芷耳热心跳,咬着指甲只是扭动。乾隆看得忍耐不得,过去一把将他揽在怀里嘻笑道:"小亲亲,让朕看看你的手,烫伤了没有?"

汀芷羞晕满颊,歪倒在乾隆怀里,微闭着双眼,听任乾隆抚摸着,吻着,口中却道:"别这样,被人瞧见……你别摸这里……"

"哪里?别摸哪里?"乾隆欲火中烧,耳语道:"想死朕了……你想朕不想?——你说那些老公,他们敢管朕的闲事?说,想不想……"

"想……几回梦里都见了哩。"

"你爹是个好官,朕还要升他的官。到时候调进北京,就选你进宫,住到畅春园……"

汀芷一下子清醒过来,轻轻扳开乾隆那只很不规矩的手,坐直了身子,一边扣着扣子,叹道:"有那个心,没那个命啊……皇上你来迟一步,我……已经许了人家。方才……就算我报皇上的恩吧……"

"朕已经知道你许了人家。"乾隆扫兴地松开了手,看着袅袅婷婷的汀芷,又着实心痒难耐,突然猛地扑上去,又紧紧搂住了她,下死劲把她按倒在炕上,口中亲亲乖乖胡喊乱叫,压着嗓子道:"要报恩就报得地道些儿……你女婿不是国子监那个姓许的监么?授个官留在京里,想来很容易得很……"说着就扯她小衣。

那汀芷喊不能喊,躲无可躲。她本也喜爱乾隆英俊潇洒,被他这般儿挑逗,动了情窦,也就不甚防护。由着乾隆轻薄了一阵子,只说:"我的身子是皇上的了,你要护我周全!"

"那是自然。"乾隆喘着粗气道:"你嫁人只管嫁,朕有法子弄你来,照样做爱!"还要说话时,外头卜仁咳嗽一声,说:"鄂大人,请稍等一会再来，皇上正和人说事儿。"汀芷又轻轻吻了一下，说道："皇上，有人来了——别忘了我……"

二人这才起身整衣，乾隆命两个太监好生护送汀芷回去，心满意足地伸展了一下身子吩咐道："叫鄂尔泰过来吧！"

第二天，仍是下大雪，孙嘉淦决定结案。他倒不是为那只卧龙袋，知道乾隆就在城里，所以匆忙结案，是忧虑原、被告愈演愈烈地忙着寻找证人为自己辩护。通省官员本来就各有门户，拉帮结派的"各为其主"，大有搅混水，把贿案变成政争。拖的日子久了，外头公务办不成，而且留下遗患，山西的事将来更扰攘不休。他来山西迟，三台司衙门都住满了各地来"作证"的官员，因此便住了学政衙门隔壁的文庙。咨文发到住在臬司衙门的杨景嗣处，过了不到半小时辰，便听从人禀说："杨大人亲自过来拜望。"

"我这就去接。"孙嘉淦坐在炕桌旁吃力地套了一双乌拉草靴子，踏雪出来，匆匆迎到门口，见杨嗣景带着一群师爷已经下轿，忙迎上去笑道："梦熊，主审公堂在你那边，怎么倒跑到我这边了？"说着二人在雪地里拱手一揖。杨嗣景呵呵笑着，一边往里走，一边说道："既然要结案，我们两个得事先商量一下。我那边人太杂，说不成事儿。你知道我在吏部办差，有些求调缺的不要脸的官儿，跟案子无关也有事没事地纠缠，我也在这山西住不安宁，急着结案呢！"孙嘉淦笑道："我自然要先和你商议。莫不成独断专行么？吏部差使我知道，既然你现在是钦差，别管他们，只管打出去就是了。我就没有你那多的想头。"

两个人一边说，一边进了文庙西配殿暖阁，分主宾坐定，杨嗣景笑道："天下就一个孙锡公，哪能人人和你比呢！我今日在吏部，明儿不定就调到哪个省，打出去，怎么和人家见面呢？再说，有些人也真是难缠，一个苦缺又一个苦缺地调补，来寻我也是迫不得已。"他端茶吃了一口，驱了身上寒气，问道："这两个案子锡公有什么主意?"

"不纠缠,不拖延,不株连。"孙嘉淦简捷爽朗地说道,"我听了几天,两个被告都是翻出陈年旧账,要把水搅混。喀尔吉善在山西当了快二十年的官,九年巡抚,平素也确有不少惹人烦的毛病儿。他虽然不受贿。给人办成了事,事后受礼的事也不少。喀尔钦、萨哈谅他们就是吃醋他这一条,所以趁机也大捞一票。从根上说,你是官场内讧也不错,说是狗咬狗也不离谱儿。但萨哈谅的罪行是人赃俱在,喀尔钦也是铁证如山,朝廷设法本为儆戒。既然不能穷究,只好将主犯决断了,先平息了官司。喀尔吉善的事该怎么处置,将来请旨另行处置。梦熊,你看我想的对不对呢?"

杨嗣景听着,频频含笑点头,说道:"锡公剖析明白。但现在有些个事是搅在一起的。平兑入库,萨哈谅手里有喀尔吉善的手令,'照准,藩司从速敛收钱粮平兑入库。'也难说他们事前商量过多收平入,因为萨哈谅独吞了这笔外财,喀尔吉善分肥不得,才如此发难。喀尔钦手里有往年喀尔吉善介绍士子入闱应考的条子,足证喀尔吉善过去也不甚干净。也难说不是分赃不均,不是挟嫌报复。昨儿怡亲王的信锡公你也见了,已经有人告我们对喀尔吉善意存袒护。这么决断,万一我们走后,再查出喀尔吉善贪墨的实证,你我的差使可就办砸了不是?"孙嘉淦蹙额思索着杨嗣景的这些话,说道:"依着你怎么办?"杨嗣景道:"现在冬闲,官员回任也没什么实事。拼着再折腾一阵子,索性是索性,叫他们互相打内炮,是墨吏一体处置;是清官也都显出来;明发奏折申奏朝廷,该杀、流、监禁的按律处置,就不会有后遗症了。"

"恐怕这样不行。"孙嘉淦说道:"这样审案,通省都要乱了。一年也理不清,他们把十几年的旧案都翻出来了。再查,证人越来越多,案子越来越复杂。这大的雪,已有冻死饿死人的事,地方官都被我们扯着,怎么成? 开春春耕春播,赈灾赈荒,也要靠这些"证人"。总不能把山西官场变成一锅粥,稀里糊涂,除了打官司任事吧？"

说到这里，两个钦差已是拧了劲儿。杨嗣景是吏部老官，心思转得比轴承儿还快，怔着脸想了想，笑道："锡公。不然这样办吧：所有来当人证的在任官，一律放回去。留下他们三个原、被告，我们好生审。如何？"至此，杨嗣景的心思偏袒被告一方已昭然如雪。孙嘉淦脸上挂了霜一样，足有移时，起身说道："我还奉有圣上密谕朱批旨意，由我来主持这次审断。对了，差使功劳有你一份；错了，我一身承担。请！"

"那好！"杨嗣景心里似吃了苍蝇一样腻味，也只好随着起身。"我唯孙公马首是瞻！"

两个人不再说话，踏着大雪出了文庙，在庙外各自升轿，也不鸣锣，由轿夫们咯吱咯吱踩着厚厚的雪来到臬司衙门。

臬司衙门和冷清的孔庙迥然不相同。几十个太原府的衙役拿着推板、扫帚、铁锨、簸箕打扫照壁前的积雪，都把雪垛到旗竿西边，腾出空场准备钦差大臣落轿。衙役们一个个气喘吁吁满头热汗，都呆站在一旁，看着孙嘉淦和杨嗣景下轿进门，欢呼一声一哄而散。

"请。"孙嘉淦招呼一声略略靠后的杨嗣景进了大门洞，迤逦向大堂走去。但见过道里、廊庑下、房檐下纷纷乱乱，都是从全省各地调来当"人证"的州县府官员。可怜这些人平日在下头也是舆马高轩前呼后拥，到了省城，都群集在臬司衙门的议事厅里，吃没吃处，住的是冰凉地铺，自己支锅起火的，带着冷干粮硬啃的，一个个官服揉得皱巴巴的，乌眉灶眼，活似一群穿了戏装的叫花子。眼睁睁看着两个钦差气宇轩昂地直入大堂，又羡又妒又恨又无可奈何，骂什么的都有：

"去他妈！热炕上吃饱睡足，格老子又该叫他们摆弄了。"

"要做官，还是做大官。萨滿台他们还睡热炕呢！"

"别那么比。我们在下头审案，不也一样？一个案子发了，捉一村的人来作证！"

"那是混账衙役们想敲剥钱——我们连送钱保出去住店都没人要！"

有的人竟然不顾官体粗声骂："我操他喀尔钦奶奶的！"立刻便有人反驳，"我日他喀尔吉善八辈祖宗……"乱嚷嚷间，外头有人报说："钦差山西驻节使傅恒大人到！"

人们立刻住了嘴，见一个三十不到的年轻官员，穿着黑缎面鹿皮快靴进来，九蟒五爪袍限上套着一件黄马褂，雪光中显得十分耀目。傅恒虽年轻，但他带三百奇兵夜袭驮驮峰，已是全国皆知。这个自从两案爆发之后大门不出、一言不发的少年亲贵突然出现，立刻吸引了所有的目光。傅恒只带了两名亲兵，马刺踩在扫净了的石板甬道上叮叮作响，却是满面春风。正走着，见廊下站着一个六十多岁花白胡子的四品官，冻得嘴唇乌青，傅恒忽然折到他面前问道："你不是户部钱粮司的彭世杰么？"

"回、回钦差，"彭世杰慌乱地打了个千儿结结巴巴说道："是，是卑职，卑职原来是在户部。"

"黑查山一战，你粮草供得好。"

"哪里……那是我应份的差使。"

"你回去吧。"傅恒拍拍他肩头，"我知道你。这么大的岁数，这么冷的天儿——回去吧！"

"可杨大人……"

"没事，有我呢！"傅恒摆了摆手便离开了。孙嘉淦和杨嗣景从二门迎了出来，傅恒忙上前寒暄："二公，别来无恙？"

杨嗣景眼见傅恒当众卖人情，满肚皮的不自在。想起昨日孙嘉淦放走一个姓王的官，不禁瞟了孙嘉淦一眼，心里想着：这两个人怎么都一个作派？口中却道："都有钦命在身，同在一城，无缘拜会，想不到瑞雪送得贵人来！哈哈哈……"

"我是专门来看审案的。"傅恒看一眼沉吟不语的孙嘉淦，说道："下头人报说今天二位大人要审结此案，我真是又喜又慰。这几天我的人每天出城看，城郊已经冻死十几个人了。"

三个人说着话步入大堂，只见大堂正中摆着两张公案，显然是孙嘉淦和杨嗣景的位置，靠西一张桌子，是喀尔吉善的位。东边两张方凳，自然是留给被告喀尔钦和萨哈谅坐的了。方凳前跪着萨哈谅和喀尔钦。见他们进来，二人翻了翻眼皮没言声，站在厅柱旁出神的喀尔吉善只看了傅恒一眼，也没说话。杨嗣景便命，"在上头再摆一张公案，请傅大人坐！"

"不用了。"傅恒笑嘻嘻说道："那么小个平台儿，三张公案摆得下么？我就坐在你侧边，观看二公办案风采！"二人听了无话，互相一让，三个人同上了公案后正容就座。

"钦差大臣升堂了！"

杨嗣景的戈什哈高声含糊叫道。连他也不明白：一个两个钦差还不够，今日又来一个钦差！

守在外边的皂隶们"噢——"地拖着长声喊着堂威，手执黑红水火棍进来依班排定。几十名亲兵戈什哈悬刀而入布置在四周堂角，把架上的刑具碰得叮当作响。大堂上的气氛立时变得紧张肃杀。

"今日审结此案。"孙嘉淦脸上毫无表情，"本钦差与杨钦差已经商定，所有一应干证人等一概先回任办差——传谕出去，叫他们立刻启程回任！"

"扎！"

萨哈谅忽然站起身来，摆手道："慢！"他恭谨地向孙嘉淦一拱手，说道："恐怕孙大人孟浪了吧？断案要人、赃、证俱全。放了人证，谁能说得清？"说完坐下。喀尔钦又起身道："请孙大人收回成命。我们吃官司尚且不怕冷，他们当人证的有什么怕的？"也坐下。

"你们死在临头，还敢如此嚣张，咆哮公堂！"孙嘉淦目光灰暗，狞笑一声，"来，给他们撤座！"几个衙役过来见他们端坐不动，——

毕竟过去都是他们望而生畏的长官,竟没人敢下手。孙嘉淦"啪"
地将警堂木一拍,怪目圆睁断喝一声:"撤座!你们已是被革官员,
与庶民同例!"

两个人这才不情愿地站起身来。喀尔钦进士出身,口齿流利,
说道:"自古刑不上大夫,是杨大人让我们坐的!"孙嘉淦格格一笑,
说道:"能叫你坐下,自然也能撤掉你的座。你就站着,也不为上
刑。你既革职为民,也不算什么'大夫'。《大清律》三千条,'贪赃
之墨吏不事以礼',你老实点!"坐在旁边的杨嗣景觉得句句话都是
在剜自己的心,不觉脸色涨得通红。舔了一下嘴唇却没有说什么,
那衙役出去,一时便听外头乱哄哄一阵轻声欢呼,人证走得精光。

"喀尔钦,"孙嘉淦问道:"你可知罪?"

喀尔钦突然有一种不祥之感,蓦地冒出冷汗来,颤抖着声音回
道:"犯官……知罪。"

"你赇卖了多少生员名额?每一名索要多少贿金?"孙嘉淦嗓
子暗哑,重重拍了一下警木,"讲!"

"共是十七名……"喀尔钦呐呐说道,"每名四百两、五百两不
等。有的只收五十几两的……"

"为什么收价不一样?"

喀尔钦道:"文章差的收的就多点,文章好的,就少收。还有的
有人推荐'俊才',不收的也有……"

"真可谓货真价实,童叟无欺。"孙嘉淦一声冷笑。你的收条都
在这公案上摆着,谅你也不能不认!"说罢断喝一声,"到一边跪着
听发落!"

傅恒瞟一眼公案,果然见印盒旁放着一叠条子,伸手取过一张
看时,上头写道:

> 今借到学政喀尔钦大人现银四百三十五两以资急用,乾
> 隆三年制科山西孝廉魏好古。

初思,傅恒颇觉不解。后来才想到其中奥妙:魏好古取中举人,可以凭条付钱;如取不中,这魏好古就"不是乾隆三年孝廉",借条也就无效,想着几乎笑出来:科场舞弊真是花样百出。正思量着,孙嘉淦又问道:"你怎么分辨得出哪份卷子出过借条,哪份卷子没有借条?——卷子一律都是誊录的!"

"回钦差,事前有约定的暗语,头两比里带有'天地玄黄'四个字的就是有借条的。"喀尔钦连连叩头,"可怜我往年取士从不舞弊,只有这一次也没有实得银子……"说着已是淌下泪来。

"跪到那边去!"孙嘉淦毫不动心地指了指厅柱,"待会儿我再发落!"说着又转脸问萨哈谅:"你呢? 你可知罪?"

萨哈谅却不似喀尔钦那样脓包,他一直用询问的目光盯着杨嗣景,见杨嗣景一脸木然,正自诧异,听问忙道:"犯官知罪。但有下情上禀!"他顿了一下,"收钱粮前我去见喀尔吉善,曾言及山西灾县太多,多少官补了缺也不肯上任。藩库的银子再多,我们一文也不能擅自动用。所以请示宪命,以'道路难行,火耗不足为偿'为由追加一点银两,平兑入库。这是请示过的。"杨景嗣此时插话问道:"喀中丞,这件事可是有的?"

"回杨大人,"喀尔吉善冷不防一下子问到自己,不安地欠身道:"他请示,有这件事,但我没有答应。"

"你点头了的!"萨哈谅大声道。

"我没有。"喀尔吉善胸有成竹,一点也不动肝火,"我同意的事从来都要写出宪命。你有我的手谕? 再说这事,即使我同意,也只能叫你藩司统筹,将多余银两分发各个苦缺和无缺官员任所,以补养廉钱和俸禄不足。我怎么会叫你独个儿中饱私囊?"

"你——!"萨哈谅气得双目鼓得像要爆出来,半晌才喘着粗气道:"设陷于前,落井于后! 我送三千两银子时你怎么说的? 你说,这点银子连十个秀才也买不起! ——你是嫌少! 你说了没有?"

喀尔吉善道："你厚颜无耻！我是借喀尔钦的事挖苦你，竟成了你的把柄？我若嫌少，叫你给我增添，你敢么？我想要银子，为什么公然拜章弹劾你？你不要脸！"

"你奸诈凶险！"

"你是个笑面虎！"跪在厅柱旁的喀尔钦帮腔，萨哈谅喘着粗气接口道："对，他就是一只白脸狼！"

"啪！"孙嘉淦将警木重重一拍，"住口！这是钦命会审大堂，不是你们的狗窝！"他戟指向萨哈谅，"多收平兑余金是多少？"

萨哈谅翻了翻眼说道："四万七千多两吧。"孙嘉淦问道："现存在哪里？"萨哈谅的腿颤了一下说道："德鑫钱庄。"又补了一句："你们查抄过了嘛！"

"德鑫钱庄谁是东家？"

"是……我侄子。"

"为什么不在藩司公账上落账？"

"……"

在孙嘉淦掏心剜腹的问话下，萨哈谅的防线崩溃了，喃喃说道："我已说过我知罪的……不过喀尔吉善——"

"住口！"孙嘉淦勃然作色，"我只问你知罪不知？"

"知罪！"

孙嘉淦命喀尔钦也上前跪下，说道："先帝爷雷厉风行整饬吏治，刚刚晏驾数年，你们竟然又大肆狂妄，贪墨坏法！我圣上以宽为政，为官员增俸增禄，你喀尔钦每年养廉银是四千两，能买白米四千石。你萨哈谅是八千两，有什么不够使的？辄敢置王章国宪于不顾，于贫寒士子小民百姓身上敲骨吸髓以填欲壑！"他阴冷地一笑，"本钦差将你们就地正法在此，以谢山西冻饿沟壑之百姓，你们可有怨言？"

谁也没想到孙嘉淦竟不再请旨就将两名朝廷大员立即正法。一时间堂里堂外的皂隶、衙役、师爷、亲兵、戈什哈近百人，个个僵立如偶,面如土色!

"拖出去!"孙嘉淦吼道:"就在臬司纛旗下行刑!"

衙役们看了看孙嘉淦的脸色,再也不敢迟疑,两人一组架起喀尔钦和萨哈谅就往堂外雪地里拖。喀尔钦和萨哈谅此时才清醒过来齐声大叫:"杨梦熊!你见死不救么?"杨嗣景脸色惨白,两手在簌簌发抖,也不知是惊、是怒,却也没言声。萨哈谅眼见已被拖到大堂口,真的急了,身子一拧,竟挣脱了衙役直趋公案前,也不言声,狞笑着看看杨嗣景,撕开自己袍角,取出一张纸来递给孙嘉淦,恶狠狠地说道:"锡公大人,这是杨嗣景来山西给我带的信,是弘昇代笔,替怡王爷写的……"孙嘉淦一脸阴笑,伸着手刚要接纸,杨嗣景在旁劈手夺过,略一过目,揉成团儿竟吞了肚里!傅恒就挨身坐他旁边,一把将这位钦差搂翻在地,一手死拤脖子,一手就从嘴里拼命抠那条子,但毕竟迟了一步,那条子已被他咽了下去!

堂上立时哗然大乱。混乱中喀尔钦也挣脱了两个发呆的衙役,怒吼一声直奔喀尔吉善,和萨哈谅合力将猝不及防的喀尔吉善按倒在地,拳打脚踢带抽耳光。一时间钦差和钦差,犯官和原告,有的在公案台上,有的在公堂上,乱滚乱打,公案都被拱到了一边,喀尔吉善坐的那张桌椅也都四脚朝天……"

"都住手!"

孙嘉淦也万万料不到会闹出这种事,气得胸脯一鼓一鼓的,大声咆哮道:"起来!"

喀尔钦和萨哈谅被拉在一旁,呼呼直喘粗气,喀尔吉善脸上被抓出几条血痕,青一块紫一块,额上还鼓起个大包。傅恒也失望地站起身来,铁青着脸坐下。杨嗣景脸色紫得像茄子皮似的。刚刚坐下,孙嘉淦便命:"撤他的座!"傅恒不等人来,一脚就踢飞了他的座椅,挥着胳臂便把杨嗣景摔到公案前。

"剥了他的官服。"孙嘉淦盯着这个阶下囚,"摘掉他的顶戴!"他已经无心再细问下去。心里掂量着,再兜出怡亲王这条线,也等于给乾隆出难题，更丢大清体面。思索定了，说道："圣上早已洞察你存 心袒护赃吏。因而密谕我相机处置。你做到这一步儿，实非人臣所为。看来你是要以身家性命来保这两个赃官了？我成全你！来，将喀尔钦和萨哈谅收监，随我押回北京。把这个杨嗣景拖出去，立斩！"

衙役们这一辈子也忘不了这次三堂会审，居然是这样一个结果。起先呆呆愣愣地看，已不知身在梦里还是在实境里。此时惊醒过来，拖上杨嗣景就往外走。杨嗣景边走边叫："你敢！你敢？"

"我当然敢！"孙嘉淦冲他背影一啐："呸！"

随着三声大炮，杨嗣景已是人头落地。孙嘉淦犹自怒气冲冲。一摆手道："退堂！"喀尔吉善似乎还想说什么。看了看孙嘉淦脸色，默默双手一揖，踽踽退了出去。

偌大的公堂里只剩下孙嘉淦和傅恒二人。他们不约而同地踱到堂口，看着飘飘洒洒纷纷扬扬的大雪，久久都没有说话。

"圣上就在太原。"孙嘉淦舒了一口气。

"今晨已经启驾回北京去了。"

"唔。"

"你杀了杨嗣景，朝廷——"

"没关系。"孙嘉淦道："朝廷于我必有褒扬。但我也知道种祸不浅。"

傅恒怔了许久，说道："主上英明，你不要担心。"

四十八　公子失意咏诗怀旧
天威震怒调兵防患

　　乾隆到了丰台才接到孙嘉淦和傅恒的密奏，知道了山西臬司衙门发生的一场旷古奇闻。孙嘉淦的折子很简单，约略叙述了审案经过，说"该钦差当众吞食罪证，欺君灭主，无法无天。若传之天下后世，朝廷蒙羞。臣当即将其正法，震慑官吏。臣已严令在场所有人不得将审案情形外泄，如有违者，斩之不恕。其所有处置不当之处，乞望圣主降罪，以为办差不力之戒。臣虽死亦无憾。……"傅恒的折子却写得很长，绘形绘声，赛似一篇稗官小说，末了却道："即才与孙嘉淦商议，已将在场全部人役集聚，严饬勿使外传，以维朝廷颜面。如此贪赃太出奴才之意外。奴才当众扭打杨嗣景，亦有应得之罪，乞主上恩降雷霆，臣甘心受罚。"看了这两份奏折，乾隆想象着臬司衙门当时混战情形，真是百味俱全，想笑又想哭。呆呆出了半日神，便命卜仁去传庄亲王和鄂尔泰过来。

　　这是丰台大营旁边的一个旅舍，因是微服还京，乾隆一干人没有惊动驿站，就住在这里，只派太监去丰台大营传旨，派兵暗地将这个旅店严严实实护了起来。因上房的炕烧得太热，乾隆命人将窗户上隔扇支起一条缝。允禄和鄂尔泰一进门，乾隆便笑道："从山西到保定一路都是大雪，偏到北京，干冷干冷的，竟没有下雪。"

　　允禄说道："这里的天阴得很重。方才我过来，有一片雪落在脸上，看来马上也要下雪了。今年看来是皇上走到哪里哪里就下雪。"

　　乾隆一笑，说道："下雪毕竟是好事，再下几场，几个省明年就有好年景。今晚我们就宿在这里。明天你叫户部行文,黄河以北,无论有雪没雪,官员都要像王振中——"他怔了一下,补了一句:"鄂尔泰记着,王振中即刻调补户部郎中,太原府现在没有缺。瑞说,中央机枢里要多选一些知道体恤民情的官来任缺——各地官员都要像王振中那样亲自下乡,断炊的要周济些粮食。从藩库里支出,明年征粮时归还。"说罢,将傅恒和孙嘉淦的折子丢在桌子上,"你们看看,我们离开山西那天,臬司衙门大打出手,演了一出全武行!"他隔窗向外望了望,果然已经零零星星飘下了雪花。因又问卜义:"你是打前站的,历来都是我们独自包店住。怎么瞧着西厢南边还住着个陌生人?"

"回主子话,"卜义说道:"那是个等着殿试的贡生。原来住城里,出城访友没遇着,就住在这店里。这附近别的店里住的人多。这里店主人又不肯撵人,只好将就一下。他是个文弱书生,奴才已叫人暗地严密防范,主子尽管放心就是。"乾隆听了无话,见鄂尔泰将两份奏折呈递上来,一边接一边说道:"你们议一下。"

鄂尔泰见允禄沉默不语,遂道:"这样拆烂污的事出在几个大僚身上,真叫人梦想不到!此事傅恒作的不差,孙嘉淦处置失当。应该将杨嗣景锁拿进京严审问罪的。"允禄也道:"鄂尔泰说的是。人一杀,也就无从细究。没有笔迹,也就对证不出是谁写的信,信时说的什么。"

"这事编成戏,准惹人笑。但朕却笑不出来。"乾隆的目光里带着哀伤的神气,"不杀杨嗣景,带回北京,朕恐怕更难收场。下头是小狗咬小狗,一嘴毛;到北京,怕就是狗王咬狗王,满口血!一群市侩尸居高们,不讲忠孝,不讲仁义。小人之难处也在这里,你严,他有怨气不敢冲你,就在百姓身上出气,可劲作地敲诈,逼出一个白莲教;你宽,他就上头上脸,肆无忌惮贪墨坏法。朕真累,不是身上累,是累到骨子里,累到了心里!"说到这里,乾隆竟泪光滢滢,不胜凄楚。允禄和鄂尔泰见他伤心,也无话安慰,只好垂头不语。正没理会处,外头钱度和纪昀请见,乾隆定了定神,缓声说道:"进来吧!"

纪昀和钱度一前一后进来,给乾隆请了安。两个人都是精明人,立刻觉得屋里气氛没闷。纪昀道:"上书房和军机处都已经知道主子到了这里。张廷玉派人送信给我们,代他请示,要不要他过来请安。他又特意从内廷调来了十几名侍卫,会同丰台大营护卫。"

"不用过来请安了。"乾隆舒了一口气,说道,"张廷玉有过人之处,居高位常存临渊之心,这一条就很难能可贵。他三代为相,都能处之若素。"他仿佛心情好了一点,问纪昀和钱度道:"从山西一案看来,吏治又在败坏了。朕心里不胜愤懑,今日想听听你们为臣的意见!"

钱度骨碌着小眼睛沉思片刻,说道:"就山西一案看,吏治不痛加整顿是不行了,先帝爷的办法还是行之有效的。历朝历代遇有贪贿案都是治小不治大,不肯轻易杀大臣。捡些个芝麻官顶缸。因此,大员就有恃无恐。奴才以为,杀一名大员,比杀一百名小官还顶用。为什么呢? 朝廷大员清廉了,他就不许下头有贪贿的事。小官见大官都遵法,也就不敢轻举妄动了。就如萨哈谅,他想敛银子,就带出一群墨吏。萨哈谅要是两袖清风,下面谁敢如此嚣张,公然地多收平入?"纪昀却道:"钱度的话虽是,但只说了法理。圣上以宽为政,造成今天天下祥和之气,很不容易。山西一案是一省独有,还是省省皆有,这还要仔细甄别一下。臣以为可以多派一些观风使,巡行各省,有案即查,无案即罢。观风使只有弹劾权,没有处置权。这样不致扰了大局,又能常常纠举各省弊端,随时矫正。"他侃侃而言,又道:"为做官学制艺,做了官扔制艺是可以的。但做了官就不读书,恶俗相传,渐习渐染,就如白布染皂,一旦下水再难回头。上次皇上论起宋儒道学,程朱之学貌似堂皇,好像比圣人还要克己,其实人欲如水,导之有方,人欲与天理并不相悖——皇上这话,臣初闻如雷霆惊心,愈想愈觉有道理。但若人欲与天理互相

契合,人人将心比心,以心报主。那么朝中像孙嘉淦、史贻直这样
的正人就会越来越多。以"人欲"自养,对人则口口声声的天理,伪
君子也就越来越多。山东大儒温钧廷到嵩阳书院讲学,几个妓女
堵在门口讨夜度钱,他能教出什么好学生来?"

"依着你看怎么办?"乾隆问道。

"对官员也要惩教。以惩为教,以教辅惩。"纪昀恭肃答道,"钱
度说得很好。对贪墨的不但要抓,而且一定舍得下刀子杀大官。
民不畏死官畏死,祖龙以来代代如此。杀了刘康,天下知府就晓得
不可妄为。诛了山西这两个败类,天下藩政、学政就得摸摸自己的
脑袋,想想自己身家性命。这是一条,再一条在任官也要读孔孟的
书,摒除宋儒以来杂芜之学,以天理约己,以人情揆人。朝廷吏部
设岁考时时督查勉励,品学才识好的奖拔,劣的就降黜。这是很平
稳的整顿吏治办法。"

乾隆静静听着,说道:"纪昀是个有心人。回头你和钱度整出
一份折子,叫鄂尔泰转呈上来,朕的宗旨其实就是两条,吏治一定
要大加整饬,局面一定不要乱。以宽为政并不是纵容贪官!"说着,
天色已暗,乾隆便命传饭。

吃过晚饭又有一个时辰,乾隆看了一会邸报和折子,一色都是
"恭请圣安"的套话,甚觉无聊,便出来独自散步。他没有叫,别人
自然也不敢陪,只背着手仰望着天,不时飘来一片雪,落在热呼呼
的脸上,有说不出的清凉适意。去山西往往来来二十多天,回到北
京,又见到这方方正正的四合院,踏着京城的土地,他心里有一份
踏实亲切的温馨。他由王汀芷一下子想到棠儿、纽祜禄氏,蓦地又
想到皇后富察氏,此时她们都不在身边,再细细思量,他才发觉自
己真正想念的竟是皇后!乍然间又想到杨嗣景,回护山西被告原
是他意中之事,没料到这个杀才竟然是个无赖流氓!他吞掉的是
一封什么信?里头写的什么?弘晓为什么叫弘昇代笔?这和前
头弘昇他们暗地鼓捣'八王议政'有没有牵扯?……乾隆把各条线

路顺着脉络往一处联，头都想疼了，忽然西厢南端屋里传来朗朗吟诵声：

> 送群南浦，对烟柳青青万缕。更满眼残红吹尽，叶底黄鹂自语。甚动人多少离情，楼头水阔山无数。记竹里题诗，花边载酒，魂断江于春暮。　都莫问功名事，白发渐星星如许。任鸡鸣起舞，乡关何在？凭高目尽孤鸿去，漫留君住，趁醇醪香晚，持杯且醉瑶台路。想思寄取，愁绝西窗夜雨。

在这静寂无声的小雪之夜，羁旅之人，听到这样清雅的曼声咏哦，真是令人心恬意适。乾隆听着这首《薄幸》诗，一下子意想起死了的锦霞，不禁痴了。接着听时，那人又诵道：

> 碧云天，红叶地，秋色连波，波上寒烟翠。山映斜阳天接水，芳草无情，更在斜阳外。　黯乡魂，追旅意，夜夜除非好梦留人睡。明月楼高休独倚，酒入愁肠，化作相思泪。

"先生清雅！"乾隆一边说，笑嘻嘻推门进去，举手一揖说道："只是太凄楚了。你似乎有什么心事？"一边说一边打量这人，只见他穿着一件半新不旧的湖绸长袍，黑缎子丝绵坎肩，总不过三十来岁年纪，清俊的瓜子脸上微有几粒白麻子，一条细长的辫子盘在脖子上，正在怔怔地望着窗户吟诵。见乾隆突然进来，忙微笑道："您是住在上房的客人吧？请坐！敢问贵姓，台甫？"乾隆一边笑一边和他行礼坐下，说道："卑人田兴，从山西贩马回来。听先生清吟，不觉神往。先生何方人氏，怎么称呼？"那人还没来得及答话，钱度一头闯了进来，说道："主子，鄂当家的叫我过来看看，要没事，请主子回去，有几笔帐要回主子呢！"一抬头，惊讶得后退一步："这不是勒敏三爷么？"

勒敏不禁也是一笑，羁旅中遇到故旧，他心里也觉亲切，说道：

"你怎么也在这儿？这位田先生——你不是在刑部做官嘛,怎么称他主子?"那钱度十分机敏,只略一顿,说道:"我们爷是汉军正红旗的牛录。我改入旗籍,他自然就是我的主子。这次他到山西作生意,恰好我也出差,就同道儿。"勒敏自己也是旗人,自然懂得这个道理,遂笑道:"你比我们满人还懂礼。前年我落第,碰到我旗下一个奴才在什么光禄寺当寺丞。我拦住他的马说要借点钱。这个杀才连马也不下。掏出二两银子丢在地下。让我一把把他拽下来踢了两脚。我说:"爷不要你的银子了,倒赏你两脚!"

"勒敏……先生。"乾隆见钱度和勒敏相熟,心中更无疑忌。偏着脑袋想了想。说道:"先生是满人,哪个旗下的?"勒敏叹道:"说出来辱没先人。家父就是湖广巡抚勒文英。先帝爷手里坏的事——如今我连旗人应份银子也不得领。托尹中丞仗义,替我捐了个贡。如今内务府新设了个七司衙门,还没有殿试,就在衙门里走动,挣几个房店钱……。乾隆笑道:"那也算我们遇得巧。"

勒敏起身倒了两杯茶,一杯奉给乾隆,一杯递给钱度,钱度忙摇手道:"我怎么敢和主子一处吃茶?我也不渴。哎,勒三爷,这么大冷天儿,你到丰台来做什么?"勒敏叹息一声,说道:"我来寻玉儿,一到北京我就寻张家肉铺,张铭魁自从我走后不久就迁走了。六六也叫东家辞了。我无法报这个恩了!"他说着,想起玉儿待自己情重恩深,泪水夺眶而出,"我死也不得瞑目,死也还不了这个愿的了。"

"你也不用这样。"钱度心里突然一阵愧疚,面皮便微微发红,"你又没有忘了他们。还在苦苦寻访嘛。这一番殿试得意,选了官出去,要有这个缘份,总归见得着的……"说着也是神色黯然。钱度见乾隆诧异,忙将勒敏科考失利,被张铭魁你女营救,又失散了的事一长一短说了。

乾隆想到自己和王汀芷的事,理虽不同而情同,也不觉有相怜之意。叹道:"看来天下事无大无小,不如意者居多,想破些,也就了了。"勒敏已是泪眼模糊，说道："我何尝不这样想，但我至死不明白，我什么地方干错了事，说错了话，惹得她一家这样厌弃我！这些天我一有空儿就去西河洼子，在那个破屋跟前一坐就是半晌，人去楼空，音在琴亡……"他悲不自胜地哽咽着。钱度眼见无可安慰，在旁笑对乾隆道："鄂当家的那边候着呢！——敏兄，不用伤感了。殿试完了，我帮你一处找，怕怎的，人身三尺，世界难藏，走不了她！"乾隆也起身，只朝勒敏点了点头，什么话也没说便回到了上房。一进门便问：

"今儿的邸报，内廷送过来没有？"

允禄、鄂尔泰和纪昀都在上房等着，见他问，允禄忙道："今儿的邸报没取来，如今宫禁比原来森严，七司衙和内侍卫房不相统属，去取邸报的太监被挡了回来。臣已经写了手谕，叫卜信再去，大约一个时辰就——"

"什么七司衙门？"乾隆方才听勒敏讲，还不甚留意，如今见连自己的贴身太监都被挡住，倒警觉起来，"七司衙门的归属哪里统辖？"允禄不自然地笑了笑，说道："这事是奏过主子的，是内务府新添的衙门。因皇家宗亲越来越多，外地王爷进京也都是各自照料各自，既不好管，也不好照料。当时说过，主子点了头。他们严密关防，怕不是好的？"乾隆听了目视鄂尔泰，见鄂尔泰沉默不语，知道不是他的首尾，思量半晌，冷笑一声说道："原来是这样！朕还以为你们要写折子奏准了再办的。哪里想到你们雷厉风行，趁着朕不在北京，竟悄没声儿就弄起个'七司衙门'！"

允禄被这尖刻的讥讽刺得浑身一颤，自觉有些站不住，忙免冠跪下，说道："这事臣也只是知道，是弘晓他们办的。更不想他们竟然和内廷侍卫分岗，也宿卫在大内。"纪昀在旁道："这不是件小事。若不裁抑，将来就是大清的东厂、锦衣卫！我圣祖即位之初，即下令裁撤十三衙门。皇上以仁道圣化育天下，岂可设这种衙门？——将来尾大不掉之时，就难办了。"

"不是裁抑的事。"乾隆的语气像结了冰,快步走到炕桌前,提笔写了几行字,交给卜义,"你飞马传旨,叫丰台提督和步军统领衙门九门提督来见朕;传旨张廷玉、讷亲、弘晓也立即来——谁也不许带从人!"钤了随身小玺。待卜义出去,乾隆才道:"十六叔,纪昀的话是有道理的。所以,今晚就要裁撤掉这个衙门。"

这么急!几个人都吃了一惊。钱度眼见允禄脸上一红一白,面子上真挂不住,笑道:"主子似乎可以从容些儿。明儿回朝,只是一道诏书的事。天已经黑了,三更半夜地又是换防,又是撤衙门,也容易惊骇视听。依着奴才的见识,那屋里勒敏就在七司衙门当差,叫过来问问里头什么情形,再作处置似乎稳妥些。"不知怎的,钱度很忌讳勒敏这次殿试取中,遂趁机烧这把邪火,提醒乾隆勒敏是"七司衙门"的。不料乾隆笑道:"他是就要殿试的人,朕一旦传见,将来有公也不公,无私也有私了。钱度不晓得瓜田李下之嫌?"一句话说得钱度诺诺连声而退,红了脸不敢再说话。

"十六叔,你起来,听朕说。"乾隆对允禄温和地一笑,说道:"设七司衙门不是你的错,也不是弘晓的错,是朕当时不经意点了头。所以你不要不安。你是朕嫡亲的叔叔,朕不能扫你颜面,待会儿人到齐,就由你和弘晓主持办这事。七司衙门,一夜也不能留。这是国家制度,十六叔有什么不明白的呢?"说话间,卜信进来禀道:"丰台提督葛丰年到了,主上见不见?"乾隆取出怀中金表看了看,略一思量,说道:"廷玉他们恐怕还要一阵子才能到。先见见这个葛某人吧!"

葛丰年被叫了进来。这是个五大三粗的汉子,一脸横肉,鬓边还有四寸来长一道刀伤疤。在灯下闪着黑红的光,仿佛述说着他往年的戎马生涯。他多少有点莫名其妙地跟着卜信进来。果然见是乾隆,怔了一下,黑塔一样的身躯跪了下去,说道:"奴才葛丰年给主子磕头!老天爷,这是怎么回事?主子不在紫禁城,来了这儿?"

"葛丰年。哦,想起来了。"乾隆笑道:"是奋威将军岳钟麒的偏将,打仗穿红袍,有名的'半边红',是不是你呀?"

"是!"葛丰年脸上横肉绽起,咧嘴笑道:"主子兴许不记得了,奴才还是雍和宫的王府护卫呢!比李卫出来得还早。先帝爷有一回打门洞里过,瞧见奴才长得像个煞神,说'这是个厮杀汉子,该到边廷立功,挣个封妻荫子的功名!'就打发奴才去了岳钟麒军里,原来的毕力塔军门死了,又调奴才来当丰台提督。"

乾隆点头道:"原来还是朕的家奴!好,是朕的一员战将!"葛丰年道:"奴才省得。奴才这个差使就是京师的看门狗。有人要进来——'汪'!奴才就咬一口!"

"好奏对!"乾隆不禁纵声大笑。站在一旁的允禄、鄂余泰、钱度和纪昀也都无不捧腹,笑个前仰后合。葛丰年说道:"这是奴才的老子跟奴才说的。主子,我说错了么?"乾隆笑得噎着气,说道:"不错不错,你老子也是个很有意思的人——丰台大营现在统辖多少人?装备怎么样?"

葛丰年忙道:"连京郊各县,共是四万七千七百七十六人。红衣大炮十门,无敌大将军炮八门,鸟枪一千支,有个火器营,还有骑兵七千,不住丰台,在密云训练。十七爷管着训练,编制还是在奴才这边。"乾隆道:"朕若叫你调集一万人,最快要多长时辰?"葛丰年兴奋地昂了一下头,说道:"主子,有仗打么,一万人小半个时辰!"

"仗将来有你打的。"乾隆看着这位嗜杀成性的将军,说道:"不过现在没这种差使。待会儿你随护庄亲王、怡亲王、讷亲、鄂尔泰四王大臣进城。会同九门提督衙门,各带五百名军佐,解除七司衙门武装,封锁文件,一件事也不要出纰漏,一个人也不要杀,平平安安把差使办下来,就是功。"

"扎!奴才省得!"

乾隆摆手道:"你且退出去,待会儿人齐了,再叫你进来。"

四十九 葛丰年率兵擒阿哥
乾隆帝谈笑清君侧

　　葛丰年退到店外,等了半晌也不见弘晓等人来。他是个急性人,便请守在门口的卜仁进去请旨,可否允他回营先行集合人马。不一时卜仁便出来。说道:"不用。待会儿,王大臣从丰台大营过,就便儿就办了。"葛丰年只好耐着性子在门外守候,足足过了近一个时辰,才听到一阵马蹄得得声,弘晓、讷亲、张廷玉,九门提督因为出缺,由兵部侍郎英诺暂署,——几个人都没带从人,骑着马过来。卜仁、卜礼见他们过来,暗中问道:"是卜义么?"

　　"是我。"卜义答道,"几位都请到了!"说罢俯身趴在张廷玉马下,卜仁、卜礼也忙过来扶着张廷玉踩在卜义的背上下来。几个人悄悄地进了店。一入上房,就见到阔别近月的乾隆,由张廷玉领衔,一齐跪下请安。

　　乾隆抬抬手,说道:"起来吧。这里不比大内,房子小,不能都坐,除了廷玉,都站着说话吧。"张廷玉谢恩坐在靠墙凳子上,说道:"皇上气色很好,只是略清减了点。既到了丰台,回大内或畅春园只有咫尺之地,这个地方不易关防。"乾隆没有接这个话茬,说道:"你们在京的王大臣办差不错——见到山西的折子了么?"

　　"见到了。"怡亲王弘晓忙道,"这真是一件蒙羞朝廷的事,不过孙嘉淦处置得太鲁莽了,人死赃证灭,怎么查呢? 臣弟心里很不受用。因为杨嗣景这人我就不认识,我问弘昇给山西写过信没有,弘昇说,"这是什么事,我就那么笨?"说来说去,竟越来越糊涂的了。"乾隆脸上毫无表情,转脸问讷亲:"你看呢!"

讷亲怔了一下,说道:"据奴才想,这和伪奏稿案一样,不宜深究。查不清的事就不如快刀斩乱麻的好。"弘晓冷笑道:"那杨嗣景公然说是弘昇代我写信,我受这冤枉如何洗白? 事不关己,你说得好风凉!"讷亲道:"王爷不要错疑了我。咱们是对主子负责。心里怎么想,应该是无欺无隐。这件事等主子回宫,自然有御前会议。容我慢慢解释。"

"现在就是御前会议。"乾隆一笑道,"宫里议和现在议还不是一样? 不过,今晚不议这事。朕方才说过,你们留京差使办得不错。朕出去这么久,连丰台提督都不晓得,你们的口封得很紧,事情做得很严密。"他语带双关地说道,"朕是想问,七司衙门是怎么回事?"

弘晓坦然说道;"是臣弟请示了庄亲王设立的七司衙门。皇上知道,开国已经百年,到臣弟这一辈,还有比臣弟小两三辈的宗室子弟,足有两三千人。每天提着个鸟笼子串茶馆、说闲话、养狗、栽石榴树,不如给他们安排个正经差使,也好拘管。外藩王爷进京,由他们照管,一来得些进项,二来也免生些是非。"乾隆和蔼地问道:"这个七司衙门是谁管着?"弘晓道:"是五爷家的弘昇,人聪明,也精干。理亲王弘昇和怡贝勒弘昌推荐的。我不放心,又加了个弘普当协办。"乾隆问道:"设立之后,你没有再过问这些事?"弘晓道:"我在军机处,没有料理这事。左不过按月支钱粮,每天点卯照料点内务,都是些小事。"

"小事?"乾隆冷笑一声,"他们已经接防大内宿卫,连奉旨回宫的太监都挡了回来。你是管'大事'的,朕请问你,还有什么事比这更大? ——就是你每日转到朕那里的请安折子,不疼不痒的条陈,乱七八糟的晴雨表? 你弘晓郑重其事给朕上过一份折子? 这后院垛了这么一堆干些,一点就着,你居然一声不吭? 昏愦!"

皇帝突然变了脸,几个人都惊得脸色苍白,再也站不住,都一齐跪了下去。张廷玉也坐不住，也跪了，说道："这事情臣和讷亲都知道，也过问过。因说是请旨准行的，就没有深究……臣老迈昏愦，请主子降罪。"讷亲也道："臣罪难逃，求皇上严加惩处。"

"朕谁也不惩处。"乾隆突然换了笑脸。"朕就是为顾全你们体面才叫你们来。解铃还须系铃人嘛。今晚就办这件事。内城都是英诺的人，离城还有这么远，叫葛丰年护送你们进去——就这样吧！"弘晓有点为难地说道："这是一道旨意就办了的事。何必这么匆忙，带兵进城，惊动太大了。"乾隆倏地收了笑容，说道："你叫弘'晓'，却不晓事，顾全你的体面，你还要饶舌！你退下，到西厢房明天随朕进城，不要你来办这个差了！"他说着，又到桌前写手谕，一边与一边说道："譬如眼里有沙子，你要朕'明日'再揉眼！"他将手谕递给葛丰年。"你的差使两条，护送几个大臣到大内，然后立即到怡王府拿下弘昌，还有弘普、弘昇，一体锁拿交宗人府给讷亲看管！"

"皇上！"弘晓痛苦地轻声呼唤道。

乾隆神色黯淡，摆了摆手，说道："你下去呢，朕就有恩旨的。"

设立不到半个月的内务府七司衙门在两个时辰内土崩瓦解，像它的出现一样突兀，消失得一干二净。按照弘晳的设想，将在京的两千多名皇族子弟、闲散的宗室亲贵组织起来，加上他们各自的家奴门人，这是一股了不得的力量，不动声色地把持内务府。（宗人府也是不言而喻的），逐步掌握宿卫大权、外藩接待权、与八旗旗士的联络权，……实力大了，皇帝也不能不买帐。即使不能废掉这个"来历可疑，名份不正"的皇帝，至少也可削掉他的独裁权，恢复顺治皇帝前八王议政的局面。可事情做起来，才知道不容易。原来密议过多次"一年之内暂不显山露水，只站稳脚跟"的计划未能实现。这些天潢贵胄个个都不是省油灯，说是内务府的"第七司"，内务府压根儿就不敢招惹，连弘普、弘昌、弘昇也约制不住。这些七司衙门的"兵"，都面子大得吓人。这个到户部找自己的门生批钱粮，那个去兵部武库寻自己的奴才借兵器——都姓爱新觉罗，谁也不敢招惹。后来索性占据东华门、西华门，说是"帮助侍卫守护内苑"，内务府深知就里，谁敢出来说话？这个势头发展之快，连弘晳自己也觉得吃惊。

但第二天早晨弘晳天不明就起床。他打算连早点也不吃，赶紧叫弘昇和弘普过来商量如何整顿"七司衙门"。不料还没洗漱完，王府门吏便慌慌张张进来禀道："王爷，不知怎么回事，我们门外头都是兵！像是要出什么事似的。"

"兵？"弘晳将口内青盐水吐掉，问道："你没问问，是哪衙门的？谁派来的？守在门口做什么？"那门吏说："奴才问了，说是九门提督衙门的，奉命守护。别的什么也问不出来。"弘晳像木头一样呆立着，半晌没有说出话来，脸色又青又灰，突然一种不祥的预感袭上心头，不自禁地打了个寒颤："一定是皇上回来了，他发觉了七司衙门的事。"他一屁股跌坐在安乐椅中，抚着光亮的脑门子思量半晌，忽地一跃而起说道："叫他们给我备轿。我到大内瞧瞧。"

那门吏答应一声出去，这边弘晳便更衣，戴了薰貂朝冠，穿了四团五爪金龙石表朝褂，外披金黄锻里儿的紫貂端罩，腰间束一条衔猫睛石金玉方版带，佩绦微露，缀着四颗东珠——穿戴齐整，出了五府，见照壁外和五府沿墙三步一哨五步一岗，都是佩刀武官，品级最小的也是千总，雄赳赳站着目不斜视。他情知出了大事，吸了一口清冽的冷气，镇定了一下自己，下阶上轿，却也没有阻挡，遂大声吩咐道：

"去东华门递牌子！"

东华门一切如常。门吏、侍卫、太监见是理亲王驾到，照例请安问好。递牌子进去，一时便有旨意："着弘晳养心殿觐见。"

弘晳心里七下八下，一时想着自己"没事不怕吃凉药"，一时又莫名地紧张。天上下着小雪，地下结着薄冰，几次走神儿，几乎滑倒了……恍恍惚惚来到养心殿垂花门前。太监王礼接着，向他打千儿请了安，说道："万岁爷说了，理王爷到了，立刻叫进。"弘晳点点头进来，见乾隆坐在东暖阁，和讷亲、鄂尔泰、允禄、弘晓正在议事，忙上前跪着行三跪九叩大礼，说道："臣不晓得御驾已经荣返，没得迎接，乞皇上恕罪。"

"看来你精神还好。"乾隆嘻笑自若地说道，"只是越发瘦了，好歹也爱惜一点自己呀！"遂叫起身赐坐，接着方才的议题道："殿试的事再也不能拖了。北京这么冷，有的穷读书人没法过。这么着，叫礼部查一查，有住不起店、住在庙里的贡生，每人资助五两银子。有南方广州福建来的，必定没有带棉衣棉被，从军需库里支取一些散发了。你们知道，这里兴许就有将来的将相，冻死在这里，岂不罪过？"

和弘晳挨身坐着的鄂尔泰忙道："主子想得周到，依奴才看，昨晚查抄七司衙门，有五六千两银子，被服、柴炭这些东西也不少。不如把这些分别发给穷贡生，倒省了许多事。"讷亲立刻反对，说道："还是照主上的旨意为好。查抄的东西本来就乱，直接拿去赏人，连个账目也没有，往后遇到这类事，成了例就不好了。抄的东西该入库的入库，赏的东西该出库的出库，规矩不能乱。要杜绝小人们从中作弊。"弘晳这才知道真的出了大事，头"嗡"地一声涨得老大。口中嗫动着："……抄了？……"

"殿试的事定在十月二十六吧。"乾隆带着揶揄的目光望着木偶一样的弘晳，自顾说道："就由弘晓和弘晳主持，讷亲监场。往年每年殿试都有冻病的，今年叫礼部，每人给一个铜手炉，热水隔时添换，至于殿试题目，朕届时再定。你们看如何？"几个大臣立刻趋附颂圣，异口同声赞称。乾隆笑问："弘晳，你怎么一言不发呀？"

"啊？啊！"弘晳吓了一跳，忙道："主上说的极是，这个七司衙门我早就瞧着不顺眼，很该抄掉它！"一句话说得几个大臣无不愕然。

乾隆格格一笑，说道："你是一心以为鸿鹄之将至啊！殿试的事朕不敢叫你操心了。"弘晳脸色涨红,说道;"七司衙门其实不是臣的疼痒。不过,弘昇、弘普、弘昌他们都是兄弟,乍闻之下,惊骇莫名。求主子网开一面,多少给些体面。您知道,七司衙门里作养的可都是皇族子弟啊!"乾隆哼了一声,说道:"是子弟兵! 这子弟兵放在宫掖里,朕自然有些心障。你替他们求情,是情份中的事。弘昇、弘昌、弘普昨晚都被从热被窝里拉出起来。已经囚在宗人府,等着内务府慎刑司拷问了。求情,如何对待国法呢? 如若事涉于你,又有谁来为你求告呢?"

"皇上!"

"这一声叫得好响。"乾隆咬牙尖刻地笑道,"你几时心里真正拿朕当皇上看? 朕实话告诉你,昨晚弘普、弘昌什么都招了。算什么硬骨头? 连三十皮鞭都经不起!"

弘晳再也坐不住,身子一软就势趴跪在地下只是叩头,一句话也回不出来。

"人真是奇怪。"乾隆站起身来,在暖阁和殿中漫步,沉思着,像是自语,又像是申斥:"圣祖爷废你父亲的太子位,废了两次! 第二次明发诏谕,'有敢言胤礽疾病痊好,可重为太子者,朕即斩不赦'——这是明发圣谕,不是密室里的话,通天下皆知,唯独你怎么忘了。先帝爷人说刻薄,可偏偏是先帝爷宽释了你父亲,不避讳,不称臣,死时以太子礼安葬。朕以宽仁待天下,封你为亲王,奔走在御前。你居然又想起来你父亲本是太子,这个养心殿、那个太和殿该是你的!"弘晳脸色像香灰一样难看,叩头时浑身都在颤拦,结结巴巴说道:"臣、臣……臣没有这个心……真的,真的……"乾隆根本就不理会他,继续说道:"唉……朕的心太仁了,仁得有些迂了。于得天下臣民都以为朕连鸡都不敢杀! ——杨名时是怎么死的?"乾隆突然走近弘晳,站在他的身旁,用不屑的神气看着抖成一团的弘晳,说道:"你不用害怕,杨名时的死与你没有直接关联。但你和他们一伙,你知情不举! 他们商议这事时,河边说话,水里有鱼听！就是山西的萨哈谅一案，朕也不想细查。若查的话，恐怕在座的有些人难承其罪！"他突然神经质地爆发出一阵大笑："上苍，你叫朕以仁孝治天下，对这样猪狗不如的人，能仁么？孙嘉淦上三习一弊书，要朕亲君子摒小人，倘若朕身边都是小人，没有君子，又该怎么办？孙嘉淦说要破心中贼，这何其难也！"

他这样一说，把在座的所有人都扫了进去，讷亲、鄂尔泰、弘晓、允禄谁也坐不住，都一齐跪了下去。弘晓叩头道："皇上这么说，真使臣无地自容，臣在京办事不留心，自应——"

"朕这就要说到你。"乾隆恶狠狠狞笑道，"你哪里是什么'办事不留心'？你是个滥好人！十三叔是闻名天下的侠王，怎么养出个你来？你在上书房，又在军机处，弘昌是你亲兄弟，他胡作非为，你是聋了，还是瞎了?!杨嗣景吞的信，说你授意写的，朕还可不信，但弘昇、弘昌、弘普这三个恶种行迹诡秘，又不是一天两天，你可曾有一句话制止他们？可曾密奏过朕？"弘晓听得浑身出汗，"砰砰"以头碰地，一句话也回不出来。允禄忙叩头道："皇上，臣是管着东宫的，确有失察之罪——"

乾隆愤怒地一摆手，喝道："你住口！好轻巧，你只是'失察之罪'？你害的是情思不振的病！弘昇他们真正想弄的是'八王议政'，这也正合你的心，心照不宣一拍即合。朕不让你进军机处，你就没想想为什么！"

鄂尔泰和讷亲从来没见过乾隆如此震怒激动，原想温语劝慰几句，两个亲王一开口就被骂得狗血淋头，他们也吓得心头噗噗乱跳。一时间大殿里的太监宫女都呆若木鸡，满殿里只听乾隆怒吼："什么'八王议政'！真要是好制度，圣祖为什么废了？为什么上三旗直辖于皇帝？为什么先帝爷剥掉他们所有铁帽子王的兵权？想的可真如人意——先'议政'，再逼宫！好啊！他们不都在奉天么？把他们'请'来，朕给他们'政'让他们'议'！他们有那个胆量吗？你们说！只要有一人建议，朕这就下旨！"

他发作了一阵，郁积的气消了一些，慢慢回身坐在炕上，将手一伸，卜仁忙几步上前将一杯奶子递给他，小心翼翼地说道："主子奶子热，主子慢着点用。"乾隆呷了一口，说道："看来你们还有羞耻心惧怕心。有这个心，就还可救。朕宽恕了你们，起来吧！"

"谢恩！"允禄、弘晓、鄂尔泰和讷亲叩头起身，已是人人汗透重衣。只有弘皙伏在地下，泣声说道："臣罪龙重，求皇上诛戮，以谢先帝。"

乾隆望着这位瘦骨嶙峋的哥哥，从康熙五十一年就随父被囚禁在高墙里，一辈子几乎就在牢狱中度过，不禁感慨万端。他打心底里叹息了一声。正寻思着如何发落这件事，王廉进来禀道："张廷玉已经进来，正在垂花门外候旨，主子见不见？"乾隆冷笑道："你好大的忘性！张廷玉是特许不递牌子、剑履不解的，宫门只要不下钥，随时都能见朕的！"

"扎！"王廉背过脸一伸舌头，轻手轻脚去了。稍停便听张廷玉咳嗽声，乾隆温和地说道："衡臣，进来吧！卜仁、卜义，你们扶着老相国坐到这边瓷墩上！"

张廷玉在两个太监扶掖下颤巍巍坐下，笑道："奴才是老了，原想着早点起来，竟没挣扎起身来，年轻时跟圣祖爷，一熬三四天不合眼也无所谓。昨晚迟睡了一会儿，今儿就支撑不是。"乾隆笑着命人赐张廷玉参汤，说道："这是旧话重提。朕还是那句话，不放你归山。能做多少算多少。他们——今儿挨了朕的克，这会子正议如何处置这个七司衙门案呢！"张廷玉沉吟片刻，问道："鄂尔泰和讷亲是什么意见？"

"老中堂，"讷亲揩了一把汗道，"我只忙着反省自己，还没顾着想这事呢！"鄂尔泰历来和张廷玉心性不合，见他卖深沉，便起反感，咳嗽一声，扬着脸不言语。

张廷玉皱眉叹道："七司衙门的事老奴才也早知道。但奴才实在也没把它当回事，求主上体谅。现在奴才仍不觉得是件了不起的事。"他这一语既出,众人都是一惊,这和乾隆方才的咆哮大怒比照,悬殊实在太大了,连伏在地下的弘晳也不禁偷瞟了张廷玉一眼。乾隆却不生气,问道:"这是怎么说?"

"七司衙门里都是金枝玉叶,"张廷玉侃侃陈词,"不好管都是真的,要是真刀实枪作大事,恕臣无礼,也只是乌合之众;要作小事,他们又不屑于作。说到底,什么事也作不成。这是一。说到八王议政;那是大清未入关前的祖制,《吕氏春秋》里说'上胡不法先王之法?'答曰'为其不可得而法'!情势变了嘛。请主上看这副联,'惟以一人治天下,不以天下奉一人'。这就是今日形势。就算是八位世袭罔替王爷有这个心,也未必有这个胆。当时是八王共主朝政,君上难以专权。现在是一道圣旨就能革掉他的铁帽子,帽子是铁的能传儿孙。头,却是肉长的,一刀就没了,帽子和头比起来,似乎还是头要紧,最要紧的是第三条,主上登极,以宽为政,天下归心,朝野宾服,内外没有不和之相。我不是阿谀主上,眼睁睁看着大清极盛之世将到,别说正人、安分良人,就是乱臣贼子也要有个'乘时而起'的机会,压根就没那个机会,既不占天时、地利,也没有人和。何须把这小小七司衙门看得那么重呢?"

说到这里,乾隆已是笑了。余下几个人也都笑,只有弘晳笑不出,心头愈来愈沉重。张廷玉话锋一转,又道:"方才说的是行,若说到心,弄这个七司衙门的人其心可诛。奴才自问,奴才的心也可诛。奴才是想等一等,看一看这个衙门到底葫芦里装什么药,破绽出来,一网可以擒尽。主上仁德,消弥于初萌,定乱于俄顷,拯救了不少龙子凤孙免陷于灭族之灾。臣昨夜一晚辗转,推枕彷徨,其实就为自己当初的存心不安:臣身无罪,臣心可杀。乞主子圣鉴烛照。"说罢垂头不语。张廷玉这番话说得泾渭分明条理明晰,下边又说得诚恳痛切戳心切肺,自责中又带着颂圣,连带着又暗示不必严惩七司衙门案子,干净得四边洁如明镜,纤尘不染。连鄂尔泰也由不得暗中佩服:"这汉狗老匹夫,亏他怎么想出这番奏对!"

　　"百行孝为先,论心不论事,万恶淫为首,论行不论心。"乾隆说道:"移孝为忠,张廷玉可算深得此中三味。"他看着弘晳皱了皱眉头,"起来吧,朕宽恕了你。"

　　弘晳艰难地爬起身来,此刻真是羞愧交加,恨不得有个地缝儿钻进去,刚要谢恩,乾隆却道:"你为群小所误。不论你心里怎么想,这事已为国法难容。摘去你头上的东珠,以示惩戒。弘晓停俸。什么时候有功于社稷,朕再加恩赏。十六叔,想到你,朕心里很难过,但论叔侄,朕小时常在你跟前绕膝玩耍,不忍加罪给你啊!"他的眼圈红红的,泪水似乎就要涌出,忙拭了又道:"然而法之所在,不以亲王、庶人有所异同,朕不能不稍加警戒。闭门思过三个月,然后照常办差。"说罢对张廷玉和讷亲道:"亲者严,疏者宽,对你们就不追究了。"

　　"谢恩!"众人一齐伏下身子。

　　乾隆也站起身来,傲然望着远处,说道:"弘昇为首恶,宗室败类,着永远圈禁。弘普助纣为虐,罪无可逭,削去他的贝子爵位,降为庶民。弘昌——唉,算了吧!"

五十　宽严相济政治清平
　　情理互悖割爱忍痛

　　萨哈谅和喀尔钦被解至北京,关在养蜂夹道的狱神庙里。他
们离开山西,觉得心里安静了许多,因为山西是喀尔吉善经营了多
少年的地方,官员们趋炎附势,谁肯冒着得罪喀尔吉善和傅恒的风
险照料他们? 在山西,一天三顿,荞麦面糊糊,棒子面窝窝头每顿
一个,又不许家属送饭,就这一条便经受不了。这里却不错,刑部
历来规程,未定刑犯官的伙食每月二十四两,还可吃到细米白面,
也断不了荤腥,比起太原来不啻天壤。孙嘉淦一回北京便交割了
差使,由刑部史贻直接管,这一条也叫这两个人放了一大截子心。
史贻直人品正,也胆大,却不似孙嘉淦那样长着一副铁石心肠。而
且刑部的事现在其实是刘统勋实管,刘统勋又是喀尔钦在山东取
中的秀才。萨哈谅的靠山是允禄,喀尔钦的靠人在翰林院。因此
一到北京,两个人都各自有朋友前来探监、看望。今日一起,明日
一伙轮流作东,比现任官还要吃得好。狱卒们因是审定了的案,乐
得作人情落实惠。看看过了立冬,每年勾决人犯的御旨照例的早
已停止,今年是不相干了,春夏不施刑,拖到明年秋决,不定中间生
出个什么新的枝节,遇到大赦,一道恩旨,万事一风吹!
　　两个人心里暗自高兴。这一天没客来,便由萨哈谅作东,出二
十两银子,十两请看守狱卒,十两办一桌席面自己吃酒消寒。他笑
着对喀尔钦道:"今儿是我,明儿你来。下次你朋友来招呼上我,我
朋友来也叫你,别叫外人瞧生分了。"

"早一年有这个话就好了。"喀尔钦苦笑道："这不过是苦中作乐。"

萨哈谅脸红了一下。他们两个原本如冰炭不同炉。原因是由萨哈谅引起的，喀尔钦听说萨哈谅撺掇着下头人揭发他考场舞弊，喀尔钦不甘坐以待毙，先下手为强，唆使门生到巡抚喀尔吉善那里密告了萨哈谅贪赃情形。线团似的越抖越不可收拾，雪球似的越滚越大。当下萨哈谅一笑说道："提这些还有什么用？如今我们是难友。"喀尔钦还要说时，见四个狱卒抬着一桌丰盛的菜馔进来，安放到萨哈谅住的西厢北房，两个人刚刚坐定，还没有举杯，便听外头有人问道："

"喀老师住在哪间房？"

喀尔钦和萨哈谅转眼一看，是刘统勋！二人惊得一颤，想站起来，只腿软得一分力也没有。又见刘统勋没带从人，料是私人相访，二人才恢复了平静。萨哈谅先起身迎出来，喀尔钦还要摆老师谱儿，只站起来含笑点头，说道："是延清啊！进来坐，要不忌讳，一处吃几杯。"

"喀老师安好！"刘统勋笑嘻嘻扎千儿给喀尔钦请了安，又对萨哈谅一揖，轻松地坐下，说道："学生什么饭没吃过？有什么忌讳的！来，我借花献佛，先敬老师一杯。"斟满了酒，双手捧给喀尔钦饮了，又举杯与萨哈谅一碰，笑道："来，陪老师一杯。在这里住得惯？我几次都要来，都因半路绊了腿，脱不得身。又关照这里不要委屈了二位。今年北京天气太冷了！"

他热情寒喧，二人却怀着鬼胎，见他绝不提及案子，心里又有点发急。但旗人最讲究的是从容潇洒，人家不说，讨情探消息的话便十分难出口。说了好一阵子不凉不热的套话，萨哈谅才试探着问："皇上这阵子忙么？他身子骨儿还好吧？"

"忙！"刘统勋殷殷劝酒，"这一阵子忙殿试呢！皇上前番处置了几个皇亲，十六爷也受了处分，几个七司衙门的主官，关的关，贬的贬。北京,近来热闹着哩!"遂将弘昇几个人的情形备细说了。萨哈谅多少是知道一点这事底里的。这么大的案子没有杀人,自己的事大约也不要紧。他忖度着自语道:"庄王爷是最爱我的。我说的呢,他就不能来,也要派个太监来瞧瞧我这落难人。哪晓得他也出了事呢?"说罢长叹一声。

喀尔钦却关心殿试的事,问刘统勋:"今科状元是谁?"

"这一科奇得很,是满人占了鳌头!"刘统勋举酒和二人一碰,共饮了,笑道:"是原来做过湖广总督的勒中丞的长公子,叫勒敏。他原来取在二甲第二名。皇上说,满洲子弟能考到这个样儿不容易,得给旗人立个表率,御笔勾了个头名状元。这真是异数。"

两个人满心装的都是自己的案子,偏偏又不能问,焦躁难当。热酒下肚遮了面皮,萨哈谅终于忍不住,问道:"延清,其实现在你是刑部掌印的,我们的案子日子也不短了,没听朝廷到底是个什么打算?"刘统勋毫不迟疑地说道:"这是照例的事,当然有个规矩。"这是一句不着边际的废话,但刘统勋不肯细说,二人也是干着急,只好继续吃酒闲话。看看天将辰时,萨哈谅道:"往常这时候朋友们都陆续来访了,今儿怎么到现在一个也没来?真怪。"

"那有什么怪的,"刘统勋笑道,"天儿冷呗!"正说道,钱度走了进来。喀尔钦道:"这不是钱度来了,好稀客!来来来,快进来入座,先罚酒三杯!"

钱度却没有理他,只上前向刘统勋一躬,说道:"时辰到了。"

"知道了,"刘统勋点头说道,站起身来,脸上已经没了笑容,只客气地向喀尔钦一点头,说道:"这是没法子的事,不想办也得办,不想说也要说。萨兄赏下人的二十两银子在这里,"他取出那个京锭放在桌上,"这桌筵度是我请的客,特为你们送行的。"

萨哈谅和喀尔钦这时才知大事不妙,吓得面如土色,愣坐在椅上一动不动。刘统勋见外头人役已齐,眼见他们已瘫软了,冷冷吩咐道:"进来几个人,搀着二位爷接旨。"待二人战战兢兢被强按跪

下,刘统勋才窸窸窣窣展开诏书宣读:

> 喀尔钦与萨哈谅均身为朝廷三品大员,乃敢知法犯法,欺心蔑理,贪墨受赃累累积万,实猪狗不如无耻之徒,官场败类,断不可一日留于人间。即着萨哈谅绑赴刑场斩立决。喀尔钦着赐自尽,午后复命,勿待后诏。钦此!

"谢……谢……恩……"两个人半昏半迷地答道。

刘统勋命人将他们扶起来,叹道:"钦差身份不由己,谅二位不会见怪。"萨兄那边是我监斩,已经交代他们活计做利落些。喀老师你们放心,家里有事学生还是会照应的——来!"

"在!"

"将萨哈谅绑起来!"

"扎!"

那衙役们都是熟稔老手,上来就绑。不管刘统勋怎样一再喝命"绑松点",还是紧绷绷把个藩台大人捆得脸色血红。刘统勋不再说话,默默向丢魂落魄的喀尔钦一鞠躬,向钱度说道:"好生侍候喀老师升天,你直接去向皇上复命。"他一摆手便带了萨哈谅簇拥而去,一时便听外边牛车辚辚滚动着远去,留下的是一片死寂。

"喀大人。"钱度看了看魂不附体的喀尔钦,见他毫无反应,又进前一步温声道:"喀先生!"喀尔钦喉头一动,不知咕哝了一句什么,钱度笑道:"修短有数,生死在命,何必这么撂不开手?"说着,从怀里取出一把匕首、一根绳子,还有一包药,抖开了倒进酒壶里晃了晃,一齐推到喀尔钦面前。

喀尔钦见这三样东西,似乎才从恶梦中惊醒过来,他惨号一声歪在椅子里,双手掩面,仰天呼道:"好……好惨……想不到我如此下场……不,不! 我要面见圣上,我有要紧事要奏,喀尔吉善——"

"喀尔吉善已经调离山西。"钱度冷酷地说道,"他要作孽,天子自有章程。你还是快些了断的好。要知道,挣扎时比死了还苦呢!再者说,圣旨里有话,你不用再等恩诏后命,皇上整顿吏治,从你这开始,怎么会饶了你?"

"不,不! 我不!"

钱度一笑,端起酒来,说道,"若要我替你选,宁可用这酒。这是延清大人特地为你预备的,下肚即可。这刀子也喂了毒,见血封喉。你不要用绳子……"

"不……"

"你不肯自尽",钱度狞笑道:"我只好请人帮你自尽,不然,我的差使办不好,怎么缴旨?"他喊了一声,立刻进来四个刑部皂隶,说道:"帮帮喀大人。这是善行!"

四个衙役立刻过来,两个把定了喀尔钦,一个将毒酒杯塞在喀尔钦手里,又钳住了他的手不能松开,一个捏了喀尔钦鼻子,提着耳朵,硬将毒酒灌了进去——他"自己"拿酒,"自己"张口,当然也就是"自尽"——钱度见他断气,又叫验尸官填了尸格,便走出养蜂夹道坐轿扬长而去。

来到养心殿,钱度看天色还不到午正时分,先请王耻进去禀知,再问旁边的小苏拉太监:"皇上这会子正接见谁?"

"新科状元勒敏。"那太监和钱度相熟,笑道:"主子今儿高兴,已经下诏叫傅六爷回来,当军机大臣、上书房大臣、领侍卫内大臣!我的乖乖娘,连鄂中堂、讷中堂都压到第二层了!"说着里头传命叫"钱度进来"。钱度忙答应一声快步进了养心殿东暖阁。

乾隆果然是很高兴。他没有穿朝服。因屋里很暖,他只穿了件酱色小羊皮风毛丝绵袍子,连腰带也没系,坐得很端正,却显得随和潇洒。站在一旁的勒敏却显得很拘谨。见钱度进来,向钱度一点头算是打了招呼。钱度极其熟练地向乾隆打个千儿,磕过头来,又打个千儿,说道:"奴才的差使办下来了。"

"你验过没有?"

"这是验尸格。"

乾隆一笑，接过瞟了一眼便撂在一边，说道："圣祖爷手里出过这种事，赐两广总督死，服的却是假药，又活了几年才发觉。赐自尽，他不肯'自尽'，难为煞办差人。"

"这药是先喂了狗验证过的，"钱度忙道："要真的出了那种荒唐事，主子就赐奴才死！"

勒敏这才知道钱度办的是什么差使。耳听自鸣钟连撞十二声。勒敏叹道："此刻萨哈谅已经人头落地。主子这番整顿，既不伤以宽为政宗旨，又使吏治得以严肃，这是如天之仁。圣治在乎明刑褒廉，仁政在乎轻徭薄赋。竹帛垂史，将为后世之范。此举，强似泰山封禅！"

"朕是立志要创大清极盛之世的。因为圣祖、世宗给朕留了一个宝，那就是仁心与专权。"乾隆目中熠熠闪光，但随即便又沉郁下来，"眼下局面，又谈何容易？朕即位后没有去过南方，北方还是实地亲看了的。朕根本不信那请安折子上连篇累牍'民殷富而乐业'的屁话！你才方说到封禅，那是武帝那种狂妄皇帝做的事。天下平安，家富人足，不封禅何伤？盗贼蜂起，民不聊生，封禅又何益？粉饰来的太平早晚是要露馅儿的。所以朕最服汉光武帝一件事，建武三十年，光武帝东巡，臣子们上言汉室中兴三十年，圣文神武不亚前王，应该封禅泰山。刘秀说'即位三十年，百姓怨气满腹，吾谁欺，欺天乎?! 谁敢再盛称虚美、曲阿求宠，朕剃他光头去充军！'——敢说这样话的皇帝，真算是大丈夫皇帝！"

乾隆站起身来，到金漆大柜前取出一个纸包，放在御案上，问道："钱度，你记得初次见朕，雪天围炉一席谈么？"

"奴才当时不识圣颜。"钱度当然记得那些话，但却不敢照直说，躬身言道，"当时无心之谈，后来知道是亵渎了万乘之君，吓得却模糊记不清楚了。"

"你忘了，朕却没忘，就是这种无心之言格外珍贵。"他抖开纸包,说道:"你们看。"

两个人一齐把目光射过去,是一块黑炭一样的东西,仔细审量,才看出是个燕麦面窝头,里头掺了糠,还有丝丝连连的,像是揉进去什么干菜,放在这雕花嵌玉镶金的炕桌上,似乎它也变成一个活物,望着发呆的人。

"这是晋东百姓的'膳'!"乾隆怅然自失地一笑,"你忘了,朕却照着你忘了的话去试着看了。一家吃窝头不要紧,你们住店朕私访,几乎家家都用这个平常饭。这就是一面镜子,既照见了百姓,也照见了官。所以朕已下旨,将喀尔吉善调离,两案中有贪贿的官,统统交部议处分。山西的官员全部停俸一年,用此银子赈济百姓!"

不知怎的,听着乾隆这话,两个心思不一、情怀各异的人都流出了眼泪。

"你这次出去当观风使,不要学戏上的八府巡按。"乾隆的心情似乎也很激动,"坐在衙门里等人告状,有了告状的,出了案子去私访,那是很没意思的——天上掉下个清官帽子给你戴,那清官也就太便宜了! 你和钱度聊聊,听听他的高见。他方才没说真话,也是在那里唬弄朕!"说罢便笑,见钱度要跪,又道:"人之常情嘛——你们跪安吧!"

钱度和勒敏出了西华门才各自透了一口气。"钱度笑道:"状元公,你当了巡按,我今儿可是刽子手。怎么样,到你府上去沾沾喜气儿吧?"勒敏道:"我还要去西洼,要在那儿焚香为玉儿他们祈福。晚上吧,我们奉旨促膝交谈。顺便请你吃酒,一个外人也不见。"说罢各自拱手告别。

乾隆看奏折、写朱批连带着不时接见人,连晚膳也是一边进餐,一边召见大臣奏对。安排礼部和吏部分发新进士奔赴各省就职、或留京留部的事,都一个一个地甄别。按年龄、性格、相貌、言谈逐一权衡,又安排自明日起分拨儿接见。一直忙到天擦黑才去慈宁宫给太后请安。待出来时已经掌灯。却见迎面一个宫女,挑

着灯笼带着一个人过来,定睛看时,乾隆不禁失声叫出口来:

"棠儿!"

棠儿产后不久,脸色还有些苍白,久不见乾隆,乍一见还觉得有点心慌,暗自红了脸,当着众人又只能装大方,蹲身施礼,轻声道:"主子万福!"

"你们没事都退下去。"乾隆摆了摆手。众人立刻知趣地退到远处。乾隆对棠儿道:"走,老地方去。""这会儿……""不怕!"乾隆道:"一把规矩草撤下去,他们若再乱说,就定杀不饶!"

棠儿无言,跟着他又来到慈宁花园。在观音亭前站定了。还是那个季节,还是那个地方,还是这两个人,只是那夜有月光,而此时夜连星星都被云遮住了,只有远处几盏昏黄的宫灯映着他们的身影。棠儿一下子扑身到乾隆的怀里,低声啜泣道:"我……我好想皇上……你不知道,福儿生得有多难。他,不在家,你又不能来看我……我好苦……"

"朕了想你……"乾隆一手扳着她肩头,一手温存地抚着她长长的头发,"朕走到哪里也忘不了你,什么时候也忘不了你,总是惦记着你,心疼你的……"

棠儿抬起头来,黑黝黝的,看不清乾隆的脸色。突然,两滴冰冷的泪水滴在她的面颊上。她惊慌地问:"主子,主子!您怎么了?您在哭,在滴泪。——啊!您方才的话……奴婢不明白,您要离开我么?"

"是的。"乾隆抚摩着她的脸,紧紧将她搂在怀里。他的声音有些哽咽,"傅恒就要回朝任职重用。你……我们的缘份……尽了。心是永远不尽的,所以我的心里在滴血。"

"您不是说……"

"怕是不怕的。但这于傅恒、于朕、于你都不利。"乾隆的声音充满了忧伤。"当时,打发他出去,是为了和你……但他确实不止是个国舅,是个辅朕成大业的栋梁材。如今为了社稷,朕要重用他为第一臣,朕只能,不,朕只好忍疼割爱了……"

棠儿慢慢离开了乾隆的怀抱,睁大了眼看着乾隆伟岸的身躯。说道:"皇上不怕,我就不怕,我不要皇上担名声。您是最大的,我一个小女子,一口药就一了百了了。"

"痴丫头,这正是朕最不愿见到的。真爱朕,就存之于心,期之来世吧,今后我们还能心照不宣地见面!"乾隆说道,"你不懂,并不是皇帝最大。真的,朕不骗你。"

"谁? 谁还比皇上大?"

"孔子。"

两个人都不言声了,并肩站在观音亭前,不知从哪间房中传来金自鸣钟的响声,一下又一下悠长而颤抖地撞着,像一声又一声永不止息的叹息声。

1992 年 9 月上浣于宛